徐贵祥★著

对阵

DUIZHEN

長江出版傳媒 | 长江文艺出版社

图书在版编目（C I P）数据

对阵 / 徐贵祥著. -- 武汉 : 长江文艺出版社,
2017.8
ISBN 978-7-5354-9272-2

Ⅰ. ①对… Ⅱ. ①徐… Ⅲ. ①长篇小说－中国－当代
Ⅳ. ①I247.5

中国版本图书馆 CIP 数据核字(2016)第 274431 号

责任编辑：刘碧芳　　责任校对：陈　琪
封面设计：八牛·设计　　责任印制：邱　莉　胡丽平

出版：长江出版传媒 | 长江文艺出版社
地址：武汉市雄楚大街 268 号　　邮编：430070
发行：长江文艺出版社
电话：027—87679360
http://www.cjlap.com
印刷：湖北新华印务有限公司

开本：787 毫米×1092 毫米　1/16　印张：25.25　插页：2 页
版次：2017 年 8 月第 1 版　　2017 年 8 月第 1 次印刷
字数：390 千字

定价：39.80 元

目录

CONTENTS

第一章　雪　　祭

一

天是个好天。过了大年，往后就是春天了。日子像往常一样，一觉睡到天亮，就着咸菜喝了两碗稀饭，农民就牵着水牛，下田干活了。走出土墙小院，拐过山根弯路，身边的黑狗突然叫了起来，先是几声试探地咋呼，接着一阵狂吠，声调焦躁凄厉，一声比一声急促。农民疑疑惑惑地停下脚步，使劲地抽动鼻翼，感觉这个早晨的味道有些不对劲。

终于，农民看清了，远处的小路上出现一队晃动的黑影。天啦，是鬼子！此刻连狗都吓得不敢叫了，躲在农民的身后瑟瑟发抖。农民二话不说，赶紧牵牛往回走。一个日军士兵从树丛里跃出，熟练地捂住农民的嘴巴，刀刃在他的脖子上轻轻抹了一下，紧接着回手一刀，那条狗也一声不吭地倒下了。

这座山叫惠原崮，处在渤海以南，琅琊东北，清河西北。以惠原崮为中心，方圆三十里叫洼津，是海水冲积而成的盐碱地，直到惠原崮山脉，植被才丰富起来，却依然人烟稀少。从乾隆年间开始，这里就是土匪栖身的地方。

日本驻詹家店驻屯军大佐河上川选择这条路线，至少精心准备了半年，采取的是分散集结、分段抵近的战术，各散点部队前两日就开始行动，主力半夜秘密出城，经过十多个小时的迂回，天亮前按时到达惠原崮。

再往前，就是八路军清河根据地的前沿了。日军先头部队指挥官命令部队离开大路，贴山根小路行进。

驻防惠原崮的是清河支队一团，元宵节这天一大早，团长周杰宁就带领十几个骑兵，沿山下小路巡逻，在惠原崮山下唯一的小路上，几乎没有选择地就走近日军先头部队潜伏的区域。

草丛里，日军中队长山村听到了马蹄声，立即指挥部队趴下。周杰宁的马队按正常速度从潜伏的日军身边通过。突然，一只马被绊了一下，向路边趔趄一下，正好踏在一个日军士兵的手上。那个日军士兵痛得张大嘴巴，却忍住没有喊出声。那马站稳，抬起前蹄，又踩到那个日军士兵手上。士兵的脸猛地抽搐起来，扭曲得像一只晒干的茄子，依然没有发出喊叫。

一触即发的战争就这样同双方擦肩而过。过了这个拐弯，巡逻队放慢脚步，周杰宁翻身下马，交代身后的连长马大海，到前面搞点吃的。然后走到一个高坎上，解开裤带撒尿。

高坎下，一名鬼子士兵惊恐地伏在地上，尿水从树枝上落下，顺着他的钢盔往下流。马大海也解开裤带，掏出物件，撒着尿，向往地说，今天是正月十五，运气好的话，能买到一只羊。

马大海尿完了，收起家伙，看着周杰宁说，团长，你怎么尿这么长时间？周杰宁咂咂嘴说，早晨喝了两碗稀饭，没见到几粒米，都是水。

正说着话，看见有一匹马一瘸一拐，周杰宁皱眉问，怎么回事？牵马的战士说，刚才崴了一下。周杰宁说，不对啊，好好的怎么就崴了？说着，去察看马蹄，一看，赫然发现上面有血。周杰宁疑惑地说，他妈的，怎么崴成这样，铁掌上都带肉了！

马大海也过来察看，随后抬起头来，征询地看着周杰宁。周杰宁问，在哪里崴的？战士回手一指，在黑风山下。周杰宁把手搭在眉上，挡住阳光，顺着战士手指的方向眺望一阵，突然眉头一皱，挥手喝道，上马！

据那个战士回忆，周杰宁和马大海带领战士，回到了崴马的地方，在路边细细搜寻。草丛里虽然不见人影，但是能够看出草木被践踏的痕迹。

周杰宁一言不发，接过机枪上了马背。等战士们都跨上马背之后，周杰宁一马当先，向那片树林冲了过去，边冲边扫射。

终于，有了回应，从山上，从峡谷里，从树林中，几百支枪口瞄准了周杰宁的骑兵小分队。黑风山东侧的峡谷里，枪炮轰鸣，在山谷里回荡，犹如风暴……

二

一匹黑马驮着八路军情报员老千一路狂奔。从昨夜突围出日军占据的詹家店城门，到现在已经一个多时辰了，老千带着三处枪伤和紧急情报，苟延残喘，闯进了琅琊独立旅的防地。

阳光从树林的缝隙落下，一地斑驳。然而此时，老千看到的却是满天繁星。他知道，死亡已经向他走来，然而他必须在死亡到达之前，见到他要见到的人。

国民党军队少校黄津弗就是在这个时候发现了老千，几个士兵像捕鱼一样，向老千甩去一张大网，老千还没有明白发生了什么，就被捆住了手脚。黄津弗押着老千，火急火燎地往旅部送。

在半山腰的旅部门口，老千一眼就看出来，琅琊独立旅多出了一个人。那个人站在门口的石头狮子前面，身穿笔挺的将校呢制服，戴着雪白的手套，身躯挺得像一棵松树，俨然一副正规军的派头。老千心里猜测，这可能就是郑亦雄了。

老千已经有半年没有到琅琊州了，就是在这半年里，琅琊州发生了很大的变化，陈奇仁的保安团被何长官收编成琅琊独立旅，何长官派来一个叫郑亦雄的上校来当参谋长，实际上就是接管了这支部队。郑亦雄这个名字，在渤海湾方圆几百里都很响亮，这不仅仅因为他是当年徐州会战中的敢死队长，还因为前不久在反扫荡战斗中，他亲手击毙了当汉奸的叔叔。

果然，黄津弗对老千说，抬起你的头，这位是琅琊独立旅郑亦雄参谋长，有什么情况，向郑参谋长报告。

老千虽然是第一次见郑亦雄，但内心早有好感，也就没有隐瞒自己的情报。老千说，鬼子昨夜集结五路人马，连同汉奸部队，五千多人秘密出城，昼伏夜行，正在向清河根据地和琅琊州潜动，准备实施偷袭。请郑长官赶紧派人向清河支队通报，两家联手御敌。

郑亦雄倒是沉得住气，看了老千半晌才慢吞吞地问，你这情报是从哪里来的？

老千说，这个你不要问，我的情报绝对可靠。

郑亦雄抬头看看天，又低头看看地，天上霞光已然散去，蓝天白云，几只飞鸟悠然掠过。忽然，郑亦雄的目光停住了，停在一棵柳树上。皱皱巴巴的柳枝上，好像有几枚嫩芽。郑亦雄拍打着手套说，朗朗乾坤，青天白日，这么好的天气，你是大白天说梦话啊！

老千愣住了，说，打仗是由老天说了算吗？

郑亦雄说，当然是，打仗要讲究天时地利人和，摆在前面的就是天。这不是个打仗的天。

老千火了，大声嚷嚷，姓郑的，你要是中国人，赶紧把我的马还给我，我要向杨司令报告。

郑亦雄还是不紧不慢，悠悠地说，你说他昼伏夜行，他伏在哪里，行在何处？

老千说，这就是我之所以冒险出城的原因，目前还搞不清楚鬼子的路线和日程安排。鬼子这次行动十分保密，应该准备得非常周密。

郑亦雄看着老千，突然冷笑道，好你个奸细，造谣惑众，乱我军心，来呀，关起来，待我查明真相后再做处置。

黄津弗一挥手，几个士兵架住了老千。

老千的双手被士兵紧紧缚住，伸长脖子大喊，姓郑的，放开我，难道你想当千古罪人吗？

三

郑亦雄的好心情被破坏了。这顿早餐，他只喝了一碗小米稀饭，然后走进作战室，把分管作战的副参谋长叶乃伍和作战科长田齐鲁叫过来分析敌情。

田齐鲁把一张大比例地图摊在郑亦雄的面前，沿着詹家店西南柳沂河岸画了一条曲线，有些着急地说，虽然我们不能判断鬼子的去向和日程，但是，五千多鬼子汉奸深夜秘密出城，这是一件非常值得重视的事情。

郑亦雄皱着眉头，俯在地图上，看了半晌，拿起铅笔在上面画了几道曲线，然后才抬起头来说，五千多人，你真的以为鬼子汉奸会出动五千多人？五千多人离开詹家店，半个渤海湾都会有动静的。我总觉得其中有诈。

田齐鲁说，参座，那个八路军的探子，他死都快死了，还能撒这么大的谎？

郑亦雄笑笑说，黄盖都会搞苦肉计，他们就不会搞？这段日子，琅琊独立旅内外，到处都有他们的探子，我甚至怀疑，我们搞个操典都被他们了如指掌。他会不会趁我立足未稳，派人送个假情报，引蛇出洞，端我老窝？

田齐鲁惊愕地看着郑亦雄，口气很冲地说，参座，现在是统一战线时期，杨蓼夫不会干那种亲痛仇快的事情。

郑亦雄阴冷地看了田齐鲁一眼，不会？你怎么知道不会？你了解杨蓼夫还是我了解？老叶你说呢？

叶乃伍长着个弥勒佛像，很慈祥的样子，但是说出来的话却很肯定。叶乃伍说，杨蓼夫借刀杀人并不能排除。他们对那个太和事变一直耿耿于怀，在另外的战场报复一下怎么没有可能？

田齐鲁发现麻烦大了，不顾尊卑，抖了抖地图，又把地图挂在墙上，昂着脑袋说，二位长官，情况已经十分危急了，我们不能坐而论道了，得紧急行动起来。

郑亦雄倒是好脾气，仍然不紧不慢地说，行动？怎么行动？就凭土八路的奸细送来这么个半截子情报？你说他昼伏夜行，伏在哪里，行在哪里？狗咬刺猬，无从下口啊！

田齐鲁心里暗暗叫苦，但是还在做着最后的努力。田齐鲁说，我提议，以最快的速度向八路军清河支队通报，两家长官联席商量应敌对策。

郑亦雄盯着田齐鲁看了一会儿，田齐鲁的头低下去又抬起来。郑亦雄说，绝无此种可能。别说这个情报纯属子虚乌有，就算是真的，我们也要封锁消息。

田齐鲁把最后的希望寄托在叶乃伍身上，叶乃伍避开田齐鲁哀求的目光，看着地图说，参座深谋远虑。不管是真的假的，这一仗我们都不能打。如果是真的，我部应该避战，而让土八路跟他们拼个鱼死网破，我部方能保全。

田齐鲁不禁喊了起来，万万不能啊，倘若八路军受到突袭，我部也就危险了，唇亡齿寒啊！

郑亦雄厉声喝道，田齐鲁，请坐正你的屁股。再有异议，那就是同党国离心离德，该当何罪，你自己想吧。

郑亦雄说完，扬长而去。叶乃伍跟在郑亦雄的屁股后面，走到门口，又转过身来，走近田齐鲁，拍拍他的肩膀说，老弟，识时务者为俊杰，参座对八路成见甚深，何必触那个霉头？

田齐鲁张大嘴巴说，可是……

叶乃伍诡异一笑说，可是什么？你以为参座真的看不出危机吗？什么叫料事如神？郑亦雄就是。

田齐鲁的嘴巴还在张着，可是……

叶乃伍又拍了一下田齐鲁的肩膀，没有可是，只有可能。等着吧，好戏还在后头。

直到叶乃伍离开了作战室，田齐鲁的嘴巴还是没有合上。

嘴巴合上的时候，田齐鲁想起了郑亦雄刚才画的几条曲线，等他扑到地图上，那几条曲线已经消失了，不知何时已经被郑亦雄擦去了，几乎不见痕迹。

就在那个瞬间，田齐鲁闻到了血腥气。

十年后，田齐鲁在渤海文史馆看到了这样一段资料：**1944 年秋，日军在山东战场节节失利，后方补给捉襟见肘。为了征集战争物资，日酋河上川蓄谋已久的所谓“打铁行动”拉开帷幕，此次行动保密程度超出常规。八路军地下工作者冒死出城，但由于国民党军队破坏，情报未能及时送到清河支队。**

自然，这是后话了。

四

清河镇是渤海湾一个很有名气的老镇，因渔业发达和海上交通便利而成为渤海湾西南的商贸重地，街面商铺接踵比肩，酒楼茶肆林立，小商小贩自得其乐。时值元宵节，清河镇喜气洋洋，青石板路的两边张灯结彩，各种货物琳琅满目。

自从清河支队住进清河镇，詹家店的日军就没有到这里来过。打仗嘛，杨司令立下的规矩，要把战火引到敌占区去。杀个汉奸，拔个据点，总是在詹家店旁边动手。日军在渤海湾的底部有一百多里防线，防不胜防，清河镇难得地闹中取静，很快就恢复了日子的红火，何况还是元宵节呢。

街东头戏台上，悬挂着“军民同乐 团结抗敌”横幅，横幅下面的戏台上，正在上演《贵妃醉酒》。

周杰宁打马穿街而过，心急火燎地找杨司令，第一站就是东门大戏台。

咚咚呛，咚咚呛，呛呛得得呛得得，咚咚呛呛咚咚呛，好热闹的一台戏啊。三十里外的枪炮声，就在这热烈的锣鼓声中被淹没了。

周杰宁勒马远望，但见台上的花旦伴着锣鼓碎步轻移，花枝乱颤，翘着兰花指，正捏着假嗓子忸怩作态地唱着"高山流水情谊长，人间悲欢几多伤"……

"贵妃"唱着扭着，一不小心，露出了驳壳枪的枪柄和红绸子。台下有人喊，花旦不是识字班啊，腰里还别着盒子枪呢。

清河地界，叫年轻的小媳妇不叫小媳妇，叫识字班。这都是八路军来了之后形成的风气。

"贵妃"倒也老辣，一边唱着，一个转身，把驳壳枪顺势一掖，再转过身来，驳壳枪的枪柄就不见了，只是腰里鼓鼓地多出一块。台下轰然大笑。

周杰宁顾不上看这个西洋景，翻身下马，把马拴在一根柱子上，侧身挤向戏台，正要上去，一个执勤的战士把他扯了下来。周杰宁恼火地说，我有重要的事情要报告。

那战士不卑不亢地说，首长交代，正月十五，军民同乐，不许打扰。周杰宁挥起拳头扬了扬，知道铁敦团吗？战士说，知道，打不烂的铁敦，罗政委起的名。周杰宁说，老子就是铁敦团的团长。战士伸出舌头嚷嚷，妈呀，周老虎！

战士后退一步，让出道来。周杰宁二话不说，纵身一跳，登上戏台，站在后面对两个演员察言观色，捕捉目标。

台上的人不知道后面发生了什么事情，还在忸怩作态忘我地唱着，"借酒浇愁愁更愁，且把三更当五更"，冷不防，周杰宁一个箭步蹿上去，挡住了"贵妃"的去路。周杰宁立正报告，司令员，有情况！

台上台下顿时大乱，议论纷纷。"贵妃"一怔，揭开面具，低沉喝道，周杰宁，你捣什么乱，我第一次当票友就被你搞砸了！

周杰宁也怔住了，报告杨司令……啊，错了，你是龙副司令？

龙捷三把面具合上，满脸不高兴，什么事？快说！

周杰宁说，黑风山口发现敌人，形似土匪，但我分析，很有可能是日军和汉奸的大部队。

龙捷三正在卸行头的手又停住了，好像还没有从戏里走出来，随时准备重返戏台。龙捷三说，怎么可能？詹家店离黑风山一百多里路，怎么一点动静都没有就出现了？你们是不是弄错了？

周杰宁说，龙副司令，我，我也没有把握，不过，凭直觉，我觉得幕后有鬼子。

台下乱哄哄的，有人喊，贵妃原来是司令啊，接着唱啊！

一壮汉喝彩，司令好功夫，八路军文武双全啊！

龙捷三朝台下看了看，脱掉戏装，向后台一扔，火冒三丈地斥责周杰宁，这么大的事，为什么不侦察清楚？

周杰宁一脸委屈，我怕误事啊，倘若真的是鬼子偷袭，那就是灭顶之灾啊，现在突围都来不及了。

龙捷三匆匆擦了两把脸上的油彩，大手一挥说，快跟我走，向杨司令报告。

五

那天早晨，章慧本来是去东头看戏的，一抬头看见政治部副主任任冰雪，想躲已经来不及了，只好硬着头皮上前打招呼，任副主任，你也来看戏啊！

任冰雪没好气地说，看什么戏啊，我来看你。你过来，跟你说个事。

章慧无奈，只好跟着任冰雪走，一步一回头地看着戏台。章慧刚刚从墨镇地下组织转到清河支队，在宣教科当科长，其实科里就她一个人，目前主要的任务是给妇女识字班当教员，通过识字班发动群众。刚来的时候听组织科长许东湖说过，任冰雪是从长征过来的老红军，脾气很大，还没有来得及领教，今天被任冰雪叫住，不知道发生了什么事情，心里很是忐忑。

任冰雪把章慧领到戏台南边的巷子口，开门见山地说，我刚刚听说，李其仁要把你介绍给杨蓼夫当老婆，有没有这个事啊？

章慧愣了半天，面红耳赤地说，是有这个事。但是杨司令并没有当面跟我明说，也许是同志们有些误解吧？

任冰雪问，那你的态度呢？

章慧表情复杂地说，我什么态度也没有，我是来革命的，来抗日的，我不是来给谁当老婆的。

任冰雪高兴了，挥动胳膊说，好，说得好！你有这个态度就好！女同志嘛，参加革命，会比男同志遇到更多的麻烦。我听说杨蓼夫授意李其仁把你从地方调来，明确你的任务是给他当副官，直接在他身边工作，被你拒绝了，是不是这样啊？

章慧半天才说，任大姐，我，我……不想回答这个问题。

任冰雪继续激动着，胳膊挥得像拳击，信誓旦旦地说，章慧同志，你要相信我，我是从长征过来的红军干部，你的遭遇我也遇到过，还不止一次。在川陕根据地的时候，有一个师长，跟我讲要娶我当老婆，还跟我动手动脚，你猜结果怎么样？

章慧茫然地看着任冰雪。

任冰雪咧嘴大笑，嘿嘿，我随手就给了他一枪，子弹从他裤裆下面穿过去。我跟他讲，你要是再不老实，我的枪口就抬高一寸。吓得他脸都白了。

章慧本来不想笑，但是看见任冰雪笑得灿烂，只好也笑了一笑，算是表达对顶头上司的尊敬。

任冰雪说，我听说你当年在济南乡村师范就参加了地下工作，詹家店失陷后还到齐鲁大学组织过学生运动，应该是个很有经验的老同志了。组织上把你调来，是希望你发挥更大的作用，不能因为儿女情长影响了个人进步。

章慧老老实实地说，就是出于这种考虑，我现在不谈个人问题。

任冰雪突然一拍章慧的肩膀，拍得章慧倒吸一口冷气。任冰雪说，很好！章慧，我跟你讲，在男人堆里打天下，就要硬气一点，不能怕！你听着，我发给你一支手枪，谁敢逼婚，你就学我，给他一枪。

任冰雪说着，递过来一支驳壳枪。章慧惊恐地看着任冰雪，连连后退说，任大姐，我不会开枪。

任冰雪奇怪地问，你不会开枪？你怎么不会开枪呢，不会开枪算什么八路军？……你是不是不敢向杨蓼夫开枪？

章慧说，我连鬼子都不敢打，我怎么能向杨司令开枪呢？他是老革命，赫赫有名的抗战英雄。

任冰雪看着章慧，泄气地说，嘿，你这个臭知识分子，屁用没有。啊……任冰雪似乎想到了什么，突然一拍脑门说，你是不是真的想嫁给杨蓼夫啊？

章慧也一拍脑门说，任副主任，我早晚得嫁人吧，你给我一个盒子炮，谁向我求婚我打谁，那我不是要当一辈子女光棍吗？

任冰雪鼓着眼睛看着章慧，突然把驳壳枪抽出来，"咔嚓"一声把子弹推上膛，举起来指着章慧说，你要是敢嫁给杨蓼夫，我就毙了你。

章慧吓得脸色苍白，后退两步，差点儿被石级绊倒，趔趄一下，站稳了，反而不退了，迎着任冰雪，颇有大义凛然的气概。章慧说，我就是要嫁给杨司令，你毙了我吧。

任冰雪气得发抖，嘴里磕磕巴巴地骂着，举着枪的手不知道该不该放下，上上下下地比画。

幸亏司令部参谋于建兴屁颠颠地跑过来，向任冰雪报告说，杨司令请她去打球，这才给了任冰雪一个台阶下。任冰雪悻悻地收起驳壳枪，冲章慧恶狠狠地说，你给我等着！

六

龙捷三和周杰宁找遍了司令部作战室、政治部会议室、司令部房东家，还是没有找到杨司令。后来还是周杰宁拍了脑门说，篮球，篮球！

龙捷三也拍了脑门说，他妈的，怎么忘了这一茬！

清河支队的篮球赛别开生面，十几个人一律身穿无袖布扣短衫，篮球打得不按规则，乱糟糟的一窝蜂哄抢，狼奔豕突。

任冰雪窝了一肚子火，冲进球场的时候，余河沿正在训话，说，打球要讲规矩，不是谁抢到手就算赢，这就好比投弹，你老是把手榴弹抱到自己怀里，那是什么后果？手榴弹要投到鬼子窝里，才算赢。明白了没有？

任冰雪向余河沿嚷道，他妈的，都什么时候了，你们还打球？

余河沿说，你要是不打，可以退场。

任冰雪火了，谁说我不打？我加入黑队。

余河沿说，好，那你得遵守规则，看我示范。

示范完了，又开打。黑方队员殷福塘得球，甩开大步往前冲，在离对方篮板二十米处，被白方堵住。殷福塘一看难以突围，索性不冲了，双手搂球，从裤裆下面把球扔出去，居然进了球框。

白方队员9号大喊，不算，殷福塘你这是什么投法？兜粪啊！

殷福塘嘿嘿一笑，裁判说，可以这样投！

话音刚落，一个球传来，9号猝不及防，被任冰雪截住。任冰雪向殷福塘发令，3号，看好！

9号赶紧扑过来，殷福塘见9号来势汹汹，嘿嘿一笑，转身，从头顶倒着把球扔了出去，又中了。9号愤愤地说，他妈的，这个殷福塘，真扔手榴弹啊！

白方发球，球传到9号手里，9号一路狂奔，横冲直撞，见任冰雪挡在前面，横起肩膀将任冰雪撞倒。任冰雪一骨碌爬起来，气急败坏地喊，他妈的犯规还打？你给我站住！9号不理睬任冰雪，继续带球突围，终于将球传出去。任冰雪四下寻找家伙，找不到，急中生智，脱下一只鞋，向9号扔了过去。9号以为是篮球，腾空接住，一看是鞋子，骂道，这个女军阀，像个乡下娘们儿！

任冰雪说，我这是以革命的两手对付反革命的两手。

9号扬起胳膊，把鞋子又扔向任冰雪，说，好男不跟女斗。任冰雪接住鞋子，哈哈大笑。

转眼之间，白方截球成功，9号高喊，快传给我！白方6号终于把球传给9号，9号一跃而起，投篮未中，刚刚抢到篮板，正要腾空投篮，孙大竹暗暗伸出脚，搞了一个扫堂腿，9号摔了个仰巴叉。

双方队员一拥而上，奋力抢球，不可开交。围观的官兵顿时喧腾起来，两边起劲地高喊加油。

龙捷三和周杰宁远远地看见一堆人像一座晃动的山，赶紧冲了过来，走到人堆前面，两人一起动手，连拽带推，把上面的战士掀开，最后只剩下9号。

9号仍然扑在篮球上，闭着眼睛捍卫篮球。龙捷三仰起脑袋，轻轻咳嗽一声。9号忽然感觉不对，抬头一看，看见了龙捷三唱戏用的花鞋，再往上看，便看见了龙捷三。球员们知趣地溜走了，躲在老远看热闹。

龙捷三哭笑不得，但还是敬了个礼，报告说，杨司令，有情况，有紧急情况！

9号，也就是清河支队司令员杨蓼夫，一骨碌爬起来，胳肢窝仍然夹着篮球，不紧不慢地问，多大个事啊，难道是天塌下来了？

龙捷三说，天没有塌下来，但是鬼子来了。

杨蓼夫怔了一会，一拍屁股说，啊，妈的，这小鬼子真操蛋！老子刚刚学会运球，就来败老子的兴！老子偏不理他！说着，向球员们挥手说，过来，接着打！

孙大竹喜气洋洋地跑上场问，司令员，是不是鬼子来了？

杨蓼夫拍着篮球，一跳一跳地说，他就是老天爷来了，我也得把这场球打完。说完，又上场打球去了。

周杰宁急得直跳脚，嚷嚷说，司令员怎么回事，未必他有锦囊妙计？龙捷三眉头一皱，计上心来，对周杰宁说，看我的！

还没等周杰宁反应过来，龙捷三呼呼跑上球场，舞奓着两只手对余河沿比画，老余，你这个裁判太差，你下去，我来吹！

龙捷三跟着球员一路小跑，那模样不像一个裁判，倒像是护着学步婴儿的老奶奶。球场内，孙大竹企图拦截杨蓼夫，龙捷三突然冲孙大竹大喊，孙大竹，不要犯规，脚下，注意脚下！

孙大竹一惊，猛地停下步子，看看脚下，啥也没有，抬起头来看看龙捷三，龙捷三给他一个怪笑。孙大竹明白上当已经来不及了，杨蓼夫早就突破防线，一个三步上篮，篮球落入球圈。

龙捷三猛吹哨子，时间到，全场结束！

杨蓼夫给了孙大竹一拳说，孙大竹，打球，你还差点儿！

孙大竹恨恨地看着龙捷三说，龙副司令，你真吹黑哨啊，我正打球，你让我看脚下干什么，我脚下有狗屎啊！

杨蓼夫穿好军装，对龙捷三说，走吧。

龙捷三稀里糊涂地问，到哪里去？

杨蓼夫说，不是鬼子来了吗，找朱大爷啊，我请他算一卦，看看这仗怎么打。

七

朱茂煊一觉醒来，太阳已经一竿子高了。老先生从棺材里爬出来，痛痛快快地伸了几个懒腰，抠抠眼屎，从屋角摸出一堆煎饼的残渣，水缸里舀了一瓢凉水，搬个凳子坐在门口，开始享用一天的第一餐。正吃着，看见几个人拐进巷子，原来是杨司令来了。

朱茂煊说，啊，司令驾到，莫非又有麻烦了？

杨蓼夫说，正是。

朱茂煊咧嘴笑了，人家都说我朱茂煊是个老疯子，偏偏杨司令听我这个老疯子的，只要有麻烦就找我算命，赏我一口饭吃。

说着，让开道，领头往屋里走去。

朱茂煊的屋子很小，里面空空荡荡，门后三块砖头支着一口小锅，下面的木炭已经冷了半年。靠西的山墙下摆着一口棺材，里面放了一堆破衣服，箱子是它，床也是它，倒也省事。

进了屋，朱茂煊又从水缸里舀了一瓢凉水，把手伸到水瓢里搓了两把，然后就开始张罗艾草，不知道从哪里找出三炷香，打着烟火燃上，三缕细细的青烟就袅袅升腾起来，到神仙那里传话去了。

杨蓼夫站在门后，静静地看着，也不说话，这套程序他已经熟悉了。杨蓼夫不说话，气氛就显得肃穆，身后门外的参谋更是屏声静气，生怕惊动了神仙。

准备工作就绪，朱茂煊把艾草往棺材板子上一根一根地放好，看着杨蓼夫说，杨司令，今天占为何事？

杨蓼夫说，鬼子来了。

朱茂煊吃了一惊，抠抠眼角说，啊，鬼子来了，你也找我？

杨蓼夫说，你给我问问，鬼子来了，我是打还是不打？

朱茂煊说，啊，鬼子来了，你还不打，你还想跑？

杨蓼夫说，好，你老人家说了算，你说打，那就打。你再问问，在哪里打？

朱茂煊愣住了，把艾草捡起来，一根一根地捻动，一根一根地察看，看了半晌才说，这个我说了不算。

杨蓼夫说，朱大爷，把你那张八卦图给我。

朱茂煊说，啊，八卦图，你说的是晒盐沟的图？

杨蓼夫说，正是。

朱茂煊眨巴眨巴眼睛，好像明白了什么，咧嘴笑笑说，杨司令，你要学孔明，给鬼子布阴阳阵？

杨蓼夫说，叫花子不能和龙王爷比宝，我的破枪破炮，搞不过鬼子的洋枪洋炮，我得出奇招。

朱茂煊愣了半晌，击掌道，好，天时地利，扬长避短。梦里连营号角，沙场秋点兵……你等一下。

杨蓼夫静静地等待。

朱茂煊不说话了，拿起一把艾草，放在竹筒里搅拌，然后让杨蓼夫抽签。杨蓼夫熟门熟路，随意抽了一根，交给朱茂煊。

朱茂煊盯着艾草看了一会儿，口中念念有词，猛地睁开眼睛说，正月十五赶大集，杨柳枝头春风起，飞鸟衔来露水枝，东边日头西边雨。杨司令你明白了吗？

杨蓼夫说，明白了……不过，还不是全明白，一会你还得给我细细说道说道。

朱茂煊摊开一张皱巴巴的黄草纸，上面曲里拐弯地画着一些很难看懂的符号，神神秘秘地交给杨蓼夫说，这下行了吧？

杨蓼夫小心翼翼地收起图卷，对龙捷三说，行了，有了这个，跟鬼子打仗，底气就足了。

跟随杨蓼夫一起来的人都觉得好笑，但是没有人敢笑，因为杨蓼夫没有笑。

八

回到支队部，杨蓼夫就召开作战会议，分析日军此次出城，目的在于抢粮，而且从目前掌握的态势来看，是两线作战，一路进攻清河，一路进攻琅琊，所以，北线周杰宁在莫宁岗要做打硬仗的准备。南线利用地形，只防御，不出击，坚持半夜，日军自然不战而退。

杨蓼夫对敌情的判断，支队首长并不完全认可，但是由于日军偷袭，既然不做转移准备，利用晒盐沟进行防御，不是上策也是上策了，所以最后还是通过了杨蓼夫提出的方案。

散会后，龙捷三跟在政委景晓纯的屁股后面嘀咕，杨司令又去找朱大爷算卦，清河支队打仗，怎么能让一个老疯子说了算啊！

景晓纯想了想说，杨司令当然不会相信算卦，但是士兵和老百姓相信算卦。你琢磨吧，这里面名堂大了。

龙捷三眨巴眨巴眼睛，没有琢磨明白，又嘀咕了一句，司令员是不是闹情绪啊？

景晓纯奇怪地问，闹什么情绪啊？

龙捷三支支吾吾地说，听说老李给老杨张罗了个女学生，就是政治部的章慧，那个章慧扬言，她到清河支队来是抗日的，不是来当压寨夫人的。就是嫁人，也只能嫁给……龙捷三说着不说了。

景晓纯狐疑地说，你老龙怎么回事，你一向光明磊落直来直去，这次怎么瞻前顾后的？

龙捷三吭吭哧哧地说，唉，这事闹的……他妈的还把我给牵连进去了。

景晓纯更糊涂了，跟你有什么关系啊？

龙捷三想来想去，心一横说，政委我干脆跟你彻底汇报吧，听说章慧对别人说，就是嫁给老革命，也要嫁给龙副司令这样有文化的老革命，再说，杨司令的脸上还有麻子，比英俊，还是龙副司令。

景晓纯停住步子，奇怪地看着龙捷三，看得龙捷三直发毛。龙捷三心虚地说，政委，这话可不是我说的，是章慧，唉，都是她们妇女识字班的那些娘们儿传闲话，我跟这事一点儿关系没有。

景晓纯说，杨司令脸上有麻子吗，我怎么没有看出来？再说，你比杨司令英俊吗，我还是没有看出来。

龙捷三连连摆手说，我知道，杨司令脸上有几个洼坑，那是刚到清河的时候被鬼子的小炮炸的，说我比杨司令英俊，这他妈的就是糟践我，说我像娘们呗。

景晓纯说，章慧说过要嫁给你的话吗，显然是你自作多情嘛。我警告你啊老龙，现在是什么时期？是抗日战争最艰难的时期，一个副司令员，传出跟司令员争风吃醋的丑闻来，那不是道德品质的问题，而是立场原则的问题。你要注意！

龙捷三傻眼了，眼珠子一转说，政委，咱不说这个了行不行？

景晓纯说，不说这个说什么？哦，你刚才说什么，说杨司令闹情绪？嘿嘿，这个更不对。杨司令那么大个人，怎么会为儿女情长闹情绪呢，简直是诋毁同志。

龙捷三转眼之间就冒冷汗了，张口结舌地说，政委，政委啊，我不是这个意思，我是说，我怕杨司令一时想不开，一时赌气，拿部队拼命啊……

景晓纯笑笑说，还是诋毁同志。不过，这个事情嘛，还真不好说。我得去摸摸底，这男女之间的事就是狗毛炒韭菜，择不净啊！

景晓纯说着，转身就往回走，找杨蓼夫去了。龙捷三一看不妙，一把拉住说，政委，你可不能说是我说的啊，杨司令那个脾气，他敢跟我动枪。

景晓纯不怀好意地看着龙捷三说，我当然要说是你说的，我不说是你说的，难道让我说是识字班的娘们说的？

龙捷三吃惊地看着景晓纯，景晓纯冲他诡秘一笑，转身向指挥部走去。

景晓纯回到指挥部，发现杨蓼夫两只腿夹着一只篮球，正用铅笔在上面画着什么，参谋长贺荣海在一边指指点点。见景晓纯返回，杨蓼夫说，怎么又回来了，不是去组织民工吗？

景晓纯说，我还是不大放心。老杨，你对敌情的判断，是不是过分自信了点？

杨蓼夫说，政委，从接到敌情通报，这半个小时，我的脑子一刻都没有停，别看我在球场上打球，脑子里装的全是敌情。

景晓纯说，可是你判断他在芽子谷分兵，依据到底是什么？

杨蓼夫说，鬼子这次来，一个主要的目的，是要搞粮食，一定会有一个辎重部队，而辎重部队从滩套区无法通过，必然要走清渤公路，所以我料定，他在芽子谷会兵分两路，两线作战，东线偷袭清河，西线接应辎重。

景晓纯怔怔地看着杨蓼夫，击掌道，哎呀老杨，听你这么一分析，茅塞顿开。这样我也就明白了，为什么要利用这个机会，派章慧带小分队到墨镇，原来是吃着碗里的看着锅里的啊。

九

这个早晨，章慧戏没看成，还被任冰雪骂了一顿，心里自然不痛快，正在识字班上课，杨蓼夫的警卫员王进阶来了，说杨司令有请。

见到杨蓼夫，章慧感觉很别扭，不知道该做出什么姿态，直到杨蓼夫说明，要她带小分队去墨镇，她才明白，真的是一件重要任务。

杨蓼夫说，宋瑜不是我们的敌人，如果我们能获得她的同情和支持，她将成为我们可靠的同盟。这对于我们开展墨镇的工作，打通北方抗日的通道，将会产生重要的战略意义。你的前期任务，具体说来，就是接近她，保护她，逐步争取她。

章慧说，司令员，自从我参加八路军以来，宋瑜和我已经断绝了交往。她是个基督徒，不同任何党派主义搅和。

杨蓼夫说，此言差矣，基督徒也是有正义感的，宋瑜父女都是爱国人士，只是目前受郑亦雄影响，对我军不了解，不信任。我们要用我们的抗战行为感召她，最终获得她的支持。我们早就想走这一步棋了，时机一直不成熟，但是现在，机会来了。

章慧若有所思，问道，为什么是现在？

杨蓼夫说，现在，哦不，很快，墨镇就会有一场灾难，宋瑜需要帮助。这时候你出现在她的身边，那你就是她的上帝。

章慧的嘴巴半天才合拢，喃喃地说，原来是这样啊！

章慧心情复杂地接受了这项任务，但她还是向杨蓼夫坦陈了她的担忧。章慧说，我对宋瑜的工作没有把握，这个人谁也不相信，她只相信上帝，我不知道我能不能把她拉到我们这一边。

杨蓼夫看着远处，突然笑了，相信上帝？那她和我们一样，都是有信仰的人。所以，我们更有理由争取她。

章慧不解地看着杨蓼夫说，司令员，我们可是唯物主义者啊！

杨蓼夫说，章慧同志，唯物主义是什么？我跟你讲，上帝也是一种物质。

章慧吓了一跳，啊，司令员，你也相信有上帝？

杨蓼夫说，我为什么不能相信有上帝？

章慧说，因为这个世界上压根儿就没有上帝。

杨蓼夫笑了，你怎么知道这个世界上压根儿就没有上帝？

章慧一时语塞，想了半天才说，啊，这个问题，我也说不清楚……也许，因为从来没有人见过上帝。

杨蓼夫哈哈大笑说，章慧同志，第一，你说从来没有人见过上帝，你是怎么知道的？

章慧老老实实地回答，我不知道，我是猜的。

杨蓼夫说，第二，你不知道的事情，你怎么知道就没有？你看看天上是什么？

章慧疑惑地抬头看看，眨着眼睛说，天上？天上是……太阳。

杨蓼夫说，太阳以外是什么？

章慧思忖道，太阳以外，应该是银河系吧。

杨蓼夫手掌向外一推，可是银河系以外呢，银河系以外的以外呢？我小时候，我娘还活着的时候，我就问这个问题，问了几十年，谁也说不清楚。你永远也不知道这个世界到底有多大，同样，你也永远不知道这个世界有多小，所以，你没有见过的东西，你就不能轻易下结论说没有。

章慧说，啊，司令员，你这么一说，我都糊涂了，难道真有上帝？怨不得有人说杨司令打仗……章慧不说了。

杨蓼夫问，说什么？说我打仗讲迷信、找朱大爷算卦是不是？我告诉你，那都是假的。以后你慢慢悟吧。

十

从清河到墨镇抄近道也有四十多里路，小分队马不停蹄，才走出不到十里路，章慧的脚就打泡了。直属营长孙迎风坚持让章慧骑马，章慧最初还不好意思，孙迎风说，再不骑马，你就没法走路了，那将影响整个行动计划。章慧这才半推半就地骑上去。

下午三点左右，章慧和孙迎风带队终于赶到墨镇，在城东的国立中学，章慧向宋瑜讲了鬼子偷袭的事情，鬼子可能会趁战乱骚扰墨镇，她奉杨司令的命令特地率领小分队来保护宋瑜。

岂料宋瑜并不领情，反而怀疑八路军假借战事染指墨镇。墨镇是侵华日军、国民党军队和八路军三方达成协议的非战区，她不希望八路军进入墨镇。宋瑜说，本来墨镇是非战区，你们这一来，恰好给日军以口实，实际上是把墨镇拖进泥淖。

章慧跟宋瑜说了半天，宋瑜坚持让八路军迅速离开。

章慧在墨镇做过地下工作，对宋瑜非常了解，国立中学附近的情况也很熟悉，既然宋瑜排斥，章慧也不强求，交代孙迎风将小分队安排在对面慕茗茶馆暂且隐蔽下来，静观其变。

战斗果然在下午四时打响了，清河支队副司令龙捷三和二团团长黄格选指挥部队，分别在三个方向诱敌深入，日军且战且进，眼看越来越接近清河镇，却没有想到，就在清河外围两公里不到的地方，不知不觉地进入了清河支队布下的口袋。

清河的枪炮声，传到了北方三十里的琅琊州。事实上，郑亦雄早就盼着这一天了，自从他在潍烟战斗中亲手击毙了当“皇协军”师长的叔叔，自从他被何长官派遣到陈奇仁这个半兵半寇的部队，他就一直在等待这个机会，要同鬼子打一个大仗。

琅琊独立旅的作战会耐人寻味，只要说到抗日，军官们就沉默不语，哪怕你伸出手掌问，这是五个指头还是六个指头，也没有人回答你，军官们最礼貌的表现是不易觉察地点头，但点头之后就是不易觉察地摇头，摇得让你几乎看不见他在摇头还是点头。这是郑亦雄来到琅琊独立旅遇到的最难以忍受的事情。想当年，在徐州会战的战场上，他以敢死队长的身份率领六十勇士突入敌阵，十分钟之内就手刃二十多名鬼子，那是何等的畅快淋漓，连延安都给何长官发电报进行嘉勉。可是今日呢？

日军偷袭的消息已经被证实了，军官们依然王顾左右而言他，一团团长马边锋公开说，希望鬼子把咱们当个屁放了，二团团长王可范提议在卧龙岗和凤岗设置坚固防线，把鬼子拦截在八路军的根据地，坐山观虎斗。旅长陈奇仁哼哼哈哈，反复强调，没有了部队，你我都是屁。

郑亦雄的心里火冒三丈，但还是硬着头皮部署了兵力配置，其中有一个死命令，无论战况如何，必须守住凤岗阵地。

中午饭后，一团就进入了凤岗阵地，但是没有按照郑亦雄的要求构筑工事，团副郭保成正带着营长张谋金和连长赵大脚等人窝在掩蔽部里打麻将。

正打得起劲，冷不防虚掩的门板被一脚踹开了，郑亦雄怒气冲冲地出现在掩蔽部门口，后面跟着叶乃伍和田齐鲁。郑亦雄脸色铁青，扫视郭保成和张谋金等人，突然把手伸向腰间，拔出了手枪。

郭保成和张谋金见势不妙，争先恐后地钻在桌子下面。郑亦雄朝桌上当当开了两枪，喝道，都给我滚出来！

几个人从不同的角落滚了出来，哆哆嗦嗦地站在郑亦雄的面前。

郑亦雄说，你们听听，外面是什么声音？

郭保成侧耳听了一会说，报告参座，好像是雷声，天要下雨了。

郑亦雄怒道，你给我竖起你的驴耳朵，好好听听，那是雷声吗？那是枪声炮声。鬼子都打到家门口了，你们居然在这里聚众赌博。难怪鬼子能够长驱直入，败类误国啊！

张谋金回过神来，换上一副笑脸，向郑亦雄凑了凑说，参座，兄弟们等了一个上午，鬼子也没有来，谁想到刚摸上两把牌，他就来了呢？参座放心，卑职这就上阵地，不让鬼子前进一步！

郑亦雄冷冷地看着张谋金说，那好，这笔账我给你记下了，打完这一仗，我跟你坐下来慢慢算。

十一

南线的枪炮声隐约传来，周杰宁的部队也进入北线，在风岗南侧莫宁岗紧张地构筑工事。

周杰宁对马大海说，要准备恶战，阵地上准备一点水桶。

马大海为难地说，水桶？这荒山野岭的，我从哪里搞水桶去。

周杰宁说，你从哪里搞我不管，反正我要水桶。没办法，你就开个诸葛亮会。

马大海回到阵地上，当真开了一个诸葛亮会，大家七嘴八舌，最后是排长金功言出个主意说，水桶没有，但是风岗那边国军阵地上，有尿桶。马大海想想说，尿桶也行。

马大海亲自出马，带领金功言和殷福塘，到风岗国军阵地上借尿桶。国军连长赵大脚趁机敲了一竹杠，非要马大海拿钱买。三个人一共凑了六元法币，只买了几个破瓦盆，那几个尿桶，赵大脚要价是两块大洋，倒是殷福塘，随身揣着节省的伙食尾子两块大洋，本来打算过了正月十五回家娶媳妇的，这下派上了大用场。殷福塘很不情愿地从裤腰里找出两块大洋，交给马大海的时候坚持要马大海立字据。

马大海不耐烦地说，别说老子写不好字，就是会写字，写了有什么用？一会儿鬼子来了，你我能不能活着都难说，要字据干什么？殷福塘死心眼儿，坚持说，那要是打不死呢？马大海说，打不死老子还你四块大洋。

金功言也附和说，就是，这一仗打下来，连长要是不还你钱，我领你去找杨司令告他。殷福塘还是不干，马大海眉头一皱计上心来，对殷福塘说，伙计，临出发的时候，我看见团长的马褡子鼓鼓囊囊的，里面一定有不少大洋，你先垫上，到阵地了我就让团长还你。

这样好说歹说，殷福塘才把两块大洋交给马大海，又从赵大脚那里买了三只尿桶。

十二

清河西南的山腰，几棵树横竖一架，就是清河支队的指挥所。杨蓼夫和景晓纯居高临下地观察战场，眼看二团且战且退，日军前锋步步为营，很快就接近晒盐沟的边缘了。景晓纯兴奋地说，鬼子上当了，虽然迟疑，但还是进来了。

战斗进行一个小时不到，日军先遣部队的指挥官选择了一个制高点，观察战场动向，发现八路退却的路线有些怪异，退却的队形有条不紊，好像还是交替掩护，就感觉到不对了。指挥官下令，步兵停止进攻，炮兵进行试探射击。

到了傍晚，清河那边的情况由几个商人传到了墨镇，一家店铺前，聚集一群人，店老板眉飞色舞地比画说，鬼子确实来了，八路军和他们打起来了，我亲眼看见的，杨司令挥舞大刀，万军丛中取上将首级，杨司令的那匹黑马，腾云驾雾……

章慧进驻慕茗茶馆之后，视线一直没有离开对面的国立中学。孙迎风有些不理解，清河那边仗打得正急，为什么要抽出一个连的兵力大老远地赶过来保护一个中学，况且是热脸贴人家的冷屁股。从后晌赶到这里，别说给壶热水，那个名叫宋瑜的女校长像个冷美人，连个笑脸都不给。还是章慧凭借熟人的面子，向茶馆要了两壶开水，战士们啃了几口干粮咸菜，一个时辰过去了，宋瑜连面都不露一下，确实令人寒心。

但是，章慧不这么想。

墨镇是一个特殊的地方，因毗邻近海，商贸十分发达，有外国人的教堂、学校和医院，兴旺的时候，有一万多口人，是海货和内地物资的集散地。当初日军攻占渤海，由美国人出面协调，将此处化为“非战区”，侵华日军山东最高军事机关出于战略需要，同意了这个协议，但是明确提出，墨镇不得驻扎中国军队，一旦发现，同样视为战场。事实上，国民党军队从来并没有放弃对墨镇的渗透，虽然没有派驻军队，但是在墨镇派遣了特务机关。同样，日军在这里也有情报机构。只有八路军，为了墨镇免遭兵燹之祸，一直恪守协议，连地下组织也没有。然而，随着抗战全局的进展，墨镇的战略地位日益重要。这次日军偷袭清河，虽然从东线而来，但趁机西顾的可能性极大。那么，借此机会，八路军派出一支小分队，其实就是一块敲门砖，要让墨镇百姓看看谁在卖命抗日，谁能拯救墨镇百姓于水火之中。这个行动，其实是有深层含义的。在这个问题上，章慧感觉她和杨蓼夫第一次有了默契。

章慧在等待，等待一个恰到好处的时机。这个时机，果然在清河战斗打响三个小时以后降临在墨镇上空。

清河战斗中，龙捷三指挥的反伏击战斗，将一股日军驱赶在抗日沟外围，日军上尉指挥部队拼命突围，被八路军击伤。一股“皇协军”趁机抢出鬼子上尉，并以此为借口，脱离战场，夺路而逃，一路向北，到了黄昏，进入墨镇，抬着鬼子上尉直奔国立中学。

相隔五十米的慕茗茶馆，章慧紧张地注视着学校大门。“皇协军”军官让人拍门，声称是抗日部队，有伤兵需要救助。宋瑜亲自出门，一脸的神圣。宋瑜说，这里是圣人门下，教育重地，没有医院，请不要滋扰。“皇协军”官兵一拥而上，几个士兵哄笑着将宋瑜抬起来，往上抛掷，转眼之间，宋瑜的长衫就被扯碎了。

宋瑜哪里料到会如此侮辱，挣扎着怒骂，畜牲，你们还是中国人吗？你们就不怕天打雷劈？“皇协军”军官嬉皮笑脸地说，嘿嘿，我们都是脑袋别在裤腰带上的人，我们过一天算一天，我们谁也不怕。说着，伸手向宋瑜胸前摸了一把。

就在这时候，枪响了，“皇协军”军官应声倒地。霎时，枪声响成一片，从学校对面的慕茗茶馆里，子弹像飞蝗一样射向汉奸队伍。

这场遭遇战，拉开了八路军合法进驻墨镇的序幕。

十三

北线的战斗，最初集中在莫宁岗，周杰宁指挥两个连在莫宁岗主阵地上顽强阻击，日军三次组织进攻，均未得手。马大海从国民党军队阵地上收购的尿桶和瓦盆派上了用场，金功言抱着机枪，殷福塘抱着尿桶，两个人上蹿下跳，换地方打。

打着打着，机枪卡壳了，金功言大叫殷福塘，殷福塘熟练地抱起尿桶，往机枪管上一阵猛浇。金功言嗷的一声跳起来嚷道，往哪里倒，都倒我脸上了。殷福塘龇牙咧嘴，嘿嘿一笑说，又不是尿，是水啊！金功言说，那也是尿桶装的，还是国民党的尿。

鼓捣了一阵，机枪重新响了起来。

一个战士跑过来，把步枪管往尿桶戳了一下，尿桶里滋滋冒出一股白烟。后面的战士依次效仿。像排队似的，枪口往尿桶里戳一下，再举起来，拉开枪栓就能发射。

金功言边射击边嘟囔，好家伙，尿桶立大功了，连长，殷福塘的两块大洋派上大用场了！

马大海在一边快乐地喊，那是啊，这生意赚大了！

与莫宁岗相隔不到三公里的卧龙岗上，一片混乱。堑壕里，只有一半人在打，另外的人要么缩起脑袋，要么装死。

郑亦雄亲自过来督战，拎着手枪，昂首挺胸，从堑壕一头走来，走到一个东张西望的士兵背后，朝他身边开了一枪。士兵一惊，嗷的一声跳了起来。

郑亦雄问，想活命吗？

士兵战栗着，结结巴巴地说，想，做梦都想活着！

郑亦雄说，那就给我好好地打，打退鬼子你才能活命！

士兵愣了一下，扑到战壕边上，拉开枪栓放了一枪。

壕沟另一处，一个士兵抱头筛糠，郑亦雄大步流星走过去，向士兵的脚下开了一枪，还是那句话，想活命吗？

士兵抱头在地上乱滚，嚷嚷道，不想，不想活了！

郑亦雄吼了起来，什么，不想活了？那你还等什么？赶快去跟鬼子拼命啊，死了还算以身殉国！

士兵叫了起来，不，不，俺说错了，俺想活命！俺不想死！

郑亦雄上前扇了士兵一个嘴巴子，妈的，想活命还不去打鬼子？鬼子上来了你活个鬼啊！

士兵连滚带爬，扑到战壕上，使劲地放起枪，并且站起来扔开了手榴弹，疯了一般。

郑亦雄一路走去，一路放枪，嘴里一连声喊，起来，起来，给我上去，装死罪加一等，临阵脱逃，格杀勿论！

一个士兵被对方火力压得抬不起头来，正要开溜，冷不丁地往身后一看，朦胧中看见郑亦雄拎着手枪又回来了。士兵打了一个冷战，转过身去，扑在堑壕边上，起劲地拉动枪栓。

本来不堪一击、随时崩溃的阵地，在郑亦雄走了一遭之后，所有的人都伏在堑壕前壁上射击，子弹顿时密集起来。郑亦雄挺身站在阵地上，高声喊道，给我抬起头来打！

一发炮弹在前方爆炸，几个士兵连忙卧倒。一个军官从灰烬里试探着伸出脑袋，看见郑亦雄正抱着机枪扫射。军官打了个哆嗦，向身后挥手大喊，快起来，给我打！

日军的进攻被打退了。

这时候已近黄昏，经过几轮反冲击，郑亦雄的信心更足了，大咧咧地站在工事外面，对田齐鲁和王可范说，鬼子增援不多，说明土八路在莫宁岗打得不错。

田齐鲁说，我们已经打退了鬼子的四次冲锋，鬼子兵力有限，不可能没完没了地增援。

王可范说，鬼子太难打了，铁皮脑袋不怕死！

郑亦雄放下望远镜，不满地看了王可范一眼，自负地笑笑，狗屁，一样都是爹妈生的，没有不怕死的！我的老长官张自忠说过，不是日本人不怕死，而是我们中国人太怕死！

田齐鲁说，老长官一语中的，我们的队伍太不争气了。

郑亦雄看了看手表说，诸位，如果我判断没错的话，天黑之前，敌人一定会有一次更加猛烈的进攻，他一定要夺回清渤公路的控制权。卧龙岗、凤岗和莫宁岗这三个制高点，他最少也要夺取一个。

田齐鲁说，八路军打得好，对我们并非有利。鬼子实在打不动了，他就会退而求其次，寻找薄弱环节。

郑亦雄异样地看了田齐鲁一眼，似乎对田齐鲁的看法很重视。郑亦雄说，那你说说，这三个地方，哪里最有可能成为薄弱环节？

田齐鲁说，当然是凤岗。

郑亦雄若有所思，点点头说，老马那里，是要加强。这里拜托王团长，我到一团去看看。

十四

凤岗阵地的指挥官是张谋金。张谋金是第一次面对面同日军作战，他压根没有想到仗会真打。战斗发起后，他把希望寄托在卧龙岗和莫宁岗上，莫宁岗的八路军死不后退，卧龙岗上有郑亦雄督战，也是铁板一块。很快张谋金就发现情况不对了，那两个岗打得好，鬼子就把目标集中在他这个地方了，第一轮冲锋，鬼子的兵力比较单薄，几个绿林出身的军官还算有种，指挥四百多条枪对付三十多个鬼子，鬼子不想造成更大的伤亡，试探着打了一阵，又退了下去。到了后晌，鬼子找到了凤岗防御的薄弱环节，集中了一个中队日军和两个中队“皇协军”，在迫击炮的掩护下向上冲锋。赵大脚建议放近了打，张谋金内心惧怕，老早就组织射击，完全是为了给自己壮胆，白白消耗很多弹药，幸亏莫宁岗上周杰宁派出一个连在背后袭击日军，日军腹背受敌，才撤了回去。

按说，经过两个多小时的战斗，三个主阵地之间兵力火力交叉，已经构成了有效的防御体系，但是张谋金不敢轻易反攻，白白失去了良好的战机。

到了下午，日军索性收拢其他方向的兵力，集中进攻凤岗。郑亦雄已经发现了这个态势，也做出了相应的调整，亲自从卧龙岗方向调来一个连，只要张谋金再坚持半个小时，援兵就能赶到。但是张谋金继续坚持远战的策略，鬼子还没有到眼前，阵地上多数枪管已经打红了，张谋金让士兵找水，找不到，尿尿，尿不出。日军越来越近，张谋金就坚持不住了，让赵大脚把迫击炮放平了打，一炮出去，差点儿没把自己人打死。一发弹片擦着张谋金的肩膀飞过去，张谋金伸手一摸，手上有血，顿时大呼小叫，医生，医生，老子挂彩了，快来抢救！

赵大脚带领卫生兵过来抢救，发现张谋金并没有受重伤，弹片仅仅在张谋金的肩膀上咬掉一块肉而已。

张谋金却正好有了借口，龇牙咧嘴地向赵大脚交代重点防御地段，装出大义凛然地要求赵大脚，给我顶住，至少顶到半夜。

赵大脚明知张谋金这是临阵脱逃，却又不敢说破，只是说，营长，你这一撤，我只剩下两个排，拿什么顶到半夜啊！

张谋金说，死脑筋，不要跟鬼子硬碰硬，灵活一点。

赵大脚说，我倒是想跟他打游击，可是我一离开阵地，这阵地就不是我的了。

张谋金说，那我不管，你总不能让我一个身负重伤的人帮你守阵地吧。

赵大脚无奈，只好表态，营座，那你撤吧，我尽力而为。

这时候一发炮弹落在阵地里，张谋金大叫一声，卧倒在地。尘埃落尽，硝烟散去，赵大脚爬起来，东张西望，张谋金已经不见了踪影。赵大脚苦笑着对一名排长说，妈的，什么身负重伤？身负重伤还能跑这么快吗？再打一轮，如果鬼子进攻势头不减，老子也要考虑保命了。

十五

张谋金脱离战场之前，郑亦雄已经带着几个参谋和一个尖兵排向凤岗方向穿插了，还没进入张谋金的指挥所，便被日军炮火截住了去路，团指挥所眼看就成了阻击阵地。郑亦雄来了精神，趴在一块石头后面向山下射击。田齐鲁劝阻说，参座，太暴露了，你隐蔽一下，这里有我。郑亦雄说，我就是要让他们看看，什么是身先士卒！

正打得上瘾，黄津弗跑来向郑亦雄报告，鬼子抢占了二号高地，正在向我后方运动，冯德山告急。

郑亦雄头也不回，一边射击一边大大咧咧地对黄津弗交代，告急算什么？哪里都在告急，命令冯德山，顶住！

黄津弗说，鬼子偷袭，从右翼包抄，势不可当！冯德山三面受敌，已经很难支撑了。

郑亦雄回头看了黄津弗一眼，站起来，拍拍身上的土，戴正军帽，收回手枪，一边扣着扣子一边说，三面受敌？怎么可能？

黄津弗说，刘科长也在三团，冯德山的报告不会讹传。

郑亦雄愣住了，自言自语道，我一道防线二道防线都在作战，八路军还在莫宁岗死顶，怎么会打出个三面受敌来？右翼部队呢？张谋金呢，我的凤岗阵地呢？

黄津弗看了郑亦雄一眼，又看了田齐鲁一眼，眼皮一耷拉，半天不说话。郑亦雄发现异常，厉声追问，是不是张谋金那里出了问题？

黄津弗只好老实回答，张谋金身负重伤，部队伤亡惨重，已经撤下来转移了！

郑亦雄直直地看着黄津弗，像是受了很大刺激，半天才说，开什么玩笑！凤岗阵地正面充其量日军一个中队，伪军两个中队，而张谋金一个营，四百多条枪，居高临下，凭高据险，怎么能随便撤下来？

黄津弗无语，和田齐鲁面面相觑。

郑亦雄再也不顾风度了，跳起来，指着黄津弗吼道，你马上去，传我命令，命令张谋金，不惜一切代价，夺回凤岗阵地！夺不回凤岗，死路一条！

黄津弗为难地说，可是，张营长身负重伤……

郑亦雄咆哮道，狗屁，他要是身负重伤，部队就不会撤下来，让他给我夺回来，夺不回凤岗，明年今天，就是他的祭日！

十六

清河的战斗一直打到夜幕落下。日军把部队撤到洼津，集结夜宿，准备天亮撤回詹家店。

这一仗，日伪伤亡惨重，清河支队也付出了沉重的代价。

杨蓼夫判断，今夜不会有大的战斗，派出骑兵营长吕开发，率领骑兵营，星夜驰援莫宁岗。

隆冬的夜晚，天空阴沉，月亮时隐时现。坪坝上，牺牲的八路军战士排成几排。一个战士挑着马灯在前面引路，杨蓼夫和贺荣海走到第一排，任冰雪和黄格选跟在后面。

杨蓼夫垂首，默默地站立，然后，走到第一个烈士面前，掀开遗体脸上的白纸，蹲下去察看，用手绢在烈士脑门上擦了擦，看着遗体的脸。

杨蓼夫边看边说，就像朗诵一页书：洪云彪，山东邹平县宏仁村人，二团六连二班副，民国三十二年秋参加县大队，当年冬天转入二团，在冬季反扫荡中立过二大功……

贺荣海惊讶地说，司令员记性这么好！

杨蓼夫点点头说，不敢忘记啊！我在他的家乡打了三年游击，我们的抗日沟，我们在清河开展平原游击战的经验，最初就产生在那里。

杨蓼夫说完，缓缓移动步伐，掀开第二个烈士脸上的蒙纸：朱大才，山东乐亭县人，当年我和马耀南司令员在乐亭收编黄岐山的队伍，他跟在我们后面要给我当马弁，那年他才十三岁，算起来，今年是十七岁。在去年练武比赛中，他拿到爆破技能第二名的名次。

贺荣海回头看了看二团团长黄格选，黄格选说，朱大才是爆破大王。

任冰雪叹道，上午还是活蹦乱跳的小伙子，现在就是阴阳两隔了。

黄格选说，有一句话司令员常讲，我打仗一贯怕死，司令员他不是自己怕死，而是不想过分伤亡部队。可是，打仗总是要流血牺牲的，我没办法……我们已经把牺牲控制在最低限度了。

杨蓼夫还在往前察看，在一具遗体面前，杨蓼夫停下了，表情有点异样，回头看着黄格选说，这个同志，我怎么看着眼生啊，是不是新同志？

黄格选走过去，弯腰看看说，我也眼生。

杨蓼夫说，看样子年龄不大，还是个娃娃。

黄格选翻开遗体衣领，上面写着：马百郎，年龄，34 岁。

杨蓼夫眼睛瞪大了，这哪里是马百郎啊，马百郎我还不认识？我看这个小同志，跟马百郎的儿子差不多年纪。

黄格选说，司令员，听说你和马百郎还有一段故事？

杨蓼夫说，是啊，老马是莒南柳家庄园的长工，我那年生病，罗政委特意把他派给我当伙夫，可是他不愿意当伙夫，想打仗。当年我们坚持清河平原游击战，挖抗日沟的时候，他是排长，还跟我吵了一架，他说这块地方是盐碱地，挖了抗日沟就把盐碱挖出来了，地就没法种了。我说不打败鬼子，就是良田也同样没法种，等抗战结束，我和你一起种地，再把盐碱埋回去。

任冰雪说，这个故事挺感人。

杨蓼夫说，算来已经是三年前的事情了。老马啊，我对不起你，没能让你活着改造盐碱地，我向你保证，抗战结束那一天，只要我杨蓼夫还活着，我一定要把盐碱重新埋下去……马百郎同志，没有找到你的遗体，我只能向这位同志鞠躬了，请他代为接收。

杨蓼夫向遗体三鞠躬。

往前走的路上，遇上景晓纯。景晓纯告诉杨蓼夫，北线战斗都在杨司令的预料之中，周杰宁他们打得很顽强，守住了莫宁岗。

杨蓼夫说，郑亦雄经常说，不是鬼子不怕死，而是我们中国人太怕死，这句话是错误的。我们中国人怕死吗？昨天的战斗，你能找到怕死鬼吗？

景晓纯说，那是啊，他的部队为什么怕死？当官的欺负当兵的，当兵的穷得要死，很多人都是抓壮丁捆到队伍上的，把人当牲口，他为什么给你卖命？

杨蓼夫说，政委，你说，这个世界上，什么差事是最苦的差事？

景晓纯沉吟片刻说，没有最苦的差事，只有最苦的心思。

杨蓼夫说，最苦的差事就是当司令员。

景晓纯诧异地看着杨蓼夫问，怎么讲？

杨蓼夫说，司令员嘴皮子一吧嗒，好，成千上万的生命消失了；司令员嘴皮子一吧嗒，好，血流成河白骨成堆了。

十七

凤岗失守，郑亦雄如鲠在喉。此刻在郑亦雄的心里，凤岗不仅仅是一个战斗制高点，凤岗失守带来的威胁远远不是一次战斗的威胁，而极有可能是琅琊独立旅一个噩梦的开始。在确认凤岗失守后的紧急会议上，郑亦雄咆哮着宣布，哪怕不跟鬼子打仗了，也要首先惩办张谋金，何时发现，何时枪毙，何地发现，何地枪毙，谁发现谁枪毙。枪毙张谋金者，重奖！

郑亦雄对马边锋说，自己跌倒自己爬起来，凤岗怎么丢的，你怎么给我夺回来。

马边锋阴阳怪气地说，参座，你让我打仗我没有话说，但是你让我自己跌倒自己爬起来，我没有跌倒，我怎么爬起来。

郑亦雄一拍桌子说，凤岗是一团手里丢的，由一团收复，天经地义，这也是一团雪耻的机会。

马边锋还想胡搅蛮缠，但见郑亦雄脸色不好看，就不再多言了。

郑亦雄让王可范率领二团部分兵力机动到一团的左侧，作为后续梯队，同时向莫宁岗方向警戒。王可范提出一个现实的问题，如果土八路以增援的名义出击，我怎么办？

郑亦雄说，你看着办。

王可范说，我看着办，不好办。

马边锋满不在乎地说，不管是谁，先给他一顿机关枪。黑灯瞎火的，你知道他是八路还是汉奸？

郑亦雄看着马边锋说，那也不能蛮干，要动脑子。

话音未落，传来枪声。

众人纷纷站起来，握枪在手。郑亦雄说，都给我坐下！

大家又七零八落地坐下，惶惶地看着郑亦雄。郑亦雄聆听不远处越来越激烈的枪声，神色急剧变化，嘴里念念有词，西南方，汉阳造，手榴弹，两路并进……完了，晚了，又是马后炮。

田齐鲁发现郑亦雄的脸色由白变绿，禁不住喊了一声，参座……

郑亦雄目光空洞，嘴里嘟嘟囔囔，他们下手了，一定是，土八路下手了，凤岗完了……怕有鬼，偏有鬼，怕什么，来什么。

突然，郑亦雄脑袋一偏，身体从椅子上瘫了下去。

至此，河上川策划的元宵战役，日军没有达到目的，国军丢失凤岗，八路军虽然也受到重创，但是清河根据地保住了，而且水到渠成地收复了凤岗。郑亦雄对此耿耿于怀，以后在数个场合含沙射影地指责杨蓼夫借鸡下蛋，比鬼子还要鬼。自然，这也是后话了。

十八

翌日清晨，清河支队打扫战场，并没有看到重枪重炮，鬼子在撤退之前，把武器装备收拾得干干净净，只是，由于抗日沟纵深大，日军担心再受埋伏，几具士兵的尸体没有来得及抢走，反而给清河支队出了一个难题。

正月十六，清河地方抗日政府动员群众转让棺材，掩埋在元宵战役牺牲的烈士，数字报上来，专员李其仁倒吸一口冷气。这次战斗牺牲的人员之多，是他没有料到的。民工们拉着板车，从清河镇街面走过的时候，群众在两边默默流泪。

朱茂煊看见几个烈士身上裹着草席子，就问特务营长孙大竹，怎么不用棺材？

孙大竹老老实实地回答，征集了一些棺材，但是不够，有的同志，就只能裹一领席子了。

朱茂煊说，那怎么行啊，人比天大，死人为上。打鬼子阵亡的，都是忠臣，那得厚葬啊！

孙大竹说，我们也想厚葬，可是条件不允许。

朱茂煊转身就往自己家里走。

棺材问题成了一个头疼的问题。在前往安葬地点的路上，李其仁向杨蓼夫汇报，从昨天中午接到号令，赶制了二百零二副，目前仍然短缺一百八十四副。目前的原则是，按惯例，战士用好棺材，连以下干部用普通棺材，营以上干部，用薄板，实在不行了，就裹席子或者棉被。

杨蓼夫脸色很难看，问李其仁，惯例？什么时候定的惯例？

李其仁解释说，也不是谁定的，约定俗成的……

杨蓼夫面无表情自言自语道，营以上干部，活着的时候，可以以身作则，身先士卒，吃苦在前，享受在后。可是，牺牲了，一样都是烈士，还分什么干部战士啊！

李其仁尴尬地说，我也觉得不合适，要不要反过来，营以上干部用好棺材？

杨蓼夫断然道，那也不合适。

李其仁没招了，试探着问，那，司令员你说……

杨蓼夫想了想说，把棺材编上号，让各团主官替他们的烈士抽签。

李其仁眼前一亮说，这个办法好。

杨蓼夫说，老李，还有两条。第一，还是要想办法，不能让一个同志裹席子。人死了，哪怕有个薄板子，挡一挡土也是好的。第二，请你跟任冰雪同志商量，以后，只要作战，支队首长凡是活着的，都要给烈士挖坑。各级主官互相帮助，从我开始，我阵亡了，由政委挖坑掩埋；政委阵亡了，由我挖坑掩埋，依此类推。

李其仁说，好，可以搞一个详细的条例。

正说着话，一个干部突然叫起来，首长，你看，那是什么？

杨蓼夫和李其仁举目望去，但见山下漫天飞扬的雪花中，一群百姓抬着棺材，在朱茂煊的带领下，正在向这里运动。杨蓼夫一眼看出来，人群中，还有他的房东韩二婶和韩二叔。

李其仁说，我的先生，朱茂煊，他都疯了，还知道给八路军献棺材，他的房子倒了，只有一间破屋，里面没有床，他是把棺材当床用的，他跟我说，只要有一口气，他夜里就爬到棺材里睡觉，要是咽气了给乡亲们省点事。我这当学生的，我这个专员啊……李其仁不说话了，两眼紧紧地盯着远处。

几个人在飞雪中沉默了一阵，二团团长黄格选过来，神秘地对杨蓼夫说，司令员，还记得昨天查看烈士遗体的时候，那具马百郎的尸体吗？

杨蓼夫说，知道啊，错了，那不是马百郎，那是一个娃娃。

黄格选说，问题比那还复杂，那不是我们的人，那是个小鬼子。刚才入殓才发现，小鬼子内衣上写的有名字，小林江岸。

杨蓼夫惊愕地张大了嘴巴，啊，还有这种事情？走，看看去。

山坡上，一具年轻的尸体横陈在雪地里。

杨蓼夫围着尸体走了半圈，似有恻隐之心，啊，真是个娃娃，异国作鬼，也是可怜。

黄格选说，估计是战斗中打死了马百郎，把老马的衣服换上了。

杨蓼夫问道，你怎么就知道是他打死了马百郎？也许他只是撞上了。

任冰雪左看右看，突然说，啊，确实是小鬼子。杨司令，你昨夜还给这小鬼子三鞠躬。

杨蓼夫说，我不是给小鬼子三鞠躬，我是给马百郎三鞠躬。

任冰雪揶揄地说，可这是小鬼子的尸体。

杨蓼夫有些恼怒，迎着任冰雪的目光说，就算我给小鬼子三鞠躬，可这小鬼子已经不是小鬼子了，他已经是个死人了，一个死人，既没有阶级立场，也没有民族矛盾。

任冰雪见杨蓼夫认真了，也觉得在这种场合因为这种事情吵架不合适，婉转了口气说，我只是跟你开个玩笑。

杨蓼夫说，这是开玩笑的地方吗？

黄格选见两位首长又要干仗，赶紧和稀泥，这具尸体怎么办？

杨蓼夫仰脸看天说，举头三尺有神明，老天爷，你说该怎么办？

黄格选说，这件事情不用找老天爷，司令员你说怎么办就怎么办？

杨蓼夫想了想说，去，把朱大爷给我请来。

朱茂煊被请来了，步履蹒跚，走到日本兵遗体旁边，反复打量，口中念念有词：作孽呀作孽，也看不出个啥呀，看不出他是好人还是坏人，是神仙还是小鬼……

黄格选说，朱大爷，他是小鬼子，日本人。

朱茂煊稀里糊涂地看着黄格选说，啊，日本人？日本人怎么搅和进来了？

杨蓼夫说，朱大爷，这么跟你说吧，这是个娃娃，但也是日本兵，被我军打死了。这个尸体怎么处理，我们有些为难，想听听你老人家的意见。

朱茂煊的腮帮子动了动，嘴一撇说，要我算卦？

杨蓼夫说，不用算卦，你出个主意就行。

朱茂煊的嘴不撇了，拄起拐杖，站定，迎着飞雪，一脸的庄严，很久才说，要我说，是个娃娃，背井离乡，孤魂野鬼，也是可怜。日本鬼子打中国，恐怕不是他的想法。人都死了，姑且饶恕他一次吧，找块板子，把他埋了，写个牌子，往后家人来找，也有个标记。

杨蓼夫拉住朱茂煊的手说，谢谢大爷，谢谢大爷！

几个战士在一边悄悄地抹泪，连任冰雪也不禁为之动容。

那场大雪，下了一天一夜。

第二章　借　　兵

一

天放晴了，阳光落在雪地上，波浪一般起伏。两匹马拉着一辆马车，在官道的薄冰上印下两行深深的辙印。

马车很讲究，是用粗布做成的车厢，车厢内安放着一个小方桌，桌上放着瓜子点心之类，桌下燃着一盆暗红色的碳火。围着小方桌的三个人是章慧、宋瑜和琅琊独立旅的副参谋长叶乃伍。

元宵战役中，凤岗先是被侵华日军拿下，接着又被八路军清河支队收复。八路军的团长周杰宁不仅在凤岗构筑了工事，还派人从外面买来了几车粮食，看来是不打算把它还给琅琊独立旅了，郑亦雄为此事急火攻心，躺在医院输着液还惦记着凤岗。但是，凤岗是八路军一场血战从日本人手里夺去的，他占着自然有占着的道理，思来想去，郑亦雄决定派叶乃伍以护送章慧为名，到清河支队探探杨蓼夫的口气。

宋瑜对章慧说了郑亦雄的意思，章慧很反感，只是顾及宋瑜的面子，才勉强同意了。当然，章慧的心里还有一种隐隐约约的感觉，杨蓼夫在元宵战役中把她派到墨镇，虽然只是一步试探性的棋路，但是隐含着一个深谋远虑的计划，在这一点上，她同杨蓼夫有着不为人知的默契。

三个人虽然同乘一辆马车，但是并没有多少话说，各想各的心思。宋瑜因为在元宵战役中受惊受辱，幸亏有章慧的小分队相救，对八路军已不像过去那样成见甚深，但是以她一贯的清高，也不至于感恩戴德，所以这一路上就很少说话，两眼微阖，显得有些憔悴。叶乃伍是国民党军队正规部队的老军官，在过去的岁月里，曾经做过一些伤害清河支队情感的事情，他不知道见到杨蓼夫会是什么样的遭遇，所以这一路上也是心事重重，只是偶尔搭讪，时不时地把点心茶水往章慧面前推，很讨好的样子。

比较而言，还是章慧的心情要好一些，因为元宵战役八路军是赢家，尤其是收复凤岗，扬眉吐气，让章慧感到底气很足。

再往前走，进入一段糟路，马车颠簸起来，章慧看着窗外，路边树木萧瑟，田野荒芜。叶乃伍见章慧一直看着窗外，感叹道，这个路啊，还是当年北洋军阀修的，修了路，打了仗，就再也没有人管了。

章慧放下帘子说，这一带本来是鱼米之乡，如今人烟稀少，树木凋零。国家积贫积弱，越贫越弱。

叶乃伍赞同地点点头说，是啊，十年干戈天地老，黎民百姓痛苦深。

章慧说，叶长官，国难当头，你们这些国之栋梁，民族精英，血性男人，应该有太多的事情可以做了。

叶乃伍听出章慧的弦外之音，讪讪地说，是啊，戎装在身，顿觉得有七分责任三分豪气，可是，怎奈大势所趋，我小小的琅琊独立旅，孤掌难鸣，力不从心。

章慧说，公正地说，在抗战的问题上，贵部有所为，有所不为。有些心思，还是应该用到正处，不要做那种亲痛仇快的事情。

叶乃伍说，章小姐，贵军对本部，误会诸多。其实，本部将士，不乏英勇善战之人。当年徐州会战，我是排长，跟随郑亦雄参谋长——哦，那时候他是连长，六十人的敢死队，突入日寇纵深二百公尺，突击正面近千公尺，突如其来就把鬼子的防御体系打乱了。说起抗日，我们也是可圈可点的。

章慧笑笑说，这件事情我也记得，当时震动全国，我和宋瑜在济南乡村师范就读，同学们冲出校门，为贵部游行声援，支持抗战。可是，这毕竟是历史了。自从成立琅琊独立旅，贵部是打一仗败一次，败一次逃一批，让民众失望，令友军心寒，这也是事实啊！

叶乃伍叹道，章小姐你是只知其一，不知其二，一言难尽啊。这个琅琊独立旅，本来是绿林草寇，还一度当过汉奸，至今同汉奸部队也还藕断丝连。郑参谋长是临危受命，从何长官身边只带来了三十个人收编琅琊独立旅。这样一支部队，发展到今天，已经是相当不容易了。所以，有些问题，还希望贵部海涵，高抬贵手。

章慧一笑说，叶长官，你绕来绕去，又把话绕到凤岗上了。我跟你说过了，以我的职责，只是把叶长官引进门，凤岗的事情，你跟我说，没用。

叶乃伍脸皮一紧，苦笑。

二

不打仗的日子手发痒，早晨刷牙的时候，杨蓼夫发现参谋于建兴用手指头刮舌头，样子十分难看，突发奇想，自己动手，用竹片和猪鬃做了一把牙刷，到处拿给人看，虽然遭到任冰雪的挖苦，但是兴致不减。吃罢早饭，杨蓼夫带着一大帮子人，到清河祠堂，给妇女识字班上课，并美其名曰是替章慧上的，其实就是讲刷牙。

从哪里讲起呢，从他自己从延安到清河讲起。杨蓼夫往台上一站，两手叉腰，威风凛凛，但是脸上却是红光满面——我老杨在渤海地区已经战斗了五年，这五年我和我的部队没有被打死、没有被饿死、没有被冻死，是因为什么？

妇女识字班的傅菊珍站起来问，杨司令，听说咱们八路军找到一种药，可以长生不老，是不是真的？

杨蓼夫愣了一下，问道，什么长生不老药，你是从哪里听到的？

傅菊珍说，这你别管，反正俺听说了，俺们清河支队的八路军，要走遍全国，都是牙齿最白的队伍。

杨蓼夫哈哈大笑说，坐下小傅，我跟你讲，长生不老谁也做不到，但是，你说我们打鬼子，打反动派是为了什么？就是要让我们的父老乡亲过上好日子。我们不仅不要逃难了，还要让我们的兄弟姐妹刷牙洗澡，穿上干净漂亮的衣服。

司令员上课，特务营在祠堂外面站岗，营长孙大竹和副营长余河沿闲得无聊，凑到一起吸烟。余河沿问孙大竹，听说没有？杨司令要搞整洁军容活动。打球后，打仗前，都要跳到河里洗澡。

孙大竹说，胡扯，这么冷的天，谁下河啊？

余河沿，你等着，司令员说了，今晚搞一场球赛，打完了把球队全部拉到清河洗洗。

孙大竹疑惑地说，不会吧，那还不打摆子啊？

余河沿盯着孙大竹看了一阵，不怀好意地说，营长，你把嘴张开我看看。

孙大竹戒备地问，干什么？你又不是郎中，你还会看舌苔？

余河沿一本正经地说，让我看看，对你有好处。

孙大竹疑惑地说，你看了我的，也得让我看看你的。

余河沿说，行。

孙大竹张开嘴，余河沿煞有介事地察看一番，拍着巴掌，故作深沉地说，哎呀，幸亏先让我看了，不得了啊！

孙大竹吓了一跳，怎么啦？

余河沿说，要是让司令员先看见，你就遭殃了。

孙大竹见余河沿一脸正经，不像开玩笑，心里就虚了，凑上前问余河沿，我的舌头到底怎么啦？

余河沿说，司令员自己做了一把牙刷，全支队都要学着做，以后打仗之前要刷牙。

孙大竹怔怔地半晌才明白过来，火冒三丈地说，你废什么话啊，我的舌头到底怎么啦？

余河沿说，你的舌头上有狗屎。

孙大竹明白中计了，气急败坏地说，你，你这小子……孙大竹上前要抓余河沿，余河沿做了个躲闪动作，神秘地往远处一指说，有情况！

孙大竹站住，举目看去，还真有情况。司令部的参谋于建兴气喘吁吁地跑了过来问，孙营长，司令员讲课快结束了吧？

孙大竹拿腔拿调地说，司令员刚刚讲到兴头上，还早着呢。有何贵干啊？

于建兴说，国民党的副参谋长来了，急着要见杨司令。

孙大竹说，叶乃伍？那理他干什么？司令员正在过教书先生的瘾，哪有工夫接见他啊，让他滚蛋。

于建兴说，孙营长，你能不能去通报一下，让司令员少讲几句？

孙大竹说，那不可能！

余河沿也凑过来说，你早晨刷牙刮舌头，烧香引出个鬼，听说全支队都要自己动手做牙刷，打球之后打仗之前还要下河洗澡，这都是你闯的祸。

于建兴说，这也没有什么不好啊，司令员说了，俺们清河支队，不仅要成为打仗最厉害的部队，也要成为牙齿最白的部队。

孙大竹说，大冷的天，光屁股下河洗澡，受得了吗？

于建兴说，别扯淡了，我有急事要找司令员。

孙大竹一把拦住说，那不行，今天是我们特务营执勤，我不能给国民党当传声筒。

于建兴着急地说，这关系到同友军的关系，章慧同志交代，必须亲自向司令员报告。

孙大竹吃了一惊，连忙问道，什么，章慧同志，章慧同志也跟他们在一起？

于建兴说，是啊，章慧同志陪同他们来的。

孙大竹一拍屁股，你怎么不早说，看这事闹的！走！

孙大竹拉住于建兴就走，快到门口又停住了。原来杨蓼夫被妇女们围住了，七嘴八舌地说，章慧答应过她们的，上了妇女识字班就可以当八路，妇女们要求队伍上发军装。杨蓼夫招架不住，支支吾吾地说，啊，这个，这个嘛，以后根据情况……正说着，看见李其仁过来，就对妇女们说，李副司令是你们的专员，这事归他管。

妇女们不信，嚷嚷说，俺们都知道，在清河，老天爷都归杨司令管。妇女们不依不饶，非要杨蓼夫立字据不可，杨蓼夫被推推搡搡，急出一头汗来。还是余河沿反应快，推了于建兴一把说，你这个参谋，关键时刻要保护司令员啊！

于建兴这才明白过来，左右开弓，奋力冲了进去，大声报告，司令员，有情况！

杨蓼夫站住了。妇女们面面相觑，缩头缩脑地一个个开溜了。于建兴说，章慧同志请示，琅琊独立旅副参谋长叶乃伍求见杨司令。

杨蓼夫回头问李其仁，啊，这个叶乃伍是个什么人？

李其仁说，叶乃伍是跟随郑亦雄一起到琅琊独立旅的，是郑亦雄的得力干将。

杨蓼夫想了想，哈哈一笑说，郑亦雄也太自不量力了，别说他派了一个副手，就算他和陈奇仁一起来，我这个司令员也不一定见他。章慧在哪里？

于建兴说，章慧陪同叶乃伍和宋瑜在警卫营驻地等待。

杨蓼夫拍拍手里的直尺说，于参谋，传话章慧同志，就说本司令员军务繁忙，琅琊独立旅有什么事情需要我部帮忙，由章慧同志全权处理。

李其仁愣住了，说，这，这恐怕不妥吧？

杨蓼夫说，有什么不妥？我敢料定，他们又是为了凤岗来的。我让他们把冷板凳坐够，不要以为我们门坎太低，连条狗来了都要见杨司令，杨司令哪是那么好见的啊！

李其仁说，我是怕章慧同志有什么误会，毕竟人是她带来的。

杨蓼夫大手一挥说，嗨，能有什么误会？章慧是明白人，她应该理解。

李其仁试探着说，要不，我去跟他们谈？

杨蓼夫断然说，不，不能给他这个面子。你这个副司令员，还兼着行署的专员和支队的后勤部长，哪能屈尊去见他一个小小的副参谋长啊！

李其仁为难地看着杨蓼夫，劝道，天都晌午了，让特务营做两个菜，留他们吃顿饭吧？

杨蓼夫说，没商量，不管饭。这个郑亦雄，连个起码的礼数都不讲究，连个点心盒子都不带，我们凭什么管饭？轰走！

三

化雪的天，冷得刺骨。

叶乃伍被晾在前哨连的一间破屋子里，冻得直跺脚，哈着气，嘴里不停地说，这鬼天，这么冷，连个火都不生。

陪他挨冻的还有宋瑜和章慧。章慧嘴里却不服软，说，我军不比贵军阔气，连烧柴都很困难，哪里有火烤啊！

宋瑜看着眼前的大碗茶，皱着眉头说，章慧，你为什么不亲自去向杨司令报告？

章慧说，我得陪同客人啊。

叶乃伍说，章小姐，我担心此行可能要吃闭门羹。我还是希望你能亲自出马，毕竟，你和杨司令关系非同寻常……

章慧笑笑说，这恰好是我不能亲自出马的原因。再说，杨司令会不会接见你，根本就是我这个中间人无法左右的，杨司令有自己的主意，绝不会受别人干扰。

叶乃伍说，我们是不是有什么失礼的地方？

章慧说，你说呢？你们口口声声要收复凤岗，企图把凤岗从八路军的手里夺走，这本身就是最大的失礼。

叶乃伍愁眉苦脸地说，啊，这件事情麻烦了。

宋瑜说，起码的礼节还是应该有的嘛。章慧，有文化的军队和没有文化的军队还是不一样啊！

章慧说，宋瑜，你不要蔑视我军。尊重应该是相互的。在元宵战役中，那么重要的情况，我部数次派员到琅琊独立旅协调联合作战，琅琊独立旅不仅傲慢蛮横，甚至还隐瞒敌情。与之相比，叶长官今天坐个冷板凳，实在算不得什么。

正说着，于建兴进门，为难地看着章慧。章慧把于建兴拉到一边问，怎么样了？

于建兴不敢抬头看章慧，吞吞吐吐地说，章慧同志，杨司令军务繁忙，不能接见各位。

叶乃伍沮丧地说，啊，果然，与虎谋皮，虎不来。我这个信史，连杨司令的面都没有见到，回去怎么向参座交差啊？

章慧疑惑地看着于建兴问，司令员他在哪里？

于建兴左顾右盼，支支吾吾地说，这个我不能说。不过，杨司令有话，李副司令在行署宴请章慧同志和宋瑜女士，叶先生自便。

叶乃伍伸长脖子，看了于建兴好大一会儿，叫道，什么，叶先生自便？自便是什么意思？

于建兴仰着脑袋说，就是从哪里来再回到哪里去的意思。

叶乃伍脸色大变，也不顾风度了，指着于建兴说，你，你，你们，这就是你们八路军的待客之道吗？天都晌午了，你们连饭都不管我一顿，好！我走，我哪里来再滚到哪里去！

宋瑜说，那好，我也走，我不去吃你们的什么宴请了。章慧，你又回到你自己的队伍了，你慢慢享用吧。

章慧说，宋瑜，你等等，你应该理解杨司令的心情。这叫以牙还牙……

宋瑜说，哼，我算看透了你们，难怪叫土八路，真是土到家了。

说完，拎包就走。

章慧跟在后面喊，宋瑜，你听我说，八路军对你本人还是敬重的，你留下来！

宋瑜回头对叶乃伍说，走，叶先生，我陪你走！

章慧无奈，想了想，也跟着上车了。

不仅是人饥寒交迫，马也跟着倒霉。北风摇撼着马车，摇摇欲坠，踏上了返程。车内，宋瑜一言不发。

叶乃伍搓着手说，太不像话了，太过分了，自取其辱，奇耻大辱，是可忍，孰不可忍！

叶乃伍说着，往窗外看看，又弯腰向桌下看看，更是来气，这风怎么越刮越大？火也灭了！

章慧虽然被冻得瑟瑟发抖，还是强打精神说，冬去春来，杨柳开花，我不觉得冷。

叶乃伍干笑一声说，哈哈，章小姐真是读书人，有浪漫情怀。我觉得奇怪，对待我们这样也就罢了，可是对你章小姐，他杨蓼夫也拒而不见，真是莫名其妙。是不是你章小姐拒绝给他当压寨夫人，他就让你坐冷板凳啊！

章慧说，叶先生你不要搞错了，坐冷板凳的不是我，而是你。如果你们坚持损害八路军的利益，冷板凳还有得坐。

四

叶乃伍和章慧在马车上冷战的时候，在房东韩二婶家里，任冰雪同杨蓼夫也在因为刷牙的问题开展批评与自我批评。两个人各自一条板凳相向而坐，杨蓼夫在认真地削一截竹片，我行我素地做牙刷。任冰雪拿着日记本，在他身边唠叨，老杨，我还是想不通，丢西瓜拣芝麻……我们是抗日军队，我们的牙齿要那么白干什么？我们为什么要成为牙齿最白的部队？没有必要嘛……

杨蓼夫一声不吭，把手中的竹片对着太阳吊线。任冰雪说，老杨，我感觉你变了，官当大了，威信高了，就霸道了，听不进不同意见了。你甚至产生了小资产阶级的低级趣味。你是不是打算给每个战士发一瓶雪花膏啊？

杨蓼夫咧嘴一笑说，任大姐，你要是能给我搞来，我就敢发。冬天手脚都冻裂了，发瓶雪花膏，那是关心战士啊。

任冰雪说，你别给我东拉西扯……任冰雪正说着，停住了。于建兴匆匆进门，表情非常奇怪。杨蓼夫直起腰，啊，怎么样？于建兴说，人走了。杨蓼夫问，走了？谁走了？于建兴说，报告司令员，那个叶先生，火冒三丈，大骂我们不讲情面，坐上马车走了。

杨蓼夫怔怔地看着远处出神。

任冰雪突然笑了，得意地挥动胳膊说，他妈的，走了好。这些个国民党，还敢跟老子较劲？

杨蓼夫说，是啊，走了好，雪化了，再不走，恐怕就走不成了……章慧呢？

于建兴说，也跟他们一起走了。

杨蓼夫愣住了，喃喃道，啊，是有点过分，委屈了我们自己的同志，这么大冷的天，这么远的路，连口热饭都没有吃上。

任冰雪说，章慧为什么要跟他们走，难道她还见外？岂有此理！

于建兴说，要不要派人去把章慧同志和宋瑜再请回来？

任冰雪突然嚷起来，我去！老杨你不是让我跟他们谈判吗？

杨蓼夫怔了一下，说，是啊，可是现在不谈判了……他们走了……

任冰雪不容置疑地说，那我也去，追上教训他们一顿！

杨蓼夫犹豫了一阵说，不行，任大姐，这件事情，还是有理有节，莽撞不得。

任冰雪说，莽撞？笑话！我任冰雪是莽撞的人吗？

杨蓼夫只好说，那好吧，任大姐，最好在南李庄跟他们谈。弥补一下，就地安排他们吃顿饭。

任冰雪意味深长一笑，嘿嘿，请他们吃饭？好，你就等着吧！

五

任冰雪带着一个骑兵班，不到半个小时，就追上了马车。

车夫听到后面有动静，回头张望，赶紧向车内通报，不好，有人追上来了！

叶乃伍探头一看，惊呼，天哪，土匪，土匪追上来了。快跑！

宋瑜无动于衷，随车颠簸，不在乎地说，土匪，到处都是土匪，这个国家怎么搞成这样，没有一块干净的地方。

章慧掀开帘子向后回头张望，惊喜地说，啊，好像是我们的人。

宋瑜说，那还不如土匪。

叶乃伍弄明白了眼前的事实，顿时脸就白了，几乎是哀求地对章慧说，是八路，难道要抓我？两国交战，不斩来使啊！万一，他们万一要是抓我，章小姐你可得救我啊！

章慧说，你把我们八路军看成什么人了？

说话间，任冰雪的马已经撵上马车，在前面挡住了去路。任冰雪的马鞭指着马车喊，国民党反动派，你给我滚出来！

叶乃伍可怜巴巴地看着章慧和宋瑜，宋瑜说，一个泼妇，不理她，看她能怎么样！

叶乃伍说，算了，我好歹是个男人，我下车跟她讲道理，免得连累你们。叶乃伍说着，整了整军装，大义凛然地出了马车。

宋瑜在背后说，还像个男人，党国军人。

马车和战马停在路边，北风呼啸，刺骨寒冷。任冰雪和叶乃伍对峙，宋瑜和章慧以及十几个八路军战士散布在路边。

任冰雪骑在马背上，挥舞马鞭说，你们都给我听着，你们要是诚心和我们一起打鬼子，一切都好说。

叶乃伍说，任长官，我们是诚心打鬼子啊！

任冰雪一声冷笑，我奉劝叶先生，并通过叶先生转告郑亦雄先生，不要动那些歪门邪道的心思，我凤岗已经收复，我军寸土不让。

叶乃伍冻得瑟瑟发抖，仍然强打精神。任女士，我们能不能找个地方，坐下来谈？你看这荒天野地，到处都是烂泥巴，我们，我们从早晨到现在，已经两顿没吃饭了……

任冰雪下马，背着手，冷峻地看着叶乃伍说，笑话！你这么大个男人，军人，还怕冷？像你这样不识时务的人，就应该挨饿！

叶乃伍瞅见宋瑜和章慧上了马车，更觉孤独，只好跟任冰雪周旋。任女士，凤岗的问题我们以后再谈，我们现在只想赶路。

任冰雪说，赶路？笑话！既来之，则安之，是你们提出来要谈的，我们今天就索性谈个明白。我要让你知道，我们为什么坚持守备凤岗。

叶乃伍无奈，缩起脖子，好，好，任女士，我洗耳恭听，只求你长话短说。

任冰雪说，我军认为，在元宵战役中，贵军至少犯了三个错误，一是用兵不当，第二是战斗不力，第三是用心不诚。

叶乃伍点头哈腰，任女士，元宵战役，我军独当一面，也为贵军进行了侧翼保障，何以错误有三个之多？

任冰雪说，战斗前期，杨蓼夫司令员特派参谋前往贵部协商联合作战，贵部置之不理，实有幸灾乐祸之嫌。同时我们还得知，我军情报员老千同志冒险出城，身负重伤，携带情报十万火急，居然被贵军扣押，致使我部在战斗前期情况不明。这种行为，何止错误，简直就是犯罪，无异于卖国！

叶乃伍夸张地耸耸肩膀，任女士，此话从何而来？敝人从未听说此事。

任冰雪说，叶先生用不着在这里演戏，我们会调查的。

叶乃伍说，可是，渤海地区国共联合抗战协议上，划分的凤岗是我琅琊独立旅守备区啊！

任冰雪说，渤海地区国共联合抗战协议补充规定，凡是沦陷敌手，为敌占据，某方收复，即为某方守备。白纸黑字，叶先生为何视而不见？

叶乃伍说，任女士，凤岗沦陷敌手，乃我作战术退却，并非为敌占据。区区数小时而已，我方正在筹谋收复，不料贵军捷足先登，居心叵测啊！

任冰雪勃然大怒，动作很大地拍着腰间的手枪道，什么战术退却？一派胡言！为收复凤岗，我清河支队浴血奋战，数十名官兵壮烈殉国。那是我们八路军用鲜血和生命收复的。你们无理取闹，用心险恶，一再争夺。要我凤岗，就算我答应你，你得先问问我部九泉之下的抗战烈士答应不答应，你得先问问我清河支队三千官兵答应不答应，你得问问它答应不答应！

叶乃伍怔怔地半天说不出话来。

任冰雪冲马车内大喊，章慧，你给我下来，跟我回去，再也不要给国民党反动派牵线搭桥了！

宋瑜看着章慧说，章慧，如果你不把我送回墨镇，我们就断交。

章慧从车内跳下来说，任副主任，人是我带来的，我理应送回去。

任冰雪说，不要管他们！李副司令在行署备下酒席，你跟我去暖暖身子。

章慧冷冷地说，任副主任，我不能跟你走！

任冰雪勃然大怒，什么，你说什么？你再说一遍！

章慧说，我必须返回墨镇，我有我的任务。

任冰雪二话不说，朝章慧开了一枪。子弹打在地上，溅了章慧一身泥水。

章慧吓了一跳，回过神来，一动不动，冷静地看着任冰雪。

任冰雪举着手枪吼道，反了你！你是政治部的人，你归我管你知道吗，别说你还不是司令员的老婆，就是司令员本人，我都敢骂他你信不信？

章慧无语，木讷地看着任冰雪。

任冰雪一挥手，命令余河沿，把她给我拖过来！

余河沿一看事情闹大了，犹犹豫豫不知所措，章慧向脸上挥了一把，对余河沿说，不用拖，我自己走！

六

这件事情从头到底跟杨蓼夫没有什么关系，但是按照任冰雪的逻辑，她还是把账算到杨蓼夫的头上。

把章慧截回来之后，任冰雪风风火火找到韩二婶家，截住正准备出门打球的杨蓼夫，要开展批评与自我批评。杨蓼夫早就听余河沿汇报这件事了，气不打一处来，说，正好，你批评我，我还要批评你呢，你凭什么向章慧同志开枪？

任冰雪愣住了，嗬，你还倒打一耙？我的做法都是按照你的意图。

杨蓼夫说，什么是我的意图？我让你向自己的同志开枪了吗？章慧同志在协调我们和琅琊独立旅的关系中，忍辱负重，委曲求全，又冻又饿，你居然让人把她捆回来了，这让人……将心比心，我这心里不好受啊！

任冰雪说，我这样做，是做给国民党反动派看的，我们就是这样铁了心要捍卫凤岗。

杨蓼夫说，捍卫凤岗，就要拿我们的同志开刀吗？章慧同志她难道就不想捍卫凤岗？她就是因为要捍卫凤岗，才来回奔波的啊！

任冰雪严肃地说，我不认为章慧同志是一个坚定的革命战士，她出身资产阶级家庭，在她的身上，资产阶级小知识分子习气相当浓厚。再说，她和那个宋瑜的关系非常复杂，我觉得有必要对她进行审查。

杨蓼夫略一沉吟，说，任大姐，任冰雪同志！章慧的工作，是我和景政委商量的，她担负重要任务，这件事情，请你不要再插手了。

任冰雪说，什么叫不插手？可她是政治部的干部，我这个政治部副主任，有权力过问我下属的工作。

杨蓼夫一拍桌子说，任冰雪同志，你给我听好，现在我宣布，章慧同志调离政治部，任支队司令部民运参谋。听明白了吗？

任冰雪站着没动，愤怒地看着杨蓼夫，大声说，你休想！

杨蓼夫看着任冰雪，任冰雪一脸的大义凛然，杨蓼夫只好妥协说，我要去打球了。

任冰雪说，你给我站住。

杨蓼夫老老实实地站住。

任冰雪说，老杨，我能不能问你一个私人问题？

杨蓼夫说，我没有私人问题。

任冰雪说，杨司令，我曾经听说，你把章慧调到支队，是为了给你自己当老婆。有没有这个事？

杨蓼夫的表情凝固了，把篮球从左胳肢窝换到右胳肢窝，怎么，这件事情也惊动任副主任了？

任冰雪一本正经地说，工作关系，我是下级，你是上级；但是，同志之间，我是老大姐，我要给杨司令一个忠告：在处理个人问题上，要自重，也要尊重别人。

杨蓼夫瞪眼看着任冰雪说，任副主任，你这是什么话，我怎么不自重了？是的，是有好心的同志要把章慧介绍给我，我也同意了。我都三十三岁了，我难道就不可以有个老婆？我知道她看不起我这个年龄大的泥腿子司令，可是我并没有强迫她啊，怎么就不自重了？再说，这件事情跟眼下的工作没有关系。

任冰雪说，我只是提个醒，我在维护司令员的形象。我不希望我们威震四方的杨司令在这个问题上被玷污。

杨蓼夫说，那你说说，我怎么才能不被玷污，难道我打一辈子光棍，形象才高大？

任冰雪说，我不是这个意思。我是说，组织上介绍，也得两厢情愿。你是司令员，一定要把握，人家是情愿还是被迫，就算情愿，里面会不会有感情以外的压力？

杨蓼夫火了，把篮球向地上猛地一摔，吼道，我没办法把握。我喜欢那个女人，就想讨她当老婆。她愿意就嫁给我，她不愿意，那就滚蛋！

任冰雪说，老杨，你激动什么？爱情是需要考验的……

杨蓼夫大怒，准备夺门而出，却被任冰雪挡住去路，杨蓼夫怒吼，请你走开，任副主任，回到政治部去管你自己的事，老子的事，老子自己管！

任冰雪也火了，指着杨蓼夫说，杨蓼夫，你不要要军阀！别人怕你，我不怕你！

七

叶乃伍赶到墨镇教会医院，向郑亦雄汇报了事情的经过，郑亦雄半晌不语。叶乃伍说，太可怕了，太可怕了，那个女八路，简直就是个泼妇，不仅口出恶言，羞辱你我，居然还向章慧开了一枪。

郑亦雄前思后想，这一切都是张谋金造成的，倘若不是张谋金临阵脱逃，哪怕再坚持半个小时，等他和田齐鲁率领特务连赶到，凤岗就绝不会落到日军的手里，也不会有今日的麻烦，真是一将无能，累死三军啊。郑亦雄觉得，眼下向土八路索要凤岗，基本上没有可能，千恨万恨，都落到张谋金的身上。

叶乃伍回来后的第二天，郑亦雄就出院了，出院之后做的第一件事就是通缉张谋金。

很快就有消息传来，张谋金自从元宵战役临阵脱逃，在青岛隐匿了一阵，见风平浪静，最近又回到了琅琊州。张谋金对外扬言，老子不跑了，老子把自己的姐姐都送给马边锋了，我就不相信他眼看他的小舅子让人杀掉。

下大雨那天，郑亦雄冒雨去找陈奇仁，请示惩办张谋金，不料陈奇仁却说，这仗也打了，张谋金的伤也负了，时过境迁，这件事情也就可以从轻发落了吧！

郑亦雄说，旅座，我说过，什么时候发现张谋金，什么时候就逮捕他！

陈奇仁假装糊涂，说，啊，还是要逮捕啊？

郑亦雄说，我已经派人缉拿张谋金了，一旦抓住，公审枪毙。

陈奇仁剔着牙，煞有介事地踱着步，走到郑亦雄的面前，把手里的佛珠往郑亦雄的面前一扬说，参谋长，是不是太过分了？丢失凤岗，张谋金固然有责任，但是也不能全怪他。跟日本人打仗，这鬼子，铁皮脑袋不怕打，确实不好对付啊！

郑亦雄硬着头皮说，不是鬼子不怕死，而是我们太怕死。战场上出现一个败类，全盘皆输。

陈奇仁沉吟道，丢了一个阵地，就杀一个营长，你这么不依不饶，会不会动摇军心啊！

郑亦雄说，旅座，古人云，杀一人而三军震者，杀之；赏一人而悦万众，赏之。赏罚不明，军纪废弛，战斗力从何而来？

陈奇仁沉思不语，良久才说，理是这个理，可是……

陈奇仁望着窗外的大雨说，啊，雪还没有化光就下雨，这是春雨啊，今年是个好年头呢！

郑亦雄说，卑职以为，张谋金临阵脱逃现象，在本部绝非偶然。如此怯战之军官，如若姑息养奸，士兵会逃跑成风，那将何以为战？

陈奇仁说，很快就要春暖花开了。

郑亦雄不满地说，旅座，我在向你禀报军务！

陈奇仁回过神来说，哦，噢……老弟啊，张谋金既是马边锋的小舅子，杀张谋金，马边锋能答应吗？再说，已经过去一些时日了，有些事啊……

郑亦雄说，元宵战役，之所以失利，除了张谋金临阵脱逃，暴露我侧翼，马边锋在其中也应该负很大的责任，指挥不当，增援迟缓，作战消极。如果马边锋庇护张谋金，罪上加罪，那就连马边锋一并处置。

陈奇仁脸皮一紧，捏着佛珠的手僵在胸前，一并处置？怎么处置？

郑亦雄说，那就看他怎么做了！

陈奇仁的脸拉得很长，终于忍无可忍了，走到窗前，深深地呼吸两口，“啊——啊！”地打了两个喷嚏，看样子烟瘾发作了。陈奇仁揉着鼻子说，啊，参谋长，你是来向我请示，还是最后通牒？

郑亦雄说，当然是请示。

陈奇仁问，我要是不同意呢？

郑亦雄仰着脸说，你会同意的。

陈奇仁追问，如果我不同意，你怎么办？

郑亦雄说，那样我会一直请示下去，直到旅座同意为止。

陈奇仁终于火了，一拍桌子吼道，你，你放肆！

郑亦雄昂首挺胸地离开了陈奇仁官邸。陈奇仁的强硬态度不仅没有吓退郑亦雄，反而坚定了他的决心，他从陈奇仁那里已经摸到了张谋金的底，这个人同陈奇仁和马边锋的关系非同寻常，正因为这样，他才不能放过张谋金。

八

黄津弗向郑亦雄报告，在琅琊州一个女人家里发现了张谋金，郑亦雄当即布置田齐鲁亲自带人前去抓捕，并交代，一旦抗拒，立即击毙。不料在抓捕的过程中，张谋金跳墙逃脱，田齐鲁一枪没有打中，正要追击，巷口突然出现一个女人，一把抱住田齐鲁的腿，大呼小叫，来抓强盗啊，有强盗啦！等田齐鲁摆脱女人，张谋金已经不见踪影。

当天夜里，张谋金潜入马边锋的姨太太家里，马边锋置酒为张谋金压惊，二人抱头痛哭了一场。张谋金说，二哥，我姐当年嫁给你可是黄花闺女啊，你一个家有糟糠的杆子，我把我姐姐都送给你了，还是个姨太太，我贴了多大的本钱啊，你可得救我啊！

马边锋说，兄弟放心，天塌下来我顶着！

这件事情被王可范得到了风声。第二天，在前往旅部开会的途中，王可范试探张谋金的去向，马边锋没有否认。王可范说，这样下去不是长久之计，恐怕还得另想办法。马边锋信誓旦旦地说，如果姓郑的再不撒手，我就跟他鱼死网破。这个熊玩意儿遭殃军，我早就不想当了。

王可范说，人在屋檐下，不得不低头啊。

马边锋说，你看老大那个样子，对姓郑的言听计从，唯唯诺诺，好像姓郑的是旅长，他是狗腿子似的。长此以往，我们弟兄哪有出头之日啊！

王可范说，老大有老大的难处。当年给日本人写效忠信，想当“皇协军”师长，没想到被姓郑的小子截获了。好，师长没当上，搞了个紧箍咒在头上。

马边锋说，怕个鸟啊，不就是一封信吗？把姓郑的干掉不就万事大吉了吗？

王可范说，要是有这么简单，老大早都下手了。问题是，信在何长官手里。老大当了一辈子草寇，如今想金盆洗手，何长官给了个少将旅长，就像给狗扔了一块骨头，老大咬住这块骨头，舍不得松啊！

走到一个隐蔽处，二人下马撒尿，马边锋突然低声说，老三你说，如果我们再回到张长官那里，会是什么结果？

王可范手一抖，差点儿尿到裤子上，东张西望一番说，要我说，至少比这里强。

马边锋说，老三你跟我讲实话，你是不是跟老张已经联络上了？

王可范脸色一变，四下看看说，老二，你胡扯什么？

马边锋说，别瞒我，你家眷都转移到青岛了，你还以为我不知道？

王可范说，老二，你怎么这样说？我的后脑勺都凉飕飕的！

马边锋尿完了，扎上皮带，凑近王可范，附在他耳边说，别怕，你跟那边说，只要能保证我的队伍不被解散，我就……

王可范伸手示意马边锋闭嘴，也扎上皮带，半天才说，真有此心，你还要队伍干什么？

马边锋问，那我要什么？

王可范神秘一笑说，老张开的价是……

马边锋惊讶得合不拢嘴，啊，大洋……三千，三万？

王可范说，黄鱼，三十根。

马边锋愣住了。

王可范说，有了这个，你我远走高飞，到青岛做生意，要不就去闯关东，你可以当一辈子富翁。

马边锋张大了嘴巴，啊，我，我，我的天哪，我再想想。

九

陈奇仁什么都想到了，就是没有想到张谋金会出现在他的官邸。

元宵战役之后，陈奇仁心里的火越窝越大。张谋金临阵脱逃，等于给了他一记响亮的耳光。部队里已有议论，说张谋金是马边锋的把兄弟，马边锋是他的把兄弟，等于是依仗他这个旅长，张谋金才敢临阵脱逃。再有就是，最近从“皇协军”张云杰那里不断传来消息，说郑亦雄制定了一个锄奸计划，要把他身边的人一个一个地铲除。这个消息由不得他不信，看看姓郑的，抓住张谋金这个小辫子，穷追猛打，确实来者不善。

这天早晨，吃过饭后，陈奇仁照例躺在罗汉床上抽一口，正飘飘欲仙，院内传来嘈杂的脚步和争吵声，陈奇仁听着听着脸色就变了，原来是张谋金，正跟门卫推推搡搡，口口声声要见旅长。陈奇仁的脑袋顿时就大了，从罗汉床上翻下来，拿出手枪，还没等他出门，张谋金就扑通一声跪在他面前，大喊冤枉。张谋金说，旅长，姓郑的派人追杀我，我没地方去了，旅长，你要是不救我，我就死在你家！

陈奇仁的血直往脑门上撞，手枪点着张谋金的脑袋骂道，大胆！你，你这不是置我于……我若救你，就是姑息养奸；我若不救你，岂不无情无义？你赶快给我滚！

张谋金一把鼻涕一把泪地说，旅长，你是旅长啊，你还怕姓郑的吗？

陈奇仁双手发抖，厉声喝道，警卫排，把他给我捆起来！

夫人从里屋出来，看见这个场面，劝道，老爷，这是老三的内弟，你的把兄弟啊！

陈奇仁愣住了，收起手枪，仰天长叹，如何是好，如何是好，张谋金啊张谋金，你给我出了个天大的难题！

张谋金潜入陈奇仁官邸的消息，很快就被田齐鲁掌握。郑亦雄简直不敢相信这是真的，一再问田齐鲁是不是看错了，田齐鲁说，绝不会错，所以就让黄津弗把陈公馆包围了。

郑亦雄一听，麻烦更大了，搞得不好要出大事。可是事已至此，只能走一步看一步了。

郑亦雄赶到陈奇仁官邸，陈奇仁正在前院打太极拳，见郑亦雄神情异样，陈奇仁收住把式，笑笑问，老弟，又有急事？

郑亦雄说，突然造访，是因为十万火急，请旅长见谅。

陈奇仁故作讶异，哦，那就里面说话。你我之间，还客套什么？

郑亦雄站着不动，冷冷地说，此次前来，与以往不同。还是在这里说话比较方便。

陈奇仁脸色阴沉下来，口气生硬地说，那好，就请参谋长指教。

郑亦雄说，旅座，我派出的侦察队，在琅琊州捉拿从青岛潜逃回来的张谋金，张谋金摆脱追捕或潜回本部，卑职前来请示，是否可以在本部进行搜捕？

陈奇仁冷笑问，老弟，郑参谋长，是否确凿？

郑亦雄说，抓住张谋金，自然就见分晓。

陈奇仁说，那就搜捕吧，本部各个角落，参谋长都是清楚的啊，一目了然。

郑亦雄说，请旅座赋予我特殊权力。

陈奇仁沉下脸来说，参谋长，我把军事指挥权都交给你了，你还要什么特殊指挥权？

郑亦雄说，有人亲眼看见张谋金潜入旅座官邸，请允许侦察队进院搜捕。

陈奇仁低沉地说，什么，参谋长，你怀疑我窝藏张谋金？你，也太过分了吧！如果你搜查不到，怎么办？

郑亦雄说，如果搜查不到，我继续搜查！

陈奇仁勃然大怒，指着郑亦雄的鼻子说，郑参谋长，郑亦雄，你欺人太甚！警卫排，把机枪给我架起来，今天谁敢进我的院子，不要怪我翻脸不认人！

说完，拂袖而去！

郑亦雄说，旅座，既然旅座不给我这个面子，那我也就斗胆冒犯了！

陈奇仁回头问，你想干什么？

郑亦雄手一挥，对黄津弗说，把这个院子给我包围起来，昼夜监视，放出一只耗子，枪毙！

十

陈奇仁的官邸被围了两天两夜。

这两天，陈奇仁倒是很大度，吃饭睡觉按部就班，自然没有客人，也不外出，上午在前院打太极拳，下午到后花园里剪枝。到了第三天早晨，还不见有什么动静，倒是郑亦雄有点沉不住气了。

郑亦雄的早餐很简单，两个小菜，一张煎饼，一碗稀饭。

叶乃伍再次到清河同杨蓼夫交涉，回来后向郑亦雄禀报，忧心忡忡地说，一点进展没有，就连他那个女悍匪，现在都不见我了。他们一口咬定，凤岗是八路军从鬼子手里夺回来的。这一条，联合抗战协定也有明确规定。

郑亦雄吃完了，把碗里最后一粒米夹进嘴里，碗一推，接过勤务兵递来的毛巾，擦擦嘴说，哦，规定，规定，都要按规定办，还要我们这些活人干什么？

叶乃伍说，这几天，周杰宁在凤岗组织部队构筑工事，看来要长期盘踞。

郑亦雄往椅背上一靠，叹道，包藏祸心，蓄谋已久，正中下怀！都是张谋金这个败类埋下的祸根！

叶乃伍看着郑亦雄，发现这伙计憔悴多了，元宵战役中，凤岗一战失守，急火攻心，郑亦雄当场不省人事，大伙都担心他会随时见阎王。后来还是宋瑜找来德国大夫，输了几天西洋药水，这才捡回一条命。从内心讲，叶乃伍对郑亦雄既钦佩又可怜，国家不是你的，凤岗也不是你的，别人可以得过且过，在你这里，怎么就过不去了呢？

当然，这话叶乃伍可以在心里想，不敢在嘴上讲。叶乃伍见郑亦雄长吁短叹，看看脸色，试探地说，凤岗的事情是不是可以缓缓，毕竟，不是一天两天的事情，操之过急，适得其反啊！

郑亦雄说，凤岗一天不夺回来，我一天寝食不安。

叶乃伍换了一个话题说，关于张谋金的事情，卑职以为，把陈旅长官邸监视起来，是一件非常危险的事情。五天过去了，参谋长包围旅长的官邸，非同寻常，下面已经有议论了，时间久了，恐怕要出事。

郑亦雄猛地睁开眼睛，盯着叶乃伍问，你听说什么了？

叶乃伍把椅子向郑亦雄搬近一点，低声说，有人反映，马边锋最近同王可范经常密谋，而王可范同汉奸张云杰一直来往不断。这是个危险的信号啊。我们对张谋金穷追不舍，必欲置之死地，恐怕逼虎伤人啊！

郑亦雄好像受到了刺激，目光炯炯地看着自己的正面，好像在看着暗藏在那里的刀枪。郑亦雄问，还有什么？

叶乃伍说，马边锋放出话来，参谋长包围旅长官邸，分明是造反。参谋长能造旅长的反，我们也能造他的反！

郑亦雄呼地一下站起来，没有站稳，眼前直冒金星。

叶乃伍急忙上前扶住，参座，你怎么啦？

郑亦雄稳住神，以手抚额说，没事，我没事。你坐下，谈谈你的高见。

叶乃伍坐下说，再说，倘若真的在旅长官邸抓住张谋金，反而更麻烦，参座和陈旅长的关系就彻底撕破面皮了，如果马边锋和王可范发难，陈旅长即便不支持，他睁一只眼闭一只眼，我们的形势就危险了。

郑亦雄用手拍打着额头，闭目不语。

叶乃伍说，张谋金的事情毕竟还有余地，所以我建议，暂时撤掉旅长官邸的包围，等他逃到外面再抓不迟。如此，保全了旅长的面子，也维持了稳定。

郑亦雄睁开眼睛看看叶乃伍，又闭上眼睛，嘴角动了动说，叶副参谋长，谢谢你的提醒。我是不是已经很难听进同僚的提醒了？

叶乃伍说，参座嫉恶如仇，有目共睹。但是，欲速则不达。如今外有敌寇寻求报复，旁有八路得寸进尺，内有异己图谋不轨，这个时候，陈旅长还是一堵挡风的墙，不能因为一个张谋金，我们就把这堵墙推给我们的敌人，那就因小失大了。

郑亦雄似乎有所触动，对叶乃伍说，谢谢你老叶，我再想想，我再想想。

离开郑亦雄官邸，叶乃伍来到作战室，交代田齐鲁，准备撤掉旅长官邸的警戒。二人将预案推敲完毕，田齐鲁突然想起了一件事情，问叶乃伍，上次抓的那个八路军的探子，放了没有？

叶乃伍说，我跟参座提了几次，参座说，先关着，顾不上。后来又说杀了算了。

田齐鲁吃了一惊，说，啊，那能随便杀吗？过些日子，八路军那边肯定要调查这件事情。万一他们知道人被我们杀了，那不麻烦大了吗？

叶乃伍问，有风声吗？

田齐鲁说，这个人是从詹家店八路军情报站出来的，活不见人，死不见尸，他们肯定怀疑是我们抓的。

叶乃伍说，还真是很棘手啊！先给他治伤，改善条件。以后万一八路军找上门来，就说误认为是奸细，解释一下，现在还他清白。

田齐鲁说，不行啊，他是第一个通报日军偷袭情报的，他不会隐瞒这个细节。我们明知他是八路军的情报员，不仅把他秘密关押起来，也没有把情报通报给八路军。这件事情，非常严重。

叶乃伍想了想说，实在不行，那只能灭口了。

田齐鲁叫道，万万不能，留个活的，还有回旋余地。倘若杀了，可能酿成大祸。

十一

任冰雪和杨蓼夫吵架的事情，章慧是听王进阶说的。王进阶是杨蓼夫的警卫员，知道司令员对章慧有点那个意思，所以描述起来就难免添油加醋，王进阶说，章慧同志，你不知道任副主任有多厉害，唾沫都溅到司令员的脸上了，要司令员投降，司令员坚决不投降。司令员说，章慧是个好同志，我就是爱章慧同志，你敢把我毙了不成！你看司令员多么护着你，你可得对司令员好点啊！

章慧当然不相信王进阶的话，也不是全不信。她能想象出来任冰雪在杨蓼夫面前张牙舞爪的样子，她曾经听人说过，长征的时候，任冰雪的爱人是杨蓼夫的上级，救过杨蓼夫的命，所以杨蓼夫才对任冰雪让着三分。

章慧从墨镇回来之后，坚决不到政治部工作了，她实在受不了任冰雪的粗暴。任冰雪来找章慧谈话，好话没说几句，又开始批评，居高临下地说，章慧同志，我要提醒你，你应该站在抗战大局上看，不管怎么说，你是我们派到墨镇的，不是给国民党反动派当传声筒的。你为什么抗拒我？无非就是因为我对国民党反动派寸土不让，而你的小知识分子弱点暴露了……

章慧说，我认为，我们同琅琊独立旅是友军，我们同友军打交道，应该有起码的礼貌，应该有个规范的程序。

任冰雪说，礼貌？你认为我不礼貌？笑话！我跟你讲，不是考虑到抗战大局，老子抱起机关枪就把他们收拾了……你别这么看着我，我从来就不认为国民党会真心抗日，这些个龟孙，一贯见风使舵，“四一二”政变，屠杀革命志士；五次围剿，红军血染湘江；西北马家军围追堵截，祁连山风雪之中到处都是西路军将士的尸骨……这一件件一桩桩血仇大恨，我们共产党人是永远不能忘记的。

章慧惊愕地看着任冰雪，不自信地说，我不知道这些历史。可是，这些事情，同我们清河支队和琅琊独立旅离得太远，同我们眼下的统一抗战时候也没有太大的联系……

任冰雪打断章慧的话，糊涂！什么叫离得太远？你问问杨蓼夫，他是怎么来到渤海的，他就是因为西路军兵败被打散了，逃到延安，手里没有部队了，这才跟随张经武来到山东开辟根据地。我们这些老红军干部，都有同国民党战斗的经历。国民党是我们一贯的敌人。

章慧似乎有些明白了，为什么任冰雪对叶乃伍会有那么不理智的行为。章慧说，可是，可是……

任冰雪说，你为什么既不愿意回到政治部工作，也不愿意调到司令部工作？

章慧淡淡一笑说，我想离开指挥机关，清静一段时间，思考一点问题。

任冰雪说，可是，瞧瞧你现在这个样子，军装都不穿了，搬到祠堂里来住，吃百家饭，好像我们八路军虐待了你似的。你是不是想回避杨蓼夫？

章慧说，任副主任，这件事情同杨司令没有任何关系。

任冰雪说，是吗？我跟你说，你不用怕，他虽然是司令员，但是，他也必须在党组织的领导和监督之下。他如果再敢逼婚，或者通过其他同志变相逼婚，你就告诉我，我在党小组会上批评他，不行我就召开支部大会、党员大会，狠狠地批评，我一定要刹住这股歪风。

章慧哭笑不得，恳求说，任副主任，不是这么回事，我求求你了，不要再管这件事了。

任冰雪斩钉截铁地说，不管？那怎么行？我不管，那不是笑话吗？老杨是党的干部，一个要军阀，一个受委屈，我这个政治部副主任怎么能袖手旁观呢？我跟你讲，这件事情我管定了，我要负责到底。我这就去找杨蓼夫谈话。

不仅任冰雪，就连章慧自己也没有料到，本来她和杨蓼夫之间并没有什么关系，恰好是任冰雪一次次捣乱，反而让章慧觉得她真的同杨蓼夫有了联系，章慧甚至想，就算杨司令真的对我产生了感情，这算什么问题呢？如果我真的嫁给杨司令，难道会影响清河的抗日吗，难道会阻碍革命胜利的步伐吗？为什么会有这么多阻力？物理学上有个定律，阻力越大，摩擦系数越大，或许，在重重阻力下，我真的同他摩擦出火花了？

十二

元宵战役之后，山东纵队要求清河支队搞个战役总结，任冰雪集中精力做了一件事情，要解决杨蓼夫的问题。任冰雪把想法向副政委肖菏泽说了，肖菏泽吓了一跳，问她，杨蓼夫有什么问题？任冰雪说，杨蓼夫的问题大了。你等着看我怎么清理他。

任冰雪的动作杨蓼夫也耳闻了，杨蓼夫找到李其仁，生气地说，看看你老李给我找的麻烦，介绍什么革命伴侣，伴侣没有找到，现在被任大姐抓住辫子不松，老是要清理我的思想。李其仁说，你跟我讲实话，你对章慧有没有那个意思？杨蓼夫说，老李我跟你说，我的心情真是复杂极了。上次跟你表态，一了百了，可是当天夜里我就后悔了。上半夜我想，我杨蓼夫也是老大不小了，我也应该有个老婆了，干脆，我到识字班给章慧当几天学生，我搬个凳子听她讲几天课，我明着跟她说，我喜欢她，就是要娶她当老婆。李其仁说，那你还等什么，我要是你，我就一不做二不休，直接找章慧谈谈，把这个关系明确了，任大姐她就无话可说了。

杨蓼夫说，唉，你没有听我把话说完。这是我上半夜的想法，还有下半夜呢。

李其仁问，下半夜你又怎么想了？

杨蓼夫说，下半夜我一想，不行，我是个司令员，我不能让同志们再说我逼婚了，我得保持司令员的形象，你说是不是？

李其仁泄气地说，唉，你这个人啊，在这个问题上总是瞻前顾后患得患失，你要是把打仗的劲头拿出来就好了。

杨蓼夫说，问题是这不是打仗，我不能在人家女同志面前耍大刀当英雄。你说对不对？

李其仁叹气道，天知道对不对。

政治部只有副主任，没有主任，任冰雪以副主任身份代理主任，任冰雪是个老红军，不在乎职务高低，但是不是主任，就有好多问题没法拍板，还得跟肖菏泽商量。任冰雪告诉肖菏泽，近期就要召开党小组会，研究解决杨蓼夫的问题。肖菏泽不同意，认为杨蓼夫和章慧之间没有异常关系，就算老杨向章慧求爱，也无可厚非啊，君子好逑，男大当婚嘛！

任冰雪却不这么看，问题在于，我们的领导干部逼婚，给章慧同志的身心带来了极大的摧残，给部队带来了不良的影响。

肖菏泽说，任大姐，求爱和逼婚，这是两回事，不能无限上纲。

任冰雪说，老肖，你是装糊涂还是回避事实？领导干部求爱，实际上就是逼婚。

肖菏泽愣住了，被任冰雪的逻辑弄得一时无语，嘟囔着说，任大姐，我确实没有听说还有逼婚这回事。

任冰雪说，你知道章慧是怎么说的吗？章慧说，我是来革命的，来抗日的，我不是来给谁当老婆的。出现这种事情，是对我参加革命的亵渎。听听，这是什么话？这些天，我一直在琢磨这句话，越琢磨越觉得问题严重。这分明是我们一位年轻的女干部，在遭受上级逼迫之下，发出的悲愤的怒号，这也是向我们组织发出的呼救的信号。我们，革命军人，抗日军官，有志之士，怎么能坐视不管，怎么能无动于衷？

任冰雪越说越激动，进入了忘我的境界，“啪”地一拳砸在桌子上：这个事情我管定了，我就是要摸摸杨蓼夫的老虎屁股，看看他还敢不敢欺负我们女同志！

十三

郑亦雄求见的时候，陈奇仁的夫人正向陈奇仁发牢骚，外面都传得乱哄哄的了，说陈旅长有把柄攥在姓郑的手里，其实何长官根本不信任陈旅长，陈旅长就是个傀儡。

陈奇仁不耐烦地说，当个傀儡不好吗？有吃有喝，有狗腿子，还不操心。鬼子来了让姓郑的顶着，打了胜仗，怎么着也有我一份，我还是旅长嘛。哎，那个狗腿子这两天没有闹出什么幺蛾子？

夫人说，你说张谋金啊，嚷嚷憋屈，想出来看看太阳。我跟他说了，老老实实呆在地窖里，离开地窖一步，立即扭送给姓郑的，就说是刚刚抓到的。

陈奇仁不满地说，你这么吓唬他干什么？

夫人说，我还不是担心？这小子狗仗人势，认为藏在旅长家里就算进了神仙洞了。他哪里知道，旅长家里也被包围了。

陈奇仁问，你没跟他说？

夫人说，说了，他根本不信。他说姓郑的要是敢包围旅长家，那就死定了，他早晚出去，第一件事就是把姓郑的解决了。

卫士通报，郑参谋长求见。

陈奇仁刚说了一句，不见，抬起头来愣住了，郑亦雄一脚踏进门来。陈奇仁有点尴尬，咳嗽一声，扭过脸，冷冷地说，你来干什么？

郑亦雄敬了个礼，满脸堆笑地说，旅座，我是负荆请罪来的。旅座是闯过大码头的，恕卑职年幼无知。

陈奇仁怔怔地看着郑亦雄说，啊，负荆请罪，不是来兴师问罪的？那好，坐下，上茶！

郑亦雄坐下，双手放在膝盖上，毕恭毕敬地说，旅座，卑职一时急火攻心，做出包围旅长官邸之愚蠢行为，妄自尊大，冒犯尊长，悔之莫及，请旅座息怒。

陈奇仁端起茶杯，察言观色，见郑亦雄满脸诚恳，这才稍微松弛了表情说，说愚蠢谈不上，说冒犯有一点。不过，参谋长动因是好的，严于治军，整肃军纪，这都是可以理解的。可是，你让我交出张谋金，我就无能为力了。我又不是孙悟空，可以拔一根毫毛变给你，参谋长你说是不是？

郑亦雄说，是，旅座襟怀坦白，大人大量，不仅部队目睹了旅长风范，卑职也是深受教益，更是愧疚难当。今日登门谢罪，同时表明心迹，以前辈为楷模，每日三省。

陈奇仁狐疑地看着郑亦雄说，参谋长，你今天来，不会只是为了道歉的吧？

郑亦雄一脸真诚，卑职前来，主要是负荆请罪，解除误会。

陈奇仁把目光落在别处，无所谓，你把我软禁起来，我倒是享了几天福。

郑亦雄说，卑职已经下令，撤出警戒。

陈奇仁顿了一下，察言观色，这么说，不监视了？

郑亦雄说，卑职并非妄言，当初增加兵力监视，确实有增强旅座官邸保卫之意。

陈奇仁说，好吧，还有什么事情，接着说。

郑亦雄说，还有一件小事。关于元宵战役，卑职想进行一番检讨，就思想和战术积累经验；收复凤岗，卑职志在必得，请旅座明示。

陈奇仁明白了，说了半天，郑亦雄还是要打凤岗。陈奇仁说，你还要收复凤岗啊？凤岗到底怎么回事，就那么重要？

郑亦雄说，凤岗只是一个山包，但是凤岗的背后，有无穷后患。共军打着抗战的旗号，屡屡蚕食我国统区，一直向北部地区蔓延。凤岗这个头如果开了，共军一定会得寸进尺。以后再同鬼子作战，只要有机可乘，他必然继续蚕食。因此，收复凤岗，绝了共军向北扩张的欲望，尤其重要。

陈奇仁说，听你这么一说，好像是这么回事……陈奇仁似乎想起了什么，又说，郑参谋长，既然你已经有了周密计划，何必还要请我这个老头子表态？我还是一个包庇罪犯的嫌疑人呢。

郑亦雄说，旅座，亦雄已经知罪认错，也请旅座给我一个台阶，为了党国的事业和社稷安危，旅座，你蒙受的屈辱，卑职犯下的错误，都会昭示于天下。旅座，如果你不能原谅卑职，卑职只能自戕以谢天下。

郑亦雄说着，抽出中正剑，向自己的手腕划了一刀。

陈奇仁大惊失色，急忙拦阻说，你，你这是干什么？老夫……郑参谋长，快来人啊！

郑亦雄说，旅座，为了党国，为了抗战，你我马革裹尸在所不辞。如果因为一点误会，旅座不能见谅于卑职，卑职报国之志无以实现，则生不如死，就此一死，虽不足流芳千古，也不至于遗臭万年。

说着，又划了一刀。

陈奇仁赶紧上前，抱住郑亦雄，一边夺刀子，一边气喘吁吁地表态说，郑参谋长爱国之心日月可鉴，老夫，老夫何尝不想有所作为，只是，老夫……嗨，老弟住手，你的条件我全答应，我全答应。老夫这就跟你去，召开检讨会议，部署收复凤岗作战。

十四

郑亦雄降低姿态，陈奇仁借坡下驴，双方都有了面子。作战会上，陈奇仁讲了很多，讲到了元宵战役国军的功勋，讲到了各位兄弟的辛苦，并且就建军问题发表了高见。陈奇仁说，自从收编，我们就是国民革命军琅琊独立旅了，不再是占山为王了，往后打仗，都是抗日救国，不能再想着进城逍遥，扰民的事情不能再干了。按照参谋长的意思，打一仗要总结一次，要……啊，啊，很好，下面就请参谋长总结。

马边锋咬着王可范的耳朵说，不知姓郑的用了什么蒙汗药，旅长又给他当枪使了。

马边锋正说得起劲，猛听到一声陈奇仁断喝，肃静，都给我坐好，看你们横七竖八的样子，成何体统！

众人一振，纷纷坐直了上身，把目光齐刷刷投向郑亦雄。郑亦雄缓缓站起来，威严地凝视前方，戴着雪白手套的双手往下一按，慢吞吞地开口，诸位……

郑亦雄说完这两个字，停顿下来，目光落在马边锋和王可范的身上。马边锋有些不自然，避开郑亦雄的逼视，但是很快，又把目光调整过来，迎着郑亦雄，很快又错开了。

郑亦雄待会场完全安静下来之后，这才举起一只手，慢吞吞地说，诸位，刚才旅长说了，元宵战役，我军取得了重大胜利，这话对不对呢？依卑职看来，这话说对了一半。是胜利，但不是重大胜利，这胜利里面，又有一些说不清道不明的东西……

众人愕然，面面相觑，继而又把目光投向郑亦雄。

陈奇仁似乎很不习惯穿军装，少将呢制军服风纪扣一会儿解开，一会儿扣上，扣上后勒着肥胖的脖子，很不舒服，再解开。郑亦雄向陈奇仁瞥了一眼，陈奇仁尴尬一笑，又扣上。

郑亦雄摘下手套，侃侃而谈，为什么说元宵战役得大于失，我军至少有三个方面的失误……一是敌情不明，二是八路军清河支队趁火打劫，三是我部官兵少数人畏战不前，临阵脱逃，尤其是一团营长张谋金，在敌第二次进攻中，未能按指定时间到达指定地点，致使我凤岗主阵地腹背受敌，张谋金在危急关头，放弃二线防御，不仅让鬼子长驱直入，也让八路军正面压力减轻，从而坐山观虎斗，截获大量物资，名利双收，是可忍，孰不可忍……

在琅琊独立旅的历史上，像这样正规的会议还是第一次，多数军官还不太适应，但是门口有特务排架设的机枪，使这次会议有了神秘的威严，所以大家不敢乱说乱动。

郑亦雄宣布：第一，为重振军威，继续缉拿张谋金，就地正法，以儆效尤！张谋金手下军官，逐个清查，证实有临阵脱逃现象，均严惩不怠。

马边锋举目看天，无动于衷。

陈奇仁一头冷汗，看着郑亦雄说，好汉做事好汉当，我看，张谋金也是罪有应得。只是，杀一儆百，就不要搞株连了，免得人心惶惶，鸡飞狗跳。参谋长你说呢？

郑亦雄说，那就先杀张谋金，其他人的账稍后再算。第二，着一团马边锋部于今夜收复凤岗，戴罪立功。

马边锋呼啦一下站了起来，红头紫脸地说，我没有罪，也不想立功。

郑亦雄说，但是你需要将功补过。

马边锋正要反驳，脚被踩了一下，王可范埋头低声说，好汉不吃眼前亏，先应承下来。

马边锋隐忍片刻，翻翻眼皮子问，请问参谋长，收复是什么意思？

郑亦雄说，收复的意思，就是本来是我的东西，我再拿回来。

马边锋说，统一战线时期，我跟八路军动武，这不是破坏抗战吗？

郑亦雄说，他们破坏在先，我部维护在后。你马团长在江湖上混了这么多年，未尝不会处理这点小事？记住，我没有让你跟他动武，我只是需要凤岗。

马边锋说，你不让我动武，我难道赤手空拳去要？他开枪我怎么办？

郑亦雄冷冷一笑说，那是你的事。

马边锋眼皮又翻了一下，弯腰左看右看，疑疑惑惑地坐下了。屁股一挨板凳，又想站起来。

叶乃伍站起来，冲动地说，参座，此举万万不可。眼下仍是统一战线时期，我们同八路军同为抗日部队，且刚刚联手拒敌，转眼反目成仇，不说杨蓼夫惹不起，舆论也极为不利啊！

郑亦雄淡淡一笑说，不要谈虎色变，一说到杨蓼夫就如何如何，我还偏不信邪，我偏要打他凤岗，我就是要摸摸杨蓼夫的老虎屁股。

叶乃伍愕然看着郑亦雄说，参座，这是干什么，这不是赌气吗？

叶乃伍转过脸去，看着陈奇仁问，旅座，难道这也是你的意思？

陈奇仁菩萨似的干笑两声说，郑参谋长言之有理。如今我们已经是国民党军琅琊独立旅了，不再是散兵游勇，我们没有必要再看杨蓼夫的眼色了，打他一下，敲山震虎，未尝不可，也要让他看看，我琅琊独立旅今非昔比了。

马边锋还想说什么，王可范在下面又踢了他一脚。

十五

自从上次陪叶乃伍来访，被任冰雪劈头盖脸的骂了一顿之后，章慧的情绪就很低落，一头扎进妇女识字班，天天给乡下娘们儿讲未来的生活。

人是不到政治部上班了，但是心却放不下。章慧有些懊悔，不该和任冰雪针尖对麦芒，可是已经走到这一步，也就只能顺其自然了。好在妇女识字班就在清河镇，支队的情况她还是知道的。元宵战役结束后，杨蓼夫在妇女识字班做了一个演讲，傅菊珍等人向她绘声绘色地描述了杨司令的风采，让她心里生出异样的滋味。她有一搭无一搭地打听杨蓼夫演讲的内容，乡下娘们儿记性好，七嘴八舌地叨叨，还很丰富。章慧越琢磨越觉得杨蓼夫这个人不简单，不光会打仗，也有脑子。章慧关在自己的小屋里替杨蓼夫整理了一篇文章《战争和我们的生活》，整理好后，满心欢喜，觉得这篇文章，既像是杨蓼夫的话语，又像是她心里想的。就这么不知不觉地，她对杨蓼夫当真有了一些好感。

这是个春暖花开的日子，缀在古镇中间的淡绿渐渐浓郁起来，房子后面的桃树正在开花，一点一点，白里透红，像害羞的小姑娘，躲躲闪闪地眨着眼睛。章慧看得出神，心思渐渐地洇开，落在残血消融的原野上，好像一幅若隐若现的水墨画。

远处传来粗野的喧嚣，是从特务营的球场传来的。章慧托腮出了一会儿神，放下手中的笔，找了一套农户的衣服穿上，还不伦不类地戴了一个斗笠。装束完毕，她觉得好笑，带着一颗奇妙的心，来到了球场。

场上，双方正在争球，杨蓼夫一个凌厉地起跳，从空中揽球在手，章慧心里叫了一声好，好漂亮的动作！杨蓼夫这天超常发挥，带球运动，做了个精彩的战术动作，躲过龙捷三，流畅地运向对方的篮板下。章慧的目光紧张地跟着杨蓼夫，突然忘记了身份，喊了起来，加油，司令员，加油！加油，司令员！

杨蓼夫听到场外喊声，一走神，球被龙捷三劫走。龙捷三故意留个破绽，哼哼哈哈，嘻皮笑脸，一会儿左转，一会儿右转，一会儿疾步上前，一会儿快速后退。杨蓼夫一边拦截，一边张望，突然发现围观的群众中有一双特别的眼睛，仅仅是一个瞬间的碰撞，眼前顿时大放异彩，杨蓼夫转身做了一个假动作，龙捷三措手不及，杨蓼夫弯腰从侧翼将球运走，接着就是大步带球，势不可当，直逼对方篮下，停住，起跳，悬在空中，翻腕，空心入篮。

章慧的手心全是汗。

球赛结束了，杨蓼夫擦着热气腾腾的脑门，向放衣服的地方一边走来一边张望。章慧犹豫了一下，拉拉头巾，躲在王进阶的身后。杨蓼夫把毛巾随手一扔说，王进阶，回去给我烧盆热水，我要好好洗个澡。王进阶应了一声，司令员，韩二婶把水都烧好了。

杨蓼夫边走边说，啊，好啊，又让韩二婶操心了。

王进阶说，韩二婶说，八路军住在她家里，都是她的儿子闺女，杨司令就是她的大儿子。

杨蓼夫哈哈大笑说，好啊，我老杨父母早死，就是吃百家饭长大的。

王进阶说，司令员，韩二婶说，你这么大岁数了，也该成个家了。

杨蓼夫说，韩二婶真的说过？

王进阶说，就是啊，韩二婶说，要给你保媒呢！

杨蓼夫一把将毛巾扔到王进阶脑门上，少给我胡说！

王进阶扯下毛巾，暗中向章慧做了个鬼脸。章慧惊慌地笑笑，跟了上去。王进阶收拾着衣服说，司令员，我听说识字班有个妇女，男人当了汉奸小队长，这个妇女在识字班懂得了抗日的道理，回家给他男人办了个丧事。

杨蓼夫没听明白，停住步子说，啊，什么，给他男人办丧事？她男人死了吗？

工进阶说，他男人没死，这不是糟践她男人吗，刺激他改头换面，参加八路抗日。

杨蓼夫说，啊，这个女人好，有觉悟，她在哪里，我怎么没有听说？

章慧在后面接茬，报告司令员，是识字班的，叫蔡秀英。

杨蓼夫的表情凝固了片刻，猛回头问，怎么，你怎么来了？

章慧低下头说，我是来……向司令员检讨的。

杨蓼夫问，检讨什么？

章慧说，我不该意气用事，既不接受政治部的工作，也不到司令部上班。任副主任批评了我，是无组织无纪律。

杨蓼夫严肃地说，是无组织无纪律，应该受到处理。但是，你的问题归政治部管，要检讨，你就向任副主任检讨吧。

章慧说，司令员……

杨蓼夫打量章慧，不满地说，瞧瞧你这身打扮，像特务似的。

章慧说，我是怕别人说闲话，我……

杨蓼夫看也不看章慧说，既然怕说闲话，还来找我检讨什么？同志之间，光明磊落。回去吧，以后记住，我们之间，不会有闲话了。

说完，扬长而去。

十六

晚饭前，杨蓼夫躺在韩二婶家的杀猪大桶，泡得正舒服，忽然接到通知，任冰雪请他晚上到政治部统一用餐，饭后召开民主生活会。杨蓼夫觉得不对劲，问是什么事，组织科长许东湖说，他也不清楚。再问民主会是什么议题，许东湖还是回答不知道。

洗完澡，穿戴整齐，杨蓼夫硬着头皮找到政治部驻地，任冰雪已经等在那里了，安排杨蓼夫同组织科党小组一桌。这一桌还有肖菏泽和许东湖。

饭菜上来了，杨蓼夫反客为主，汤汤水水上来就盛了一碗，举起筷子，夹起一撮，塞进嘴里，刚嚼了两口，突然觉得不对劲，东西堵在腮帮子里，眼珠子骨碌转，看看肖菏泽，再看看许东湖，最后把目光落在任冰雪脸上。

任冰雪若无其事，大嚼大咽，明知故问，杨司令，怎么啦？

杨蓼夫费了很大劲才把嘴里的东西咽下去，挣得面红耳赤，想说什么，又摇摇头，含糊道，啊，没什么，没什么。我这碗里……你们是不是把好东西都给我了？

任冰雪说，没有啊，我们政治部做事从来都是一视同仁。

肖菏泽憋不住，假装筷子掉了，钻到桌下，笑得眼泪都出来了。

杨蓼夫筷子在碗里搅了搅，眉头一皱，计上心来，笑笑说，任大姐你太客气了，你没有必要把好吃的给我，我不能搞这个特殊化。我看，咱俩换换吧。

任冰雪笑笑说，那好，感谢司令员爱护下级。

任冰雪说着，把自己的碗往杨蓼夫面前一推，端过杨蓼夫的碗，又大口咀嚼起来。

杨蓼夫把任冰雪的碗端到自己面前，放好，坐直了腰，夹了一口，还是嚼不动。杨蓼夫火了，把筷子往桌上一放说，任冰雪同志，你搞什么搞？我打球累了半天，饿得要死，你就给我吃这个？

任冰雪说，杨司令，你琢磨琢磨，这是什么？

杨蓼夫说，不知道，我也不想知道。你对我有什么意见，尽可以在民主生活会上批评。但是你不能捉弄我。

任冰雪说，那好，你既然这样说，我宣布，清河支队政治部第一党小组民主生活会第一阶段开始。现在点名。杨蓼夫！

杨蓼夫没有反应过来，本能地“到”了一声，站了起来。

任冰雪又接着往下点名，许东湖，肖菏泽……点到肖菏泽的时候，肖菏泽站了起来，答“到”的时候差点儿笑了出来，任冰雪瞥了肖菏泽一眼说，严肃点，这是党的会议。好，人到齐了，坐下。

肖菏泽和许东湖坐下了，杨蓼夫仍然站立说，任冰雪同志，我要提个意见。可以吗？

任冰雪说，知无不言，言无不尽。

杨蓼夫说，党的会议，无须点名。

任冰雪说，这是党内特殊会议，有特殊的程序。点名是为了提醒你们这些司令政委，在党的会议上，你们不再是司令政委，而是一名普通党员。明白了吗？

杨蓼夫苦笑说，明白了。坐下来，端起碗，愁眉苦脸地吃起来。

任冰雪问，杨蓼夫同志，琢磨出来没有，碗里盛的是什么？

杨蓼夫老老实实地回答说，不知道。

任冰雪说，那好，我来告诉你，那是列宁粉。

杨蓼夫的表情急剧变化，目光在那一瞬间凝重起来。任冰雪说，这段时间，我一直琢磨一个问题，要不要同你老杨进行一次深谈。可是又不知从何谈起。

杨蓼夫低着脑袋不说话。任冰雪说，还是从头说起吧。还记得十年前吗，在祁连山下，一场战斗之后，红军弹尽粮绝，饥寒交迫。一个红军团长，身负重伤，奄奄一息，他已经把自己的枪交给了副团长，安排了自己的后事。这时候，师政委策马赶来，下令一定要救活这个团长。师政委解下了自己的干粮袋，那里面装的是榆蕨皮。往后的事情你还记得吗？

杨蓼夫说，任大姐，下面的故事我来讲。

任冰雪说，也好。

杨蓼夫接着讲了下去——

郭政委让活着的人把盐巴都集中起来，放进锅里熬，三斤榆蕨皮熬了一锅汤，郭政委从汤里把沉在最下面的淀粉捞给了那位团长，并告诉大家，这是列宁粉，是共产党人的灵丹妙药，一碗粉汤的营养相当于半斤牛肉。所有的人都信以为真，喝下去之后大家当真觉得身上有了劲。二十九个人就是喝了这锅列宁粉熬的汤，当天夜里从李甲营子突围……

任冰雪说，那位身负重伤的红军团长，用生命最后的力气，指挥了西路军战史上著名的七丈原战斗，从悬崖翻越，从背后出击，声东击西，打了一个置之死地而后生的漂亮仗……

肖菏泽说，这个故事我也听说过，在七丈原战斗中，我二十九名残兵败将抱着必死信念，所向无敌，以少胜多，缴获两麻袋粮食和一只羊。后来，他们找到了援西军……

任冰雪问，杨司令，你知道那位郭政委现在在哪里吗？

杨蓼夫沉痛地说，知道，“西安事变”发生后，郭政委在太原八路军办事处工作，被国民党反动派的特务暗杀了。

肖菏泽说，我明白了，那位死而复生的团长，就是，就是……

杨蓼夫点点头说，那个团长就是我。郭政委是任大姐的爱人。

肖菏泽瞪大了眼睛，啊，难怪……

任冰雪说，难怪什么？难怪我这么厉害，难怪我倚老卖老是不是？我跟你们讲，我任冰雪从老郭牺牲那天起，就抱定了一个信念，革命到底，跟鬼子斗，跟汉奸斗，跟国民党反动派斗，跟内部的不良倾向斗。什么时候死了，什么时候不发言。

杨蓼夫说，任大姐，你的经历，你的性格，你的原则，我们都知道。可是，我到底犯了什么错误？

任冰雪说，你别给我装糊涂。你再琢磨琢磨。

杨蓼夫说，我琢磨不出来。

任冰雪说，那好，你不说，我来说。你的错误说大不大，说小不小，就看怎么发展了，就看怎么琢磨了。

杨蓼夫说，我到底犯了什么错误啊？

任冰雪斩钉截铁地吐了两个字，逼婚！

杨蓼夫可怜巴巴地看着任冰雪说，任大姐，冤枉，我真是跳到黄河也洗不清啊！

十七

景晓纯率领孙大竹一干人等到莒南给山东纵队送战利品，很是风光了一把。景晓纯到司令部向副司令员王积安汇报工作，一群机关干部战士围着孙大竹，听他讲元宵战役经过。

孙大竹这下可算找到了感觉，眉飞色舞，滔滔不绝——我们叫元宵战役，鬼子叫它“捕鲸行动”，什么叫“捕鲸行动”？就是要打大个的。杨司令判定这次鬼子集中兵力，远距离偷袭我根据地，于是决定由骑兵营和特务营各一个连，乔装打扮，带着坛坛罐罐，机关文书……

一个干部说，听说这次你出大风头了，成了总指挥。

孙大竹说，嘿嘿，不瞒同志哥，本人，小小的，特务营长，但是杨司令让我当一回假司令，拿出支队司令员的威风，给他转啊转啊，转了六圈，就在鬼子眼皮底下，转啊，转啊……孙大竹声音低下去了，眼睛瞅着圈外。

三个女八路出现在圈子外面，是纵队文工团的团员林沂、任小町和杜彦凝。

孙大竹看见女兵挤进圈子，有点不好意思，急欲摆脱说，同志哥，我们清河支队打仗那是没说的，可是我这嘴呢，嘴笨，别让我讲走样了，还是算了吧！欲知后事如何，且听下回分解。

说完，就想往人堆里挤。

林沂大大方方地走到前面说，清河支队的同志，你大方一点，别看见女兵就想溜！

孙大竹被说愣住了，扭头看着林沂说，溜？我溜了吗？

林沂说，没溜，你就接着说啊，你刚才还手舞足蹈的，为什么见我们来了就下回分解了？

孙大竹说，嘿嘿，这个同志，哈哈，这个同志嘴巴好厉害，跟我到清河支队吧，管教俘虏顶呱呱的！

林沂说，去你的，我管教你还差不多！

孙大竹说，管教我？我有什么好管教的？

林沂说，看看你的棉裤！

孙大竹一怔，赶紧低头看棉裤，原来棉裤上有一块补丁，是红花布的。

林沂说，别人挂花在身上，孙营长挂花在棉裤上。你这么条汉子，怎么穿个花棉裤啊！

众人哄然大笑。孙大竹狼狈不堪，气鼓鼓地看着林沂，你这个同志，笑话穷人啊，我跟你讲，俺们清河支队还有花棉裤穿，你要是到了别的部队，连花棉裤都没有！

林沂说，说说看，我们正要收集素材写剧本呢。

裤腿上的补丁不知道什么时候被扯破了，露出白花花的棉花，孙大竹对此浑然无觉，清清嗓子说，既然这位女同志要把俺们的事迹写成大戏，那俺就给你再说一段。说得不好，别笑话啊！

林沂说，谦虚什么啊，把故事说清楚就行了。

孙大竹定定神，拉开架势说，说时迟，那时快……啊，不对啊，俺刚才说到哪里了？

林沂说，说时迟，那时快……

杜彦凝说，不对，说到你们四个连队了。

孙大竹一拍脑门说，啊，对了，对了。俺们四个连队，红旗招展，兵强马壮，转了六圈。鬼子以为这就是我清河支队主力和行署机关，他就按捺不住了，终于引蛇出洞了。只听杨司令一声令下，八匹枣红马腾空而起，杨司令一马当先，挥舞战刀，风展红旗，突入敌阵……

孙大竹又不说了，他看见林沂正目不转睛地盯着他。

任小町说，孙营长，接着说啊，后来呢，后来怎么样了？

孙大竹回过神来，后来？什么后来？没有后来了。

杜彦凝说，那鬼子上当了吗？

孙大竹说，当然，鬼子都被俺们引到抗日沟里了。

林沂也问，后来呢？

孙大竹咧嘴笑了，嗨，后来还用说吗，把鬼子消灭了呗！

孙大竹和林沂这就算认识了。晚上吃饭的时候，景晓纯被王积安请到司令部吃小灶，孙大竹和他的兵跟机关干部战士吃大灶，孙大竹不满地向他的老首长、纵队供给部长袁历山发牢骚说，袁部长你没觉悟，你回清河支队，咱们怎么也得给你弄三四个碟子七八个碗。俺们今天给你送来这么多东西，就让咱啃黑面窝头喝稀饭？

袁历山说，没办法啊，纵队什么都不缺，就缺粮食，这不是春荒了吗？

孙大竹说，俺们还以为纵队的粮食吃不完呢。上次俺老乡跟俺吹牛，纵队天天都吃鸡鸭鱼肉。

袁历山说，别说了，你一说鸡鸭鱼肉，我这肚子就该……

正说着，林沂过来了，正东张西望找凳子。袁历山说，别找了，蹲着吧，当八路就得学会蹲着吃饭，哪有那么多凳子啊！

林沂端着饭碗走过来，对孙大竹说，咦，你也吃这个？你不是功臣吗？

孙大竹对袁历山说，听听，还是人家秀才觉悟高，知道怎么对待功臣。

袁历山说，你这小子才没觉悟。我跟你讲，我倒是让人找了半斤小虾，想给你们打打牙祭，可是被王副司令要走了，他要请客，请你们景政委。

林沂很费劲地蹲下，东看西看，还是蹲不下去，似乎觉得不雅，眉头皱了起来。孙大竹把自己的棉袄脱下来，铺在地上，殷勤地招呼林沂，来，坐这儿。

林沂皱着眉头说，有没有虱子啊？

孙大竹嘿嘿一笑说，都一样，早晚你也得有。

林沂尖叫一声，端着碗走了。

孙大竹冲她背影喊，跟我到清河支队吧。在纵队天天吃黑面窝头，脸就吃黑了。俺们那里天天吃白面，小女子一个个全是细皮嫩肉的。

林沂回头说，你骗人。

孙大竹说，骗你是小狗。你看我的牙。

林沂转过身来，好奇地问，你的牙怎么啦？

孙大竹说，咱们杨司令说了，清河支队，不仅要成为最能打仗的部队，也要成为牙齿最白的部队。

林沂惊讶地问，牙齿最白的部队？

孙大竹说，是啊，俺们每个战士都发了一把牙刷，一个班一根牙膏。

林沂笑笑说，可是我看你的牙并不白啊！

孙大竹说，嗨，这才刚刚开始。俺们司令员说了，往后，打仗之前，打球之后，部队要洗澡洗衣服洗屁股抓虱子。还要给俺们每个人发一瓶雪花膏呢。

林沂惊喜地问，真的啊？

半年后林沂果然主动调到清河支队，以后林沂回忆说，她之所以申请到清河支队，主要是被孙大竹用雪花膏和白面馒头的空头支票骗来的，此为后话。

孙大竹到纵队去了一趟，认识了一个林沂，再回到清河支队，就放不下了，经常在余河沿面前炫耀，那个天仙啊，长得鼻子是鼻子，眼睛是眼睛。唉，下次再见到她，我一定穿一条好裤子，我再也不穿这条花补丁裤子了。

说这话的时候，孙大竹哪里想到，因为一条裤子，他会被关禁闭。这也是后话。

十八

景晓纯从纵队带回来一个重要情况，鉴于抗战形势迅速发展，要考虑抗战胜利之后的战略行动，清河部队要随时准备离开根据地。在三个月内，要采取一切手段，确保北上通道畅通。时间划分，最迟明年春季，也可能就在今年年底。

杨蓼夫说，北上，再往北，渤海，渤海以北就是东北了。景晓纯说，我们只能做这样的理解。

这是一个重大的绝密情况，两个人分析北方重镇，打通北上通道，一个重要的跳板就是墨镇，而通向墨镇，必须经过卧龙岗、莫宁岗和凤岗，现在，三岗已有两岗掌控在清河支队手里，形势非常有利。但是，墨镇还是个保护区，目前无法控制，那里的情况极其复杂。

景晓纯说，当初派遣章慧到墨镇，实际上就是投石问路，现在可以重新派遣章慧进驻墨镇，开展地下工作，因为章慧在来到清河支队之前，公开身份就是墨镇国立中学的教员。

杨蓼夫也认为这是一个突破口，问题是章慧的身份已经暴露，现在回到墨镇，缺乏合适的理由。

景晓纯想了半天，提出来让章慧脱掉军装，公开发表声明，因为清河支队司令员杨蓼夫逼婚，脱离八路军。

杨蓼夫一听这个主意，愣了半晌才说，这个主意好是好，可让你这么一搞，我不更是洗不清了吗？

景晓纯说，洗清什么，为什么要洗清？我跟你说，这是一件天大的好事，没准就是一段战争与爱情的佳话。

杨蓼夫仍然摇头。

景晓纯说，嘿，我们共产党人铁棒都能磨成针，我们就磨不过一个小女子？老杨，大局之下，个人受点委屈算得了什么，我建议你放下包袱轻装上阵，背一次革命的黑锅，战争和爱情两手抓，两手都硬。

景晓纯反复动员，讲了很多道理，杨蓼夫最终同意背一次黑锅。

王进阶通知章慧，司令员找她谈话，章慧又惊又喜，为什么是这个心情，她说不清楚。可是到了韩二婶家里，见到的杨蓼夫却是一副公事公办的模样，这情景让章慧心里很别扭。

杨蓼夫开宗明义地讲了任务，脱离部队，回到国立中学，还去当教员。章慧抵触地问，为什么？我并不想脱离队伍，我只是说了几句气话，难道……

杨蓼夫摆摆手说，章慧同志，你想得太多了。通过元宵战役，宋瑜对敌人的侥幸心理有所挫伤，对我们八路军的了解有所加强。而你同宋瑜的关系甚为密切，通过宋瑜，我们既有了立足点，又可以打开局面。

章慧说，我不能接受这个任务，我是公开的八路军干部，在元宵战役中，我是全副武装出现在墨镇的，宋瑜对这个身份是排斥的，国民党也会警觉的。我再回去，有什么理由？

杨蓼夫说，有现成的理由啊，就说我杨蓼夫逼婚，强迫你嫁给我，你宁死不屈，这才脱离八路军，回到学校，重操旧业。

章慧意外地问，说你逼婚？那不是往杨司令脸上抹黑吗？这种事情我不能干。

杨蓼夫大大咧咧地，嗨，这有什么，只要是对抗战有利，我不在乎，我劝你也不要在乎。你做你的工作，我背我的黑锅。

章慧此刻的心情五味杂陈，表情冷若冰霜。

杨蓼夫没有注意到章慧的变化，挥手比画，显得很高兴的样子说，这一次和元宵节不同，元宵节那次去，是临时性的，公开的。这一次你去墨镇，就要重新扎根，持久工作……

章慧忍不住了，愤怒地打断了杨蓼夫的话，这是谁的主意？

杨蓼夫微笑回答，我。

杨蓼夫抬头，看见章慧脸色惨白，连忙问，章慧同志，你怎么啦？

章慧说，杨司令，我可以回墨镇，但逼婚不是理由，因为这不是事实，我不能把这盆脏水泼到你身上。我不能让我们赫赫有名的杨司令蒙冤受屈，毁了一世英名啊！

杨蓼夫苦笑说，我说过啊，我个人无所谓，只要是有利于工作，我个人哪怕被贬低成军阀恶霸，我也能够承受。

章慧说，你可以承受那是你的事，可是我不能承受。虽然我曾经说过，我是来革命的，来抗日的，我不是来给谁当老婆的。但是，这话不是针对你的。

杨蓼夫说，针对我也没有关系。我作为一个支队司令员，这点委屈还是担待得起的。有了逃婚这个理由，你回墨镇就是顺理成章的事情。比起大局，个人背黑锅没什么。

章慧怔怔地问，这么说，已经决定了？

杨蓼夫说，是的。支队决定，对内，你担任支队民运科长，以孙迎风那个营为基础，抽调一批骨干，组成武工队，驻扎墨镇外围，仍然由你指挥，配合政治工作。

章慧半天无语，看着门外出神。

杨蓼夫说，据内线反映，郑亦雄最近忙着做两件事情，一是收复凤岗，二是追杀张谋金。追杀张谋金，很有可能激起内讧。如果他的内部出了问题，在当前，对我们也是很不利的。因此，你返回墨镇之后的首要任务，就是通过宋瑜，帮郑亦雄醒醒脑子。

章慧仍然迟疑说，司令员，任务我可以接受，但是，这个理由我不能接受。

杨蓼夫说，章慧同志，请你记住，背黑锅的不仅有你，还有我。

十九

郑亦雄夺回凤岗的计划是部署下去了，却迟迟没有实施，因为有太多的因为。

凤岗作战会后，马边锋找到王可范，主动询问同张云杰接洽的进展。退回四年前，马边锋和王可范同张云杰都是一座山上的，后来张云杰当了国军的保安团长，马边锋和王可范被陈奇仁收编，在琅琊地方民团当营长，这才分道扬镳。再退回三年，鬼子打到渤海湾，张云杰就地当了汉奸，马边锋和王可范没有来得及当汉奸，跟随陈奇仁，摇身一变成了抗日武装琅琊独立旅的团长。

马边锋和王可范从来就没打算在琅琊山一条道走到黑，特别是郑亦雄来到琅琊独立旅之后，天天嚷嚷打鬼子，随时准备当鬼，这两个人是不会做这个赔本买卖的。郑亦雄部署收复凤岗的那个会上，马边锋就打定主意，三十六计走为上。

作战会后，陈奇仁秘密接见马边锋，交代他赶紧把张谋金转移出去。马边锋找王可范商量，王可范出了个主意，让马边锋找了一口棺材，将张谋金送出琅琊地盘，带上两人的效忠信，同张云杰取得联系，然后利用打凤岗的机会，里应外合，一举干掉郑亦雄。

执行护送任务的是郭保成。这天利用当地居民出殡的机会，郭保成移花接木，将装有张谋金的棺材抬出琅琊防区。张谋金头天晚上被马边锋和王可范灌得烂醉，酒里还放了药，第二天等他睁开眼睛，已经躺在棺材里了。醒了之后，张谋金大喊大叫，放我出去。这叫什么事？你们一个个成了抗战英雄，老子倒成了民族败类。放我出去，我再也不能住棺材了。张谋金一边说，一边在里面猛敲棺材板。

郭保成让士兵停下步子，脸贴着棺材板说，放你出去？放你出去干什么，给人家当靶子，给团座和旅座丢脸？

张谋金在里面嚷嚷，放我出去，我去跟姓郑的拼了，一人一把枪，我看他能把我老二咬了？

郭保成笑笑，拍拍棺材板说，兄弟，你就老老实实地呆着吧，蹲在棺材里面吃香喝辣的。跟姓郑的拼命，有的是人，用不着你了。

张谋金说，你让马边锋这个杂种过来，我把我的黄花闺女的姐姐都送给他了，他就这么对我，不得好死啊……

张谋金骂他的，郭保成只是不搭理他，反正已经过了琅琊防区，前面就是墨镇地界了，骂了别人也听不见。

走到半山腰上一座破庙前面，郭保成让士兵放下棺材，敲敲棺材板说，老弟，出来吧，这回你可以重见天日了。

张谋金骂骂咧咧地从棺材里出来，打了个哈欠说，好，此处不留爷，自有留爷处，老子当不成抗日英雄，那就去当汉奸。

郭保成说，恭喜你猜对了，把你抬出来，就是让你干这桩大买卖。然后交给张谋金一封信，让他反复看，然后背诵。

张谋金喜出望外，只看了两遍就把密信背熟了：我等在郑亦雄手下，艰辛备至，度日如年，愿投奔张长官，服务日本太君，建立东亚王道乐土，万事俱备，只等张长官派人接应，我一团二团同时起事，大功告成。

郭保成将信一条一条撕碎，对张谋金说，好！一旦落入他人之手，这话你就烂在肚子里了。

张谋金不满地说，团副，你说话吉利点好不好，我九死一生，好不容易逃出来，干吗要落入他人之手啊！

郭保成说，团座说得好，无计之计，只有唱戏。你要把这场戏唱好，凡事千万小心。

张谋金说，嗨，团副，不用这么提心吊胆的，咱们投降也不是一回两回了！

郭保成说，就是因为你老油条，团座才特别担心出意外。

张谋金说，你放心，三天之内，我必定带着鬼子和张云杰的大部队，要郑亦雄的好看！

话音刚落，一声枪响。

张谋金的脸上出现惊恐的表情，眼睛死死地盯着郭保成，扑倒在地上，滚了几滚便一动不动了。

郭保成迅速卧倒在一堵断墙后面，大喝，哪里打枪，什么人？

距离郭保成二十米处，田齐鲁等人从树林里站出，士兵端着枪向郭保成逼近。

郭保成如临大敌，指挥手下士兵散开，向田齐鲁包围。田齐鲁不动声色，沉稳地前进，走到郭保成前面，站住说，郭团副，别来无恙？

郭保成举着手枪说，你，你，你们这是赶尽杀绝啊！

田齐鲁说，郭团副，我奉郑参谋长命令，缉拿临阵脱逃败类张谋金，就地正法，现已完成任务。老郭，你的使命也结束了，那我们就一起回去交差吧！

郭保成咬牙切齿地说，你就等着马团长剥你的皮！

田齐鲁哈哈一笑说，悉听尊便。

郭保成犹如丧家之犬，回到团部，把张谋金被杀的情况向马边锋添油加醋地描述一番，马边锋差点儿晕了过去。

郭保成说，幸亏没有留下白纸黑字，张谋金又被一枪致命，否则就大祸临头了。

马边锋怔怔地盯着郭保成，一拳砸在桌子上，好，逼上梁山，那就揭竿，干！

郭保成说，前汉亡了有后汉，他们不干咱们干。

马边锋交代，老郭，从现在开始，把郑亦雄派来的那几个军官给我监视起来。这几天要特别注意旅部动向。

郭保成说，那几个人我早都监视了，不到举事的最后时刻，还不能打草惊蛇。

马边锋点点头说，在理。这两天，我找机会把旅座请过来，扣住这面大旗，就是一张虎皮。

王可范和马边锋密谋，二月二龙抬头那一天，首先由马边锋以收复凤岗的名义调动部队，向东集结，同时派人把郑亦雄要打凤岗的消息送给八路军清河支队，必要时绑架陈奇仁作为筹码。对于郑亦雄，能打就打，不能打就走，要把琅琊独立旅拉到詹家店。

二十

章慧以后回忆她回到墨镇的经历，感觉就像做了一场噩梦，而梦里的魔鬼就是她自己。为了取得宋瑜的信任，她不惜编造了八路军清河支队如何野蛮的故事，甚至还暗示，杨司令曾经对她动粗。

宋瑜对此并不怀疑，因为她本来就对八路军有很深的成见，特别是陪同叶乃伍到清河走了一趟，亲眼目睹了任冰雪的无礼，章慧逃脱这些人的魔掌是必然的，倘若章慧能够长期同这些人为伍，反倒奇怪了。

正是因为有了这些看法，所以宋瑜很高兴地接纳了章慧，拉着她的手安慰她说，回来就好，你这个迷途羔羊啊，总算明白过来了。

宋瑜安排章慧继续承担她离开之前的课程，章慧自然得心应手，很快就在墨镇国立中学站住了，并且同教员易红英和刘金山建立了友善的同事关系。

宋瑜的父亲宋剑雨是老同盟会员，也是郑亦雄父亲的朋友，当年郑父在武汉遇难，是宋剑雨及时将郑亦雄娘俩转移到山东，并承担了郑亦雄中学以前的生活和就读费用，两家情同手足。郑亦雄成为国军军官之后，铁石心肠，但惟独对宋家视为至亲。

自从章慧回来，宋瑜的脸上就多了许多春风。下课之后，还像过去那样，两个人一前一后地漫步在校园的祠堂边，看柳绿花红，观鱼虾嬉水，颇有诗情画意。

按照预先计划，章慧的工作循序渐进，需要一个较长的时间隐蔽。但是，正月二十七日夜里，杨蓼夫派人送来一份紧急情报，指示章慧，向宋瑜摊牌，必要时公开自己的身份。

清晨，国立中学的老师照例同学生一起早操，早操结束后，章慧把宋瑜引到池塘边散步。章慧说，宋瑜，我得向你承认，我回学校，确实是有使命的。

宋瑜怔了一下，点点头说，我不是傻子。为什么要说这个？

章慧说，郑亦雄一意孤行，对清河支队收复凤岗，耿耿于怀，已经着手部署反攻凤岗。你必须尽快见到郑亦雄，制止他的行为。

宋瑜说，郑亦雄是铁皮脑袋，他能听我的吗？

章慧说，我们还掌握了一份情报，郑亦雄将元宵战役中临阵脱逃者张谋金击毙，在琅琊独立旅已经引起轩然大波，马边锋、王可范正在密谋叛乱，举事迫在眉睫。到那时候，郑亦雄将受到三面夹击，灭顶之灾在所难免。

宋瑜大吃一惊，抓住章慧的手问，真有此事？

章慧说，千真万确。我军已经抓获两名在马边锋和张云杰之间联系的奸细。但这伙败类相当狡猾，只有口信，没有文书，所以我只能口头向你陈述。

宋瑜被这个意外的情况震惊了，怔怔地看着湖面说，那怎么办，郑亦雄……章慧，求求你们，一定要救郑亦雄啊！

章慧说，我们现在要做的就是拯救郑亦雄。你必须以最快的速度赶到琅琊山，制止郑亦雄冒犯凤岗的愚蠢行为。

宋瑜说，我听你的，我这就去。

二十一

马边锋按兵不动，陈奇仁左右摇摆，收复凤岗计划迟迟没有行动，这让郑亦雄大为光火。郑亦雄在沙盘前推演了数遍，召开会议部署，当夜零时发起进攻！

散会之后，军官们鱼贯出门。田齐鲁跟在叶乃伍身后说，副参谋长，凤岗不能打啊，参座他是急火攻心，不顾一切了，可是，我们不能……

叶乃伍停住步子，看了看东方的天际说，太阳又落山了，明天能不能看见太阳，那就只有天知道了。

几乎没有人说话，军官们表情各异，各上各的马。

回到团部，马边锋把赵大脚叫来，要他在中午前赶到清河，把一封信送到杨蓼夫的手里。赵大脚奇怪地说，不是说要打凤岗吗，给杨蓼夫送信干什么？马边锋按照事先编好的话说，我就是要告诉杨蓼夫，不是我马边锋要打凤岗，而是郑亦雄一意孤行。郑亦雄破坏抗日，我不能做亲痛仇快的事情，有朝一日，我和清河支队一定联合抗日。

赵大脚本来就对打凤岗有抵触情绪，见马边锋有这个举动，尽管将信将疑，但还是接受了任务。

赵大脚离开之后，马边锋交代郭保成，郑亦雄的计划提前了，我们也得提前。今夜零时，我在凤岗阵地虚晃一枪，同土八路捉迷藏，凌晨一时，如果张长官的接应部队到达，请发三颗信号弹，我就带突击队杀回马枪，直奔郑亦雄老巢。

郭保成领命而去。

攻打凤岗的计划部署完毕之后，郑亦雄踌躇满志，带着叶乃伍到一线观察凤岗的情况，从望远镜里看过去，凤岗很平静，八路军的驻防部队像往常一样，训练的训练，警戒的警戒，山洼里还有一些人坐在黑板前面，好像是在上课。叶乃伍说，参座，凤岗八路军对我完全没有防备，我不宣而战，实属不义啊！

郑亦雄说，妇人之仁！难道他盘踞我重要据点，是仁义之举吗？我只不过要收回本来就是本部的地盘。你们不要瞻前顾后，全力打好这一仗。传令冯德山，午饭后进至芽子谷至惠原崮一线设伏，防止土八路小股增援，坚决扼守。

叶乃伍不屈不挠地说，参座，此次举全旅兵力收复凤岗，后方空虚。万一，万一……

郑亦雄火了，没有万一，只有一万。立即传我的命令！

二十二

叶乃伍刚走，宋瑜和章慧就同时出现在琅琊独立旅驻地，让郑亦雄吃惊不小。他琢磨可能是走漏风声了，八路军已经得知他要攻打凤岗的消息，派章慧来做说客。他当然不会改变主意，所以寒暄之后，他就先入为主地给章慧戴高帽子。章小姐，在前不久关于凤岗的谈判中，你能审时度势，明辨是非，同情我部，从而遭到八路悍匪任冰雪的羞辱捆绑，对此，亦雄甚觉愧疚。

章慧说，郑先生误解了，我被我的上司批评，完全是我们内部的事情，并非因为我同情贵部索要凤岗。我们今天来，是要劝阻郑先生，不要做那亲痛仇快的事情。

郑亦雄说，我听说，你离开八路军，除了在政治上受排挤以外，还有一个重要原因，那就是清河支队司令杨蓼夫滥用职权，强行逼婚。这样的军队，同军阀何异？你本人对杨蓼夫也是深恶痛绝，为何还来为其做说客？

章慧转向宋瑜，脸色冰冷地问，谁说我是因为杨司令逼婚才脱离八路军的，是你告诉他的吗？

宋瑜心虚地说，传说是这样的。

章慧说，郑先生，请你不要混淆概念。我今天来，是想提醒郑先生，凤岗是八路军的据点，是中国人的地盘。侵犯凤岗，就是破坏抗战。

郑亦雄笑笑说，千秋功过，自有后人评说。

章慧说，我最后再提醒郑先生一句，螳螂捕蝉，黄雀在后。郑先生恐怕有所不知，你这边紧锣密鼓要制造摩擦，那边已经有人厉兵秣马要抄你的后路了。

郑亦雄愕然，你这是什么意思？

章慧说，我给郑先生提供一份情报，请看——

章慧从身边的小包里取出一份文件，放在桌上。

郑亦雄疑惑地看着章慧，迟疑着。宋瑜从章慧面前拿起文件，展开，看了看，交给郑亦雄说，亦雄，相信她，这是真的。

郑亦雄的两眼落在信纸上，面部表情急剧变化，双手颤抖。兵变？反水？怎么会这样，马边锋和王可范有这么大的胆子，通敌？不会吧，这是不是挑拨离间？

章慧说，郑先生，当断不断，反受其乱，优柔寡断，人头落地。宋瑜，我们走！

郑亦雄怔怔地看着章慧和宋瑜的背影，突然撕心裂肺地喊了一声，临阵倒戈，天理不容啊！

二十三

旅部作战室内，电台在紧张地工作。冯德山向郑亦雄报告说，我们派到王团和马团的人都被扣押了。陈旅长现在情况不明。马边锋一个团已经抢占了东门。王可范主力正向芽子谷方向运动。情况非常凶险。

郑亦雄却很高兴，胸有成竹地说，好啊，打草惊蛇，蛇出洞了。

但接下来的情况就是郑亦雄不能控制的了。鬼子来了，一个日军中队，加上两个汉奸团，机械化和骑兵结合，前锋已到黑风山。也就是说，叛军的计划提前了。叶乃伍提出了退、避两个方案，都被郑亦雄否定了。叶乃伍说，那就只能决一死战了。如果，凤岗的八路军再趁火打劫，从侧翼给我们来一下子，琅琊独立旅就彻底完了。

郑亦雄半天不语。叶乃伍试探着说，还有一条路，向杨蓼夫求救。

郑亦雄的态度很坚决，悲壮地说，让我向杨蓼夫低头，还不如让我跟鬼子战死。

叶乃伍声泪俱下地说，大局为重啊，我们应该摒弃前嫌，弯弯腰就能迈过眼下这个门坎。我琅琊独立旅刚刚整编，眼看一支羽毛将丰的抗日部队，就要土崩瓦解。内外交困之际，参座不能以个人好恶和一己自尊毁了大事啊！

郑亦雄瘫在椅子上，沉思良久，长叹一声说，我已经把他们得罪了，现在去求援，他们会理睬吗？他不落井下石我就烧高香了。

冯德山说，参座，兄弟阋于墙，毕竟是家事。杨司令有大将之风，大局面前，他或许能伸出援手。

叶乃伍说，火烧眉毛了，这是最后的希望了。

郑亦雄终于退却了，苦笑着说，啊，你们说得有道理，可是，可是……好吧，把田齐鲁叫来。

田齐鲁来了之后，叶乃伍交代了任务，郑亦雄说，老田，你去求援，但是不能太低三下四了，如果杨蓼夫以此要挟，那就放弃，老子就是弹尽粮绝，也不能丧失气节。

二十四

龙抬头这天，清河倒是一片太平盛世景象。

赵大脚送来的密信没有破坏杨蓼夫的好心情，杨蓼夫说，他们要打凤岗，那好啊，让周杰宁跟他们打，周杰宁不怕他们。

龙捷三请示，要不要增援凤岗，杨蓼夫说，理都不要理。杨蓼夫对龙捷三说，恰好是赵大脚送来的这封信，让他判断出来了，郑亦雄打凤岗，根本打不成。因为马边锋这个时候派赵大脚来送信，说明马边锋和王可范的叛变行动开始了。

龙捷三对此将信将疑，部署孙大竹率领特务营前出到黑风山一带巡逻，一旦发现凤岗方向有情况，就近支援。

孙大竹这天嘴馋，很想在巡逻的时候打一只兔子，可是一直没有发现兔子的踪影。当地的老百姓说，晒盐沟里没有兔子。但是孙大竹的运气确实很好，到了中午时分，在二号警戒哨位，排长王虎带着几个战士，当真给他捆来一只“大兔子”。孙大竹一看就笑了，原来认识。孙大竹夸张地说，啊，这不是田少校吗？别来无恙？

田齐鲁嚷嚷挣扎着喊，放开我，孙大竹，我是来执行重要任务的。

孙大竹说，狗屁重要任务，前年你们搞摩擦，老子屁股上还有一颗子弹，就是你小子的部队打的。这下好了，等会我把我屁股上的弹头挖出来，我把它打进你的屁股。

田齐鲁说，孙大竹，都什么时候了，你还在记仇！误了大事，你就是千古罪人！

王虎说，营长，这小子说有十万火急的情报要送给杨司令。

孙大竹还是不紧不慢，打量着田齐鲁说，啊，是吗，什么十万火急？你们郑亦雄不是张着血盆大口要攻打凤岗吗？你不给你的郑长官帮忙，跑到这里来干什么，莫非是刺探我军情报啊！

田齐鲁被扭住双臂，挣扎着大叫，你放开我，我确实有重要情况，我要面见杨司令！

孙大竹皮笑肉不笑地说，面见杨司令？好大的口气！老子一个特务营长，要见杨司令，还得提着两斤海参当见面礼呢。就你这空着手，也想见杨司令，门都没有。

说着，甩手给了田齐鲁一巴掌。

田齐鲁愤怒地盯着孙大竹，吼道，孙大竹，你要对你的行为负责！

孙大竹皮笑肉不笑地说，好汉做事好汉当，给我打，要他老实交代，到我抗日根据地到底是搞什么奸细活动？

王虎高兴地摩拳擦掌，哈哈，元宵战役老子没过瘾，今天送来一块活肉，够我练练太极拳了。说着就对田齐鲁拳打脚踢。田齐鲁抱头乱滚。

打了一阵，王虎觉得不对劲，摸摸田齐鲁的鼻子，对孙大竹说，好像没气了。

孙大竹慌了，觉得把这个人打死，可能会有麻烦，就黑起脸来训王虎。又不甘心，亲自去摸田齐鲁的鼻子，嘀咕道，当真给打死了。

孙大竹站起来，交代王虎挖个坑把田齐鲁埋了。王虎担心地说，营长，这合适吗，万一他真的有紧急情况……

孙大竹说，把他的裤子给我脱了。

王虎傻傻地看着孙大竹说，裤子？营长你什么意思？

孙大竹说，脱，老子需要他那条裤子。

王虎迟疑了一下，对战士说，好咧！来，帮帮忙。

几个人手忙脚乱，把捆绑在田齐鲁身上的绳索解开，扒下田齐鲁的裤子，孙大竹换在身上，美滋滋地说，哈哈，这个国民党，临死还给我送了一条新裤子，啊，还马裤呢，校官服！

王虎说，营长，再到纵队，穿这条裤子去，纵队文工团那小妞就不会笑话了。

孙大竹眉飞色舞地说，哈哈，那当然，啊……怎么搞的，这皮带怎么扣不上？

王虎和战士七手八脚帮助孙大竹扣皮带。正忙乎着，躺在地上的田齐鲁攥紧拳头，突然一跃而起，将孙大竹撞倒。

孙大竹倒在地上大叫，不好，反动派金蝉脱壳了。

孙大竹爬起来刚要追，不料皮带仍攥在王虎手上，孙大竹趔趄一下，将王虎也拖倒在地。孙大竹怒吼，怎么搞的，这国民党的皮带……快松手！

王虎懵里懵懂地跟着跑，一边跑一边喊，营长，你的裤子！

孙大竹提着裤子喊，别管我，快去追反动派！

王虎回过神来，赶紧松手，掏枪去追田齐鲁。田齐鲁纵身上马，飞奔而去。孙大竹的裤带还没有扣上，提着裤子喊，哈哈，这个反动派，还会诈尸呢！

一个战士瞄准了田齐鲁，正要射击，孙大竹冲过去，一把将战士枪口抬高了。田齐鲁弯腰伏在马背上，子弹从头顶呼啸而过。

战士问，营长，咋不让打？

孙大竹满不在乎地说，没关系，谅他跑不出如来佛的掌心。

二十五

到了晌午时分，詹家店地下情报站的“老艄公”派人送来情报，郑亦雄部王可范和马边锋叛乱，城内已派出日伪部队接应叛军。

龙捷三最早得到情报，和肖菏泽一起来找杨蓼夫，一路上两个人争论不休。龙捷三认为这是一个绝好的机会，借营救郑亦雄，正好向北推进防线。肖菏泽则认为，帮助郑亦雄，无异于农夫救蛇，这种事情，让任冰雪知道了，肯定是坚决反对。

二人一路吵着，找到杨蓼夫的房东家。杨蓼夫那当口正在读书，面前还燃着一炷香，这是朱茂煊教他的，朱茂煊说，读书好比拜佛，心诚则灵。听完两个人的意见，杨蓼夫伸出两个指头捻灭香火，抬头笑笑说，啊，一个要出兵，一个不同意出兵，公说公有理，婆说婆有理，老肖你说，这说明了什么？

肖菏泽怔怔地说，说明了什么？说明有争论，要慎重呗。

杨蓼夫笑道，你的答案不对。你们有争论，这就说明，你们两个我谁也不能得罪，我既不能说出兵，也不能说不出兵。我索性不管了，我还要去练球呢。

杨蓼夫说完，出了门，竟然哼起了京剧小调——

我正在城楼观山景
耳听得城外乱纷纷
旌旗招展空翻影
却原来是司马发来的兵

他一曲还没有唱完，刚刚出门，就迎头撞上跌跌撞撞、满身血污的田齐鲁。田齐鲁一看到杨蓼夫，就像走失的孩子见到了爹娘，禁不住大喊一声杨司令，顿时泪流满面。

杨蓼夫惊讶地看着田齐鲁问，怎么回事，你是谁？

田齐鲁上身穿着黄呢子军装，下身只有一条衬裤，跪在地上，瑟瑟发抖，声泪俱下，杨司令，我是琅琊独立旅作战科长田齐鲁，本部发生危机，马边锋王可范发动叛乱。同是抗日军队，贵军不能见死不救啊！

杨蓼夫故作恍然大悟状，啊，原来如此。田少校起来吧，我们商量商量再说。

田齐鲁说，杨司令，琅琊独立旅危在旦夕，事不宜迟啊！

杨蓼夫看看身后的龙捷三和肖菏泽，笑笑说，听说贵军要打我凤岗，我们正准备应战呢，哪里想到贵军搬起石头砸自己的脚呢？我说要帮你打，可是我的部队不同意，他们还想在凤岗跟贵军拼刺刀呢。

田齐鲁站起来，看着杨蓼夫，又扑通一声跪下去了，杨司令，本部，本部长官一时糊涂，攻打凤岗不过是一时气话，看在抗战的分上，求求杨司令，拉我们一把……杨司令，贵军要是袖手旁观，我琅琊独立旅朝不保夕啊！

杨蓼夫还是微笑，你先起来吧，起来说话。我看你好像负伤了，怎么回事，是鬼子打的吗？

田齐鲁想说什么，又忍住了，只是说，杨司令，我受这点小伤不足挂齿，但愿贵军火速发兵，我琅琊独立旅避过此劫，一定效犬马之劳……

杨蓼夫看看龙捷三，又看看肖菏泽。肖菏泽无动于衷。龙捷三忍不住说话了，田科长，难得你一片忠心，可是，杨司令确实也有难处，我们的同志意见很不统一，容我们商量一下。你先起来吧。

肖菏泽说，老田，你站着说话，这样跪着不成体统，好像我们八路军摆谱似的。

田齐鲁仍然跪着，杨司令，各位长官，十万火急啊！詹家店的鬼子汉奸都出动了。

杨蓼夫脸上的笑容不见了，鬼子汉奸出动了？情报可靠吗？

田齐鲁说，我一号情报站发来的电报，绝对可靠。琅琊独立旅陷入绝境，恳请贵军火速发兵。

杨蓼夫的表情急剧变化，看了看龙捷三，又看了看肖菏泽，同志哥啊，看看，这一下，情况就复杂了。

杨蓼夫交代，通知支队首长到作战室议事，同时交代王进阶，去把朱茂煊请来，带上艾草。肖菏泽向龙捷三嘀咕说，老杨怎么回事，帮不帮郑亦雄，还要算卦？

龙捷三笑笑说，我可以跟你打赌，杨司令一请朱大爷，这个仗就打定了。

不一会工夫，支队首长都到齐了。杨蓼夫站在沙盘前说，今天是个不寻常的日子，风云变幻，一波三折。首先是郑亦雄侵犯我凤岗，我们不予理睬。接着是马边锋叛乱，我们不明真相。而现在，新的情况出现了，鬼子插手了，日军一个大队和汉奸两个团扑向琅琊州，前锋离琅琊州只有两个小时不到了。

李其仁说，火烧眉毛了，司令员，你就下命令吧！

肖菏泽不满地说，老李，你是不是想打啊？

李其仁说，我这不是请战吗？

肖菏泽说，你不能干扰司令员决策。什么火烧眉毛？老李你这是将司令员的军嘛！

杨蓼夫笑笑说，看看，大是大非面前，必然有不同意见。老肖说得对，多大个事啊，他打他的琅琊州，我钻我的抗日沟，我们完全可以睡大觉看笑话。

田齐鲁在一边惨叫，杨司令，不能啊，琅琊独立旅有对不起八路军的地方，可他是抗日军队啊！

李其仁看看田齐鲁，突然笑了，嘿嘿，怎么下面只穿一条裤子？

大家向田齐鲁看去，哄然大笑。

田齐鲁的下身穿着一条破破烂烂的衬裤，两条腿瑟瑟发抖，十分滑稽。

杨蓼夫说，关于琅琊独立旅发生兵变，我们至少可以拿出三个态度：一是按兵不动，让他们狗咬狗；二是命令我凤岗守军，就地围攻琅琊独立旅，一鼓作气将其歼灭，清除后患；第三个态度，以凤岗周杰宁团为先头部队，另派主力，驰援郑亦雄，共同平息叛乱。

肖菏泽说，我同意第一个态度，就算我们不落井下石，我们也没有必要给我们的敌人挡子弹，我们战士的生命是宝贵的，不能做无谓的牺牲。

田齐鲁又是一声惨叫，万万不可让，亲痛仇快啊！杨司令，民族大义面前，我们要摒弃前嫌，同舟共济……

肖菏泽说，闭嘴，再多嘴就滚出去！

二十六

这天任冰雪正准备到临淄参加整风，听说国民党的军官来搬救兵，火急火燎地骑马回到支队部。正要进门，一个战士赶着驴车，正好从门前路过，驴子突然不走了，挡住了任冰雪的去路。战士手忙脚乱，急出一头汗，嘴里嘀嘀咕咕，这是咋的了，这是咋的了？

任冰雪焦躁地挥动马鞭嚷道，快点把路给我让开，怎么搞的！

战士一紧张，失手将驴背上的筐子打翻，里面的枪械零件散落一地。任冰雪一鞭子抽下去，驴子吓了一跳，差点儿跑了起来。跟在后面的余河沿赶紧冲了上去，费了很大劲才将驴子制服。

任冰雪绕道进门，回头对余河沿说，把这头驴子给我记住，如果误了我大事，我就把它毙了！

屋内，争论还在进行。龙捷三说，司令员，政委，你们一定已经有了决策，你们就下命令吧，部队已经准备好了。

杨蓼夫说，不，这是大是大非，必须履行民主程序。

任冰雪一头闯进来，往会场中央一站，扬起马鞭问，杨蓼夫，景政委，这么大的事情，为什么不通知我参加开会？

杨蓼夫和景晓纯面面相觑。

景晓纯说，这是紧急作战会，你任大姐不是带工作组到临淄去了吗？

任冰雪气喘吁吁地说，我听说琅琊独立旅反水了，你们商量要去给郑亦雄解围，我哪里也不去了，我要提出我自己的意见。

景晓纯问，那你是什么意见？

任冰雪说，我琢磨来琢磨去，这件事情不能做，我坚决反对，我们不能用我们的战士的生命帮助我们的敌人！

杨蓼夫看着景晓纯说，看看，这等大事，确实很难决断。上级不答复，同级不统一，那怎么办？

景晓纯心照不宣地说，我看，只能发扬我们清河支队的光荣传统，民主决策。

杨蓼夫说，好！今天这个民主，我们来个彻底的民主，我们请来了我们的父老乡亲，我们请来了我们的乡亲代表，由他来决定，对琅琊独立旅，是打还是帮。

众人四处寻找，这才发现，朱茂煊不知道什么时候已经来到了作战室。

朱茂煊惊恐地看着大家说，杨司令，景政委，我，我的羊角疯又犯了，我啥也不知道。

杨蓼夫笑笑说，老人家，我知道，你在该疯的时候疯，在不该疯的时候坚决不疯。老人家，我问你一句，我们刚才的话您都听清楚了吧？

朱茂煊茫然地看着杨蓼夫，先摇头，接着又使劲地点头。

杨蓼夫说，那好，琅琊独立旅现在面临灭顶之灾，您老人家说，我们是给他来个火上浇油，还是袖手旁观，或者帮他一把？

朱茂煊抠着眼窝，愁眉苦脸地看着杨蓼夫说，这么大的事，让我一个老疯子说了算？

杨蓼夫说，老人家，我们不听疯子的，我们听老百姓的。您现在就是老百姓，您代表着清河老百姓的愿望。

朱茂煊说，那我真的说了。

杨蓼夫说，举头三尺有神明，老百姓就是咱们的神。

田齐鲁紧张地看着朱茂煊，想说什么，又闭嘴了。田齐鲁的这个动作被肖菏泽看见了，肖菏泽从绑腿上撕下一块破布，招呼一个战士，把破布递给那个战士，交代了几句。

朱茂煊几次欲言又止，终于开口道，要我说，干脆从背后再给他一家伙！龟孙遭殃军不是好东西，鬼子那年发动六路攻势，他跑得比兔子还快，清河一千多口人啊，都被鬼子祸害了，这样的遭殃军，要他干啥？

田齐鲁大叫，大爷，不能啊，那不是琅琊独立旅，六路攻势那年，琅琊独立旅还没有成立。大爷，你高抬贵手，说句好话吧！

杨蓼夫说，大爷，听你的意思，咱跟汉奸合伙，两面夹击他？

朱茂煊怔怔地说，跟汉奸合伙？那哪儿成啊！

朱茂煊擦擦眼角，哽咽了两声，算了，冤有头，债有主，他作孽他自受。要我说，咱谁也别帮，让他们拼个你死我活，咱八路军正好歇息几天。

杨蓼夫说，大爷，听你这话，咱逍遥自在，坐山观虎斗？

朱茂煊点点头说，谁也不得罪，自己不亏啥。

田齐鲁正要喊叫，一个战士一把将一块破布塞进他的嘴里。田齐鲁的嘴里发出含糊不清的呜咽。

杨蓼夫说，大爷，那我们就按你的意思，按兵不动了？

朱茂煊又点点头。

杨蓼夫若有所思，转身高喊，参谋长！

贺荣海应了一声，刚要上前，朱茂煊突然摇头，一把拉住杨蓼夫问，杨司令，你真的让俺说了算？

杨蓼夫说，君子一言，驷马难追。大爷，这个民主权力就由你来实现。

朱茂煊左顾右盼，嘴唇嚅动了两下，那，那，那大爷就说了，说错了你们别怪俺啊，俺是个疯子啊！

杨蓼夫恳切地说，大爷，您就直说吧。

朱茂煊擦擦嘴角，揉揉眼窝，挺挺胸脯，看着门外的天说，还是，还是……帮帮他们吧，好歹，好歹，他们也是俺中国人啊！

一时间，指挥部里鸦雀无声。田齐鲁突然往上蹿了一下，两行热泪从眼眶涌出，滚滚落下。

杨蓼夫下令，参谋长，按一号计划实施！

任冰雪横在杨蓼夫面前，马鞭高高举起，大声道，我反对！

杨蓼夫比她的嗓门还大，反对无效！

二十七

按照一号计划，孙大竹的特务营打头阵，立即进入十五公里急行军。路上王虎问，听说去帮国民党的忙，是那个老疯子决定的？孙大竹嘿嘿一笑说，你开什么玩笑？那个老疯子，他只不过是司令员的传声筒！王虎说，营长你是说，司令员早就决定了？孙大竹说，那当然，司令员想做的事，他拐弯抹角也能做成。他不想做的事，别说老疯子，就是真神仙来了，那也没用。

特务营后面，是支队首长率领的主力。田齐鲁骑着一只毛驴跟着一路小跑，在杨蓼夫身边千恩万谢，杨司令，琅琊独立旅得救了，八路军是中流砥柱啊！

龙捷三说，别拍马屁，肉麻。以后告诉你们那个狗头军师，别做那些张牙舞爪侵犯友军的事情。逢年过节，给杨司令孝敬点好烟好酒。

田齐鲁说，一定，一定。

李其仁扭头打量田齐鲁，哑然失笑。田齐鲁上身穿着黄呢子军服，下身穿着八路军的裤子，十分滑稽。田齐鲁见李其仁盯着自己看，也低头打量，嘀咕道，孙大竹，贵军那个特务营长，他，他太蛮横了。

李其仁笑笑问，知道孙大竹为什么打你吗？

田齐鲁老老实实地说，不知道。

李其仁说，你有呢子裤子，他只有一条花棉裤，还破得千疮百孔，他当然有理由打你。你们上次从济南运了五百匹咔叽布，应该还有不少，抽空给我们送一点来。

龙捷三哈哈大笑说，老李你这是什么道理，未尝孙大竹打他是因为呢子裤？孙大竹看中的是他们的机关枪！

李其仁心领神会地说，对，送点枪支弹药来。

杨蓼夫说，你们这两个家伙，都是敲竹杠。说清楚啊，我可不稀罕郑亦雄孝敬我好烟好酒，也不指望他送粮送布来。他不打我凤岗的主意，我就谢天谢地。

二十八

郑亦雄执意要去二团，叶乃伍怎么劝也没有用，郑亦雄说，大不了是个死，以我的死换取琅琊独立旅的良知，死不足惜。

叶乃伍要求同行，被郑亦雄制止了，郑亦雄还交代叶乃伍说，郑某委托兄弟一桩事，如果八路军见死不救，我死之后，请你把这封信交给墨镇国立中学的宋瑜女士，我琅琊独立旅尚有一千爱国将士，将以我们的热血唤起民族的觉醒！

交代完毕，不由分说，带着情报科长刘德福和三十余名士兵，飞马直奔二团。

按照收复凤岗的部署，二团已经在凤岗东侧集结待命。哨兵通报郑参谋长来了，王可范迎出指挥所掩体，展开两臂，夸张地表示热情，参座，卑职军务在身，不知大驾光临，有失迎迓，请参座见谅！

郑亦雄下马，冷脸前行观察阵地，王团长，我三令五申，要求部队停止行动，团长到旅部开会，为何置若罔闻？

王可范说，没有接到命令啊！我这里准备配合老马收复凤岗呢！

然后又装腔作势地问身边的人，是电报还是鸡毛信？你们接到命令了吗？

郑亦雄冷笑一声，大战在即，屡次抗命，是何企图？

王可范说，我部按照参座命令，协助一团收复凤岗，万事俱备，只欠东风，没有问题啊！

郑亦雄说，那好，我现在命令你，立即停止进攻凤岗准备，部队撤回营房待命！

王可范说，参座，你在开玩笑吧？

郑亦雄说，军中无戏言！立即撤出！

王可范说，参座，收复凤岗是旅部作战会议议定的，我作为国军一名团长，言必信，行必果。我不能仅凭参座一时心血来潮，就改变作战计划。

郑亦雄厉声道，王可范，情况有变，如果你还把自己看成是琅琊独立旅的军官，请你立即执行我的命令，指挥部队撤出阵地！

王可范说，我可以撤出阵地。但是按照惯例，临阵调整部署，必须有旅长手谕，我没有接到手谕啊。

郑亦雄说，陈旅长已经被马边锋这个败类扣押，我到哪里给你找陈旅长的手谕？

王可范故作惊讶地说，什么？马边锋扣押陈旅长？你开什么玩笑？老马那个人，给他八个胆子，也不敢对陈旅长下手啊。

郑亦雄说，王可范，我不跟你扯那么多，不管你是真不知道还是装糊涂，我现在正式向你通报一个事实，马边锋勾结汉奸张月景，借攻打凤岗之机调动部队，待日军和汉奸接应，反水投敌。如果你还是一个爱国的国军军官，那就请你指挥部队撤出阵地，返回营房，我们一起制止叛乱！

王可范假装惊讶，张大嘴巴。

郑亦雄说，如果你拒绝执行命令，我将视你为马边锋同谋，即便你们一时得逞，也一定逃脱不了覆灭的命运。鬼子就在二十里外，何去何从，你选择吧！

王可范阴阳怪气地说，参座，你这一番话，把我都听糊涂了，此话从何说起啊？你说马边锋反水了，我却听我的手下说，是你反水了，是你把鬼子引来的。

郑亦雄勃然大怒，王可范，你再三搪塞，拒不执行我的命令，与马边锋同谋无疑，来人，把他给我捆起来！

郑亦雄身后的士兵持枪冲上，王可范身后的军官也拔出了手枪。

王可范说，怎么，参座想对我下手？请你抬头看看，只要你动我一根毫毛，我敢保证，你这区区几十个人，没有一具完整的尸体。

郑亦雄说，王可范，你真的是马边锋的同伙？

王可范说，郑参谋长，这是你逼的。随后向外高声喊道，老马，该你出场了。

郑亦雄一怔，顺着王可范的目光望去，马边锋从阵地一个掩体里大模大样地出来了。

郑亦雄说，你？你们？

马边锋皮笑肉不笑地说，哈哈，我，就是我。参座，郑参谋长，郑亦雄，啊——呸！

郑亦雄镇定下来，你们要怎么样？

王可范说，不怎么样，我们和你谈谈。自从你来到琅琊独立旅，我们弟兄被你搞得鸡飞狗跳，我和老马有一肚子话要对你说。

郑亦雄已经威风扫地，无可奈何，一屁股坐在弹药箱上，看着王可范说，那你就说吧，我洗耳恭听。

王可范在郑亦雄面前踱着步子，郑参谋长，说实话，我佩服你这样的军人，出身富贵家庭，黄埔军校的高才生，徐州会战的英雄，天子门生，军中豪杰。论人品，论才干，我等自愧不如。也正是因为你高贵，你有学问，你有战功，所以你就看不起我们。

郑亦雄冷冷地说，这就是你们卖国求荣的理由？

王可范说，不，郑参谋长，别打岔……我们出生草莽，我们贫贱得像一棵小草，我们虽然穿上了国军军装，可是在你的眼里，我们仍然是流寇，仍然是土匪。平心而论，你相信过我们这些人吗？

郑亦雄说，你们值得相信吗？

马边锋说，老三，跟他啰唆什么，捆起来带走！

郑亦雄横了马边锋一眼，怒道，有种上来试试！

马边锋拍拍肚子说，郑亦雄，你以为我会跟你单打独斗？哈哈，你还以为你是关公是不是？给你一支枪，你我上山转一圈，老子能回来，你不一定！

郑亦雄不理马边锋，对王可范说，我承认，你说的是事实。如果仅仅是因为受到监视，弟兄们心中不满，我可以解释。琅琊独立旅作为一支新成立的部队，军官成分复杂，来历混乱。我承何长官旨意，对下属有检验督察之责。常言道，日久见人心，路遥知马力。王团长是一个饱读诗书的人，不能因小失大。国难当头，应该拿出爱国之心，忍辱负重，共赴国难，你我个人恩怨自然一了百了。

王可范说，爱国之心？共赴国难？你说得轻巧，我凭什么要有爱国之心，我为什么要跟你共赴国难？这个国家是我的吗？

郑亦雄说，这个国家是我们的。

王可范仰天大笑，哈哈，别尽给我说甜言蜜语了。这个国家不是我的，也不是我们的。这个国家是你的，是你们的。你们这些公子哥儿，吃的是佃户雇农缴纳的租子，穿的是绫罗绸缎，上的是洋学堂，当的是正经官，饭来张口，衣来伸手，锦衣玉食。而我们呢？从小贫寒，长大还是贫寒！没本事种田，有本事当匪，永远都像老鼠蝙蝠一样，生活在阴暗的角落。

郑亦雄正色道，我们都是这个国家的。

王可范一脸痞气地说，我们都是这个国家的，但这个国家不是我们的。我们是这个国家里的牲口，这个国家就是我们的牲口棚！

郑亦雄闻言目瞪口呆。他站了起来，心平气和地做最后的努力，诚恳地说，王团长，不管你怎么说，我们毕竟都是中国人，我们当下只能一致对敌，团结抗日，解决了鬼子，我们再坐下来解决我们之间的矛盾。我希望王团长不要做那种亲痛仇快的事情。

王可范冷笑道，算了吧，抗日救国是你们的事，活命，活得好一点，是我们的事。

郑亦雄按捺不住了，吼道，卖国求荣，千夫所指，就算你把我琅琊独立旅毁了，把我郑亦雄大卸八块，就算日本鬼子给你几块肉骨头，可是，那样的生活是你追求的生活吗？做梦都是噩梦啊！

马边锋不耐烦了，狞笑道，郑亦雄，死到临头了，你还在这里大义凛然？你以为你是戚继光关天培啊！你要是明白人，干脆拉起队伍跟我们走，我保证给你搞个师长旅长当当，到那时候，我们还听你的指挥。

郑亦雄呼啦一下站起来，出其不意地拔出手枪指着马边锋，败类，我先杀了你，以谢国人！

说着，他举枪要打，不料一只手从后面架起了郑亦雄的胳膊。郑亦雄回头一看，竟是情报科长刘德福。

二十九

周杰宁的部队近水楼台，在芽子谷构筑了简易阵地，阻截前来接应叛军的日军和“皇协军”部队。

上午九点左右，日军进入伏击圈，平叛战斗正式打响。殷福塘这回找到了感觉，拎着一串手榴弹，左右开弓，精准得像是迫击炮。他一边打还一边喊，放近了打，用手榴弹！打了一阵子，日军的第一轮进攻被打退了，周杰宁让手榴弹小组休息，换机枪准备。马大海支起机枪，让殷福塘装子弹，殷福塘忙不迭提醒说，连长，我的两块大洋啊！

马大海无可奈何地叹气，唉，都什么时候了，还不忘记你的两块大洋！

殷福塘不依不饶地说，你说过要还我的，我可就靠那两块大洋娶媳妇啊！

马大海说，好好打鬼子，这一仗打好了，我发你四块大洋，娶俩媳妇。

殷福塘当真了，一拍大腿喊道，你可得说话算话啊！

马大海连忙制止，提醒道，注意，鬼子上来了，一百米，射击！

眼看小鬼子越来越近，马大海兴高采烈地抱着机枪横扫，殷福塘手脚麻利地装着子弹，快活得直哼哼，好，娶俩媳妇儿……啊，不是，给我四块大洋我也只娶一个媳妇，娶俺村长家的大妞！

芽子谷的枪炮声传到凤岗，拉开了叛乱行动的序幕。王可范指挥部队从凤岗东侧撤离，向芽子谷方向机动，准备同接应的日伪军队会合。马边锋下令将郑亦雄捆起来，带上一起走。郑亦雄反抗无效，被几个士兵连拖带拽推上了小路。

刘德福也被反绑双臂，跟在郑亦雄的身后说，参座，您别怪我，三十几条人命，都在人家手里攥着啊。

事已至此，郑亦雄并不责怪刘德福，反而体贴地说，我真后悔，不该让你们和我一起，连累你们了。

刘德福说，参座，您这么说，我更惭愧。

走了一段，左前方也传来枪声，郑亦雄听到了三八大盖和歪把子机枪的声音，同时也听到了汉阳造和手榴弹的声音，判断是日军接应部队同八路军交上火了，暗暗高兴。

马边锋也在判断形势，对王可范说，老三你听，像是日本人在打，张长官接应的部队到了。王可范说，不管谁在打，我们都要迅速撤离战场。马边锋说，好，过了这个山口，就是芽子谷了。弟兄们，跑步前进！

队伍中间，几个士兵推搡着郑亦雄，骂骂咧咧地催他快走，还时不时地给他一枪托。

郑亦雄挣扎着冲王可范和马边锋大喊，你们这些败类，悬崖勒马，回头是岸，我给你们最后一次机会！

王可范扭头对士兵说，给我掌嘴！又恶狠狠地冲郑亦雄吼道，再喊就崩了你！

郑亦雄说，王可范，马边锋，我郑亦雄死不足惜，可是你们呢，哪里是你们的安身之地？

王可范命令身后的军官，快点，迅速抢占路口两侧，保障主力通过。

郑亦雄说，弟兄们，听我一句忠言，不要跟汉奸跑了，当了汉奸，就是过街老鼠，死无葬身之地啊！弟兄们，我命令你们，抓住这两个汉奸，你们还是琅琊独立旅的士兵，还是我的抗日弟兄！

一名军官跌跌撞撞地跑到马边锋面前，拦住马头，惊慌失措地报告，前来接应我们的日军和“皇协军”，一部分向西机动了，好像是冲南李庄方向去了！

马边锋一听愣住了，什么，向西机动，向西机动干什么，不管我们啦？

郑亦雄一听就明白了，吼道，别做梦了，鹬蚌相争，渔翁得利，鬼子要趁机占领南李庄，你们这些败类！

马边锋惊呆了，脱口骂道，这群狗杂种，他们还真的渔翁得利啊！

郑亦雄大叫，马边锋，南李庄一旦落到鬼子手里，你就罪上加罪，那将威胁到墨镇。

马边锋说，啊呸，墨镇又不是我的！

军官说，还有一个情况，后方出现大量部队，左边也有。我们被包围了！

马边锋瞪大眼睛问，谁的部队，我们被谁包围了？

军官回答，是八路军，杨蓼夫的部队。

马边锋转忧为喜，哈哈大笑说，好啊，杨蓼夫总算被我调动了。

郑亦雄说，马边锋，你搞错了，八路军不是来守凤岗的，那是我送信请来平息叛乱的，你们死到临头了。

马边锋讥讽地说，郑亦雄，你以为你是谁，你以为你是杨蓼夫的干儿子？你侵犯凤岗，秘密关押八路军的情报人员，偷袭八路军后方基地，杨蓼夫都给你记着账啊！

郑亦雄说，我有对不起八路军的地方，但是你们对不起的是国家，八路军是不会帮助汉奸的。

马边锋说，八路军是我派赵大脚搬来的，你那最后一点老本，冯德山的三团，恐怕早已经成为八路军砧板上的肉了。

王可范也说，你还指望八路来帮你的忙？八路哪里能顾得上啊，八路正在琅琊州端你的老窝呢！

郑亦雄说，你们等着，八路军绝不会饶过你们这些汉奸的！

马边锋说，那我们就等着瞧！

三十

支队前指设在芽子谷西南山坡上，杨蓼夫感觉打得差不多了，让于建兴传令，派孙大竹从麻黄店小路穿插至樟黑崖至芽子谷必经之路，接近叛军，营救郑亦雄。

孙大竹带着一个排磨磨蹭蹭地向芽子谷方向进发，正行进间，田齐鲁心急火燎地追了上来，给孙大竹指了一条近道。孙大竹看见田齐鲁，皮笑肉不笑地说，真晦气，怎么把你也给派来了？

田齐鲁说，我要去救我的长官，你们不认识他。

孙大竹说，嗨，那个反动派，把他烧成灰我也认识。要不是看在杨司令的面子上，就是救下来，我也把他毙了。走！

田齐鲁说，郑长官是出类拔萃的抗日军官，你要尊重。

孙大竹说，狗屎，这家伙来到渤海，没做过什么好事。

田齐鲁说，孙大竹，你要搞清楚，郑长官是徐州会战的英雄，当年的敢死队长……

孙大竹看看田齐鲁，悄悄伸出一只脚，田齐鲁没防备，绊了一跤，摔得不轻。

田齐鲁爬起来，擦擦额头，看了孙大竹一眼，沉默了一阵，还是忍住了，继续往前走。

孙大竹有点不好意思，讪讪地说，哎，老田，咱俩也算缘分，我还穿着你的裤子呢。等会救下你那个狗长官，我就把裤子脱给你。

田齐鲁冷冷地说，你要是喜欢，你就接着穿吧。

孙大竹说，咦唏，要不是因为我的棉裤挂花了，我才不穿你这条国民党的破裤子呢。打完这一仗，我得搞条新的。

果然是近道，只用了不到半个小时的工夫，孙大竹的部队就接近了叛军，田齐鲁急着要打，孙大竹说，你这个反动派确实很蠢，现在打他干什么？老子跟在他后面，看看他往哪里走。

走了一阵子，王可范手下的一名军官觉得不对劲，回头一看，多出几十个人，而且面生得很，军官二话不说就把枪横过来了，大喝，有八路！

孙大竹把田齐鲁往前一推，田齐鲁说，什么八路，老子是旅部的田科长。

军官一时没有反应过来，上上下下地打量田齐鲁说，你的裤子呢？怎么穿了一条灰裤子，像土八路？

孙大竹"嘿嘿"一笑说，他的裤子在老子身上。

军官惊恐地问，你们是什么人？

孙大竹说，眼睛瞎了，看不出来？老子是团部伙房的……

军官仍不相信，举着枪喝道，把手举起来！话音刚落，路边树林一阵响动，余河沿等人出其不意地扑下来，将中尉和几名士兵击倒。孙大竹举起枪，田齐鲁挡住说，兄弟，手下留情，不要打死了。孙大竹瞪眼说，干什么？留着当汉奸啊！

田齐鲁说，他们都是受蒙蔽的。琅琊独立旅受到重创，恢复元气需要兵员啊！

孙大竹想了想，点点头说，好，那就留他们几条狗命。说着抽出裤带，把那几名叛军捆起来扔到林子里。

王虎过来问，营长，要不要把这个中尉的裤子扒下来？

孙大竹皱着眉头说，算了，他那尉官的裤子，士林布的，不值钱。

他们接着往前追，很快就追上第一拨了。孙大竹的队伍摸到叛军队尾的时候，郑亦雄还在给王可范讲道理。郑亦雄说，就算你们能逃过这一次，我也不会跟你到詹家店，离开樟黑崖一步，我就自裁，你们等着……郑亦雄正讲着，突然感觉一条腿被什么绊了一下，惊愕地低头一看，原来是田齐鲁。田齐鲁蹲在地上，一边给郑亦雄解绳子，一边悄声说，参座，别停，接着骂！

郑亦雄回过神来，高声怒骂，你们这两个逆贼就等着吧，不是你们给我收尸，就是我给你们收尸！

田齐鲁解完绳子，对郑亦雄说，好，参座，看清前面那块石头了吗？郑亦雄试着活动了一下手脚，回答，看见了。

只见两发炮弹突然在前面爆炸，田齐鲁连忙拉着郑亦雄躲到那块巨石下面。

孙大竹见郑亦雄脱险，便让战士发射了三发红色信号弹。这是在向杨蓼夫报告：郑亦雄解救成功，可以总攻了！

三十一

芽子谷阵地对面，清河支队全面出击，接应的日军少佐见势不妙，连忙指挥部队迅速后撤。郭保成一看大势已去，找个机会溜之大吉。

孙大竹让王虎在芽子谷路口架上机枪，封死马边锋和王可范的唯一出路，朝死里打。

郑亦雄一把扯住孙大竹说，不能这样打！

孙大竹厌恶地盯着郑亦雄说，那你说怎么打？

郑亦雄说，围三阙一，抢占左侧高地，把那个路口放开，打他伏击。

孙大竹鄙夷地说，滚蛋，你自己都成丧家犬了，还指挥老子？老子偏要这么打。给我封死路口！

郑亦雄怔住了，看着孙大竹苦笑。

马边锋和王可范如困兽犹斗，带着部队杀出一条血路，在芽子谷遭到特务营的封杀，进不能进，退不能退，索性集中全部火力，向特务营阵地倾泻，顿时伤亡几名八路军战士。孙大竹火冒三丈，吼道，啊，这些败类还挺难打，机枪，机枪！

王虎猫腰跑过来说，营长，这样打不行，汉奸出不来，我们进不去，最后的结果是鱼死网破啊！

孙大竹瞪着眼珠子问，那你说怎么打？

王虎瞟了郑亦雄一眼，低声说，营长，郑亦雄说得没错，就应该放一个口子。你看那条小路，让三班假装撤退，这边集中火力把他撵过去，前面就是峡谷。

孙大竹说，啊，还是听他的啊，我怎么能接受反动派的指挥？

王虎说，营长，这个反动派不是一般的反动派，他是个战术专家，琅琊独立旅的参谋长啊！

孙大竹说，我偏不听他的，我偏要这么打。

郑亦雄在一旁听得明白，插话说，孙大竹，你可以不听我的指挥，可是你也用不着赌气，牺牲的可都是抗日军人啊！

孙大竹怔住了，喃喃道，啊，这么说，你这个反动派也安了好心？

郑亦雄说，我是抗日军人，中国人。

孙大竹想了想说，那好吧，这回咱们就听你一次，不过，不是听你指挥，咱们是听你建议。

郑亦雄苦笑说，好好好，你说什么就是什么。

孙大竹把兵力做了调整，故意留了一个薄弱环节，马边锋和王可范的队伍夺路而逃。孙大竹举着望远镜观察，兴奋地对王虎说，嘿嘿，郑亦雄这个反动派还真有两下子，虎赶羊群，羊进圈了。

王虎说，那是啊，人家是黄埔军校的高才生嘛！

孙大竹脸一沉说，王虎，我警告你啊，别把反动派当好人啊，不能让他觉得有功，怎么打，主动权也在我们手里。

王虎说，那是当然。

叛军逃到芽子谷阵地下方，王可范一抬头，顿时觉得不妙，不知不觉中他们已被孙大竹驱赶到峡谷里了。王可范大叫，中计了，土八路搞了个陷阱。

马边锋蓬头垢面地问，那怎么办，往前走就是绝路啊！

王可范说，往前一步就是死，后退一步还是死。赶快收拢部队，迎面打，杀他回马枪！

见叛军又回来了，孙大竹指挥王虎占领制高点，在左侧无名高地架上两挺机枪，形成交叉火力封死通道。

郑亦雄挥舞着手枪，一边射击一边喊，很好，放近了打！

孙大竹回头对郑亦雄说，老郑，别瞎打了，你那枪法，屁用不管。

郑亦雄说，那我干什么？

孙大竹说，喊话，让你的汉奸部队投降！

郑亦雄还是不吭气，继续射击。

孙大竹吼道，老郑，你那个烧火棍管个鸟用啊，你给我喊话！

郑亦雄无奈，只好扯起嗓门喊，马边锋，王可范，投降吧，到处都是八路军，你们没有退路了，投降过来，我还是你们的参谋长，既往不咎！

打到这个份上，王可范和马边锋身边只有几十个人了。马边锋肚子上还挨了一枪，躲在石头后面用手枪射击，对王可范说，老三，老三，不行了，投降吧。

王可范气急败坏地说，投降也是死路一条，横竖是死，还不如拼个鱼死网破！

马边锋仰天大叫，这是老天爷不帮忙啊，八路为什么要帮郑亦雄啊?!

王可范对着郑亦雄方向喊，八路弟兄们，你们为什么要去帮一个敌人的忙？郑亦雄是什么人？他是一头狼，今天你帮了他，等他明天伤口舔好了，他还会反咬一口的。

对面阵地上，孙大竹挤眉弄眼地对郑亦雄说，老郑，听到没有，你手下那个团长很了解你啊！我们真不该救你，没准你以后缓过劲来，真会恩将仇报呢！干脆，我还是把你交给马边锋算了。

郑亦雄怒道，孙大竹，你放尊重点，士可杀不可辱，你如此戏弄国民党军队长官，岂有此理！

孙大竹嘿嘿一笑说，咦唏，你一个丧家之犬，还给老子摆谱？干脆，我不跟他们打了，我把他们放过来，我看你还嘴硬不嘴硬？

郑亦雄恼怒地大吼，你，你混账！我要向杨蓼夫告你，八路军有你这样的无赖，我宁肯战死，也不稀罕你来救我！

孙大竹不紧不慢地说，哈哈，告我？我就不信，杨司令会听你这个反动派的？老子是杨司令的得力干将……

孙大竹正说着，对面的机枪声突然猛烈起来了，孙大竹赶紧卧倒。叛军集中最后的力量，企图打开突破口，向山坡冲来。郑亦雄悲愤交加，看了看孙大竹，脑子一热，拎起孙大竹的机枪，突然站了起来，冲出了掩体。

一阵子弹扫射过来，郑亦雄的帽子被打飞了。

孙大竹眼见不妙，跳出战壕，纵身一跃，将郑亦雄扑倒在地，嘴里不停地说，老郑，老郑，郑长官，开个玩笑，何必当真啊！

郑亦雄竭力将孙大竹掀开，怒喝，你给我住手，老子跟他们拼了！

孙大竹怔了怔，突然上前，一个下钩拳打在郑亦雄的肚子上，郑亦雄当场倒下。孙大竹扛起郑亦雄就往回跑，一边跑一边嘟囔，郑长官，你太小心眼了，开个玩笑你生什么气啊！你要是把命跟他们拼掉了，往后，谁给俺们送裤子呢……

郑亦雄揉着肚子说，孙大竹，你这个蠢才要是听我的指挥，战斗早就结束了。

孙大竹阴阳怪气地说，嘿嘿，我为什么要听你的，这股敌人，已经是我砧板上的菜了，我用不着结束战斗，我就这么慢慢地打，猫戏老鼠，我快活。

郑亦雄正要说什么，突然眼前一亮，原来是叶乃伍带着警卫排赶到了。叶乃伍三步并作两步，跑到郑亦雄的面前，差点就泣不成声了，参座，你没事吧，你没事就好……

只在一瞬间，郑亦雄就站了起来，站得笔直，摸摸风纪扣，戴上白手套，脸色铁青，对叶乃伍说，好，你来了好！部队呢？

叶乃伍说，杨司令指挥我们，在左侧攻打叛军一营。其他部队已经进入芽子谷。参座您看……

郑亦雄揉揉眼睛，看清楚了，他的部队正在蜂拥而来。

郑亦雄说了一声“好”，不容置疑地发布命令，从现在开始，所有部队听我命令，瞄准左下方三百米黑色巨石。

叶乃伍说，看见了，那是马边锋和王可范躲避最后的地盘了。

郑亦雄说，迫击炮连，机枪连，特勤连，直属营，全部火力，急袭十分钟！

叶乃伍说，参座，用不着了，一阵机枪扫射就行了。

田齐鲁冲过来说，参座，他们已是瓮中之鳖了，可以抓活的啊！

郑亦雄咬牙切齿地说，执行命令！

田齐鲁说，可是，那里面有受蒙蔽的兄弟，只要围而不放，他们很快就会投降……

叶乃伍说，有些还是可以教化的……

郑亦雄一字一顿，怒吼，全部消灭，一个不留！

叶乃伍和田齐鲁面面相觑。孙大竹夸张地张大嘴巴叹道，乖乖，这伙计可真狠啊！

芽子谷战场霎时变成了人间地狱，密集的枪炮子弹潮水一般向峡谷倾泻，火光四起，山崩地裂，惨叫、骂声不绝于耳。

半个小时后，喊叫声逐渐微弱，终于彻底消失了……

第三章　盛　宴

一

平叛战斗结束后，春天就像春天了。

抽个好天，杨蓼夫和李其仁去看望朱茂煊。二人穿街走巷，在镇子南面的一排破房子里找到了朱茂煊的家，敲了半天门，里面没动静。李其仁说，这老夫子，一人吃饱，全家不饿。好像还在睡呢。

杨蓼夫说，你这个弟子尊师不够啊，让老人家住这样的房子，下雨打雷，倒塌的危险都有。

李其仁说，唉，我这个专员，哪有精力抓这个啊，只能等抗战胜利了。那时候，我要让渤海的老百姓都住上好房子。

正说着，门开了。朱茂煊探头出来，抠了抠眼屎，手搭在眉毛上看了看，啊，杨司令来了？请进，请……

杨蓼夫和李其仁进屋，看见墙角上摆着一口白板棺材。李其仁惊讶地问，咦，又打了一副？

杨蓼夫说，元宵战役后，老人家把棺材捐给烈士了，这副是我派人送来的。

李其仁说，那也不能老是睡在棺材里啊！

朱茂煊咧嘴笑笑，习惯了，习惯了。睡在棺材里踏实，死了，盖上盖子就埋了，给街坊邻居省点事。

李其仁说，唉，也亏你老人家想得出。

警卫员送来点心，朱茂煊说，还给我送礼？

杨蓼夫说，是啊，我们要感谢你老人家，就是你帮我们下的决心，支援国民党军队平叛，这件事做得漂亮，国共双方联合嘉奖了清河支队。老人家功不可没。

朱茂煊说，啊，还感谢我，我差点儿把事情搞砸了。你们队伍上的肖长官，说我有偏向……说真的，这些不肖子孙实在不争气，老夫是怒其不争，哀其不幸。我那天当真有些……好像当真有些偏向呢。

李其仁说，啊，还真的是啊？

杨蓼夫笑笑说，朱大爷，那你告诉我，你为何有这个偏向啊？

朱茂煊察言观色道，老夫以为，清河支队有你们这些人，所向无敌，战无不胜。那个琅琊独立旅，他就是个小兄弟，兄弟阋于墙，都是抗日啊，哪怕他不争气，毕竟是一家人嘛。

李其仁说，老先生，这话你在我和杨司令面前说可以，在其他人面前就不要说了，那些个国民党，翻手为云覆手为雨，做了很多对不住八路军和老百姓的事情。

朱茂煊说，这个我知道，可是眼下，不是联合抗日嘛，地不分东西南北，人不分男女老幼……

李其仁制止道，先生！

朱茂煊迷惑地问，怎么啦？

李其仁说，先生，你知道这话是谁说的吗？

朱茂煊理直气壮地说，知道，蒋委员长啊！

李其仁说，知道就好，不要乱说了。

朱茂煊怔怔地看着李其仁，又看看杨蓼夫，杨蓼夫说，没关系，抗日大局，统一战线，朱大爷说的没错。

这天，杨蓼夫又让朱茂煊给他算了一卦，卜战事，朱茂煊闭着眼睛摇头晃脑念叨了半天，对杨蓼夫说，春夏无战事，但有一个官司，稳操胜券。

离开朱茂煊家，路上杨蓼夫问李其仁，你琢磨有什么官司？

李其仁说，我琢磨不出来，我们是军队，只有仗打，哪有什么官司啊！

杨蓼夫说，打官司，那只能是和郑亦雄打了，不怕，朱大爷说了，稳操胜券，哈哈。

李其仁惊讶地问，你还真相信这个老神仙？

杨蓼夫说，为什么不信？举头三尺有神明，老百姓的话是有来头的，我当然相信。

二

杨蓼夫给朱茂煊封了一个“高参”的头衔，他还真的把这个头衔当回事了，近些日子几乎天天都在清河支队，就连杨蓼夫打球，他也在边上看，看也看不明白，一会儿摇头一会儿点头，别人叫喊，他也跟着手舞足蹈。

这天又是看球，正看得热闹，旁边一个人挤了过来，扭头一看，是章慧。朱茂煊一看章慧就满心欢喜，他早就听说杨司令对这个女八路有点意思，他也跟杨司令的房东韩二婶说过，早点把这桩好事促成。朱茂煊说，孩子，你回来了，你看杨司令他们好难好难啊，这么多人抢一个球，八路军还是穷啊！

章慧把手中的袋子打开，里面是一个崭新的乳白色的篮球。章慧喜滋滋地说，朱大爷你看。

朱茂煊嘴巴半天没有合拢，怔怔地说，啊，还有一个球啊，赶紧给他们啊，省得他们抢来抢去。

章慧笑道，那可不行，就得让他们抢。

场上又进入高潮，黑白两队交战，白队边锋龙捷三得球，白队中锋杨蓼夫大叫，这里，这里！龙捷三带球，向杨蓼夫做了个传球动作，引诱孙大竹扑空，然后自己带球上篮。

杨蓼夫叉着腰，气呼呼地说，老龙你搞什么搞？严重的个人英雄主义！

龙捷三说，好，再得球我隔十万八千里也传给你。

接着再打。黑队篮下，展开激烈争夺，龙捷三再次抢到篮板，出其不意地向杨蓼夫传来。杨蓼夫纵身一跳，稳稳接住篮球。黑队立即展开围攻。杨蓼夫从三个人当中游刃有余熟练地运球，离章慧越来越近。

围观的官兵齐声呼喊，司令员加油，司令员，加油！

章慧也忘情地喊，司令员加油，司令员投篮！

杨蓼夫被这声音吸引，扭过头，看见章慧，杨蓼夫咧嘴笑了，回头做了个假动作，稳住，起跳，悬在空中，翻腕倒扣，远距离投篮，唰，一个漂亮的空心球。

余河沿口中的哨子响了，两分有效！

章慧大叫一声，杨司令，好样的！

杨蓼夫回头向章慧看了一眼，匆匆打了个手势，又向余河沿大叫，裁判，不行，这么好的球，只给两分啊！

余河沿说，杨司令，你就是再好的球，也只能是两分。

杨蓼夫指着脚下说，太不公平了，你看这么远的距离，这球连篮栏都没有挨上，一个球等于两个球，怎么着也得给四分。

余河沿说，嘿嘿，杨司令，你还真能发明创造，俺还从来没有听说一个球等于两个球的，没有这个规矩。

章慧在一边帮腔说，就是不公平，没有规矩，可以立规矩啊！

余河沿胳肢窝夹着球，看到章慧，夸张地说，哎呀我的天，章科长你是个读书人，你见多识广，你说这规矩咋立？

章慧笑吟吟地说，犯规要罚，好球要奖，球不沾栏，空心穿过，就应该奖励。

余河沿说，可是，可是，没有这个规矩啊！

杨蓼夫说，什么没有规矩，胡说！我看应该立个规矩，空心穿过，一个算两个。

余河沿愁眉苦脸地看着杨蓼夫说，这，这，司令员，你是权威，你说了算。

章慧说，司令员，我提个建议，我看也别算两个了，以后，只要是空心球，加一分，算三分球，司令员，你看行吗？

杨蓼夫两眼放光，看着章慧说，好啊，你这个建议太好了，太有道理了。我看就这样，以后打球，有了空心，就是三分，这是我们清河支队，不，这是我们八路军，不，我一定要让这个规矩成为全世界的规矩。

余河沿说，那就按司令员的规矩，以后但凡空心进篮，一律以三分计。

杨蓼夫高兴了，咧嘴大笑说，这还差不多。

球赛继续进行。章慧抑制不住地兴奋，似乎在同朱茂煊讲话，眼睛却盯着杨蓼夫。章慧低声说，朱大爷，一会儿你跟司令员说，我在韩二婶家等他，有重要情况向他汇报。

朱茂煊看看章慧，啊，姑娘，你是不是要把这个球送给他？好，好，给他好，我不对别人讲。

章慧笑笑，谢谢朱大爷。

场上，黑队进攻失利，白队再次截获篮球，传到杨蓼夫手中，杨蓼夫正在运球，孙大竹出其不意地从身后撞过来，攻其不备，把球捣落掉。杨蓼夫正想在章慧面前再露一手，球被捣走，不禁大怒，连声喊裁判。

余河沿宣布暂停，杨蓼夫把双方球员集合起来，问余河沿，孙大竹今天犯规几次？

余河沿说，七次。

杨蓼夫嘿嘿一声冷笑说，犯规七次你还不给他罚下？你这个裁判怎么当的？

余河沿说，你也犯规七次，我得等他比你多犯规一次再罚。

杨蓼夫向场外观望，看不见章慧，更生气了，不禁嘟囔起来，到哪里去了？人呢？怎么转眼就不见了？

孙大竹误认为杨蓼夫在找他，理直气壮地说，报告司令员，我在这里！

杨蓼夫没好气地说，我是找你吗？你在这里有什么用？

孙大竹东张西望，那你找谁？

杨蓼夫火了，我找谁也不找你，我找……杨蓼夫差点儿说找章慧，话到嘴边紧急刹车，我……我在找龙副司令。老龙，老龙！

我在这里。龙捷三说着，站了出来。

杨蓼夫说，把孙大竹给我关起来，反省三天，每天半斤小米。

什么，司令员，你说什么，我没听错吧？龙捷三不相信自己的耳朵，瞪着眼睛看着杨蓼夫。

杨蓼夫重复强调，把孙大竹关到禁闭室，喝三天稀饭。

龙捷三愣住了。

杨蓼夫说，还有，把他那条裤子给我扒下来，让他穿裤衩蹲禁闭。

孙大竹大叫，司令员，我犯了什么罪啊？我再也不敢捣你的球了。就算我犯规多一点，你也不能关我的禁闭啊！

三

朱茂煊这天一直看到球赛结束，眉飞色舞地对杨蓼夫说，姑娘拎着这么大个球，我跟她说，这个球只能给杨司令，免得他往后还跟那些小伙子抢来抢去。她说，好啊，这个球就是给杨司令的，谁也抢不去。

杨蓼夫停住擦汗的手，怔怔地说，啊，她真是这么说的？哎呀……杨蓼夫不说了，好像心事重重的样子。朱茂煊茫然地看着杨蓼夫。

杨蓼夫把话岔了出去，看着西边的晚霞说，大爷，你看，太壮观了！

朱茂煊抬起老眼，看了一阵，摇头晃脑，吟道，晓来谁染霜林醉，总是离人泪。

杨蓼夫说，大爷，我听不懂啊！

朱茂煊慈祥地看着杨蓼夫，快回去，别让人家姑娘等急了，天快黑了啊！

杨蓼夫喜气洋洋地说，好，大爷，我这就回去。

章慧先走一步，到韩二婶家里等杨蓼夫，韩二婶一边喂鸽子，一边向章慧絮叨，讲了杨司令到妇女识字班的事情，然后就把话题扯到杨司令的婚事上来了，说，杨司令年龄是大了点，可是年纪大点知道疼人。闺女，你要是听二婶的话，多给杨司令说说话，啊，好不好？

章慧一笑，不说好，也不说不好。

从球场回房东家的路上，杨蓼夫的心情好极了，兴高采烈地骑在马背上，嘴里哼着：风在吼，马在跳，黄河在咆哮，黄河在咆哮……正唱得起劲，声音突然低沉下来，正奔驰的战马也放慢了步子。

大路中央，站着任冰雪。

任冰雪喝道，杨蓼夫，你给我下来！

杨蓼夫诚惶诚恐地下马问，任大姐，我又怎么啦？

任冰雪说，你心里明白。

杨蓼夫牵马上前，赔着笑脸说，我明白什么？我什么也不明白。

任冰雪说，别给我嬉皮笑脸的，严肃点。

杨蓼夫站住了，收敛笑容，昂首挺胸，一副大义凛然的模样。

任冰雪说，我问你，你凭什么关孙大竹的禁闭？

杨蓼夫松了一口气，想了想说，你问这个啊？我告诉你，我不仅要关他的禁闭，还要降他的级！

任冰雪说，就因为打个球，把你的球捣出去了，你就公报私仇？

杨蓼夫掏出怀表看看说，任大姐，实在对不起，我还有事。

任冰雪说，你还没有回答我的问题！

杨蓼夫无奈，放回怀表，耐心地说，任大姐，我跟你说，我关孙大竹三天，是轻的。要不是因为他挂了点花，养了几天伤，我早就把他关起来了。

任冰雪问，到底怎么回事？

杨蓼夫说，琅琊州平息叛乱，我们本来可以更早地得到情报，这小子倒好，抓住了郑亦雄派来报信的田齐鲁，差点儿把人给打死了，足足耽误了一个小时！

任冰雪沉吟道，哦，是这么回事啊，我就琢磨不对劲，单凭打球，你就敢把人关了？

杨蓼夫说，那是啊，我还不至于那么鲁莽。

任冰雪突然提高嗓门说，那个田齐鲁活该！孙大竹打他没错。

杨蓼夫敷衍道，任大姐，我确实有事。这件事情以后再谈行不行？

任冰雪说，当然不行，你把我们一个有觉悟的同志关了，我这个政治部副主任不能坐视不管。你说，孙大竹是不是个好同志？

杨蓼夫说，孙大竹是什么样的同志，我比你清楚。我得走了。

任冰雪横在路上，喝道，你敢！

四

章慧在韩二婶家等了很久，眼看已经到了吃饭的时间了，杨蓼夫还是没有回来，心里就有些不自在了。她哪里知道，杨蓼夫这时候正被任冰雪缠在路上，任冰雪宣布，我以政治部的名义，要求你立即放人！

杨蓼夫又把怀表掏出来了，哀求任冰雪，我还有个紧急会议，任大姐，我确实不能跟你纠缠了。明天吧，明天我……我要是关错了，你把我关起来行不行？

任大姐说，不行，你今天就得放人！

杨蓼夫见这件事情没完没了，只得叫过警卫员王进阶，要他去放人，当然是假的，他的如意算盘是想把任冰雪支走再说，他急着要去听听章慧“汇报工作”。

没想到，阴差阳错，就出问题了。

章慧在韩二婶家里，从太阳偏西等到月上柳梢，韩二婶生拉硬扯让她一起吃饭，她好不容易才推脱，谎称自己正在辟谷，到庄子外面的池塘边徘徊。韩二婶家的后院还住着作战科，不断有机关的干部战士出入，章慧躲到柳树下面，肚子饿得咕咕叫，满心的欢乐变成了委屈。正好于建兴饭后也出来寻找杨蓼夫，看见柳树下面有人，拔出枪过来盘查，发现原来是章慧，心里就明白了三分，问章慧，是不是有重要的事情要见杨司令？要不，我帮你去找找？

章慧“啊”了一声，又低下脑袋说，算了。我明天就要回墨镇了，本来我想跟司令员汇报一下墨镇“抗敌援助会”的事，看来，今天是不行了……我得回去了。

于建兴向远处看了看说，天黑了，你索性就再等等吧，一会儿我们送你。

章慧说，不用了，附近都是自己的部队，我自己走。

于建兴奇怪地看着章慧问，你手里提的是什么？是不是给司令员的，要不，我帮你转交？

章慧犹豫了一下，伸出的手又缩回了，态度坚决地说，不，这不是给司令员的。然后转身走了，头也不回。

这一路上，章慧的心里翻江倒海，司令员，看来你真的误解了我，你不想见我。这一切，都是我自己造成的。我明天就回墨镇了，我什么时候才能见到你呢？我有话要对你说啊！司令员，你跟我说过，我们是有默契的。为了抗战，为了大局，你背黑锅，我说假话，这是组织上给我们的使命。司令员，你真的要跟我拉开距离吗？不会的，不会的……

章慧同于建兴分手的时候，杨蓼夫总算把任冰雪稳住了，看见任冰雪上马，擦擦脑门的冷汗，赶紧上马，刚刚掉转马头，身后又是一声断喝，杨蓼夫，你回来！

杨蓼夫倒吸了一口冷气，坐骑转了一圈，停住了。

任大姐，又怎么啦？

还有一件事，我差点儿忘了。

杨蓼夫焦躁地说，请你快说，到底是什么事？

就在这时候，章慧怀着一腔说不清道不明的心思，上了这条大路，差点儿就走到了杨蓼夫的身边。她已经听到了杨蓼夫的声音，心里一阵惊喜，加快了脚步，可是再走几步，发现不对劲了，原来任冰雪也在这里，正在同杨蓼夫吵架。

任冰雪的声音传了过来。

你说还有什么事？章慧的事。这几天我越琢磨越不对劲。你们瞒天过海，把章慧秘密派到墨镇，居然连我都不知道！这是不相信我，还是故意绕开我？

章慧一惊，慢慢地停下步子，她听见杨蓼夫说，任大姐，把章慧调到墨镇，是景政委秘密安排的，对内对外保密，这是为了保护同志。

任冰雪说，我是政治部副主任，干部使用必须由政治部下文。

杨蓼夫强硬起来，口气很硬地说，特殊使命，特殊手段。战争时期，司令员政委有权临时处置。

任冰雪说，我警告你，你不要以战争为借口。帮助郑亦雄平叛，动用部队作战，本身就是违背原则的。在此期间，你又假公济私，频频同章慧秘密联络。你杨蓼夫行啊，一计不成，又生一计，逼婚未遂，就借工作之便引诱压迫，我告诉你，没门！我要保护年轻干部，绝不会让你们这些臭男人得逞！欺负女同志的现象，再也不允许发生了！

章慧悔恨交加，真想冲过去，告诉任冰雪，杨司令没有欺负我，欺负我的是你。可是，她不敢这么做，只是站在原地浑身发抖。

任冰雪的话越来越清晰了，我最近一直琢磨，你杨蓼夫变了，革命意志衰退了。你让我们的部队刷牙洗澡假充斯文，充分地反映了，小资产阶级情调在你身上已经根深蒂固了。

杨蓼夫说，难道，刷牙洗澡就是小资产阶级情调，这是什么逻辑？

任冰雪说，我要提醒你，章慧虽然是我们的同志，但是章慧同那个宋瑜关系密切，宋瑜同郑亦雄关系密切。我琢磨，你之所以积极地为郑亦雄解围，这其中很难说没有讨好的成分，你主观上要讨好章慧，客观上却帮了国民党反动派的忙，你琢磨琢磨，这是什么行为？

杨蓼夫焦躁地说，好好，你说的我都接受。

任冰雪，你不能为了自己娶个年轻的学生娃，就毁了司令员的形象！我这是为你好。

杨蓼夫声音里流露哀求的情绪，任大姐，任冰雪同志，我求求你，你让我明天再琢磨行不行？我确实有紧急会议要参加。

任冰雪说，胡扯！什么紧急会议，为什么又瞒着我？

杨蓼夫绝望了，用豁出去的口气咬牙切齿，好，老任，我就告诉你，是什么会议……是关于杨蓼夫同志逼婚的民主生活会，我痛改前非，我洗心革面，我罪该万死，我再也不娶老婆了，我这一辈子就保持一个光棍司令员的形象，任大姐，任副主任，老任，这回你满意了吧？

杨蓼夫说着，冲远处大喊，王进阶，你给我回来！

任冰雪说，哎，你干什么，孙大竹还没有放呢！

杨蓼夫上马道，孙大竹我不放了，我琢磨，再多关他十天！驾！

杨蓼夫的马扬起四蹄，向章慧这个方向嘚嘚嘚地一路小跑。任冰雪跟在后面大喊，你回来……我要告你！

杨蓼夫转过头去说，告吧，你爱怎么告就怎么告。

任冰雪从地上捡了一块石头，掂了掂，觉得太重，扔掉石头，脱掉一只鞋子，向杨蓼夫掷了过来。

眼看马背上的杨蓼夫越来越近，章慧惊慌失措，赶紧闪身钻进路边的树林。杨蓼夫策马从树林边一闪而过，章慧清晰地听见杨蓼夫在歌唱——风在吼，马在跳，黄河在咆哮，黄河在咆哮，咆哮……

不过，已经不是刚才喜气洋洋的感觉了，歌声里有扔手榴弹的气势。

章慧弯腰藏在深处，目送杨蓼夫的背影，从布袋里取出篮球，托在手上，久久凝望，突然扬起胳膊，把球扔了出去。

五

郑亦雄因祸得福，不仅平叛成功，还重创詹家店日军一个小队，虽然仗主要是八路军打的，但缘由是援助琅琊独立旅，所以账还是算在郑亦雄的身上。此后琅琊独立旅进行整编，何长官借此机会，给了陈奇仁一个中将高参的虚衔，到省府颐养天年去了。郑亦雄升任琅琊独立旅少将旅长，叶乃伍继任琅琊独立旅参谋长。本来郑亦雄动议提拔田齐鲁担任副参谋长兼一团团长，但是不知道什么人暗中告了田齐鲁一状，说他同八路军过从甚密，所以还是原职不动。郑亦雄感念田齐鲁的耿耿忠心，有些过意不去，两个人私密地喝了一顿酒，田齐鲁高兴地说，否极泰来，琅琊独立旅终于有了新气象，这比什么都强。至于我个人升不升官无所谓，脑袋还在肩膀上，兄弟就知足了。

郑亦雄履新之后，第一件事就是到墨镇拜望宋剑雨。宋剑雨看着郑亦雄肩膀的将星，老泪纵横，说，出息了出息了，难得啊！你父亲在天有灵，也该含笑九泉了。

单独和宋瑜在一起的时候，郑亦雄抖着手里的账单，对宋瑜苦笑说，看看，清河支队帮了我是不错，可是，他们居然给我开了这么一个清单，他们阵亡了多少人，负伤了多少人，要我支付粮食三十万斤，生猪三十头，呢子布一百匹，盘尼西林十箱，还要一万块大洋。怎么能这样啊，简直就是敲诈勒索！

宋瑜说，政府不发给他们军饷，他们向你正规军要一点物资，也在情理之中。

郑亦雄说，早知道他们会这么敲诈勒索我，我还不如不请他们帮忙呢。

宋瑜端着茶杯在空中停住，又收了回来，不悦地说，亦雄，你这话就不厚道了，要不是他们帮忙，琅琊独立旅就完了，你本人也凶多吉少。

郑亦雄尴尬地笑笑说，道理是这个道理，可是友军配合打仗，天经地义。亏他们想得出来，这么剥皮。

宋瑜放下茶杯看着郑亦雄。郑亦雄说，还有更奇怪的，清单上还有五千支牙刷，五百管牙膏。你说他要这么多牙膏牙刷干什么？

宋瑜说，这有什么奇怪的？刷牙啊！

郑亦雄说，滑天下之大稽，我的正规军士兵都还没有刷牙，他们那些土包子刷什么牙啊，他们天天吃什么了？

宋瑜劝郑亦雄抓紧去向清河支队道谢，郑亦雄说，八路军借帮助平叛之机，又占据了南李庄，凤岗和南李庄这两个地方，都是战略要地，所以我不能向杨蓼夫表示谦卑，我要是过分了，那他就更不会归还了。

下午从墨镇回到琅琊州，晚上田齐鲁就送来何长官急电——亦雄将军如晤：抗战经年，敌寇捉襟见肘，长官部预测，胜利之日为期不远。此后我与三兄难免一战。凤岗、南李庄乃我渤海要塞，具有长远战略价值。为防止三兄北上，请利用一切手段，不惜一切牺牲，收复两地。

郑亦雄抚额良久说，收复两地？谈何容易！收复一地就谢天谢地了。

田齐鲁问，旅座，三兄是谁？

郑亦雄笑笑说，还能有谁？天老大，地老二，土八路老三。

田齐鲁说，眼下正是我们和八路军密切之时，此时奢谈收复，委实不合时宜。

郑亦雄说，长官啊，他们是站着说话不腰疼啊！去，请叶参谋长过来，我们商量商量，怎么跟杨蓼夫开这个口。

田齐鲁说，依卑职之浅见，礼还是要送的，伸手不打笑脸人啊！

郑亦雄沉吟道，杨蓼夫开口要个大价，也好，索性送个大礼，把面子给足。

六

田齐鲁派人给清河支队送了一封信，告知，农历三月初二，郑旅长亲率琅琊独立旅要员前往清河慰问。杨蓼夫看了信说，这个郑亦雄，来就来吧，还先打个招呼，难道要我杀猪宰羊？

景晓纯说，郑亦雄是国军正规军官，讲礼数。不过，他有这个姿态，咱们也不能怠慢他。

杨蓼夫说，这件事情，我听政委的。

三月初二这天，部队照常训练。杨蓼夫和景晓纯到训练场转了一圈，看见特务营在佘河沿的指挥下，擒拿格斗，攀登越障，各种特技训练有声有色。

杨蓼夫愉快地说，哈哈，没有孙大竹，特务营照样生龙活虎嘛！

景晓纯说，老杨，在这件事情上，我倒是有点不同意见，你跟任冰雪赌气，就把孙大竹多关了十天。这孙大竹也真倒霉。

杨蓼夫说，我当时确实不冷静，任大姐把我弄得灰头土脸……我没法冷静……要不，把孙大竹放出来？

景晓纯说，那倒不必，郑亦雄今天来慰问，我们把孙大竹关起来，也正好可以给他们看看我们对友军的态度。

杨蓼夫说，我并不完全是做给郑亦雄看的。孙大竹这个家伙，倚仗打仗有两下子，骄傲自满，必须教训他。

景晓纯说，有一个问题，老杨咱俩得商量一下。郑亦雄兴师动众来慰问，我们也得有个礼仪。但是，参加接待的人员要斟酌，任冰雪主持政治部工作，不参加吧，不合适。参加吧，好像，我这心里还有点不踏实呢。

杨蓼夫说，怎么，你怕她拆台？

景晓纯说，你说过，她的爱人是国民党特务暗杀的，她本人在长征路上也吃过国民党不少苦头，对国民党充满深仇大恨。我们现在同国民党握手言欢，其乐融融，她看着不舒服，搞得不好就要出问题。

杨蓼夫点头说，是啊，这个同志确实不讲斗争艺术。不过，对付国民党反动派，需要两手准备，郑亦雄那个花岗岩脑袋，也确实需要教训，万一老任发作，臭他一顿，也未尝不可。实在不行了，还有我们收场嘛。

景晓纯思忖说，你的意思是，让老任唱黑脸，我们唱白脸？好，那就让她参加。

事情就这么定下来了。

清河支队喜气洋洋，特务营作为门户，土墙挂上了横幅：欢迎友军莅临慰问。

禁闭室内，孙大竹下身裹着破床单，踮脚探头张望，对哨兵说，去，把副营长给我叫来！

哨兵说，那不行。司令员有交代，你现在是隔离反省阶段，你没有权力指挥我。

孙大竹说，嗬，你这小子吃了豹子胆了，你就不怕我出去收拾你？

哨兵说，嘿嘿，杨司令说了，我看管这个禁闭室，就相当于副司令，谁想打击报复，我随时报告司令员。

孙大竹说，你这小子！哎，外面干什么啊？杀猪宰羊的！

哨兵说，你不知道？也是，山中只一日，世上已千年。

孙大竹说，别给我卖弄，快说，到底是干什么？

哨兵故作神秘地说，我跟你讲，你可不能告诉别人啊！

孙大竹跺脚大叫，我关在禁闭室里，我跟鬼讲啊。

哨兵得意一笑说，那我就告诉你了。遭殃军郑亦雄要来，俺们杀猪宰羊待客！

孙大竹吃了一惊，当真？

哨兵说，要是说假话，你出来把我眼珠子抠了。

孙大竹失神地望着窗外，嘴里念念有词，好哇，杨司令，你也太狠了，我打国民党，你把我关十二天。国民党来了，你杀猪宰羊！你是什么感情哦，你也太不觉悟了！

七

郑亦雄的慰问队伍浩浩荡荡地开到了清河，几辆大卡车拉着慰问物资，堆放在清河祠堂外面的平地上，琳琅满目。

杨蓼夫和景晓纯等人在特务营驻地迎接，将客人引到祠堂，国共军官相对而坐。

八路军的军装虽然寒酸，但是干净整齐，倒也不失体面，只有任冰雪，居然别出心裁地戴着一顶淡蓝色的红军帽，上面缀着五角星，这同对方的青天白日帽徽形成了鲜明的对比。郑亦雄自从看见任冰雪的红军帽，心里就有不祥的感觉。

按照既定的程序，景晓纯致辞：各位，自渤海地区联合抗战协议签订以来，我八路军清河支队和国民党军队琅琊独立旅曾多次协同，共同抗击日军侵略者。今郑将军携厚礼前来我部慰问，充分表达了渤海地区国共两军精诚团结一致抗战之精神……

景晓纯致辞的过程中，双方军官正襟危坐，面带友好微笑，只有任冰雪横眉冷对。

轮到郑亦雄回应了，郑亦雄起立，敬礼，礼毕，摘下雪白的手套，双手向下一按，拿出演讲的姿势说，同志们，景长官一席话，郑某惭愧之至。论及渤海抗战，首屈一指当数贵部。一个月前本部发生叛乱，也是贵部鼎力相助，使得我部化险为夷。于公，此乃抗战之大功；于私，我郑某没齿不忘。杨司令，景长官，郑某真诚感激！

说完，抬臂给杨蓼夫和景晓纯敬礼。杨蓼夫微笑着说，郑先生不必客气，一家人不说两家话，只要是团结抗战，我们做什么都是应该的。

郑亦雄说，谢谢杨司令。至于过去，我们两家也发生过一些不愉快的事情，多为误会，实践证明，杨司令、景政委和清河支队各位长官胸怀博大，志向高远……

虽然任冰雪的脸色不好看，但是在正式场合，她还是克制了。

这个上午没有发生意外。

中午的饭安排在祠堂里。主桌设在祠堂的东厢房，从识字班搬来几张大桌子拼在一起，上面还铺了缴获侵华日军的军毯，杨蓼夫和景晓纯引领郑亦雄、叶乃伍、冯德山等人在东厢房落座。

院子里摆了四个八仙桌，两边的团以下军官统统在院子里用餐。相比之下，院子里要热闹许多。周杰宁、黄格选、谭何亮和田齐鲁、刘德福、赵大脚、黄津弗等人多数认识，粗人居多，很快就打成一片，大碗喝酒，大块吃肉。有的划拳行令，有的边吃边找老乡。

几个回合下来，赵大脚就有了几分醉意，拍着周杰宁的肩膀说，周团长，元宵战役打凤岗，派人到俺们阵地买尿桶夜壶，高，高，实在是高……

周杰宁笑笑说，咱这也是土办法，土八路嘛，不讲章法，怎么顺手怎么打。

黄津弗不解地问，什么，买尿桶夜壶干什么？

周杰宁笑而不答。

赵大脚说，干什么，连这个都不懂？浇机枪啊！鬼子打来了，俺们阵地上的枪管都废了，你老周的阵地还突突突突地响……哈哈，尿桶夜壶，老周，建奇功啊……

谭何亮起身，把赵大脚的手从周杰宁的肩膀上拿开，一本正经地说，赵大脚，我听说你是马边锋的狗腿子，这次没有跟马边锋一起反水，反而官升一级，当了营长，你倒是变得快啊！

赵大脚斜眼看着谭何亮说，嘿，你还真说对了。在下是马边锋的狗腿子，可是，你看在下，在下是谁啊，在下是赵大脚啊，在下从来不在一棵树上吊死。在下一看，要跟汉奸勾结，那哪儿成啊，当土匪可以，当汉奸不行。

田齐鲁说，算了吧，你赵大脚从来就是墙头上的草。

刘德福说，是啊，不就是你到清河支队来送假情报，想让八路军打我们吗？

赵大脚酒醒了一半，张大嘴巴说，啊，刘科长你怎么这么说？我这不是及时向叶参谋长报告了吗？我还拉住一个排没跟马边锋走，参加芽子谷营救旅长的战斗。旅座说，临阵倒戈，功加一等啊，你们再也不要往我头上扣屎盆子了！

八

这顿饭，终归是要吃出问题的。厢房里的宴会，从一开始就很矜持，杨蓼夫提议共同喝了三杯酒后，很长时间处于冷场状态。

郑亦雄终于按捺不住，看看叶乃伍，递了个眼色。叶乃伍明白过来，站起来说，杨司令，景长官，各位同志，我先喝了这杯酒，再说话。

说完，一扬脖子把酒喝了。叶乃伍说，对于贵军给予我琅琊独立旅的帮助，本部没齿不忘。可是，本部还有一个请求，想请杨司令和各位长官高抬贵手，通融通融。

杨蓼夫说，叶参谋长，只要是有利于抗战，我们会通融的。

叶乃伍说，前次日军偷袭，承蒙贵部支持，我部得以击退进攻之敌。此次平叛，倘若没有贵部鼎力相助，我部万难保全。在这里，我谨代表郑旅长，再次向在座的各位长官致谢！然而……

杨蓼夫哈哈一笑，打断了叶乃伍的话头，不客气。凡是抗日之事，贵部的事，就是我们的事。

一直面无表情的任冰雪突然开口道，且慢，先别“然而”。叶参谋长，我琢磨，你只喝一杯酒恐怕说不过去。

叶乃伍向任冰雪看了一眼，脸色顿变，我……任长官，不知任长官有何见教？

任冰雪说，在帮助你们平叛战斗中，除了在座的各位首长，我们还牺牲了三十六个官兵，轻重负伤一百二十人。你既然是代表你们旅长，那就应该为我军伤亡的官兵喝一杯。

叶乃伍舒了一口气，做恍然大悟状，啊，对对，任长官言之有理，言之有理。这第二杯酒我该喝，该喝。

说完，又喝了一杯。叶乃伍掏出手绢，擦擦嘴，又擦擦脑门，看看杨蓼夫。杨蓼夫不动声色。叶乃伍再看看郑亦雄，郑亦雄正襟危坐。

叶乃伍说，喝了这两杯酒，在下有个请求，关于南李庄……

任冰雪说，叶参谋长，这酒还没有喝完，谈什么南李庄啊！

叶乃伍瞠目结舌地看着任冰雪，任长官……这……

任冰雪抱起膀子，谁也不看，抬头看天，似乎在同天说话，平叛战斗，本部除了在座的首长和伤亡的同志，我清河支队出动了一千多兵力，他们冒着寒冷，忍着饥饿，前去援助贵部，你是不是应该敬他们一杯啊？

叶乃伍脑门上顿时冷汗涔涔，张口结舌道，这……任长官，这……

郑亦雄示意叶乃伍，任长官所言极是，这杯酒是应该喝的。

叶乃伍悲壮地说，好，我再喝一杯。贵军援助我军，恩重如山，情意如滔滔黄河，功劳如巍巍泰山，倘若让我以酒致谢，那我就喝了这一坛，醉死在贵部，在所不辞。

叶乃伍说完，举起酒杯，正要喝下去，任冰雪又是一声断喝，姓叶的，你这是什么话？难道这酒是毒药吗？难道这酒不该喝吗？

叶乃伍面红耳赤，直喘粗气。

景晓纯一看形势不妙，急忙阻止道，老任，让他把话说完。

任冰雪说，说什么？说南李庄？司马昭之心，路人皆知……任冰雪正说得激动，桌下一条腿伸向她的腿，踢了一下，是肖菏泽。

任冰雪说，我跟你说……谁在下面踢我？谁？是反动派还是叛徒？

众人面面相觑。

任冰雪说，踢我没用，我是一定要把话说完的。

景晓纯严厉地制止道，老任，你喝多了！

任冰雪说，为什么不让我说话！

景晓纯说，这件事情既然提出来了，就让人把话说完，我们心平气和地商量嘛，不要捣乱！

任冰雪说，有什么好商量的！我告诉你们，不要以为有一个联合抗战协定，大家就你好我好了。这些个国民党反动派，亡我之心一天也没有解除，他们抗战消极，积极反共，杀害我情报员，拦截我军饷……他们的所作所为，同汉奸无异……还谈什么，还在这里装模作样……这顿酒席，还不如喂狗，我们的战士，辛辛苦苦养的羊，自己舍不得吃，今天都拿来喂狗了……而他们自己却吃糠咽菜……

任冰雪滔滔不绝地说了下去，越说越激动，越说越来劲，站起来拍着桌子嚷嚷。

景晓纯站起来，几次厉声制止，均不奏效。郑亦雄坚持一动不动，强作笑脸，偶尔看看杨蓼夫和景晓纯。杨蓼夫向郑亦雄歉意地说，对不起，任副主任太激动了，可能是喝醉了。

郑亦雄说，没关系，有些话，早晚得说，晚说不如早说。

任冰雪瞪着杨蓼夫吼道，胡说，我没醉，我根本就没有喝酒！为什么不让我说话？

任冰雪说着，弯腰，脱下一只鞋子拎在手里。

景晓纯一看形势不妙，赶紧给李其仁递眼色，李其仁眼疾手快，将任冰雪的鞋子夺走。

九

眼看就要出现不堪的局面，杨蓼夫悄悄离开座位，走到门外，把于建兴叫了过来，让他带人到政治部的驻地放火，把任冰雪的马棚给烧了。杨蓼夫交代于建兴，点火之后，立即回来向任冰雪报告，就说政治部失火了。

于建兴离开后，杨蓼夫看见正在门外警戒的王进阶，招招手让王进阶过来，从兜里掏出一个纸包，让他送给孙大竹。王进阶问，这是什么，杨蓼夫动情地说，今天，支队部营长以上干部，活着的都吃上肉了，就苦了一个孙大竹。给他，打打牙祭。

王进阶接过纸包，掂量分量，沉甸甸的。

杨蓼夫又说，告诉余河沿，今天给孙大竹加三两小米。

王进阶刚要离开，杨蓼夫想了想说，回来的时候拐个弯，去把朱大爷给我请来。

安排好了几件事，杨蓼夫才回到厢房。这时候，气氛已经达到了高潮。任冰雪拍着桌子，指着郑亦雄说，我告诉你们，再也不要粉饰了，人民群众的眼睛是雪亮的，对于你们真反共假抗日的嘴脸，早就看得一清二楚了……

于建兴突然急匆匆地跑过来，向任冰雪报告，政治部失火了。

任冰雪正骂得痛快，头也不回地说，天塌下来我也不管，我要好好教训这群反动派……想想不对劲，站了起来，一把揪住于建兴说，什么，你说什么？

于建兴说，政治部失火了。

任冰雪大怒道，失火了，你早为什么不说？

于建兴诚惶诚恐，说，我说了，说了……

任冰雪一脚踢翻凳子，拔腿就走，走了两步，发现脚下情况不对，吼道，鞋子，鞋子，我的鞋子呢，哪个反动派把我的鞋子拿走了？

龙捷三说，老任，你的鞋子在这里。

任冰雪抓过鞋子穿上，大步流星，走到门口，回头丢下一句，这个账还没有算完！

十

祠堂院子里，田齐鲁左顾右盼，没有看见孙大竹，感觉奇怪。周杰宁告诉他，孙大竹就是因为打了他，还霸占了他的裤子，被杨司令关起来了。

田齐鲁听周杰宁一说，反而惭愧了，一个劲地说，哎呀，你看这件事情闹的！其实，孙大竹他对我……虽然他打了我，还抢了我的裤子，可是，平叛战斗，能把我们旅长救出来，也幸亏他啊，是我害了他。

黄津弗感叹道，八路军维护统一战线，是有诚意的，这一点，我们自愧不如啊！

田齐鲁说，老孙他在哪里呢？咱们在这里大鱼大肉，老孙却被关禁闭，我这心里啊……我真想去看看他。

周杰宁说，田少校没有必要为孙大竹自责，把孙大竹关几天，对他有好处。

清河支队大宴宾客的当口，孙大竹正在昏睡。

哎，伙计，醒醒，醒醒！余河沿在外面喊。

孙大竹翻了个身，嘀咕道，一天半斤稀饭，我干吗要醒着啊，我睡着了肚子不饿。

余河沿隔着窗子说，好事啊，纵队文工团来了。

孙大竹拉过床单蒙住脑袋说，纵队文工团来了，关我什么事啊，他又不给我带粮食……刚说到这里，似乎意识到什么，坐了起来，看着外面的余河沿问，什么，你说谁来了？

余河沿说，纵队文工团。俺们都看见你那个天仙了，长得鼻子是鼻子，眼睛是眼睛。

孙大竹一跃而起，床单掉在地上。孙大竹大喊，裤子，老余，给我借条裤子！

余河沿说，你要干什么？别忘了你在蹲禁闭。

孙大竹愣住了，转过身颓然坐下，愤懑地说，娘哎，忘了这一茬，老子还是戴罪之身呐，都是牲口田齐鲁害的，早晚有一天犯到老子手里，我打掉他的门牙。

余河沿开门进来说，你小子，癞蛤蟆想吃天鹅肉！天鹅肉没有，癞蛤蟆倒给你送来了。

孙大竹嗅到味道了，呼啦一下站了起来，什么？哪里有肉香？这是什么？

余河沿说，司令员还惦着你呐，看看，我都没吃上，你这个蹲班房的倒是……

说着蹲下，打开手里的食盒，里面是一只鸡腿，一碗小米干饭。

孙大竹大喜过望，两眼放光，抓起鸡腿就啃。余河沿看着孙大竹，咽了一下口水道，好家伙，饿狼似的。

孙大竹看着余河沿，小心翼翼地说，要不，你也来一口？

余河沿说，算了，脏兮兮的，口水都搞到上面了。

十一

任冰雪离开之后，厢房里好一阵尴尬。看看火候差不多了，杨蓼夫对郑亦雄说，郑将军，任副主任对贵部心存怨恨，也是事出有因，由来已久，请郑将军见谅。

郑亦雄说，无所谓，这种场面，在下经历得多了。

杨蓼夫说，虽然本部有些失礼，不过，关于南李庄的问题，任冰雪同志的态度，并非私怨所致。郑将军是否可以听听我们的意见？

郑亦雄脸皮一紧说，请杨司令明示。

杨蓼夫说，显而易见，我们共同的敌人日寇在北边。南李庄虽然是郑将军辖区范围，但是南李庄已经深入到我根据地腹地。除非贵部南下攻打我根据地，否则，南李庄对于贵军并无战略价值。而我清河支队抗日锋芒，也是向北，南李庄是我必经之路，战略通道。既然平叛战斗中贵部已放弃南李庄，我军是从叛军手中夺取了南李庄，那么，按照约定俗成的惯例，南李庄还是暂由本部防守为宜。

郑亦雄说，这个……请杨司令容郑某解释。于公，你我同为抗日部队，断无同室操戈之理；于私，贵部对我琅琊独立旅恩重情深，我郑亦雄不是那种以怨报德的人。所以，南李庄对贵部并无威胁。再有，上峰何长官一日数报，对我丢失南李庄大加斥责，郑某左右为难啊，还请杨司令见谅。

叶乃伍说，是啊，何长官电文措辞严厉，指责旅座，打一仗丢一个地方，我们确实难办啊！

杨蓼夫说，我们山东纵队也有指示，曰，琅琊独立旅如果有精诚团结抗日之精神，则应把精力用于对敌斗争，倘若纠缠南李庄，则可视为居心叵测，清河支队应警惕太和惨案再次发生。这个指示的含义，郑将军和叶参谋长应该是清楚的，我们同样压力巨大。

郑亦雄生硬地说，如此说来，南李庄，贵部是断然不肯交出了？

杨蓼夫说，郑将军不要着急，事情还是要解决的。本人倒是有一个办法，既能心平气和地解决，又有充分的理由禀报各自的长官。

郑亦雄疑惑地说，哦，会有这等好事？郑某洗耳恭听。

杨蓼夫向身后的战士交代，去，请朱大爷！

朱茂煊进来了，国军军官好奇地看着这个衣衫褴褛眼神犹疑的老人。

杨蓼夫上前拉住朱茂煊，把他请到自己身边的座位上，然后说，郑将军，各位长官，请允许我介绍，在我们渤海地区抗战中，有一位重要的人物，他就是我们清河镇上有名的私塾先生朱茂煊大爷。

叶乃伍向郑亦雄瞟了一眼，郑亦雄表情冰冷。叶乃伍说，可是，可是，此老者身居清河，受贵部恩惠，态度难免有失偏颇。这个，我们不能接受。

杨蓼夫说，我先讲一段历史。当年，陈奇仁在琅琊州拉队伍，一群土匪、兵痞、二流子叫嚷要抗日，国民政府给了一个治安团的名义，我们的老百姓就信以为真，有钱出钱，有粮出粮，有人出人。朱大爷变卖了房屋、土地、家产，只留下一口棺材一口锅。老人是巴心巴肺地把抗日的希望寄托在治安团身上，可是，鬼子六路围攻，治安团在哪里？跑得比兔子还快，朱大爷的儿子、儿媳妇和两个孙子，一家四口，被日本人满门抄斩。这件事情，在清河，家喻户晓。

叶乃伍说，啊，杨司令，当年陈奇仁他们做的事情，账不能算到我们头上啊。自从郑亦雄……郑亦雄将军来到渤海，我们成立了琅琊独立旅，打鬼子我们从来不含糊啊！

杨蓼夫说，不含糊？那我问你，你们琅琊独立旅成立一年来，歼灭了多少鬼子？

叶乃伍说，这个……我们也想同鬼子决一雌雄，可是，鬼子他一直不到琅琊州，他老是找贵部的麻烦……

杨蓼夫说，哈哈，他为什么一直不到琅琊州，我跟你说，他看不起你。他为什么老是跟我们打，因为我们主动出击。你说，以贵部这样的战斗作风，我再把南李庄给你，我能放心吗？问问朱大爷，他能放心吗？

朱茂煊睁着一双迷蒙的眼睛，东张西望，局促不安。

郑亦雄终于坐不住了，站了起来，拍打着手套说，杨司令，兄弟此次来，一是来向贵部致谢，二是商量南李庄的问题。贵部帮助我琅琊独立旅度过了艰难的一关，兄弟和在座同僚没齿不忘。但是，杨司令不能借此事一再羞辱本部。兄弟可以接受指责，但不能接受羞辱。

杨蓼夫说，羞辱？郑将军，我在陈述事实。

郑亦雄隐忍了一下，苦笑说，杨司令，酒席上，贵部任长官当众耍泼，兄弟不认为她是个人行为。现在，杨司令也终于清算本部了。陈奇仁的队伍，拉大旗作虎皮是不假，可我部现在已整编为琅琊独立旅，情形与过去大不相同，杨司令何以再以我作战不力为由，讨论南李庄问题？

杨蓼夫说，郑将军，你误会了。你是否知道，在琅琊独立旅遭受灭顶之灾的时候，我部断然出击，拯救郑将军和贵部于危难之中，是谁做出的决定吗？

郑亦雄说，哦……郑某愿闻其详。

杨蓼夫说，我可以坦率地跟你讲，在得到贵部叛乱消息的时候，我们内部有两种截然不同的意见：第一种态度是出兵对贵部夹击，一举消灭琅琊独立旅；第二种态度是，站在民族的利益上，拯救琅琊独立旅，团结抗战。当然，也有第三种态度，那就是袖手旁观，所谓鹬蚌相争，渔翁得利，我们也是可以借鉴的。可是，后来，我们还是决定出兵助你平叛，就是因为这个老人的一句话。

郑亦雄惊讶地说，啊，还有这样的事情？

杨蓼夫说，贵部的田齐鲁少校始终在场，是不是请田少校给你介绍一下？

郑亦雄不置可否，杨蓼夫派人到院子里把田齐鲁请了过来。郑亦雄看着田齐鲁问，杨司令说，平叛战斗，清河支队出兵援助我部，就是凭这个老人的一句话，这是真的？

田齐鲁毫不含糊地回答，旅座，是真的。

田齐鲁喝了不少酒，有些激动，想起了当初决策的那一幕，眼睛很快就湿润了。他从头到底讲了那个经过，特别是朱茂煊最后的那句话。田齐鲁说，虽然清河支队的长官有不同意见，朱大爷对琅琊独立旅也是恨铁不成钢，可是，朱大爷的最后那句话，才是琅琊独立旅起死回生的关键。

郑亦雄也有一些受感染，期待地看着田齐鲁问，那句话是怎么说的？

田齐鲁说，我永远不会忘记，朱大爷最后说，杨司令，各位八路军首长，还是帮帮他们吧，好歹，好歹，他们也是俺中国人啊！

田齐鲁说完，掩面饮泣。

郑亦雄的眼眶也有些湿润，站了起来，向朱茂煊深深地鞠了一躬，抬起头来说，大爷，谢谢，谢谢！郑某有眼不识泰山，多有得罪，请大爷海涵。

朱茂煊说，一家人不说两家话，只要你们铁心抗日，老百姓是不会怪罪你们的。

杨蓼夫笑呵呵地看着郑亦雄，怎么样郑将军，举头三尺有神明，老百姓就是咱们的神。关于南李庄，我们还是听听老百姓的愿望。

十二

任冰雪心急火燎地回到政治部驻地，看见马棚果然失火了，几个战士正在磨磨蹭蹭地往马棚上泼水，只有许东湖急得团团转，到处喊人。任冰雪一看就火了，大喊一声看我的，夺过一个战士的水桶，奋勇当先，正浇得起劲，一桶水迎面泼来，任冰雪顿时成了落汤鸡，成了落汤鸡的任冰雪还很高兴，表扬那个战士说，很好，加把劲！

任冰雪来了之后，不到十分钟就把火浇灭了。任冰雪看着袅袅余烬，突然觉得蹊跷，把许东湖叫过来详细盘查失火经过，终于明白了，她上了杨蓼夫的当了。

任冰雪说，不行，杨蓼夫搞了一个调虎离山之计，我得回去，跟国民党反动派斗争，跟杨蓼夫斗争到底！

许东湖说，任副主任，您这衣裳？

任冰雪不在意地说，我这衣裳怎么啦？我跟国民党反动派斗争，穿什么都行！

许东湖说，可是……可是，任副主任，您一身水啊，初春小寒，您可别落下病啊。

任冰雪想了想说，啊，这倒是问题。去，跟房东讲，给我烧一锅热水，我换了衣服再去，我要精神抖擞地和国民党反动派斗争，和杨蓼夫斗争！

这一耽搁，就错过了一场好戏。

祠堂的厢房里，关于南李庄的谈判，已经进行到最后阶段。杨蓼夫和郑亦雄达成共识，就由朱茂煊来决断。杨蓼夫对朱茂煊说，您老人家认为，是交给琅琊独立旅，还是交给我们清河支队，交给谁您最放心？

朱茂煊不假思索地说，这个我晓得，交给你们我更放心。

杨蓼夫说，老人家，您既然这么说了，我们是不是可以明确了，南李庄就是我们的了？

朱茂煊看着郑亦雄，那，那，你也同意？

郑亦雄说，我当然不同意。可是老先生，我希望你老人家一碗水端平，能够说出一个让我们大家都能接受的意见。

朱茂煊犹豫着，观望着，思忖良久。厢房内的空气骤然紧张，大家屏住呼吸，等待朱茂煊的那句话。

朱茂煊说，要俺说啊，你们赌一场，你们打一场球，谁赢了，南李庄就归他！

杨蓼夫一屁股跌在凳子上，啊，这么个结果？

打球？郑亦雄怔怔地看着朱茂煊，喜出望外，突然激动起来，风度也不顾了，起身喊道，好！老先生，不，朱大爷，你这个办法太好了！

杨蓼夫暗暗叫苦，清河支队的官兵虽然天天打球，但都是土包子，正规比赛，光犯规这一道关口就过不去，而国民党军队军官，很多都是军校出身，受过正规训练。打球，不是清河支队的强项。

可是，事已至此，覆水难收，杨蓼夫说，好，就打球，饭后休息一个小时。

就这么定了，双方离开饭桌，到祠堂的几个厢房里休整。肖菏泽跟在杨蓼夫的屁股后面嘀咕，开玩笑，就凭这个疯老头子的一句话，来决定南李庄的归属，简直儿戏，太不严肃了！

杨蓼夫说，是儿戏，但是很严肃。

景晓纯说，游击队不一定打不过正规军，我军当年都是游击队。

杨蓼夫说，不要再扯皮了，丢了南李庄，我和政委负责。周杰宁，电台通知韩文，派快马把殷福塘给我送来。打球，离不开这个神仙。

十三

一个小时后，双方准备就绪。特务营的球场上，东边还搭了一个观礼台。清河支队周边的部队陆续整队带入。

杨蓼夫和郑亦雄居于观礼台中央。两个人中间，隔着一张计分桌。其余国共双方，在杨蓼夫和郑亦雄身边，纷纷落座。

琅琊队上场的是冯德山、田齐鲁、刘德福、黄津弗和另外几名球员，身着衬衣，下穿胶鞋，在球场练球。国民党军队军官姿势优美，投篮准确，精湛的球艺，让清河支队的土包子目瞪口呆。

练球中间，叶乃伍悄悄走到郑亦雄身边咬耳朵，旅座，有重要情况。八路军正式队员人数不够，正在紧急调集。其中，凤岗有个殷福塘，是神投手，正在飞马驰骋清河。

郑亦雄说，听说过殷福塘，知道他是手榴弹大王，没想到他还会打球。叶乃伍说，这家伙投篮厉害，不说百发百中，也是八九不离十。郑亦雄说，哦，有这么大的威力啊，那你看着处理。叶乃伍起身离席，秘密交代赵大脚，不惜一切手段拦阻殷福塘，必要时采取极端措施。

清河球队行头寒碜，周杰宁、余河沿、吕开发以及五名战士队员身着短褂、短裤，打赤脚站在场地上。龙捷三做了一个简短的动员，就开始练球。

球赛开始，双方激烈角逐，国军连进两球，首得四分。隔着桌子，郑亦雄侧脸看着杨蓼夫说，杨司令，裁判独由我方承担，在下还是觉得不妥，难免有瓜田李下之嫌疑。

杨蓼夫一笑，嗨，多大个事啊？大不了我把南李庄给你。

郑亦雄一愣，哦？哈哈，杨司令大将风度，郑某惭愧。

清河队截球成功，余河沿和龙捷三交替传球进攻，余河沿投篮未中，龙捷三抢篮补球，球中了。

就在清河支队球场旗开得胜的当口，赵大脚带着一支小分队潜伏在清河北侧的一片树林里，赵大脚望远镜的十字线中央出现一人一马。手下一个班长说，这就是殷福塘，元宵战役，就是他和马大海到咱们阵地上买尿壶。

殷福塘奉副政委韩文之命，风驰电掣地往清河赶，眼看越来越近了，冷不防马被绊倒，殷福塘从马背上飞了下去，几个人一拥而上，把他按住了，拖起来就走。

王虎率领一个排，跟在赵大脚的后面，一看前面的形势，暗叫不好，赶紧追了过去，在殷福塘被绊倒的地方，发现了血迹。王虎指挥战士们就近搜索。

殷福塘遭到偷袭，当时蒙了一下，很快就清醒过来了，正在寻思对策，隐约听见树林里还有动静。他走到一棵小树前，发现路边有一块石头，猛地弯腰，被捆绑的双手突然抓起一块石头，砸向赵大脚，趁赵大脚闪身的工夫，殷福塘纵身一跳，从巨石上滚出十米开外，站起来就跑。

赵大脚拔出手枪，向殷福塘连续射击。枪声惊动了王虎，王虎指挥战士们悄悄接近赵大脚的小分队，近战擒拿格斗，很快就抓住了赵大脚，救出了殷福塘。

十四

比赛进行了十分钟，杨蓼夫就看出来了，国民党军队的主力根本就没有上，只是上了几个新手，猫戏老鼠一般拿清河支队练手。清河支队打急眼了，也不顾规则了，余河沿球场上动用扫堂腿，把国军主力冯德山摔了个嘴啃泥。裁判出示黄牌，余河沿再有一次犯规就要被罚下场了。

李其仁对杨蓼夫说，司令员，情况十分严重，我们没有替补队员了，如果再罚下一个，场上就只有四个人打球了，而且多数人都有黄牌记录。

杨蓼夫问，殷福塘怎么还没有到？

李其仁掏出怀表看看说，从电报发出去到现在，一个多小时了，他骑马应该到了。莫非出了什么意外？

杨蓼夫思忖片刻，对李其仁说，去把孙大竹给我放出来！

球场上喊声雷动，急坏了孙大竹，孙大竹趴在窗前向外观望，自言自语，好家伙，国民党来了，吃香喝辣的，还打球，也不让我参加。司令员，你真狠心啊！

哨兵说，营长，司令员不是派人给你送了一只鸡腿吗？

孙大竹说，那管个屁用！我这肚子，亏了三天了，再有八只鸡腿也填不满啊！

就在这时候，于建兴飞马赶到，要孙大竹立即到球场。孙大竹始而惊喜，转眼之间又变了一副嘴脸，抱起膀子说，干什么，我不去。我蹲禁闭还差九天呢！

于建兴跺脚道，哎呀，十万火急了，司令员命令我通知你，跑步到球场。

孙大竹拿腔拿调地说，那我更不会去了。司令员把我关起来，他得亲自来放我。

于建兴火了，嚷嚷道，孙营长，你他妈的还架起秧子了是不是？我跟你说，这场球关系到南李庄的归属。你去不去？

孙大竹一惊，啊，还有这事？真的假的？

于建兴说，假的我能火急火燎地跑来吗？

孙大竹说，他妈的，我去，老子跟他们拼了！

于建兴说，上马吧，你先走！

孙大竹正要走，突然蹲下，哭丧着脸说，不行，我的裤子，我还穿着裤衩呢！

于建兴脱下自己的裤子扔了过去，孙大竹穿上于建兴的裤子，上马飞奔。

十五

场上暂停，国民党军队球员喝着水，兴高采烈地议论。刘德福对冯德山得意地说，跟国军打，土包子还是差把火候。冯德山得意地说，他们练得少，国军都是童子功啊！

刘德福看看田齐鲁说，老田，我记得你打边锋投篮命中率是很高的，今天好像发挥失常啊！

田齐鲁不屑地说，嗨，跟土八路打，用得着费那么大的劲儿吗？

刘德福话里有话地说，哦，哈哈，还留一手呢。杨蓼夫这回栽了，咱们不费一枪一弹，南李庄就拿下了。

清河队讨论战术的时候，龙捷三怀疑裁判有问题，因为两个裁判都是国民党军队方面的。余河沿言之凿凿地说，裁判没有问题，好像对我们还很关照。周杰宁抱怨，千不该万不该，不该听那个老疯子的。这下好，兵不血刃，南李庄就丢了。

龙捷三说，现在说这话为时尚早。老余，你说怎么打？要调整战术。

哨子响了。按照新的布局，情况有了好转，余河沿和龙捷三各进一球。

对方发球，周杰宁跃空截球，传到龙捷三手里。为了掩护龙捷三投篮，余河沿强行推了冯德山一把。裁判吹哨，出示黄牌，清河队 7 号犯规五次，换人！

观礼台上，杨蓼夫的布鞋在地上反复磨蹭，但脸上依然不见波澜。郑亦雄侧过脸说，也许，我们就不该打这个赌，我觉得这样不太公平。

杨蓼夫说，没关系。我说过，是老百姓让我们打的，我们如果输了，南李庄拱手相让。

郑亦雄说，杨司令，现在后悔还来得及，我们两个人私下搞个君子协定，提前结束。

杨蓼夫扭头看看郑亦雄，提前结束？什么理由？

郑亦雄说，我让人过来报告，就说发现敌情，鬼子来偷袭。这样，我们就可以中止比赛。

杨蓼夫惊讶地说，啊，你怎么会有这个想法？

郑亦雄说，就像你让人报告政治部失火一样。

杨蓼夫略一思忖，明白过来，哈哈大笑，郑将军，我们都是聪明人，你的情意我杨蓼夫心领了。但是，聪明人不能做不聪明的事情，更不能在聪明人面前耍小聪明。多大个事啊！

郑亦雄一怔，尴尬地笑笑说，杨司令，你是说，认输？

杨蓼夫说，郑将军，战斗还在继续，输赢尚未可知。本部从来不打半截子仗。

郑亦雄说，那好，我们拭目以待。

场上，余河沿被罚下之后，清河队只剩下四个队员。琅琊队连进三球。刘德福和黄津弗倚仗个子高，在空中传球，故意戏弄清河队。球从周杰宁和吕开发的头顶飞来飞去，两个人如同蚂蚱，蹦跶着抢不到球。刘德福玩够了，刚要投篮，哨子响了。

刘德福一球砸到裁判身上，吼道，早不吹哨晚不吹哨，为什么我投篮的时候吹哨？

裁判说，清河队换人，啊，不，加人，他们又来了一个队员。

暂停，清河队加人，孙大竹上场。

观礼台上，郑亦雄向叶乃伍招手，跟友军打球，打裁判，成何体统？去，把刘德福也换了。

琅琊队换上了一个小个子，一看就不会打球，跟着傻跑。

孙大竹上场之后，很快从篮下抢到篮球，田齐鲁从左边赶到中间拦截孙大竹，孙大竹边运球边骂，老子真不该救你们，全是狼心狗肺！田齐鲁说，亲兄弟明算账，好好打你的球。

孙大竹运球突围，田齐鲁假装防不胜防，露个破绽。孙大竹钻了一个空子，球传到龙捷三手里，龙捷三往篮下运球，被冯德山拦截，差点儿摔倒，明显的带球走步，但是裁判放了他一马，龙捷三投篮命中。虽然球中了，但是龙捷三却扑倒在地，站起来后，发现一只胳膊不能动了。龙捷三垂着一只胳膊，继续奔跑。

周杰宁看出情况，关切地问，龙副司令，是不是脱臼了？

龙捷三说，是的，不说，不要动摇军心。

周杰宁说，可是，你这样也没法打啊！

龙捷三说，悄悄传下去，不要传球给我。只要我在场上跑，对他们就是威胁。

再往下打，就出现了奇特的一幕，一个信号在球场上不胫而走，龙副司令负伤了，不要传球给他。

场上突然出现了空前的悲壮，似乎有一个声音时刻在远处隆隆作响，为龙副司令报仇，报仇，报仇。

篮球在空中快速地画着弧线，计分牌连续刷新：琅琊队 64，清河队 56。

琅琊队发球，孙大竹凌空拦截，田齐鲁出其不意地将球截获，转着圈子逗孙大竹，孙大竹左右拦阻，那球就像粘在田齐鲁身上，水泼不进。孙大竹说，老田，把老子当猴耍啊！你等着。孙大竹说完，出其不意地扑过去，照田齐鲁脸上就是一巴掌，田齐鲁忍痛投篮，球进了。

两分有效。裁判向孙大竹出示黄牌一张。对方发球，孙大竹一边跑，一边对田齐鲁恶狠狠地说，田齐鲁，你就等着我打你黑枪吧！田齐鲁低声说，老孙，不能这样打！孙大竹疑惑地问，你说什么？田齐鲁说，告诉你的队友，我们队员个子高，你们低空进攻。孙大竹说，你是说，从下面传球？田齐鲁说，对。还有，只要我抓住球，你先左后右，第二圈我就会失手，这时候就是你投篮的机会。

孙大竹愣住了。

球从左边飞来，田齐鲁腾跃，截住篮球，一边运球一边说，老孙别愣着，快下手。

孙大竹回过神来，按照田齐鲁吩咐的，左右拦截，在一个恰到好处的位置上，夺球在手，从容上篮，球中了。

在田齐鲁的指导并配合下，孙大竹连连得手，很快就进了四球。

十六

观礼台上，郑亦雄对叶乃伍耳语，看出什么问题没有？

叶乃伍说，看出来了，黄津弗发挥得不好，以往那是百发百中。

郑亦雄冷笑一声，不是他发挥得不好，他根本得不到球。老田今天表演得够充分的了。

叶乃伍说，啊，我明白了，这伙计一直暗度陈仓。

观礼台一侧，杨蓼夫对李其仁说，龙副司令负伤了，把他换下来吧。李其仁说，已经没有替补队员了。杨蓼夫说，那就让王进阶上。李其仁说，王进阶根本不会打球啊！杨蓼夫烦躁地说，就当是一头牛，在场上给我跑，也能起到妨碍的作用。

李其仁正要去找王进阶，刚起身，突然眼前一亮，隔着三十公尺的距离，他看见一身血污的殷福塘蹦跶着出现了。

殷福塘一拐一瘸地蹦跶到观礼台下面，炸雷般地喊了一声：报告！

杨蓼夫精神一震，冲口而出，殷福塘，你怎么才来……你怎么回事？

殷福塘没有说话，睁着一双肿眼阴沉沉地看着观礼台，杨蓼夫扭头看了郑亦雄一眼，郑亦雄的脸色在那一瞬间变得苍白。杨蓼夫笑笑，向殷福塘挥挥手说，好，回来了就好，上场吧。

殷福塘一声不吭，慢慢走向场地中央。所有的人都看见了殷福塘浑身是血，也都看到了他一拐一瘸的身姿。好像有一种异样的东西在球场上空弥漫。

清河队发球，周杰宁抓住球，如入无人之境，势不可当，投篮命中。琅琊队员空中截球，运球中被孙大竹拦截，球从地上滚到殷福塘手上，殷福塘在直起腰的同时，双手将球从裤裆下面捧着扔出，准确落入球篮。孙大竹得球，冒着黄津弗的高压，弯腰运球，三步上篮，球中了。

琅琊队发球，清河队战士球员奋不顾身地冲上去，将球半道截走，战士从黄津弗裤裆下传球，殷福塘双手在裤裆前接住，原地不动，从头顶上向后扔出，球进了。琅琊队再发球，没过中线，又被清河队拦截，殷福塘一只大手抓住篮球，转身，抛掷铅球般抛了出去，球又进了。

观礼台上，郑亦雄的眼睛盯着清河队员，眼睛也湿润了。他的心里在那一瞬间掀起了风暴。十年后，宋瑜在他的日记里发现了一段文字：

我过去没有正面接触过八路军，我对他们的全部了解都来自于《戡乱手册》，在那个小册子里，他们就是土匪的代言词，占山为王，争名夺利。可是今天，我突然发现自己被他们震动了。这是一支什么样的军队啊，打着赤脚，喝着稀饭，穿着短裤，可是他们的拼命精神绝不亚于进行一场战争，同仇敌忾，前仆后继，那个拖着伤腿上场的士兵，让我感到无地自容。毫无疑问，我们双方都知道发生了什么，都知道那个士兵的腿是谁打的。我的脑子里甚至闪过一个可怕的念头，让他们赢吧，让他们胜利，他们太不容易了。比起我们，他们确实有太多的磨难……

一声长长的哨音响起，比赛结束，78 比 76，清河队以两分之差获胜。

观礼台上，郑亦雄向杨蓼夫伸出了手说，杨司令，你们赢了，不仅仅是打球。多么令人难忘的球赛啊！

杨蓼夫握住郑亦雄的手说，我相信，此时此刻，我们都明白了一个道理，胜负是由什么决定的。

郑亦雄说，后会有期。

杨蓼夫说，来日方长。

第四章　移　　师

一

暖风从太平洋吹来，掠过清河平原，只几天工夫，这块土地就由绿变黄，大片油菜花在风中摇摆，犹如金黄的波涛，滚滚远去，直到天际。清河镇上的生意又红火起来了。

自元宵战役之后，日军再也没有组织大规模的扫荡，根据地终于迎来了晴朗朗的天空。

这天杨蓼夫正要去特务营，章慧来了，带来一个崭新的篮球，并且说这是宋瑜送给杨司令的。杨蓼夫很高兴，拍打着篮球说，宋瑜送的不是篮球，而是对我们清河支队的认可，同时也是对你工作成效的证明。代我向宋瑜问候。等我们在墨镇把局面打开，我亲自去向她致谢。

章慧说，谢谢杨司令。

杨蓼夫问章慧，回来后住在哪里，章慧说，按照景政委指示，我以后回来，就在识字班，同行署机关的女同志住一起。

杨蓼夫说，哦，那样也好。你们那个任副主任是有点……有点古板。不过，等将来形势明朗了，增加了解了，你会发现，那是一个非常可敬的人。

章慧嗯了一声，不再往下说了。再往后，两个人都觉得，似乎心里有很多话，又不知从哪里说起。

春天的原野，有一种不知名的小花，在没有人注意到的地方，悄悄地开放。

山东纵队发来急电，纵队副司令王积安率纵队机关几名干部，不日到达清河，随行的还有文工团的创作人员。

孙大竹很快就得到了消息，火烧屁股一般找余河沿要裤子，就是当初从田齐鲁身上扒下来的那条。余河沿阴阳怪气地说，你被关禁闭期间，司令员命令，那条裤子还给人家了。

孙大竹说，你胡扯！我跟那个国民党和解了，他当着我的面说，送给我了。让你保管两天，你就想昧起来？门都没有。

余河沿咧嘴一笑说，啊，裤子倒是有，可是司令员明确规定，不许你穿。除非有重大接待任务。

孙大竹说，赶快给我找出来，我现在就有重大接待任务。

孙大竹说的重大接待任务，是接应纵队首长，当然，里面还有一个林沂。清河支队连战连捷，在纵队声名大噪，林沂和队友任小町、杜彦凝主动申请到清河支队工作，正好跟王副司令一路来了。

中午时分，孙大竹带领一个连，从八分区接上了王副司令一行。孙大竹一个人扛了三个人的背包，脚下生风。路上，林沂问，孙营长，你不是吹牛吧，你们真的天天吃白面馒头？

孙大竹说，当然不是吹牛，不过，咱们现在白面馒头都吃腻了，改吃杂粮了。

林沂说，还是吹牛！

任小町说，林沂，你怎么老说吃？

林沂说，看一支部队吃什么，就知道他们能不能打仗。

杜彦凝说，这话不科学。国民党天天吃香喝辣的，照样不能打仗。

任小町说，再说，咱们在纵队，这几个月也吃上细粮了，听说都是清河支队送的。

孙大竹吧嗒嘴说，那是啊，景政委亲自调粮到纵队，把支队的好粮食都调光了，所以俺们都勒紧裤腰带了。

林沂说，你这么说，咱们还得感谢你们是不是？

孙大竹咧嘴一笑说，感谢什么啊，都是一家人了。往后，你们这些文化人，多教教咱们学文化，给咱们当先生，比什么都强？

杜彦凝说，学文化？我们不是文化教员，我们是文工团员。

孙大竹说，都一样，反正你们肚子里的文化多的是，教一点给咱们，也亏不了本。

杜彦凝说，那你就拜林沂当老师吧，她肚子里的文化有五马车。

孙大竹瞪大眼睛，吃惊地问，啊，这么多？

杜彦凝说，那当然，她学过戏剧编剧啊。

孙大竹说，啥叫戏剧编剧啊？

杜彦凝说，说了你也不知道，这么跟你说吧，就是会写文章。

孙大竹大张嘴巴，惊呼，我的个天，五马车学问，那该有多少啊。林沂，不，林老师，你就当俺的老师吧，你把你那五马车学问分一独轮车给俺，俺就保证你天天用上雪花膏。

林沂矜持地说，再说吧，先送一瓶雪花膏再说。

孙大竹高兴地说，好咧，回到清河，我就想办法。

任小町打量着孙大竹，惊讶地问，哎，孙营长，你的裤子……你怎么穿国民党的裤子啊？

孙大竹说，嘿嘿，咱这条裤子，可是有来历了。

林沂说，我劝你还是脱掉，你原来那条裤子，破是破了点，可那是咱八路军自己的裤子。你穿国民党的裤子，长他人志气，灭自己威风，多难看啊！

孙大竹傻眼了，啊，难看？为了这条裤子，我被关了十几天禁闭，你还说难看，这事闹的！

二

王积安这次来清河，部署了一个重大的战役计划，要在当年八九月份，以清河支队为主力，渤海地区六、七、八三个军分区配合，廓清詹家店外围日军据点。

这天晚上，清河的上空出现了异常的景象，晚霞在天边燃烧，渐渐地呈现一匹战马的形象，少顷，战马的背上晚霞聚成一个人的轮廓，手持方天画戟，威风凛凛。南头的街巷里，几个老百姓蹲在墙脚喝稀饭啃大饼嚼大葱，朱茂煊拄着拐杖，站在自家新盖的房子旁边，看着西边，喃喃自语：啊，西边日头东边雨，道是无情却有情。西北望，射天狼，补天裂，弓在手……

韩二叔站起来向朱茂煊打招呼，老先生，吃了吗？

朱茂煊说，吃了，吃了，啊，看见了吗？

韩二叔问，老先生你在看什么？

朱茂煊说，看见那匹马了吗？

韩二叔伸长脖子看了看，没有看出名堂。

朱茂煊说，往西边看，你看，那山腰上，赤兔扬蹄，马鬃飘扬，那是杨司令的马。

韩二叔看了一会儿说，您老这么说，还真像。

朱茂煊说，看见马背上那个红脸将军了吗，手持方天画戟，直刺魑魅魍魉。那是杨司令。

韩二叔说，啊，也有点像。

正说着，杨蓼夫陪同王积安从会场出来，见一群人围在那里看云彩，王积安说，看看去。

朱茂煊正说得起劲，天开一角，祥云升腾，小鬼子尾巴长不了了！

韩二叔惊讶地说，啊，这个您老也能看得出来？

朱茂煊说，看风景，得有慧眼。

杨蓼夫上前一步，拉着朱茂煊，走到王积安的前面说，王副司令，这就是我跟你说的朱茂煊老大爷，他可是帮了我们的大忙。王积安向朱茂煊点点头说，哦，老人家，听说你是清河支队的高参，你也知道小鬼子兔子尾巴长不了？

朱茂煊说，八路来大官了，要打大仗了，鬼子尾巴还能长得了吗？

王积安惊讶地问，你怎么知道八路来大官了？

朱茂煊说，你走在前面，杨司令都走在后面，比杨司令还大的官，那不是大官是什么？

王积安哈哈大笑。

三

吃罢晚饭，文工团员采访孙大竹，话题绕来绕去，问他的那条裤子。孙大竹没好气地说，裤子？我的裤子有什么好说的，你们白天还说穿国民党的裤子，长他人志气，灭自己威风。

林沂说，听说为了这条裤子，你把国民党军官打了一顿？

孙大竹说，谁说的，我打他是因为他想搬我们去帮他平叛，我那时候想不通，不想替国民党卖力。

任小町嬉皮笑脸地说，可是，你把人家的裤子脱了，穿在自己的身上，是不是为了给林沂看啊？

林沂说，别瞎说，他是为了把他那条破裤子换了。

任小町说，那也是因为你啊，还不是你说他那条裤子太破？

林沂说，那是两码事。哎，你说，你和那个国民党军官合穿一条裤子是怎么回事？

孙大竹说，什么怎么回事，这不很简单吗？他的裤子送给我了，不就是合穿一条裤子吗？

林沂说，不是你抢的吗，怎么又成了送给你的了？

孙大竹说，哎呀，说来话长啊！这么跟你说吧，咱们帮助国民党平叛，把他那个烧包旅长救了出来，他得感恩戴德吧？他就给咱送来了猪啊羊啊。但是国民党反动派贼心不死，他想把咱的南李庄再要回去，那哪儿成啊？咱们也不跟他打仗，咱跟他打球。打球的时候呢，那个姓田的还讲点良心，有几次他明明可以盖我的帽，但是他手下留情了。我问他，为什么要帮咱，他说，咱俩合穿一条裤子啊！你看，就这么简单。

杜彦凝说，啊，这个故事好，很精彩啊。

林沂说，是啊，很有寓意，一波三折，跌宕起伏，出戏的地方很多。我们可以写个活报剧，就叫《裤子》，既表达国共双方下层官兵团结抗战的愿望，又能警示国民党反动派不要破坏团结。如果这条裤子最后被撕破了，那一定是国民党反动派背信弃义，我们可以把那半条裤子作为道具，充分展开和平追求……

四

当天晚上，清河支队举行机关干部大会，杨蓼夫的备战动员就从打球说起。杨蓼夫说，要问我，清河支队的精神是什么，我的回答就是，敢作敢为，能屈能伸，丢掉包袱，向着光明！同志们，还记得两个月前我们同国民党那场球赛吗，那是多么悲壮的场面，我方已经严重减员，孙大竹在禁闭室喝了三天稀饭，放出来后上场还是龙腾虎跃；龙副司令带伤坚持战斗，指挥员的行动成为无声的命令；殷福塘的血迹在球场上挥洒，让我们的对手为之胆寒……杨蓼夫讲得有点动情，台下鸦雀无声。

杨蓼夫说，同志们哪，尽管我们的比分还是严重落后，可是就从那个时候起，我突然发现，球场上空流动着一股热浪，我突然听到了一阵高过一阵的从心底发出的声音，团结，胜利，报仇，雪耻，向前，向前，向前……那时候我的心都快要跳出来了，我知道了，胜利一定是属于我们的。为什么说举头三尺有神明，我们头顶上，是燃烧的士气和民意啊……

王积安击掌插话道，老杨，说得好！你这个大老粗，会写诗了。

章慧激动地看着台上的杨蓼夫，眼里噙着泪花。

杨蓼夫说，王副司令，我不是写诗，这全是我的心里话。这段时间，我的眼前，我的耳朵边，我的脑子里，我的心里，一直在闪现那悲壮的场面。我们有这样坚强的部队，有这样勇敢的官兵，还有什么样的敌人我们不能把他打垮？我相信，这个世界上是有神灵的，这个世界上至少有一个神，这个神，就是精神！

王积安带头鼓掌，掌声四起。

杨蓼夫挥动手臂说，我在这里向纵队首长，并通过王副司令向罗政委、向延安，向党中央保证，我们清河支队不辱使命，不负众望，勇敢战斗，向前，向前，向前，拿下詹家店，拿下枣庄，拿下琅琊府……

一年后，在部队北上途中，章慧写了一首名为《有一个神叫精神》歌词，经著名作曲家田野谱曲，此歌在山东纵队广泛传唱——

有一个人叫爱人，
有一种情叫爱情，
有一座山叫高山，
有一道城叫长城。
山有多高，水有多深，
路有多长，情有多真。

有一个家叫国家，
有一个姓叫百姓，
有一扇门叫国门，
有一个神叫精神。
前仆后继，赤胆忠心，
国家国门，众志成城。

告别了熟悉的山川河流，
再见了难舍的父老乡亲，
当我再次路过家门，
一定是在胜利的黎明……

五

王积安在清河住了三天，给清河支队定下的战略方针是，连接南李庄和凤岗，使我北部防线连为一体，快速推进墨镇，化保护区为根据地，开辟收复詹家店的通道。

墨镇的战略地位顿时浮出水面，但由于墨镇的特殊性，既要控制主动权，又不让动武，怎么才能争取墨镇，还需要研究具体的方法步骤。王积安让景晓纯把章慧请来，听听她的设想。章慧首先谈了墨镇的特殊性。由于历史的原因，墨镇各个阶层对我军缺乏了解。我们刚刚去的时候，墨镇人心目中的抗战英雄，是国民党，而我军在他们的眼里，差不多就是土匪汉奸。

任冰雪说，这都是国民党反动派的欺骗宣传造成的。

章慧说，目前，我们的任务有两个方面，一是宣传，油印了宣传册，老百姓对我军开始逐步了解。同时，通过“抗敌援助联合会”的活动，使墨镇上层社会对我军由过去的误解，到了解，到钦佩，如果再能争取租界的认同，那我们进军墨镇的理由就会更加充分。

王积安说，好，这个思路是对的。但是这个过程还是漫长的，怎么能加速？形势不等人啊！

章慧汇报说，“抗敌援助联合会”的活跃分子，在工商界和知识界头面人物中间已经占了多数，其中宋瑜的父亲宋剑雨，曾经当过国民党的省参议员，在墨镇租界的外国人心目中，宋老先生仍然代表着合法的政府，他们很倚重宋老先生。

任冰雪说，可以从宋剑雨这里打开突破口，如果请宋瑜的父亲牵头，由“抗敌援助联合会”和租界联名向国民政府呼吁，请八路军进入墨镇，担负墨镇的警备工作，就是一件水到渠成的事。但问题的关键就是，这个“请”字如何从宋剑雨嘴里说出来。

章慧心里暗暗叫好，她觉得任冰雪的这个思路是目前最好的办法。当然，她也清楚，让宋剑雨开口说“请”，关键在于宋瑜，宋瑜能不能起好作用，关键在于她本人。能不能做好做通宋瑜的工作，章慧没有把握。

王积安说，任冰雪同志的这个思路很有价值。让宋老先生和租界、“抗敌援助联合会”以及各界联名上书，形成舆论压力，同时，我们的地下组织发动群众游行请愿，如果把声势造起来，我军就是被墨镇各界请去的。这一个“请”字，很多问题就迎刃而解了。不过，有一定的难度，恐怕还需要章慧同志更进一步的做工作。

章慧说，难度肯定是有，但是，请组织上相信我，我们一定以最快的速度，促成墨镇各界请愿，呼吁我军进城。

开完会后，王积安对杨蓼夫和景晓纯说，昨天晚上，我有两个惊喜，一个是章慧同志成熟了，工作有了章法；二是任冰雪同志提出的，促成墨镇各界请愿，呼吁我军入城的提议，是一个很重要的思路。

杨蓼夫说，实践出真知啊，在战争中学习战争，我们的很多同志就是这样成长起来的。

六

王积安到清河支队部署收复詹家店，惊动了国民党军队，何长官给琅琊独立旅调来了一批军官，加强了一个步兵营和一个加农炮营。同时要求郑亦雄，为了阻拦八路军北上进攻詹家店，必须尽快控制墨镇。

从海边接应部队回来的路上，叶乃伍说，何长官这次下大本钱了，给了一个炮兵营，一个步兵营，一个坦克营，基本上是一个混成团。

郑亦雄说，你认为这是好事？

叶乃伍说，那是自然，兵多将广，总不至于是坏事吧？

郑亦雄说，是啊，实力雄厚，手握重兵，对于军阀来说，自然是好事。然而对于我等革命军人来说，兵越多，也就意味着责任越大，所谓一将无能，累死三军。

叶乃伍说，旅座，这怨不得你，连何长官都说，郑亦雄斗不过杨蓼夫，可是，换上别人，更斗不过杨蓼夫……

郑亦雄一听这话，愣了半天，才慢吞吞地问，何长官真是这么说的？

叶乃伍自知失言，字斟句酌地说，只是听说，传说……

郑亦雄盯着叶乃伍看了半天，哼了一声道，杨蓼夫有什么了不起的，你们这些人好像谈虎色变啊！

叶乃伍见风使舵，是啊，虽然我部历经坎坷，可是，有我琅琊独立旅占据琅琊州，节制五峰，控制墨镇，成为共军北取詹家店的一道不可逾越的坚强屏障，这就是对党国大业的卓越贡献。旅座你功不可没啊！

郑亦雄告诉叶乃伍，杨蓼夫对墨镇的渗透正在加强，墨镇的工商界成立了一个“抗敌援助会”，这实际上就是八路军的外围组织，倘若让这个组织控制了墨镇的民众，将来抗战胜利了，后患无穷。在这个问题上，国军又慢了一步，要抓紧对墨镇的控制，动武不行，动文的搞不过八路军，那就来个嫁祸于人，把八路军的名声搞臭。

七

在双方的作战地图上，“墨镇”两个字都被放大了。

在谈到具体步骤的时候，杨蓼夫问李其仁，老李你还记得元宵战役吗？战斗发起之前，鬼子出城的那天夜里，“老艄公”派出情报员老千来给我们送信，而这个老千，生不见人，死不见尸，哪里去了？在郑亦雄手里。据内部情报，老千和一批所谓的政治犯现在关在琅琊州的马场里，如果能把他们救出来，在适当的时机出现在墨镇的公众场合，揭露我们的对手假抗日、真反共的嘴脸，这对于呼唤民心，将会起到巨大作用。

李其仁愣了半天，击掌叫道，司令员，太精彩了！我说呢，为什么老任几次提到郑亦雄杀害我情报员的事情，你都未置可否，难怪啊，原来是留作杀手锏啊！

杨蓼夫说，郑亦雄口口声声说要执行渤海地区联合抗战协议，不在墨镇驻扎一兵一卒，实际上呢，他在墨镇安了三个情报站，还有一个物资转运站，倒买倒卖。内部的同志给我们提供了一个最新的名单，都在这里了，让武工队的同志动手，一网打尽，把人全部给我带到南李庄，适时在墨镇公审，激起民愤！

李其仁说，好，文攻武卫。

杨蓼夫说，我和政委商量了，向墨镇发起政治攻势，从即日起启动，这个战役由你负责指挥。带上电台，带上骑兵，在南李庄组建前敌指挥所。

八

章慧回到墨镇不久，就接到指示，要她抓紧调查国民党军队在墨镇秘密安排的特务组织。没想到叶乃伍也提前动手了，星期三一大早，武工队长孙迎风和女区长刘华英就到学校找章慧，汇报说，昨天夜里，队伍上的同志在城南酒楼吃酒，酒后打人，将新泰钱庄的掌柜打伤了。

章慧惊讶地说，还有这种事情？不可能！你们调查了吗？

孙迎风说，我今天早晨赶到现场，有当时在场的人，说得有鼻子有眼，说打人者拍着胸脯说，老子是八路军武工队，用不了多久，老子就要占领墨镇，你们这些剥削阶级，给我老老实实地改造。这话，也倒是像我们的人说的。

刘华英说，章慧，你看这个。

章慧接过来，是一张传单，标题是《八路军劳苦功高，驻墨镇天经地义》。正文如下：墨镇的父老乡亲们：是谁帮助你们打走了日本鬼子？八年抗战，我部共出击二十余万人次，歼灭日军八千，歼灭汉奸三万，收复了广大地区。为了保护你们的生命财产安全，我们决定近期进驻墨镇，特向广大市民致意……

章慧叹道，天哪，我们八路军成什么了，牛皮大王了！

刘华英说，街上有人议论，从哪里打死鬼子八千啊，整个渤海地区的鬼子也不到八千人，八路军把牛皮都吹破了。不知道是谁在替我们吹这么大的牛！

章慧回到国立中学，宋瑜已经在花园里等她了，见面就问，怎么搞的，满城风雨，说八路军要进驻墨镇，郑亦雄也派人来问我。你们真要进城了？

章慧说，我也正要跟你说，这是阴谋，有人故意要把水搅浑。

中午，刘华英又来报告了新情况。城东秋风楼昨夜出现了人命案，几个人号称是八路军清河支队的军官，抗日有功，要了一桌酒菜，不仅不给钱，还向老板索要大洋二十元，老板不给，这几个人就开枪打人，打死秋风楼老板和两个青楼女子，这事下午在墨镇传开了，一些不明真相的老百姓聚在一起骂八路军是祸害。

章慧说，好，我知道了，这是有计划、有组织的栽赃活动。通知孙营长，不要再查内部了，今天晚上，武工队以小组为单位，分布到饭庄、酒楼、赌场、茶馆，凡是可能有群众聚集的地方，都派人去侦察。如果能抓住两个现行，就真相大白了。

九

叶乃伍领会郑亦雄的意图，让黄津弗收买一批流氓无赖，冒充八路军便衣，在墨镇为非作歹，并散发吹牛传单，一时间，墨镇不明真相的百姓议论纷纷，普遍感觉八路军的牛吹得太大了，后来又不断传来八路便衣居功自傲，调戏妇女、吃饭不给钱、殴打百姓等丑闻，影响极坏。

叶乃伍将情况呈报郑亦雄，郑亦雄说，这么说，见效了？

叶乃伍说，以其人之道，治其人之身。我也学土八路，搞宣传攻势，先给他们戴高帽子，把他吹得神乎其神。我说八路军歼灭鬼子八千人，明白人一看就知道，这是八路军谎报战果，他的牛皮不攻自破，威信一落千丈。接着我让赵大脚他们在城里冒充八路军先遣人员，以八路军功臣自居，吃喝嫖赌，为非作歹。眼下墨镇已是鸡飞狗跳，各界人士对土八路恨之入骨。孙悟空钻进白骨精的肚皮里，八路军的所谓政治攻势，灰飞烟灭。

郑亦雄端起茶杯说，啊，这么简单？

叶乃伍说，旅座，就这么简单。有些事情，只要上路了，其实并不复杂。对付八路军最好的办法，就是学他们的办法。

郑亦雄转身，盯着叶乃伍说，不要得意忘形，雕虫小技，土八路不会轻易被击退的。

叶乃伍眉飞色舞的表情僵住了。

郑亦雄说，不要低估杨蓼夫的应对能力，不要被小打小闹的成功迷惑。墨镇的问题没有那么简单。

叶乃伍张口结舌，可是，可是，毕竟……

郑亦雄说，好，老叶，我不给你泼冷水了，不管怎么说，你的孙悟空战术至少在眼前对土八路的政治攻势起到了遏制作用，把水搅浑了。我们可以借这个机会松一口气。接下来，我们要考虑怎么控制墨镇，进驻墨镇，占领墨镇。不把墨镇控制住，我国统区北方半壁河山就全完了，土八路的北上第二阶段就搞成了。

郑亦雄的心计很快被清河支队识破。当天夜里，杨蓼夫给南李庄的李其仁发来电报，全面启动“墨镇战役”，一方面派出孙大竹和余河沿，潜入琅琊独立旅马场，解救秘密关押的老千和所谓的政治犯。同时，命章慧派出两个排的兵力，化装成码头工人、商贩，在墨镇十几家酒馆和风月场合蹲守，终于抓到冒充八路军滋事吹牛的国民党特务。

十

解救老千，是“墨镇战役”的一个重要砝码，这项任务自然落在特务营头上。孙大竹带领王虎等人，从海路潜入琅琊州，在地下人员的接应下，于上半夜打开马场牢房，救出遍体鳞伤奄奄一息的老千。

马场里面关押着几十号所谓的政治犯，多数已经被折磨得形销骨立，为了避免动作太大惊动敌人，孙大竹向大家解释，首先救出老千，有重要任务，解决了墨镇问题，很快就来解救大家。这些政治犯非常通情达理，督促孙大竹赶紧背上老千走。孙大竹临走的时候，对狱中支部的负责人马森交代，一旦郑亦雄的人来调查，就说是一个脸上有疤的姓田的人把老千劫走了。

依旧是从海路赶往南李庄，没想到就出事了。上岸后，王虎背着老千，一路猛跑，跑着跑着觉得不对劲，背上的老千不仅一言不发，王虎还觉得越来越沉，王虎说，老千同志他不会死了吧？

孙大竹慌忙上前，啊，快放下来，我看看。

王虎放下老千，孙大竹趴下，手在老千鼻子底下放了一会儿，又伏下身子听老千的心跳。王虎焦急地问，怎么样？孙大竹说，我怎么一点声音儿都听不到啊，莫非真的牺牲了？

王虎说，那就坏了。怎么交差啊？

孙大竹说，王虎，叫你背人，你怎么就把他背死了呢？我们揭露国民党的阴谋，老千是一颗重磅炸弹，他这一死，损失多大啊！

王虎说，是我把他背死的吗？他都被国民党折磨得只剩下一口气了，你还让我快跑快跑……

孙大竹说，那你也不能把他背死啊，他死了，你顶上，墨镇控诉大会，你到台上讲，你就假装你是老千。

王虎说，我这么身强力壮的，我上去谁信啊……我说救两个，死了一个，还有一个，可你倒好，说老千的经历最有说服力。这下死了，鸡飞蛋打。

孙大竹狠狠地给了自己两个耳光，该死，我该死，这么大的事让我给办砸了！

王虎说，要不，咱们再回去，重新救一个？

孙大竹说，救一百个也顶不上一个老千！天哪，我都不想活了！

王虎愁眉苦脸地看着老千，看着看着，突然叫了起来，营长，你看，老千他还在动，他的嘴……

孙大竹吓了一跳，啊，诈尸了？

王虎把脸贴在老千的嘴边，听了一会儿。

孙大竹说，他说什么？

王虎说，他说，他还没死，没有见到杨司令，他不会死的。

孙大竹愣住了，眼泪从眼窝里流出来。

王虎说，营长，你哭什么？

孙大竹说，我哭什么，我哭了吗？还愣着干什么，赶快抬起来走啊！

十一

第二天太阳照常升起，清河支队留下周杰宁一团固守凤岗，主力挥师墨镇，杨蓼夫对周杰宁说，凤岗是墨镇的屏障，墨镇一旦为我控制，凤岗和墨镇就形成犄角之势，那里，也将是我们下一步进军詹家店的前锋出发阵地。

上午十点左右，墨镇工商界头面人物和两千多居民聚集在墨镇国立中学的操场上，会场东方悬挂宽大横幅："墨镇抗敌援助联合会"。

前排十几个人，多为老人，有的西装革履，有的长袍马褂。宋瑜之父宋剑雨身穿中山装，坐在中央。

章慧身穿米色西式裙装，步履轻盈走到宋剑雨身边说，宋伯伯，人都到齐了，是不是可以开始了？

宋剑雨说，我是钟馗，但是打鬼还是要靠你们，你酌情吧。

章慧说，那就请宋伯伯登台讲话。

宋剑雨说，好吧，你搭台，我唱戏。

宋剑雨说着起身，章慧赶紧上去搀扶。宋剑雨出现在台上，台下一片惊呼，啊，宋先生都出面了！

宋剑雨在台上站定，向下面扫视一圈，缓缓开口道，啊，墨镇各界贤达名流，济济一堂啊！本来嘛，老朽已经不再过问政事，可是承蒙诸位抬爱，要我这个退出江湖的老朽来主持"抗敌援助联合会"，勉为其难，却又责无旁贷，因为涉及抗战救国，关乎墨镇前途命运，老朽也只能老当益壮了。

墨镇商会的乔会长站起来说，剑雨老，大家信得过你，你也就不要推辞了。在下有一事，想请剑雨老解惑。

宋剑雨说，啊，这个，但说无妨。

乔会长说，近两日，墨镇怪事连连，风传八路军先遣部队进城扰民，烧杀奸淫，无恶不作，令人发指。而"抗敌援助联合会"却动议联名上书，呼吁八路军进城，担负守备，此举岂不是引狼入室，置我墨镇于水深火热之中？

宋剑雨说，啊，还有这件事情？章慧，这个事情怎么解释，老夫无法回答啊！

章慧在会场一侧，起身向台下鞠了躬，又向宋剑雨鞠了一躬，定定神，启齿道，宋老先生，各位长辈，我是八路军清河支队民运科长章慧，临淄人，祖籍大名府……关于八路军先遣部队进城扰民一事，我们也听说了。我八路军清河支队首长极为震怒，痛心疾首，严令查办。经多方努力，凶手业已捕获，今天，在"抗敌援助联合会"，请允许我代表清河支队交出凶手，由墨镇各界名流当堂公审，任凭发落。

乔会长第一个跳出来说，好，八路军高风亮节，胸襟坦荡，我等拭目以待。

章慧微微一笑，向幕后挥手，带上来！

余河沿等人押着赵大脚登场，赵大脚东张西望，垂下脑袋。宋剑雨说，来者何人，有何话说？

赵大脚扑通一声跪倒在地说，我坦白，我是国民党特务，赵大脚，受上峰指令，率特务三十七人，于日前潜入墨镇，欺男霸女，巧取豪夺，嫁祸于八路军，春满楼和月馨楼惨案，均系在下所为，请墨镇贤达名流开恩，救我一命，在下身在军中，不得已而为之啊！

宋剑雨说，即为国民党军军官，不思为抗敌效力，反而屠戮同胞，为非作歹，居心何在？

赵大脚说，目的是为了栽赃八路军，欺骗墨镇百姓，阻止八路军进城。

乔会长义愤填膺地说，如此下流，你们国民党军还算什么抗日军队，禽兽无异！

会场响起一片愤怒的喧嚣，民族败类，死有余辜！

章慧说，国民党派遣特务在墨镇制造惨案，陷害八路军，并非偶然。父老乡亲们，还记得元宵战役吗？

乔会长说，记得啊，一股鬼子汉奸，逃窜到墨镇，侵犯国立中学，凌辱师生，是八路军的警卫部队在危难之中，力挽狂澜，把他们打跑了。

章慧说，国民党破坏抗日，还有更加令人发指的罪行。有请老千同志——

王虎背着老千，走上台前，放下老千的时候王虎问，老千，能站住吗？

老千气若游丝，但目光炯炯有神，说，我，能站住。

章慧说，墨镇的各位父老乡亲们，请看，这是我八路军的情报员老千同志。元宵战役之前，老千同志获悉日军和汉奸偷袭我抗日根据地，逃脱敌人的追杀，冲出敌人的封锁线，身负重伤，九死一生到达国民党军琅琊独立旅驻地，然而，国民党军郑亦雄之辈，不仅扣押了老千同志用生命换来的情报，而且将老千同志秘密关押，致使我抗日军民仓促迎战，此次战役，给我军伤害极大，牺牲众多。这一切，都是国民党军队消极抗战、破坏抗战的铁证。

乔会长瞪大了眼睛问，这是真的？

宋剑雨不安地说，章慧，亦雄能做出这样的事？

章慧说，请先生亲自问问老千。

乔会长疑惑地看着老千，犹犹豫豫地上台，问老千，先生，刚才那位小姐说的，都是真的？

老千含糊不清地说了一句话。

台下有人问，他说什么？

乔会长苦笑道，他说，都是真的，国民党差点儿把他杀了。

台下顿时爆发出一片吼声，“破坏抗日，罪不容赦！”“把遭殃军赶出渤海！”的口号此起彼伏。

宋剑雨紧张地看着台下森林一样摇摆的手臂，痛心疾首地对宋瑜说，我怎么不知道，亦雄还干了这么多不……不……不得体的事啊。

宋瑜说，郑亦雄不会这么龌龊，这肯定是他手下那些无能之辈干的。章慧，你必须做出承诺，你们没有玩弄阴谋。

章慧说，玩弄阴谋的不是我们，我们能够糊弄乡亲，还能糊弄天上的那轮太阳吗？

这个大会只开了半个小时不到，由墨镇“抗敌援助联合会”发起，墨镇工商界一百多人联合签名的《向政府请愿——呼吁八路军进驻墨镇》的请愿书就送出了墨镇地界，鸿雁一样飞向国民党省政府和八路军山东纵队。

十二

自从加强了炮兵营，郑亦雄就经常到炮兵阵地视察，有时候甚至连续几个晚上都住在阵地上。

虽然是个晴天，但这天上午郑亦雄还是感到胸闷气短。

从炮兵阵地下来，郑亦雄带着几个参谋策马登上卧龙岗，手持望远镜向莫宁岗和凤岗方向眺望，十字线附近，隐隐约约可以看见八路军阵地上构筑工事的身影，密密麻麻，阵容强大。

郑亦雄放下望远镜，阴沉沉地自言自语道，还真是增兵了，环形工事，梯次配置，这是打恶仗的准备啊！

叶乃伍说，这两个月，鬼子气焰一落千丈，闭门不出。这个时候，土八路又是增兵，又是构工事，他们想干什么？

郑亦雄没好气地说，他们想请你做客。

叶乃伍脸皮一紧，自嘲地笑笑。

郑亦雄说，阴谋，阴谋，杨蓼夫这个人，太难琢磨了，只要他有异动，一定就有更大的阴谋。可是他想干什么呢？

叶乃伍说，他不会打我卧龙岗的主意吧？这可是我们在清渤公路上最后的要塞了。

郑亦雄说，开玩笑！你以为杨蓼夫是你？杨蓼夫打仗，走一步看三步，要是他在这里异动，问题一定会出在那里。要是他在今天出现异动，那么他真正的目的一定在三天前就达到了。

叶乃伍深思道，那么……这次，他到底又看中哪里了呢？

郑亦雄眉头紧锁，突然变色，墨镇有什么消息？

叶乃伍说，墨镇？八路军总不会占领墨镇吧？墨镇是保护区……

郑亦雄似乎没有听见叶乃伍的话，仰起脸，看着天空。

叶乃伍和众军官也一起看着天空。

天空，大雁飞过。

郑亦雄喃喃地说，不对啊，我这心里，我这心里怎么这么乱，一定出了什么大事，我……

郑亦雄身子一晃，两眼闭上了。

叶乃伍大叫说，军医，军医！

佩戴白底红十字的军医带着一个卫生兵匆匆跑来，卫生兵手里举着输液瓶。军医抓住郑亦雄的胳膊，对卫生兵：快！

郑亦雄猛地睁开眼睛，怒喝，干什么！

卫生兵绊在弹药箱上，摔了个四脚朝天。

郑亦雄说，走，回琅琊州！

下了阵地，刚刚登上吉普车，情报科长刘德福跌跌撞撞跑到郑亦雄面前，拖着哭腔说，旅座，旅座，大事不好！

郑亦雄坐在车上，纹丝不动。

叶乃伍跳下车，对刘德福喝道，镇静，慌什么慌？

刘德福说，旅座，参座，不好了，我墨镇情报机关被八路军破获，赵大脚生死不明。

叶乃伍说，嗯，还有这种事情？八路军下手了？

刘德福说，还有，关在马场的八路军情报员老千昨天夜里被人劫走了。

叶乃伍震惊地说，这么说，八路军潜到我琅琊州了？

刘德福说，犯人说，是一个姓田的，也许是姓谭的，还有可能是姓钱的，左脸上有一块疤。

叶乃伍说，啊，姓田？莫非是……田齐鲁？

叶乃伍回头看郑亦雄，郑亦雄双目紧闭。

叶乃伍说，旅座，旅座，祸不单行啊！他们想干什么？

郑亦雄说，墨镇，墨镇，墨镇……墨镇还在吗？

十三

吉普车旋风般地开进旅部大院，叶乃伍跳下车，郑亦雄还是纹丝不动，坐在车上，手抚前额。叶乃伍说，旅座，你没事吧？

郑亦雄说，没事。

叶乃伍说，那就到作战室，召开紧急会议。

郑亦雄说，不，我要去墨镇，我要去看看，那里究竟发生了什么，一定，我断定，墨镇发生了大事。

叶乃伍惊愕地说，旅座……

女报务员金莉莉迎着汽车匆匆走来，郑亦雄看着金莉莉，一反常态，和蔼地说，哦，我军原来还有美女。

金莉莉说，报告旅长，急电！

郑亦雄向金莉莉笑笑，小姐，你叫什么名字？

金莉莉兴奋地说，金莉莉，报告旅长，我叫金莉莉，我到琅琊独立旅都两个月了。

叶乃伍说，少废话，快念电报。

金莉莉困惑地看看叶乃伍，又看看郑亦雄，展开手中的电报，正要开口，郑亦雄摆手制止道，不必了。

叶乃伍说，旅座，你怎么啦？军医，军医！

军医和卫生兵又跑了过来，卫生兵的手里举着输液瓶。

郑亦雄问金莉莉，是不是八路军开到墨镇了？

金莉莉惊喜地说，旅座，你真是料事如神啊。

叶乃伍莫名其妙，问道，怎么回事？

金莉莉兴高采烈地说，旅长，旅座您太英明了，八路军清河支队于今天上午进驻墨镇……

郑亦雄脸色惨白，转向金莉莉，苦苦一笑，你说我料事如神？

金莉莉这才发现郑亦雄神情异常，惶惑地看着郑亦雄说，旅座，电报是从墨镇发来的……

郑亦雄挣扎着想坐起来，屁股刚抬起来，又跌倒了。

叶乃伍大叫，军医，军医，快！

金莉莉给郑亦雄送电报的时候，田齐鲁正在炮兵阵地上向营长董藩炫耀他的操炮技术，他是黄埔分校炮科毕业的，精于密度计算，表尺方向高低角，无所不能，即使单炮标定作业，也是游刃有余。

田齐鲁示范着，董藩不住地赞叹，说田科长业务太熟了，可以指挥一个炮兵团。田齐鲁得意洋洋地说，指挥一个营，和指挥一个团没有太大的区别。目前像本部这样规模的战斗，一个加农炮营，简直就是牛刀杀鸡。

董藩说，田科长真是行内专家，对于炮兵的运用出神入化。

两个人正聊得热火朝天，一个少尉跑过来请营长接电话。董藩接完电话回来，后面还跟着几个武装士兵，董藩一声令下，士兵一拥而上，把田齐鲁的手枪掏出来，七手八脚把他捆了起来。

十四

进驻墨镇的当夜，章慧陪杨蓼夫和景晓纯勘察墨镇地形。路上，章慧说，杨司令，你答应过我，墨镇收回后，就让我到墨镇中学教书。

景晓纯惊讶地说，教书？

章慧说，是啊，我本来就是教书匠。不过，现在教书和过去不一样了，过去是为了掩护身份，现在是为革命培养后续人才。

景晓纯问杨蓼夫，司令员，你看呢？

杨蓼夫说，我看很好。不过，光当老师不行，怎么也得当个校长，国立中学必须由我们来领导。

景晓纯说，你也主张章慧同志回到学校教书？

杨蓼夫说，我答应过她，一旦墨镇回到我们手里，她可以继续教书。

景晓纯深思：这个问题，恐怕还得研究。

杨蓼夫说，是啊，我说的是，墨镇完全回到八路军的手上，可是现在，省府只是同意我们警卫墨镇，并没有明确墨镇就是八路军的根据地了，所以说，你暂时还不能留下教书。

章慧说，杨司令，你的意思是，墨镇还不算根据地？

杨蓼夫说，当然，只要舆论不利，国民党的政府随时都可以下令让我们离开墨镇。好在这里的群众欢迎我们，国民党的省府不敢违拗民意，我们才得以暂住。

景晓纯说，所以说，我们在墨镇的一举一动都要非常注意，一定要让群众、特别是外国人，觉得我们在这里，墨镇是安全的，否则，我们就站不住。

章慧说，我明白了。

杨蓼夫察看一家店铺门板，再低头看看路面，抽抽鼻子嗅了嗅，这附近住的有部队，应该是特务营的。

章慧惊愕地说，司令员，你怎么知道？

景晓纯说，你的司令员啊，就像猎犬，他的部队在哪里，隔三里地他都能嗅出味道。

话音刚落，孙大竹从街巷一侧匆匆跑来，眉飞色舞，司令员、政委，特务营安营完毕，请指示。

杨蓼夫故作惊讶地问，孙大竹，你怎么也到墨镇来了？

孙大竹张口结舌，司令员，我，我怎么会不到墨镇来？

杨蓼夫说，你不是被关禁闭了吗？差那几天补上了没有？

孙大竹说，司令员，那都是猴年马月的事情了，你还给我记着啊？

杨蓼夫说，我当然记住了！告诉你孙大竹，三大纪律，八项注意，你特务营如果有一个战士有一件事情违反了，那就不是关你禁闭的事情了！

孙大竹说，按政委的规定，单人不外出，夜晚不外出，外出必须五人以上，干部带队。我的部队现在都像耗子，躲在洞里。

景晓纯说，噢，那很好，躲在洞里学习城市纪律。

杨蓼夫说，哎，孙大竹，你的裤子，怎么又把人家的马裤呢给穿上了？

孙大竹说，老田说了，这条裤子送给我了。

杨蓼夫说，那你也不能穿啊，这是国民党的裤子，你怎么能跟国民党穿一条裤子呢？

孙大竹说，可是，可是我的那条裤子，被我，给扔了，我总不能不穿裤子吧？

杨蓼夫说，那我不管，如果明天我看见你还穿这条裤子，再加九天，等有空了，我关你十八天。

孙大竹说，啊，司令员，你也忒狠了吧！

十五

墨镇有个大剧院，也是德国人建的，能容纳三百多人。部队进驻之后，几个文工团员找到了感觉，由章慧出面同外国人交涉，居然在大剧院里演了一出吕剧，剧名《抗战裤》。

龙捷三扮演老太太，唱得字正腔圆——青菜豆腐度日月，日子不甜也不苦。自从鬼子进中国，烧了房子地荒芜。热血儿男出门去，要打鬼子走远路。两个儿子两条裤，家中只有三尺布。为娘横竖难下手，狠下心来叫媳妇。

龙捷三念白：老大家的，老二家的！

林沂和任小町应声上场。老太太唱道——各家男人上战场，不能伙穿一条裤，为娘只有三尺布，你们妯娌把主意出——

林沂扮演的老大媳妇唱道——老大去投中央军，有吃有穿有政府，三尺粗布给老二，穿条裤子投八路。

任小町扮演的老二媳妇唱道——粗布三尺万根线，根根都是情意连，大嫂好意妹领情，裤子还是大哥穿。

老太太唱道——你推我让好媳妇，为娘心里热乎乎，来来来，你们二人来抓阄，听天由命这块布。

这天开演之前，章慧特意请来了宋剑雨和墨镇工商界的大佬。宋剑雨忘情地看着，对身边的肖菏泽说，哎呀，没想到抗日部队这么困难，连裤子都穿不上。

肖菏泽说，三年前，我们清河支队有一半人是穿短裤过冬的。

乔会长说，我们工商界也捐了一些钱，可是……怎么裤子问题还没有解决啊？

宋剑雨说，一是杯水车薪，二呢，我们那个政府，也确实靠不住。

乔会长说，你们八路军真是文武双全，听说演老太太的那个龙捷三先生，是副司令官，还是个神枪手。

肖菏泽笑笑说，那是啊，他还会飞檐走壁呢。

宋剑雨说，啊，那么神？

肖菏泽说，老龙是大渡河十七勇士之一，当年在平型关战役中，带领一个连从悬崖上坠下，偷袭鬼子辎重部队，很厉害的。

乔会长说，这么厉害的人才当副司令，那杨司令想必更厉害了。

演出结束了，散场的人群簇拥着离开剧场，议论纷纷。

看看，人家就是穿了一条裤子参加抗战，当了国民党军队的军官。

老二更厉害，当了八路军的团长，还是个抗战英雄。

那条裤子最后落到谁的手里了？

你还没看明白？

后来我老婆哭起来了，我把她送到黄包车上，再回到剧场，就散场了。

先是老大穿了裤子当了国军，领了一条军裤，队伍路过村里，老大就把原先那条裤子交给了老二。老二穿着这条裤子参加了八路军。后来国共合作抗日，当了国军连长的老大，在死人堆里发现了这条裤子，找到了快要死掉的老二，把老二救活了。

后来呢？

后来老大保管了这条裤子，在反六路围攻的时候，老二派人给老大送信，说老太太被鬼子打伤了，弟兄俩两个营长，一起回家看老娘，老娘临死之前交代老大老二，你们是一间房子长大的，穿的是一条裤子，永远不要分家。

后来呢？

后来？后来我身边一堆人在哭，又是喊口号，又是骂鬼子，我啥也没听清楚，大幕就拉上了。

这戏，还演吗？

听说要连演三天。

十六

这场戏产生的效果是大家始料不及的，仅仅过了一天，清河支队就收到很多军裤，有工商人士送的，有知识界送的，有乔会长送的，还有一个杀猪的屠夫，也让老婆做了三条军裤送了过来。

清河支队司令部住在田家大院，这天一大早，杨蓼夫起床，穿上衬衣，找不到裤子了，东找西找，仍不见踪影。把王进阶喊进来才知道，他的裤子被人借走了。

杨蓼夫没有裤子穿，出不了门，只好冲王进阶训。王进阶自知理亏，想出门去找，又不知道那个老人家姓甚名谁家在哪里，正在为难，一老者进了院子，手里提着一个盒子。到处打听，同志，同志，杨司令住在哪里？

杨蓼夫低头看看自己只穿着短裤，火急火燎地对王进阶说，快去，去告诉老人家，我不在家。

王进阶跑出门，不一会儿拿来两条裤子，一条新的，一条旧的。杨蓼夫疑惑地换上新裤子，高兴地说，哈哈，没想到啊，孙大竹办了一件好事。

墨镇各界人士做了三千条军裤，都堆在厢房里。景晓纯发愁地对任冰雪说，啊？三千条军裤？可是，光有新裤子，上面还是旧的，那像什么样子？

正在发愁，任冰雪说，看，那是谁？

景晓纯一看，赶紧迎了出去，啊，宋老先生，宋小姐。

宋剑雨的轿车后面跟着几辆马车，缓缓开了过来。宋剑雨下车的时候，景晓纯上前一步扶住，老先生，这么早？

宋剑雨说，他们给你送裤子，我得把褂子给你们配齐了，来，卸下来。

马车上的工人往下搬东西，景晓纯上去一看，全是军上装。

景晓纯大喜道，宋先生真是无微不至啊！

十七

田齐鲁莫名其妙地被抓了起来，一关就是五天。

叶乃伍苦口婆心，终于把郑亦雄说动了，答应把田齐鲁放出来。前往马场的路上，叶乃伍对郑亦雄说，情况是这样的，八路军那个孙猴子把老千救走之后，故意栽赃老田，说是姓谭还是姓钱，又说脸上有个疤，故意往老田身上引。也怪我，当时急昏了头，不分青红皂白就把人抓了。

郑亦雄说，错了也是对的，老田这个人啊……是该关他几天禁闭。

叶乃伍说，老田思想虽然左倾，但是从正规军一路走来，又是你的黄埔同学，对你没有二心，这一点是可以肯定的。

郑亦雄说，但他确实经常帮倒忙。上次在清河打球，我眼睁睁地看着他让了三个球给那个孙猴子。

叶乃伍说，那也是情有可原。毕竟，在平叛的问题上，老田起到的是起死回生的作用。清河支队有恩于他，也是有恩于我琅琊独立旅，知恩不报非君子啊！

郑亦雄冷笑，你这是什么意思？未尝你和老田都是君子，就我郑亦雄是小人？

叶乃伍字斟句酌地说，旅座，我不是这个意思，我是说，老田他让三个球，其实就是还个人情，没有什么政治企图。毕竟，我们和清河支队的关系，剪不断，理还乱。

郑亦雄无语，阴沉沉地看着叶乃伍。

吉普车驶进马场大门，一名军官发现来了长官，要来报告，郑亦雄下意识地摆摆手。叶乃伍说，旅座随便看看，不要惊动别人。军官老老实实地敬了个礼，闪身把路让开了。郑亦雄大步流星往里走，头也不抬地说，朗朗乾坤，竟然让政治犯从你们眼皮底下逃走，你们是干什么吃的？

军官说，报告长官，卑职失职。

郑亦雄突然止步，看着军官说，你叫什么名字？

军官回答，侯魁。

郑亦雄说，侯魁？这个名字有意思。你是从哪里过来的？我怎么看着面生啊！

侯魁说，平叛后从警备司令部补充过来的。

郑亦雄说，到琅琊独立旅多长时间啦？

侯魁说，半年。

郑亦雄说，哦，半年了，半年时间可不短啊，日本鬼子半年就打掉了半个中国。你来了半年，一事无成，一个半夜，你就把墨镇给我丢了，该当何罪啊？

侯魁说，报告长官，我……

郑亦雄突然厉声喝道，来人啦，拉出去，毙了！

侯魁慌了，拖着哭腔说，旅座，旅座，不是我啊……

叶乃伍吃了一惊，赶紧上前说，旅座，使不得啊，这不是那个渎职的所长，原先那个看守所所长，已经被枪毙了。侯魁是刚刚从连长提拔起来的。

郑亦雄怔怔地看着叶乃伍说，哦，对不起，我忘了。

侯魁惊慌地看着郑亦雄。郑亦雄说，好了，你没事了。

叶乃伍对侯魁说，去，把田齐鲁提出来。

郑亦雄摆摆手说，不，我们先看看这老兄活得自在不自在。

从前院走到后院，就是牢房了。郑亦雄和叶乃伍并肩站在房间里，远远地看着院内。院内，田齐鲁在院子里悠闲自得地晒太阳，没有发现郑亦雄。倒是两边的牢房里，一个政治犯看见有人来了，马上告诉马森，马森来了精神，抓住铁窗对着田齐鲁喊，同志，同志……

田齐鲁回头，问马森，谁是你的同志？

马森说，你不是田同志吗？那天夜里，就是你把老千同志救出去的啊。

田齐鲁气愤地说，你们这些顽固不化的家伙，死到临头了，还陷害老子！我什么时候救过老千？我连老千是秃子是麻子都不知道。

马森说，咦唏，怎么不知道，老千还是你背出去的啊。你左脸上那块胎记，长得像鹌鹑蛋，俺们不会认错啊！

田齐鲁说，哈哈，你们傻，郑亦雄更傻。我要是救老千，还用我自己出面？我还会把脸上的疤留给你们看？你们共产党玩的这点小把戏，只能骗骗郑亦雄那样的白痴。

马森说，老田我告诉你，你不用担心，这里都是自己人，你要求参加党组织的申请我们狱中支部研究了，同意你入党。

田齐鲁说，你们是想让郑亦雄把我一直关在这里是不是？那好，我跟你们讲，你们有什么伎俩全使上吧，眼下国共摩擦越演越烈，我老田巴不得躲在这里避避风头。

房间里，叶乃伍不安地看着郑亦雄。郑亦雄微笑，说得好，我就是白痴。

叶乃伍说，旅座，咱们不跟他打哑谜了，放出来，很多事情，离了老田玩不转啊！

郑亦雄说，走，先看看再说。

十八

田齐鲁在院子里同政治犯们磨了一阵嘴皮子，这才明白，他之所以被稀里糊涂关进马场，又是清河支队孙大竹捣的鬼，当然，主要还是郑亦雄犯浑。他心里突然闪过一个念头，其实在这里蹲班房，倒是挺清静的。

田齐鲁这么想着，晃悠悠地回到自己的监舍，一抬头，愣住了，只见对面像墙壁一样立着郑亦雄。

郑亦雄故意转身问叶乃伍说，这个人是谁？我怎么不认识啊！

叶乃伍目瞪口呆地看着郑亦雄说，旅座……

田齐鲁似乎明白什么了，稍微站直了身体，一言不发，看着远处。

叶乃伍说，老田，旅座是来放你出去的，你收拾一下，跟我们走。

郑亦雄举起手说，不，我改主意了。

叶乃伍说，旅座，刚才那些政治犯信口雌黄，明显是戏弄老田的，难道旅座你……

郑亦雄说，叶参谋长，我有那么傻吗？刚才这个人说我是白痴，你相信了？

叶乃伍张口结舌道，那……那咱们……

郑亦雄说，我们本来打算把田齐鲁带回去，可是现在我们找不到田齐鲁了。

叶乃伍吃惊地看着郑亦雄说，旅座，你是不是气糊涂了？老田，田齐鲁，他就在你身边啊！

郑亦雄说，不，这个人我不认识。这个人口口声声国共摩擦，动不动就要避风头，这哪里是田齐鲁啊，这分明就是一个势利小人啊！

叶乃伍说，老田，你向旅座认个错，咱们就走，咱们没时间在这里打嘴皮子官司。

田齐鲁说，我为什么认错？错的是你们，把我抓错了。

叶乃伍低声下气地说，哎呀老田，你不能得理不饶人啊！丢了墨镇，旅座心里着急，你何必跟自己人较真呢？

郑亦雄突然爆发道，老叶，你不要劝他。他以为他是谁？自从平叛立了一功，他就把自己当作琅琊独立旅的菩萨，明修栈道，暗度陈仓，同清河支队眉来眼去。他做的好事，远远不如坏事多。他要愿意坐牢，我成全他，在抗日战争结束之前，我就一直让他坐着好了！

叶乃伍说，旅座，万万使不得啊，长官部的任职命令都下来了，今天就要宣布副参谋长人选，咱们，咱们不能跟老田一般见识啊！

郑亦雄还是一言不发，突然转身，向门外走去。

叶乃伍推了田齐鲁一把道，老田，何必？

田齐鲁说，我怎么做？我明明没错，却要我认错。我明明不想出狱，是你们要我出狱的。我难道反过来求情？

叶乃伍说，旅座的脾气你又不是不知道，过了这一阵，烟消云散，咱们还是好搭档啊！

田齐鲁说，那好吧，我就认这个不是错的错，官大一级压死人啊，谁让咱官小呢！

田齐鲁说着，突然握拳，抱在胸前，跑步超越郑亦雄，立定，转身，气贯长虹地大喊，报告旅座，卑职田齐鲁，冒犯长官，错上加错，诚心认错，请旅座原谅！

郑亦雄怔怔地看着田齐鲁，突然一拳砸在田齐鲁的肩膀上，爆发地喊了起来，老田，对不起，对不起，丢了墨镇，我失态了，让你受委屈了。

郑亦雄说着，热泪滚滚。

田齐鲁哽咽着，抱着郑亦雄的肩膀说，旅座，别说了，我这心里也不好受啊！

十九

景晓纯交代孙大竹勘察医院位置，这伙计的机会来了，交代王虎，要他注意收集雪花膏。

王虎为难地说，自从进驻墨镇，我一直没忘记这件事情。可是，民宅不让进，商店没钱买。不过你别急，我来想办法。等我逮住鬼子汉奸特务，我把他们家的雪花膏都给你搬来。

孙大竹说，扯淡，我要那么多雪花膏干什么，当饭吃啊！

王虎说，那你说要多少？

孙大竹说，不要太多了，两马车就够了。

王虎惊呼，俺的个天，两马车！

这天上午去的厂子是个啥厂子，孙大竹不认识字，看门人说是啤酒厂。孙大竹也不知道啤酒是个什么东西，看门人说，啤酒也是酒，劲头小一些。咱这疙瘩老百姓喝不来那东西，销量不行。老板去年就把厂子迁到青岛去了。贵军要是征用，我就睁一只眼闭一只眼。

孙大竹在厂子里转了一圈，对王虎说，这里做医院很好！院子大，房间多。看门人说，还有工人的住处可以做病房。孙大竹问，有水吗？

看门人走到一个水池旁边，拧开水龙头，哗哗流出水来。战士们惊奇地喊了起来，我的天哪，屋子里就有河啊，用不完的水啊！

看门人得意地说，这叫自来水，是要交钱的，不过，贵军进驻，没有人敢收你们的钱。孙大竹说，这里面黑咕隆咚的，有没有灯啊？看门人走到门后，拉开开关，电灯亮了。战士们又是一阵惊呼，不点灯也亮，神仙啊！

王虎围着电灯看，嘴里嘀咕，这玩意儿我见过好多次，一直闹不明白，灯油在哪里呢？一个战士摸出烟卷，对着灯泡使劲地嘬，想借着电灯光把烟点着。孙大竹朝那个战士的肩膀拍了一巴掌，别出洋相了，那是电灯，点不着火的。你太土了！

王虎说，营长，这里有水有电，咱们干脆洗个澡，再回去报告。

孙大竹思忖道，嗯，医院一搬过来，咱们就得靠边。我看洗个澡可以，先当回神仙再说。老乡，你把大门关上，不要让女人进来。大家到院子那个池子边上，给我好好搓搓。

战士们一拥而上，把自己脱了个半裸，兴奋地冲洗着，快乐地叫唤着，自来水，自来水，天上掉下的自来水，不洗白不洗啊！看门人殷勤地搬过一箱啤酒，打开一瓶，递给王虎。王虎接过啤酒，疑惑地喝了一小口，咂嘴品尝，没有品出味道，干脆喝了一大口，眉头猛然皱起，哇的一下吐了出来，一边咳嗽一边嚷嚷，什么东西？马尿啊！

看门人诚惶诚恐地说，八路长官，这可是上等的啤酒啊！

王虎说，狗屁，敢拿马尿戏弄八路军，简直就是汉奸！营长，营长！

王虎四下张望，发现孙大竹不见了。

孙大竹有一件事情没有搞明白，趁大伙洗澡的工夫，他悄悄地穿好衣服，溜到刚才那个车间里，他要看看那个名叫电灯的东西究竟是怎么回事，为什么不上油不点火也能发光。

瞅瞅四下无人，孙大竹搬起一张椅子，爬了上去，扯过灯泡，看了看，试着将灯泡拧开，嘴里念念有词，这东西就是奇怪啊，没有油，不点火，它怎么就亮起来了呢？

孙大竹把插头甩了甩，凑到眼前，用嘴吹吹，再细细一看，恍然大悟，哦，原来也是点油的，这里还有个洞呢。

孙大竹说着，发现新大陆似的，鼓起腮帮子又吹了两口，伸出指头，向插座里掏去。就在那一瞬间，只听他一声号叫，从椅子上摔了下来，手中的灯泡摔得粉碎。

孙大竹一个鲤鱼打挺，刷地掏出手枪，躲在一台机器后面，嘴里大喊，谁，谁偷袭老子？给我出来，老子看见你了！

王虎发现孙大竹不见了，吓坏了，赶紧穿上衣服去找，突然听到孙大竹喊叫，立即冲了过来，在门外喊道，营长，什么情况？

孙大竹在里面喊，有人从背后给老子一棍子，敌情复杂啊！

王虎说，营长，你隐蔽别动！一排向左，二排向右，把这个车间给我包围起来！我让他一个耗子都溜不出去。

看门人神色慌张地跑过来，八路长官，八路长官，这是咋回事啊？

王虎一把揪住看门人的衣领，你还装蒜！你暗藏特务，暗算八路军，快给我交代，里面是什么人？

看门人战战兢兢地说，长官，长官，冤枉啊！哪里有特务啊，要是有人也是小偷……

王虎眼珠子骨碌一转，嗯，小偷？那好，抓住再跟你算账！

王虎示意两个战士分别把住门口，突然冲进去，弯腰搜寻。

孙大竹直起腰，左看右看，纳闷地说，不对啊，明明有人打我一棍子，怎么眨眼之间就没有人呢？再给我细细搜查！

王虎带人在车间各个角落搜查了半天，泄气地说，营长，连个鬼毛都没有，你是不是看错啦？

孙大竹说，怎么可能，一棍子差点儿把老子打晕过去，怎么会没有人？

王虎皱着眉头，愁眉苦脸想了想问，打在哪儿啦？

孙大竹试着举起胳膊，这儿，就这儿，你来摸摸，已经肿了。

王虎说，哪里肿了？什么毛病也没有啊！

看门人的眼睛落在地上的灯泡碎屑上，明白了，问长官，这是怎么回事？

孙大竹说，哦，你说这个啊？我想看看，这个电灯，它是怎么添油的？

王虎说，营长，你不是见多识广吗，你还不知道它怎么添油？

看门人盯着孙大竹说，长官，你是不是用手……看门人比画了一下。

孙大竹说，啊，是啊，我摸了一下，难道特务是从这里面出来的？

看门人突然笑了起来，哈哈，哈哈，八路长官，哈哈，长官，你是触电了，不是人打的，是电打的。

孙大竹傻眼了，触电？啥叫触电啊？

二十

杨蓼夫亲自到宋家花园拜访宋剑雨，让宋剑雨受宠若惊。章慧打开一个绸布包裹，一层层展开，只见里面是一张宣纸，上面大书“华夏剑雨”四个大字，下面两行蝇头小楷：乙酉年仲夏，宋剑雨先生联合各界呼吁八路军清河支队进驻墨镇，为清河支队抗日将士提供后方之基地，功在国家，利在千秋，立此存照。

周围是杨蓼夫等三十名团以上干部签名。宋剑雨眼睛有些湿润，杨司令，这个，这个，老夫不敢当啊！

杨蓼夫说，我们之所以时隔半月才来拜访，就是因为找不到合适的礼物。黄金万两，宋老先生视为粪土；绫罗绸缎，宋老先生不屑一顾。想来想去，最能表达我们清河支队心意的，也只能是这样了。

宋剑雨激动地说，杨司令，这份礼物太重了，真是……贵军做事，深思熟虑，得体恰当，实乃文明之师！

仆人端上新茶，宋剑雨说，请，君子之交，一杯清茶。

杨蓼夫说，宋老先生，我军进驻墨镇，也就意味着渤海地区抗战进入一个新的局面。在军事上，我们已经取得了很大的胜利，可是在政治上，尤其是在经济上，还请宋老先生多多指教。

宋剑雨说，指教谈不上。贵军当初驻扎清河，同墨镇已有经济贸易，贵军政府发行的边区货币，经墨镇“抗敌援助联合会”努力，已在墨镇商界流通。贵军要想长久发展经济，必须保证边区货币物有所值。

李其仁说，这是自然的，我们不能给墨镇开空头支票，盘剥百姓的事情，我们是不会做的。

杨蓼夫说，过去打仗，只考虑打胜仗，很少考虑、也很难顾及伤亡。现在条件好了，我们的部队就要走向正规。我们考虑要在清河支队组建两个机构，一个是随营学校，要让我们的官兵扫盲，同时提高文明素质，不能老是当土包子。二是要组建一个比较大的战地医院，要把我们的伤亡最大程度地减少下来。以上两点考虑，恐怕还要请宋老先生给予扶持。

宋剑雨说，好，这两件事都是功德之举。过去我们对八路军不了解，偏听偏信一些恶意的宣传，要么就是共产共妻，要么就是游而不击，形象非常模糊。随着贵军进驻墨镇，给百姓留下的印象十分美好。这样的军队，才是抗战的中流砥柱，民间的力量，应该更多地眷顾八路军。至于办学办医院，老夫在此表个态，我将联络“抗敌援助联合会”诸位同仁，有钱出钱，有力出力，有人出人。

杨蓼夫说，有宋老先生这个态度，我们就放心了。我在这里也向宋老先生，并通过宋先生和“抗敌援助联合会”向墨镇人民表态，我清河支队深受渤海人民的恩惠，抗战杀敌，责无旁贷。人民一声令下，我们立即出动。

二十一

一大早，郑亦雄就被一阵喧闹声吵醒，早饭喝了一碗稀饭，就把自己关在作战室里，独自面对地图，挪动上面的小旗子，像是下一盘棋。

田齐鲁找到作战室，向郑亦雄禀报说，赵大脚回来了，有重要情况报告。

郑亦雄头也不抬地问，赵大脚？就是那个朝秦暮楚，临阵脱逃的赵大脚？

赵大脚朝秦暮楚不错，可是，临阵脱逃的不是他啊，那是张谋金。

郑亦雄说，一个样，一个样。他回来干什么？

田齐鲁说，赵大脚说他从八路军手里逃出来的，回来禀报八路军进驻墨镇的情况。

郑亦雄冷笑道，还要他禀报？等他禀报，黄花菜早就凉了，拉出去枪毙！

田齐鲁惊愕地说，枪毙？旅座，旅座，我们正缺人手，赵大脚这样的，留着还有点用处，烧火做饭也行啊！

郑亦雄说，烧火，他会烧吗？

田齐鲁说，我这只是打个比方。

郑亦雄问，还有什么事？

田齐鲁回答，听说墨镇正在筹建联合抗日政府，省里何长官已经妥协了。

郑亦雄冷笑一声说，不妥协有什么办法？生米已经做成熟饭了，不妥协有用吗？你们当参谋长副参谋长的，不要一天到晚老是报告这个消息那个消息，尤其不要老是报告坏消息。自打琅琊独立旅成立，我从你们的嘴里，从来就没有听到过好消息。

田齐鲁委屈地说，旅座，没有好消息，你让我们怎么报告啊，我们也不能报喜不报忧吧？

郑亦雄说，没有好消息，你们应该创造好消息。你们的职能是拿出办法，给我弄一点好消息。我把你从马场放出来，不是为了听你老是报告坏消息的。

田齐鲁说，可是，旅座，墨镇丢了，也不全是我们这些僚属无能啊，我们也都是听你的指挥啊！老千他并不是我放出去的啊！

郑亦雄突然扭过脸来，盯着田齐鲁说，老田，你这话是什么意思？你是不是说，墨镇就是本人拱手相让给土八路的？

田齐鲁木着脸，一副死猪不怕开水烫的表情。

郑亦雄点点头，背起手说，啊，是啊，一将无能，累死三军。墨镇易手，是本旅长的责任。老田，你帮我起草个遗书。

田齐鲁吃了一惊，旅座，你说什么？

郑亦雄说，听不明白吗？打一仗丢一个地方，没打仗也丢地方，我活着干什么，丢人现眼啊？我不活了，我要自杀，以死谢罪。

田齐鲁说，这个遗书我没法写，要写你自己写。

郑亦雄冷嘲热讽道，问题是，我自杀了，你们怎么办？你们就不觉得羞耻，你们就不打算一死了之，你们还想死皮赖脸地活着，还想耀武扬威张牙舞爪？

田齐鲁说，旅座，墨镇丢了，大家都很沉重。可是，墨镇之丢，并非丢在军事，而是丢在政治。八路军固然很土，可是别忘了杨蓼夫的那句名言，打一仗，进一步，进一步，看三步。可以说，墨镇早就是八路军的一个战略目标，而我们呢，只盯着战术地盘，老是在南李庄、凤岗这些地方打转。从整个态势上看，丢失墨镇，并非琅琊独立旅之过，而在于上峰的决策有问题。

郑亦雄厉声说，老田，你要对你的话负责。本部作为渤海地区国军唯一建制部队，守土有责。丢了墨镇，只能自咎，没有推诿扯皮的道理，更不能推诿于上峰。写吧，起草一个集体遗书，团以上军官，我看都没有脸活着了，趁上级没有追究，自我了结，还有点面子。

新来的报务员付媛贞本来是给旅长送电报的，站在门外听郑亦雄说，要团以上军官集体写遗书，准备自杀，电报都忘了送，转身就往回跑，回到电台室就广播出去了。金莉莉根本不信，付媛贞说，信不信由你，我亲耳听见他跟田副参谋长说，团以上军官，都没有脸活着，早点自我了结，大家都有面子。

金莉莉说，啊，真的啊，那也太、太惨了。不就一个墨镇吗，况且还不是鬼子占领的。

台长黄也挺在一旁笑道，你们真是死脑筋，八路军进驻墨镇，咱们团以上军官就要自杀，那怎么可能？那是旅座在挖苦田副参谋长的，连这个都听不出来？

付媛贞说，那可说不准啊？旅座那个人，重义轻生，当年他带领敢死队闯进鬼子阵地，就是置生死于度外，旅座这个人，随时都有可能以身殉国。

金莉莉说，是啊，旅座，那可是一世英雄，士可杀不可辱啊！也许上峰怪罪下来，旅座怒发冲冠，啊，完全有可能。旅座，旅座，你可不能自杀啊，你死了，咱们可怎么办啊！

金莉莉说着，失神地看着窗外。

二十二

《抗战裤》在墨镇影响巨大，启发了任冰雪的思路，她向杨蓼夫和景晓纯提议，干脆成立一个前卫剧社，杨蓼夫和景晓纯欣然同意，龙捷三更是积极参与。

有次排练，任冰雪对龙捷三说，部队进驻墨镇，方方面面的工作都有很大起色。但是，你不觉得还缺少点什么吗？

龙捷三说，那是啊，千头万绪，总得一步一步地来。任大姐，你刚刚宣布担任副政委，新官上任是不是要烧三把火啊？

任冰雪说，嗨，老龙，我们都是从长征走过来的，你应该了解我。我任冰雪在乎名利地位吗？我跟你说，我压根儿就不稀罕升这个官当什么副政委。

龙捷三说，那你说说，缺少什么？

任冰雪说，老杨和老景，这两个人都是根据地建设的好手，打仗和政治工作都是稳打稳扎，这没说的。可是，也正因为他们长期经营根据地，眼光也难免受到局限。进驻墨镇，形势大好，我们应该顺势而上，扩大战果。

龙捷三说，我是个军事指挥员，我只考虑打仗的事情。

任冰雪说，我说的就是打仗的事情。墨镇战役，实际上就是一场政治战役，然而这场战役并没有结束。我们有了良好的群众基础和社会舆论，有理由把我们的政治攻势向国民党军队内部延伸。

龙捷三怔怔地看着任冰雪说，啊，任大姐，你是不是有了方案？

任冰雪说，我们的前卫剧社，在墨镇连续上演几天活报剧《抗战裤》，效果出奇的好，给墨镇人民教育很大。我这几天一直琢磨，是不是可以跟郑亦雄联系，到他的部队演出几场，把火给他烧起来。

龙捷三惊喜地说，啊，是啊，任大姐，你琢磨得对啊！我支持。

任冰雪说，那好，你支持，我们就一起跟老杨和老景讲，这件事情，由我们两个负责。

龙捷三说，不，这个战役，我听你的。

不久，任冰雪就派人到琅琊州送了一封信，郑亦雄一听就警觉起来，什么，杨蓼夫要派他的剧团到我的部队来劳军？这是什么意思？

叶乃伍说，司马昭之心，路人皆知，他要来搞赤化宣传。听说他那个活报剧《抗战裤》，很有煽动性，在墨镇反响很大。

郑亦雄听叶乃伍讲完《抗战裤》的剧情，说，听这戏文，倒也没有反动的意思。

叶乃伍说，这个戏有几个问题，一是贬低政府，政府搞得老百姓连裤子都穿不上，这是什么政府啊？二是抬高土八路，戏里面的老二，打仗勇敢。再说，我们国军才是抗战的主力，八路军是什么？都是小打小闹，配合国军主力作战，根本不能同国军相提并论。而这个戏，不仅相提并论，还把国军放到了配属的位置。

郑亦雄说，哦，原来是这样，还不是一场简单的戏呢，包藏祸心啊。那怎么办？

叶乃伍说，回绝他们，心意领了，劳军就不必了。就说我军目前防御任务很重，随时迎战詹家店敌寇扫荡，多有不便。

郑亦雄沉吟道，那就听你的，这件事情你出面处理。

叶乃伍给清河支队回话，抗战重任在肩，鉴于本部军务繁忙，谢绝清河支队前卫剧社到本部慰问演出，另择良机再议。

任冰雪接到这个回信，拍着桌子说，国民党怕了，国民党连看戏都怕，他还能打鬼子？狗屁！

任冰雪让许东湖把章慧叫来，布置了一项硬性任务，让她务必说服郑亦雄，欢迎八路军前卫剧社去演出。

章慧自然不能独闯国军军营，软硬兼施拉上了宋瑜。两人到了琅琊独立旅，章慧晓之以理，宋瑜软硬兼施，用激将法迫使郑亦雄同意，欢迎前卫剧社到琅琊独立旅演出。

机要室里的两个女军官最早把这个消息传了出去，部队很是激动了一阵子。付媛贞说，虽然土了点，可是毕竟是演戏啊，自从来到这个鬼地方，还没有看过戏呢。

金莉莉的心思却不在这里，自从来到琅琊独立旅，她的心思很快就放在郑亦雄身上了，郑亦雄简直就是她心目中的关羽马超赵子龙。金莉莉说，你注意到那个人了没？付媛贞问，哪个人？金莉莉说，咱们旅座的女朋友，简直就是一个冷美人，你说，旅座有必要那么听她的吗？付媛贞明白了，挤眉弄眼地说，哈哈，你吃醋了，我告诉你啊，吃了也白吃，咱们旅长对她可是一往情深啊，没你什么事。

二十三

演出这天风和日丽，国军卧龙岗阵地搭了一个很大的戏台，上千名官兵坐在地上看戏，神情专注，泪流满面，掌声一浪高过一浪。

由于戒备森严，演出秩序自始至终良好，龙捷三等人谢幕后从台上下来，田齐鲁迎上去说，龙副司令，演得太好了，没想到你这个战将还会演戏。

任冰雪在一旁介绍说，龙副司令是老票友了，在延安就会演戏，客串花旦，跟梅晓风同过台啊！

龙捷三则一语双关道，贵军官兵纪律严明，演出过程中没有喧哗，没有起哄，令人肃然起敬啊！

任冰雪说，今天是我们两家又一次合作成功的范例，意犹未尽啊！

田齐鲁说，是啊，官兵受到一次深刻的教育，我看很多人都热泪盈眶，有几个人还哭了。要不是我们有规定，恐怕口号早就喊起来了。

任冰雪看看田齐鲁，突然转身，走到台前，大声地说，部队听我口令，起立——

坐在地上的国民党军队官兵，突然听到任冰雪的指令，不知道发生了什么事情，本能地站了起来，齐刷刷地立正。龙捷三和田齐鲁等人也被任冰雪这个突如其来的动作搞糊涂了，目瞪口呆地看着任冰雪。

任冰雪看看部队，两臂一挥，起了个头：团结就是力量——预备——唱！

歌声猝不及防地从上千个胸腔里爆发，响彻在卧龙岗阵地上空——

团结就是力量，
团结就是力量，
这力量是铁，
这力量是钢，
比铁还硬，比钢还强。
向着法西斯蒂开火，
让一切不民主的制度死亡！
向着太阳，向着自由，
向着新中国，发出万丈光芒！

唱着唱着，台上的人走下来，八路军官兵走到国民党官兵中间，演戏的穿着戏装，走到穿着军装的人群中间，龙捷三、田齐鲁、林沂、孙大竹、杜彦凝、黄津弗……所有的眼睛都在盯着任冰雪的双臂，随着那双臂的舞动，激越的旋律在空中回荡，越过山峦，越过森林，越过渤海湾，越过清河平原，飞向遥远……

这个秋高气爽的下午，在渤海之南，东海之西，日军占领地詹家店之西北的广袤的丘陵里，几千名服装不同、信仰不同、主义不同的人，都在做着同一件事，唱着同一首歌。

多年后，田齐鲁在回忆这件事情的时候说，这是他一生当中遇到的最让他心潮澎湃的时刻，因为在这个时刻，他看到了一个“神”。如果这个“神”早几年出现，鬼子怎么可能打进中国呢？如果这个“神”一直出现，哪还有后面那些悲剧呢？

自然，这是后话。

多年后，当时参加演出的一名女八路回忆，就在双方军队一起高唱《团结就是力量》的时候，她看见西边的天穹快速地聚拢了一团云霞，那云霞迅速变幻成一座城堡，镶着金边，光芒四射。

这也是后话。

二十四

何长官给郑亦雄派来的情报处长叫韩博涛，韩博涛虽然对郑亦雄毕恭毕敬，但郑亦雄很快就意识到了，此人到琅琊独立旅，是负有秘密使命的，就像当初把他派来一样。

韩博涛给郑亦雄送来何长官的最新指令，墨镇失利，长官部震怒，已同八路军山东纵队交涉，派遣部队共同守备墨镇。为促成此事，责成郑亦雄将军配合长官部政治行动，寻找战机，对詹家店之敌寇进行打击，变墨镇为后方，为我军进驻墨镇营造舆论氛围。

郑亦雄说，哦，政治行动？政治行动是什么意思？

叶乃伍说，就是政治攻势，以军事行动，把墨镇拖进战火，然后我们出兵顺理成章。

墨镇就像一个精致的花瓶，存放在郑亦雄的脑子里，让他寝食不安。要，必须要，打，却不能打，那么怎么办呢？郑亦雄想过很多方案，声东击西，围魏救赵，终于，一个火花在他眼前亮了一下，围魏救赵是战术，动机呢，得陇望蜀，陇在哪里？詹家店就是陇啊！

一个计划在郑亦雄的脑海里渐渐成形，既然墨镇不能动武，那么，兵锋指向詹家店应该不成问题，以出兵詹家店为由，把墨镇拖进去，在抗战的旗帜下，把墨镇作为进攻詹家店的后方，水到渠成，天经地义，无可指摘啊！

郑亦雄为他这个大胆的想法激动了。

郑亦雄遇到的问题也是杨蓼夫遇到的问题，虽然控制了墨镇，但那只是国民政府的权宜之计，随时都有可能下令清河支队撤出墨镇。如何应对，还真不是一件简单的事情。

几乎就在郑亦雄的“得陇望蜀”念头出现的同时，杨蓼夫也制定了一个方案，叫作“把战火引到敌占区”，同样是出兵詹家店，顺理成章把墨镇作为收复詹家店的后方。

二十五

杨蓼夫住在田家大院，章慧进门的时候，王进阶正在给杨蓼夫剃头，杨蓼夫一再要求，短一点。王进阶说，再短就没了，成秃瓢了。杨蓼夫说，秃瓢就秃瓢，挂花了好包扎。王进阶说，秃瓢太难看了，章慧同志要是见到，会不高兴的。

章慧在门口听到，心里一跳，退回一步，就在门口听那两个人的对话。

杨蓼夫说，你废什么话啊，我剃秃瓢，与章慧什么关系？

王进阶摆弄着杨蓼夫的头发问，司令员，你说你，对章慧到底是什么态度啊？

杨蓼夫说，什么态度？我说过八百遍了，我和章慧的关系，是同志关系，是上下级关系，你们再也不要瞎掺和了！

王进阶说，可是，我听人家说，章慧同志已经表态了，杨司令是大英雄，我要嫁给他！

杨蓼夫激动得呼啦一下站了起来，陡不防头发被揪掉一撮，惨叫一声，重新坐下，气呼呼地说，王进阶，怎么搞的，你想谋杀我啊？

王进阶吓坏了，张着两只手说，司令员，对不起……

王进阶正说着，看见章慧一脚门里一脚门外，刚要打招呼，章慧向他摆摆手，示意他不要声张。章慧悄悄靠近王进阶，接过剃头推子，端详着杨蓼夫的发型，开始修剪头发。

杨蓼夫没有察觉身后的动静，沿着刚才的话题说，你听谁说的，真的还是假的？

王进阶看看章慧，章慧向他比画，真的。

王进阶说，真的，我就是听说，章慧表态了，杨司令是大英雄……王进阶边说边察言观色，章慧点点头。

杨蓼夫说，后面呢，后面不是还有一句吗？

王进阶迷迷糊糊地说，后面一句？后面一句就是刚才那一句啊，我说过了，又忘了。

杨蓼夫火了，一拍大腿说，刚说过的，就忘了？你猪脑子啊？

王进阶求救地看着章慧，章慧比画口型“我要嫁给他”。

王进阶琢磨了半天，恍然大悟，张牙舞爪地说，想起来了，想起来了，司令员，我想起来了！

杨蓼夫急不可耐地吼，想起来了还不快说！

王进阶说，我想起来了，章慧同志她说，她说，杨司令是大英雄，我要嫁给他。

杨蓼夫说，要是谎报军情，我就发配你去喂马！

王进阶说，好好好，要是谎报军情，我就发配你去喂马！不不不，要是谎报军情，你就发配我去喂马！

杨蓼夫安静了，喃喃地说，我的个天啊，功夫不负有心人，有情人终成眷属啊，我杨蓼夫苦尽甘来，我总算有个老婆了。

章慧热泪滚滚，落在杨蓼夫的耳根上。王进阶一看这光景，眼珠子骨碌转了两圈，溜了。

杨蓼夫说，王进阶，现在我宣布，第一，从明天起，你担任警卫营二连副连长；第二，剃了头，你就去把景政委找来，我要向他报告重大战果。

章慧重新拿起剪子，一根一根地修理杨蓼夫的头发。

杨蓼夫说，王进阶，王进阶，你听见没有？

章慧低声说，听见了。

杨蓼夫僵住了，半天才回过头来问，怎么，是你？

章慧泪光闪闪地说，是我。

二十六

墨镇问题悬而未决，不仅郑亦雄寝食不安，国民政府何长官也是如鲠在喉，何长官比郑亦雄站得高看得远，左思右想，提出了一个让郑亦雄拍案叫绝的方案，在墨镇成立抗日联合政府，由国共双方共同派出部队担任警备。

郑亦雄当机立断，带上田齐鲁等人，登上吉普车，向墨镇进发，这次他要以最快的速度，争取宋剑雨和墨镇工商界的支持。

没想到，杨蓼夫近水楼台，郑亦雄的车子还没到墨镇，杨蓼夫等人已经是宋剑雨的座上客了。

杨蓼夫说，何长官提出来，墨镇至少应该有国民党军队的一个团，我们认为这很不妥当。

宋剑雨说，墨镇是中国的，不是哪一个党派的，按说，既然墨镇已经打破了非屯兵的先例，那么，国军作为政府的军队，驻扎墨镇，同样也有守土抗战的责任。

杨蓼夫说，但是，从情理上讲，墨镇已经成为我八路军的防区，我军驻扎墨镇，政治经济文化诸项事业，正在恢复之中，秩序井然，人民安家立业，这时候国民党提出驻扎一个团进来，可能会引起不必要的动荡。

宋剑雨说，杨司令，如果我没有说错，你是安徽人。你们安徽桐城，历史上有个父子宰相。当年父亲张英当宰相的时候，家中因地皮同邻居纠纷，家人派人送信到京城向张英告状，本指望张英能为张家出一口气，结果呢，张英作诗一首，杨司令对这首诗是否有所耳闻？

杨蓼夫说，我读书不多，这首诗倒是自幼背得。千里来书只为墙，让他三尺又何妨，万里长城今犹在，不见当年秦始皇。

宋剑雨说，啊，杨司令不简单，博闻强识啊！后来的情况是，张家后退三尺，邻居受其感化，也主动后退三尺，这就有了著名的六尺巷。

杨蓼夫说，宋老先生，恕我直言，如果墨镇是我杨蓼夫个人的，我拱手相让，可是，它本来是保护区，清河支队进驻，是因为墨镇人民请愿呼吁才进来的，我想，墨镇的老百姓并不欢迎国民党军队进来。

李其仁说，国民党军队军纪败坏，已经在墨镇留下极坏的影响。如果国民党军队住进一个团，再同我军摩擦，墨镇的百姓又要遭殃。

在场的乔会长也插话说，长官所言，正是剑雨老和我等工商界担心的。

宋剑雨说，是啊，一山难容二虎，这个问题，确实难办。

杨蓼夫说，为墨镇稳定安宁计，我们还是希望宋老先生出面，致函何长官，鉴于国共争端，互不相让，僵持阶段，何必急急忙忙去成立抗日联合政府呢。这件事情可以缓一缓，争取民众稳定。

乔会长说，对，不是抵制，也不是同意，是缓一缓，我看八路军首长的这个态度是对的。

宋剑雨虽然认为缓缓是个权宜之计，但说到向何长官致函，他还是表示踌躇，最后送了杨蓼夫四个字，暂住，稳住。

杨蓼夫等人前脚刚走，宋瑜领着郑亦雄就进门了。

二十七

宋剑雨知道，郑亦雄也是为墨镇驻军而来，不用客套，开门见山就说，亦雄，听世叔一句话，墨镇的事情，你们就不要再纠缠了。八路军抗战功绩，墨镇百姓有目共睹，现在你们又要驻军，纯属无理取闹。你郑亦雄是抗战名将，你愿意落个骂名吗？

郑亦雄说，世叔，我军进驻墨镇一个团，并非亦雄本意，我会向上峰陈述利弊。亦雄今天来，想问世叔一句话。

宋剑雨说，什么话？

郑亦雄说，墨镇百姓，真的就把八路军当成抗日中流砥柱，真的对我军深恶痛绝？

宋剑雨说，亦雄，恕世叔直言，贵军也真是不争气，你的部下，鸡鸣狗盗，在墨镇百姓心目中，国军和土匪无异。相比之下，泾渭分明，你让我怎么说？

郑亦雄说，世叔，土八路一贯善于笼络人心，我希望世叔擦亮眼睛，以世叔的威望，向墨镇百姓揭露他们的伪善面孔，欢迎我军进驻，共同守备墨镇。

宋瑜说，亦雄，你刚才不是说，你对进驻墨镇不感兴趣吗？

郑亦雄说，小瑜，我是国军少将旅长，我必须站在国军的立场说话。

宋剑雨说，亦雄，我是有威望，可是你让我怎么说？你让我揭露他们的伪善面孔，可是他们并没有做过伪善的事情。你让我呼吁欢迎贵军进驻，可是，贵军在墨镇百姓的心目中，已经留下了不可磨灭的阴影。你世叔一辈子刚正耿直，我不能睁眼说瞎话啊！

郑亦雄说，世叔，我手下的这支部队，原先就是草寇，乌合之众，我刚刚接手不久，励精图治，以其纳入正轨。可是，八路军趁虚而入，盘踞墨镇，使我极端被动。世叔，您帮帮我吧。

宋剑雨深沉地看着郑亦雄，良久才缓缓坐正了身体说，亦雄，你是我看着长大的，小时候，我把你看成是我的儿子。长大了，我希望你是我的乘龙快婿……

宋瑜在一旁制止说，爸爸，你说这个干什么？

宋剑雨说，好，不说。儿子也罢，女婿也罢，我始终没有把你看成外人。当年徐州会战，你的战绩公诸于众，世叔为你高兴啊！我替你爸爸高兴，也替我自己高兴，墨镇政坛和工商界，谁不知道我有这么个世侄？

郑亦雄说，我知道，世叔还是同盟会员，当年革命军北伐，您和我父亲都是山东内应。我父亲死于军阀之手，世叔对我家多有眷顾。

宋剑雨说，往事不堪回首，不说这个了。我和你父亲是最后一场科举的同年进士，我们两人同朝为官，又是邻居，那时候就是一家人。你成了抗战英雄，世叔无上荣光。你来到琅琊州，世叔顿时觉得信心百倍。可是，这几年，你的琅琊独立旅屡战屡败，对外一败涂地，内讧争端不断。你这支部队，太让人失望了。如果你们真的争气，老百姓干吗要偏向八路军啊！没办法啊！

郑亦雄说，世叔，世侄惭愧。

宋瑜说，爸爸，国军腐败无能，账不能算到亦雄头上。亦雄还是万丈雄心，恪尽职守的。

宋剑雨说，当然，世叔言重了，这个账确实不能算到你头上，归根到底，这是国民党的制度问题，中山先生提出的三民主义，哪个主义落到实处了？就算国难当头，民生民权解决不了，可是，民主呢？一个政党，一个主义，一个领袖，这叫什么民主？抗日推诿扯皮，各路军阀明哲保身，这个党还有救吗？让人心寒齿冷啊！

郑亦雄惊骇地看着宋剑雨说，世叔，您这么说，亦雄诚惶诚恐。亦雄今天来，是想请世叔……

宋剑雨摆手说，不要再说了，世叔全明白。你希望世叔做的，我做不到。世叔希望你做的，我不要求你现在就做，我只是希望，你当一个明白的军人！至于世叔怎么做，世叔心里自有一杆秤。

二十八

这个晚上，郑亦雄在宋剑雨那里碰了个软钉子，八路军也没有得到承诺。

离开宋家大院，李其仁和章慧心里都有些灰溜溜的感觉。章慧说，杨司令，我的工作没有做好，对不起组织。

杨蓼夫却是春风满面，高兴地说，你的工作很好，我们的目的达到了。

章慧说，可是……

杨蓼夫说，可是什么？我们费了很多口舌，换回四个字：暂住，稳住。这简直就是金科玉律。宋老先生是官场老人，他最知道怎么把一碗水端平。

章慧说，我怎么感觉他好像有点偏向国民党。

杨蓼夫说，哎呀，你还是年轻啊！你要是看见他和国民党谈话，你就会发现，他在偏向我们。

章慧不解地说，啊，还有这样的事情？

李其仁说，是的，他必须两头压，政治的艺术，就是把水端平的艺术。

章慧说，哦，难怪，大家说话都是怪怪的。

刚走出巷口，孙大竹一路小跑追了上来说，这么晚了，首长们都饿了，能不能买碗面条吃？

杨蓼夫说，让你这么一说，我也觉得饿。可是，我们都是穷光蛋，下馆子从哪里搞钱呢？

孙大竹提议凑钱，李其仁慷慨解囊，说他身上有一块现大洋。杨蓼夫大喜道，好，今晚就打你这个土豪，不吃白不吃。

有了钱，几个人来了精神，径奔春满楼饭庄。

店家见来了几个八路军长官，热情备至，安排在楼上一个包间坐定，菜很快就上来了。

孙大竹抽着鼻子说，我的个天，多少年没吃到这么好的东西了，今天可是要当神仙了。

孙大竹说着，举起筷子伸出去，突然意识到什么，看了杨蓼夫一眼，又缩了回来。

杨蓼夫说，哈哈，孙大竹，你还知道个规矩！我问你，刚才在路上，你说什么了？

孙大竹说，我说什么了？我什么也没有说啊！

杨蓼夫说，你说，你们是支队首长啊，支队首长饿肚子，怎么指挥打仗呢！这话是你说的吧？

孙大竹不知是计，得意地说，是啊，这话是我说的啊，我爱护首长，难道有错吗？

杨蓼夫说，照你这么说，今天这顿饭，只能由支队首长来吃，是不是啊？

孙大竹说，是啊，支队首长要指挥打仗，操心费神，支队首长吃香喝辣的，也是应该的。

杨蓼夫说，那我问你，你是支队首长吗？

孙大竹顿时愣住了，张口结舌地说，啊，我不是支队首长……司令员，你是说，我没有资格吃这顿饭？

杨蓼夫微笑说，你说呢？

孙大竹眼巴巴地看着杨蓼夫说，司令员，你好狠啊，我饿着肚子给你站了半天岗，饭菜都端上来了，你却不让我吃一口。好，我走，我走……

章慧生气地说，司令员，你这是干什么？我们八路军还分个高低尊卑吗？

杨蓼夫说，那是当然的，既然是支队首长吃饭，他一个特务营长就不应该掺和。

章慧异样地看着杨蓼夫，呼啦一下站了起来，那好，我也走，我也不是支队首长，我也没有资格吃这顿饭。杨司令，李副司令，你们两个吃吧，慢用。

杨蓼夫说，章慧，你给我回来！

章慧怒气冲冲地出门，追孙大竹去了。

孙大竹边走边嘟囔，司令员啊，你好狠心啊，你再也不是那个跟咱们同甘共苦的司令员了。还记得鬼子六路围攻那年吗？在抗日沟里，一块煎饼，咱五个人，吃了半天，还有半块，谁也舍不得吃，最后还是你下命令让余河沿吃了，你说他负了伤流了血，需要营养。可是，如今……孙大竹的眼泪流了出来。

二十九

郑亦雄这天晚上一肚皮火没有地方撒。从宋家花园出来，让司机把吉普车开到尼尼餐厅，发现那里关门了。田齐鲁说，八路吃不来西餐，所以经营艰难。郑亦雄一听这话来了兴趣，说，看看，这就是八路军进驻墨镇带来的危害。宋瑜下车去问了情况，回来说，关门不是因为八路军不吃西餐，而是前段时间老板病了，门房说是……说到这里，宋瑜停下了。

郑亦雄问，怎么回事？

宋瑜说，嗨，还不是你手下干的好事，嫁祸八路军，把正在这里吃饭的外国人给偷了，外国人不敢来了，生意自然做不下去了。

郑亦雄阴沉着脸说，怎么能确定是我手下？

宋瑜说，我想起来了，是你手下那个赵大脚花钱买的地痞流氓，在公审的时候都承认了。

郑亦雄愣了半晌，一言不发。

宋瑜说，还是到春满楼吧，那里干净一些。

再往前走，郑亦雄一句话也没有说。

不多时就到了，郑亦雄下车，四下打量道，春满楼？好俗气的名字。让他们改一改，改个雅致的名字。

宋瑜一把挽起郑亦雄的胳膊说，别多管闲事。人家饭庄老板要赚钱，他爱取什么名字就取什么名字。

郑亦雄这会儿心情才算好一点，认真地说，取个雅致的名字，也不耽搁他赚钱啊。还是改了好！

宋瑜无奈地笑笑说，好，等一会儿吃饱喝足了，你给他琢磨个名字。他要知道是国军少将给他取名字，说不定还把饭钱给免了呢？

郑亦雄说，啊，还有这样的事，那就算了。

宋瑜说，我说着玩，你就当真了，你可真是书呆子。

走在前面的田齐鲁正要进门，突然像被烫了一下，又缩了回来。

宋瑜说，田长官，你怎么啦？

田齐鲁闪出来，往门里一指，看那里。

郑亦雄也看见了，那里，站着一个杨蓼夫，身边还有李其仁和章慧。杨蓼夫训斥孙大竹说，你这个人怎么这么不开窍？难道我真的就不让你吃饭了？

孙大竹器宇轩昂地说，可是，你就是这么说的啊！

杨蓼夫说，我那是跟你开玩笑。

孙大竹说，可是你根本就不像开玩笑的样子。

杨蓼夫咬牙切齿地说，那好，孙大竹，我问你，你手下那几个战士在哪里？

孙大竹说，我让他们分散在饭庄周围，给首长们站岗啊！

杨蓼夫说，这不就对了吗？哦，我们在那里吃饭，战士们肚子也饿得咕咕叫，我们于心何忍？我的本意是，让你下去，安排他们轮流吃饭。既然到了饭庄，要打牙祭，大家一起打，谁也别落下。

章慧说，啊，原来是这么回事啊，杨司令，你真的是这样想的啊？

杨蓼夫生气地说，我还能怎么想？你们的脑子就这么简单？我这个司令员就那么不讲感情？

不远不近地，郑亦雄看着那几个人说着吵着，向楼上走去。

宋瑜说，怎么这么凑巧啊，咱们换个地方吧。

郑亦雄说，为什么要换地方，他杨蓼夫能来，我为什么不能来？不换，各吃各的。

田齐鲁说，可是，可是，多尴尬啊！再说，他们要是问起咱们来墨镇的目的，怎么说啊？

郑亦雄说，不理他们，假装不认识。

宋瑜说，哎，他们走了，到里面去了。这个饭庄楼上有几个包厢，我们也包一个。

郑亦雄说，我看可以。

田齐鲁说，旅座，那我可说清楚，惹出麻烦，我概不负责。

郑亦雄笑笑说，麻烦，什么麻烦？未尝他们吃饭让我们结账？

田齐鲁说，毕竟是八路军占领这里，万一被那些下层官兵发现，那些亡命徒不知好歹，旅座的人身安全，我不能不考虑。

郑亦雄说，嗨，杞人忧天。我现在倒是真想做一件事。

田齐鲁说，旅座想干什么？

郑亦雄说，我想让他们把我抓起来。

宋瑜惊讶地说，亦雄，你胡说什么？

郑亦雄说，他们要是把我抓起来，那就有好戏看了，我们就不用费九牛二虎之力去搞什么“拔点计划”了。

田齐鲁说，我明白了，旅座想充当导火索。万一他们真的把旅座抓起来，那墨镇就天翻地覆了，我军不仅可以顺理成章进驻墨镇，就是发生武装冲突，我们也是正义在手。不过，这样太危险了。

郑亦雄说，无所谓，如果因此解决墨镇争端，个人安危又算得了什么。只可惜，他们是不会这样做的。杨蓼夫是个聪明人。

宋瑜说，你们这些人，想法吓人。

三十

回到包厢，杨蓼夫满脸不高兴地说，看看，我就说嘛，这个鬼司令有什么当头啊，别人恋爱，是红色恋爱。我一恋爱，就成了逼婚。别人开玩笑可以，我这个当司令的开个玩笑，差点儿众叛亲离。

李其仁坐下说，站着干什么啊，玩笑开了，饭也该吃了。这么好的菜，没酒哪儿行啊，拿酒来！

杨蓼夫没好气地说，搞了一肚子气，喝什么酒啊？算了！

李其仁说，那不行。你今天跟我宣布，你和章慧进入恋爱期，我们得庆祝一下。

杨蓼夫说，我宣布了吗？

李其仁说，你让王进阶满世界宣扬，章慧同意嫁给你，难道有错？章慧，你说是不是？你再说一遍。

章慧不好意思地说，李副司令……

李其仁说，怎么？咱们都是革命军人，自由恋爱，光明磊落，用不着羞羞答答的。章慧，你得正式宣布一下，我这个红娘就算大功告成了。

杨蓼夫说，宣布什么啊？取消了。

李其仁没有听明白，惊问，什么，什么取消了？

杨蓼夫说，我和章慧的恋爱，取消了。

章慧刷地变脸，站了起来，杨司令，你，你……

杨蓼夫一本正经地说，章慧同志，我看我们两个人，你不了解我，我不了解你，我们都需要考验。我们的爱情进入考验期，在考验期内，我们就是正常的革命同志！

章慧愤然离座，拉门就要往外冲。李其仁一把拉住，回过头来冲杨蓼夫怒吼，老杨，你干什么，你简直，简直就是一个军阀！

杨蓼夫说，她让我难受了那么长时间，我就不能让她难受难受？我也让她尝尝被冷落的滋味……

李其仁一拳砸在桌子上，你混蛋！

章慧被李其仁按在座位上，低头流泪，就是不说话。杨蓼夫低声下气地说，哎呀，我认错，我道歉。章慧，你就别哭了，你这一哭，我心都碎了。

李其仁说，老杨，你今天怎么回事，神一出鬼一出，你是不是发烧了？

杨蓼夫说，我怎么回事？我也不知道我是怎么回事？下午我激动，晚上我着急，现在我难受。

李其仁说，哦，我明白了，你老杨今天是悲喜交集，你受刺激了。先是章慧表示接受你的爱情，你欣喜若狂。接着在宋家花园，老头子一番话让你大失所望，所以你就，啊，你真的得了神经病。

杨蓼夫说，你才得了神经病……啊，你说我悲喜交集，还真是，我是高兴得昏了头，被宋老先生的冷水浇寒了心，我鬼迷心窍了，我狗屎蒙眼了，我……章慧，章慧同志，我错了，咱们吃饭吧，别让老李和孙大竹看我的笑话了，你说好吗？

章慧泪眼婆娑，猛抬头说，杨司令，我无所谓。反正，我是下级，你是上级，我服从命令。

李其仁说，那还等什么，吃饭吧。

杨蓼夫说，拿酒来，我喜酒、苦酒、道歉酒一起喝。

章慧低头，忍不住笑了，旋即又把脸板起来。

刚刚拿起筷子，在楼下警戒的王虎气喘吁吁地跑上来说，国民党来了。李其仁说，你看清楚了？王虎说，千真万确。那个田齐鲁，面对面地挨过我的打，他脸上那个疤我一看就认得。还有那个女的，元宵战役之后跟章慧同志一起到清河，我也认识。

章慧说，既然田齐鲁来了，宋瑜来了，那另外一个人一定是郑亦雄了。

王虎侧耳聆听，突然伸出一根指头，嘘——听，上来了！

孙大竹说，好家伙，闯到咱们眼皮底下来了，欺人太甚！我看，干脆把他们抓起来算了。

杨蓼夫说，猪脑子，你今天把郑亦雄抓起来，明天墨镇就是一锅开水，你想把他放掉他都不走。

李其仁说，把灯关上，我倒要亲自看看。

杨蓼夫说，这灯怎么关啊，孙大竹，使劲吹啊！

孙大竹一个箭步走到门口说，俺们现在不用嘴了，俺们现在懂得拉开关了。

啪的一下，灯灭了。

几个人盯着窗外，果然看见郑亦雄等人往里走，眼看就走到紫气东来的窗前了。黑暗中，李其仁、章慧和孙大竹紧紧盯着窗外。就在这时候，一只手伸向章慧的手，章慧的手缩了一下。那只手不屈不挠，找到章慧的手。章慧的手不再躲闪了，让他抓住，握得生疼，心里却荡漾着异样的滋味。

门外的脚步声渐渐远去，李其仁让孙大竹把灯打开，灯亮了。两只手倏然松开。

转眼之间，杨蓼夫像换了个人，兴高采烈地回到桌边，端着大碗说，好啊，今天真是个好日子，花好月圆，好戏连台，风调雨顺，凯歌高奏，吉祥如意，福如东海……

李其仁说，行啦老杨，你这都什么乱七八糟的？

杨蓼夫说，我打人成功，道歉成功，侦察成功，作战成功，我高兴的，来，喝酒！

杨蓼夫端起大碗，向上一举，来，干了！

李其仁说，老天爷，这老兄真是气壮山河啊！怎么，章慧，你不生气了？

章慧羞赧微笑，不语。

李其仁说，啊，转眼之间烟消云散，你们，你们两个，这情况不像啊，你们两个怎么……章慧，这么快你就不生气了？

杨蓼夫大声说，老李你什么意思？难道你希望章慧接着生气？

李其仁说，你小点声，隔墙有耳。

杨蓼夫说，我偏要大声，我凭啥小声啊，墨镇，就算暂住，也是我清河支队暂住，他郑亦雄都敢大摇大摆地来，我这个驻军首领怕他什么？

李其仁说，要不，咱们干脆找过去，把两桌合一桌算了。

杨蓼夫说，我看可以，我们干脆把脸皮撕破，公开地讨论驻军问题。实在不行，我就学任冰雪，臭骂他们一顿。

孙大竹稀里糊涂地问，那谁结账啊？

杨蓼夫说，当然是国民党啊，他们搜刮民脂民膏，他们有钱。

李其仁瞪了孙大竹一眼，猪脑子，你还当真了啊！

三十一

这顿饭，孙大竹吃得回肠荡气，大碗喝酒，大口吃肉。

杨蓼夫说，孙大竹，你就不能秀气点，这一盆肉，差不多被你一个人吃了。

孙大竹说，司令员，元宵战役，我被你关了禁闭，我少吃了多少啊？我为啥要秀气？我得把亏下的那一份补回来。

李其仁说，杨司令，你说，郑亦雄他这个时候到墨镇来，到底是为什么？

杨蓼夫说，明摆着的，为了驻军，实现他们那个狗屁共同守备。

李其仁说，我一直想不出来，他会从哪里下手。会不会是来搞情报的？

杨蓼夫说，老李你还是打仗少了。搞情报，还用郑亦雄自己跑来？我告诉你，他是来找霉倒的。

李其仁说，我还是不明白。

杨蓼夫说，你刚才说我心情不好，是不好，可是我现在心情好得很。

李其仁说，我知道，就在刚才关灯的那一刹那，你把章慧收编了。你说是不是？

章慧满脸通红，低声嚷嚷，李副司令，你……

杨蓼夫笑道，老李，你这话说对了一半。我是把章慧收编了，章慧，我的小媳妇嘛，我当然要收编。可是，就在刚才，关灯的一刹那，我不仅收编了章慧，我还收编了郑亦雄。

李其仁说，此话怎讲？

杨蓼夫说，关灯的时候，老李你看见了什么？

李其仁说，我看见了四个人。

杨蓼夫笑了，四个人？我只看见了一个人。我只看见了郑亦雄的那张脸，那张脸上，冷若冰霜，眉毛眼睛都是晦气。

李其仁说，啊，你是说，他也碰了钉子？

杨蓼夫说，百分之百。你想啊，他和宋瑜为什么出来吃饭？他要不是碰了钉子，依他和宋家的关系，一定会在宋家弹冠相庆，一定好酒好菜。可是，他们出来了，说明他和我们一样受到冷遇，甚至可能更惨。所以我判断，墨镇驻军，共同守备，他的政治攻势，第一个回合，不了了之。我们的战略，一个字，拖，现在看来，已经拖出了效果。

杨蓼夫这么一说，气氛就活跃了，酒足饭饱，把店家叫来结账，店家说，只要大洋，不要法币。

李其仁边找钱边嘀咕，为什么只要大洋，你为什么不早说清楚。我这只有一块大洋，其他都是法币。

店老板说，长官，你也没有问啊，咱们现在不收法币。

孙大竹身上找不到钱，生气地说，老板，怎么会要两块大洋。人肉啊？

店老板说，长官，天地良心，俺们只收你们一个本钱。你们楼下那一桌，前后上桌吃饭的十六个人，有三个人吃了两遍，鸡鸭鱼肉全都是双份。还有你们喝的这个酒，是上好的清河老烧，换上别人，光这一坛酒就是一块大洋啊！

李其仁说，孙大竹，看看你的队伍，如狼似虎！

孙大竹说，首长，俺们也就打这一回牙祭……

李其仁说，好了好了，别说了。吃了喝了，怎么办啊？

一直不动声色的杨蓼夫这时候开口了，哈哈，这回洋相出大了。怎么办我不管，大不了把你押在这里，让孙大竹去借钱。

李其仁对老板说，能不能赊账啊？

店老板说，八路军杨司令有规定，墨镇所有饭庄酒楼，一律不许赊账。军人吃饭，必须付现。

杨蓼夫说，哦，杨司令还有这个规定？我怎么不知道？

店老板说，长官，你抬头看看，这墙上就有布告啊！

杨蓼夫扭头，在章慧和李其仁身后的墙上，果然贴着布告。杨蓼夫说，啊，那这回更麻烦了。

李其仁说，要不，你们先走，我来解决。

杨蓼夫想了想说，算了吧，多大个事啊，看我的。

李其仁说，你，你还有绝招？

杨蓼夫说，老李，我来给你七十二变。章慧，把你身后那张布告揭下来。

老板慌忙上前拦住，八路长官，这可使不得，这是杨司令的布告，实在不行，那，那就一块大洋吧，这布告可是万万揭不得啊！

杨蓼夫说，你放心，我不是揭你的布告，我是借来用用。我在背面写几个字，你把它拿到最东边那个包厢里，然后我就把饭钱给你算清，行吗？

老板诚惶诚恐地看着杨蓼夫，察言观色地说，行，行行，行行行。

章慧和孙大竹七手八脚在桌上清出一块空地，杨蓼夫拿着章慧递来的自来水笔，一笔一画地写了起来。

三十二

鸿运当头包厢里，情绪比较低落，没有喝酒，田齐鲁扒了几口饭，就到门外溜达去了，郑亦雄吃得索然无味，也很快把碗一推，擦擦嘴，坐在那里发呆。

宋瑜问，怎么就吃这么一点点？

郑亦雄说，今天胃口不好。

宋瑜说，凡事不要太认真。在这一点上，你要向杨蓼夫学习，拿得起，放得下。

郑亦雄不悦地说，怎么，你也认为我拿不起，放不下？

宋瑜说，你是拿得起，放不下。我感觉这半年你身体状况不太好，动不动就犯病，我真是担心。

郑亦雄看了宋瑜一眼，伸出手，抓住宋瑜的手说，不用担心，我身体好得很。这段时间没有打仗，我在蛰伏。你知道，老虎打盹的时候就是我这个样子。

宋瑜拍拍郑亦雄的手背，万丈雄心，殚精竭虑！

郑亦雄振作起来，松开宋瑜的手，好，不说这个了。时间不早了，我们该离开这个地方了。

然后就吩咐结账。

田齐鲁出门正要去结账，看见宋瑜的保镖张豹举着一张大纸，横看竖看，后面还跟着店老板。田齐鲁走过去问，这是什么东西？店老板忐忑不安地说，那个，那个，紫气东来里面那个……八路长官让我把这个，送给鸿运当头这里面最大的官。

田齐鲁说，给我。

店老板说，可是，紫气东来包厢那个长官……他们交代，一定要给鸿运当头最大的……

张豹大大咧咧地往前一挺肚子，伸手推了店老板一把，把布告扯了过去，弯腰交给田齐鲁。

田齐鲁两面看看，二话不说，回到包厢里，交给了郑亦雄。

郑亦雄看了看，抖着布告说，啊，土八路还真是善于笼络人心，搞了这么一个东西，规定了十个不准，八路军吃饭不许赊账；不许减免；不许……

田齐鲁说，旅座，你看背后。

郑亦雄将布告翻过来浏览，表情急剧变化，啊，还有这样的事情？他们在哪里？

店老板说，他们在紫气东来包厢，在最西边。

宋瑜问，这是什么？

郑亦雄怔怔地，突然笑了，哈哈，哈哈哈，冤家路窄啊。这个老杨，也只有他能想得出来。

宋瑜说，杨蓼夫发现我们了？

郑亦雄突然激动地说，好，好啊，这真是踏破铁鞋无觅处，得来全不费工夫。好啊，邂逅？巧合？太好了，简直就是老天爷在帮我。

宋瑜和田齐鲁一起看着郑亦雄。

郑亦雄说，我这次来，秘密潜入，公开亮相，没有比这个效果更好的了。

田齐鲁说，旅座，你这有什么好高兴的？我们被人家发现，人家故意不理，其实就是在蔑视我们。

郑亦雄说，蔑视？好，我再让他蔑视一次。

宋瑜说，你们说的话，我怎么一点儿也听不懂？

郑亦雄说，小瑜，你听不懂就对了，这个你可以看得懂。

宋瑜接过布告，从背后念道：郑将军阁下，夜半三更，邂逅墨镇，本应同饮，多有不便，今日擦肩，来日方长。现有一事相托，我等八路囊中羞涩，欠春满楼饭资两元，请兄垫付，日后偿还。杨蓼夫……

宋瑜目瞪口呆，杨蓼夫向郑亦雄借钱？天哪，拔牙拔到虎口上了。

郑亦雄说，老田，你说，怎么办？

田齐鲁说，杨蓼夫明明知道我们在这里，没有过来兴师问罪，没有给我们难堪，双方都有面子，这是聪明之举。

郑亦雄点头，这个老杨啊，神出鬼没，我是越来越喜欢这个老冤家了。要不是因为军务扯皮，我真想跟他坐下来喝一杯。好，他这顿饭钱我来给他出。小瑜，借两块袁大头给我。

第二天店老板就搞清楚了，那天在紫气东来包厢里写字的八路军，原来是大名鼎鼎的清河支队杨司令，有高人指点，店老板把他家自酿的白酒清河老烧改名为“杨司令酒”，渐渐地卖出了名气，行销方圆百里，生意益发红火，索性不开饭店了，专门卖酒。

此为后话。

第五章 北　　上

一

起风了，窗外的梧桐叶子簌簌地抖动，有一股咸腥的气息扑进郑亦雄的鼻息。

郑亦雄终于感到累了，每次见面，宋瑜都要从他的头上拔出几根白头发。宋瑜的这个动作包含着很多话语，他是明白的。可是，他停不下来，他就像一只飞蛾，前面总有一个灯火在吸引着他，他知道他最终会被那团灯火烧得粉身碎骨，但是，他就是为那个结果而飞翔的，这是当年在武汉黄埔分校就做过的梦，一个建功立业马革裹尸的梦。自从投笔从戎，他就把建功立业作为生命的旗帜，可是，来到琅琊山已经快两年了，驱逐日寇的事业还是遥遥无期。掰着指头算，他的部队和日军正面交锋次数并不多，而同杨蓼夫打交道，又总是斯文扫地。

有时候郑亦雄会把他和杨蓼夫做一番比较，从骨子眼里，他看不起那个泥腿子，可是久而久之，这种情况正在发生变化。一个堂堂正正的黄埔军校的毕业生，居然屡次在泥腿子的面前居于下风，这是哪里出了问题？他隐隐觉得，这是他脚下的土地出了问题，是他头顶的天空出了问题，时也命也。可是，换句话说，难道真的生不逢时？乱世出豪杰，时势造英雄，内忧外患，正是热血青年用武之地啊！

难道是自己出了问题？

打落门牙往自己的肚子里吞，人前人后他还得做出中流砥柱的样子，以至于旅部机要室那个女军官，经常把他挂在嘴边，公开地说，要不是有郑旅长，她才不在这里人老珠黄呢，这鬼地方！

是啊，这鬼地方，正是因为他的存在，并且敢作敢为无所畏惧地存在，才使这个鬼地方留住了人。仗，还是要打下去的。

何长官的绝妙计谋，到了墨镇，犹如一片落叶飘在丛林里，只晃动了几圈，就不见踪影了。自从八路军被“请”到墨镇，墨镇就像中了邪一样，众口一词，呼吁八路军担任墨镇警卫，抵制共同守备，特别讨厌的是，外国人也向土八路抛媚眼。

从墨镇回来之后，郑亦雄就知道，“共同守备”的计划终将破产，他还是按照他过去的想法，推敲了一个“东风计划”。这个计划得到了何长官的高度肯定，郑亦雄很是兴奋，交代叶乃伍和田齐鲁秘密准备。郑亦雄对二人说，我来到渤海，同杨蓼夫打了快一年交道了，我承认，我们基本上没有占上风。这一次，我郑亦雄恨不得把脑子都挖空了，搞了这么一个放火烧山的打法，这是我最后的本事了。这一招如果失灵，我就只有两条路可走，一条是一头撞死；还有一条，从此离开渤海，我就是去当叫花子，我也不再跟杨蓼夫打交道了。

叶乃伍说，根据旅座指令，在战斗发起前不使用电台和电话通讯，全部采用骑兵传令，各团行动分阶段下达，各团营长只知道行动，不知道为什么行动，也不知道什么时候行动，更不知道对谁行动。

田齐鲁也说，就算杨蓼夫知道我们行动了，他也不知道我们这次行动的真正目的。

自从墨镇擦肩而过，半个月过去了，郑亦雄不再提“共同守备”的事情，莫宁岗和南李庄方向也没有出现摩擦，琅琊独立旅和清河支队好像真的进入井水不犯河水的状态，但是杨蓼夫不这么认为，他知道，墨镇问题一天不解决，郑亦雄就一天不会善罢甘休。

按照平叛后的协议，一方做出重大兵力调整，要组织联席会议，通报情况。杨蓼夫派参谋长贺荣海到琅琊独立旅参加联席会，得到一鳞半爪的情况，也只是正常的防务调整，看不出有大的动作。为了麻痹杨蓼夫，郑亦雄甚至把“东风计划”兵力部署方案交给贺荣海带回清河支队。

杨蓼夫和支队几个首长研究了一个上午，也看不出来这个计划隐藏着什么更深的目的。有的人甚至认为，可能就是正常的换防，不必疑神疑鬼。

吃罢午饭，杨蓼夫和龙捷三带领警卫排，骑马到根据地外围的几个据点检查防务，在莫宁岗，杨蓼夫勒马北望，但见阳光下山峦起伏，河流纵横，星罗棋布的村庄参差不齐。杨蓼夫看着看着，脑子里突然闪过一道亮光，进入一个神奇的境界。

那天下午，杨蓼夫在莫宁岗呆了很久，眼前似有千军万马时隐时现。杨蓼夫对龙捷三说，朱大爷要是在这里就好了，这个地形，本身就是一个八卦图。

龙捷三挖苦地说，不用朱大爷了，杨司令你已经是半仙了。

杨蓼夫哈哈一笑说，你说得太对了，我感觉我已经掐到郑亦雄的脉搏了。

晚上回到墨镇，景晓纯和任冰雪正在谈话，杨蓼夫一头闯进来，把地图往景晓纯面前一摊，兴奋地说，我总算有点明白了。你看，凤岗以北是哪里？是洗马堰？洗马堰以西是哪里？是鬼子的四个据点，而这四个据点的西北方，就是琅琊独立旅前沿阵地。

景晓纯起先没有听懂杨蓼夫的话，渐渐明白了，你是说，郑亦雄会声东击西，借拔点打我凤岗和莫宁岗的主意？

杨蓼夫说，不是，他可能有更深的阴谋。你看这里，如果在鬼子的据点发生战斗，那会出现什么情况？我凤岗和莫宁岗部队是援助还是袖手旁观？援助，就有可能被他钻空子，不援助，我们还是抗日部队吗？就算我们袖手旁观，可是，战斗打响，他的增援部队，他的后退部队，都有理由向墨镇方向挺进。

景晓纯怔怔地说，啊，老杨，你这个判断太有道理了，是啊，如果说他共同守备阴谋不能得逞，这确实是一个出其不意的战术。

杨蓼夫说，凤岗当初是怎么被我们拿下的？

任冰雪说，你是说，郑亦雄会利用跟鬼子作战的机会，尾随进城。啊，他也学会了借鸡下蛋？

杨蓼夫说，只要打鬼子，不管是谁打，只要是中国军队，墨镇就必须成为他的后方，墨镇百姓就一定要拥军。要是我，我就会这么做。

任冰雪说，要是我，我就不一定这么做，特别是螳螂捕蝉，郑亦雄应该知道还有杨蓼夫在后面，你不要把郑亦雄想得那么蠢！

杨蓼夫不高兴地说，实践证明，郑亦雄就是那么蠢，自古兵不厌诈，他诈我，我反诈，任副主任，你不要干扰我的决心。

景晓纯也说，老杨的判断是对的，郑亦雄急于夺取墨镇，铤而走险是完全有可能的。

景晓纯如此一说，任冰雪就不好再坚持了，因为这是打仗，不是思想斗争。

二

当天夜里，清河支队接到情报，郑亦雄的二团正在向东南方向运动，已经抵达墨镇以北二十公里郑庄了。郑庄北面是鬼子据点，东南就是墨镇的犄角义和营。同时，郑亦雄的一团正快速向洗马堰方向机动。

这时候，杨蓼夫更加坚定了自己的判断，因为这两个地方，向北接近詹家店，向西接近墨镇，战斗一旦在这两个地方打响，胜利之师可以凯旋墨镇，而一旦溃败下来，进入墨镇休整应该是顺理成章的。

杨蓼夫终于下了决心，清河支队一团就近奔袭义和营，二团于今夜十二时前向北前出至洗马堰东南，三团和清河独立营火速前出至义和营伏牛山，构筑工事！

部署任务的时候，任冰雪反对，认为这样一来，墨镇就空了。

杨蓼夫对任冰雪的意见不以为然，认为墨镇虽是空城，胜过雄兵十万，因为郑亦雄不可能武力进入墨镇。

任冰雪特别提出，守备风岗的部队，绝对不能轻举妄动。

杨蓼夫则坚持认为，只要把鬼子控制在洗马堰和义和营，国民党军队不可能抽出兵力光顾风岗，即使光顾了，在国共合作的旗帜下，他也没有理由占据。风岗万无一失。

在战略战术上，任冰雪自然没有杨蓼夫精通，但是凭直觉，她还是不踏实，最后就留了一句话，我保留意见，并希望随时调整风岗的兵力。

郑亦雄的“东风计划”首先是对日军的拔点战斗，于拂晓在洗马堰东侧打响。按照郑亦雄的授意，冯德山命令，不要打成胶着状态，失守东北，向西南方向，一寸一寸地打，把鬼子撵到义和营来。

黄津弗也接到命令，鬼子的二号据点已经松动了，绝不能让他们逃回詹家店，全部都要撵到义和营来。

清河支队这边，杨蓼夫派人给郑亦雄送信，声称支援琅琊独立旅对日军的拔点战斗，郑亦雄哈哈一笑说，欢迎友军参战。

日军三号据点抵抗顽强，这里有鬼子的一个中队，汉奸两个营，工事坚固。战斗进行了一个多小时，还是没有打下来。郑亦雄亲自赶到前线，对这里的指挥官韩博涛说，最多还有一个小时，鬼子和汉奸的援兵就会赶到，在此之前，你们务必拔下三号据点！

韩博涛说，旅座，你是说和鬼子硬拼？

郑亦雄说，我再给你一个炮兵营，加强一个步兵营，守住这个据点，扼守清渤公路，但是要放过鬼子增援部队。

韩博涛说，放过他的增援部队，那我不是腹背受敌吗？

郑亦雄说，杨蓼夫清河支队已经上来了，你把鬼子关在洗马堰和风岗一带，让他们和八路军死缠烂打。

韩博涛说，啊，我守要点，让他们混战？

郑亦雄说，你看着办吧。

韩博涛说，我明白了，我立即组织敢死队，首先拿下三号据点。

三

杨蓼夫接到郑亦雄的回话，命令一团就近出击。周杰宁率领本团主力，奔袭义和营东侧，连续打退鬼子的两次冲锋，可是鬼子越打越多，周杰宁不禁疑惑起来了，各个战场都在打，怎么鬼子只增不减，难道天下的鬼子都集中到义和营来了？

战斗进行半个小时，谭何亮脑袋缠着绷带，跑过来报告，团长，这样打不行，鬼子的增援部队好像到了，四号据点突然出现了几个中队鬼子，汉奸有一个团，向我凤岗扑来。

周杰宁惊讶地说，哪里会有这么多鬼子？郑亦雄的部队不是在拔点吗？

谭何亮，是啊，那边炮声隆隆，可是这边鬼子越打越多。

周杰宁怔怔地望着远处，突然一声惊叫，他妈的，上当了，赶紧向杨司令报告，郑亦雄给鬼子留了一条路，鬼子大队冲向凤岗！

郑亦雄交代各部，坚持一个原则，只打防御，绝不进攻，集中所有的火力，但凡有鬼子突围，都放出一条路，一步一步地把他们逼到郑亦雄划定的位置。

这时候任冰雪也证实了自己的判断，杨蓼夫的布局有问题，但杨蓼夫坚持认为，郑亦雄是想把鬼子撵到墨镇，然后他跟着鬼子一起进来，所以要再把鬼子打回去。

任冰雪说，可是，你不能让我们自己唱空城计，不能顾此失彼。

杨蓼夫说，什么顾此失彼？我的战术是，把鬼子再撵回去，再撵到他琅琊独立旅的地盘上。他不是想在墨镇老百姓的面前露一脸吗？我不给他这个脸，我要让墨镇的老百姓看看，打鬼子，他郑亦雄永远不是我的对手。

任冰雪说，可是，你几乎举清河支队全部兵力，去打一场争面子的战斗，意气用事，这是兵家大忌。周杰宁团至少要有一个营回援凤岗。我现在最担心的就是凤岗。

杨蓼夫不容置疑地说，你的担心是多余的。郑亦雄要是敢打我凤岗的主意，那就不用你操心了，我拎着大刀上去把它再夺回来！

然后命令于建兴，发报，全线进攻！

四

任冰雪的担心不是多余的，郑亦雄确实玩了一个借鸡下蛋的花招。战斗进入高潮阶段，清河支队各个方向都向指挥部报告，鬼子突围了，鬼子在前，郑亦雄的部队在后，都在向洗马堰方向冲击。而冲击洗马堰，是为了钳制周杰宁。

到这个时候，杨蓼夫终于发觉不妙了。

指挥所里，任冰雪向杨蓼夫怒吼，凤岗只有两个连队，而目前各路鬼子汉奸已近千人兵力，凤岗危在旦夕！

杨蓼夫心虚地说，我们的部队会死守的！

任冰雪说，死守？都阵亡了谁来死守？你杨蓼夫过去一直标榜你打仗怕死，要最大限度地减少战士的伤亡，可是，这一次你为什么不考虑战士的牺牲？

杨蓼夫口气明显软了下来，任冰雪同志，请你冷静一点。参谋长，郑亦雄的队伍难道是虚晃一枪，难道不战而退？

贺荣海说，郑亦雄的部队全部参战，但是全集中在北线，打得非常顽强，已经拔了鬼子两个据点！

杨蓼夫怔怔地看着贺荣海，不甘心地说，拔了两个据点，那还是抗战有力啊！

任冰雪说，老杨，现在清楚了吧，这一次郑亦雄道高一尺，他的部队打鬼子无可挑剔，可是他把鬼子的援兵和三个据点的退兵全部压在南线，而且集中在凤岗一带，我们不仅打洗马堰打不下来，义和营也有可能被郑亦雄占据，更危险的是，凤岗！

杨蓼夫目光空洞地看着远处，凤岗，凤岗……现在离凤岗最近的部队是谁？

任冰雪说，周杰宁啊，可是你还在一味地让他进攻洗马堰。

贺荣海说，是的，一团主力被纠缠在洗马堰，凤岗只有韩政委指挥的两个连！差不多弹尽粮绝了！

杨蓼夫失神地看着贺荣海，又看看任冰雪，突然，眼睛瞪大了，任大姐，难道，我真的上当了？

任冰雪铁青着脸说，你本来不应该上当，可是你狂妄自大，你一意孤行，你是中了郑亦雄的圈套了。

杨蓼夫说，凤岗，我的凤岗，还有救吗？任大姐，我怎么会犯这样低级的错误？怎么办，怎么办？

任冰雪说，不要乱了方寸，立即调整部署，驰援凤岗！

五

凤岗战斗空前激烈，殷福塘拎着手榴弹，纵横投掷，金功言的机枪打报废了，几乎所有的战士都伤痕累累。副政委韩文被打出了肠子，捂着肚子对马大海说，马副营长，不能再这样打下去了，再打下去，就全完了。

马大海拖着哭腔说，杨司令不是说很快就能打下洗马堰吗？可是，我们的主力怎么还不回来啊！

韩文说，老马，组织大家撤吧，到二号高地，好歹坚守一个制高点，配合周团长反攻。

马大海热泪盈眶说，政委，这样我们就丢了凤岗啊，丢了凤岗，怎么向杨司令交代啊！

韩文说，老马，我命令你接替我指挥，把部队带到二号高地，保留这批战斗骨干。我向杨司令请罪！

马大海挥泪答应，招呼金功言，派人抬上政委，向二号高地转移。

马大海等人撤出之后，日军一个小队和两个伪军中队冲上了凤岗，日军指挥官以为他占领了制高点，非常得意地向河上川发报，声称控制了凤岗，足以掩护友邻撤退。

这个时候，郑亦雄正在卧龙岗上，手持高倍望远镜向凤岗观察，清河支队守军撤出凤岗，日军和“皇协军”冲上凤岗，连续两幕都被郑亦雄看在眼里，郑亦雄的心都快跳出来了，他的计划已经接近完美实现了。就在望远镜里的日伪还在表面阵地滞留的时候，郑亦雄摘下手套，对炮兵营长董藩轻轻地说了句，看你的了。

十几秒后，一个基数的炮弹向凤岗飞去，再一个基数……

郑亦雄的望远镜里，凤岗一片火海。活着的鬼子狼奔豕突，田齐鲁和韩博涛指挥部队向凤岗冲去。

炮兵郑亦雄放下望远镜，得意地向叶乃伍说，参谋长，怎么样啊？

叶乃伍说，可喜可贺，旅座料事如神，一切都在计划之中。

郑亦雄手套拍打着手背，矜持地说，打了这么多年的仗，我总算明白了一个道理。坦率地说，杨蓼夫会打仗，遇到这么一个老朋友，是我的不幸，也是我的幸运。要想战胜一个会打仗的人，你有什么办法？

叶乃伍怔怔地看着郑亦雄。

郑亦雄的脸上大放异彩，最好的办法就是比他更会打仗。

叶乃伍说，旅座，八路军会不会反攻？

郑亦雄说，反攻？他凭什么反攻？当初凤岗他们是怎么搞到手的？渤海地区联合抗战协议明确规定，凡是从日伪手里收复的地盘，谁收复就由谁来守备，这不正是他们一贯利用的吗？

叶乃伍说，如此，真是功德圆满。

郑亦雄说，共同守备墨镇，他们百般责难。没有办法，我拿下义和营，再拿下凤岗，虽然退而求其次，也算难能可贵了。对长官部，对墨镇，我琅琊独立旅也算有个交代了。

六

清河支队指挥部里，杨蓼夫红着眼睛，困兽一般，对贺荣海大吼，命令迫击炮连，机枪连，向凤岗实施火力打击。所有拔点部队，全部回援凤岗！

贺荣海为难地说，已经接到郑亦雄战报，凤岗已经被琅琊独立旅收复，要我军停止火力打击，否则就要承担袭击友军破坏抗战的罪名。

杨蓼夫怒不可遏，破坏？谁破坏？他得便宜卖乖，我会听他的？不拿下凤岗，我死不瞑目！

任冰雪说，杨蓼夫，停止你的盲目行为，凤岗已经被国民党反动派占领了，不能再实施武力了！我们可以采取另外的办法！

杨蓼夫说，我不把郑亦雄的脑袋砍下来，我就把我自己的脑袋砍下来！

任冰雪说，老杨，你犯了一次错误，不能再犯第二次错误了！

杨蓼夫说，老子死都不怕，还怕犯错误？参谋长，执行命令！

任冰雪说，老杨，如果你敢一意孤行，造成政治后果，我们谁也负不起责任。

杨蓼夫说，政治后果，什么政治后果？

任冰雪说，如果我们对凤岗实施武力，郑亦雄就更有理由插足墨镇了，正中下怀，还有比这更严重的后果吗？他要的就是这个效果啊！

杨蓼夫愣住了，啊，真的？

任冰雪说，老杨，你怎么糊涂了？我们就算丢了凤岗，可是如果我们退一步，墨镇还在我们手里啊，你不能因小失大啊！

杨蓼夫怔怔地说，那，任大姐，你说，我就这么认输了？

任冰雪说，这不是你个人的事，你不能因为个人的面子，使我们的整个战略计划陷入被动！那是拿你的脑袋也弥补不了的！

七

部队开进的时候，章慧就接到命令，带领孙迎风的部队和刘华英等人在墨镇东边黄村建立了救护站。战斗初期，孙迎风还兴高采烈地说，杨司令太英明了，把战场推到鬼子据点以北，郑亦雄尾随鬼子插足墨镇的阴谋被粉碎了。

章慧担心的是国民党军队伤兵溃退，交代孙迎风，一旦发现，就地救治，绝不能让他们窜到墨镇。

前面的枪炮越来越猛，几个战士抬着重伤员，匆匆跑来，后面跟着龙捷三和孙大竹等人。章慧迎上去关切地问，龙副司令，你也负伤了？快让我看看。

龙捷三说，我没事，小伤。先抢救重伤员。章慧，伤员多不多？

刘华英说，首长，这仗打得邪乎啊，从战斗打响到现在，我们已经安置了三百多名伤员了。

龙捷三沉痛地说，这个仗，太不值得了。

章慧吃了一惊，龙副司令，怎么啦？

龙捷三看着天空，不语。

章慧觉察龙捷三的异常，问孙大竹说，孙营长，到底怎么啦？

孙大竹说，章慧，章慧同志……我们丢了……

龙捷三制止道，孙大竹，你不要胡说！

孙大竹欲言又止，嗨，章慧，我没法跟你说，你早晚会知道的。

章慧脸色大变，一把扯住孙大竹说，孙营长，到底发生了什么事，我们丢什么了？莫非是老杨，杨司令……

孙大竹自言自语，上气不接下气地说，杨司令，杨司令，杨司令他……

章慧急切地问，老杨出事了？难道他……

孙大竹说，杨司令他，他命令我们不惜一切代价进攻洗马堰，结果，结果，没想到，郑亦雄太阴险了……杨司令他……

章慧以为杨蓼夫阵亡了，眼泪都快流出来了，松开孙大竹，喃喃自语，杨司令，你在哪儿啊，老杨，咱们刚刚才说好，抗战结束，咱们就结婚，咱们再也不打仗了，咱们回到清河，我办我的识字班，你给清河的老百姓盖房子……

孙大竹的表情急剧变化，抖着声音问，章慧，章慧，你说什么……这么说，你和杨司令已经，已经……

章慧说，是的，我和老杨已经订婚了，不，我们说好了，打完鬼子我们就结婚。

孙大竹转忧为喜，啊，那是天大的喜事啊！

章慧猛回头，看着孙大竹说，孙大竹，杨司令他到底怎么啦？

孙大竹说，杨司令？杨司令他没有怎么啊！他活得好好的。

章慧怔怔地，突然一拳打在孙大竹的肩上，嚷道，孙大竹，你搞什么鬼啊，你想把人吓死啊，你……

章慧热泪滚滚，又是一拳。

孙大竹也不躲闪，眼睛也湿润了，章慧，我不是故意吓你，我是……不过，我可告诉你，杨司令他这会儿心情不好。

章慧擦干眼泪，破涕为笑，他心情好不好跟我有什么关系，我才不管他心情好不好呢。

孙大竹挤眉弄眼地说，跟你关系大了，弄得不好，杨司令要坐牢。

章慧大吃一惊，啊，什么事情啊？

孙大竹说，逼婚啊，杨司令强迫下属给他当老婆，被个别同志告到延安了。毛主席说了，这个杨蓼夫，他学黄克功啊，枪毙！

章慧的脸刷地一下变白了，孙大竹，你，你……

孙大竹吓坏了，赶紧后退，两只手摆得花团锦簇，章慧，章慧，你听我说……

章慧的手伸向腰间的手枪，孙大竹，你知道杨司令爱说的那句话吗？

孙大竹说，知道知道，多大个事啊！

章慧怒吼，不是这句！

孙大竹说，知道知道，老子毙了你！

章慧说，再敢拿这件事情开玩笑，可别怪我不客气。

龙捷三说，孙大竹，都什么时候了，你还有心思开玩笑！

孙大竹说，龙副司令，你也别太在意了，什么叫什么时候啊，不就是丢了个凤岗吗，用杨司令的话说，多大个事啊，丢了咱们再把它夺回来就是了。

章慧收起手枪，一把抓住孙大竹，你说什么？

孙大竹说，我说，多大个事啊！

章慧说，不是这句。你刚才说，丢了哪里？

孙大竹说，俺们这下被郑亦雄坑了，丢了凤岗。

章慧怔住了，啊？

八

作战室里谈笑风生，金莉莉站在门外，犹豫着不知道该不该进。田齐鲁一眼看见金莉莉，走过来问，什么情况？金莉莉说，何长官电报。田齐鲁说，给我。金莉莉妩媚地看着田齐鲁说，我要亲手交给旅座。

里面传来郑亦雄的声音，谁啊？进来。

田齐鲁对金莉莉说，好，你亲手交，跟我来。

金莉莉正正军装，跟在田齐鲁后面，进门之前还掏出小镜子照了照。

郑亦雄抬起头，春风满面地看着金莉莉说，啊，我琅琊独立旅还有这么漂亮的女军官，我怎么没有见过啊？

金莉莉傻眼了，委屈地说，旅座……

田齐鲁说，旅座，这个金莉莉，你至少见过十次了。

郑亦雄说，哦？啊，好好好，恕我记性不好。什么事啊？

金莉莉双手递上电报说，长官部电报。

郑亦雄没有接电报，乐呵呵地看着金莉莉，念。

金莉莉惊喜地看了郑亦雄一眼，清清嗓子，定定调子，字正腔圆地朗读电报——郑旅长亦雄将军阁下：琅琊独立旅“东风计划”出奇制胜，借敌之谋，反客为主，一举收复凤岗，解我北部心头之患，除我墨镇易主之忧，虽未能达成共同守备之战略目的，然已陷三兄于政治军事双重被动，为我建设渤海地区北部防线，防患三兄北上之不轨，构筑精神战斗之双重防线，可喜可贺！长官部特颁发嘉奖，通令所部，人员物资犒赏另有专文……

金莉莉念完电文，注视郑亦雄。

郑亦雄好像还没有听过瘾，还沉浸在愉悦当中，完了？

金莉莉说，报告旅座，完毕。

郑亦雄缓缓睁眼，站了起来，看了看金莉莉说，啊，林小姐，如此动听，如此美妙……

金莉莉喜滋滋的面孔僵硬了。

田齐鲁说，旅座，不是林小姐，她叫金莉莉。

郑亦雄说，啊，对不起，金小姐，天生丽质，英姿飒爽，我国军女性军官，就应该有如此风范。你今年……芳龄？

金莉莉惊喜地说，报告旅座，我今年二十四岁了。

郑亦雄说，啊，年方二八，啊，不，年方三八，正是好时光啊，有志青年，委员长说，一寸山河一寸血，十万青年十万军，我中华民族光复，靠的就是你们这些年轻人啊！

金莉莉说，旅座，谢谢栽培。

郑亦雄说，以后，这样的电文，就应该由你来念，悦耳动听。

田齐鲁向叶乃伍耳语：怎么回事？太阳从西边出来了？旅座今天跟一个女下属说这么多话干什么？

叶乃伍眼睛看着郑亦雄，对田齐鲁悄悄地说，人逢喜事精神爽啊，今天来个猪八戒，旅座都会夸奖他。

九

金莉莉哼着歌曲回到电台室，眉眼都是欢笑。

付媛贞说，这么高兴啊，打牌赢钱了？

金莉莉说，赢什么钱啊，你把我看成什么人了？

付媛贞说，那你说你是什么人？

金莉莉神往地说，有志青年啊，一寸山河一寸血，十万青年十万军，我中华民族光复，靠的就是你们这些年轻人啊！

付媛贞莫名其妙地说，你说什么鬼话，你是不是神经了？

金莉莉说，你才神经了呢。这话不是鬼话，是郑旅长说的。

付媛贞说，哦，我明白了，郑旅长总算给你笑脸了。可是你别高兴，郑旅长给你好脸，不是因为你。

金莉莉问，那是因为什么？

付媛贞说，明摆着的嘛，因为打了胜仗，夺取了凤岗，受到了何长官的嘉奖。

金莉莉怔怔地说，啊，也是啊，连老娘的名字都记不住，见过八百次面了，还说没有见过，老是喊我林小姐，整个一个军阀，我看他是老糊涂了。

付媛贞说，你可别这么说，该记不住的，他自然用不着记住，该记住的，他不用记也能记住。

金莉莉不解地问，你什么意思啊？

付媛贞向外一指说，哈，说曹操，曹操到。你看。

金莉莉瞪了付媛贞一眼，往窗外看去。宋瑜的老式福特汽车，缓缓驶进旅部大门。金莉莉恨恨地说，哼，又来了，干扰军心啊！

十

宋瑜的福特汽车缓缓开进院子，郑亦雄已经等在门外了。宋瑜刚刚下车，郑亦雄就冲上去把她抱起来了，不是西方式的优雅地拥抱，而是把宋瑜抱得双脚离地，还转了一圈，又转了一圈。

宋瑜说，放下我，返老还童啦，你的部属都在看着你呢。

郑亦雄说，看吧，我郑亦雄也不是不食人间烟火的老古董。我高兴啊！

宋瑜说，我也替你高兴。

坐下来后，郑亦雄不再说话，笑眯眯地看着宋瑜。宋瑜说，想听夸奖？

郑亦雄说，是的，但也不全是。说真的，困难的时候，我想见到你，高兴的时候，我更想见到你。这大约就是……哎，我也说不清楚是一种什么感觉。说真的，戎马生涯，倥偬岁月，有时候，真想解甲归田，换一种活法。

宋瑜观察郑亦雄，真的？

郑亦雄说，真的，不过，这只是偶尔的念头。

宋瑜说，如果你真想解甲归田，我是你的忠实同盟。

郑亦雄说，那是啊，花前月下，男耕女织，没有纷争，没有烦恼，只有生活，只有恩爱，那是什么样的日子啊！

宋瑜说，可能吗？万丈雄心，永不消失！

郑亦雄叹道，总有消失的时候，也许只有那个时候，我们才能回到我们的少年时代。一个天真无邪的美少女，和一个胆大妄为的丑少男，在乡间的小路上，在蜂飞蝶舞的树林里，在雨后的彩虹下，在汩汩流淌的清泉中……即使没有爱情，也足以让人陶醉。

宋瑜说，亦雄，你也成诗人了。是不是得到凤岗，心情特别好？

郑亦雄说，是啊，军人嘛，总是以胜利为荣，军人的荣誉就体现在两个字上——胜利。

宋瑜说，哦。

郑亦雄对叶乃伍和田齐鲁说，你们还在这里干什么？

田齐鲁笑笑说，滚，我们马上滚。

十一

杨蓼夫的手枪很少用，所以就很少擦，偶尔擦擦灰，也是王进阶的事情。但是这一天杨蓼夫亲自擦枪，一遍一遍地，拆了装，装了拆，还不时举枪瞄准，嘴里恶狠狠地念念有词，郑亦雄你这个汉奸，借刀杀人，有种你给我站出来，面对面，个顶个，老子让你三枪！

对面空无一人，杨蓼夫对着院子里的那棵树说，好，你不出来，你不跟我单打独斗，你这个汉奸，你总算打了一个漂亮仗。老子一世英雄，栽在你手里了，早晚，我让你满地找牙！

章慧估计这两天杨蓼夫心情不好，找个时间到田家大院，想安慰一下。进门的时候王进阶说，除了你，别人我谁也不让进去，没准司令员在哭呢，我可不想让别人看见。

章慧走近杨蓼夫的房间，杨蓼夫似乎听见了动静，扭头看了一眼，没有发现章慧，却发现一面镜子。杨蓼夫把镜子搬到面前，对着镜子龇牙咧嘴道，笑，你还笑，你笑个屁，败军之将，无能鼠辈，你还有脸当司令，还有脸活着？我看你死了算了！

章慧吃了一惊，想走上去，又停下了，眼看杨蓼夫把手枪慢慢地举起来，对着镜子说，杨蓼夫，你这个愚蠢的家伙，你对不起党对不起人民，上级要你带领部队向北发展，可是你独断专行，利令智昏，拒绝同志，你葬送了凤岗，葬送了北上的重要支撑点。我代表党中央和毛主席，我代表罗政委和王司令，我代表人民处决你！

杨蓼夫说着，猛地把手枪举到前额，对准自己的太阳穴。章慧吓坏了，纵身扑了过来，架起杨蓼夫的胳膊，出其不意地把杨蓼夫的手枪夺了下来。

杨蓼夫茫然地看着章慧说，怎么回事？

章慧余悸未消地瞪着杨蓼夫说，老杨，你要干什么？

杨蓼夫东张西望，干什么？我什么也没有干啊，我在擦枪。

章慧将信将疑地说，擦枪？擦枪你把枪口对准自己干什么？

杨蓼夫恍然大悟，噢，哈哈，我在批判杨蓼夫呢，你以为我要自杀啊，哈哈哈，我杨蓼夫凭什么自杀啊，这个世界上哪怕人人都自杀，我老杨也不会自杀啊！我还要找郑亦雄算账呢！

章慧怔怔地看着杨蓼夫，突然弯腰，拿起一根棍子，掂掂，扔掉棍子，脱掉鞋子，拎起来向杨蓼夫打去，你干什么装神弄鬼啊，你把人都快吓死了，我让你装神弄鬼……

杨蓼夫站着不动，只是脑袋躲闪，章慧，章慧，你怎么学任冰雪啊，打人还用鞋底，啊，哈哈，哈哈……

章慧说，凤岗真是因为你指挥不当丢掉的？

杨蓼夫说，应该说，是因为我的失误加上郑亦雄的狡诈丢掉的。郑亦雄这次给我玩了一个战术，而且是学我的战术，他也给我搞了个调虎离山，这叫以牙还牙。

章慧说，听说上级要处分你？

杨蓼夫大大咧咧地说，那是当然。犯了错误，总得处理。况且，丢了凤岗，军事上受到很大影响，政治上也很被动。我已经向组织上提出来，下去当团长，或者当连长。

章慧说，啊，这么重的处分啊！

杨蓼夫说，虽然我同任冰雪针锋相对，但是，说实话，这一次我才发现，这个同志不仅原则性强，还很有军事指挥才能。

章慧说，上级真会降你的职吗？

杨蓼夫说，两种可能。讨论会后，我认真地进行了反思，我最近确实有骄傲自满情绪，下去当一段团长连长，直接带兵打仗，跟战士们在一起，可能会更谨慎一些。

章慧沉吟，这样也好，这样我就能跟你在一起了。

杨蓼夫惊讶地看着章慧，什么？我不降职你就不能跟我在一起了，你不是答应嫁给我吗？

章慧说，可是，你是司令员啊，我说过的话又反悔了。我来参加八路军，是为了抗日的，嫁给一个司令员，多丢人啊，人家还以为我攀龙附凤呢。

杨蓼夫不高兴了，章慧，你这是什么话，难道司令员就该打一辈子光棍？

章慧说，我也知道司令员不能打一辈子光棍，可是，我还是希望你是一个普通人。

杨蓼夫说，司令员难道就不是普通人？我们革命军队，司令员，炊事员，司号员，卫生员，都是员，为什么都是员？因为都是普通一员。

章慧说，道理是这个道理，可是，司令员和其他员还是不一样。

杨蓼夫说，嗬，照你这么一说，我这个司令员还真得降职不可了，不然我就娶不上媳妇了。

章慧说，看你，张口闭口媳妇儿，多难听啊！

杨蓼夫歪起脑袋问，不叫媳妇儿，那叫什么，识字班？

章慧说，叫爱人。

杨蓼夫笑了，爱人？爱人，那只能在心里叫，嘴上叫，多肉麻啊！

章慧顿了顿问，你心里当真没有负担了？

杨蓼夫说，那当然，多大个事啊！

章慧说，我就知道，没有多大个事。丢掉一个凤岗，你还会夺回十个凤岗。我的杨司令，那是什么人啊？

杨蓼夫说，别叫我杨司令，叫我老杨，从此以后，我就是你的老杨！

十二

特务营球场上，景晓纯和任冰雪一边练球，一边讨论杨蓼夫的问题。任冰雪说，这个同志错误非常严重，必须严肃处理。景晓纯说，鉴于杨蓼夫同志在拔点战斗中指挥失误，尤其是不能接受正确意见，独断专行，导致我战略要点凤岗丧失，为下一步战略计划带来严重后果，为了充分发扬民主，确保正确指挥，夺取更大胜利，决定给予杨蓼夫撤职处分。

任冰雪顿时愣住了，她是提议严肃处理，但是把杨蓼夫撤职，还是她没有想到的。任冰雪说，景政委，这……是不是因为我的发言，过于严厉了，过于上纲上线了？

景晓纯说，你的发言很好啊，针对性强，原则性强，句句在理啊。你的发言对纵队决策起到了关键的影响作用。

任冰雪越听越不是味儿，可是，可是，我是就事论事，我是对事不对人。杨蓼夫是有错误，可是，他当这个司令员，还是，还是称职的嘛，他功大于过，他得大于失，他……唉，我都不知道该怎么说了。怎么说，也不至于撤职啊！

景晓纯问，那你认为应该给他什么样的处分合适？

任冰雪被问住了，这个，我还没有想过，我想，可以给他记大过，同时在支队建立健全民主生活会制度，只要他再敢一意孤行，就狠狠地批评他，让他不厌其烦地写检查，一遍不行两遍，两遍不行三遍，就是要把他的老虎屁股捋软。

景晓纯苦笑，任副政委，以后恐怕用不着你来捋他的屁股了。

任冰雪说，怎么啦？

景晓纯说，他不是撤职了吗？

任冰雪回过神来，哦，是啊，可惜了可惜了，老杨啊，我……我真是糊涂啊，我本意是敲打你，谁想到是这个结果呢。

景晓纯说，我们都没有想到，只有他自己想到了。

任冰雪愣住了，他自己想到了？这是怎么回事？

景晓纯说，是他自己提出来的。

任冰雪怔怔地看着景晓纯，突然爆发吼道，他自己提出来的？那可不行，要是他自己提出来的，就坚决不能同意。

景晓纯奇怪了，为什么？

任冰雪把球一扔，手往腰间一拃，气势汹汹地说，这个老杨，杨蓼夫，孬种！就这么一点挫折，就给组织撂挑子？不行，清河支队不能没有杨蓼夫，杨蓼夫这个担子不能让他撂，哪里摔倒，他还得从哪里爬起来。我不同意杨蓼夫撤职，不行，我明天就向，不，我现在就向纵队发报，坚决不同意撤换杨蓼夫的司令员职务。

任冰雪说完，转身就走。

景晓纯一把拉住，老任，你要干什么？

任冰雪说，发电报啊，反映我的意见，我反对给予杨蓼夫撤职处分。

景晓纯急了，哎，哎，老任，你别急啊，纵队已经批准了你的反对，同意你的建议。

任冰雪站住了，回头看着景晓纯，什么，你说什么？

景晓纯说，纵队已经同意了你的建议，保留杨蓼夫同志的清河支队司令员职务，给予记大过处分。

任冰雪明白了，啊，景政委，老景，原来你是骗我啊！吓了我一头汗。

十三

夏秋之交，清河支队向北步步逼近，连续拿下洗马堰外围三个据点，郑亦雄的部队也从东边连续出动，切断了詹家店到青岛的交通线，詹家店成了日军在渤海湾最后的孤城。双方厉兵秣马，准备一举拿下詹家店，这情景，颇有点像千年之前刘邦和项羽的咸阳之争。

就在此时，太平洋战争发生重大转折，美国在日本广岛和长崎扔下两颗原子弹，苏联百万红军从中国东北入关，日本天皇宣布无条件投降。

杨蓼夫和郑亦雄几乎同时接到了各自的上级命令，对日寇最后一战，夺取洗马堰，围攻詹家店。

两支部队从两个方向，好比三角形的两条边，直指顶点洗马堰。

琅琊独立旅已经更换了美式装备，主力沿青渤公路向西北方向开进。吉普车上，郑亦雄对田齐鲁说，老田，上次八路军到本部演出的事情，前几天又有人告到何长官那里，何长官雷霆震怒，差点儿又把你关起来了，你知道吗？

田齐鲁说，知道，我正等着呢。

郑亦雄说，你这是什么意思？

田齐鲁说，我是破罐子破摔了。

郑亦雄说，叶参谋长和老冯也替你求情了，大家都担待了。

叶乃伍说，光我们求情不管用，还是旅座把责任承担起来了。

田齐鲁说，不管是谁的意思，我都不领情。

郑亦雄说，啊，你这是什么意思，难道保你还保出恶意来了？

叶乃伍笑笑。

田齐鲁说，墨镇易手之后，我在号子里蹲了几天，虽然伙食差了点，但是不用打仗啊！是你们把我弄出来的，一出来就碰上是非，八路军演出，搞得我提心吊胆，长官各种说法都有，有人干脆说我通共。这边戏刚演完没几天，又兴师动众争夺洗马堰。打来打去，我看早晚得打出内战。

郑亦雄说，我跟你讲，我们和八路迟早必有一战，今天他如果阻挡我收复洗马堰，我就奉命肃奸戡乱！

田齐鲁说，我提醒旅座，八路军羽翼丰满，争夺洗马堰，鹿死谁手很难预料啊！

郑亦雄说，那你就等着看吧。

前面，电台车挡住去路，吉普车停下后，田齐鲁下车，接过金莉莉送来的电报，回到车上对郑亦雄说，旅座，八路军果然动作迅速，捷足先登，已经攻占了六号高地，正在向七号高地推进。

郑亦雄惊讶地说，什么？他们的两条腿这么快？

田齐鲁说，按照渤海地区国共联合抗战协议，既然六号高地已经他属，七号高地显然也很难守住。卑职提议，不要再争夺洗马堰了，索性直接进军詹家店。

郑亦雄说，直接进军？洗马堰如果被共军控制，詹家店的日伪就会见风使舵，杨蓼夫先我一步受降就很有可能成为事实。我琅琊独立旅数年抗战，战功何在，脸面丢尽！

叶乃伍说，旅座所言极是，这不仅是一城一地得失，关系到我军在渤海地区抗战格局的地位，影响重大。

田齐鲁说，叶参谋长，这个时候你不能火上加油啊！

突然，远处的枪炮连成一片，郑亦雄惊讶地问，那是什么？

田齐鲁说，那是洗马堰六号高地，听部队的冲锋号，这应该是周杰宁的部队。

郑亦雄的脸霎时就变了，下车背着手踱了几步，向金莉莉口述电文：着三团、二团，全力向洗马堰西南六号高地进攻，务必抢在周杰宁的前面。

田齐鲁说，旅座，是不是应该照会八路军，先停下来谈谈，不能自相残杀啊！

郑亦雄说，老田，你太书呆子了。我跟你说实话吧，何长官已经下达密令，如果八路军争夺洗马堰，就以叛乱论处。

田齐鲁怔了一下，还是不甘心，不屈不挠地说，旅座，可是，何长官在千里之外，我们同清河支队可是面对面啊，你不能下达这个命令。

郑亦雄说，我是党国军人，校长的学生，我不能被感情牵着鼻子走啊。

十四

电报很快就发出去了，二团团长冯德山指挥部队向六号高地发起冲击。打了一阵子才知道，洗马堰已经被八路军攻克了，一个军官向冯德山报告，他的部队已经同马大海交上火了，过去两家并肩打鬼子，现在要向八路军开枪，官兵根本下不了手。

在侧翼方向上，连长赵大脚也向营长黄津弗报告，团座，我跟你说实话，搞清楚当面之敌是八路军，部队都不愿意打啊，再逼下去，打黑枪的都有。

黄津弗说，啊，这么严重？

冯德山和黄津弗分别给郑亦雄发了电报，郑亦雄说，什么，步兵根本上不去？完全是胡说，八路军先头部队不过一个营，继续喊话，再不撤，就要强攻了！

叶乃伍说，旅座，从枪炮声分析，交战并不激烈，或许这是撕破脸之后的第一场战斗，官兵们思想转不过弯。

田齐鲁说，这说明我们的部队还是讲良心的。

叶乃伍说，老田，你这个思想，是要上军事法庭的！

付媛贞奔过来，扬着手中的电报说，旅座，何长官急电。务必拿下洗马堰，不惜一切代价，不择一切手段！

不择一切手段？

郑亦雄明白这其中的含义，说说容易，可是，真的下手了，郑亦雄反而觉得心里一阵空旷。这段时间，这种空旷的感觉经常发生，尤其是在重大决策之前，有好几次导致昏厥。郑亦雄的手举起来又放下了，对身边说，向八路军喊话，请他们退出去，不要妨碍我军收复失地！

叶乃伍说，已经不可能了。旅座，不能再抱幻想了。

转眼之间，郑亦雄的额头已是冷汗涔涔，怎么办？

田齐鲁说，旅座，这个时候……我们不能当千古罪人啊！

叶乃伍说，老田，你不能干扰旅座的决心。

郑亦雄焦躁地踱步，时而握紧拳头，时而向天仰视。

指挥车边，空气凝重。郑亦雄说，老杨啊，杨蓼夫，对不起了，对不起了。该还你的，我都还你了，我没有办法再帮你了。

田齐鲁说，旅座，再等等吧，我去跟他们谈判。和谈不到最后关头，不言放弃啊！

叶乃伍说，旅座，当断不断，反为其乱。向杨蓼夫要地盘，无异与虎谋皮，断无可能。

郑亦雄终于下了决心，咬牙切齿地对金莉莉说，致电 209，着炮兵营对日伪负隅顽抗之六号阵地，实施十分钟效力射！

田齐鲁怔怔地看着郑亦雄，突然冲上去，握着双拳向郑亦雄说，旅座，万万不可啊，六号阵地已经被八路军占领，已经不是日伪部队了，那上面是清河支队的部队，十分钟效力射，那就，那就……

田齐鲁说不下去了。郑亦雄闭着眼睛，仰起脸，不看田齐鲁。

叶乃伍说，老田，战争不能有妇人之仁！

金莉莉惶恐地说，长官，我就这么发了？

郑亦雄还是不吭气。

叶乃伍向金莉莉说，啰唆什么？快去！

田齐鲁扑向金莉莉说，你不能发这个电报！

叶乃伍说，老田！

叶乃伍对身边军官喊，把田副参谋长给我拖回来！

十五

一团在洗马堰六号高地同日军激战了一个多小时，已是伤亡过半，以最快的速度抢下烈士尸体，转移伤员，然后集中最后的力量，组织敢死队。周杰宁对谭何亮说，拿下七号高地，就向主峰迂回，收复洗马堰！

谭何亮说，团长，没有问题，七号高地重要火力点多数都被摧毁了，鬼子撤了，只剩下一部分“皇协军”。

周杰宁说，好，我们在七号高地北侧会合。

谭何亮挥手，五连六连，跟我向东！

霎时，这支衣衫褴褛的部队，带着满脸血污，又向七号高地冲去。战士们的脚步有些轻飘，高一脚低一脚，喝醉酒似的，然而方向却是那么坚定，前面的拉着后面的，后面的超越前面的，争先恐后，在密集的弹雨的缝隙里一步一步地向前进着。

忽然天空一阵嘶鸣，几十发炮弹落在前方的山坡上，已经冲到对面阵地前面的部队，血肉横飞，倒下去一片。冲在最前面的那个战士手持红旗，摇晃着，持续了十几秒钟才倒下。

周杰宁看得真切，上前抱住战士，回首怒喝，炮声不对，这是哪个方向的炮火？

谭何亮喊道，琅琊独立旅，他妈的郑亦雄从背后向我们捅刀子！

炮火越来越密集，国民党士兵在炮火的掩护下，从侧翼向周杰宁的部队包抄，射击。

一发炮弹在近处爆炸，弹片击中周杰宁，周杰宁摇晃着，睚眦俱裂，倒下去之前大吼，同志们，国民党对我们下手了，报仇啊！

电波越过山峦丛林，传到了清河支队指挥部。

贺荣海报告，琅琊独立旅一部在炮火的掩护下，从我三号阵地突入，袭击我侧翼，进攻受挫，周杰宁团长阵亡！

正在焦急地踱步的杨蓼夫猛回头，瞪着眼睛看贺荣海，手中的直尺咔嚓一声断了，你说什么？

贺荣海不安地说，司令员……

杨蓼夫红着眼睛问，真是琅琊独立旅的炮火，周杰宁阵亡了？

贺荣海点点头。杨蓼夫惊呆了，抬头看着远处的天空，突然大喝，炮兵，炮兵，我们的炮兵呢？

贺荣海说，我们的炮都是小口径，鞭长莫及。

杨蓼夫手中的半截直尺直指贺荣海，命令所有进攻部队，停止攻击洗马堰，调整部署，回首阻截郑亦雄，给我照死里打。

十六

自从下令炮击洗马堰之后，郑亦雄就处在忐忑不安之中，他不知道结果是什么，无论是什么样的结果，都不是他希望看到的。然而，命令已下，开弓没有回头箭，他只能等待。

进攻洗马堰的部队突然遭到拦截，黄津弗浑身是血奔跑过来，旅座，不好了，八路军放弃向日军进攻，以全部之力堵截我进攻部队。

郑亦雄愣住，啊，他们掉头了？

叶乃伍说，八路军不打鬼子了，他敢来阻截国民党军？

黄津弗说，他那个团长周杰宁被打死了，死在我们的炮火下。八路军部队一片嗷嗷叫，要报仇，疯了一样向我冲击，势不可当。

郑亦雄的脸色骤变，喃喃地说，周杰宁死了？

黄津弗说，听说杨蓼夫向部队发出命令，不跟鬼子打了，专打反动派，活捉郑亦雄！

郑亦雄眼前一黑，摇晃了一下，又站稳了，啊，刺刀见红了！那就来吧！给我组织部队，向二号、三号阵地冲击。命令炮兵，向杨蓼夫指挥部急袭十分钟。

田齐鲁在车上大叫，旅座，万万不可啊，这一打，就把战火打起来了，两败俱伤，我们就成了民族罪人了。

郑亦雄说，闭嘴！田齐鲁，打完这一仗，你再给我回到马场去！

十七

洗马堰攻克后，任冰雪和许东湖、章慧等人骑马向洗马堰方向运动，准备接管洗马堰，正在行进，于建兴跑来拦住马头说，任副政委，不能往前走了。

整个战场都是枪炮声，任冰雪说，你说什么？大声，我听不清楚。

于建兴大声说，国民党从背后袭击了我们，周杰宁团长牺牲了，洗马堰被国民党占领了。

任冰雪的马鞭子停在空中，什么，国民党从我背后偷袭？周杰宁牺牲了？国民党在哪里？

于建兴说，一部分进入战斗，主力正从清渤公路向我涌来！

任冰雪说，山下那一堆人是干什么的，是不是他的指挥所？

于建兴说，有指挥车，有电台，好像是前进指挥所。

任冰雪回首道，警卫排，跟我上！

许东湖下马拦住任冰雪说，任副政委，你可不能亲自上阵啊，目标太大啊！

任冰雪说，滚开，再拦我我毙了你！

章慧说，任副政委，你不要冲动！

任冰雪扔掉了八路军的帽子，从挎包里掏出红军帽，戴在头上，吼道，老子早就等着这一天了。有种的，跟我上！

任冰雪跨上战马，抽出战刀。

章慧说，任大姐，我跟你去！

任冰雪回手一马鞭甩了过去，你给我滚回去！

任冰雪出动的同时，清河支队指挥部里，杨蓼夫已经披挂整齐，脸色铁青，眼睛通红，对景晓纯说，景政委，这里交给你了。

景晓纯说，老杨，你冷静一点！

杨蓼夫恶狠狠地说，我比任何时候都冷静！

景晓纯说，我以支队党委书记的名义，命令你，停止鲁莽行动！

杨蓼夫一把扯开军装，吼道，你就是天王老子，你也挡不住我！我不打鬼子了，我专打郑亦雄。骑兵营，目标，郑亦雄的前进指挥所，前进！

任冰雪下山之后，章慧和许东湖不敢乱动，指挥政治部的干部隐蔽在洗马堰山坡上，突然看见远处尘埃滚滚。章慧说，许科长，你看，我们的骑兵，一定是增援任副政委的。

许东湖手搭凉棚看了看说，天哪，枣红马，前面的是杨司令。章慧吃了一惊，啊，不会吧？杨司令怎么会……许东湖说，就是，就是，快看啊！章慧向坡下看去，她惊呆了。

对面的山坡上，几十匹战马像瀑布一样从山上飞流直下，战士们手中的战刀在阳光下闪烁。杨蓼夫站在鞍镫上，像是站在劈风斩浪的船上，敞开的军装像一面旗帜在身后飘扬……

章慧把目光移开，沿着杨蓼夫马队奔突的方向，她看到了任冰雪。任冰雪时而振臂挥刀，削泥一样砍杀路边阻拦的士兵，时而弯腰扑在马背上，一次次躲过了来自几个方向的射击。

余河沿在后面紧追不舍，回头看看，惊喜地大喊，任副政委，杨司令带领骑兵下山了。

任冰雪一边砍杀一边喊，大点声，我听不见。

余河沿也大喊，杨司令下山了。

任冰雪吼道，什么，他来干什么？让他滚回指挥所去！

十八

战场乱了，整个洗马堰地区，就像一个开水锅，八路军的所有部队停止了向日军攻击，从各个方向呐喊着向郑亦雄的指挥所涌来。田齐鲁坐在后座上，泪流满面，一言不发。

叶乃伍举着望远镜，没头没脑地嘟囔，疯了，疯了，旅座，他们真的疯了！

郑亦雄说，镇静，给我顶住！电令韩博涛，派一个营过来接应。

叶乃伍说，来不及了，他们显然已经发现这辆指挥车了，旅座，得避开锋芒啊！

杀声越来越近，前面的士兵纷纷后退。郑亦雄终于露出惊慌之色，啊，打虎打出个武松来，他们公开叛乱了。

叶乃伍命令司机，赶快掉头，快点！司机倒车掉头，一不小心，熄火了。郑亦雄一把将司机扯到副驾驶位置上，自己坐上驾驶座，从容倒车，飞快后退。

在这个秋高气爽的下午，洗马堰西南侧青渤公路上，出现了一幕奇特的景观。郑亦雄的吉普车在前面奔驰，任冰雪的小分队紧追郑亦雄，杨蓼夫的大部队紧追任冰雪。很快，杨蓼夫就超过了余河沿，挥舞手枪向吉普车连连射击。一颗子弹击中吉普车左后轮胎，汽车歪了一下，继续行驶。杨蓼夫挥手向身后的战士要了一支卡宾枪，一阵连续的枪声之后，吉普车跳了一下，右后轮胎瘪了。后面两个轮胎都被打爆了，反而平稳了。

任冰雪听见枪声，回首骂道，混账，谁乱开枪！

任冰雪的后面，杨蓼夫一夹马肚，战马向左边画了一个弧线，杨蓼夫又向汽车左前轮开了一枪。

车上，叶乃伍惊恐万状，拖着哭腔喊，旅座，追上来了，急刹车，跳车跑吧！郑亦雄不理，镇定自若，又换了一次挡。

田齐鲁哈哈大笑说，好了，鱼死网破，同归于尽！

杨蓼夫勒马从右后方迂回，向汽车右前轮开了一枪。四个轮胎都瘪了，汽车速度大减。坐在副驾驶位置的司机见势不妙，跳车就跑。

车子终于停下，郑亦雄双手拍打着方向盘，叹了一口气，天不助我也！

任冰雪策马追了上来，以为坐在副驾驶位置的是郑亦雄，手起刀落，叶乃伍纵身跳车，连滚带爬，向路边滚去。任冰雪勒住马头，准备向后排砍第二刀，发现是田齐鲁。田齐鲁苦笑，任长官，别来无恙？

任冰雪高举着马刀，正要向田齐鲁砍去，郑亦雄突然从方向盘上抬起头来，杀我吧，我是郑亦雄。

任冰雪大惊，啊，刚才杀的不是你？你这个罪大恶极的反动派……任冰雪的战刀在空中旋转了一圈，田齐鲁纵身扑到郑亦雄身上，同时大喊，八路军不杀俘虏！任冰雪怒不可遏，伸手推开田齐鲁说，老子先杀他，后杀你！

任冰雪的战刀向郑亦雄劈去，一把战刀横空出世，把任冰雪的马刀架住了。

任冰雪怒视杨蓼夫说，你？

杨蓼夫横在任冰雪的马刀下，已经是盘中餐了，何必着急？

十九

叶乃伍连滚带爬，躲进路边的树林里。刚才还晴朗的天空，转眼阴云密布，几滴黄豆大的雨点落下之后，就是滂沱大雨，电闪雷鸣。叶乃伍被淋成落汤鸡，冻得瑟瑟发抖。

傍晚时分，冯德山的队伍撤下来，叶乃伍这才钻出树林，一把眼泪一把鼻涕对冯德山说，旅座，旅座和老田被杨蓼夫抓住了！

冯德山说，啊？那怎么办，追！

叶乃伍说，追是追不上了，杨蓼夫的部队，漫山遍野都是。快，派人到墨镇，找宋瑜小姐！

冯德山说，旅座都被抓住了，找她有什么用啊？

叶乃伍说，只有她能救旅座了。

一个军官过来报告说，杨蓼夫传令清河所有部队，到洗马堰集结，刀砍郑亦雄，祭奠周杰宁。

叶乃伍两眼失神地看着远处说，完了，旅座他完了。

二十

雨下下停停，八路军战士冒雨作业。洗马堰南山，松柏环绕的山岗上，耸起一座新坟。

郑亦雄和田齐鲁被反绑双臂，由几个战士看守。

杨蓼夫和任冰雪站在坟前，杨蓼夫垂首自言自语，老周，我对不起你，我知道反动派会下手，可是我不知道他下手这么快，这么狠！我对敌人太手软了，你牺牲了，我有不可推卸的责任。今天，我也只能用这种方式来补偿了，我知道这两颗狗头不值钱，可是我没有别的办法。

任冰雪说，老周，杨司令这一次做对了，没有让我当场把郑亦雄劈了。今天在你的坟前杀他，既是给你的祭礼，也是给部队祭刀。不过，有一件事情要跟你商量，对郑亦雄这个罪大恶极的反动派，我们拿不准，是给他千刀万剐呢，还是用我的马刀劈了他，反正不能便宜了他……

杨蓼夫说，任副政委，这个你就不用操心了，我已经安排了，用重机枪打，一个人一百发子弹，一颗一颗，从脚下打起……

田齐鲁打了个寒噤，瞟了郑亦雄一眼，郑亦雄腮帮上的肌肉不易觉察地抖了一下。

孙大竹瘸着一条腿，蹦跶着跳到田齐鲁的面前，安慰田齐鲁说，老田，你不用紧张，你跟他不一样。一会儿我再跟司令员求求情，给你用轻机枪。

田齐鲁苦笑，那就多谢了。

孙大竹说，老田啦，千不该万不该，你们不该对自己人下手啊，本来我还想，抗战结束了，鬼子消灭了，我请你喝酒打球，可是，现在一切都迟了。我跟杨司令求情求了八次，杨司令那是非杀你不可。你都是受这个混蛋牵连，要恨你就恨这个丧门星吧。

孙大竹越说越来气，上前踢了郑亦雄一脚。郑亦雄无动于衷，死人一般。孙大竹还要踢第二脚，被田齐鲁侧身挡住了。

郑亦雄大吼，士可杀不可辱，下手吧，给我们来个痛快的。

孙大竹不理郑亦雄，又对田齐鲁说，老田，这回我是真的救不了你了。你要走了，我没有别的东西送给你，这条裤子还是还给你吧。你都死了，我怎么忍心还穿你的裤子呢？孙大竹说着，把一条崭新的裤子放在田齐鲁的面前说，等一会儿你们死了，我就把它烧了，就算给你烧纸钱了。

孙大竹当真动了感情，眼泪止不住地往下流。

田齐鲁也被触动了，老孙，别说了，我田齐鲁对不起你们，可是，可是，战争啊，天知道这是怎么回事啊！

孙大竹说，好，老田，一路走好啊！

田齐鲁说，老孙，你也别难过，阴曹地府，也许还有见面的机会。

二十一

好在洗马堰离墨镇不远，冯德山派出去的人骑了一匹快马，雨水和汗水一起流淌，半个小时就赶到了墨镇。来人声泪俱下把经过讲了一遍，宋剑雨和宋瑜二话不说，驱车赶往洗马堰。到了山下，汽车没法往上开，宋瑜不知道哪里来的力气，架着宋剑雨，跌跌撞撞往前奔跑。宋剑雨说，孩子，爸爸不是小伙子了，爸爸都快六十了。宋瑜说，爸爸，千钧一发啊，你老人家再加把劲吧。

奔跑中，宋瑜的鞋子丢了一只，陷在泥里，索性把另一只鞋子也脱下来。脚很快就被划破了，伤处痛得钻心，可是宋瑜已经顾不上这些了，平生第一次遭这么大的罪，几乎没有感觉。刚刚走到一个拐弯处，抬头一看，一个人拦住了去路，宋瑜禁不住失声叫道，章慧……顿时泪如雨下，扑到章慧的怀里。

章慧抱住宋瑜问，宋瑜，你怎么成了这个样子？

宋瑜脸上泪水和雨水一起流淌，章慧，你快救救我吧，我已经帮你那么多忙了。

章慧问，你怎么啦？

宋瑜哽咽着说，郑亦雄啊，郑亦雄被杨蓼夫抓住了，危在旦夕。

章慧略一思忖，好，快走！

宋剑雨说，老天有眼啊，亦雄命不该绝，孩子，你就是耶稣派来的天使啊！

章慧说，宋伯伯，我做不了什么，我得看情况。

宋剑雨说，你只要能给我三分钟，让我在杨司令面前把话说完，那就天高地厚了。

章慧发现宋瑜脚上的泥水沾着血，惊问，宋瑜，你的鞋子呢，你的脚都烂了。

宋剑雨热泪滚滚，苦了我的孩子，亦雄啊，你看看吧……

章慧对身后紧跟的战士说，留下一个，把鞋子脱下来给宋校长。

宋瑜说，快走吧，他们的鞋子我穿不了。

章慧和宋瑜走的是北路，与此同时，景晓纯等人也在前往洗马堰的路上。龙捷三策马从后面赶上来说，政委，纵队的电报到了，命令我们留下郑亦雄，纵队有重大安排。

景晓纯说，什么安排？

龙捷三说，交换。我们有个高级干部被他们以破坏抗战的名义抓住了，纵队决定，以郑亦雄交换。

景晓纯说，对老杨怎么处理？

龙捷三说，放弃指挥，鲁莽出击，性质严重，处理意见要报罗政委。

景晓纯说，好，知道了，快走！

二十二

坑挖好了，郑亦雄和田齐鲁被推向坟边的一个低洼处。孙大竹对田齐鲁耳语，你看，我让人给你搞了两个炮弹箱，做了一副薄棺材，我只能这样了。

田齐鲁说，老孙，你对我天高地厚，我老田死也瞑目了。

孙大竹说，老田，我对你别的也没有啥要求，你要是再投胎回到人间，可不能再打内战了。

田齐鲁说，老孙，我跟你说句心里话，我他妈的冤枉得很，哪个龟孙想打内战，这不是……双方交战，各为其主啊！

郑亦雄在一边不满地说，田齐鲁，大丈夫敢作敢当，干什么这么悲悲切切的？

田齐鲁扭头看了郑亦雄一眼，旅座，不，什么狗屁旅座，一意孤行，妄自尊大，你就是一堆臭狗屎，鬼迷心窍的反动派！

郑亦雄怒视田齐鲁说，你，你敢骂我？放肆！

田齐鲁在郑亦雄的逼视下低下头，对不起，旅座，卑职也是一时激愤，出言不逊，请旅座海涵……

孙大竹又踢了郑亦雄一脚，死到临头了，你还摆个球威风！老田，你别怕他，你就给我骂，你还有三分钟。

二十三

墓穴的对面，杨蓼夫抬头看了看天，好，雨停了，老天爷的眼泪流干了，开始吧。

部队跑步，整队，在坟前三十米处排成一排。杨蓼夫踱到郑亦雄面前说，郑将军，我最不愿意看到的事情，还是发生了。说吧，还有什么交代的？

郑亦雄两眼平视杨蓼夫说，杨司令，打仗，我佩服你；做人，我也佩服你。但是，我们都是军人，站在不同的阵营，你我就成了天生的敌人，这是命运，我无力改变，也不想改变。

杨蓼夫说，很好。但是我有一个疑问，不知道该问不该问？

郑亦雄说，在下行将就木，知无不言。

杨蓼夫说，我们来做笔买卖，你在周杰宁的坟前磕三个头，我就饶你不死。如何？

郑亦雄把头一昂，断无此种可能！

杨蓼夫逼视郑亦雄，这么说，你不知罪？

郑亦雄避开杨蓼夫的眼睛，两军对垒，各为其主，生死于倏乎之间，没有罪与非罪之分。周团长作战勇敢，身先士卒，抗战有功，本人亦有敬佩之情，但以此夺志，令本人以磕头换命，乃对本人极大侮辱。来吧，不要废话了。

杨蓼夫说，好，我明白了，那我就成全你。机枪准备！

不远处的林子边上，一阵瑟瑟响动，一挺重机枪和一挺轻机枪分别向郑亦雄和田齐鲁瞄准，传来子弹上膛的声音。郑亦雄对田齐鲁说，老田，直起腰，睁开眼睛！

田齐鲁说，旅座，这样死，不值啊！

郑亦雄不再理会田齐鲁，挺起胸膛，向天空大喊，来吧！

杨蓼夫说，预备——

在场的人表情各异，有的紧握双拳，有的闭上眼睛。好像是从天边，又好像是在梦中，一个声音颤抖着出现了，枪下留人，枪下留人，杨司令——

二十四

宋剑雨在十步开外高喊，杨司令啊，给我三分钟时间，容老朽把话说完。杨蓼夫迟疑了一下，脸部剧烈抖动，猛地举起了手。宋瑜扑到前面，失声叫道，杨司令，高抬贵手啊！

杨蓼夫根本没有理会宋瑜，正要落下手臂，又一个声音传来，杨司令，等一等！

杨蓼夫的手终于停住了，缓缓地放下，转过身来，看见是章慧，意外地说，你？

章慧说，请让宋伯伯说几句话。

杨蓼夫说，说话，还有什么可说的？你知道周杰宁牺牲了吗？

章慧说，杨司令，看在宋伯伯和宋瑜多次帮助八路军的情分上，请你稍微等一等，让宋老先生把话说完。

杨蓼夫眼睛游弋，终于看见了衣衫褴褛的宋瑜，宋瑜的双脚血肉模糊。宋瑜在泥水中跪下了，泪流满面。

任冰雪向孙大竹说，暂停！

高度紧张的孙大竹吓了一跳，摇晃一下，差点儿倒下，有气无力地下令，暂停，把枪口抬起来！

宋剑雨跌跌撞撞奔到杨蓼夫面前说，杨司令，长话短说。你们抓了郑亦雄，国民党特务也抓了你们一个重要的人物，何长官委托我来向贵军交涉，双方交换。

杨蓼夫说，什么人物？我不管他是谁，都换不走郑亦雄的一条狗命！

宋剑雨说，杨司令，听说是你们上级组织的一位负责人，在教会医院治病，被何长官扣留了，目的就是交换郑亦雄。这件事情已经惊动了你们双方的最高长官部。

杨蓼夫愣住了，焦躁地踱步，问任冰雪说，任副政委，你看这件事情怎么办？

任冰雪说，情况复杂了，是不是先缓一缓？

杨蓼夫说，缓一缓？不，不，这个人特殊，如果留他活过今天，让景政委和纵队插手，我就很难把他杀掉了。

任冰雪说，可是，还有我们的同志！

杨蓼夫抬头看天，看了一会儿，老天爷，你说我该怎么办？

任冰雪说，老杨，你冷静一点。郑亦雄可以缓杀，我们的同志必须先救。

杨蓼夫说，任大姐，你往天上看，雨停了，晚霞出来了。你看天上，那是什么？那是周杰宁啊，周杰宁他浑身是血，周杰宁在向我诉说，司令员，国民党从我的背后下手了，国民党背后捅刀子啊，司令员，你要给我报仇啊！

任冰雪从杨蓼夫的声调里听出了可怕的情绪，提高了嗓门，老杨，老杨，你怎么啦？你不要胡思乱想了！

杨蓼夫说，你看，你看，周杰宁的身后，还有那么多战士，他们都是在洗马堰牺牲的，他们跟我说，司令员，你不管我们了……还有，还有我们的郭政委，我的领路人，他也是被国民党暗杀的，难道你忘记了……

任冰雪说，老杨，你听我说，我怎么会忘记呢？可是，个人恩怨……

杨蓼夫说，郭政委，这个仇，我今天一起给你报，这么多年，我帮他忙，他拆台，可是为了抗日，我们忍辱负重，今天，我不能再忍了……杨蓼夫说着，又向孙大竹走去。

宋瑜伏在地上喊，杨司令，都是抗日军人啊，郑亦雄有罪，也应该审判后再杀啊！

郑亦雄扭过脸来，看见了宋瑜血肉模糊的双脚，久久凝视，仰起脸，泪水滚滚而下。郑亦雄说，小瑜，不要求他。来生来世我再报答你吧！

杨蓼夫说，郑亦雄，看在宋瑜的面子上，我再给你一次机会，你不用磕头了，你给我道歉，向周杰宁道歉，只要你道歉，我还是饶你不死。

郑亦雄说，我可以道歉，我也可以谢罪，但不是今天，我不能以这种方式保命。

杨蓼夫说，你不再反悔了？

郑亦雄说，大丈夫立于天地之间，敢做敢当，来吧，我郑亦雄以死谢罪，别无他念。

杨蓼夫盯着郑亦雄，把手伸向了腰间。宋剑雨看见了杨蓼夫的手，紧张地对宋瑜说，完了，杨司令这个样子，郑亦雄必死无疑。

宋瑜没有说话，悄悄地离开宋剑雨，向郑亦雄所在位置运动。

杨蓼夫望着天空，也是热泪长流。章慧警觉地盯着杨蓼夫，杨蓼夫的手已经抓到了枪柄。

突然，杨蓼夫转身，举起驳壳枪，就在这一瞬间，宋瑜纵身扑向郑亦雄，章慧纵身扑向杨蓼夫，一串手枪子弹向空中射去。

任冰雪跟着扑了上去，同杨蓼夫夺枪，两个人正在厮打，听到外面一声枪响，二人住手，只见景晓纯拎着手枪，阴沉着脸，一步一步地向杨蓼夫走来。

杨蓼夫愣怔一下，政委，是你？景晓纯冷冷地看着杨蓼夫说，老杨，我向你传达罗政委命令，保全郑亦雄，留作他用。孙大竹，把杨蓼夫的枪给我下了！

杨蓼夫把枪举起来，谁敢？

景晓纯盯着杨蓼夫说，老杨，不要忘记你的身份！

杨蓼夫怔怔地看着宋瑜，又看看景晓纯，突然扔下手枪，扑到周杰宁坟前，像一个“大”字贴在坟上，长恸不起。

二十五

这场雨，时断时续，下了两天。

清河支队回撤墨镇，进行整顿。支队首长会上，景晓纯宣读了山东纵队的命令——鉴于杨蓼夫、任冰雪二同志擅离职守，放弃指挥，导致洗马堰战役未能达成战役目的。值此抗战胜利之际，此个人英雄主义严重抬头现象，乃骄傲蛮横之表现。为教育部队，杜绝此类事件发生，现命令清河支队，予以杨蓼夫、任冰雪二同志撤职查办处分，就地隔离反省。

杨蓼夫没有反应，木然地看着窗外。

任冰雪说，我不服！我和杨蓼夫的错误是两种性质，他是放弃指挥，他犯的是左倾盲动错误，我只不过是草率行动！

景晓纯说，任副政委，组织上这也是爱护干部，出了这么大的事，我们确实应该反省。

任冰雪说，杨蓼夫是应该撤职查办，可是我，我凭什么？

景晓纯说，先接受组织处理，以后可以申诉。老杨你有什么话说？

杨蓼夫说，我没有意见。

说是隔离，但是没有隔离的条件，支队首长很为难。让杨蓼夫和任冰雪还像从前那样住在田家大院吧，显然不符合隔离的要求，把他们放到部队吧，也不符合要求。后来是孙大竹出的主意，说墨镇有个班房，他去侦察过，现在荒着，正好可以住人，不如把杨司令和任副政委关到那里，让他们好好睡几天觉。

这事是景晓纯当家，想想也有道理，就同意了。

住进班房那天，孙大竹把杨蓼夫的铺盖搬进一间还算干净的房屋，出门时皮笑肉不笑地说，杨司令，嘿嘿，老杨，请你把你的裤带解下来。

杨蓼夫瞪着眼睛问，怎么着，怕老子自杀？

孙大竹假装无奈地说，没有办法，我也是执行命令。

杨蓼夫把裤带解下，抽出来扔给孙大竹说，说吧，还有什么规矩？

孙大竹说，还有，每天三两小米，喝稀饭！

杨蓼夫怒吼，孙大竹，你就不怕老子出去，再当司令？

孙大竹说，嘿嘿，杨司令，我说了你可别生气啊，这司令啊，你是当不上了，龙副司令是大渡河勇士，也是老红军，指挥打仗不比你差，绝不会犯你那样的低级错误。

杨蓼夫冷笑说，我就是当副司令，照样收拾你！

孙大竹阴阳怪气地说，老杨，我说了你可别绝望。除了李副司令，听说上级又派了一个副司令，姓孙，所以啊，这副司令你也当不成了。

杨蓼夫说，姓孙？你不会说你要当副司令吧？

孙大竹说，战争时期，一切皆有可能。我当了副司令，对你也有好处啊。纵队首长说了，杨蓼夫平时老是凑在特务营，孙大竹同志当了副司令，特务营长的位置空出来了，干脆就让老杨当特务营长吧。

杨蓼夫出其不意地伸出腿，一个扫堂腿，将孙大竹打翻在地。

任冰雪住在一墙之隔，按照规矩，过去她的警卫工作由余河沿负责，现在监管她的还是余河沿。任冰雪一看这个房间就火了，来人啦！这是隔离审查吗，隔离审查难道就是坐牢？

余河沿嬉皮笑脸地说，任副政委，没办法，实在找不到合适的地方，只能借人家的班房用用。这可是国民党的模范监狱啊！

任冰雪说，杨蓼夫呢，我和杨蓼夫的问题是两个性质的问题，为什么把我和他关在一个号子里？

余河沿说，你们都是重点监控对象，不关在一起，那得多少看守啊，饭也不好做。

任冰雪拼命地擂打墙壁说，杨蓼夫，老杨，你给我滚过来，你这个蠢货，我都是受你的牵连！

隔壁房间里，杨蓼夫对孙大竹说，如果你以后还想进步的话，请你跟景政委说说，把任副政委给我弄走，她在隔壁，我昼夜不得安宁。

到开饭时间了，警卫战士送来午餐，杨蓼夫一看，气不打一处来，孙大竹，你就让老子吃这个？这稀饭都能当镜子用。

孙大竹背起手，模仿杨蓼夫的姿势，手里的小棍子一上一下拍打着，没办法，每天三两小米，一顿只有一两，一两小米熬的粥，是个什么样子，你又不是不知道。

杨蓼夫恼怒地说，你去跟景政委讲，我老杨虽然犯了错误，但我不是罪犯，你们不能用罪犯的标准对待我。

孙大竹说，嘿嘿，你这话就欠妥了，当初，我也是因为打国民党，被你关起来了，也是一天三两小米，饿得我睡着了还惦记着小米。

杨蓼夫说，你以为老子就完蛋了？

孙大竹说，你基本上完蛋了。

杨蓼夫咬牙切齿，孙大竹，老子出去，第一件事，就是把你关进来。

孙大竹说，可惜啊，等你出去，我恐怕就当司令了。

杨蓼夫怒气冲冲地说，我不吃，我要绝食！

说着，就要掀桌子。孙大竹赶紧扑上去护住说，司令司令别急，这只是汤，干粮在这里呢。

杨蓼夫住手，威风凛凛地看着孙大竹。孙大竹嘿嘿一笑，变戏法似的，从身后摸出一个大饼。杨蓼夫眼前一亮，小子，还给我打埋伏！

孙大竹晃着大饼，你说，你出去之后，还关不关我了？杨蓼夫说，算了，老子不吃你的大饼了，我出去之后，给你加刑，关十九天。孙大竹生气了，你这个人怎么这样啊，软硬不吃。唉，算了吧，我哪儿是你的对手啊，给你。

杨蓼夫接过大饼，打开，里面还裹着一只香喷喷的鸡腿。

二十六

章慧约宋瑜逛街，宋瑜觉得很奇怪，逛了半天才知道，章慧要买篮球。宋瑜说，买个篮球还挑来挑去，有必要吗？章慧说，送给杨蓼夫，我得挑个长相好看的。

买好篮球，章慧提议一起去看杨蓼夫，宋瑜婉言谢绝。章慧只好独自前往，刚进班房，迎头碰上余河沿，余河沿惊喜地迎了上去，章科长，是来看任副政委的吧？

章慧站顿时尴尬起来，这才想起来，这里还有一个任冰雪。余河沿说，政治部的科长们都来看过任副政委，你是最后一个。革命不分先后，来迟了也是对首长的一片心意嘛。来，我带你去。

章慧苦笑，只好跟余河沿走了。

任冰雪待的正无聊，看见章慧来了，喜出望外，抓着红军帽，拍打着章慧说，章慧，谢谢你来看我！谢谢啊！关了两天，老子都快憋出毛病了。

章慧说，怎么会出这种事情？

任冰雪大大咧咧地说，嗨，这种事情，我经历多了。当年鄂豫皖白雀园肃反，把我关了三十天，还当苦力，差点儿就砍了脑壳，老子一句孬种的话都不说。

任冰雪看见章慧手里的布袋子，大大咧咧地说，唉，你来看看就行了，还带东西干什么，这是什么？

章慧面红耳赤地说，这……这是……

任冰雪说，好，拿来了，我就不客气了，给我，我看看是什么好东西？章慧无奈，只好把布袋子交出去。

任冰雪把东西倒出来，两眼顿时放光，啊，篮球？你给我带篮球干什么？

隔壁房间里，孙大竹拉着杨蓼夫，鬼鬼祟祟地到墙根下说，听听，来人在找任副政委谈话呢。

杨蓼夫问，到底是谁啊，这么神秘！

孙大竹说，听不出来？

杨蓼夫又听了听，摇摇头说，听不出来，就听老任在咋呼。

一墙之隔，任冰雪眉飞色舞，他妈的，说是隔离审查，可是这些蠢货把老子关到监狱里来了，我坐国民党大牢，还是第一次呢。

章慧说，任大姐，委屈你了。我想，组织上很快就会有结论的。

任冰雪拍着篮球说，没关系，我习惯了。感谢你给我送了这个篮球，就凭这，我再蹲一个月也没有问题。

任冰雪说着，跳起，单手举起篮球向窗户投了过去。玩了一会儿，任冰雪说，章慧，你跟我说实话，你对老杨是不是真的动情了？

章慧说，任大姐，我想好了，如果组织上同意，我和杨司令就结婚。

任冰雪愕然地看着章慧，什么，你说什么？绝对不行！章慧，我跟你说过，这件事情我要对你负责，我也要对杨蓼夫负责，我要负责到底！

章慧忍了一下，低沉地问，为什么不行？

任冰雪说，啊，你还不服是不是？那我就告诉你为什么不行。因为，杨蓼夫他有老婆。

章慧震惊得半天才回过神来，什么，任大姐你说什么？

任冰雪得意地笑了，一字一顿，因为，杨蓼夫他有——老——婆！

二十七

杨蓼夫做梦也没有想到，给任冰雪送篮球的是章慧，更没有想到，就这一会儿工夫，任冰雪把他的老底兜了出来，给他的爱情致命的一击。杨蓼夫听着隔壁咚咚的篮球声，嫉妒地问孙大竹，谁把我的篮球送给老任了，是不是你？

孙大竹说，对天发誓，我没有。

杨蓼夫说，那她是从哪里搞的篮球？

孙大竹一本正经地说，我跟你讲，你别难过啊……算了，我还是不说了，我怕我说出来，你会难过得上吊。

杨蓼夫说，我的裤带都被你抽走了，我拿什么上吊啊？

孙大竹说，你办法可多了，你自己都说，没有你解决不了的困难。

杨蓼夫一把揪住孙大竹的衣领，快说，你想把我折磨死啊？

孙大竹夸张地咋呼，好，好好好，我说，我说。章慧来了。

杨蓼夫一把扔掉孙大竹，什么？章慧来了？

孙大竹说，我分析啊，是这样的，那篮球本来是送给你的，余河沿不知好歹，把章慧先带到任副政委那里，任副政委呢，她搞不清楚，以为是送给她的，搞到这一步，章慧呢，也不好收回，情况嘛，一定是这样。

杨蓼夫咬牙切齿，这个余河沿，老子出去了，先把他关起来！

正嚷着，听见隔壁的铁门一声响，接着就看见一个熟悉的身影，从隔壁的门里走了出来，杨蓼夫趴在铁窗上大喊，章慧，章慧，我在这里！

从背后看，章慧站住了，肩膀动了动，但是最终没有转过来，头也不回地走了。

二十八

清河支队接到紧急命令，迅速扩编四个主力团，五天之内，完成扩编，七天之内，完成北上准备。

支队召开会议，不仅兵员奇缺，干部更缺。龙捷三说，支队首长也快成光杆司令了，老李是被明确留在地方的，到时候一分家，我连个副司令都没有。我提议，先把杨司令……老杨放出来，哪怕先当个副司令，我这心里底气就足了。

景晓纯说，好，支队主要首长都在这里了，也算是临时党委会。我提议，同意提前解除杨蓼夫和任冰雪二同志隔离审查、杨蓼夫担任支队代理副司令员、任冰雪恢复副政治委员职务的，请举手。

在场的五个党委委员，全部举手。

景晓纯说，那就向纵队报告！肖主任，你马上带人去墨镇监狱，把杨蓼夫和任冰雪同志放出来，落实扩编预案。

肖菏泽说了声好，出门去了。

已经半夜了，杨蓼夫正在酣睡，被孙大竹推醒了，杨司令，老杨，你醒醒。

杨蓼夫翻了个身，嘟囔道，我干吗要醒醒？我正在做美梦呢。

孙大竹说，上级有命令，你恢复司令员职务了。

杨蓼夫一下子从铺上跳下来，看看孙大竹不怀好意的笑容，明白上当了，一拳打了过去，你小子，又来捣乱。

说完，又一骨碌躺下去，想想不对，又睁开眼睛，盯着孙大竹身后的肖菏泽，啊，肖主任也来了，看来是真有动作了。

肖菏泽说，老杨，支队党委刚刚形成决议，由你担任支队代理副司令员，代理期至纵队批复下来，即为正式副司令员。

杨蓼夫的眼睛眨了几下，翻个身，双手枕着头，不紧不慢地说，哦，让我当副司令员？

肖菏泽不吭气。

杨蓼夫点点头说，也算不错了，不用坐牢了。孙大竹，你小子要倒霉了。

肖菏泽说，龙司令命令，你连夜赶到南李庄，组织祁友敬营，就地扩编成甲种团，兵员不少于一千八百人。

杨蓼夫像被踢了一脚，一屁股坐起来嚷嚷，什么，甲种团，一千八百人？开什么玩笑？

肖菏泽说，怎么，你老杨面前，还有困难？

杨蓼夫说，祁友敬那个营，总共不到四百人，你让我扩招将近五倍，我从哪里给你搞这么多人？

肖菏泽说，那怎么办？

杨蓼夫的眼皮翻了几下，重新躺下说，我不去，这个代理副司令我也不当！

肖菏泽恼火地说，老杨你这是什么态度？未尝你的司令不当了，你还争名夺利？

杨蓼夫眼皮一耷拉，拉起了鼾声。

肖菏泽说，这是纵队的命令。我们要扩编四个主力团，还要留下三个地方基干团。

杨蓼夫睁开了眼睛，这是真的？

肖菏泽说，这么大的事，我能胡说吗？

杨蓼夫说，为什么动作这么大？

肖菏泽附在杨蓼夫耳边，耳语道，七天之内，做好北上一切准备。

杨蓼夫怔怔地说，我的天哪，果然不出所料……来人啦，我的军装！

孙大竹滑稽地拎着杨蓼夫的军装说，杨……代理副司令，请更衣。

二十九

杨蓼夫连夜赶到南李庄，团长黄格选和营长祁友敬已经在团部恭候了，见杨蓼夫翻身下马，两个人一起向杨蓼夫敬礼。杨蓼夫点点头，把缰绳交给王进阶，向黄格选和祁友敬摆摆手，大大咧咧地说，以后不要喊杨司令了，司令是龙捷三，我是副司令，啊，也不是，是代理副司令。好家伙，一个职务这么多字，真别扭，以后，你们就喊我副司令吧。

祁友敬指着院子里的一排房子说，杨司令，那一间是临时给你找的房子，你先休息。

杨蓼夫边走边说，说干就干，立即派人把周围三十个村镇的干部召集来，中午以前到达，就说我杨蓼夫又回来了，要拉大队伍打大仗，招兵买马。

祁友敬为难地看着黄格选，黄格选说，听他把话说完。

杨蓼夫兴致勃勃地说，这个地方过去有很多人都跟我说，打仗就要跟杨司令，死人少，战果大。我老杨在这一带还是有名气的……啊，房子不错嘛，以后这就是杨副司令官邸了。

说着，一步跨进屋，东看西看，目光落在书架上，高兴地说，啊，还有书本，像个读书人家的房子。

黄格选说，先请司令员休息，喝点稀饭再说。

杨蓼夫说，好，我喝稀饭。你们去招呼开会，把会场给我搞大一点。过去我当司令，不摆谱，如今成副司令了，不摆谱不行了。

黄格选说，杨司令，你摆不摆都有谱。

杨蓼夫说，啊，哈哈，这话说得好！王进阶，你听见没有，我当了副司令你又回来给我当警卫员，威风还是不减啊！

王进阶说，你就是当团长，我还是回来给你当警卫员。

杨蓼夫笑眯眯地说，当团长？哈哈，副司令也是司令，再当团长，我恐怕就不习惯了。

祁友敬和黄格选一前一后离开杨蓼夫的屋子，黄格选说，你看这件事情是怎么搞的，把这个活神仙派来给我当副团长，别说我指挥他了，连称呼都没办法称呼。

祁友敬说，我也是啊！你说杨司令多么有本事的人，纵队怎么连个副司令都不批，是不是真有什么问题啊？

黄格选说，这下真是把我害苦了，你不批准他当副司令也行，哪怕你让他当个副参谋长，或者干脆当军师，可是你给他下个副团长的任命，还是二团副团长，真是别扭极了，我怎么指挥他啊？

祁友敬说，他自己一点都不知道？

黄格选说，纵队的批示是昨天夜里到的，夜里他还在路上，他知道啥啊！他还以为他真是副司令呢。

三十

这次扩军任务来势很大，政治部也分到了名额，肖菏泽交代章慧，在墨镇就地扩招。任务部署完毕，肖菏泽把章慧留下了，问她，杨蓼夫的事情你知道了吗？

章慧不情愿地回答说，听说一些。

肖菏泽说，支队党委向纵队呈报的请示，没有批准，纵队任命杨蓼夫为二团副团长，这个决定让我们也感到十分为难。你的看法呢？

章慧说，我？我没有看法，上级的决定，自然有道理。

肖菏泽惊讶地看着章慧。

章慧说，不过，从我个人的角度，我认为这个任命对杨司令不合适，杨司令不是看重名利的人，但是组织上还是应该人尽其才。再说，他那么大的名望，又是老革命，他到二团当副团长，那黄团长怎么领导他，这不是给部队出难题吗？

肖菏泽说，哎呀，章慧同志，你简直说到组织上的心窝了。所以，我们想请你到南李庄去一趟，多关心老杨，譬如聊聊天，谈谈话，多少也是个安慰。

章慧说，为什么把这个任务交给我？

肖菏泽反而惊讶了，怎么？我不是听说，你和老杨已经明确了恋爱关系，很快就要结婚了。

章慧说，那是过去的事情了。

肖菏泽说，不可能啊，许东湖前天还跟我讲，洗马堰战斗之前，你还对他说过，你是爱老杨的。

章慧说，今天，我只能跟你说，我对杨司令是崇敬，不存在恋爱关系。

肖菏泽纳闷了，怎么一会儿晴一会儿雨啊！

三十一

杨蓼夫是夜里到达南李庄的，上午就在麦场搭了个主席台，上面挂着横幅，上面写着五个大字：杨司令讲话。横幅下面，放了一张八仙桌。

杨蓼夫挤腰站在八仙桌边，神采飞扬地讲话，同志们，我要先解释一下，我这个司令，已经不是司令了，我现在是副司令。有人问我，是副司令官大呢，还是司令官大，这个问题我不好回答，因为我们八路军是革命军人，不讲官大官小。当然，我也可以给大家打个比方，你说是大腿粗呢，还是小腿粗，通常来讲，是大腿粗，但是也有例外。大人的小腿就比小孩子的大腿粗。所以啊，这个问题就不说了。

台下是三十几个村干部，还有一个连武装整齐的战士。一个中年村干部说，看杨司令那气色，八成是升官了。

一个老年村干部说，那是啊，张学良是副司令，于学忠是司令，可于学忠这个司令得给张学良这个副司令敬礼。

台上，杨蓼夫微笑说，我老杨在渤海地区，当年跟随马耀南司令拉队伍，那时候的三支队只有二百多人，如今我们还是支队，三千多人。三千多人能干什么？我们渤海的三千多人，抵得上三万多人。同志们算算账，这几年，我们打了多少鬼子，多少汉奸，我们根据地有多少人，在八路军的保护下，男耕女织，男婚女嫁，不算富裕，也算安宁。可是，我们安宁了，不能忘本。天下是老百姓的，很多老百姓还在水深火热之中，我们必须扩大我们的队伍，去保护他们，解救他们……一句话说到底，我们八路军要扩大……同志哥回去动员一下，愿意跟我老杨当八路的，到南李庄来报名！

一个村干部站起来，杨司令，俺们村里开会了，要是你杨司令招兵，俺们信得过，俺们村里出十个后生。

又一个村干部站起来，听说杨司令来招兵，俺们村里也开会了。这几年，鬼子没敢到俺们村里祸害一次，全靠八路军撑腰，吃水不忘挖井人，俺们跟八路军跟定了，俺们村里十三个后生报名。

这次动员的效果出乎意料地好，会还没有散，祁友敬的营部就被围得水泄不通。

祁友敬被围在中心，两只手挥舞着，一遍遍地解释，乡亲们，你们听我说，听我说，杨司令有话，一个村里只能收五个，大村最多六个，不能再多了。

然而，报名参军的群众根本不听祁友敬的话，一个劲地吵。

杨蓼夫做了动员，就和黄格选一道回营部喝稀饭。黄格选一边喝稀饭，一边眉飞色舞地说，司令员，一天之内，报名八百，势不可当，都是因为您在这里。

杨蓼夫痛快地吸溜了一口，心不在焉地说，啊，是吗？

黄格选说，是啊，司令员，很多人都是冲你来的。你一来，我们二团根本不用出去动员。

杨蓼夫说，黄团长，从今天开始，你可以不喊我司令员了。

黄格选说，那我喊你什么？

杨蓼夫把碗一放说，你小子，还给我装。我是你的副团长啊，我归你领导。

黄格选吃惊地说，司令员，你都知道了？

杨蓼夫说，哈哈，你以为我老杨糊涂啊？我早就知道了，纵队给我下了一个副团长的命令，可把你这个团长难为死了。不过，从今天开始，你不用为难了。

黄格选说，你看这件事情闹的，简直就是开玩笑，我怎么领导您啊，这不是出洋相吗？

杨蓼夫说，以后，你要是不习惯喊我杨副团长，那就喊我老杨吧。

黄格选说，那我也不习惯啊！

杨蓼夫说，不习惯？那不行，称呼问题，是个很重要的问题，这个问题不解决，上下级关系理不顺，心里的弯弯绕扯不直。来，试试，喊我一声老杨。多大个事啊！

黄格选嘴巴动了一下，又合上了，傻傻地笑。

杨蓼夫说，喊啊！

黄格选说，老杨……杨司令！

杨蓼夫一拍筷子，唉，多那三个字干什么？

黄格选表情古怪地说，老杨……司令……

杨蓼夫说，好，有进步，就不能把那两个字去掉？喊，老杨！

黄格选说，老……老杨。

杨蓼夫说，好了，就这样吧。

黄格选说，可是，在群众面前，我还得喊你杨司令。

杨蓼夫说，为什么？

黄格选说，老百姓要是知道你被降职成我的副团长了，他们还相信八路军吗？

杨蓼夫意外地说，啊，你是这么看的？这还真是个问题呢。

正说着话，门外拥来一群老百姓，大呼小叫要见杨司令。黄格选说，杨司令，啊，不，老杨，不行啊，局面控制不住。要不，每个村，再增加两个名额？

杨蓼夫说，不行，不能再多了。

黄格选说，要不，老杨你躲躲，你看人越来越多，局面控制不住啊！

杨蓼夫说，躲？往哪里躲？我能躲那些信得过我、把几代单传的后生都交给我的父老乡亲吗？我能躲那些自己吃不上饭、还把粮食送到队伍上的我们的再生父母吗？

黄格选说，你不躲，他们就有可能冲进来。

杨蓼夫说，走，出去，我跟大家说说话。多大个事啊！

三十二

门外的老百姓嚷嚷着，突然停了下来，一片安静。杨蓼夫心情沉重地走出院门，一步一步地向人群走来，大家自动让出一块空地。

杨蓼夫站稳，微笑地看着大家，突然弯腰，深深地鞠了一躬，再直起腰，抬起头，眼窝有些潮湿。杨蓼夫说，乡亲们……话一出口，已是泪流满面。杨蓼夫不知道自己是怎么了，哽咽着说，乡亲们，我杨蓼夫在这里给大家行个大礼，根据地的群众对我杨蓼夫、对八路军，天高地厚，恩重如山，我杨蓼夫有生之年，没齿不忘。

一个青年说，杨司令带领八路军帮俺们打鬼子，还帮助俺们种粮食，八路军更是俺们的恩人啊！

杨蓼夫含泪点点头，小伙子，你说得好！

黄格选关切地走近，递了一块手绢给杨蓼夫。杨蓼夫擦擦眼睛，稳定情绪，接着说，乡亲们，你们可能已经听说了，我们八路军即将担负向日伪占领地进军的任务。根据地的群众，拖儿带女，扶老携幼，来支援八路军，以充实力，以壮行色，这说明什么？说明我们八路军深得人心，也说明人民群众深明大义。可是，我还是想跟大家说，回去吧，乡亲们，我们征兵是有原则的。

一位青年喊，杨司令，为什么要俺们回去？俺们是真心实意来当八路军的。

杨蓼夫说，我老杨心里都明白，可是我还是劝你们回去。为什么？因为，我们是一家人，我们八路军是人民的子弟兵，主力这一走，根据地就空了，只剩下孤寡老人和妇女孩子了。我这个当儿子的，不能看见老人没有人赡养，田地没有人耕种，孩子没有人照顾。我要是把根据地的青壮年都带走了，那我这个儿子就是不孝啊。乡亲们，你们想让我杨蓼夫背上不孝之名吗？

一个青年说，可是，可是，杨司令……

杨蓼夫渐渐情绪平缓：别说了，小伙子，你心里想说的，我都知道。你们踊跃参军的积极性，使我们看到了胜利的希望就在眼前。你们即使没有穿上军装，但是，你们的精神，已经灌注在我们的血液里，我说过，山东的老百姓就是我们的神。我们八路军战士，每个人的身后都有一个神，在支持我们，护佑我们，那么我们还有什么可说的？义无反顾，无所畏惧，勇往直前，直到胜利，胜利，再胜利！

人群一阵沉默，群众显然是被感染了。

青年说，杨司令，你说得太好了。可是，俺们还是想参军。你说得越好，俺们越想参加八路军，特别是想参加清河支队。

杨蓼夫说，哦，为什么想参加清河支队？

青年说，俺们渤海人都说，当兵要当八路军，看人要看杨司令。

杨蓼夫笑笑说，哎呀，你这个小伙子，还真能给我出难题。

青年说，俺太想参军了。

杨蓼夫想了想说，你这么看得起我，我也不能太不讲情意了，你说是不是？我看这样，我让他们……杨蓼夫对黄格选也是对群众说，你们再推敲推敲，稍微把政策放宽一点点，加上“特殊”两个字，特殊情况下，一个村里再加上一个指标。除了其他条件严格执行标准以外，再加一条，思想觉悟。这一条要严格考察。

青年说，杨司令你这么说，俺们还有希望？

杨蓼夫说，是啊，我看你是很有希望的。

经过耐心的动员，群众终于心满意足地散去。

中午饭后，杨蓼夫独自走进一片收割之后空旷的麦田里，四脚朝天，仰面而躺，手里捻着一支麦穗，任泪水无声无息地流淌。深秋的田野，弥漫着泥土的气息，躺在这土地上，他好像看到了另一个杨蓼夫，一个杨蓼夫对另一个杨蓼夫说，我是个唯物主义者，但我不是个无神论者，我相信这个世界上是有神灵的。我们很快就要离开渤海地区了，可是无论走到哪里，我们的身上，都有这里的气息，这里的麦苗，这里的小米，我们的骨骼是吃着这里的煎饼坚硬起来的。我们的血液，流淌着清河的泉水，我们的生命，同这块土地已经融为一体了。当我们从这块土地上拔地而起的时候，我的心里有一个强烈的愿望，尽快结束战争，让我回到这块土地。我答应过马百郎，要把抗日沟里的盐碱地再翻回去。我至少要让朱大爷住上宽敞明亮的房子，革命成功了，我无论如何不能让他再住在棺材里了。

三十三

杨蓼夫在南李庄只住了两天，清河支队接到电报，龙捷三命令，火速把杨蓼夫接回，研究北上预案。在支队部的马灯下，杨蓼夫专注地看着方案，拿着地图对照。看了一会儿，抬起头来问，老龙，你先告诉我，真的放弃詹家店？

龙捷三说，老杨，给你看一样东西，绝密。龙捷三从公文包里取出一份文件，低声念道，东北四省是很重要的。从我们党，从中国革命的最近和将来的前途看，如果我们把现在的一切根据地都丢了，只要我们有了东北，那么中国革命就有了巩固的基础……

杨蓼夫问，这话是谁说的？

龙捷三说，毛主席。

杨蓼夫说，啊，毛主席，毛主席，我们和毛主席想到一块了，我们早就有这个准备了。只是，詹家店……我们还没有把郑亦雄消灭掉，我真的不甘心。

龙捷三说，国民党和我们抢占东北，把大西南的远征军部队都调来了。这几天，秦皇岛、大连、葫芦岛的码头上，都有美国军舰帮他们运兵。我们山东部队，罗政委和肖主任也率领机关从海路北上了。

杨蓼夫说，走一步看三步，这一步我早就看到了，我原来的计划是打了詹家店，从海路走，可惜啊，我讲话不算了，我就什么也不讲了。

龙捷三说，老杨你正经点，事情已经很紧急了。

杨蓼夫说，再紧急，你总得让我发两句牢骚吧，多大个事啊！

龙捷三说，牢骚以后再发，北上以后给你三天时间发牢骚。

杨蓼夫说，就三天？那不够，北上成功，我还要娶媳妇呢，你得给我十天假。

龙捷三说，给你放假一百天，你能活下去吗？

杨蓼夫说，啊，一百天，那不行，那我一准会憋出毛病。你说任务吧。

龙捷三说，纵队通知，新四军三师已经从苏北紧急奔赴山东，我们北上之后，詹家店的问题由他们解决。

杨蓼夫说，噢，让我想想……我们的架势已经拉开了，此前的部署全是冲着詹家店……哎呀，老龙，你别说，这真是最好的时机，最好的战术理由。我们恰好利用詹家店的这个假象。郑亦雄目前的防御重点仍然是詹家店，这是我们北上的唯一有利条件。

龙捷三说，老杨，那就快说问题。

杨蓼夫沉思道，要说问题嘛，还真不少，主要是火力不行，对付坚固防御体系，缺乏毁灭性手段。可是这个问题我们眼下解决不了。

龙捷三说，我们当务之急要解决什么？

杨蓼夫说，当务之急就是要让我回到司令员的位置上。

龙捷三怔怔地说，老杨，你开什么玩笑？

杨蓼夫狡黠地眨着眼睛，难道不应该吗？

龙捷三口气很冲地说，我举双手赞成，你前面回去，我后面就交出指挥权。可是，这是我说了算的吗？

杨蓼夫说，那我就没有办法了，不在其位，不谋其政。我不能对你龙司令的指挥挑三拣四。

龙捷三怔怔地看着杨蓼夫，突然一把扯过作战图，算了，你老杨已经完蛋了，你就是一个只会赤膊上阵的张飞，什么夏伯阳？狗屁！你以为你是诸葛亮啊，离了张屠夫，不吃带毛猪。老子是自找没趣，我走，你就等着看笑话吧！

龙捷三气冲冲地卷起作战图，端起桌上的大碗，咕咚咕咚地猛灌几口，转身走了。

杨蓼夫乐呵呵地看着龙捷三说，啊，我是狗屁？那你就白闻了，你走吧，我要睡觉了。

龙捷三走到门口，转身说，我真的走了啊！老杨，你别后悔啊！

杨蓼夫说，后悔什么，是你来找我的，又不是我找你的，真是！多大个事啊！

龙捷三看着杨蓼夫，突然扬起手，把作战图砸了过来，老杨，你这个老狐狸，我头发都急白了，你还给我来这一套。我跟你讲，你今天不把你的疑点给我讲出来，老子就不走了，老子跟你一起当副团长，不，老子在你手下当连长！

杨蓼夫叹气，你这个老龙啊，还真会搞激将法。看来，我这个假诸葛亮不给你献上一计，还真有点不够意思呢。不过，我也没有什么高招，就是一处，我看可以改一下。过来，把灯给我举高点。

龙捷三只好把灯举起来。

杨蓼夫嚷道，往哪里照，这里，这里，看清楚没有？

龙捷三说，你这谱也摆的够大了，远了不是，近了不是，你这个熊副团长真难伺候。

杨蓼夫说，好了，就这么举着，别动啊！杨蓼夫说着，在地图上一个“V”字形符号后面往右下方斜着画了一笔。画完之后，杨蓼夫把笔一扔说，好了。

龙捷三说，我忙乎半天，你就画这一笔？

杨蓼夫说，还不够吗？

龙捷三说，你这是什么意思啊？

杨蓼夫说，哎呀，老龙，你第一次当司令，就是差把火候啊！看在老战友的情分上，我再多画一笔吧。

杨蓼夫拿起铅笔，又向右上方斜着画了一笔，形成“W”字形状。

龙捷三看了半天，惊讶地说，这个打法啊，这也太……太出人意料了，这是个思路啊，我怎么就没有想到？

杨蓼夫说，你没有想到就对了，连你都没有想到，郑亦雄他就更不会想到。

三十四

按照杨蓼夫给龙捷三出的主意，清河支队一夜之间变成了两个，李其仁就任清河支队司令员，带领一个独立营和十几支地方县大队和区中队，扯起了清河支队的番号，回到清河平原，利用那里的抗日沟，吸引郑亦雄的注意力。清河支队主力则向詹家店佯动，虚晃一枪，迅速北上。

计划开始实施之后，杨蓼夫又回到二团，继续履行副团长的职责。九月十五这天夜里，黄格选和杨蓼夫率团从詹家店西北突击琅琊独立旅的防线。战斗前期受阻，杨蓼夫向黄格选建议，派出小分队从左翼佯攻，同时以炮火向敌纵深急袭，大部队从南口突破。为了体现副团长角色，杨蓼夫亲率一个连队突击，很快就撕破了口子。

这次战斗因为发起突然，二团没有太大的伤亡，但是严重的是，杨蓼夫的脑袋被弹片穿透，差点送命。

越过这道防线，就进入河北境内了，蜿蜒的山路上，八路军北上，踩着人影走。黄格选跟在杨蓼夫的身后一路小跑，司令员，老杨，你这么走，我都跟不上。

杨蓼夫得意地说，那是，两万五千里，老杨练了一双铁脚板。

黄格选说，你不骑马，害得我也不能骑。哎，老杨，你不是嫌那匹马不好吧？

杨蓼夫说，我的那匹不是骡子吗？

黄格选说，嘿嘿，我给你换的是马啊，虽然没有你那匹枣红马威风，可是，可是，它也是马啊！

杨蓼夫回头看了黄格选一眼，换掉！团长骑马，副团长骑骡子，这个规定我不能破坏。

黄格选说，可是，可是，就是骡子你也不骑，换不换都一样，反正都是驮东西。

杨蓼夫说，那也得换掉。到了龙海关，我还是要骑的。

这一带属于冯德山的防区，下半夜，冯德山向郑亦雄报告，八路军一支小分队北窜，在三个地段向我阵地发起冲击，未能拦阻。敌向北逃遁。另外，临淄方向出现一股敌人，一个团的番号，翻越松山，去向不明。

郑亦雄疑惑地说，北上？清河支队北上了？

叶乃伍说，不可能啊，此前我们得到的情报，全是针对詹家店的，他不可能放弃詹家店。况且，他的部队都还分散在城镇和乡村，物资还在筹集中，这么大的部队，哪能说走就走啊？

郑亦雄说，其他还有什么情况？

叶乃伍说，墨镇和清河，都有共军主力，凤岗、莫宁岗、洗马堰的阵地上，共军都在。

郑亦雄说，那他在西北边搞那么大的动静，是干什么？

叶乃伍说，我分析是吸引我视线转向北方，掩护其主力向詹家店机动。

郑亦雄沉默，突然走出作战室，向远方眺望。

叶乃伍说，部队全部部署完毕，就等旅座命令了。

郑亦雄沉吟了片刻，抬起头说，好吧，龙捷三想学杨蓼夫，给我来个声东击西，这次，老子不上当了！按原计划，进军清河！

三十五

清河西战场，郑亦雄指挥部队反复进攻，李其仁交代部队，只在沟里防御，绝不主动出击。那情景，颇似元宵战役对付日军。郑亦雄的部队虽然全美式装备，但一进入抗日沟，就好比身上缚上了湿牛皮，太阳越晒越紧，手脚施展不开。

激战进行了一天一夜，阵地反复易手，郑亦雄进不得，清河支队也不退却，就这么反反复复。八路军打得惊天地泣鬼神，李其仁三次负伤，仍然坚持指挥，以清河支队司令员的名义组织防御。

天快亮了，抗日沟里枪声越来越稀少，郑亦雄判断对方伤亡过大，正准备发起最后一轮进攻，金莉莉送来一份急电。

叶乃伍接过电报，匆匆浏览，脸色大变，跌跌撞撞跑到郑亦雄面前，拖着哭腔说，旅座，旅座，大事不好了！

郑亦雄说，慌什么？

叶乃伍手里扬着电文说，旅座，我们打了一天，对面之敌不是清河支队，不，就是，就是……是清河支队……

郑亦雄紧张地看着叶乃伍说，你怎么回事，这么胡言乱语，到底是不是清河支队？

叶乃伍说，是清河支队，是清河支队的壳，清河支队，清河支队主力金蝉脱壳了！

郑亦雄懵懂地看着叶乃伍，突然回首向金莉莉说，念，电文！

金莉莉从叶乃伍手里接过电报，清清嗓子，正要忸怩作态，见郑亦雄脸色如铁板一块，马上庄重起来：长官部急电——空军侦察发现，渤海以西出现三路共军，前锋已经抵达河北宁家，锋芒直逼龙海关。经查，此乃共军清河支队主力。郑部鏖战竟日当面之敌，乃清河支队之替身，目前仅有不足两个团的兵力，号称新清河支队。

郑亦雄的眼睛直愣愣地盯着金莉莉，盯得金莉莉心里直发毛，下意识地往后退了一步。

郑亦雄说，新清河支队？这是什么意思，是不是说，清河支队已经北上了，留下一个外壳跟我死缠烂打？

叶乃伍说，旅座，不幸言中啊！我们打得昏天黑地的，正是清河支队的外壳啊！

郑亦雄不理叶乃伍，兀自喃喃，杨蓼夫、龙捷三、李其仁，一夜之间清河支队冒出了三个司令，一夜之间，清河支队金蝉脱壳，他已经到河北宁家河了，哈哈，哈哈……

郑亦雄突然狂笑，在笑声中仰面朝天，缓缓倒了下去。

金莉莉惊骇不已，连连后退。叶乃伍见势不妙，猛地上前扶住郑亦雄，嘴里大喊，军医，军医！

三十六

清河支队顺利实现北上，扬眉吐气，偏偏在这个时候出现一桩奇怪的事情，开小差越来越严重。

自从北上的风声传出，部队就有一些议论，说北上不就是闯关东吗，关东那个地方冷得要死，尿尿都用棍子敲，敲慢了就把那东西冻住了，那就完蛋了。还有的部队在做动员的时候说，北上就是进攻詹家店，等突破防线，进入河北境内，有的战士就犯嘀咕了，为啥上级不跟俺们讲实话呢，一直说是打詹家店，可是一夜下来，到了河北，下一步，可真是闯关东啊，俺前天还跟家里捎信说，俺不离开山东呢。

最离谱的是，战斗功臣马大海、金功言和殷福塘也开了小差。

北上途中，支队召开紧急会议，传达了总部命令，北上八路军部队称谓统一为东北人民自治军，清河支队与冀辽热分区合并整编为东北人民自治军第107师，龙捷三、景晓纯、袁历山三同志共同组成整编指挥小组，即时展开整编工作。师团首长职务任命待总部复电后下达。

龙捷三说，升格为野战师，就意味着大兵团作战，我当个师长恐怕很难胜任，我是多么希望老杨出山啊。

景晓纯说，这不是你我考虑的事情。关于整编工作，要专题讨论，今天着重研究逃兵问题。这个问题不解决，会给整编带来很大危害。

龙捷三说，北上仓促，教育没能落到实处。我们跟官兵说，过了詹家店北，就不走了，结果过了詹家店北，我们又告诉部队，只到南燕，过了南燕，又到了宁家河。逃兵多数都是当地人，居然说受了欺骗。还有一种情绪，不愿意跟国民党打仗，说一会儿帮国民党打仗，一会儿跟国民党打仗，这样打来打去，中国人打中国人，没个完了，不如回家种田。这种情绪反动至极。

景晓纯说，故土难舍啊，多数人从来没有走这么远的路，有些人家里确实有困难。老肖你下个通知，对于逃兵，能防的防，能堵的堵，能抓的抓。抓住了，要严肃处理。

肖菏泽说，尤其是干部，抓住了枪毙几个，杀一儆百。

景晓纯说，一团那几个干部叫什么名字？

龙捷三说，一个副营长，马大海，还有连长金功言，排长殷福塘。

景晓纯说，情况确实严重。这几个人，都是大功臣。那个金功言，当初是他妻子傅菊珍牵着毛驴送到部队来的，傅菊珍是识字班的骨干，还作为送夫参军的模范，在全村现身说法。他这么一逃，对部队影响极坏。

龙捷三说，金功言是逃兵的头，马大海和殷福塘都是受金功言的撺掇。听揭发的同志说，金功言在部队散布说，连杨司令都贬职当了副团长，八路军卸磨杀驴，没有干头，再打下去，不知道哪一天就当了炮灰。

肖菏泽说，我的意见是，派人联系老李，只要他们逃到清河，就抓回来，杀掉，不然，到了东北，遇到困难，不知道会有多少逃兵。

蹊跷的是，这边出现了逃兵，那边又出现了参军的热潮。清河支队不声不响突然离开墨镇，刘金山和易红英带领二十几个学生一路打听追了过来。在宁家河境内找到了孙大竹，声称是来找杨司令当八路军的。孙大竹灵机一动，领他们去见章慧。章慧虽然高兴，但是做不了主，便带他们去见龙捷三和景晓纯。带头的学生名叫周世登，当场展示了一块白布——做人要学杨司令，参军要当八路军。下面是二十名学生的血迹签名。

景晓纯和龙捷三商量，这些学生是冲着老杨来的，那就干脆把他们送到二团，交给杨蓼夫。景晓纯交代章慧，你跟着去，你两边都熟，路上也好跟他们聊聊。

章慧本来不想在这个时候见到杨蓼夫，可是又不能拒绝任务，只好硬着头皮接受下来。

三十七

部队进入宁家河，二团在距离支队部十几里的韩庄休整，这天下午，杨蓼夫脑袋上绑着绷带，在写日记，写写画画，看着眼前的篮球发愣。没想到，王进阶领着章慧进门，后面还跟着二十多个师生。杨蓼夫呼啦一下站了起来，眼前一黑，差点儿摔了一跤。章慧连想也没想，上前就把他扶住了。

杨蓼夫回过神来，站稳了，看着章慧身后的师生，问，这是怎么回事？

章慧往边上一闪说，同学们，眼前这位，就是杨司令。

周世登上前一步，把早已准备好的血书哗地一下展开，双手举到杨蓼夫的眼前。

杨蓼夫直瞪瞪地看着血书，半天才说，你们这是做什么？

周世登说，我们来找杨司令，报名参加八路军。

杨蓼夫说，可是，可是，我已经不是司令了。

周世登说，这我们都知道了。杨司令当副团长，我们就到你的团里。你当连长，我们就到你的连里。

杨蓼夫说，同学们，我跟你们讲一句心里话，如果鬼子还没有投降，你们参加八路军，我双手接着。但是，我们现在面对的敌人是国民党军队，这是我们中国人自己的事情。我不想让同样是中国人的你们卷入这场战争。为什么？战争有我们这些老军人，有我们这些泥腿子，有我们这些大老粗，用不着把孩子们把学生们都拖进来。

章慧意外地、同时也有几分不安地看着杨蓼夫。

杨蓼夫说，而且，以我判断，这场战争很快就会结束，我们中国人不可能永远打仗。那么，战争结束后，我们的国家是什么样子？那是百废待兴，需要大量的人才。我们这些人打天下可以，坐江山也行，可是国家建设，归根到底要靠你们这些知识分子。我们不能因为眼前的利益，就损坏了国家的人才。

学生们骚动了。周世登说，杨司令，我们可是一腔热血啊！

杨蓼夫说，孩子，告诉我，你读书读了几年？

周世登说，连发蒙私塾，带上国立中学，快十年了。

杨蓼夫说，哦，十年寒窗啊，上了战场，也许遇上一颗小小的弹头，十年书就白读了。

周世登急了，杨司令，你不想要我们？

杨蓼夫说，开枪打炮，找个猴子训练三天它都会，打仗用不着你们这些读书人。

易红英说，杨司令，收下我们吧！国民党多次想到学校征兵，都被宋校长挡住了，可是这次，连宋校长都说，人各有志，你们自己的路自己走。

刘金山说，是啊，我们追了两天一夜，啃着干粮，我们满腔热忱，杨司令你不能兜头给我们一瓢凉水啊！

杨蓼夫停顿了一下，看看两位老师和章慧说，章慧同志，你说呢？

章慧有些激动，司令员，你的话太让我意外了，也让我震动。深谋远虑，胸怀全局，你的想法，我们……我实在太惭愧了。

杨蓼夫说，这么说，你也同意我的意见了？

章慧眼窝有些湿润，点了点头。

杨蓼夫说，好，你想通了，事情就好办了。同学们，你们记住，你们是国家的财富，你们的用武之地在于建设国家，改变我们的城市、改变我们的乡村，改变我们的生活。你们的用武之地不在战场上。打仗的事情，交给我们吧，我们把国家的希望和未来交给你们了。

三十八

把师生安顿好后，章慧心情复杂地向杨蓼夫告别，看见杨蓼夫头上的绷带，忍不住眼窝湿润。杨蓼夫说，你为什么要躲着我呢，你说过的，我什么时候不当司令了，你就嫁给我当我的媳妇，啊，不是，嫁给我当我的爱人，可是，自从我不当司令了，你却一再躲着我，我就是想破脑袋也想不明白啊！

章慧向院外看了看说，这个韩庄真的姓韩，跟韩二婶家差不多啊！

杨蓼夫说，哦，也有个池塘。我们能不能像过去那样，到祠堂边的柳树下坐上一袋烟的工夫，你得把我心里的疙瘩解开啊！

章慧犹豫了一下，同意了。

坐在池塘边，很多往事便纷至沓来，章慧说，司令员，还记得那一次吗，在球场上，我请朱茂煊大爷传信，然后我在韩二婶家里等你，我等啊，等啊，望眼欲穿。我都快绝望了。

杨蓼夫说，哦，我知道，我那一次被任冰雪纠缠住了。

章慧说，就是那一次，我在找你的路上，听到了你和任大姐的争吵，也就是那一次，我知道，你的内心，是爱我的，是真的爱我。

杨蓼夫说，是的，我必须承认。我对你，最初的想法是讨个老婆。可是，我后来发现，我找到的是一个爱人。只是，碍着我这个司令员的职务，我必须有所收敛。你要知道，如果仅仅是讨个老婆那样简单，我会像军阀那样，把你捆到我的洞房里。

章慧脱口而出，要真的是那样，那就好了。

杨蓼夫吃了一惊，啊，你是这样想的？

章慧点点头说，是的。

杨蓼夫说，那你为什么……

章慧说，司令员，我承认，我对你的认识是有一个过程的，我发现，我对你的感情，甚至到了不能自拔的地步。你的那几个字，已经成了我的座右铭——敢作敢为，能屈能伸，丢掉包袱，向着光明！多少次啊，我差一点就冲到了你的面前，投进你的怀抱，向你诉说，可是，可是，直到有一天，就是你在墨镇被隔离审查的那一天……

杨蓼夫呼啦一下站了起来，那一天怎么啦？

章慧说，那一天，我想去对你说，我是爱你的。过去，因为你是司令员，我还有一丝顾虑，我怕世俗的眼光。可是，总算，你被撤职了，你被隔离审查了。司令员，你知道吗？你被撤职了，这个世界上最高兴的人是谁吗？

杨蓼夫说，不知道，也许有很多人。

章慧说，可是我知道，你被撤职，最高兴的，你认识的，至少有两个人。

杨蓼夫问，哪两个？

章慧说，一个是郑亦雄，再一个就是我。

杨蓼夫愕然，啊，怎么会是你们两个？

章慧说，我听到你被撤职的消息，第一个反应是为你不平，但是紧接着，我就……我一下子就流泪了，我是高兴啊，我的眼泪止不住地往下流……除了为你感到委屈，就是高兴……

杨蓼夫目瞪口呆，天哪，怎么会这样？

章慧流着眼泪说，那天回部队，我一路小跑。我想，这回好了，他不再是司令员了，他成了一个隔离审查的对象，我可以理直气壮地爱他了，我可以毫不遮掩地同他在一起了……

杨蓼夫说，可是，那天在墨镇监狱，你为什么路过我的隔离室，视而不见，为什么，为什么连一句话都没有跟我说？

章慧说，那天，我是带着篮球去的，我想让那个篮球代表我陪同你，我甚至想，我干脆也让他们把我关起来，我也住进隔离室，我们把那个隔离室当作我们的新房……

杨蓼夫怔怔地看着章慧，又看着天空，一言不发。

章慧说，后来的事情，是那样的突然，那样猝不及防，它差点儿把我推向绝境。

杨蓼夫说，后来到底发生了什么？

章慧说，后来，后来……

章慧闭上了眼睛，那一幕历历在目——

任大姐，我想好了，如果组织上同意，我和杨司令就结婚。

什么，你说什么？任冰雪说，绝对不行！章慧，我跟你说过，这件事情我要对你负责，我也要对杨蓼夫负责，我要负责到底！

为什么不行？

啊，你还不服是不是？那我就告诉你为什么不行。因为，杨蓼夫他，他有——老——婆！

章慧说完了，平静地看着杨蓼夫说，就从那天起，我强迫自己，忘记这段历史，忘记作为爱人的你，我只记得，你是杨司令，哪怕你被撤职，在我心中，你永远是杨司令。只不过，我不能再留恋那样一段感情了。

杨蓼夫静静地听完，两行眼泪从眼窝涌了出来。章慧惊骇地说，杨司令，你怎么啦？

杨蓼夫摊开两只手，泪眼婆娑，摇着头，笑着走向章慧说，章慧，章慧啊，我没想到你受了这么大的委屈，我没有想到，我杨蓼夫在你心里这么重要……

章慧缓缓向后退着，司令员，你……？

杨蓼夫意识到什么，站住了，叹了一口气，章慧，我问你一句，如果任冰雪说的不是事实，那么，你还能接受我吗？

章慧说，如果没有这个障碍，我将义无反顾，绝不彷徨，我愿意在任何时候成为你的新娘！

杨蓼夫仰天大笑，泪水从脸上滚滚落下，那么，章慧，我记住了，老天爷也记住了，举头三尺有神明啊。今天，你就是我的新娘！

章慧说，你说什么？司令员，难道……？

杨蓼夫说，我只告诉你一句话，任冰雪的话不是事实。我从来没有过老婆，如果有，那是今天以后。

章慧怔怔地看着杨蓼夫，突然惊喜地说，司令员，老杨，这是真的？我不是做梦吧？

三十九

不到一个小时，杨蓼夫要结婚的消息就传遍了二团，婚礼就在驻地韩庄，就在二团，就在当晚举行。

就在杨蓼夫张罗结婚的时候，支队部接到一份电报，第107师干部编制下来了。龙捷三立即通知支队和分区首长，午夜前集合团以上主官，接受新的任命。

景晓纯接过电报看了看，对龙捷三说，果然不出所料啊，老杨又回来了！

龙捷三说，大战在即，罗政委亲自点将，那能错得了？

景晓纯说，只是，你这个司令员又要屈尊了。

龙捷三说，政委，你了解我的，为了胜利，我可以和老杨一样，去当副团长，冲锋陷阵。

景晓纯说，那好，于科长，立即电令二团，把杨蓼夫同志火速送到宁家河，接受新的任务。

于建兴应声而来，手里却拿着电报，对龙捷三和景晓纯说，杨副团长来电，要求支队首长批准，他今晚要结婚。

龙捷三和景晓纯面面相觑。

于建兴重复道，杨副团长电报，他今晚要同章慧同志结婚。天大的事情今晚都不要打扰他。

景晓纯说，乱弹琴，什么时候了，他还结什么婚啊，立即发电报，让杨司令连夜赶到宁家河！

龙捷三说，告诉他，这件事情比天还大。

四十

杨蓼夫的临时住处，土坯黑瓦的房子，贴上了红双喜字。院子里，几张八仙桌拼在一起，上面摆满了花生、大枣、煎饼、鸡蛋等物。桌子上还放着几坛老酒。

客人纷纷来贺，主要是二团连以上干部。杨蓼夫和章慧胸前戴着大红花，站在门外，春风满面，招呼着客人。

祁友敬说，杨司令，啊杨副团长，怎么这么急啊，连个贺礼都来不及准备，我给你带了一包茶叶，你家乡的六安瓜片。

杨蓼夫笑呵呵地说，好，好，谢谢大家！请进吧。

众人说笑着进门。黄格选说，人都差不多了，那就开始吧，按老规矩，新郎新娘给大伙介绍一下恋爱经过，大家呱唧呱唧！

院子里响起掌声。杨蓼夫站在中央，刚要开口，扭头看看章慧说，你先说？

章慧不好意思地低头微笑说，都是新郎先说。

杨蓼夫说，那好，那我就说，说什么呢？我这个恋爱经过啊，唉，我这个恋爱，一波三折，说来话长，咱们就长话短说吧。这个，这个，过去呢，当司令员，众目睽睽，连敌人都盯着我，章慧吓得不敢嫁给我，怕人家说她当官太太。现在呢，我老杨当了副团长，目标小多了，我跟章慧商量，忙里偷闲，咱们先把婚结了，章慧不反对，嘿嘿，这件事情就成了，啊，就是这么回事……

正在这时候，报务员进门，团长，杨副团长，司令部急电！

黄格选脸一沉，不高兴地说，嚷嚷什么，没看杨副团长在结婚吗？

杨蓼夫笑容灿烂地说，啊，是不是我的结婚申请批准啦，哈哈，他批准不批准，我这个婚都是要结的。多大个事啊！

报务员说，不是，是命令团长派人，火速把杨副团长送到宁家河支队司令部去。

黄格选说，啊，干什么？电报给我！

杨蓼夫不悦地说，让我去宁家河？那怎么行啊，我还没有拜天地呢。

黄格选看完电报，一把扯过杨蓼夫说，老杨，杨司令，不得了了，你必须马上动身，支队首长都在等着你呢！

杨蓼夫挣扎着说，你放开我！多大个事啊，我总得把婚结完吧。过了年我都三十四岁了，同志们想想，三十四岁的男人，该不该……

黄格选使劲地扯着杨蓼夫说，老杨你听我说，我……参谋长！

祁友敬应了一声，跑到黄格选面前。黄格选说，命令警卫排，全部出动，把老杨送到宁家河。

杨蓼夫不笑了，到底怎么回事？

黄格选说，暂时还是绝密，你去了就知道了。

杨蓼夫疑惑地说，天哪，我就那么一点错误，还揪住不放了是不是？我结个婚你可以不批准，可是你没有必要传讯我啊！

黄格选说，不是这么回事，你出去我告诉你。

黄格选向大家说，同志们，情况有变化，老杨的这个婚礼到此结束……啊，不是，是告一段落。大家回到自己的部队去！

杨蓼夫说，这还差不多。要不大家在这里等一会儿，我去去就来，回来后这个婚咱们接着再结。

四十一

当天夜里，北上途中，清河支队指挥部，团以上干部济济一堂。

景晓纯宣布命令——原清河支队全部、原冀辽热分区之独立一团、独立二团，合并整编为东北人民自治军第107师，杨蓼夫同志任第107师师长，景晓纯同志任政治委员，龙捷三、袁历山二同志为副师长……

杨蓼夫胸脯一挺，表情异常严肃，嘴巴动了动。

命令刚刚宣布完毕，杨蓼夫就急赤白脸地把景晓纯拉到门前的花圃边上，景晓纯说，刚刚宣布命令，你没有听明白，你已经是师长了，那么多人等着向你祝贺，向你请示，你这么急急忙忙地把我拉出来干什么？

杨蓼夫说，组织上任命干部，应该有个程序，征求个人意见。为什么不征求我的意见？

景晓纯脸色骤变，怎么，你不同意当师长？

杨蓼夫说，我没说不同意当师长啊，可是我总得有个思想准备吧，二团还有一帮子人，在那里等着我结婚呢。

景晓纯松了一口气，嗨，吓了我一跳，结婚什么时候不能结啊，多大个事啊！

杨蓼夫抬头看看天说，今天应该是农历八月十六，是个男婚女嫁的好日子。

景晓纯说，唉，你这个人，还想着你的婚礼啊！等全国解放了，我给你补办一个。

杨蓼夫说，你真是站着说话不腰疼，我这一辈子，就这一次婚礼，就娶这么一个老婆，先是被任冰雪搅得昏天黑地，今儿个，这个婚礼又被你一棍子打成两截。

景晓纯说，我不相信你老杨心里只装着你的婚礼。你当师长了，部队一下子多了几千人，到了东北战场，那是什么场景，你心里难道没想过？

杨蓼夫说，想过，可我今天晚上只想结婚，不想做别的。

景晓纯意外地看着杨蓼夫。

杨蓼夫说，记得元宵战役后我跟你说的话吗？这个世界上，最难当的就是司令。如今，我这个野战军的师长，比起清河支队司令员来，担子重了一倍，难度也增加一倍。要是不当师长该有多好啊！

景晓纯说，你真是这么想的？

杨蓼夫说，是的。我今天下午把墨镇中学来参军的学生劝退了，我跟他们说，打仗靠我们，建设国家靠他们。其实，我也想去搞建设。我答应过，要把清河抗日沟里的盐碱地再埋下去，我还许诺要让朱茂煊那样的老百姓住上好房子。本来，这些事情，抗战胜利后就应该着手了。可是，你看，你我还是要打仗。

第六章 龙海关

一

朱茂煊一觉醒来，天已经放亮了。老先生从棺材里爬出来，痛痛快快地伸了几个懒腰，抠抠眼角，先从水缸里舀了一瓢凉水洗手，再到屋角找吃的，一摸，摸出个布袋子，打开一看，里面是香喷喷的煎饼，东瞅西瞅，看见棺材头前还竖着一捆大葱，旁边碗里，有大半碗豆酱。老先生愣怔了一下，好像有点明白了，赶紧套上布鞋，三步并作两步，出门就往祠堂走。

清河街上，似乎一下子冷清了很多，朱茂煊越往前走心里越慌，好像天要塌下来了。前些日子，杨司令带着几个人到他家修屋顶，修了几天，杨司令跟他讲，等打走了鬼子，就给他盖新房子，再也不能让他住在棺材里了。夜里睡在软乎乎的铺盖上，他还做了一个梦，梦见死去的老伴和儿女都回来了，说鬼子走了，往后的日子就是芝麻开花节节高了，都是托杨司令和八路军的福。

睡在棺材里做美梦的时候，朱茂煊没有多想。可是，醒来之后就发现不对劲了。往常的街上，这时候会有八路军的战士打扫街面，挑水遛马，站岗巡逻，可是，今儿个是怎么啦，人呢？难道还在做梦？朱茂煊掐了掐大腿，很疼，不是梦，心里更慌。

他两眼正空洞着，看见一群人慌里慌张迎面走过来，朱茂煊把手掌压在眉毛上方，挡住阳光，看清楚了，是韩二婶，还有傅菊珍和几个识字班。

朱茂煊和韩二婶一伙迎面走到一起，都站住了，你看看我，我看看你，韩二婶把手往胯上一拍说，他大爷，这就走了？

朱茂煊说，他二婶，你问我，我问谁去？

傅菊珍说，这八路军真是没情没义，说走就走了，连个招呼都不打。

朱茂煊说，闺女，怎么说话呢，那不叫没情没义，那叫……仁义之师，秋毫无犯，杨司令是怕咱老百姓牵肠挂肚啊！

识字班的蔡秀英说，就是，不辞而别，昨儿头夜龙副司令还跟俺们讲，秋天了要把抗日沟的土填回去，开春就种庄稼，谁知天亮了，队伍就不见了。

几个人站在街心说话，人越聚越多，韩二叔抱着个竹筐，挤进人群，把匣子交给韩二婶说，看看吧，队伍给咱留了钱，还有这个。

韩二婶说，这是啥？

这是一封信。朱茂煊哆哆嗦嗦打开信，把眼睛贴到信纸上看了一会儿，看着看着，嘴一撇，眼泪珠子就扑簌簌地往下掉。

他大爷，你这是咋啦？韩二婶问。

朱茂煊抖着信纸说，八路军，杨司令说，队伍接到紧急命令，要去打大仗，不辞而别，是不想给乡亲增添麻烦。

1944 年 8 月 21 日早晨，清河镇一觉醒来，发现变天了，同清河百姓朝夕相处三年多的清河支队，奇迹般地消失了，不少人家陆续在院子里看到了这样一个竹筐，里面放着三块大洋和一封油印的信。

一切都是暗中进行的。前几天，国军的情报机关向郑亦雄报告，清河支队主力在清河平原回填抗日沟，莫宁岗、凤岗、南李庄三个据点的兵力未见变化。三天前，特务亲眼看见清河支队司令员杨蓼夫带了几个人给老神仙朱茂煊修屋顶。接下来下了两天雨，虽然有部队调动的迹象，但是方向向东，杨蓼夫给郑亦雄发来电报，清河支队计划对詹家店日军最后一战，战斗计划随后派人送交琅琊独立旅，希望友军配合。

郑亦雄根本不相信这是真的，因为从清河到詹家店，是南向东北，而共军的北上战略，则必须绕开渤海，南向西北。这个电报，只能理解为杨蓼夫是声东击西。没想到，杨蓼夫真的是声东击东，唯一的区别是，先直南直北，后直东直西，就好比用三角定理里面的勾和股，出其不意地取代了郑亦雄脑子里绷紧的那根弦，一夜之间突破郑亦雄的防线，两天之后便进入河北宁家河境内。

不光清河的老百姓不知道八路军的战术，就连很多下层官兵，也是不明就里，前两天准备物资行装，动员说是准备接受詹家店日军投降，可是到了詹家店外围，只拔了两个点就不打了，上级动员说，留给江苏来的新四军打，清河支队夜里向西一拐接着走，天亮了才发现到河北了。

大家在街心站得久了，肚子饿得咕咕叫，这才想起来没有吃饭。韩二婶说，他大爷，你得想办法，不能就让他们这么走了。

朱茂煊说，大军移师，岂是你我所能阻拦？

韩二婶说，杨司令不是答应过咱们吗？队伍在哪里，咱们就在哪里，不能说话不算数！

韩二叔说，人家杨司令答应的，是在渤海湾境内，队伍走到哪里都把咱们民工团带上，可如今人家是远走高飞，再跟上恐怕就不妥了。

傅菊珍说，大爷，没有什么不妥的，杨司令早就说过，清河支队姓清，走到哪都是一家人，咱们的民工团是清河支队的民工团。

韩二婶一拍巴掌说，闺女，你说得对啊，杨司令从来没有说过要解散民工团，他为啥不带着咱们走？走，找他去。

韩二叔愣住了，啊，是这个理啊，杨司令做甚都讲究，这个事情他做得不讲究。

傅菊珍说，朱大爷，你是杨司令的神仙，二叔二婶，你们是杨司令的房东，你们带个头，俺们民工团的旗帜就扯上了。

朱茂煊揉揉眼窝说，也好，跟他们走，清河镇没有了八路，日子还有啥过头啊。

这天中午，朱茂煊领头，一干人七嘴八舌地去找杨蓼夫，自然找不到，倒是把朱茂煊的学生李其仁找到了。李其仁是清河支队的副司令员，兼着抗日政府的专员，清河支队金蝉脱壳，给他留下一个营的兵力，带着民工团在抗日沟里填土，前期任务是迷惑琅琊独立旅，一旦被发现，就地展开防御，牵制国民党军。

听朱茂煊等人说要拉民工团跟队伍北上，李其仁愣了一会说，可你们是编外的啊，老幼妇孺，添什么乱啊！

朱茂煊这才明白自己是编外的民工团，没他什么事，不高兴地说，什么编外编内的，老朽不懂，老朽吃的是八路的饭，住的是八路送的棺材，没有了八路军，老朽怎么活啊？死了算了！

说完，转身就走。李其仁一把拉住他说，哎，先生你干什么去？朱茂煊说，我回家找绳子上吊去。

朱茂煊这么一折腾，韩二婶也不干了，嚷嚷说，杨司令这几年都住在俺家里，眼看儿女成群，转眼都走了，俺老两口守着一堆破房子活个什么劲啊，回家投井去！

傅菊珍说，俺男人就在队伍上，一直想让俺生个娃娃，他都走了，俺跟谁生去啊？俺改嫁去。

这么一闹，李其仁哭笑不得，只好耐心地做工作。

队伍留下一个独立营，营长孙迎风以往经常到识字班听课，和傅菊珍认识。朱茂煊和韩二婶跟李其仁打嘴皮子官司，傅菊珍就去找熟人孙迎风打听他男人，孙迎风倒是客气，说你男人真是了不起，神枪手，元宵战役下来当排长，洗马堰战役下来当连长，看这样子，明年就该当团长了。傅菊珍急于知道男人在哪里，孙迎风说，这我哪儿知道啊，军事秘密，恐怕连李副司令都不知道。傅菊珍又打听民工团的事，孙迎风被纠缠急了，一不留神说漏嘴了，说民工团还没走，吃了饭就出发。

傅菊珍就啥话也不说了，转身找到朱茂煊和韩二婶，嘀咕了一阵，几个人一合计，不跟李其仁吵了，回到家里一人挎了个包袱，上路追民工团去了。

二

清河支队整编为东北人民自治军第107师，在宁家河进行整训。这段时间部队的思想很复杂，因为清河支队的兵员多数是当地人，在清河跟鬼子打仗，那没有二话，有的离家近的，遇上春耕秋收，还可以带上两个战友回家帮忙。还有些官兵年龄大的，像金功言，娶了一个水灵灵的识字班，不打仗的时候还可以回家亲热一番，一下子离开了，就格外想不通。金功言散布消极言论说，上级说话不算话，说北上就是到詹家店打鬼子，可是打着追着，到河北来了，往下就是闯关东了，家里连个信都不知道。

想不通的还有副营长马大海和排长殷福塘。洗马堰战斗中，缴获了不少战利品，马大海向支队供给部反映了情况，领了四块大洋，两块还给殷福塘，另外两块也给了殷福塘，是奖励的。殷福塘做梦都捏着这几块大洋，一心想回家娶个像连长老婆那样的识字班，一看要闯关东，立马就傻眼了，嚷嚷着要回清河。马大海因为家里有老人瘫痪在床，一心盼着胜利后回家侍奉双亲，也是一千个不情愿北上。这几个著名的战斗功臣一合计，找个机会脚底抹油，溜了。

刚刚脱离队伍的时候，几个人还很心虚，一会儿你反悔，一会儿他担忧，可是走出三里路，心就硬了，开弓没有回头箭，大路不走走小路。这天快到山东地界了，在黄庄附近，迎面碰上一支队伍，几个人赶紧躲开，钻进林子里观察，一看，原来都是乡亲，清河支队的民工团上来了，金功言看着看着眼睛就直了，民工团里有他的识字班傅菊珍。马大海说，赶快绕开，千万不能被他们发现。金功言说，俺的识字班来了，俺还回去干啥啊？马大海也觉得是个问题，问金功言，那你打算咋办？金功言说，俺得找个机会把俺的识字班带回家去。

当天晚上，民工团在黄庄西边露天晒场上埋锅造饭，主要是烧稀饭烙煎饼。朱茂煊和韩二婶刚刚把稀饭抬上去，坐在锅前抽烟，忽然看见一个人扛着一捆大葱，戴着破草帽，左顾右盼地溜进院子。朱茂煊人虽然老了，眼神还不差，看了一阵走到那人跟前说，啊，这不是金家老三吗，你怎么到这里来了？

金功言吃了一惊，支支吾吾说，朱大爷，俺想跟俺的识字班说句话，帮俺找找吧。

朱茂煊说，啊，好啊，大爷这就给你去找。老人没有多想，很快就把傅菊珍找了过来。傅菊珍见金功言神色有些不自然，觉得奇怪。民工团北上这两天，遇到过好几起开小差的，莫非自己当家的也是……傅菊珍问，当家的，你怎么在这里，金功言有点心虚，硬着头皮说，俺们要执行重要任务，顺道来看看你。傅菊珍问，啥重要任务？

金功言支吾道，三言两语说不清楚。俺们还有几个同志，在下面那个村庄里。俺们营长想见见你这个模范，你赶快把东西收拾收拾，跟俺到庄里一起吃饭。

傅菊珍思忖道，吃饭还要收拾东西干啥？

金功言自知失言，掩饰地说，部队说走就走，俺怕万一吃饭这会工夫，部队开拔了，东西就乱了。

傅菊珍疑惑地看着金功言，金功言的目光躲闪着，有啥好看的，俺这身装扮，是为了进城侦察。

傅菊珍心里有点明白了，去跟韩二婶打了招呼，就跟金功言走了。走到一片树林里，天已经擦黑，傅菊珍说停下来解个手，金功言说，你快点。傅菊珍解下裤带，蹲在地上撒尿，金功言在一边紧张地东张西望，傅菊珍越琢磨越觉得不对劲，撒完尿，提起裤子说，当家的，你给我说实话，你是不是开小差了？金功言说，哪能呢，俺们就是执行任务，不信你见到副营长就知道了。

傅菊珍整理好衣服，撩撩头发说，那好，俺就跟你去，要是你做了丢人的事，俺就死给你看。

三

马大海和殷福塘蹲在黄庄西边的一个山洞里，左等右等，金功言还是没有回来。殷福塘说，你说，连长去找他的识字班，会不会被发现啊？马大海说，不会吧，老金做事稳当。殷福塘说，怎么还不回来啊，不会被他的识字班识破了吧？马大海说，哎呀，我也说不好，他那个识字班觉悟高得很，有一回听章慧讲，有个识字班的男人当了汉奸，那个识字班在家里给他男人披麻戴孝，说他生不如死，当汉奸了就等于死了，那个识字班硬是把汉奸给劝了回来，当了八路。你知道说的是谁吗？

殷福塘惊讶地说，你说的是老金？老金可没有当过汉奸啊！

马大海说，当汉奸的不是老金，是二团的老张，但是给那个识字班出主意让她披麻戴孝劝男人的，就是老金的识字班傅菊珍。

殷福塘张大嘴巴，愣了半晌，突然说，坏了。

怎么啦？

老金要是找到她的识字班，她还不得也给咱们披麻戴孝啊！

马大海也愣了，半天不说话。

等了一会儿不见动静，殷福塘又想到了一个问题，副营长，你说老金找到了他的识字班，会不会把咱俩撇开，自己跑了？

马大海说，怎么会呢，咱们是一条绳子上绑的蚂蚱，谁也跑不了。

殷福塘说，可是他们在哪里呢？副营长你说，他们会不会在……做那个事啊？

马大海稀里糊涂地问，什么事？

殷福塘咧嘴笑了，俺们连长夜里做梦都跟他的识字班在一起，说搂着他的识字班就是搂着天仙，浑身的肉都是……就是那个事，那个事，副营长，做那个事是个啥滋味啊？

马大海明白过来了，没好气地说，啥滋味，你没尝过，我也没尝过，我咋知道。停了停又说，俺们老家，不叫那个事，叫房事。

殷福塘说，房事？房事是啥事？

马大海说，房事，就是在房子里做那个事，所以，老金跟他的识字班，不会在树林里做那个事。

又等了半个时辰，洞外终于传来了脚步声。只听识字班在洞外问，你不是说到庄里吃饭吗，怎么跑到山上来了，还是个洞。金功言说，军事秘密啊！俺们营长在这里等你呢。

马大海从洞里钻出来说，这就是嫂子？那就快走吧！傅菊珍觉察到情况不对，站在那里口气很硬地问，你们要去哪里？金功言说，菊珍，任务紧急，先走，路上跟你讲。

傅菊珍问，你们真的要执行任务？

马大海心虚地说，是啊，敌后侦察！

傅菊珍说，那拉上俺干啥？

马大海支支吾吾地说，俺们要进城，三个男人，怕敌人怀疑，拉上你，就说是送你回娘家。

傅菊珍断喝一声，俺看不像，八成是逃兵！

马大海蒙了，低头不语。金功言一看形势不对，上前拉住傅菊珍的胳膊说，菊珍，跟俺们走，路上跟你说清楚。傅菊珍一把推开金功言，出其不意地往山下跑，一边跑一边大喊，抓逃兵啊，这里有逃兵，快来抓啊！

金功言大吃一惊，赶紧追过去，边追边喊，你们两个，快堵住啊！殷福塘傻傻地看着马大海，咋办？马大海说，先抓住再说！

三个男人抓一个女人，没有费太大的事。可是抓住了却没法放了，傅菊珍一边挣扎一边喊叫，只好把她绑了起来。马大海让金功言把傅菊珍的嘴捂住，金功言说，别把俺的识字班憋坏了，俺在一边守着，她喊俺就一把捂住。

三个男人带着傅菊珍，一路跌跌撞撞向南走。走了一段，傅菊珍不喊了，嚷嚷，金功言，俺跟你把话挑明，你就是把俺绑回家，俺也不跟你过了。俺丢不起那个人。

金功言说，菊珍，你听我说，你说抗日打鬼子，俺一点都不含糊，你可以问问马副营长和老殷。首长跟俺们讲得很明白，打走鬼子就回家，老婆孩子热炕头，可是鬼子打走了，又跟国民党打。过去，国民党那边有事，俺们去帮忙，牺牲了那么多同志，为的是啥？

傅菊珍说，你这个大老爷们，长了一双鸡眼，只能看见眼前那几个虫子。国民党是啥？咱乡里，张大户是国民党，马小辫是国民党，你家叔伯兄弟，两个人都给张大户家顶了壮丁，当了炮灰，国民党就是咱穷人头顶上的三座大山，咋不该打？

金功言说，那都是你们识字班讲的道理，俺看不都是。反正，当初你动员俺当兵，只说打鬼子，没说打国民党，俺为国家出力报效了，俺该回家种田了。

傅菊珍向马大海和殷福塘说，你们两个大老爷们，咋也走上了这条路？

马大海哭丧着脸，嗨，家家有本难念的经。

殷福塘说，俺们副营长急着回家讨媳妇儿，他老爹快咽气了，想抱了孙子才闭眼。

马大海不满地说，你老爹才快咽气了呢。

傅菊珍问殷福塘，那你呢？

殷福塘说，俺？俺兄弟被国民党抓壮丁走了，家里有十亩地没人种，俺得回家种地啊。

傅菊珍问，就为这？

殷福塘说，就为这。

傅菊珍说，兄弟，你糊涂啊！我问你，你那十亩地，是从哪里来的？

殷福塘老老实实回答，八路军分的。

傅菊珍又问，从谁手里分的？

殷福塘说，是从孙大拿家分的。

傅菊珍说，俺问你，孙大拿是富人还是穷人？

殷福塘说，当然是富人，方圆二十里都有他家的地。他家大少爷是国民党的县太爷，二少爷是国民党军的团长，三少爷在济南府当法官。

傅菊珍说，好，你想想将来没有？将来，八路军打败了国民党，坐了天下，你是八路军的逃兵，八路军饶不了你。要是八路军里都像你们这样当逃兵，八路军失败了，国民党坐了天下，你分了他十亩地，他还是饶不了你。你说你这个逃兵，里外不是人啊！

殷福塘不吭气，闷着脑袋往前走了一会儿，突然往自己后脑勺拍了一巴掌，对呀，是这个理啊！

大家都不说话了，各想各的心事。再往前走，傅菊珍因为被捆着手脚，行动不便，摔了一跤。

殷福塘把傅菊珍拉起来，看着金功言说，连长，把嫂子松了吧，反正她也跑不掉。

金功言看看马大海说，副营长，你说呢。

马大海说，松绑吧，这荒郊野外的，也没处跑。

金功言一边给傅菊珍松绑一边说，菊珍，你别怪我，说真的，俺当逃兵，也是因为你，俺不怕他们笑话，俺就是离不开媳妇儿，天天想啊！

傅菊珍胳膊的绳子解开了，揉揉手腕，出其不意地给了金功言一个耳光，姓金的，俺算瞎了眼，嫁给你这么个不上台面的尿包！

金功言并不生气，摸着脸说，媳妇儿，你打吧，你打俺俺心里也是舒坦的，俺半年没挨媳妇打了。

傅菊珍说，你逃吧，你逃回家你也没有媳妇儿了，俺明天一早回民工团，俺要参加八路军，你逃掉的那个缺，俺+顶上。

四

傅菊珍离开民工团，半夜没回，把韩二婶急坏了，去找朱茂煊商量，朱茂煊说，唉，没啥事，我看见金家老三来找她……烽火连三月，家书抵万金；可怜无定河边骨，都是春闺梦里人……

半夜里，民工团开拔，团长刘华英清点人数，不见了傅菊珍，非常着急，批评朱茂煊和韩二婶说，你们这些老人妇女，追上来要参加民工团，参加了又不守纪律，人不见了，咋办啊！

韩二婶说，好办，这小两口，八成是偷嘴去了。咱们先走，他们自然会追上队伍。

刘华英是个大姑娘，明白了一半，脸一红，不问了。

金功言等人又走了一会，殷福塘说，副营长，饿得慌啊，俺们到前面庄子里要点饭吃吧。

马大海说，我也饿，可是，这里是解放区，人家发现俺们是逃兵，那还不把咱们捆了？

金功言说，再忍忍吧，再有十里地，就到国统区了，俺们再想办法。

傅菊珍说，姓金的，你真是鬼迷心窍了。你是八路军的连长，你想到国统区要饭吃？狗屎你都吃不上，国民党不枪毙你，也是把你拉去当炮灰。

金功言愣住了，那你说咋办？

傅菊珍说，要俺说，知错就改，回头是岸。

金功言说，你是说，咱再回到队伍上？

傅菊珍说，这是唯一的出路。

金功言站住，想了想说，那可不行，这一步迈出来了，就是泼到地上的水，再也收不上来了。

马大海说，大嫂，说真的，离开部队，俺们这心里也不是滋味。可是，可是，俺们也有难处。俺们不能走回头路！

殷福塘走着走着突然站住了。

金功言问，殷福塘，你咋啦？

殷福塘说，俺琢磨大嫂的话有理。八路军打天下，俺是逃兵，不沾光。国民党坐江山，俺们分了他的地，还是不沾光。

傅菊珍说，兄弟，你说得太对了，你才是个明白人啊！兄弟，你跟嫂子回去，嫂子一定把你的觉悟跟首长汇报，保证宽大处理你。

马大海说，也是啊，在队伍上，咱们是干部，是功臣，当逃兵回到家里，两边不讨好，里外不是人啊！

殷福塘说，俺三个都是党员，要不，俺们成立一个党小组，开会商量一下，看这个逃兵还当不当。

马大海说，我看行。老金你说呢？

傅菊珍说，他敢不同意？他不同意，俺立马跟他拼了！

金功言说，你跟俺拼了俺也不同意回头。你们回头吧，俺一个人逃。

殷福塘问马大海，副营长，你说，你同意接着逃还是回头？

马大海说，俺……俺们还是……再商量商量吧。

殷福塘说，好，参加开会的，俺三个党员，两个同意回头，就是多数。少数不服从多数，组织上就要采取措施了。

殷福塘一边说着，一边向金功言逼近。

金功言紧张地看着殷福塘问，你要干什么？我是你的连长。

殷福塘说，现如今不是了，你是逃兵。

殷福塘说完，扬手向金功言扔了一个物件，其实是个虚招，金功言躲闪不及，被殷福塘一个扫堂腿撂倒，殷福塘扑上去把金功言按住了。傅菊珍也冲上去，从包袱里扯出布条，把金功言绑起来。

金功言一边挣扎一边骂，你这个臭婆娘，你想把我害死你好偷人啊！

傅菊珍说，像你这样的败类，你不死，俺也照样偷人。

走了一会，殷福塘又站住了，对马大海说，副营长，俺们还真的回去？会不会枪毙啊？

马大海说，怎么，你又反悔了？

殷福塘说，俺这心里扑扑跳。你说，要是死在战场上，俺还是光荣的。可要是被自己人枪毙了，那多亏心啊！

马大海沉思一会儿，坚定地说，兄弟，咱犯一次错误，不能再犯第二次。回去，任凭组织发落。

殷福塘犹豫了一下，看着傅菊珍说，可是……要不，大嫂，你把俺也绑起来。

傅菊珍诧异地问，你都觉悟了，为啥绑你？

殷福塘说，你不绑俺，俺怕管不住俺的腿，俺还是想逃。

傅菊珍说，那好，大嫂就帮你管你的腿。俺下手绑了啊！

殷福塘闭上眼睛说，大嫂，你绑吧，你绑紧点。

傅菊珍动手捆绑殷福塘。金功言大骂，傅菊珍，你这个祸水，你是想把咱兄弟都害死啊，老子到了阴曹地府也饶不了你！傅菊珍扬手又给了金功言一巴掌，你给俺闭嘴！

马大海说，要不，大嫂你把咱也绑起来。

傅菊珍说，这又是为了啥？

马大海说，前面就到司令部了，俺们干脆，负荆请罪。

傅菊珍想了想说，也好，都绑了说明认罪态度好，俺会向首长说明的。傅菊珍从包袱里又找出一件衣服，撕开了，把马大海绑了起来。

五

杨蓼夫走到哪里，就把篮球带到哪里。特务营驻地临时铲平了一块场地，树上挂着一个篮球框，孙大竹喂球，杨蓼夫和龙捷三投篮，左一个右一个地进球。

纵队充实过来的文工团员林沂和任小町出操之后也到球场上看热闹，指指点点猜测哪个是师长，哪个是副师长。这时候过来一个女干部，二十四五岁的样子，留着齐耳短发，看起来精明利落。听见两人议论，笑笑说，那个年龄大一点的是杨师长，怎么，你们不认识？

林沂说，我们从纵队调来，一直在墨镇搞鼓动，后来又打洗马堰，杨司令就失踪了，听说坐牢了。

女干部笑笑说，不是坐牢，是隔离审查，后来又下到部队当副团长了。

任小町夸张地说，啊，司令员当副团长啊，听说这个人打仗很厉害啊，罗政委说他是夏伯阳。

林沂问，夏伯阳是什么人？

任小町说，苏联红军将领，下马指挥，上马杀敌，经常亲自冲锋陷阵。杨司令他有这么厉害吗？

女干部意味深长地说，是很厉害。

林沂说，我听说他强迫一个女干部给他当老婆，人家不同意，他就开枪。他犯错误，就是因为这件事情吧？

女干部哭笑不得，淡淡一笑问，啊，你们这是从哪里听到的？

林沂说，前卫剧社都这么传，说那女干部一气之下，投奔国民党了。

女干部哈哈大笑，完全胡说！

林沂说，真的，大家传得有鼻子有眼的。

女干部说，哦？那你告诉我，那个女干部叫什么名字？

林沂说，叫章慧，文章的章，智慧的慧。

女干部说，我就是章慧，杨司令的爱人。你看我像是被他逼迫的吗？

林沂大吃一惊，啊，你就是章慧啊？

远处，传来哨兵的喝令声，干什么的，站住！

一个女声说，送逃兵的。

哨兵迎上去，疑惑地问，送逃兵？怎么你一个女人押着三个男人？

傅菊珍说，因为我不是逃兵。

连长王虎走出哨位，仔细一看，惊讶地说，啊，好像是一团的马大海啊，哦，还有神投手老殷，机枪大王老金……怎么回事？

傅菊珍说，快带俺们去见杨司令！

六

杨蓼夫投篮投得正来劲，王虎跑来报告说，一个识字班，押着三个逃兵，来向杨师长负荆请罪。杨蓼夫把篮球往篮板上一扔，奇怪地问，这是怎么回事？

龙捷三说，逃兵，这三个人昨天中午逃跑了，可能是这位女同志把他们抓回来了。

三个人跪倒在杨蓼夫的面前，马大海泣不成声，司令员，我糊涂啊，都是我，一时鬼迷心窍……

杨蓼夫不相信地问，这不是做梦吧，马大海，金功言，殷福塘，这三个大功臣，你们确实当了逃兵？

马大海说，千真万确，逃兵又不是什么光荣的事情，俺们犯不着撒这个谎啊！

杨蓼夫问，殷福塘，你呢？

殷福塘说，俺也是逃兵。

杨蓼夫问，金功言。你呢？

金功言说，杨司令，好汉做事好汉当，俺们是逃兵，都是俺撺掇的。俺副营长和殷福塘都不同意，是俺挑拨的。

杨蓼夫还是不相信，你为什么要逃？

金功言说，俺有三条理由：第一，过去首长总跟部队讲，打完鬼子，就各回各家，分田地，盖房子。可是鬼子打完了，还不让俺们回家；俺认为上级欺骗了俺们。第二，俺们不想跟国民党军打仗，俺家有两个兄弟，还有一个表弟，都在国民党军当兵，抗战的时候，他们都出过力；第三，俺想俺的识字班，俺俩成亲两年了，还没有孩子，俺爹娘想抱孙子。

看见这边人多了，章慧也走过来，看到傅菊珍，惊讶地问，是你？你怎么来了？

傅菊珍哇的一声哭出来，扑向章慧说，章老师，俺当家的，他……

章慧看看杨蓼夫，又看看三个逃兵，明白了，搂着傅菊珍的肩膀，没事了，没事了，回来了就好。

龙捷三说，章慧，这个识字班是不是你的学生？

章慧说，是的，傅菊珍，是骨干。当年就是她牵着毛驴把金功言送到部队，金功言作战勇敢，刚刚被提升为连长。

龙捷三点点头，对傅菊珍说，你一个人把他们抓了回来？

傅菊珍说，先是俺男人把俺骗去，想拉俺一道逃，俺一路上跟他们吵，他们觉悟了，是自己回来的。

龙捷三说，那你为什么要把他们绑起来？

傅菊珍说，除了俺家男人执迷不悟，马副营长和殷排长都是自己要求绑的，殷排长说他管不住自己的腿，马副营长说要负荆请罪。

杨蓼夫问龙捷三，政治部不是搞了个战时纪律吗，怎么对号？

龙捷三说，马大海、殷福塘符合第七条，胁从从轻，撤职。金功言符合第八条，首恶必办，枪毙！

傅菊珍惊呼一声，啊，还真枪毙啊！

章慧悄悄地拉了傅菊珍一把，傅菊珍失神地看着章慧，章慧说，沉住气。

杨蓼夫走近马大海说，马大海啊马大海，元宵战役，你身负重伤，坚守阵地，鬼子的刺刀捅到你的眼前，你都没有逃。这回你逃了，好在你觉悟了。看在你迷途知返，带领逃兵回来的分上，我饶你不死！

马大海说，司令员，我是逃兵中职务最高的，我负全部责任，要枪毙，就枪毙我吧。

龙捷三说，闭嘴，听杨师长说完！

杨蓼夫走到殷福塘面前说，殷福塘，你打仗的事情我记不住，但是你的团长周杰宁清楚得很。我记得在关乎南李庄的那场球赛中，你是瘸腿上场，你的血流了半个球场，也流在我的心上。我刚才好像听到你的团长对我说，司令员，把殷福塘放了吧，杀了殷福塘，关键的时候，谁给你投篮呢？危急的时候，谁帮我投弹呢？好，殷福塘，我也给你一条活命！

殷福塘瓮声瓮气地说，司令员，你说得对，我本来就不该死，我错了，又改了。你常说，知错就改，改了就是好同志。

杨蓼夫笑笑说，好，但是你的排长不能当了，下到班里当战士。

殷福塘认真地说，那也比枪毙强啊！

杨蓼夫走到金功言面前，金功言不由自主地低下头。傅菊珍紧攥着章慧的手，惊恐地看着杨蓼夫。

七

民工团半夜出发，凌晨赶到清河，朱茂煊和韩二婶在师部遇上景晓纯和肖菏泽，好一顿抱怨，说你们队伍连个招呼都不打就走了，太不仗义了。

景晓纯这才知道，这几个老人家两天两夜走了二百多里，还是要陪着清河支队。景晓纯很是感动，就带着他们到球场来见杨蓼夫。没想到，杨蓼夫正在审问逃兵。

杨蓼夫显然被激怒了，在金功言面前走了几遭，一言不发，突然大喊一声，金功言，站起来！

金功言哆嗦了一下，艰难地站了起来说，司令员！

杨蓼夫吼道，你身上有几块伤疤？

金功言一怔，回答，四块。

杨蓼夫问，都是怎么伤的？

金功言低下脑袋，偷偷地四处打量，低沉地说，鬼子六路围攻的时候，我是班长，跟鬼子拼刺刀，腿上的筋被鬼子挑断了一根。元宵战役，我的机枪阵地被炮弹炸飞，我中了两块弹片……

杨蓼夫说，第四次负伤我来替你说。洗马堰战斗，你跟着你们团长冲上了三号阵地，一块弹片从你的腰部插进去，只差一公分，就是你的心脏。就在那种情况下，你拽掉了弹片，还指挥殷福塘他们，救了章慧！章慧，有没有这个事？

章慧向前走了两步，是的，没有金功言，我和许东湖就被敌人打死了。

杨蓼夫说，好，金功言，我问你，你知道打进你腰里的是谁的炮弹吗？

金功言抬起头，国民党军的炮弹。

杨蓼夫说，你也知道那是国民党军的炮弹？那你为什么要当逃兵，为什么不能将革命进行到底，为什么不去向国民党讨还血债，为什么不去为你的团长和你自己报仇？

金功言说，司令员，我……

杨蓼夫踱着步说，按说，你也是个大功臣，我不忍心杀你。可是，我们刚刚制定了战时纪律，你的罪行符合枪毙一条。我真是难下这个决心啊！

杨蓼夫说完，抬起头来，看着天空，转眼就看见了朱茂煊和韩二婶，顿时神情大变，啊，韩二婶，朱大爷，你们怎么来了？

韩二婶说，俺们来喝你的喜酒啊！闺女，这么大的事，都不告诉二婶一声？

章慧羞涩地说，太突然了，杨司令他……

景晓纯打趣道，老杨又逼婚了，等着吧，等打完这一仗，我们第 107 师一定要好好地补上这顿喜酒。

杨蓼夫说，哪里有喜酒啊，这是一杯苦酒。正好，政委、肖主任，你们都来了，你们看怎么处理？

肖菏泽说，金功言罪不容赦。如果我们心慈手软，部队北上，一路上逃兵更会有增无减。

一直观察沉思的景晓纯说，要不，咱们还是老办法。正好朱大爷也在这里，是不是请朱大爷决断？

朱茂煊说，金家老三是我看着长大的孩子……我，我该避嫌啊！

景晓纯笑笑说，朱大爷的意思，就是不杀了？

朱茂煊说，可是他犯了军纪……我多嘴不合适啊！

韩二婶突然一步上前说，杨司令，二婶向你求个情，金家老三有错，可是金家老三也有功啊，你们八路军不是讲功过抵消吗？你就抵消一回吧！

杨蓼夫说，二婶，不是我不听你的，可是我们有战时纪律啊，金功言犯的是死罪，我们不能徇情枉法啊！

韩二婶说，啊，那不是死定了吗？

杨蓼夫说，除非一个人可以救他。

韩二婶说，谁啊，杨司令，你把这个人叫来，救救金家老三吧。

杨蓼夫仰起脸，目光看着远方，像是自言自语，咱们清河，有这么一个识字班，深明大义，当初她牵着毛驴把男人送到清河支队，后来她的男人背叛了他的队伍，这个识字班一个人劝说了三个逃兵，一个人把三个逃兵捆绑着押了回来。

众人一起转头看着傅菊珍。

杨蓼夫说，我们可以对逃兵大开杀戒，可是，我们不能让这样一个正义的女性失去她的亲人，我们不能让我们八路军最可以信任的姐妹当寡妇。

傅菊珍扑通一下跪在杨蓼夫的面前，声泪俱下，杨司令……

八

杨蓼夫由降职的副团长一跃成为第107师的师长后，立即投入到北上的准备工作当中。章慧自从韩庄婚礼之后仅仅见到过他一次，就是处理逃兵的那个清晨。两个人单独在一起还不到十分钟，章慧说，老杨，你又是司令了，肩上的胆子更重了。杨蓼夫说，是啊，当师长，比清河支队司令的责任还重，咱们的婚礼啊，什么时才能办一个囫囵的婚礼啊！章慧说，咱们已经打了报告，在同志间宣布了，办不办，我都是你的爱人了。杨蓼夫说，那你以后就随师部行动吧，跟我住在一起，也有个照应。

这个要求本来不过分，可是章慧却觉得不好意思，坚持跟政治部在一起。阴差阳错，差点儿又把婚事搅黄了。

那是在穿越陇海路的时候，部队受到当地国民党一个团的偷袭，任冰雪挂钩的四团兵员成分新，一打就乱。任冰雪带领一个连，率先占领制高点，跟敌人短兵相接，中了两枪，再次成为重伤员。当时的支队司令和景晓纯决定让任冰雪留在二分区养伤，任冰雪醒来后让余河沿把龙捷三叫来，训了一顿，龙捷三只好答应带着她走。

部队从宁家河拔营，章慧跟随后勤部队行动，有一段路程特意跟着担架队，照顾任冰雪。任冰雪躺在担架上，脑袋上缠着纱布，一只胳膊上绷带渗着血迹。章慧伸手摸摸她的脑袋，体温很高。章慧忧虑地对余河沿说，这个样子，什么时候才能痊愈啊，你们搞警卫的，要多劝劝首长，实在不行，还是留在地方养伤比较稳妥。

余河沿说，劝不住啊，她一醒来就骂人。

任冰雪突然睁开眼睛，胡扯，谁说我骂人了？

章慧惊喜地说，任副政委，你醒了？

任冰雪说，我还没死。

章慧说，任副政委，你不会死的，但是你最好留在当地分区养伤。

任冰雪说，啊，开玩笑！老杨和老景都不敢把我留下，你敢把我留下……听说你和老杨结婚了？

章慧幸福地、羞涩地回答，是的，还没有来得及向任副政委报告。

任冰雪半闭着眼睛说，哦，我一不留神，你就成了老杨的小老婆。

章慧开始没有听明白，稀里糊涂地说，任副政委，这件事情通过组织……

任冰雪闭眼不答。

章慧回味任冰雪的话，觉得不对劲，紧张地问，任副政委，你刚才说什么？

任冰雪欠欠身子说，我跟你说过，老杨他有老婆！

章慧脱口而出，不可能，他说那不是事实。

任冰雪说，他向你隐瞒了真相。在延安的窑洞里，我亲眼看见他和他的老婆在一孔窑洞里生活，那个女人现在还在延安，姓谢。

章慧的脸色立马变得惨白。

离开担架队，往下的路，章慧走得热血沸腾，大步流星地赶超队伍，一个女医生跟在后面说，这不是章科长吗？怎么这么风风火火地？章慧向女医生勉强笑笑说，我有点急事，我得去赶二团。

此刻在章慧的心里，有一股莫名的冲动，走着走着，她不禁摸了摸腰里的手枪，真想拔出来开两枪。朝谁开呢，任冰雪吗？不是，任冰雪只是说了个实话。那么，是朝杨蓼夫开枪吗？好像也不是。走着走着，恨意渐渐平静下来了，她开始替杨蓼夫开脱。像杨蓼夫这样的老红军，在艰苦岁月里同某个战友建立夫妻关系，是一件很自然的事情，可是千不该万不该，你不该瞒着我啊！韩庄举行的半截子婚礼，给章慧带来的幸福的憧憬，转眼之间就变成了一腔悲愤。

章慧脚下生风，不知不觉就把几个单位甩在了身后，突然，她听见路旁传来喊声，章慧，章科长，你的马呢？

章慧站住了，扭头一看是孙大竹。章慧说，我的马在运我的书，在民工团。

孙大竹说，要不，把我的马借给你？你看，团级干部都不骑马，我这个营长更不敢骑了。

章慧急匆匆地说，我有事，我得到前面去。

孙大竹说，哎，你可得把杨师长照顾好啊，有空陪他扔两个球。

章慧没有理睬孙大竹，继续往前，赶快摆脱。

王虎跟在孙大竹的背后说，营长，我怎么觉得章慧不对劲啊？

孙大竹说，怎么啦？

王虎说，脸色很不好看？

孙大竹说，啊？那是怎么回事，莫不是有喜了？

王虎说，唉，人家结婚才几天，听说跟杨师长还没有圆房呢！

孙大竹说，你看我这脑子，不懂啊！

王虎和孙大竹的话在背后隐隐约约地传来，让章慧无地自容。她希望就这么走下去，她不敢想象，到了一个目的地，停了下来，她该怎么应对这些热心的关切。

再往前，就追上了前卫剧社。

前卫剧社其实只有五六个人，连续行军已是人困马乏，尤其是纵队来的那几个女孩子，更是东倒西歪。章慧前天刚认识的林沂一边走一边向许东湖哀求，团长，我实在走不下去了，要不，你们把我扔了吧。

许东湖一个人扛着三个背包，气喘吁吁地说，坚持就是胜利，前面就是秦王岛了。

林沂说，我才不信呢，在宁家河你就说，还有一天到秦王岛，到龙海关你又说，还有一天就到海边了，可以坐船了。都三天过去了，还没有看见大海是个什么样子。

任小町说，哎，你看，那不是章慧吗？章大姐！

林沂也来了精神，跟着喊，章大姐，章慧！

章慧只好停住步子，回头说，啊，是你们啊！

林沂说，章大姐，你干吗走那么快啊，跟我们一起走吧。

章慧说，我得赶到前面去，去二团有事。

林沂说，什么事情这么急啊，跟咱们讲讲故事，也算行军动员了。

任小町说，就是啊，讲讲故事，既是动员，也给咱们提供素材啊。

章慧说，算了吧，我哪有什么故事啊，听战斗故事，你找孙大竹就行了，他就在后面。

林沂说，你给咱们讲讲你和杨师长的恋爱故事吧，那天咱们只听了半截。

章慧的眼泪止不住地流了出来，假装系鞋带，蹲在地上用胳膊肘擦眼睛。

林沂吃了一惊，章大姐，你怎么啦？

章慧说，没怎么，风太大，沙子刮进眼里了。

林沂疑惑地看看天说，这会儿没刮风啊！

九

国民党军队的飞机在天上侦察，发现从宁家河到龙海关的几条路上车水马龙，似有千军万马。其实，里面有一小半是民工团。

秋风强劲，民工团推着小车，挑着担子，顶风前进。

金功言是逃兵的始作俑者，影响极坏，虽然没被枪毙，但被开除军籍了。金功言穿着破旧的军装，光着头，肩膀上扛着一个大包，腰里拴着拉车的绳子，吃力地向前上坡。傅菊珍在金功言的后面推着小车。

民工中有好奇者，指着金功言的背影议论。

甲说，看见这个人没有，是八路军的大功臣，还是个连长呢。

乙问，这么大个人物，怎么到民工团来了？

甲说，听说当了逃兵，被发配了。

乙说，太可惜了！多丢人啊！他后面推车的那个识字班是谁啊？

甲回答，他媳妇，听说是拥军模范，就是她把她男人抓回来，要不是看在她的面子上，那个人就被枪毙了。

金功言把车拉到坡上，放下肩膀上的大包，擦着汗，脸色阴沉地向刚才议论的两个民工看了一眼，两人立马噤声。

傅菊珍把瓦罐递给金功言，金功言倒了一碗，啃了几口干粮，无滋无味地咀嚼着。煎饼渣子从他的嘴角掉下来，傅菊珍赶紧上前接住，又倒在金功言的手掌。傅菊珍说，当家的，你还没想通？都一百多里地过去了，你一句话也不说，让俺心里直发毛。

金功言不言语，端起大碗咕咕咚咚地喝水，像牛饮一般。

后面的队伍赶上来，有认识的女人跟傅菊珍打招呼，哎，菊珍，那个是不是你当家的啊？

傅菊珍慌乱地说，啊，是是，是俺当家的。

女民工说，你当家的可是大英雄啊！来帮你来了？

傅菊珍说，啊，是是，顺路，顺路。

女民工说，要不，俺们一起走？

傅菊珍急忙摆手，不用了，你们先走吧，俺们歇会儿。

傅菊珍扭头，金功言已经起身，扛着大包上路了。

十

清河支队北上不久，琅琊独立旅也被整编为国军新编第 111 师，郑亦雄任少将师长，冯德山为少将副师长，叶乃伍为上校参谋长，韩博涛为上校副官长兼政训处长，田齐鲁为上校副参谋长……部队辖二旅六团三个直属营，何长官命令，着新编第 111 师近日做好北上准备，所需舰只由盟军提供，其任务是截击共军第 107 师，占领龙海关。

编制规格高了，就要征兵，八路军已经拉走了一个师，这一带青壮劳力走了不少，留下来的也不愿意打内战，征兵工作十分艰难，郑亦雄命令叶乃伍挖地三尺也要搞满两个团。恰在这时候，被杨蓼夫劝回的墨镇国立二十二名师生被国军征兵队截获，送到郑亦雄面前，郑亦雄命令，把这些人交给政训队长刘德福，强化训练一个月，充实到战斗部队。

岂料这些师生骨头硬得很，打得皮开肉绽也不松口，坚决不当兵，带头的学生周世登秘密买通了一个老乡士兵送信给宋瑜。

宋瑜赶到郑亦雄的政训队，不仅把学生救了出来，还把郑亦雄挖苦了一顿，她让周世登把杨蓼夫关于国家、未来和人才教育的观点给郑亦雄复述了一遍，让郑亦雄自愧不如，郑亦雄下令把学生放了，宋瑜说，都打成这个样子了，放回去等死啊。郑亦雄没招了，苦笑着问宋瑜，那你说怎么办？宋瑜说，你部队上有军医，你得把我的学生治好。

郑亦雄无奈，只好安排把几个伤势较重的学生带上。好在，在学生离开之前，宋瑜也一直跟着郑亦雄的部队，倒也给郑亦雄增添了许多安慰。

杨蓼夫的第 107 师前脚刚到，郑亦雄的第 111 师随后就追了上来。第 107 师从当地的抗日武装手里接管了龙海关，郑亦雄则在秦王岛一带摆开了阵势，随时准备拿下龙海关。

杨蓼夫到达龙海关之后，选了一个地势较高的长城遗址，从垛口上观察未来的战场，看着看着脸就黑了，对龙捷三说，上级要我们坚守一个星期，可是我们拿什么坚持，这个长城，过去阻挡游牧民族入关有作用，可是面对飞机大炮，它也就是个防御阵地，所以要做好打硬仗恶战的准备。你给王副司令回话，能不能坚持一个星期我不知道，我只能保证，打光至最后一兵一卒，剩下一个团，我当团长，剩下一个连，我当连长。剩下一个班，我就跟敌人拼刺刀。

杨蓼夫让龙捷三向纵队催要两个炮兵营，龙捷三打了半天电话，纵队作战部长告诉龙捷三，那两个炮兵营又被调走了。杨蓼夫一听这话，顿时火了，拿起电话就找王积安，软硬兼施又把那两个炮兵营给要了回来。

十一

政治部主任肖菏泽交给章慧一个特殊的任务，到秦王岛去做瓦解敌军的工作。肖菏泽说，我部北上以后，新编第111师尾随而来，已经在秦王岛登陆集结，很有可能就是他们主攻龙海关。这个部队已不是从前的部队，其兵力火力相当于半个军，至少五倍于我。

章慧说，哦，我听说了，全副美式装备。

肖菏泽说，但是我们不怕他。据我们掌握的情报，在新编第111师内部，反战情绪高涨，田齐鲁、冯德山等人都有消极情绪，这些人利用好了，即便不能促使郑亦雄倒戈，至少可以在其中做一些阻挠工作。

章慧这些天心情非常不好，她知道去秦王岛做秘密工作危险很大，但是，出于一种悲愤的心理，她还是接受了这个任务。

肖菏泽告诉章慧，因为郑亦雄绑架了宋瑜的学生，宋瑜一直追到河北，现在也在郑亦雄的部队里，听说郑亦雄已经把她的学生送进秦王岛的外国人医院，秦王岛地下同志会帮助她找到宋瑜。

同肖菏泽分手后，章慧回驻地准备行装，没想到恰好在街角遇到杨蓼夫和景晓纯。章慧一看是师长和政委，很不自然地打着招呼，急急地想溜，景晓纯打趣道，哎呀，你们这两口子啊，也真是命苦，洞房还没有进，就风尘仆仆，各忙各的，东奔西跑，四脚朝天。哈哈，你们聊，你们聊，我到政治部去。

章慧解释说，政委……我是来受领任务的。

景晓纯说，哦，对对，我想起来了，这个任务是我布置的。你们可不要怪我棒打鸳鸯啊，这也是没有办法。

杨蓼夫说，章慧的任务我是同意的。

景晓纯说，那好，这一别总得十天半月的，你们说点悄悄话吧，我就不掺和了。

章慧急忙说，政委您别走，我已经告别了，没有话说了，我跟您一起回政治部。

杨蓼夫说，章慧，你怎么回事？都在师部，可是我十几天没有看见你，你应该跟我在一起。

章慧说，我一直跟部队行军，这两天搞战时动员，非常繁忙。

杨蓼夫说，那也不能不见我啊，你好像遇到什么事情，怎么回事？

章慧说，没有什么事，等我完成任务回来再说吧！章慧说完，向杨蓼夫敬了个礼，转身毅然离去。转身的刹那间，泪水夺眶而出。

杨蓼夫看着章慧匆匆离去的背影，疑惑地说，不对，不对啊。

景晓纯走了过来说，也许是太关心你了，压力大啊！

杨蓼夫说，还是不对，不像。难道任冰雪又给我捣乱了？可是老任一直在野战医院啊！

景晓纯说，你是不是有什么把柄在老任手里？我是说男女作风方面的。

杨蓼夫说，嗨，怎么可能？……哎，你这么一说，我倒是想起一件事情，可能真是老任捣乱了，难道她又旧话重提？

景晓纯说，还真有事啊！难怪老任一直在这件事情上跟你过不去。

杨蓼夫说，我这个人，你还不了解，我能有什么事？一场误会。

景晓纯说，那你就赶紧消除误会啊！

杨蓼夫说，你以为我不想消除吗？那天在我和章慧结婚的时候，我就打算等客人走了告诉她，谁知道婚礼搞了半截，又被你绑架走了……唉，我明白了。

景晓纯说，到底是什么事？

杨蓼夫说，说来话长，还是在延安的时候，有过一件事情。算了，现在不说，等打完这一仗，我让章慧烟消云散，让她笑出眼泪。走，看阵地去！

十二

正如第107师掌握的情况，宋瑜果然跟着郑亦雄的部队来到了秦王岛。几个学生当中，周世登挨打最多，伤势也最重，一路颠簸，几乎送命。宋瑜对此不依不饶。到了秦王岛，郑亦雄派他的军医把周世登和一个发烧的女生送到德国教会医院，治疗了两天，情况才有所好转。

宋瑜在黄津弗的陪同下，到医院看望学生，军医对宋瑜说，这个男孩子骨折稍微严重一点，幸亏来得及时，德国大夫对这种情况比较熟悉，不至于落下明显残疾。女孩子情况好一些，没有内伤，就是精神有点恍惚，再观察几天也许会好一些。

黄津弗说，你跟德国人说，师座说了，钱没有问题，只要把人治好，除了医药费用，本部还会给医院捐一笔钱。

军医问，这两个人是师座什么人，是他的孩子吗？

黄津弗尴尬地说，不是，他们是宋小姐的学生，宋小姐是我们师座的朋友。

军医说，哦，明白了，长官借花献佛。

宋瑜问，治疗需要多长时间？

军医说，顺利的话，一个月左右。师座让我至少陪三天，度过危险期。

走出医院大门，宋瑜拉开车门，正要坐进去，又像被惊吓了一样，“啊”了一声。车内，竟然坐着章慧。章慧伸手拉了宋瑜一把，不认识吗？

宋瑜犹犹豫豫地上车，你怎么来了？

章慧说，我的部队就在龙海关啊。

宋瑜说，我是说，你怎么到秦王岛来了？

章慧说，秦王岛是神仙居住的地方，我来找何仙姑。

宋瑜冷笑道，你就是一个幽灵，我走到哪里，你跟到哪里。你老实说，是不是冲着郑亦雄的部队来的？

章慧说，你先告诉我，你和郑亦雄是不是已经把那层窗户纸捅破了？

宋瑜说，这你还不知道？

章慧说，我看你们两个，简直就是生死恋。

宋瑜说，你反对？

章慧说，我为什么要反对？现在郑亦雄虽然站在反动立场上，但是郑亦雄也是抗战功臣。至于个人问题……爱情和政治立场往往是不能混为一谈的。

宋瑜说，我觉得我和他之间的关系，越来越微妙。他这个人，不食人间烟火哦。

章慧说，你也是。所以我说，你们都是生活在天上的人。不过，我预感到，郑亦雄这个人很快就要蒙难，要从天上坠入地狱。

宋瑜说，我不懂你的意思。

章慧说，内战爆发，国民党不得人心，注定失败。郑亦雄作为一个有良知的军人，他的内心一定是痛苦的，他找不到出路，看不见光明，他在黑夜中徘徊，像一只迷途的羔羊。

宋瑜说，羔羊？你开什么玩笑？郑亦雄踌躇满志，万丈雄心。他的一个精锐师，齐装满员，士气正旺，你说他是迷途羔羊？

章慧说，那都是表面现象，就好比，他们的军装比我们的阔气，但是并不意味着他们的意志比我们坚强。我们的杨司令说过，我相信，这个世界上是有神灵的！

宋瑜说，啊，你们八路军不是无神论者吗？

章慧说，老杨的原话是，我们是唯物主义者，但不是无神论者。神灵也是一种物质，天地间有一个神，叫作精神。

宋瑜意外地说，你们老杨，啊，这话太有哲理了，就像大哲学家说的。

章慧说，他不是哲学家，但是，在艰苦的战争环境里，有一种精神确实铸进了他的生命当中。

宋瑜说，说吧，来找我干什么？千万不要说让我动员郑亦雄投降，那是绝不可能的。

章慧笑笑说，我会那么蠢吗？我只是想见一个人。

宋瑜惊问，谁？

章慧说，田齐鲁。

宋瑜说，这个忙我帮不上。再说，就算能见到田齐鲁，你们能达到什么目的呢？策动他临阵倒戈？不可能，我也不能这么做。

章慧说，我的目的不能告诉你，但是我可以跟你说，我的使命对我军有利，对郑亦雄也不是坏事。

宋瑜说，那是什么？当和平使者？这当然皆大欢喜，可是，以你个人的力量，就想做这么大的事情，太自不量力了。

章慧说，是的，我个人的力量有限，我们每个人的力量都有限。可是我们必须努力。我必须见到田齐鲁，这也是为郑亦雄这个迷途羔羊赎罪。

宋瑜沉思良久才说，好吧，章慧，如果真的如你所说，不是军事行动，那我再信你一次，明天我来想办法。

十三

第二天，在德兰医院里，章慧果然同田齐鲁“意外遭遇”。章慧对惊骇不已的田齐鲁说，我奉解放军第107师首长的命令，拜会田长官，有一事相托。

田齐鲁严肃地说，两军开战在即，你我不同阵营，你托我办事，岂不是与虎谋皮？

田齐鲁转身对宋瑜说，宋校长，我跟你明说，你们以签字名义把我骗来，师座本身就是疑心重重。看在朋友的分上，我今天不对章老师采取措施，但是我奉劝你，立刻离开秦王岛，不要让师座和本人为难。

田齐鲁说完，转身要走。章慧说，且慢！田长官，我章慧冒险前来，专程拜会田长官，是基于对田长官人格的信任。田长官在历次国共摩擦时的言行，我们都记录在案。我们认为田长官是一个有良知、有民族责任感的军人……

田齐鲁粗暴地打断章慧的话，别给我戴这些高帽子，我是新编第111师上校副参谋长，我有我的职责！

章慧不卑不亢，笑笑说，那好，我请田长官看一样东西。

章慧说完，从包里取出一张图纸，展开在床上。

田齐鲁走近，疑惑地看着图纸，这是什么？

章慧说，这是解放军第107师师长杨蓼夫亲手绘制的龙海关重点建筑分布图。下面有杨师长亲笔写下的命令，我部无论战争何等艰苦残酷，均不得破坏图中所绘之目标。我这次来，就是要通报贵军，你们看着办。

田齐鲁说，啊，你们，你们竟有这样的胸怀？是不是……不，这是阴谋，这是利用文物建筑，阻碍我军进攻。

章慧说，我以我本人和我军最高指挥员杨蓼夫的人格担保，我们是信守诺言的。

田齐鲁说，我为什么要相信你们没有军事目的，你们不会利用这些目标影响我军战斗？这是阴谋！

章慧说，田长官，在你和我军打交道的过程中，你发现我们给你施展过阴谋吗？你还记得郑亦雄和你本人是怎么被救下的吗？

田齐鲁似有触动，可是，可是，我不能因私情而误大事啊，再说，师座，他绝不会，不可能……

章慧笑笑说，田长官，杨蓼夫师长让你转告郑亦雄师长一句话，这里标注的文物建筑，连日本人都没有破坏，当不当千古罪人，你们就看着办吧。这张图交给你，我的任务完成了。

十四

田齐鲁口袋里装着章慧送给他的图纸，宛如装着一颗定时炸弹。果然，麻烦大了。等他回到指挥所，正好长官部的作战命令下达了，要求新编第111师担负东线主攻，以最快的速度拿下龙海关！

郑亦雄踌躇满志，兴奋地说，我早就盼着这一天了。过去在渤海地区，总觉得缩手缩脚的，居然被杨蓼大弄得忍气吞声。这下好了，今天晚上我就要杨蓼夫搞清楚，让他看看马王爷到底长几只眼。老田，炮兵那一块，你得给我盯紧点，十二门榴弹炮，十分钟急袭，把他一线阵地炸成齑粉！

田齐鲁迟疑着，欲言又止，可是，师座……

郑亦雄说，你怎么啦？

田齐鲁字斟句酌地说，我没怎么，我觉得，龙海关这个地方，有点……龙海关是历史文化名镇，有很多古建筑和文物，我们的炮火，是不是……

郑亦雄观察着田齐鲁说，哦，你到德兰医院去了一趟，是不是受到什么刺激了？难道宋瑜把共军给你引来了？

田齐鲁的额头上冒出冷汗，索性和盘托出，师座，你看，杨蓼夫的夫人章慧亲自过来了，送来了这个。田齐鲁把图纸摊开，放在郑亦雄面前。郑亦雄惊愕地看看田齐鲁，俯身观看，嘴里念道：龙海关文物建筑乃国家历史财产，命令我部所有官兵，不得在如图各点构筑防御工事，不得在如图各点驻扎屯兵，不得依托如图各点为作战屏障，竭力保护……

郑亦雄直起腰，两眼盯着田齐鲁说，他这是什么意思？

田齐鲁说，我一路上都在琢磨，老杨来这一手很厉害。

郑亦雄说，他标注这十几个保护重点，多数都在我炮火覆盖范围，他让我投鼠忌器，太阴险了。

田齐鲁说，是啊，打吧，我们就成了民族罪人，陷我于不义，这将会在历史上背黑锅。不打吧，我火力突击就会受到很大局限。

郑亦雄脸色苍白，咬牙切齿地说，不管他，杨蓼夫想用这一招捆住我的手脚，我不能上他这个当。非常时期，必有非常之手段，我不能让他牵着鼻子走！

田齐鲁说，师座，可是，一旦这些文物建筑被摧毁，我们将是历史和民族的罪人，不得不慎重啊！

郑亦雄说，那你说怎么办？撇开这些目标，我的炮兵就是一堆废铁。

田齐鲁说，师座，容我再斟酌一下，看看有没有两全其美的办法。

郑亦雄痛苦地闭上眼睛，沉思很大一会儿才握着拳头说，好吧，他有他的主意，我有我的对策。调整炮兵使用计划。榴弹炮远程震慑，增强加农炮的作用，还是直瞄射击，直接摧毁他的前沿阵地！

田齐鲁说，这也不是最好的办法。

郑亦雄说，无计之计，只有一避！

十五

夜深人静，杨蓼夫在长城垛口仰望星空，感觉神游八荒，思接千古。这个地方，几千年来就是战场，无限夜空里深埋着无数雄壮的故事。此刻在杨蓼夫的思维世界里，当真有些“夜阑卧听风吹雨，铁马冰河入梦来”的感觉。天快亮的时候，杨蓼夫形成了一个思路，把龙捷三叫来，制定了一个前沿战术教程，命令部队，在阵地前挖沟，形成交叉火力，在战斗中交叉各点交替变换位置，以活阵地替代死阵地，从而提高战斗效能。

教程编好后，交给二团推演了一个上午，杨蓼夫和龙捷三到黑塔山阵地总结经验，问黄格选，用这种打法，效果如何？

黄格选说，比预想的还要好得多。战斗减员大幅减少，火力发挥也很顺畅。特别是师长提出的，交叉变换位置，使直线型阵地变成有依托的立体支撑结构，应该具有很大的杀伤力。

杨蓼夫说，支撑点交叉可以克服兵力不足的问题，但也很容易成为敌人重点杀伤目标。所以要灵活运用。

龙捷三说，师长，你是不是分析，在实战中，敌人有可能会纵深重迭打击？

杨蓼夫说，应该是。真打起来，还是要灵活运用。直线型配置打一天，再换回来，支撑点再打一天。到时候看情况再定。

龙捷三说，一而再，再而三，虚虚实实，我看可以。

黄格选说，哎呀，首长把我们营连战术都考虑到了。

杨蓼夫说，那有什么办法？我没有更多的兵力和火力给你，我只好给你出主意。

龙捷三说，这种战法可以总结为三个样式，第一层：点、线、面；第二层：线、面、点；第三层：面、线、点。撒得开，收得拢，叫敌人始终摸不透我方的防御兵力到底在什么位置，等他摸透了，战斗结束了。

杨蓼夫说，有时候，不仅可以一而再，再而三，还可以再而四；有时候只能一而再。要灵活掌握，不打死仗。我们跟国民党军对阵，就是叫花子和龙王爷比宝，比不过他，我们唯一的优势就是比他灵活。

龙捷三说，凭借这种灵活战术，以现有兵力，再坚持十天，完全是有把握的。

杨蓼夫抬头看天，十天？谈何容易啊！这老天爷也不帮忙，这时候，要是能够下一场雨就好了。

黄格选也抬头看天，师长，这万里无云的，哪里有雨啊？

龙捷三说，已经是十月份了，北方在这个季节很少下雨。

杨蓼夫说，要是朱大爷在这里就好了。

龙捷三说，啊，还找朱大爷啊，他能帮什么忙？

杨蓼夫笑笑说，让他跟老天爷商量商量，给我下一场雨，一场瓢泼大雨，胜过一万大军。

龙捷三说，啊，杨师长你还真迷信啊？

没办法，求求老天爷试试呗！杨蓼夫向往地说，一场大雨下来，道路泥泞，国民党军队的机械化装备就成了废铁。

十六

团以上干部会上，杨蓼夫说，龙海关西北依山，东南濒海，是关内关外的咽喉，二万干部、十万大军闯关东，我们这里是必经之地，上级要求我们坚守半个月到二十天，我们的决心是，坚守到兄弟部队全部入关为止。

任冰雪也出现在会场，她脑门上的绷带已经变窄，眯缝着眼睛看着杨蓼夫。

杨蓼夫说，刚才，我和老龙看了阵地，又和冀东十九旅的张旅长看了兄弟部队的阵地，官兵士气高涨，看得我心里既高兴又难受。高兴的是，我们的部队空前团结，坚如长城。难过的是，这些活蹦乱跳的小伙子，明天，不，也许今天夜里，就有很多人，那些笑脸我们再也看不见了。

任冰雪似乎想站起来说话，但是又忍住了。

杨蓼夫说，我这个人，大家都知道，打仗怕死，惜乎部队。这一次，我不能怕死了，为了革命事业而死，重如泰山，我们没有退路。这一次，我们这些当指挥员的，只做一件事，那就是让我们的部队少伤亡，轻伤亡，晚伤亡，把我们那一口气留到最后，能够看见我们兄弟部队全部入关。

龙捷三说，刚才，我和杨师长选了一块墓地，就在一团殷福塘的阵地上，关于墓碑的问题，是不是可以在这个会上研究一下？

任冰雪终于忍不住了，大声说，什么？研究墓碑干什么？

龙捷三说，杨师长交代，要做好全师牺牲的准备，交代好后事。

任冰雪说，纯属脱裤子放屁，真的全部牺牲了，谁来收拾后事啊？我们这些人，死在哪里，就在哪里沤成肥料，反正都是在中国的土地上。

杨蓼夫说，马上就要开战了，墓碑的事往后推。有机会就搞，没机会拉倒。当务之急，要拟定代理人。政委，你宣布。

景政委说，现在，我代表第107师党委宣布龙海关战役指挥员代理人，龙海关防御战总指挥杨蓼夫的代理人依次为龙捷三、贺荣海、黄格选、谭何亮。景晓纯代理人依次为肖菏泽、任冰雪、韩文。各团和直属营代理人由各团和直属营主官宣布。

第107师这个“后事”会议召开的当天夜里，著名的龙海关战役就打响了。

史料记载：

1945年9月30日，国民党新编第111师在国民党军队的引导下，向我龙海关阵地发起进攻，其步兵为两个团，配属炮兵、工兵、坦克等技术兵种。我军第107师和冀东十九旅奋起反击，在国共双方战史上占有重要位置的龙海关战役就此拉开序幕。

后来的事实表明，战前景晓纯派章慧到秦王岛给田齐鲁送去的那份图纸起了作用，龙捷三在指挥部里向杨蓼夫报告，郑亦雄这一次做了一件好事，他的重炮没有轻举妄动，避开了龙海关重点文物建筑。

杨蓼夫说，是啊，但是他的前沿用的是直接瞄准的加农炮，他也算是挖空心思了，把炮当枪使，我前沿阵地压力仍然很大。

十七

龙海关前沿阵地，战斗空前激烈。

二号和三号阵地打得异常艰苦，在伤亡惨重的情况下，几个负伤的战士突然抱在一起，跪在地上，手臂紧挽，形成一座人墙。一个战士高喊，团长，把我们当掩体吧，机枪过来，这里就是机枪阵地。降职为排长的马大海过来，把机枪架在人墙上，居高临下地射击，挡住了敌人的进攻。

殷福塘在三号阵地，面前堆着二十多个手榴弹，全都拧开了盖子。殷福塘还在拧盖子，并且把几个拉火环一起套在左手小手指上，一点一点往外扯拉火线。

班长于二柱见状，吓得直往旁边躲，脑袋撞在石头上，大喊，排长，这样很危险。

殷福塘说，滚一边去！说着，把挂上拉火环的四颗手榴弹一起抓在身上。于二柱吓得拔腿就跑，远远地看着殷福塘大显神威。

四号和五号高地是另一幅景象，这里经过了反复争夺，阵地上硝烟滚滚，余烬燃烧。民工团在见缝插针地抬运伤员和烈士遗体。

金功言走到一名烈士面前，拿起他的枪，拉开枪栓，枪膛里是空的。再捡起一支步枪，拉开枪栓，枪膛里还是空的。

傅菊珍说，我们的战士打完了最后一颗子弹，这都是拼刺刀牺牲的。金功言没有理睬傅菊珍，往四周看了看，突然向坡下走去。

傅菊珍高喊，回来，前面就是敌人的阵地，危险！金功言仍然大步流星朝前走。

对方阵地发现了金功言，集中火力射击。金功言昂首挺胸，突然做了个战术动作，滚到一个洼地里。对方一个射手端着枪，警惕地寻找目标。

隔着三十米的距离，傅菊珍大喊，当家的，你给我回来，你要是投敌，我就开枪了。

一个民工问傅菊珍，傅队长，你们当家的会投敌吗？

傅菊珍不理，捡起一支枪，向金功言瞄准。

民工说，你那枪里没有子弹，给，这支。

傅菊珍扔掉手中的枪，接过民工手中的枪，拉开枪栓，向金功言瞄准。瞄准了，又松开，再瞄准，那个民工突然一把按住傅菊珍说，别，你们当家的不像投敌，他好像在找什么东西。

傅菊珍抬起头来张望，果然，只见金功言停住了步子，此刻正隐蔽在山坡斜面的沟里，用一支步枪枪管划拉地面，把一挺机关枪拉向自己。

傅菊珍说，当家的，你就不能把腰弯下？给敌人当靶子打啊！

一个国民党军士兵瞄准了金功言。只见金功言眼疾手快，单臂抬起卡宾枪射击，这个士兵当场毙命。对方火力猛烈起来，弹雨如飞蝗一般射向金功言。金功言躲到一棵大树的背后，同敌人玩对射游戏，打得十分俏皮。

十八

龙海关战役打响的第二天，章慧穿着一身农妇的衣服，由身着便衣的当地分区干部护送返回部队。

路上，分区的干部对章慧说，昨天夜里龙海关战役正式打响，听说国民党军三个团七次进攻，没能前进一步，可喜可贺啊！

章慧笑笑。分区干部说，你们第 107 师太厉害了，听说杨师长把墓地都选好了，全师背水一战，士气高涨，对国民党军威慑很大，战斗中出现不少奇奇怪怪的事情。

章慧说，哦，说来听听。

分区干部说，传说杨师长用兵，简直就是诸葛亮，过去在清河，阵地上挖了抗日沟，把鬼子炮击的时间和冲锋的时间算得分秒不差，敌人的大炮扔了几十吨钢铁，不仅我方没有伤亡，反倒是敌人自己被打死了不少。

章慧说，哦，这次有没有听说敌人向城内炮击？

分区干部说，这就是更奇怪的事情了。那炮弹像长了眼睛，那些城楼啊、寺庙啊、教堂啊、古桥啊，一发炮弹都没有落上。老百姓都说，是神灵保佑解放军。

章慧“哦”了一声，停住步子，看着山下若有所思。

分区干部说，哎，对了，有个问题想请教章慧同志，不知道该问不该问。

章慧说，请讲。

分区干部说，咱们地方部队传说，杨师长信迷信，每次打仗前，不是请神仙算卦，就是自己扔篮球测运气，连续投中三个球，这仗就打，投不中就不打。

章慧说，哈哈，还有这个传说？我倒是头一次听说。

分区干部说，不会吧，你是杨师长的爱人，你能不清楚？

章慧想了想，一掠头发说，也许是吧。

按照当地地下组织的安排，章慧将从海上乘船到龙海关。傍晚时分，分区干部护送章慧到秦王岛海边，一艘小船已经等在那里，章慧等人同对方接头的时候发现暗号不对，可是为时已晚，四周埋伏的国民党军队士兵一拥而上，将章慧和分区干部抓获。

十九

平沈公路上，国民党军队乱成一团。为了抢夺道路，两支部队还打起来了。郑亦雄和田齐鲁坐在吉普车上向前开进，差点儿被群殴的士兵揪了下来。田齐鲁下车开了几枪，才把局势稳定下来。回到车上，田齐鲁说，昨夜进攻失利，部队怨气很大，步兵怨炮兵，炮兵怨工兵，工兵怨步兵。

郑亦雄说，损兵折将无功而返，有点怨气在所难免。

田齐鲁说，共军惨淡经营，抢我先机占领龙海关，十九旅修工事就修了一个星期，杨蓼夫的部队更是擅长防御。看来，这块骨头很难啃啊！

郑亦雄说，开玩笑，要是一夜之间能拿下龙海关，杜长官还在黑山搞那么大个口袋干什么？

田齐鲁说，这么说，龙海关也要打持久战？

郑亦雄说，共军准备坚持半个月到二十天，听说杨蓼夫把他的墓地都选好了，全师上下同仇敌忾。可怕啊！

田齐鲁说，炮兵未能发挥最大效能，我一直不安。

郑亦雄说，不必自责。我研究了杨蓼夫防御体系，小正面，浅纵深，兵力集中，火力交叉，对于防止重炮覆盖非常有效。对这样的防御，火力突击好比高射炮打蚊子，效率不高。

田齐鲁说，师座，杨蓼夫那个所谓的文物建筑保护图是一个阴谋，对于我军炮火是个极大的制约，可是，他也有他的道理，国家的古建筑，连鬼子都没有破坏，我们的炮弹也不能落上去。

郑亦雄说，是啊，这就是老杨的高明之处，老杨知道我郑亦雄的弱点，不愿意背负骂名，所以他给我出了这么一道难题。等着吧，打完了龙海关，我一定找个机会，让他有苦难言。

两天后，郑亦雄在秦王岛上为宋瑜组织了一个别开生面的生日宴会，让宋瑜大为感动。但是此举却引起了副官长韩博涛的不满。韩博涛对叶乃伍说，不对劲啊，两军对垒，战火频仍，师座这个时候去给一个女人做寿，你不觉得有点反常吗？

叶乃伍说，这个你不太清楚，这个女人是师座青梅竹马的童年女友，两家是世交，祖上就有来往，关系非同一般。

韩博涛说，而且我还知道，洗马堰战斗之后，师座差点儿送命，正是那个宋瑜以死相救才脱险。

叶乃伍说，是啊，听说她争取到了宝贵的几分钟，鞋子在泥泞里陷掉了，双脚血肉模糊，还是抢先赶到了洗马堰。否则的话，在景晓纯到达之前，杨蓼夫就要对师座下手了。

韩博涛说，那以参谋长高见，这两个人有没有可能是恋人关系啊？

叶乃伍想了一会儿才说，不排除这种可能，但似乎又不像。我跟你说，对这两个人，不能用通常的思维方式去琢磨。他们之间，亲密无间，又若即若离，好像隔着一层什么东西。

韩博涛意味深长一笑说，是吗？

叶乃伍说，怎么，韩副官长是不是有新的发现啊？

韩博涛说，龙海关战役发起的前一天，共军杨蓼夫的老婆突然出现在秦王岛，就是在宋瑜的掩护下。此后出现了一系列奇怪的现象。我炮兵原定覆盖目标，被削减了大半。间瞄火炮变成了直瞄，杀伤力大为削弱，以致共军苟延残喘，修复工事。战役进行了五天，我军不说拿下龙海关，至少也应该突破几个重要方向。可是，目前除了占领黄岛口和麻阳河，共军几乎没有受到致命打击。参谋长不觉得有点反常吗？

叶乃伍反感地说，你讲的情况我都清楚。共军是送来一张文物建筑保护图，师座也确实为难。杨蓼夫的理由很简单，连日本人都没有破坏的中国文物建筑，无论是国民党军还是共军，更不能破坏。至于进攻缓慢，也在情理之中。杨蓼夫的部队一向以打防御战见长，他那个冀东十九旅也是攻防兼备，一个月前，我13军两万余众打一个冀东十九旅尚且拿他无可奈何，而且龙海关依山傍水，凭借天险，另有长城作屏障，哪里是唾手可得啊！

韩博涛说，有一件事情，我必须向叶参谋长通报。我们抓住了杨蓼夫的老婆章慧。

叶乃伍吃了一惊，啊，还有这事？师座是否知道？

韩博涛说，这就是我单独向你通报的原因。我们暂时还不能让师座知道，如果让师座知道了，就等于让那个宋瑜知道了，如果宋瑜知道了，那就完了。

叶乃伍说，这不是一件小事。我跟你讲，我部同杨蓼夫部，确实如你所说，彼此之间恩怨太多，也确实有一些心照不宣的默契。战场上怎么拼杀都是正常，但是，如果杨蓼夫的老婆在我们手里出现意外，将会酿成大祸。你打算把她怎么办？

韩博涛说，目前我把她关押在一个秘密的地方，好吃好喝伺候着，没有一点非礼。我要从她嘴里挖出来，她的使命到底是什么，她到底同什么人见面了。也许，从她的身上，我们可以挖出身边的定时炸弹。

叶乃伍说，啊，她会说吗？

韩博涛说，慢慢来吧，工夫不负有心人啊！

叶乃伍说，那我要提醒你，对这个人，不要轻举妄动。

韩博涛说，当然，不过，叶参谋长，我也要提醒你，对你身边的人，要留个神。

叶乃伍说，你是说……？

韩博涛说，明人不说暗话，我说的是田齐鲁。我正在调查前三天进攻战斗中，所有的炮兵射击诸员。

二十

韩博涛在第107师司令部向叶乃伍表达他的困惑的时候，郑亦雄确实在秦王岛德式西餐厅里灯红酒绿，但是韩博涛有所不知，郑亦雄在这个时候给宋瑜做寿，其实也是醉翁之意不在酒。

室内，音乐款款，仅有的几对男女在翩翩起舞。宋瑜和郑亦雄端着红酒在阳台上，宋瑜望着天空说，真是难得啊，这么好的夜晚，海边的夜空就像另一个世界。我都忘记这是战场了！

郑亦雄说，我就是要让你忘记战争。我甚至也想忘记。

宋瑜意外地看着郑亦雄。

郑亦雄苦笑，只是，不可能。也许，明天，我们的头顶又要响起炮声。

宋瑜说，多少年来，中国人就是这样打来打去，结果是，越打越穷，越穷越弱，连弹丸小国都来欺负。

郑亦雄说，中国积弱积贫，是因为我们中国人太不争气。我的老长官张自忠将军说，日本人到中国长驱直入，不是因为日本人不怕死，而是因为我们中国人太怕死。

宋瑜说，中国人为什么怕死？是因为死得不值。可奇怪的是，打内战却又很在行。我一直闹不明白，中国人和中国人，就不能不打吗？有什么不可以坐下来谈谈呢？

郑亦雄说，你讲的道理，我全懂。可是，你不是军人，你不知道像我这样的军人，承受着多大的压力。

宋瑜说，那你跟我说一句心里话，对于这场战争，你本人到底是什么态度？

郑亦雄说，我？说实话？我不可能说实话！

宋瑜说，对我也不能说？

郑亦雄避开宋瑜的问题，缓缓说道，有时候我想，军人呐，就像推磨的驴子，被蒙着双眼，它就拉着磨盘，走啊走啊，它以为它已经走了十万八千里了，结果摘下眼罩一看，还在原地。

宋瑜沉思，亦雄，你是一个心思很重的人，我知道你承载的东西太多太多。我只是想劝你一句，不要当内战的急先锋。哪怕避开杨蓼夫他们，到别的战场上。

郑亦雄脱口而出，不可能！

宋瑜说，为什么？

郑亦雄说，因为党国的利益，因为军人的天职！

宋瑜严肃地说，你难道忘记了，在日本鬼子向你发起进攻的时候，你的盟友是谁？你难道忘记了，共产党的军队是怎么把你从死亡的边缘救了出来？

郑亦雄说，小瑜，你不懂，个人恩怨不能左右党国大局。正因为本部和杨蓼夫部有着千丝万缕的联系，所以，我们接受了他的文物建筑保护的主张，连续五天，我的炮火没有直接覆盖他的防御体系。但是，你要知道，龙海关我是必须要打下来的！

宋瑜说，保护文物建筑，是双方的君子协定，我希望你仍然遵守这个协定。

郑亦雄说，战争，没有君子，更没有君子协定。小瑜，拜托你让章慧带一封信回去给杨蓼夫，我新编第 111 师对龙海关志在必得，请他率部退出，我们彼此都有个面子。否则……

宋瑜说，啊，原来，你是让我替你传话？

郑亦雄说，小瑜，你是知道的，我已经仁至义尽了！

尽管宋瑜很不情愿，但是想到她为章慧做的事情，最后还是答应郑亦雄，派保镖张豹到第 107 师走一趟。

张豹给第 107 师送去了宋瑜的信，要杨蓼夫退出龙海关，看在同在清河抗日的分上，她不希望看到同室操戈的局面。

杨蓼夫一看就明白了，这是郑亦雄借宋瑜之口给第107师下的最后通牒。

杨蓼夫对张豹说，请你转告宋小姐，对她给我军的帮助和对于和平所做的努力，第107师官兵铭记在心。还有一件事情请宋小姐费心，我部干部章慧五天前前往秦王岛至今未归，下落不明，请宋小姐帮助查找。

二十一

龙海关战役打到第六天，眼看离完成任务只剩下一天了，可是纵队副司令王积安又给第107师下达了任务，再坚持七天。贺荣海向杨蓼夫报告了一组伤亡数字，建议退到第二道防线固守，杨蓼夫不同意，说，在一线耗着，伤亡是三成，退到二线，伤亡就是五成！

龙捷三也过来报告，西线没有守住，敌人兵力都集中过来了，是两个军加一个新编师倾力攻打龙海关。

杨蓼夫一听就火了，接通电话就向王积安发了一通脾气，王司令，老王，你给我听着，我的部队，第107师和冀东十九旅，在流血，在死亡，以每个小时五十个人的速度在消失。可是你们，一个纵队加上三个旅，连六天都没有坚持住，都放到我这里来了？纵队相信我，相信我管什么用？打仗是要兵力的，我是孙悟空吗，我会七十二变吗？这个仗怎么打？

龙捷三不安地看着杨蓼夫说，师长，冷静一点……

杨蓼夫向龙捷三晃了晃拳头，对着话筒嚷嚷，我说过，我杨蓼夫可以战死，我和我的政委副师长副政委全都做好了牺牲的准备，我们第107师和冀东十九旅都可以以身殉职，可那是在半个月以后。如果我们都阵亡了，谁来守龙海关？

一发炮弹在长城脚下爆炸，弹片从头顶呼啸而过。贺荣海大喊，杨师长隐蔽！杨蓼夫岿然不动，还在电话里吼，你给我听着王司令，我再坚持今天一夜，如果明天早晨没有援兵，那我就组织敢死队，我亲自带敢死队杀到敌人阵营，同归于尽……听听吧王司令，敌人的炮火就在我指挥部前面爆炸，我跟你说，也许在一分钟，不，也许……

一阵炮击，杨蓼夫淹没在硝烟之中。坍塌的指挥部里，龙捷三和贺荣海七手八脚把杨蓼夫从尘埃中扒拉出来，杨蓼夫找到话筒，吹吹上面的泥土，按在耳朵上，那边还在哇哩哇啦地“喂”着，杨蓼夫说，我还没死，王司令你说。

电话那头说，我说服不了你，现在，我请一个人跟你说话。

杨蓼夫把话筒放在耳边，只听了两句，顿时傻眼了，先是一个立正，然后一脸严肃，再也不像刚才那样盛气凌人了，嘴里一连串的“是”，头上一连串冒汗。

当天下午，第107师召开团以上会议，各部汇报情况，形势非常严峻。然后是杨蓼夫做总结性讲话，杨蓼夫说，第一，敌人以两个军加一个新编师向龙海关发起攻击，炮火凌厉，冲击猛烈，师部全都清楚；第二，龙海关必须继续坚守七天，这是不能讲价的任务。同志们是不是认为在如此强大的敌人面前，我们就一筹莫展了？

会场上，空气沉闷，指挥员沉默不语。

杨蓼夫说，跟大家交个底，今天中午，我和纵队王司令通话，我要求去当敢死队长。同志们，形势如此恶劣，敌情如此严重，谁来当师长，谁来当龙海关防御总指挥，都有很大的压力。我愿意战死，景政委和张旅长也愿意战死，我相信，在座的同志们都有战死的决心。战死太容易了，一了百了，千秋功过，后人评说。可是，就在我已经绝望的时候，我接到了罗政委，不，我接到了毛主席的电话……

会场一片出奇的安静，有两个干部交头接耳，啊，毛主席直接指挥咱们了？咱们的电话能跟毛主席的连上吗？也许吧，现在咱们龙海关是全国最重要的战场。

景晓纯敲了敲桌子，会场安静了。

杨蓼夫说，毛主席亲自对我说，我知道，第107师在龙海关，以一个师加一个旅八千人的兵力抵挡国民党七万多人的进攻，为了保证我两万北上干部和十万大军进入东北，英勇战斗，不怕牺牲，劳苦功高，精神可嘉。第107师万岁！十九旅万岁！八千官兵永垂不朽！

在座的指挥员沉浸在激动中，凝望着杨蓼夫。杨蓼夫说，关于龙海关战役，毛主席还有重要指示，请景政委传达。

景晓纯愕然地看着杨蓼夫，杨蓼夫说，景政委，不要太激动了，毛主席给咱们鼓劲的那几句话，给大伙说说。

景晓纯幡然醒悟，站起来道，毛主席亲口对我说，龙海关战役，毕竟关系到东北战场，也关系到全国的胜利，因此，请杨蓼夫景晓纯二同志代表我本人、代表党中央，向第107师及冀东十九旅全体官兵致意，以一切可能之手段，以一切可能之力量，坚守龙海关，直至我两万北上干部和十万部队进入东北战场为止！

杨蓼夫说，同志们，请抬起头来，向西边看，看见没有，毛主席正在看着我们。大家听听，毛主席在跟我们说话呢。听见了没有？

龙捷三说，看见了，毛主席说，克服一切困难，坚守龙海关。

黄格选说，我也看见了，毛主席好像对我们微笑。

谭何亮说，毛主席这么瘦啊，我们要坚守龙海关，确保北上，解放全中国，让毛主席过上好日子！

这次会上决定，鉴于一线工事多数毁坏，部队退到二线，构筑工事，严防死守，一定确保再坚持七天。

部署完毕之后，长城垛口指挥部里，只剩下杨蓼夫和任冰雪。杨蓼夫看着满天的星斗说，今夜又是一个很不平静的夜晚，我有个预感，也许我们的转机就在今夜。

任冰雪说，老杨，我有个疑问，你真的跟毛主席通话了？

杨蓼夫笑笑说，怎么可能？

任冰雪说，哦，你居然敢假传圣旨，伪造毛主席的命令！

杨蓼夫说，我是没有跟毛主席通话，但是我知道毛主席想对我们说什么，毛主席对我说，杨蓼夫同志，你必须守住龙海关，它关系到我们进军东北，解放全中国的伟大战略。怎么，这件事情，是不是也有政治问题？

任冰雪说，老杨你这是什么意思？难道我任冰雪就是专门抓你小辫子的人？我告诉你，指挥打仗，我任冰雪也是不含糊的。

杨蓼夫说，那是自然，其实我每次决策的时候，都想听听你的高见。那次丢掉凤岗，要是由你来指挥，绝对不会犯我那样的错误。

任冰雪说，你这个人，越是困难的时候，越是胸有成竹，越是胜利的时候，越是容易冲动。这个你要警惕。

杨蓼夫说，任大姐说到点子上了。还有，当初进军墨镇，你出主意让墨镇工商界和知识界联名呼吁我军进城，兵不血刃，我们轻取墨镇，简直就是杰作。

任冰雪说，实事求是地说，章慧起了很大的作用。可是，章慧……

杨蓼夫说，是啊，章慧，章慧，如今她在哪里呢？

任冰雪说，在这个问题上，我倒是要批评你，对敌人心存侥幸，过高地估计了敌人的良知，让章慧去通报文物建筑保护目标，这本身就是与虎谋皮。目的没有达到，章慧反而下落不明。

杨蓼夫沉重地说，可是，你知道，结果是，在前五天的争夺中，敌人的炮火确实没有损毁我重要目标。

任冰雪说，那是敌人在迷惑我们，进而想利用我们。

杨蓼夫沉思地说，你说得对！这就是战争，战争就是互相迷惑，互相利用。

二十二

新编第111师占领了第107师的前期指挥部，可是郑亦雄并没有多少成就感，从吉普车上下来之后，郑亦雄踱着慢腾腾的步子，很仔细地研究海阳镇这个废弃的院落，好像这里面埋着杨蓼夫的秘密。

叶乃伍跟在后面说，师座，这是杨蓼夫来到龙海关建立的第一个指挥部。敌退我进啊！

郑亦雄没有理睬叶乃伍，背起手，向院外的一座冈峦走去。

叶乃伍说，师座，虽然进展仍然艰难，但是感觉共军势头明显减弱，一线阵地损毁大半。

郑亦雄冷笑一声，你觉得很威风吗？

叶乃伍惶惑地看着郑亦雄说，师座，你的意思是……

郑亦雄说，可耻，无能！两个军加上一个新编师，打了半天，还是没有拔掉这个钉子。我真佩服那些庄稼汉，破枪破炮，啃着煎饼，穿着破裤子，他们居然以不到八千之众，同国民党军近七万兵力抗衡。你听明白了没有？七万对八千，这是什么意思？是共军太坚强了还是我们太软弱了？！

叶乃伍说，师座，龙海关易守难攻，他守我攻……况且共军作战，铁皮脑袋不怕打，加上杨蓼夫善于机变，十九旅防御成精，战术灵活，有此战果，已属不易啊！

郑亦雄说，跟这样的部队打这样的仗，出现这样的局面，我感到羞耻。

叶乃伍说，师座，龙海关一定会拿下来的。

郑亦雄说，这个我不会否认，龙海关早晚会到我军手里，就是我们不打，杨蓼夫也会放弃它。可到那时候，龙海关还有什么用呢？

叶乃伍说，师座，卑职随时献身一线，为夺取龙海关效命。

郑亦雄说，让杜长官手下那两个军也尝尝泥腿子的厉害。传令本部，白日佯攻，准备夜晚进攻。

叶乃伍说，师座，夜战不是我军强项，是不是……

郑亦雄说，那你说，什么是我军强项？你说不是我军强项，杨蓼夫也不认为是我军强项，可我偏偏要选一个弱项，我出其不意，打他一个没想到！

二十三

郑亦雄偷袭龙海关的夜战计划，被代号“老艄公”的地下党员曾兴隆掌握，曾兴隆派出情报员老千将情报送到第 107 师。杨蓼夫命令黄格选撤出阵地，在黄庄至四号高地之间打伏击。并于当夜接应“老艄公”手下的一个连战场起义。

按照杨蓼夫的部署，孙大竹和余河沿分别带着特务营的两个排，夜里化装，摸进国民党军队驻地。孙大竹被敌军营长赵大脚识破，其实是卖个破绽，将赵大脚引到崔家河岸，双方就在这里死缠烂打，结果把敌军郭保成的一个团陆续吸引过来。

郭保成原是郑亦雄琅琊独立旅的团副，后来跟随马边锋叛乱，逃到张云杰的“皇协军”里当了几年汉奸，抗战胜利后再次投诚，要不是为了稳定投诚的汉奸队伍，早就被郑亦雄枪毙了。如今郭保成虽然在郑亦雄手下当团长，并不受郑亦雄的待见。郭保成对此很清楚，为了争取郑亦雄的信任，在战场就格外卖力。这个夜晚，听说八路军的特务营被包围了，郭保成顿时精神抖擞，务必要在郑亦雄面前露一手，从崔家河的北岸追到南岸，两岸炮火打了半夜，两岸的枪声也响了半夜，此时孙大竹和余河沿早就带领队伍从河里脱身了。天明时分两岸的国民党军队互相追击，这才发现，打来打去，都是国民党军队的部队。

这件事情很快就传到了设在海阳镇的师部，被两个女报务员当笑话讲。早晨还没吃饭，金莉莉就接到电报，看完后对付媛贞说，太精彩了。偷袭共军的两个团，只用了不到一个小时，就占领了共军的一道防线。付媛贞以为是真的，说，那很神速啊！金莉莉说，狗屁！人家那是给咱唱空城计，等咱们那些猪猡一拥而上扑向阵地，人家的炮火一顿猛轰，六个营的兵力，剩下不到三分之二。

付媛贞说，那你还笑，幸灾乐祸啊！

金莉莉说，我不笑还能哭？活见鬼，关我什么事情啊？

付媛贞说，你是国民党军军官啊，况且，你还想给师座当小老婆。

金莉莉说，我？呸！谁给他当小老婆，他连正眼都不看我一眼，他打败仗活该！

付媛贞问，还有什么新消息？

金莉莉说，多啦，那个汉奸投诚过来的郭保成，本来是去偷袭龙海关西线的，结果半道遇到一股共军，他倒来劲了，猛打猛冲，打了半夜，嘿，是八路的两个排，早都从水里跑了，我们的两个团，伤亡二百多人。

付媛贞说，天哪，怎么会这样？这太愚蠢了。

金莉莉说，是啊，偷鸡不着蚀把米，赔了夫人又折兵。见过愚蠢的军队，但是没有见过这么愚蠢的军队。

这个情况传到师部的时候，郑亦雄已经挂上输液瓶了。昨夜的战事，本来是他决定派遣小分队偷袭龙海关，没想到倒让对手钻了个空子，特别是孙大竹穿插到腹地，导致郭保成和赵大脚两支部队自己打自己，简直就是神来之笔。接到电报不到一分钟，郑亦雄便瘫倒在地，他的神经性休克又犯了。

郑亦雄醒来的时候，叶乃伍向他报告昨夜行动的几个疑点，一是共军小股部队穿插到国军两个团的结合部，并且熟悉国军番号和当晚行动，以至于成功地实施两线作战，使本部两支部队产生误会，自己人打自己人，激战半夜。共军的情报是从哪里来的？

郑亦雄连想都没想就说，这是郭保成的问题。

叶乃伍又向郑亦雄汇报第二个怀疑对象，也是从汉奸部队投诚过来的团长曾兴隆。叶乃伍说，曾兴隆攻打东线，东线居然没有受到一点炮击。这个现象太反常了。

郑亦雄对曾兴隆非常有好感，当初曾兴隆率部投诚的时候，郑亦雄就说过，曾兴隆是白皮红心，是好汉奸。郑亦雄说，曾兴隆的部队在黄庄一线受到共军伏击，没有进入到敌人一线阵地，没有受到他炮火袭击，也在情理之中。

叶乃伍说，这就更是有疑点了。他为什么会在黄庄受到伏击？

郑亦雄说，当然是共军得到情报了，他一部分用炮火摧毁，一部分用步兵伏击，分而歼之。曾兴隆的部队损失了一百多人，也算为党国效力了，你不要疑神疑鬼。

叶乃伍说，师座，据韩副官长掌握，曾兴隆损失的一百多人，并非全部被歼灭，真正死在战场上的，只有六十多人。

郑亦雄突然坐起来，你说什么？

叶乃伍说，曾兴隆手下的一个连长，带着半个连，临阵倒戈，直接投奔共军了。这个人当年当汉奸，还给国军送情报，鬼子都没有觉察，他是一个地下工作的老手。

叶乃伍这么一说，郑亦雄就不得不重视了，坐起来说，备车，我现在就去六团，我要亲自看看那个曾兴隆是人还是鬼！

叶乃伍关切地说，师座，你的病？

郑亦雄一把拔掉输液针头说，我没有病！

叶乃伍望了望外面的滂沱大雨，为难地说，可是，可是，外面还下着雨。

郑亦雄说，下刀子我也要去。

叶乃伍说，师座，那好，我跟你一起去，当面戳穿他。

郑亦雄又站住了，你刚才说什么？外面在下雨？

叶乃伍说，是的，已经下了一个多小时了。

郑亦雄怔怔地看着叶乃伍说，下雨了？这个季节，怎么会下雨？

叶乃伍说，师座，你怎么啦？

郑亦雄的表情变得异常恐怖，突然转身，拉开门，大步冲进雨中，扬起脸，任雨水在脸上哗哗流淌。郑亦雄歇斯底里喊了起来，老天爷，你可真是跟我过不去啊，这个时候，你下什么雨啊！

二十四

这场大雨给龙海关战役带来根本性的转折。郑亦雄在海阳镇雨地里仰天长啸的时候，杨蓼夫和景晓纯也在龙海关长城垛口上看雨，那雨来得蹊跷，来得壮观，如雪如瀑，滔滔不绝。塞外塞内，莽莽苍苍。龙捷三大口大口地喝着雨水说，师长，是我们感动了老天爷，还是国民党得罪了老天爷？

杨蓼夫笑而不答，脸上江河奔流，不知道是雨水还是泪水。景晓纯大声问，你们两个打什么谜语？

龙捷三说，刚刚进入龙海关阵地的时候，杨师长就说，老天爷要是帮忙，在关键的时候下一场透雨，这样，这里的所有道路都会变成泥沼，国民党的机械化部队就会变成废铁一堆，他的进攻就会受到很大的限制。没有想到，还真的下了。

景晓纯说，听说这一带进入秋季很少下雨，尤其是下这么大的雨。老杨，你在想什么？

杨蓼夫说，我在想，天无绝人之路。什么叫天无绝人之路？并不是老天爷谁的忙都帮。有人一直说我打仗迷信，地上问神仙，天上观星象，这当然是讹传。但是，我确实相信，天地间是有神灵的。战前动员，我在台上讲话，说真的，我能看见部队头顶上那股呼呼升腾的凛然气势。那股气最后到哪里去了？我想，应该是到天上去了，去告诉老天爷，我们进行的是正义的战争。

景晓纯说，我们是唯物主义者，可是，精神也是一种物质。人心决定民意，民意决定天意。

杨蓼夫喃喃地说，老天爷，你帮了我一个大忙，你能不能再帮我一个小忙？

景晓纯不解地看着杨蓼夫。

龙捷三说，杨师长在思念他的新娘子。

景晓纯恍然大悟，哦，是啊，刚刚结婚，连洞房都还没有进就匆匆上路。人在征程，近在咫尺，远在天涯。

杨蓼夫不说话，看着落下的雨幕，仿佛看到了一个熟悉的身影，海阳镇指挥部门前，一身戎装的章慧英姿飒爽地向他走来——

章慧，你怎么回事？都在师部，可是我十几天没有看见你，你应该跟我住在一起。

我一直跟部队行军，这两天搞战时动员，非常繁忙。

那也不能不见我啊，你好像遇到什么事情，怎么回事？

章慧说，没有什么事，等我完成任务回来再说吧！

章慧向杨蓼夫敬了个礼，转身毅然离去……

景晓纯的话打断了杨蓼夫的沉思，他说，孙大竹到敌后侦察了，没有结果。“老艄公”和地方分区那里也都做了努力，一直没有消息。分区派去接送章慧的六名同志，生不见人，死不见尸。现在，唯一的希望就看宋瑜了。

龙捷三说，章慧如果在郑亦雄手里，宋瑜一定会营救的。

景晓纯说，很难说，根据最新情报，郑亦雄的部队里面，还有军统特务组织。

杨蓼夫痛苦地说，章慧生死不明，我本人无能为力。这件事情，就请政委处理。

二十五

大雨不下则已，一下就是两天。两天后国民党军队组织进攻，意义已经不大了，双方在泥泞的战场上胶着，攻防都十分艰难。延安发来电报，第107师业已完成龙海关阻击任务，就地休整，立即北上。

田齐鲁向郑亦雄报告说，共军东北总部已令第107师撤离龙海关，主力沿平沈公路北上。长官部命令我部，迅速由东线布防，在十字岭地区阻击第107师。

郑亦雄说，也就是说，我们又由进攻变成防御了？

田齐鲁说，而且是迅速转换。

郑亦雄沉默。

田齐鲁说，师座，您是不是身体欠安？

郑亦雄发作道，什么欠安？我身体好得很，我可以和我的士兵一起冲锋陷阵，去拼刺刀！

田齐鲁惶惑地看着郑亦雄。

郑亦雄意识到自己失态，说，对不起老田，我失态了。你去吧，先把方案搞出来，部队立即调防。

第七章　十字岭

一

国军第111师在东，八路第107师在西，双方都在做着北上的准备。

团以上干部集中在长城垛口开会，杨蓼夫传达了延安的命令，然后进行编组，没想到就出了问题。

景晓纯宣布，部队分为三个梯队，第一梯队由龙副师长和肖主任率领二团以及特务营组成，于明天拂晓出发。

任冰雪出其不意地站起来说，我反对！

大家全愣住了，因为编组不是重大决定，没有必要征求每一个人的意见，任冰雪突然发难，不知道鞭子打在哪里。

景晓纯说，任副政委，这是总部的命令，你有什么好反对的？

任冰雪说，通常是，第一梯队由副师长和副政委率领，我是副政委，为什么让肖菏泽去？

景晓纯哭笑不得，老任，这个任务有什么好争的？第一梯队，实际上就是突击队，是要逢山开道，遇水架桥的。你是个女同志，还是在第二梯队，和师部主力在一起比较合适。

任冰雪站了起来说，这就是我反对的原因。我是女同志怎么啦？女同志就不能打仗啦？想当年老子在长征路上，打白匪从来不含糊。老子身上也是有枪眼的。

景晓纯说，哎呀，老任，你这不是胡搅蛮缠吗？你说你一个女同志，你何必……

任冰雪说，景政委，领导干部说话是要负责任的，我怎么胡搅蛮缠了？我这个副政委积极要求到第一线去，你应该充分肯定我的积极性。可是你不鼓励，反而泼冷水，这是歧视女同志。

杨蓼夫一看任冰雪又要上纲上线，就和了一把稀泥说，任大姐，这件事情你就不要较真了，考虑到你还有伤……

任冰雪口气很冲地说，我不较真行吗？我不较真，你们很多事情就瞒着我。你杨师长同样歧视女同志。

杨蓼夫苦笑，这是怎么啦，矛头又冲着我来了。

任冰雪说，杨师长，我问你，你们在龙海关战役之前，瞒着我做过多少事？

杨蓼夫说，瞒着你做事？没有啊，我问心无愧。

任冰雪说，那好，你说，第107师所有党委委员都写了遗书，老龙还给每个党委委员做了一块木头牌子，我为什么没有？

任冰雪像抽大刀一样，从背后抽出两块木牌，扔在地上。

一块木头牌子上赫然写着“杨蓼夫之墓”几个大字，另一块牌子上写的是“龙捷三之墓”。

杨蓼夫傻眼了，看着龙捷三问，老龙，这是怎么回事？

龙捷三尴尬地说，哎呀，误会啊。这不是考虑到了最后的关头，我们这些当首长的都要上去，背上插个牌子，阵亡了，便于收容队辨认姓名，就地掩埋，牌子一插就完事了。

杨蓼夫说，真是乱弹琴，你怎么会搞出这个把戏？

龙捷三说，那也是你的意思啊，你让我给师首长全体选墓地，我当然要考虑后事。

景晓纯哈哈大笑说，真是神来之笔。

龙捷三委屈地说，这是从朱大爷那里学来的经验。

杨蓼夫不怀好意地挑拨道，就是啊，你给大家都做了牌子，可是你为什么不给任副政委也做一个呢？万一任副政委在龙海关战役中牺牲了，你让收容队怎么辨认呢？万一把她误认为是国民党反动派，那她不是死不瞑目吗？

任冰雪不知是计，认真地说，那倒是其次。关键是这件事情传出去，部队怎么看，上级首长怎么看？还以为我贪生怕死，不敢做牺牲准备呢！

龙捷三说，那时候你还在医院，你并没有参加那次党委会。

任冰雪义愤填膺地说，我在医院，可是我并没有死掉，你应该通知我，有这么个决议。

景晓纯两手一摊说，好了好了，不要吵了。这件事情已经过去了，就不要纠缠了。

任冰雪说，我反对，这件事情没完。

景晓纯无奈地说，那你说怎么办？就算没有给你做这个鬼牌子，我们就处分老龙，或者让他再给你做一个牌子？

任冰雪气咻咻地说，弥补的办法也有，那就是让我随同第一梯队行动！

景晓纯说，老任要跟第一梯队行动，就是第一梯队政委，老龙你是第一梯队司令员，你的态度呢？

龙捷三犹豫着，悄悄地看了任冰雪一眼。任冰雪逼视龙捷三。龙捷三叹了一口气说，我？我当然欢迎同任副政委一起工作。

二

两支部队打仗的这段日子，宋瑜也被耗在秦王岛德兰医院，她的两个学生在治疗外伤的过程中，又发现内部淤血，宋瑜本来打算跟郑亦雄认真算这笔账，但是考虑郑亦雄这几天忙于战事，焦头烂额，所以就忍了，她的内心，还是心疼郑亦雄的。

第111师启程那天，郑亦雄亲自到德兰医院去向宋瑜告别。郑亦雄问那两个学生的情况，宋瑜也只轻描淡写地讲了一半，基本恢复了，再有十天半月就可以出院了。宋瑜说，你来找我，是不是有什么话要对我说？

郑亦雄说，我想看看你的脚。

宋瑜说，脚已经好了。已经过去了，就不要再说了。

郑亦雄说，小瑜，此情此景，不能忘记，不敢想起，挥之不去啊！

宋瑜抓住郑亦雄伸过来的手说，亦雄，不说了。

郑亦雄说，好，不说了，说正经的。我的部队也闯关东了，我有太多的不舍啊！小瑜，跟我走吧。

宋瑜一笑说，你不是想让我充军吧，代替我的那些学生？

郑亦雄苦笑，怎么会？我跟你说，最近这些日子，也许是败仗吃多了，心情常常处在沮丧之中。我突然发现，其实我并不是很坚强，我居然想到了死亡，想到了衰老，想到了解甲归田。也许你不相信。

宋瑜看着郑亦雄说，是有点没想到。

郑亦雄说，我很孤独。有时候我想，有一天也许我会死，可是死在哪里呢？军人的信条是，青山处处埋忠骨，可是我不想被埋在青山里，我想死在一个人的怀抱里，这个人应该是我最信任和最亲密的人。可是举目四望，谁是我最信任和最亲密的人？除了我那故去的母亲，就应该是你了。

宋瑜说，啊，亦雄，你怎么会有这样的想法？你才三十二岁。想当年，徐州会战，你才是个连长，就获得了特别勋章，那时候意气风发，踌躇满志，这也不过才七八年啊！

郑亦雄叹道，此一时，彼一时啊！

宋瑜说，也许，作战对象不同了。那时候抵御外侮，哪怕为国捐躯也是无上荣光。可是如今，你们打开了内战，劳民伤财，百姓遭殃。也许你心底里有个声音……

郑亦雄打断了宋瑜的话头，小瑜，我们不谈这个了，你有你的信仰，我有我的信仰，我们谁也改变不了谁。

宋瑜说，杨蓼夫他们也有自己的信仰，更是不可改变的。信仰的不同，难道就要发生战争？

郑亦雄说，那是自然的。你们基督教，也有教义和教派之争，严重的话也有战争。但是作为个人，我还是希望，我的信仰就是你的信仰。

宋瑜说，为什么不说，我的信仰就是你的信仰？

郑亦雄愣住，接着又笑了，你这样说，当然也行。可是……这么跟你说吧，我希望你能一直和我在一起，在我最孤独的时候，听我倾诉。

宋瑜说，那不可能。我觉得我们两个人，好像都有点超凡脱俗，不食人间烟火，我成为你妻子的可能性极小，你成为我丈夫的可能性几乎没有。

郑亦雄说，小瑜，别这么说，现在不谈这个话题。我只是希望你听我倾诉。

宋瑜说，可我不是牧师啊！

郑亦雄说，你可以成为上帝的使者，安抚我的心灵。

宋瑜说，那你就忏悔吧，你现在就有一桩罪行需要求得上帝的宽恕。

郑亦雄说，你说什么？

宋瑜说，章慧，你把章慧抓起来了，藏到哪里去了？你想干什么？

郑亦雄说，什么，章慧，我什么时候抓过章慧？

宋瑜说，在上帝的使者面前，谎言只能加重罪孽。

郑亦雄说，天哪，小瑜，你看我的眼睛，这里面有谎言吗？

宋瑜说，你是说，你不知道章慧失踪？

郑亦雄说，对天发誓，我不知道。

宋瑜说，你要保证，只要你知道章慧的消息，你一定要救她，她是八路军，但她也是你的救命恩人。

三

从宁家河出发之前，杨蓼夫下令将民工团遣散一半，朱茂煊和韩二婶老两口都被动员回家了，只有傅菊珍和金功言等青壮劳力一路跟了过来。金功言虽然已经被开除军籍了，但在龙海关战役中以民工的身份参加战斗，大显神威。事迹报到杨蓼夫那里，杨蓼夫说，像这样的战斗，金功言再参加三次，就可以将功补过，回到部队当连长。傅菊珍看到了希望，一路上寸步不离，生怕他再跑了。

民工团一连跟随第一梯队开进到十字岭地区的董庄休整，刘华英指挥安营扎寨，金功言放下包袱，一边擦汗，一边东张西望，突然看见山下河边有一条摆渡用的木船。

开饭了，傅菊珍找到金功言，坐在他身边，掏出煎饼递给他，金功言也不说话，无滋无味地咀嚼，腮帮子突然不动了。他的目光又落在河面的那条小船上。呼啦一下就站了起来，往河边走。

傅菊珍说，当家的，你做甚？

金功言说，我要尿尿。

傅菊珍说，尿尿你就在边上尿就行了，下河做啥？

金功言不理睬傅菊珍，径直往山下走。

傅菊珍紧张起来，抓起步枪，跟了上去，低沉地说，当家的，你可不能再当逃兵了。刘华英说，你这一路表现不错，到沈阳还要让你立功呢。

金功言还是不理，继续往前走。

傅菊珍说，你站住，不许你往前走。

傅菊珍嗓门大得出奇，惊动了周围的民工，一个民工说，哎，看老金和他婆娘干什么去了，别是一起跑了吧？一个年纪大点的民工伸头看看说，嗨，人家两口子吵架，你少管闲事。

眼看金功言就到河边了，傅菊珍更慌了，拉开了枪栓说，当家的，你别吓我啊，你吓我我喊人了。

金功言回头，冷飕飕地看着傅菊珍说，臭婆娘，你喊什么，没看见这有条船吗？

傅菊珍说，你想干啥？

金功言说，我想上去看看。

金功言说着，跳上木船。

傅菊珍犹豫了一下，往前走了几步，也跳上木船。

金功言钻进船舱，看见一张破草垫。傅菊珍困惑地看着金功言，突然明白金功言要干什么了。傅菊珍一边后退一边说，当家的，你要干啥？

金功言说，快过来，把裤子脱了。

傅菊珍捂着脸骂，该死的，这啥地方，你还想那事……

金功言气喘吁吁地说，快点，一袋烟的工夫！

傅菊珍说，不，丑死了……

金功言扑过来，拦腰抱住傅菊珍，只一个扫堂腿，就把她放倒了，三下五除二就把她的裤带扯断了。傅菊珍脚踢牙咬，喘着粗气嘟囔，当家的，有人看见啊……

金功言照她脸上狠狠地扇了两个耳光，吼道，老子种自己的地，老天爷看见都不怕，老子要种地！

傅菊珍终于停止挣扎，两手摊开在地上，咬紧牙关不吭声了。

金功言一边动作一边喊，老子种地了，老子种地了！

几个民工在山坡上看见金功言两口子突然不见了，当真慌了，生怕这两口子一起当了逃兵，几个人商量是去报告还是去追，最后决定，先找找再说，免得冤枉了老金。两个民工拿起步枪，沿河岸一路寻来，忽然，年轻的那个摔了一跤。年纪大的把年纪轻的扶起来问，怎么回事，你看见啥了？

年轻点的民工站了起来，眼睛直直地看着河面，年纪大的顺着年纪轻的目光看过去，只见小船已经漂到河心，一上一下，忽高忽低，很有节奏地起伏着。河面上，隐隐约约传来金功言高亢的声音，老子种地了，老子种地了！

年轻的问年纪大的，那是干啥？

年纪大的说，干啥？俺也不知道干啥，回家问你嫂子去。

四

章慧在秦王岛海岸被秘密逮捕，先是被关押在特勤队，第 111 师北上到十字岭，又被转移到师部医院里，以“特殊伤员”的身份，由两个女护士看守。

这天，突然来了一个名叫侯魁的人，号称是地下党“老艄公”安插在国军的内线。章慧自然不会相信这是真的，但是也不戳穿，且看侯魁如何表演。

所谓的医院，就是安置在山坡上的几十顶帐篷，章慧的行动被限制在自己和两名护士栖身的帐篷周围，十步开外就是暗哨。走出帐篷，既看不到山下，也看不到四周，只能看到茫茫天空。

刘德福向侯魁交代，这是韩副官长手中的一张重要王牌，重要到不仅能钳制杨蓼夫，甚至还可以钳制内部那些对党国不忠诚的人。至于那些人是谁，刘德福没有明说。

最初几天，章慧绝食，侯魁冒充“同志”来接头，语重心长地劝说章慧要保持精力，同敌人做长期斗争，章慧就不再绝食了。

农历十五这一天，章慧拖着虚弱的身体走出帐篷，但见天上一轮明月。寒风刺骨，掰着指头算，自离开渤海湾，已经一个多月了，凛冽空气和寒风告诉章慧，这里已是东北了。

章慧的判断没有错，这是辽宁四平城外的十字岭。

这时候，章慧想得最多的还是杨蓼夫，她非常后悔。当她再次听到任冰雪说杨蓼夫是有妇之夫的消息时，精神几乎崩溃了，冷静下来她想，为什么不找个机会向杨蓼夫问个清楚呢？在海阳那一次，本来是有机会的，可是被她错过了，这一错，就错成了无法挽回的遗憾。她发现她对杨蓼夫的感情并没有消失，相反，见到杨蓼夫的念头越来越强烈。可是，老杨，你现在在哪里呢？龙海关战役是个什么结果，她不知道，杨师长他们在哪里，还是不知道。

月影下，侯魁幽灵一般出现了，笑着说，章慧同志，月下幽思，是不是在想杨师长？

章慧说，身陷囹圄，思念的人太多。

侯魁说，很快，你就可以见到你想见的人了。

章慧深沉地注视侯魁。她已经判断出来了，这是一条披着羊皮的狼，他们到底想干什么？他们对她这样，一定有重大阴谋，很有可能就是利用她牵制杨师长。她暗暗下了决心，如果到了危及部队安全的关头，她会毅然结束自己的生命，不给敌人利用的价值。

侯魁有些心虚，说，为什么用这样的眼光看着我？

章慧说，我可以出去走走吗？今天是农历九月十五，应该有很好的月亮。

侯魁说，你可以在帐篷十米内走动。十米以外就是警戒线。国民党的特务会阻止你的。

五

田齐鲁到炮兵团检查临时构筑工事，返回的途中，因连日疲劳，上车之后很快就打起了呼噜。他一觉醒来，发现车子行走的路线不对，正要问个究竟，坐在驾驶位置上的人回过头来，嬉皮笑脸地说，老田，不够意思啊！

田齐鲁大吃一惊，原来，那个身穿国民党军中校军服的家伙是孙大竹，田齐鲁正要从腰里拔枪，旁边的王虎一把按住了他的手。

田齐鲁清醒了，怒道，孙大竹！你要干什么？

孙大竹阴阳怪气地说，我奉杨师长的命令，来枪毙你。

田齐鲁愤怒地说，你，你知道这是什么地方吗？

孙大竹说，我当然知道，这是狼窝。可是老子不怕。

田齐鲁问，你到底要干什么？

孙大竹凑近田齐鲁说，老田，俺们杨司令对你仁至义尽，可是你呢，你太不够朋友了。

田齐鲁说，两军对垒，谁跟你是朋友？

孙大竹咂咂嘴说，你这话说的，太小气了！两军对垒，也不影响咱们做朋友啊，你还说过，咱俩合穿一条裤子。你看，咱又把你的裤子穿上了，这军衔也是你的，不知道你已经是上校了，不然咱也加颗豆。

田齐鲁说，你简直胆大包天，竟敢闯入我炮兵阵地。我一声令下，你插翅难逃。

孙大竹说，你开什么玩笑？我跟你讲，我到贵部驻地，如入无人之境，你知道为啥吗？

田齐鲁说，我知道，你是个高级骗子。

孙大竹说，对了，我就是骗子。我对哨兵讲，我是田副参谋长的二大爷，你看，咱俩长得也像。

田齐鲁火了，吼道，孙大竹，闭上你的臭嘴，你到底要干什么？

孙大竹嘿嘿一笑说，我说过了，杨师长要枪毙你。

田齐鲁咬牙切齿，那就来吧，你这个混蛋！

孙大竹说，不过，我考虑，咱俩有缘，暂时我不能下手。如果你能帮我做点事情，我可以向杨师长求情，饶你一命。

田齐鲁说，那要看什么事情。

孙大竹说，当然是大事，杨司令急着了解贵军的防御部署，你是副参谋长，这个对你来说应该不难。

田齐鲁狠狠地说，你开枪吧！

孙大竹说，怎么，这个忙都不帮？

田齐鲁说，你用你的猪脑子想一想，我这个直接负责作战计划的副参谋长，怎么会把我的核心机密交给我的敌人？

孙大竹说，看看，又小气了吧？你用你的豆腐脑想一想，我孙猴子到你肚子里转一圈，还要你提供防御部署？我刚刚离开你的炮兵阵地，我什么都摸清楚了！

田齐鲁呆住了，那你要我做什么？

孙大竹说，为什么杨师长要枪毙你？因为你把他的爱人抓走了。

田齐鲁更是惶惑，你说什么，我把谁抓走了？

孙大竹说，章慧。二十天前，龙海关战役中，自从章慧和你会晤之后，就失踪了。杨师长心都碎了。我们分析认为，这是你事后告密的结果。

田齐鲁说，天哪，怎么还有这样的事情？孙大竹，老孙，你是知道的，我对杨师长，我对章慧，我对贵军……田齐鲁的脑门上沁出汗珠，语无伦次。

孙大竹说，章慧同志失踪了，杨师长都三十四岁了，费了九牛二虎之力，才找到这么个称心如意的爱人。一旦发现加害章慧的凶手，杨师长会剥他的皮！

田齐鲁向孙大竹发誓，他确实不知道章慧在哪里，而且他担保郑亦雄也不知道这件事情。孙大竹说，很有可能被你们内部的特务秘密关押，也许在后方和物资转运部队，要尽快查。

田齐鲁说，这个没有问题。虽然两军交战各为其主，但是我们个人之间，还是讲情分的。

二人说好了，车子就停下了。

孙大竹说，你失踪半天了，可能会引起特务的怀疑，为了你的安全，请伸出你的脸。

田齐鲁不解地问，你要干什么？

孙大竹假装痛心地说，苦肉计啊，老田，别怪我下手狠，这也是为你好！说罢，对准田齐鲁的脸，狠狠地揍了一拳。

田齐鲁一闪身躲过，他妈的，打人不打脸，你把我的脸打烂了，我怎么娶媳妇？

孙大竹收起拳头，那你说怎么办？我总不能开枪吧？

田齐鲁说，要不这样，摔跤吧，把我摔伤。

孙大竹为难地说，摔成轻伤还是重伤？还真不好下手呢？

田齐鲁咬牙切齿地说，来吧，摔成什么样就是什么样。

孙大竹还是不动，突然动情地说，老田，你是个好人，我不想摔你了。

田齐鲁说，老孙你怎么回事，婆婆妈妈的！

孙大竹说，咱们打了这么多年交道，我发现新编第111师就你这么一个好人。

田齐鲁火了，孙大竹，你要是不下手，我就鸣枪告警，你们插翅难逃。

孙大竹犹豫着往前走了一步，老田，那我真的下手了？

田齐鲁往上凑了凑，来吧！

孙大竹阴沉沉地盯着田齐鲁，突然发一声喊，出其不意地蹿上去，拦腰抱住田齐鲁，把他摔了个四脚朝天。

田齐鲁躺在地上，半天没有动静。

孙大竹吓坏了，老田，老田，没事吧？

田齐鲁说，你小子太毛糙了，我的胳膊，我的胳膊，天哪，你把我的胳膊摔断了……

六

田齐鲁被孙大竹一跤摔到了医院，胳膊脱臼了。陈院长亲自给他做了端正手术，安上托板就没事了。离开医院之前，田齐鲁提出来顺便检查一下医院的警戒，院长似乎犹豫了一下，就这刹那间的不自然的表情，引起田齐鲁的警觉。

田齐鲁看得很仔细，从前面的接收区到中间的救治区、疗养区，一路看了下来，还时不时进入帐篷同伤员攀谈两句。陈院长跟在田齐鲁的身后，介绍情况的时候显得心不在焉，老是说天凉了，请副参谋长早点回去休息。陈院长越是这么说，田齐鲁疑心越重，一路走了下去，走到北边的角落，发现这里不仅有明岗，还有暗哨。正走着，从一个帐篷里闪出一名护士，挡住去路说，前面是重伤员，情绪很不稳定，安全起见，请长官不要往前走了。

田齐鲁观察这个护士，再看看陈院长，陈院长眼神闪烁。田齐鲁指着树荫间，那里是什么，怎么还有几个帐篷？

院长慌乱地说，那是特殊病房。

田齐鲁说，怎么还有特殊病房，都是什么人？

院长说，主要是……主要是精神病人。

田齐鲁更加奇怪了，盯着那几顶帐篷说，部队从秦王岛辗转一路，伤病员尚且难以随队行动，怎么还把精神病人带了过来。走，看看去。

树荫下面，章慧仿佛听到了田齐鲁的声音，由远及近，四下看看，正要向说话的方向奔去，一只手捂住了她的嘴巴，随即上来两个人把她拖走了。

月色中，田齐鲁似乎看见了树荫下面的动静，迈开大步走了过去。陈院长急忙跟上去说，田长官，你不能过去！

田齐鲁回首问，为什么？

陈院长说，那是特殊病人，精神病患者会伤人的。

田齐鲁冷笑一声，胡说，我偏要看看这是什么样的精神病人！

田齐鲁走近章慧的特殊病房，侯魁从前面一顶帐篷里出现了。田齐鲁看着侯魁问，你是什么人？

侯魁说，报告长官，特勤队上尉副队长侯魁在此执勤，请长官训示！

田齐鲁说，侯魁？哦，你怎么在这里执勤？

侯魁说，报告长官，特勤队抓获两名亲共军官，经诊断，患有妄想精神病症。奉韩副官长之命，在野战医院观察治疗，接受进一步调查。

田齐鲁疑惑地看着侯魁，随即做恍然大悟状，哦，是这么回事啊，人呢？我刚才好像看见这个帐篷外面有两个人影。

侯魁说，长官一定是看错了，这个帐篷的病人今天下午恶性发作，已经死了。

田齐鲁说，看错了？我刚才明明看见有两个人影，还有拉拉扯扯的动作，怎么会看错呢？

侯魁说，千真万确没有人，长官如果不信，可以问陈院长。

田齐鲁问院长，他说的是真的？

陈院长说，是的长官！

田齐鲁犹豫了一下，终于没有再往前走。

七

田齐鲁回到师部已是下半夜，郑亦雄正在打电话，过问机枪连连长被抓的事情。这几天韩博涛行动频繁，连续抓了几个下级军官，郑亦雄对此非常恼火，交代副师长冯德山，让韩副官长马上放人，把那个机枪连调到一线天，在左岭配置。

郑亦雄放下电话，看见田齐鲁进门，还端着一只胳膊，惊讶地问，老田，你怎么啦？脸色不好啊，胳膊怎么啦？

田齐鲁说，晦气，今晚撞到鬼了，两个活鬼！孙大竹潜入我炮兵阵地附近，差点儿把我绑架了。

郑亦雄瞪大眼睛，这么说，你的胳膊是他打的？

田齐鲁说，他让我捎信，要追查章慧失踪真相。章慧自离开秦王岛之后，就失踪了，杨蓼夫怀疑章慧被我们抓捕了。

郑亦雄怔怔地看着田齐鲁说，章慧失踪的事情我知道，但是……追查？我根本不知道章慧在哪里啊！

田齐鲁说，我知道师座不知道，我也不知道，但是问题可能就出在师部长官里面。

郑亦雄说，老田，不要乱猜，暗暗查访。

田齐鲁说，我到医院接胳膊，发现一个异常情况，他们搞了个特殊病房，说是关押亲共军官，可是我总觉得不对，我怀疑章慧就是被秘密关押在那里。

郑亦雄问，你是说韩博涛？

田齐鲁说，我们组建新编第 111 师，医院是从济南整体调来的，里面的人员成分很复杂，那个院长最近和老韩走得很近。老韩背着我们做了很多事，我怀疑他跟军统有瓜葛。

郑亦雄沉思一会儿，摆摆手说，这件事情，你知道就行了，先不要说了。

田齐鲁说，可是，章慧……

郑亦雄说，老田，不要书呆子气。章慧不是我的主题，也不是杨蓼夫的主题。孙大竹突然出现在我炮兵阵地附近，这说明什么？

田齐鲁茫然地看着郑亦雄。

郑亦雄说，杨蓼夫故意在东线露出他的屁股。孙大竹传递的所谓追查，只是一个借口，一个让他露脸的理由，说明共军已经把我的兵力部署全部搞清楚了，说明他今夜就有可能向我发起攻击，冲破我防线，夺路北上。

田齐鲁说，师座，如此说来，还真的有点像。

郑亦雄说，有点像？你一说像，我又觉得不像了。

田齐鲁说，我不明白师座的意思。

郑亦雄说，连你都能看出来了，那么也许又是假象。孙大竹的出现，背后也许有更大的阴谋。

田齐鲁说，师座刚才还在向一线天方向增兵，那么一个小小的峡谷，快两个团了，而我防御主方向上三十公里的正面，步兵总共只有四个团，倘若他连夜突击，我机械化和炮兵都很难施展……

郑亦雄说，你觉得杨蓼夫会连夜突击吗？

田齐鲁说，很难说，杨蓼夫一向善于连续作战，而且同一战术反复使用，尤其夜间，声东击西……

郑亦雄怔怔地看着田齐鲁说，老田，你刚才说什么？

田齐鲁惶惑地重复，共军一向善于连续作战……

郑亦雄说，我要的不是这一句，是下一句。

田齐鲁说，尤其夜间，声东击西……

郑亦雄抬起头来，两眼放光，自言自语道，声东击西，声东击西，一而再，再而三啊！

八

郑亦雄的感觉是对的，杨蓼夫突破十字岭防线的战术一夜三变，先是部队向中线佯动，在接近十字岭的放马沟地带，突然转向，直奔一线天，一线天打响后，三团就地转向，由后卫变为进攻第一梯队，四团为第二梯队，二团向东突击。西线部队由南岭路口改道，向东北方向穿插，半个小时内抵达十字岭鲁河以南。

战斗集中在一线天和鲁河两个战场上。

部队在月夜快速行动，双方指挥员却在夜空中博弈，好比两个高手，在浩茫的棋盘上你来我往。

景晓纯说，和郑亦雄猜心思，你老杨越来越得心应手了。

杨蓼夫说，战争制胜，无非是由两个东西决定的，一是空间，二是时间。在什么时间什么地点作战，非此即彼，非胜即败。胜利和失败，往往在转瞬之间。

景晓纯说，突然改道中线，大幅度拐弯迂回，不仅敌人出乎意料，本部也出乎意料。可谓胆大包天，出其不意。只是有一条，部队连日奔波，还跑了很多冤枉路，体力跟不上。

杨蓼夫说，每一步路都不是冤枉的，每多走一步路，就会减少一分伤亡，就会多一分胜算。手是辅助的，双脚才是决定战争胜利的重要因素。政委，知道这话是谁说的吗？

景晓纯说，好像是刘伯承同志说的。

杨蓼夫说，不，是苏联一位军事家说的。政委，你没有经历过红军长征，要说疲劳饥饿，那时候的饥饿疲劳是你想象不出来的，要说走路，我们三过草地，那路走得多了。可是我们战胜了它，我们就是靠我们的双脚走出了胜利！

景晓纯说，是啊，你常说，举头三尺有神明，现在我体会更深了，这个神明，指的就是一种精神。常人做不到，我们做到了，胜利就是我们的。

杨蓼夫说，参谋长！

贺荣海匆匆过来报告，师长，全部调整完毕。

杨蓼夫说，那就行动吧，决战！

九

同杨蓼夫的路边指挥所相比，郑亦雄的指挥所就要气派得多，天线林立，灯火通明。台长黄也挺在龙海关战役中被韩博涛以“匪谍”罪关了起来，田齐鲁宣布金莉莉代理台长，但金莉莉对升官似乎兴趣不大，越往北走，越想复员。这天晚上突然接到命令，电台室挪到师部隔壁，一看又是住在帐篷里，气不打一处来，一边安装电台一边骂骂咧咧，他妈的，又住帐篷，洗澡都没地方洗！

付媛贞调试着机器说，还说呢，我身上都快蜕皮了。

金莉莉说，一圈都是色眯眯的眼睛，洗个澡就像做贼。住在帐篷里，你不晓得你什么时候就怀孕了。

付媛贞惊惊乍乍地问，啊，你说什么，住在帐篷里就能怀孕？

金莉莉说，完全有可能。

付媛贞惊魂未定，叫了起来，不会吧，我可是处女啊，从来没有跟男人上过床，你别吓我！

金莉莉鄙夷地说，什么处女？就算你没有跟男人上床，他们那些眼神就能让你怀孕。

付媛贞傻傻地看着金莉莉问，你开玩笑吧？

金莉莉说，我当然是开玩笑，要是眼神能让女人怀孕，男人裤裆里面的东西就没用了。

付媛贞说，嗨，你真会瞎白话，吓我一跳。

金莉莉说，别假正经了，你以为我不知道，跟那个刘德福摸摸掐掐的，恶心！

付媛贞说，有什么恶心的？你还公开说想嫁给郑师长呢，你才恶心！

金莉莉说，我是明人不做暗事，我说我想嫁给郑师长，那是光明正大的，不像你们偷偷摸摸的……

金莉莉正说着，像是受到惊吓，突然闭嘴，双手捂在嘴上。

帐篷门外出现一双马靴，马靴上面，是郑亦雄的脸。叶乃伍跟在郑亦雄的身后说，师座，接受龙海关战役的教训，这次我把电台室安排靠作战室近一点，警戒也方便一点。

郑亦雄冷冷地打量着金莉莉，你是？

金莉莉眼中光芒四射，放下手臂，立正报告，师座，我叫……

郑亦雄说，哦，想起来了，林小姐，代理台长……

金莉莉眼中的光芒瞬间熄灭，委屈地看着叶乃伍。叶乃伍说，师座，这个中尉叫金莉莉，金小姐。

郑亦雄说，啊，金小姐，抱歉。我听田副参谋长说，你的业务能力很强。

金莉莉忸怩了一下，做羞涩状。

郑亦雄说，不错，年轻人，就要有上进心！

金莉莉激动地又碰了一下脚后跟，是！

郑亦雄转向付媛贞，你叫付媛贞？

付媛贞兴高采烈地向金莉莉挤挤眼睛，回答说，报告长官，我是付媛贞。

郑亦雄说，听说你很有政治信仰，也能吃苦耐劳。不错，年轻人，要有眼光。

付媛贞激动地说，铭记长官教导！

郑亦雄的脸上露出一丝笑容，但是很快又严肃起来了，以后不要叽叽喳喳。女军人也是军人，要注意军容风纪。

金莉莉下意识地摸摸领口，手举到半道又缩回来了。

郑亦雄说，军旅生涯，条件艰苦，难为你们了。

金莉莉和付媛贞肃立，金莉莉想说洗澡的问题，嘴巴动了动，觉得不是时候，又把话咽了下去。

郑亦雄说，大战在即，军机电报，重中之重。各位要尽心尽力。

付媛贞说，效命党国，恪尽职守，在所不辞。

郑亦雄又露出笑容，很慈祥的样子，好，付小姐，林小姐，拜托了。

说完，转身走了。

付媛贞脸上的春风还没有散尽，望着郑亦雄的背影，咂咂嘴说，金莉莉，你说得没错，咱们这个师长，一看就是正人君子，风度翩翩。

金莉莉看着门外发愣，林小姐？谁是林小姐？

十

回到指挥部，叶乃伍向郑亦雄报告，杨蓼夫果然选择东线突破。冯副师长坐镇一线天，三个团已经展开战斗队形。炮兵远程射击，西线中线都能保证。杨蓼夫有四个团和后勤梯队正快速向一线天机动。完全可以判断，在我东线和中线，只是龙捷三指挥的少量兵力佯动。我们就等他飞蛾扑火了。

郑亦雄说，不要掉以轻心。杨蓼夫老谋深算，现在说他飞蛾扑火，为时尚早。

叶乃伍说，今天这半夜，可以说风云变幻，但是现在可以确定，如果他在今夜突破，只能是以卵击石。

郑亦雄说，中线一定不能放松，尤其是鲁河方向，无险可守。

叶乃伍说，鲁河有黄津弗一个加强营，这是师座当年培养的精锐部队，配置在马街岗。只要扼守马街岗，他纵有飞天的本事，也难以前进一步。

郑亦雄说，啊，看起来是万无一失了。可是，可是……

叶乃伍说，共军连日疲于奔命，一个小时前主力还集中在一线天方向，此刻他就是有汽车，也不能改变战场了。

郑亦雄说，是啊，共军没有插上翅膀。不过，我，我好像有点晕眩啊！

叶乃伍说，师座，连日操劳，师座压力太大了。要不要医生过来？

郑亦雄手抚额头说，不，不用。越是大战来临，心里越是不踏实。跟杨蓼夫打仗，我的信心好像越来越差了。

叶乃伍说，师座，这大约就是人们常说的，黎明前的黑暗。今夜过去，明天太阳升起，我们将看到，杨蓼夫溃不成军，共军北上企图在我顽强阻击下灰飞烟灭。

郑亦雄说，啊，是啊，也许，但愿明天的太阳是红的。

两个小时后，第107师的总攻开始了。

担任鲁河防御的黄津弗报告说，共军的炮火全部落在我鲁河阵地上，精确打击，伤亡很大。步兵也开始冲击了。

叶乃伍震惊地说，主攻鲁河？怎么可能？

郑亦雄站在窗口前，望着缤纷的天空，可见远处火光冲天。郑亦雄摆手说，老叶，不要紧张，听听外面是什么声音？

叶乃伍侧耳聆听，炮声，这应该是共军全部炮火力量。

郑亦雄说，你能判断他们的炮兵阵地位置吗？

叶乃伍说，这个，这个，请师座明示。

田齐鲁吊着胳膊进门就说，师座，共军向鲁河发起进攻了，情况复杂了。

郑亦雄说，来，老田，你听听共军的炮声。

田齐鲁站在窗口，眺望天空，判断道，弹道是从东往西，应该在鲁河西六公里猪苓。

郑亦雄大步走向作战挂图，刷地一下拉开帷幕，猪苓，看看，猪苓在这里，这意味着什么？

叶乃伍激动地说，师座，我明白了，共军这是一箭双雕。他一定是环形配置，掉转基准射向，就是一线天。这说明，共军主要突破方向还是一线天。

郑亦雄笑笑说，我终于可以放心地喝杯茶了。叶参谋长，老田，剩下的，就是你们的事情了。

郑亦雄没有上当，战斗进行一个小时，还是没有向鲁河增兵，这时候，杨蓼夫也判断出来了，他是一箭双雕，郑亦雄是脚踏两只船，双方都没有被战争初期的表象所迷惑。接下来决定胜负的，就是意志了。

郑亦雄判断，不管鲁河方向局势如何紧张，不出半个小时，杨蓼夫的部队就会改向。

从中线突破，必须拿下鲁河，拿下鲁河，必须拿下马街岗。杨蓼夫的决心是，攻克马街岗，加大鲁河方向的进攻权重，迫使郑亦雄调整部署。

指挥鲁河战场右翼战斗的是任冰雪，居高临下观察，发现马街岗的主要支撑点就是八道门。如果把八道门控制住，马街岗的防御体系就完全失效了。

孙大竹说，八道门是我炮兵的射击死角，我们的火力够不上。

任冰雪问，除了炮火摧毁，别的就没有办法了？

孙大竹说，没有炮火，我没有办法。

任冰雪说，拿手榴弹给我炸！

孙大竹说，一千颗手榴弹也不顶事啊，只能从下往上炸！如果有炸药就好了，至少需要三百公斤。

任冰雪说，啊，这个时候，我从哪里给你搞三百公斤炸药？

孙大竹说，民工团，从龙海关出发的时候，杨师长特意让地方部队送了一千公斤炸药，都在民工团的小车队里。

任冰雪当即决定，呼叫一号，给我调三百公斤炸药过来。

十一

虽然鲁河方向连连告急，但郑亦雄就是按兵不动。

郑亦雄说，以我目前兵力分配，无论是一线天还是鲁河，都已达到饱和状态，我不相信杨蓼夫有孙悟空的本领，能够拔毛点兵。各位无虑，明天太阳照样升起。

杨蓼夫这边，情况确实不容乐观，贺荣海向杨蓼夫报告，鲁河方向由于马街岗天险，通道仍然没有打开。龙副师长已经组织六次强攻，均未奏效。黄团长身负重伤。

但是随即报上来的情况却让杨蓼夫为之一振：任冰雪调了三百公斤炸药，要炸掉八道门。杨蓼夫扑在地图上，手里的直尺在地图上比画：八道门，八道门，这是个重要的战术制高点。这个老任，打仗还是有一套的。

任冰雪要炸掉八道门的消息很快就被第111师掌握，叶乃伍拖着哭腔对郑亦雄说，师座，共军的重点还是在鲁河啊！八道门一旦失守，鲁河防线就完了。

郑亦雄说，胡说，不可能！

叶乃伍说，鲁河的攻势越来越猛，共军的炮火一直没有转移。

郑亦雄说，老田！

田齐鲁从电台室奔来。郑亦雄说，共军主力部队到底在哪里？

田齐鲁说，情况不明，一线天方向战斗仍然激烈。

叶乃伍说，可是，可是……叶乃伍话音未落，金莉莉神色慌乱地进门，长官，长官部急电，经侦察，共军主力已改道中线，全力突击鲁河！

郑亦雄说，你说什么？改道中线？

叶乃伍说，完全可能啊，我的手下也报告，鲁河至少发现共军三个团的番号。

郑亦雄怔住了，两眼望着天空，颓然倒下。

叶乃伍大步走到电台边，一把夺过话筒，黄津弗，师座命令你，务必将共军打下，八道门不保，鲁河天险就完了！

那边黄津弗还在叫苦，叶乃伍咆哮道，这是十字岭的关键……叶乃伍正说着，感觉肩膀上多出一只手。扭头一看，是韩博涛。

韩博涛看着叶乃伍，矜持地说，叶参谋长，别紧张，我来帮你守住八道门。我手里有一个人，至少能为我们争取一个小时的时间。

十二

八道门阵地上，黄津弗调动一个营的兵力组织对任冰雪的行动。黄津弗给部队动员说，现在还有十分钟冲击时间。最先冲入敌人阵地，卸载敌人炸药的，官升一级，赏大洋一千元。

与此同时，八道门盘山公路上出现了一辆汽车，车上，被反绑双手的章慧警觉地聆听外面响彻云霄的枪炮声。她很快就判断出来了，战斗如此激烈，一定是第107师进展顺利，这个时候敌人把她押出来，应该是到了最后的关头。

坐在对面的侯魁说，章小姐，此时此刻，我真的不忍心。可是，就看你的造化了。

章慧怒视侯魁说，你们想把我怎么样？

侯魁说，如果你的夫君能够停止进攻八道门，那么，一切都会改变。

章慧说，八道门就那么重要？

侯魁说，其实，我们这些人都是战争的一颗小棋子，可是，生命只有一次。如果你的部队停止进攻八道门，还可以从长计议。

章慧说，你认为我能改变战争吗？

侯魁说，至少可以推迟八道门战斗，一个小时以后，就是另外一个形势。

章慧说，你们希望我做什么？

侯魁说，到前沿向你的部队喊话。请相信我，我是真心想救你一命。

章慧说，你能给我一点水喝吗？

侯魁疑惑地看着章慧，从身后找出水壶，犹豫着送到章慧的嘴边。汽车拐弯，侯魁趔趄一下，差点儿摔倒。突然，章慧纵身向车厢板撞去。侯魁措手不及，回过神来，章慧已经连撞数次，头破血流。

第111师指挥部里，田齐鲁向郑亦雄汇报，为了阻止任冰雪炸掉八道门，韩博涛把章慧押到前沿，以她为交换条件，同杨蓼夫谈判。

郑亦雄说，我也知道，韩副长官他……这也是不得已而为之啊！

田齐鲁惊讶地说，师座，不能这样啊，我们和杨蓼夫……

郑亦雄无语，扬起脑袋，看着外面。月色下，他看到了那个雨后傍晚的洗马堰，看见了杨蓼夫血红的眼睛和对准他的枪口，看见了千钧一发扑向杨蓼夫的章慧和那一串射向空中的子弹……

不知不觉，郑亦雄眼角流出两行热泪，抬起头来，田齐鲁还站在他的面前。田齐鲁说，师座，人非草木，孰能无情啊？

郑亦雄避开田齐鲁的眼睛说，你我军人，身不由己啊！

田齐鲁说，那也不能用这种方式啊！

郑亦雄说，我也不想用这种方式，可是，这种方式也许能保住八道门。也许，这只是一场虚惊，我们并不打算伤害她，如果杨蓼夫放弃八道门，或者战局发生变化，章慧她会安然无恙。

田齐鲁依然坚持说，可是，这太危险了，我们不能把章慧的生命抵押在侥幸上。这样不择手段，太卑鄙了！

郑亦雄说，不择手段也是手段，战争是无情的！

田齐鲁绝望了，哀哀地叹了一声，师座，我真为之寒心啊！

郑亦雄闭上眼睛，一言不发。

十三

负责安装炸药的是孙大竹，余河沿指挥两个连阻击黄津弗越来越凶猛的攻势，伤亡过半，孙大竹还要他们坚持二十分钟，还有一半没有连上。王虎的身边只剩下三个兵了，他让大家把手榴弹集中起来，准备最后一拼，为孙大竹争取一点时间。

金功言和几个年轻力壮的民工到八道门送炸药，任务完成后返回，走了一段，金功言说，今晚的战斗主要就是八道门了，回去干什么，还不如留在八道门。就在王虎等人弹尽粮绝的最后时刻，金功言带着几个武装民工赶到了，刘德福指挥士兵向民工们包抄，金功言抱着机枪扫射，露出大半个身子。傅菊珍边打边喊，当家的，快撤吧，敌人围上来了！金功言一边射击一边怒吼，你赶快给我下去，保住我的种子！

傅菊珍说，当家的，你不能拼命啊！

金功言没有理睬傅菊珍，纵身一跳，左冲右突，不断变换位置。对方的火力跟踪扑向金功言，金功言已经不知道自己身上挨了多少子弹，手里的机枪子弹打光了，从背后又抽出一挺机枪，索性站起来，大步走向对面，刘德福的冲锋部队霎时就被击倒一大片。正打着，一枚手榴弹落在金功言面前，金功言停住射击，拣起手榴弹扔向敌群。

子弹打完了，金功言也倒下了。余河沿和傅菊珍等人从两个方向扑向金功言。金功言吃力地睁眼，看着傅菊珍，喃喃地说，我的种子……傅菊珍热泪盈眶，点头说，当家的，你放心，俺一定要让你的种子开花结果。

金功言再看看余河沿，想说什么，嘴巴动了半天，一句话也没有说出来，费力地抬手。傅菊珍帮助金功言把手抬在胸前，金功言的手指慢慢弯曲，指着胸口。

傅菊珍问，当家的，你在说什么，你比画什么意思？

余河沿说，他在说，子弹是从前面打进去的。是吗老金？

金功言的嘴巴动了动，点点头，终于闭上眼睛。

在几个方向的掩护下，孙大竹的队伍终于把炸药安装好了，这个时候，押着章慧的汽车已经开到八道门山腰了。

曾兴隆的部队接到命令，增援八道门。快到山顶的时候，曾兴隆密令老千，带领一个班，脱离部队，抄近道拦截汽车，营救章慧。

也是在这个时候，在第107师师部，好像冥冥中有个东西跳进了郑亦雄的脑海，郑亦雄突然睁开了眼睛，站起来问叶乃伍，你能断定，拿章慧做交易，杨蓼夫就会停止进攻？

叶乃伍说，师座，毕竟，章慧是杨蓼夫的夫人啊。

郑亦雄说，你开玩笑，你太不了解杨蓼夫了，你太不了解共军了！任何条件都挡不住老杨的进攻！

叶乃伍说，师座……

郑亦雄不再理睬叶乃伍，歇斯底里大喊，老田，老田！

田齐鲁在门外应声而来，我在这里，师座！

郑亦雄说，快，快，呼叫黄津弗，带回章慧！

田齐鲁大声喊，遵命！遵命！

十四

从车上下来，章慧看见山顶至少有一个排的兵力，荷枪实弹在等着她。侯魁说，章小姐，只要你给他们喊话，喊什么都行，我们大家都能保命。章慧虽然不知道把她押来是为了阻止爆破八道门，但她知道，只要她喊出声音，就会对第107师的行动构成妨碍。

侯魁问带队的连长，刘科长在哪里？连长回答说，直接把人送到前面的突出岩石上就行。

章慧看见了那块岩石，像鹰嘴一样楔在山体上。她明白了，即便她不发出声音，如果让自己人看见她在那里出现，同样会妨碍部队的行动。章慧知道自己挣扎不过这些如狼似虎的士兵，正在绝望，突然传来枪声，这是老千的营救队伍赶到了。国民党军队连长指挥部队呈扇面展开，向树林包抄。侯魁推搡着章慧向岩石一步一步地接近，突然一匹快马飞奔而至，跳下了黄津弗，抓住章慧就往马背上送，侯魁扑过来大喊，黄团长，你要干什么？

黄津弗一马鞭抽在侯魁的脸上吼道，师长命令，带回章慧！

侯魁捂着脸说，带回章慧？可是……

黄津弗说，命令部队，立即撤出八道门！

章慧还没有明白怎么回事，就被黄津弗紧紧抱住快马加鞭，转眼就离开了山顶。章慧说，放下我，你要把我带到哪里？

黄津弗说，章小姐，请相信我，郑师长要救你！

章慧大喊，那就请你把我送回我的部队！

黄津弗说，请你安静，先撤下战场再说！

章慧说，不，我不能跟你走！放下我！

章慧挣扎着，在马背上同黄津弗搏斗。就在这时候，身后传来巨大的爆炸声。

战马突然受惊，腾空跳起，黄津弗和章慧从马背上跌落下来，滚进路边的树林里。

一连串巨大的爆炸声中，八道门被淹没在尘埃之中。

史料记载：

1946 年初春，东北人民自治军第 107 师在完成龙海关保卫战之后，继续北上，发扬连续作战精神，会同山东纵队友邻部队，突破了国民党的坚固防线十字岭防御体系，在辽西南战场为第一次四平战役提供了有力的外围保障。然而，在我军突破国民党军所谓的铁壁铜墙防线的同时，我守军由于势单力薄，弹尽粮绝，最终退出了四平。从此，第 107 师又遭遇了一个无后方、无根据地、无供给补充的处境，艰苦卓绝。

第八章　闯关东

一

随着八道门一声巨响，国军第111师扼守的天险土崩瓦解，一切都安静下来了，杨蓼夫的第107师由八道门突入马街岗，继而拿下鲁河，从而在四平西南撕开了一个口子，辗转进入辽西南。

清晨，阳光从横七竖八的断木残枝的缝隙里倾泻过来，落在一张憔悴的脸上。章慧慢慢地睁开眼睛，茫然四顾，倏然一惊，她看见了一个人。

只见小路上，穿着国民党军装的老千身上背着三支枪，正在寻找着什么。路边是战马的尸体，一个人就躺在离战马不远的地方。

老千凑上去，先把那个人的手枪取出来，别在自己的腰里，然后伸手试探他的鼻息。那个人睁开眼睛，气若游丝，你，你是谁？

老千捋起袖子，将那个人脸上的血污擦去，擦出了一张熟悉的脸，老千叫道，啊，国民党，黄长官。

黄津弗清醒了，盯着老千问，你认识我？你是谁？

老千说，我是八路军情报员老千啊，元宵战役就是你把我抓起来的，差点儿没有把我给打死。

黄津弗说，哦，我想起来了，是你。可你，怎么混了个国军中尉？

老千说，什么国军中尉？老子是打进敌人内部。

黄津弗苦笑，真是冤家路窄。这个账，今天算吧。

老千掏出手枪，对准黄津弗说，算什么算？章慧呢？

黄津弗说，章慧？什么章慧？

老千踢了黄津弗一脚，章慧不是被你救下了吗，现在她在哪里？

黄津弗说，我救下的？啊，让我想想。

老千又踢了黄津弗一脚，别装蒜，快说！

黄津弗说，你别踢啊，你越踢我越糊涂。

老千说，好，我不踢你了，给你三分钟！

黄津弗说，章慧，哦，去年这个时候……十字岭八道门，啊，这是什么时候的事情？

老千说，什么去年？就昨天夜里！

黄津弗说，昨天夜里？哦，我想起来了，章慧是被我抱上马了，我们已经离开八道门了，可是，可是后来……

黄津弗的眼珠不动了，脸上出现了惊愕的表情，章慧，章慧她应该就在附近。快找，我们一起找！黄津弗说着，一骨碌爬起来。

老千枪一横，对准黄津弗说，干什么?！老实点，你现在是我的俘虏，一切听我的指挥！

黄津弗愣了愣，我是你的俘虏？我什么时候成你的俘虏了？黄津弗说着，伸手摸枪，枪套空了。

老千得意地笑笑，举着手枪向黄津弗晃了晃，又插回手枪，从背上熟练地甩过步枪，端在手上对黄津弗说，你可别乱跑乱动啊，这玩意儿，五十米内见真功夫。

黄津弗无奈地说，好，好，我听你的指挥。

老千突然发现树林里有人影，看，那里！黄津弗定睛看去，惊喜地说，啊，是章慧？

老千泪光闪闪，喃喃自语，章慧，是章慧，她还活着啊！

一只晨鸟突然从树枝上飞起。章慧看见两个国民党军官向自己走来，连忙试探着站了起来走了两步，突然闪身踏上一条小路，跌跌撞撞往前跑。

老千边追边喊，章慧，章慧同志，我是老千，我是老千啊！章慧停了下来，转身看着老千，是你？老千大步上前说，是我啊章慧同志！你还活着，我真是，我真是太……光荣了！

黄津弗在后面说，老千，章慧活着，你光荣什么啊？你应该说高兴才对。

老千回手给了黄津弗一个耳光，我就说光荣，章慧活着，我太光荣了，老子高兴，老子想怎么讲就怎么讲，你管得着吗？

章慧说，老千，他是怎么回事？

老千说，这个国民党现在是我们的俘虏了。你要是对国民党有仇恨，你就扇他耳光吧，咱们翻身做主了。

章慧说，我们的部队呢？

老千愣住了，部队？部队在哪里，我也不知道。

章慧说，我们这是在哪里？

老千说，十字岭，这个地方应该在辽西。

二

杨蓼夫在龙海关就听说，东北有苏联红军留下的坦克大炮，还有军装粮食。所以第107师在从龙海关先十字岭机动的时候，杨蓼夫不仅把民工团遣散了一半，还把武器和粮食留了不少给当地的军分区。可是打下十字岭，进入辽宁境内，情况完全不是那么回事，不仅没有枪炮坦克，而且没有粮食。最糟糕的是，天公不作美，还下起了大雪。开小差往回跑的情况又出现了。

漫天飞雪中，部队艰难地跋涉着。战士们有的披着麻袋，有的裹着包袱。有的穿着国民党军装，有的披着日本军大衣，有的穿着老百姓的服装，五花八门，应有尽有。

一个身穿单军衣的战士走到一个避风土坎后面，用一块破布蒙住脑袋，坐下来，从破布下面东张西望。

殷福塘走过来，发现少了一个人，问班长于二柱，你的巩固对象呢？

于二柱左看右看，吃惊不小，咦，刚才还在啊，这一会儿就开小差了？不会啊！

殷福塘四处观察，发现了土坎，走过去踢了那个战士一脚，起来，起来！你不想活了吗？

战士费力地站了起来说，连长，俺实在不想活了，俺再也走不动了。

殷福塘说，走不动也得走，师长说了，革命还没有成功，谁也不许死。想死，也得等到革命成功以后。

战士搂着前胸，瑟瑟发抖。连长，打仗俺不怕，俺没有装孬，可是，俺几顿都没有吃上饱饭，俺冷得慌！

殷福塘说，你一坐下不动，不到半个小时就冻僵了，起来！殷福塘连推带拽，把这个战士拖了起来，跟上队伍往前走。

走着走着追上了马大海，于二柱问，营长，到底还有多远啊？

马大海说，快了，很快就到目的地了。

于二柱说，这话俺都听你说八百遍，上个月就开始讲，快了。

马大海说，这回真的快了，再往前走，到了四平，就有火车坐了。

于二柱问，火车是啥车？

马大海说，火车嘛，火车是啥车我也说不清楚。你没有见过铁路？

于二柱说，过十字岭的时候，俺是见过铁路，不过那是夜里，过了封锁线就没命地跑，没顾上细看。

马大海一脸憧憬地幻想道，我倒是摸了几把，冰凉，两边是铁棍，好长好长，就像长蛇。火车，应该就是在那上面跑的吧。我听团长说，火车也是好长好长，有的有好几里路长。

于二柱说，啊，那火车是竖着跑还是躺着跑啊？

马大海思忖道，应该是躺着跑的吧，要是竖着跑，那几里路高，多吓人啊！

后面是特务营，特务营还负责照料前卫剧社。风雪中，孙大竹拽着林沂说，林老师，坚持啊，到了四平就好了，那是大城市啊，有高楼大厦，有电灯电话，那热腾腾的炕上，摆着煎饼大葱，还有羊肉炖萝卜。

林沂有气无力地说，可是，什么时候才能到四平啊？

孙大竹说，快了快了，你看前面，前面就是啊！

林沂说，这天怎么像冰冻一样，说给咱们发日本大衣，为啥还不发啊？

孙大竹说，啊，我想起来了。林老师，我还有一件衣服，我一直舍不得穿。

林沂说，快给我，我嫌弃啥啊，狗皮我都穿，我都快冻僵了。

孙大竹解开自己包袱，抖落出来一条黄呢子军裤。

林沂说，啊，国民党的裤子啊？

孙大竹说，是田齐鲁的裤子，田齐鲁如今是咱兄弟了，裤子不分家。

林沂说，你让我怎么穿啊，我上身冷。

孙大竹说，那你就把它倒过来套上呗。

林沂说，亏你想得出来，裤子能当上衣穿吗？

孙大竹说，这个时候，你还穷讲究啥啊，只要能挡风，咋穿都行。

林沂站住，看着裤子，愁眉苦脸。

孙大竹说，要不，你就套在腿上，下身暖和了，上身也就不冷了。

林沂说，可是，我穿了，你不就没有了吗？

孙大竹说，我没事啊，我是孙猴子啊，猴子冬天都不穿衣服，我有猴皮啊！

林沂扑哧笑了。虽然没有套在头上，但是下身多了条呢子裤，还是暖和了许多。

三

到了六方城，部队不走了。

景晓纯传达纵队会议精神说，虽然国共双方成立了和谈小组，但蒋介石一直把东北排除在军事调处之外，声称东北原无共军，停战令不适用于东北。所以，我们不能抱有侥幸心理，虽然两党还在谈判，但是东北的战争局势仍然一触即发。

贺荣海汇报说，现在的情况是，内无粮草，外无救兵。苏联红军答应给我们的军火，好的都被他们运回苏联了，剩下的，一部分被国民党抢走了，一部分被我们前面闯关东部队弄走了。部队反映，老部队老枪老炮，新部队新枪新炮。

龙捷三汇报说，更严重的是，根本筹不到粮食，过冬的棉衣更不用说了。部队饥寒交迫，根本不是当初传说的那样，高粱黄豆堆积如山，哪里有山啊，都是雪山。

杨蓼夫听了半晌，总结出了十个“无”，无经费，无粮草，无被服，无弹药，无药品，无支前队伍，无交通工具……

杨蓼夫说，连稀饭都喝不上，怎么打仗啊？

任冰雪讥讽地说，归纳了那么多“无”，那干脆回头算了，再回到山东，再利用我们的抗日沟跟他周旋。

杨蓼夫说，任副政委，你说到我心坎里了。说真的，别说部队有逃兵，昨天夜里，我都想当逃兵，我干脆带着部队开小差，咱们再回山东算了。

任冰雪说，啊，你还真这么想啊，你老杨的革命意志不会这么薄弱吧？

杨蓼夫笑笑说，我杨蓼夫又不是铁打的，有的时候，我的革命意志就是这么薄弱。

任冰雪看着杨蓼夫，突然把红军帽摘下来，掼在桌子上说，老杨，我跟你讲，我们清河支队闯关东，是负有重要使命的，头可断，血可流，可是谁要走回头路，我任冰雪一千个不答应。

景晓纯说，老任，你让老杨把话说完嘛！

杨蓼夫说，我跟各位同志哥说实话，我昨天夜里确实有过冲动，要向纵队报告，在这个十“无”的地方，我们没有用武之地，我们施展不开。要么，我就追上郑亦雄，把部队跟他拼光算了；要么，我们就回清河，在那里照样干革命。

任冰雪说，你真的有这个念头？

杨蓼夫说，革命者不说假话。不过，那是我上半夜的念头，骑在马背上，我感觉我都快被冻死了。我把马送到供给部，给了伤员，跟着部队徒步，走出了一身汗，就清醒过来了。

任冰雪说，你是说，下半夜你改主意了？

杨蓼夫说，我根本就没有产生什么主意，我只有想法。我们把问题摆足了，摆透了，下一步，我们就来一个一个地解决它。第一个，我们要向纵队提出，利用当前和平民主新阶段这个战争间隙，迅速把根据地建设起来，我们要把东北变成山东，变成我们的渤海，变成我们的清河！有了根据地，有了党政机构，有了老百姓的支持，我们就有了一切！

景晓纯激动地说，老杨，你说得太好了！老肖，你们按照杨师长今天的讲话精神，起草一个《关于在东北新区建立根据地的报告》，尽快报给纵队。

杨蓼夫说，这个报告里还要加一项内容，鉴于东北地区我政权薄弱，请老根据地组织一批干部，北上帮助建立地方政权。括号，支援我第107师的地方干部，最好是从清河地区抽调，括号完。

任冰雪说，为什么到我们第107师方向的地方干部要从清河抽调？这样做是否妥当？是否有本位主义和山头主义的嫌疑？

杨蓼夫说，什么山头主义本位主义？这里的群众，从山东闯关东来的居多，从清河抽调地方干部，乡里乡亲的，容易沟通，这是其一。其二，清河的地方干部，同我第107师有一同工作的经验，配合融洽。

景晓纯说，老任，我认为老杨的提议有一定道理，无可厚非。

四

前卫剧社在学校找到了一间破旧的教室，三个女兵围在一堆余烬前改剧本，改着改着大家的嗓门就低了下去，东倒西歪，昏昏欲睡。还是那个剧目《抗战裤》，但是遇到了问题，因为现在不是抗日了，老大和老二，一个是国民党军的团长，一个是八路军的团长，两个人再也不像过去那样联合抗战了，原先的戏就没法演了。

任冰雪交代，国民党撕破协定，挑起内战，在国民党军队当团长的老大，把那条裤子撕成两半，弟兄俩各带半条裤子，分道扬镳，后来又在东北战场相逢。

杜彦凝提出来，可是，到了东北，又该怎么办？是老大打老二，还是老二打老大？

任小町说，当然是老大先打老二，老二被迫自卫反击。老大是国民党啊，国民党都是背信弃义。

杜彦凝说，可是，现在毛主席和蒋介石在重庆谈判，沈阳和四平也来了军事调处执行小组，停战还有希望，咱们这时候就演撕破脸皮的戏，好不好啊？

任小町说，嗨，任副政委不是说了吗？我们要有停战的愿望，但是我们更要有战斗的准备。我们先准备着。林沂，林沂，你怎么老不说话啊？

一直耷拉着脑袋的林沂稍稍振作起来，有气无力地说，你们先讨论吧，我现在什么都不想，脑子都快饿空了，我就想喝一碗稀饭。

任小町说，都怪我，早晨不该吃你那一块地瓜。

林沂说，你年龄小啊，扛不住饿，可是，怎么还不发粮食啊？

正在这时候，有人在外面敲门。任小町说，是供给部的人发粮食来了。说着，呼啦站起来，跑去开门，进来的却是孙大竹。三个人一起叹气。林沂说，怎么是你，饿成这样，你还有精神乱跑啊！

孙大竹说，干吗这么看着我，一个个饿狼似的。

林沂说，不是饿狼，是饿羊，要是狼就好了，我们几个就把你吃了。你来干什么？

孙大竹说，猜猜。

林沂说，没精神跟你闹着玩，不猜。

任小町说，你要是有本事，给咱们弄点好东西来，不然以后就不要到剧社来了。

孙大竹说，我就是给你们送好东西的啊！

三人惊喜，同时坐正了身体。

林沂说，孙营长，求求你，别卖关子了，救人一命，胜造七级浮屠啊！

孙大竹把东西别在身后，嬉皮笑脸地说，一定要猜，谁猜中了先给谁？

任小町说，馒头？孙大竹说，不是。杜彦凝说，煎饼？孙大竹说，不是。任小町说，莫非是肉，孙营长你打猎了？孙大竹说，不是。杜彦凝，是不是美国罐头啊，听说你到敌后侦察了。孙大竹说，不是。

任小町说，你这么一闹，我更饿了，口水都快流出来了。

林沂说，反正是吃的，你再不拿出来，咱们就抢了。

孙大竹说，吃的？比吃的好多了，这可是洋货啊！

孙大竹把手举起来，手里举着一个纸盒，洋洋得意地说，看，我孙大竹要履行诺言，送给你们最好的礼物！

任小町出其不意地冲上去，把孙大竹撞了个趔趄。杜彦凝趁机抢走孙大竹手里的纸盒。孙大竹说，哎呀，我还想给你们一个惊喜。好，打开看看，就像太阳，光芒万丈！

杜彦凝打开纸盒，急切地说，啊，这么金贵，包了好几层。

孙大竹说，是啊，这是我们到六方城后，人民群众送来的第一份礼物，我把它里三层外三层包了起来，怕弄坏啊。

杜彦凝一层一层地打开包装。任小町在旁边抽动鼻子说，好香啊，我都闻到肉香了。杜彦凝终于将包装全部打开，顿时傻眼了。出现在众人面前的是三个圆乎乎的玻璃瓶。

任小町说，这是什么？

杜彦凝说，这是雪花膏。

孙大竹神采飞扬地说，怎么样，我孙大竹说话算话吧，我说能给你们弄到雪花膏，就能弄到……

孙大竹突然不说了，他发现了几个女兵的异常。

杜彦凝眼泪汪汪地说，孙营长啊，这个时候，你还开这样的玩笑！我们都快饿死了。

林沂眼前一晃，身子软绵绵地倒下去，孙大竹抢上一步搀住，惊呼，林沂，林老师，你怎么啦？

林沂说，孙营长，孙大竹，想办法给咱们弄点吃的吧，以后你就不用喊我林老师了。

孙大竹说，那我喊你什么？

林沂软绵绵地靠在孙大竹的肩膀上，你让我们吃一顿饱饭，我就给你当媳妇儿，以后就是你的识字班。

孙大竹的表情急剧变化，咧着大嘴说，啊？给我当识字班？我马上给你们找吃的去！

五

杨蓼夫的部队困难重重，郑亦雄的部队更是斗志涣散，开小差的有增无减，在铁城岭安营扎寨之后，郑亦雄实行连坐法，士兵跑了罚班长，班长跑了罚排长，依此类推。可是，就这还是挡不住，一夜就跑了八十二个。

麻烦事还在后面。郑亦雄委托韩博涛跟苏联军队联系，争取接管军火库，搞了个友邦俱乐部，把师部的女军官拉过去陪苏联人跳舞，跳着跳着，苏联人就把手放到了付媛贞的胸脯上。这件事情放在别人的身上就不是事，但是放在付媛贞的身上就是天大的事，她回来后哭哭啼啼向金莉莉讨主意。

金莉莉听完原委，哈哈大笑说，摸就摸呗，你长那两块白肉，不就是让人摸的吗？摸一把又不缺斤少两，真是少见多怪。付媛贞说，我还没有成亲呢，那能随便摸吗？金莉莉说，那咋办，告诉韩长官，把那个老毛子抓过来打一顿。付媛贞说，我说了，可是韩长官他说，为了把杨屯军火库搞到手，我们要忍耐老毛子的一切过分举止。可是，可是……这简直就是把我们当妓女啊！

金莉莉说，是不是老毛子把你强奸了？

付媛贞说，啊，强奸？他就是要强奸我啊！

金莉莉说，他强奸了吗？

付媛贞说，他要是强奸就好了，他强奸我，我就一头撞死，可是，可是，他比强奸还厉害啊！我还是个处女啊，你让我以后怎么嫁人啊！

金莉莉叹了一口气说，付媛贞，你有病，你病了，你这么拐弯抹角的，天知道你在讲什么。

付媛贞一下子跳起来，你才有病呢，你神经病。

金莉莉说，好，我是神经病。我还有事呢，我不跟你胡扯了。

过了一天，又出现新的情况，苏联军官日子过得比较讲究，建了一个洗澡堂子，主动提出来可以让国军的女军官使用。付媛贞起先不敢去，禁不住金莉莉好说歹说，就去了，一去又惹出个麻烦，这边两个女人洗澡，那边有人偷看，而且恶劣的是，衣服还被藏了起来，两个女人光着身子被人看了半个小时。

付媛贞回来又大哭一场，说再也不去老毛子的澡堂洗澡了。

金莉莉说，我要是你，就向韩副长官报告，老毛子趁我洗澡，偷看我的屁股，这也算为党国献身，党国至少要给我补偿。

付媛贞说，补偿什么？

金莉莉说，你如今是上尉，让党国给你晋升为少校。

付媛贞说，我要晋升少校干什么？你以为我还想跟这些鬼男人混在一起打仗啊！

付媛贞说，晋升少校，你的薪水可以增加二十块大洋。

付媛贞说，我要大洋干什么，我恨不得今天就逃离这个鬼地方，我要保住我的处女身，我要给我未来的夫君一个清白的身子。

金莉莉说，你真的想当逃兵？

付媛贞说，我说了你可不能告密啊，我真的想逃，我有个远房表哥在当连长，我们约好了，有机会就开溜。

金莉莉说，好啊，我跟你一起逃。

付媛贞惊喜地说，真的啊，你也想逃？

金莉莉说，我为什么不想逃？郑亦雄那个狗屁长官，我把他当个英雄，可是他连正眼都不看我一眼，我给他送电报，八百次了，每次他都喊我林小姐，他再喊我一次林小姐，我立马卷铺盖滚蛋！

付媛贞说，你要真的有这个想法，咱俩合计合计。

金莉莉沉思，突然一笑说，你别开玩笑了，算了，这话不能再说了，要是让韩副长官手下那帮人知道，你就完了。

付媛贞傻眼了，看着金莉莉，半天才说，我当然不会说，刘德福给了我一个金戒指，我都没有对他透露一星半点。

六

雪停了，杨蓼夫举着篮球向篮板瞄准，正要投出，又收回来，停在半空。杨蓼夫怔怔地看着篮球，心里仿佛看见了章慧。

八道门上发生的事情，杨蓼夫是后来听说的，但是孙大竹等人能够给他提供的，就是看见章慧被推到了八道门山头，后来的事情就再也没有人能够说得清了。

北上途中，接到命令，毛主席到重庆和蒋介石谈判了，部队暂时停止军事行动。杨蓼夫接到那个电报心里就想，这个命令要是早来一个月，也不会发生后来的事情，章慧也不会离开他。难道这是命中注定的？

杨蓼夫举着篮球，像是面对章慧，难道，从此我就再也见不到你了？同志们都说你牺牲了，可是，我不相信。骑在马背上，我一步一回头，我在看那片土地，森林，河流，海岛，大海。在那一望无际的大海的那边，在那天上像火一样燃烧的晚霞中，我总是能看见你……

那一会儿工夫，杨蓼夫的眼前五彩缤纷，仿佛看见硝烟渐渐消失，章慧骑着一匹白马从八道门上向他飘来，他展开双臂，迎了上去……

远处传来脚步声，杨蓼夫回过神来，感觉脸上有东西，伸手一摸，是泪水。他看清了，来人是龙捷三。

龙捷三迈着大步说，老远我就看你举着篮球，怎么不投篮啊？

杨蓼夫说，算了，饭都吃不饱，哪有力气投篮啊！我还是把肚子里的小米稀饭多留一会吧。

龙捷三奇怪地看看杨蓼夫，你眼睛怎么啦？

杨蓼夫说，我的眼睛没有怎么啊？哦，是不是有点红，风大，刚才刮进一粒沙子。

龙捷三不相信地说，沙子？两只眼睛都红了。

杨蓼夫不说话。

龙捷三突然意识到什么，话头一岔说，哦，是啊，沙子。天上只下沙子，不下粮食。

杨蓼夫说，筹粮工作有进展没有？

龙捷三说，微乎其微，杯水车薪。

杨蓼夫说，哦，这里的群众也难。

龙捷三说，都说闯关东就是上天堂，可是咱们第107师闯关东闯成了叫花子。

杨蓼夫说，老龙，你觉得，是红军长征苦还是闯关东苦？

龙捷三说，再苦也苦不过长征，第二次过草地的时候，我差点儿就饿死了。

杨蓼夫说，现在也有饿死的啊！昨天一天，非战斗减员四十人，二十八个逃兵，还有十二个，不是冻死的，就是饿死的。我这个师长，一筹莫展。

龙捷三说，早晨我听到一个笑话。黄格选他们去征粮，找到地方伪警察所，这个警察所倒是不敢得罪我们，给了我们一车子煤，还有两马车劈柴。黄格选拿这些煤回来说，烤火吧，烤火也能充饥，总比冻着强。

杨蓼夫说，刚才任大姐跟我说，我们派到县城的工作队饿着肚子忙乎了三天，倒是把老百姓的拥军热情鼓动起来了，送了很多慰问品，学校啊，工厂啊，连寺庙都鼓动起来了，送来两马车。打开一看，我的个天，除了一麻袋高粱，剩下的全是笔墨纸砚，他还真把我们八路军当成文化人了。更可笑的，还有一箱子雪花膏。谭何亮气不打一处来，把雪花膏全扔到山沟里了。我一听说，又让孙大竹派人把雪花膏扛了回来。文工团那些丫头娃娃，看着雪花膏直掉眼泪。

龙捷三说，雪花膏是好东西，可是，多了不能当饭吃啊！

七

孙大竹带领王虎的连队到山里剿匪，目的在于从土匪窝里搞粮食，一路侦察过去，没想到剿匪剿出个天大的奇遇，原来辽西最大的一股土匪，是当年从琅琊山逃出来的叛徒王可范和马边锋，这两个家伙，不知道从哪里搞的领章，都给自己佩戴中将军衔，手下头目也是国民党军队军服，团长都是少将。孙大竹在三道林子找到了土匪的据点，长山客栈，那里是闯关东劳工聚集的地方，也是土匪的情报点。打着保护山东劳工的旗号，连警察所都要给他们纳粮纳钱。

孙大竹回来后把情况报告了杨蓼夫，杨蓼夫顿时两眼放光。杨蓼夫问，有多少兵力？

孙大竹说，号称八千人，实际五百人不到，都是破枪破炮。鬼子投降后，他们下山要接收杨屯军火库，被苏联红军猛打了一顿。现在，新编第111师进驻铁城岭后，郑亦雄也在布置剿匪。

杨蓼夫说，郑亦雄知道这伙土匪是谁吗？

孙大竹说，应该知道了，这股土匪还在打杨屯军火库的主意，经常下山骚扰，同郑亦雄的部队也有正面交锋。

杨蓼夫高兴得直搓手，说，哦，这个情况啊？这个情况很好啊！

龙捷三说，郑亦雄对他们恨之入骨，下手不会太迟，我看我们要抢在郑亦雄的前面，把他端掉。我们建立地方政权，其中就有剿匪这一项任务，把这股祸害端掉，一是可以缴获不少粮食，二是在当地人民群众中树立我们的威信。

杨蓼夫说，不，我不这么认为。这股土匪可是我们的宝贝，留着有大用处。

景晓纯带回来两个好消息。一是东北军事调处争取成功，我方第二十七执行小组已经到了沈阳，第二十八执行小组已经到了四平。东总首长估计，东北局部停战，多则三两个月，少则至少一个月。

杨蓼夫说，啊，那好啊。可是，国民党他能遵守协定吗？

景晓纯说，大家都一样，都要搞缓兵之计。四平失守后，我军元气也有损伤，东总的方针是，让开大路，占领两厢。暂时放弃大城市，依托中小城市及其周边，创建根据地。不过，这期间小打小闹不能排除。老杨，你看得准啊，杨屯军火库的问题必须尽快解决。

龙捷三说，杨师长已经派孙大竹他们去侦察了，司令部也拿了方案。

景晓纯说，第二个好消息，纵队已经同山东省委联系，渤海地区以新清河支队为骨干，抽调一个干部团，三百人，迅速北上，很快就会到达六方城。

八

前卫剧社的女兵终于找到了修改剧本的灵感，林沂说，在最后部分里，一定要把国民党反动本质揭露出来。老大也是穷人出身，当初抗日也是热血沸腾。但是，国民党就是个大染缸，军阀作风，贪污腐败，假民主，真独裁。官欺负兵，兵欺负民。

杜彦凝说，可是，老大他不是抗日功臣吗？如果我们把他写成反动派，那他前面的剧情要不要改？

林沂说，为什么要改？

杜彦凝说，前面他的抗日戏，很有英雄气概，这不是歌颂国民党吗？

林沂沉思一会，果断地说，不改，老大的反动不是与生俱来的，是在国民党这个腐朽的大染缸里熏陶的。对了，在后面部分，要给老大加一句习惯性台词，团长团长，半个皇上；大炮一响，黄金万两。

任小町说，啊，这句话太好了。

杜彦凝说，这样是不是又走向另一个极端，会不会太丑化了，他本来是个抗日团长，不至于这么粗俗吧？

林沂说，嗨，这不是戏剧吗？戏剧是可以夸张的。

正讨论得热烈，房门被推开了，露出孙大竹半个脑袋。任小町最先看到，示意杜彦凝，杜彦凝看着林沂，三人扭头一起看着孙大竹。

任小町说，孙大竹，你来干什么？

孙大竹说，我来给你们送好东西啊。

任小町说，又是雪花膏？

孙大竹说，这回不是了，是你们需要的东西，吃的东西。

任小町说，啊，真的啊，那就快拿来啊！

孙大竹说，那不行，林老师，林沂，你可是说过的啊，我要是让你们吃一顿饱饭，你就嫁给我。说话算数吧，我现在不光能让你们吃一顿饱饭，如果你们省吃俭用，可以吃八顿饱饭。

林沂说，我们现在不需要了，供给部给我们发了小米稀饭，还有炒黄豆呢。

孙大竹吃了一惊，怎么，你要反悔，不嫁给我了？

林沂说，我什么时候说过要嫁给你了？

孙大竹目瞪口呆，看着任小町和杜彦凝说，你们，你们当时可是都在场啊，红口白牙，她林沂可是一诺千金啊！

杜彦凝故意说，是吗，我怎么没听林沂说过要嫁给你？任小町，你听说过吗？

任小町说，我从来没有听说过。

孙大竹说，啊，你们这是集体欺负我老孙啊。

孙大竹做摇摇欲坠状，手中的布袋子掉在地上，几个罐头滚了出来。任小町一眼看见，惊喜地喊道，啊，还真是美国罐头！

任小町上去就抢。孙大竹扑上去，一把把罐头搂进怀里，喊道，你们不帮我说话，你们太没有觉悟了，这罐头不能给你……说着就要出门，林沂出其不意地伸出脚，将孙大竹绊倒。

几个女兵一拥而上，将罐头抢走，快乐地大叫，哈哈，美国牛肉罐头，还有奶粉呢！

九

停战已不是谣传了，郑亦雄接到上峰指令，四平成立第二十八执行小组，成员是美方的逊尔曼中校，国方代表刘建义将军，共方代表耿彪将军。

叶乃伍对郑亦雄说，据内部消息，我们这个方向，至少可以停战三个月，度过这个奇冷的冬天，春暖花开，和谈无果，再开战局。

郑亦雄说，三个月？能有这么长时间吗？

叶乃伍说，绝对可靠。据说共产党的林彪也向他们的中央打了报告，利用和谈停战间隙，采取收缩政策。他们提出的口号是，让开大路，占领两厢。

郑亦雄说，目前不会进攻大城市？

叶乃伍说，是的，他们还是寄希望于在中小城市站住脚跟。杨蓼夫正在六方城搞什么政权建设，发动群众，减租减息。

郑亦雄冷笑道，他们是在山东尝到了甜头。可是，东北不是山东，现在的形势也不一样了。当年是打鬼子，中国人的爱国情绪很容易被激发起来，可是现在，他们跟政府军队打，这里的老百姓根本不买他们的账。他们那一套不灵了。

叶乃伍说，不过，穷人还是有穷办法的……

叶乃伍正说着，突然门外传来凌乱的枪声，东一枪西一枪的，接着传来女人的尖叫和士兵的喊叫。

叶乃伍脸色大变，拔枪喊道，袭击？是土匪还是八路？

郑亦雄说，镇静，慌什么慌？这不像是有计划的袭击。

叶乃伍大叫，刘德福！

郑亦雄说，刘德福负伤了，还在医院里！

叶乃伍说，黄津弗！

郑亦雄说，黄津弗死了，别喊了！

田齐鲁拎着手枪进门，见郑亦雄脸色苍白，忙问，师座，你没事吧？

郑亦雄正襟危坐，冷冷地说，怎么回事？

田齐鲁说，一股逃兵，前些日子成群结队逃跑，被抓了回来，杀了几个，剩下的，打得太狠。有几个亡命徒企图刺杀长官，赵大脚已经带特勤连将他们包围了。

郑亦雄说，刚才怎么有女人叫喊？

田齐鲁说，这伙亡命徒闯到电台室，想抓住两个女人当人质。

郑亦雄说，啊，好，先审问，后枪毙。以后注意，经常抓几个人来杀杀，一个礼拜杀十个。

田齐鲁说，啊，一个礼拜杀十个？还定数量啊！

叶乃伍恨恨地说，一个礼拜杀十个还算少的，目前部队思想相当混乱，该杀的人太多了。

田齐鲁说，可是，老是杀人也不算事啊！

郑亦雄说，有逃亡嫌疑的，有亲共倾向的，有克扣军饷的，有败坏军纪的，挑选情形严重的，一个礼拜杀十个，也可以杀二十个。

田齐鲁傻眼了，想了想，转身往电台室走去。

电台室里一片狼藉，付媛贞的脑袋拱在桌子下面，屁股露在外面。金莉莉脑门上沾着血迹，蜷缩在角落里，手里举着手枪，惊恐地盯着门外。

田齐鲁大步跨进门，看见金莉莉，刚要说话，金莉莉的手枪响了，差点儿打中了田齐鲁。赵大脚一个箭步上去，将金莉莉的手枪下了。几个士兵进门，把金莉莉身边两具尸体拖走了。

听见枪声，郑亦雄和叶乃伍也过来了。叶乃伍问金莉莉，你怎么回事，怎么向长官开枪？

田齐鲁说，她被吓坏了，以为又是逃兵骚扰。

郑亦雄说，啊，林小姐，你受惊了，没事了。你起来吧。

金莉莉看着郑亦雄，突然一挺胸脯，如雷贯耳地喊了一嗓子，报告，国军上尉金莉莉第九次向你报告，我不叫林小姐，我叫金——莉——莉！

郑亦雄说，啊，对不起，林小姐，啊不，金莉莉，我老是记错。

叶乃伍说，金莉莉，干吗那么大声，对长官什么态度？

金莉莉说，什么长官？一堆狗屁！

叶乃伍大怒，摸着手枪说，金莉莉，放肆！我毙了你！

郑亦雄举起右手，制止道，算了，林小姐，啊不，金莉莉，她受了惊吓，好生安抚。还有，那位小姐，没事了，出来吧。

叶乃伍向赵大脚递了个眼色，赵大脚走到付媛贞的身后，踢了踢她。付媛贞一下子跳起来，谁踢我的屁股，我还是处女呢……啊，长官，对不起。

叶乃伍对赵大脚说，把金莉莉给我送到政训队去，关十天禁闭。

郑亦雄回头看看叶乃伍，有这个必要吗？

叶乃伍说，这个人最近有点不正常，我看该给她洗洗脑子了。

郑亦雄想了想说，不正常，那还是送到医院去吧，我怀疑她有点神经病！

金莉莉跳起来嚷嚷，狗屁，你才有神经病，你们这些当官的，全是神经病！

叶乃伍又把手放在枪套上，郑亦雄按住说，别忘了，这个人跟着我们从琅琊州到铁城岭，女孩子，不容易啊，好好照顾她们！

金莉莉平静下来，看着郑亦雄的背影，突然潸然泪下。

十

回到作战室，田齐鲁自责地说，师座，刚才的事，是在下的责任，辎重营归司令部直辖，我这个副参谋长失察。

郑亦雄摆摆手说，江山板荡，多事之秋，民众思和，兵心厌战，各类现象，防不胜防。你我都不是神仙。

田齐鲁看着郑亦雄，似乎有些意外，师座，刚才的事，是不是让师座特别难过？

郑亦雄说，不，我是被那个林……啊，金莉莉，我被她提醒了。

田齐鲁惊问，提醒，提醒什么？

郑亦雄沉吟道，不说也罢。

田齐鲁察言观色，问道，师座，我有一句话，不知该不该问。

郑亦雄不悦地说，老田，不说黄埔同窗了，去年元宵节后的平叛，秋天洗马堰之变，你我患难与共，生死之交，你我之间，知无不言。

田齐鲁问，你为什么老是把金莉莉当作林小姐？

郑亦雄被问愣了，张张嘴说，啊？这个问题啊？我，我是……是啊，我为什么把金莉莉当作林小姐？我也不清楚，也许，我这个人的脑子里，装了太多的东西，多余的，一点都装不进去。

田齐鲁说，是不是当年在黄埔分校的时候，那个林教官的侄女，林小姐给你留下的印象太深？

郑亦雄若有所思，啊，是吗，那个林小姐……你这么一说，还真有点像。那个林小姐，天真活泼，纯真无邪，那就像一个天使。可是，后来林教官到江西参加了赤匪，他们一家被连坐，全杀了。这件事情，对我是有刺激的。

田齐鲁说，哦，我总算明白了。

郑亦雄看着田齐鲁问，老田，你是不是觉得我最近思想有点混乱？

田齐鲁说，抗战胜利，战争继续，我们大家的思想都有点混乱。

郑亦雄想了想，又问，我再问你一件事情。十字岭战斗之后，那个章慧，一点消息也没有？

田齐鲁说，共军突破十字岭之后的第二天，按照你的吩咐，我到收容队仔细调查过，活的死的都看了，没有章慧。

郑亦雄问，那黄津弗呢？

田齐鲁说，最后的时刻，黄津弗确实赶到了，但是他赶到的太迟了，他刚刚抢走章慧，八道门就爆破了，一个山头化为齑粉，我们一个营，还有特勤连的一个排，几乎没有完整的尸体。玉石俱焚啊！

郑亦雄闭上眼睛，半天才说，哦，我怎么向宋瑜解释？这个时候，我能请她来吗？

田齐鲁意外地看着郑亦雄说，请她来？师座是说宋小姐？

郑亦雄说，是的，我已经决定，正式向她求婚。眼下，正是和谈期间，可能会有一个停战的阶段。我想利用这个时间，同宋瑜完婚，我不能再等了。在我最疲惫的时候，在我最绝望的时候，我就想起了宋瑜那张天使般平和宁静的面孔，我就想起了在洗马堰，为了救我，宋瑜那双血肉模糊的双脚。

田齐鲁惊喜地说，师座，老郑，太好了，早就应该如此了。看看现在，沈阳、长春、锦州，那些接收大员们，五子登科，金子、房子、妻子、位子、车子，我们这些打头阵的官兵，我们这支后娘养的部队，被放在荒郊野外、冰天雪地里。说是拱卫四平，其实就是给他们当看门狗。

郑亦雄坐正了身体，老田，不要说那么多，我仅仅是想完婚而已。我准备向长官部呈文，派你回到渤海，将我部营以上家眷接来，以稳定军心，维护军纪。顺便把宋瑜接来。

田齐鲁禁不住叫了一声，师座……这才是明智之举啊！

郑亦雄淡淡一笑说，也许，和平只是昙花一现，可是，我们不放弃希望。

走出作战室，田齐鲁泪花闪烁。

十一

从冀北到辽西，十天的路程，章慧、老千和黄津弗三人走了二十天。

他们先是卖枪，卖给当地的财主看家护院用，三支步枪卖了三块大洋，然后是卖怀表，一块怀表卖了六块大洋。黄津弗拿这笔钱贩卖布匹，渐渐地就阔了起来，买了一头毛驴和一架板车，老千当车夫，拉着章慧，眼看就快到沈阳了，被开小差的逃兵抢了一回，驴车丢了，还差点丢了命。老千要去把驴车夺回来，黄津弗看得远，说，从逃兵的手里要驴车，好比虎口拔牙。幸亏被抢的时候章慧躲在老百姓的茅房里，身上还有两块大洋，黄津弗又拿这两块大洋做本，买了个货郎挑子，针头线脑糖葫芦，什么都卖，才把肚皮裹住。

到了锦州边上，各自打听自己的部队，都在四平附近，三个人又转头向东。这天走到双林集，已是精疲力竭，找了个路边小店，要了几个菜，围在小方桌上，黄津弗和章慧一碗饭还剩半碗，老千已经盛第二碗了。黄津弗看不下去了，忍不住说，老千，你能不能少吃一点，咱们就这么一点经费，进城还要换行头，需要多少钱啦？

老千说，那我不管，我说队伍在四平方向，可你偏说在锦州方向，这一路上的盘缠，花的都是冤枉钱。我看你还是心怀鬼胎，想把我们带到国民党的部队去。

黄津弗说，老千，咱们都是抗日军人，我黄津弗也不想打内战，我已经表态了，咱们先找到部队，如果是先遇到新编第111师，我保证你们的安全，并且负责把你们送到第107师去。

老千说，你负责没有用，你们国民党都是反动派，恨不得把我们赶尽杀绝。

黄津弗说，我不是跟你说了吗？最后下命令救章慧的，是郑亦雄将军。两军交战，友情难断啊！

老千说，可是，谁知道他会不会有别的企图，反正，如果先遇上你们的部队，我们就跑，要是你敢阻拦，我就开枪。

黄津弗说，那要是先遇上你们的部队，我跑不跑？

老千说，你当然不能跑，你得弃暗投明，跟我们一起打反动派。

黄津弗说，你这个意见我不能接受。谁是反动派啊？

章慧说，你们两个别吵了，赶紧吃饭，还得赶路。

老千说，我们也不想吵架，可是我们两个立场，不可能不吵。要不，我们三个人，真正实行一次国共合作，选举一个领路人，我们一切听领路人的指挥。

黄津弗说，啊，就我们三个人，还搞选举啊？章慧，你说有这个必要吗？

章慧说，老黄，你是一个有良知的军人，过去很少做过破坏抗战的事情，这一路上，我们也加强了了解，从本质上讲，我们实际上是有共同愿望的，这也是我们能够一直和平共处的原因。

黄津弗说，章慧，你是通情达理的人。

章慧说，可是，对于内战，我们还是有严重分歧的，道不同，不相为谋啊，怎么办？我倒是觉得，我们确实可以选举一个领路人，在找到队伍之前，统一意志，统一路线，统一行动。

黄津弗说，那还选举什么啊，你们两个是八路军干部，我一个人是国军军官，我肯定是少数嘛！选你老千算了，你当司令。

章慧说，那不行，实现三民主义，一个最根本的保证就是要民主，你不要认为我们人多，票数就多。目前就我们三个人，可以暂时放弃立场纷争，谁能带领我们找到部队，我们就选他当领路人。

黄津弗说，你是说无记名投票？

章慧说，为了确保真正的民主，必须无记名投票。

老千说，我同意，可是我写不好老黄的名字。

章慧拿过三个空碗，又从菜碗里挑出三粒黄豆，摊开手心说，你们二位看清楚了，这三个碗，从东往西，左中右，分别是老千、老黄和我。每人一粒黄豆，投到哪个碗里，就是投谁的票。大家站起来，背过身去，摸着把黄豆放进碗里。

黄津弗来了兴趣，高兴地说，好，三民主义我们喊了多少年，我今天是第一次遇上真正的民主，那我们就投票吧。章慧，你先投。

章慧说，大家都站好，把碗摸清楚，我说投票，大家一起放黄豆。

三个人站好，老千窃笑。

章慧说，选举是很严肃的事情，关系到我们何去何从。老千，你不要儿戏，你先投。

老千不笑了。老千的手摸索着，找到了中间章慧的名下那只碗，把黄豆放进去。

章慧对黄津弗说，该你了。

黄津弗的手摸到了最东边，属于自己的那只碗，放进黄豆。

章慧的手摸到了最西，老千名下的那只碗，放进黄豆。

章慧说，转身吧。

大家转过身来，看见每只碗里一粒黄豆。

三个人面面相觑。

老千叫了起来，啊，章慧，你怎么投反动派的票，你的立场有问题啊！

章慧说，我没有投老黄的票，那是他自己投的。

老千说，可是，为什么你也只得了一票？我是投了你的票啊！

黄津弗说，老千，就你这判断能力，还想当领路人？我告诉你，章慧投了你一票，你投了章慧一票，我投了自己一票，所以我们每人都是一票。

第一次投票无效。三个人达成共识，再投。

老千说，章慧，你可千万别投我的票了，再这么投下去，还是无效，你就当我们的领路人吧。

章慧向黄津弗说，老黄，你说呢？

黄津弗说，章慧，我看出来了，你是一个既有信仰，又有智慧的人。我同意你当领路人。

黄津弗说着，把自己碗里的黄豆拣起，放进章慧的碗里。老千拣起自己碗里的黄豆，也放进章慧的碗里。

章慧久久地看着面前的大碗，突然泪水夺眶而出。老千和黄津弗大惊。老千劝道，章慧，咱们选举，只是为了开个玩笑，你要是不想当领路人，咱们还是商量着来。

章慧没有回答，喃喃自语，敢作敢为，能屈能伸，丢掉包袱，向着光明！

黄津弗没有听明白，稀里糊涂地问，章慧，你在说什么？

老千更是莫名其妙，也问，章慧，你是不是怕找不到部队？

章慧擦干眼泪说，老黄，老千，你们都给我听着，从现在起，你们要听我的指挥，坚定地跟我走。

黄津弗迟疑着，最终还是表了态，君子一言，驷马难追，我黄津弗愿意接受章慧的领导。

章慧说，而且，我们每个人都必须保证，找到部队，如果是对方的部队，必须互相保护，不得加害，不得胁迫。

这顿饭吃完之后，再往东走，吵架就少了。

十二

田齐鲁启程那天，郑亦雄亲自送行。看着一卡车士兵，郑亦雄动情地对田齐鲁说，此时此刻，芽子谷平叛的情景历历在目。那时候，也是你老田，临危受命，前往清河搬救兵，被土八路孙大竹打得遍体鳞伤，险些丧命。这一次……

田齐鲁说，师座，你最近确实多愁善感了。

郑亦雄说，宋瑜常讲，我是万丈雄心，永不消失。可是，自从离开渤海，来到这片陌生的土地，接受了一些陌生的任务，我的精神每况愈下。也许，我已经老了，我总是怀旧。国破山河在，城春草木深，如今还是战乱，我这心里，酸甜苦辣都有。

田齐鲁说，师座，我知道，我们这些抗战军人，表面风光，内心都很苦。

郑亦雄突然问，你知道狗的特性吗？

田齐鲁有些不得要领，安慰道，师座，您不要想得太多。

郑亦雄说，我听说，一只老狗，一只病狗，哪怕奄奄一息，但是只要把它放在土地上，让他嗅着土地的气息，他就能活过来。我现在就像一条病狗，我需要闻到土地的味道。

田齐鲁担忧地看着郑亦雄说，师座，你要振作精神啊，如果你觉得身体有不适应，那就要找医生看看。

郑亦雄说，我最好的医生就是宋瑜，只要和宋瑜在一起，我就能化险为夷。她就是我的福星，她就是我的土地。

田齐鲁问，我能把这话告诉她吗？

郑亦雄说，我就是请你转告她的。

田齐鲁说，师座，你多保重，我一定把家眷和宋瑜安全地接过来。

郑亦雄点点头又说，如果可能，顺便查访一下，有没有章慧的下落。最近这段时间，我老做噩梦，梦见杨蓼夫拎着鬼头大刀向我要人，叫嚷着还我章慧，那大刀上血淋淋的。我希望你找到章慧，还了杨蓼夫这笔债。

十三

电报从六方城出发，再到东总指挥部，再到山东省委，转了一圈，又回到了清河，第107师申请一个干部团的方案，落到李其仁的手里。

清河已经是解放区了，去年清河支队北上的时候，李其仁凭借仅有的几个营，又扯出清河支队的旗号，拖住郑亦雄在抗日沟里打了一天一夜，昏天黑地，后来郑亦雄才发现打的是清河支队的壳，清河支队的瓤子已经金蝉脱壳，早已越过山东和河北边界。整编第111师尾随第107师一路狂追而去，再往后，詹家店被苏北来的新四军收复，清河地界就没有多少战事了，休整了一年多，地方政权基本上恢复。

干部团要去东北，就好比爹娘去找儿子，自然不能空着手，清河专署的院子里转眼就堆满了东西，煎饼、大葱、小米，还有布匹，小推车就有二百辆。

干部团的团长刘华英提出，干部团以女同志为主体，理由有两个，一是女同志目标小，便于伪装。二是闯关东的山东人多，女同志靠拉家常容易和老百姓打成一片。民工团同时出发，全部化装成闯关东的老百姓，分阶段集中，再分阶段化整为零。几个集中地点都选好了。

十字岭战役之后，民工团再次精简，傅菊珍回到了清河，这次组织干部团，坚决要求再去东北。傅菊珍要求参加干部团还不算太稀奇，最稀奇的是朱茂煊和韩二婶老两口也要参加干部团，李其仁就感到很棘手。

墨镇工商界送来的东西，比较洋气，除了布匹，还有两箱子牙膏，两箱子雪花膏，还有四个篮球。

田家大院里，李其仁看着这些洋玩意儿，惊叹道，啊，都是洋货啊，这些东西有用吗？

乔会长说，有用啊，杨司令不是说，咱们清河支队要成为牙齿最白的部队吗，再说，咱们城里人没有粮食送啊！

正说着，春满楼老板吆喝店小二等人，拉着架子车进门，长官，八路长官，俺们拥军来了。这都堆满了，东西放哪儿？

李其仁说，先别放，那是什么东西啊？

老板认出李其仁说，啊，俺认得你，清河支队二当家的，俺给你们送酒来了，杨司令酒啊！

李其仁说，杨司令酒，还有这个牌子？

老板得意地说，是啊，那次你们和郑长官一起到小店喝酒，俺们知道杨司令也喝了，俺把清河老烧的名字换了，叫杨司令酒。自从俺们把酒换了名头，那生意啊，一天比一天好。吃水不忘挖井人啊，这酒都是不要钱的，送给八路将士，白喝！

李其仁惊叹，天哪，还有酒！

这边刚把春满楼老板打发走，那边朱茂煊和韩二婶老两口就过来了，几个老人推推搡搡，最后还是朱茂煊开口。朱茂煊是李其仁的先生，说话就有点居高临下的味道，好，我说就我说，仁风啊，这抗战胜利了，俺们的八路军又到东北打天下了。东北啊，那个地方我去过，当年闯关东，那是个好地方，可是被鬼子霸占了那么多年，那是百废待兴啊！

李其仁说，老先生，你别拐弯抹角了，你有什么想法，就快说吧。

朱茂煊揉揉眼角，你让老朽把话说完……这百废待兴，重建家园，那是需要人手的吧？

李其仁说，是啊，所以我们主力北上，又组织了干部团、民工团，可是，你们这……你们，莫非又要参加民工团？

朱茂煊说，参加民工团，你嫌咱们年纪大了是不是？

李其仁说，你们确实年纪大了。

朱茂煊说，这就对了，咱们参加民工团年纪大了，可是，咱们可以参加八路军啊！

李其仁瞪着眼睛说，什么，我的老先生，你说什么，我没有听错吧，你们要参加八路军？

韩二婶理直气壮地说，你没听错，俺们就是要参加八路军。

李其仁愣了半晌，一声惨叫，天哪，你们开什么玩笑！老先生，你也不看看，你今年多大岁数了？

朱茂煊说，虚度花甲，所以咱们才更要老骥伏枥。

李其仁说，老骥伏枥也不能瞎伏啊，你比朱总司令还大七岁！

韩二婶说，俺们挑不动了扛不动了，可是俺们走得动，俺们参加八路军，去给杨司令他们烧火做饭，总是能行吧？

韩二叔说，再说，你们八路军也没有章程说不让老人参加。

朱茂煊说，就是，范进中举那都多大岁数了，老黄忠六十岁了还挥戈上阵呢。

李其仁突然喝道，钱大荆，你给我滚出来，我让你扩军，你就是这么扩的吗？

一个穿军装的干部躲躲闪闪从屋角走出来说，李司令，我冤枉啊，他们全是自己找来的，我都带他们在门外溜了三圈了，可他们死活不肯回去。

李其仁说，那你也不能直接带到我这里来啊，你明明知道……

李其仁正说着，发现朱茂煊眼神不对，朱茂煊说，明明知道？明明知道什么，哦，我明白了，你这个专员官当大了，不认我这个没有用的先生了。那好，你当你的官，老朽不给你添麻烦了。

说完，转身就走。李其仁一把拉住说，哎，先生你干什么去？

朱茂煊说，我回家找绳子啊。

李其仁说，你找绳子干什么，干部团参加不了，民工团你更参加不了。

朱茂煊说，所以我要找绳子啊，都不要我我活着干什么，我上吊啊！

韩二婶也说，就是，革命成功了，杨司令就把俺们忘了，俺们活着什么劲啊，回家投井去算了。

李其仁明白过来了，气愤地说，又来了，上次你们把杨司令吓住了，这次别想把我吓住。让你们几个年纪一大把的人参加八路军，简直就是笑话！

韩二婶火了，你这娃咋说话呢，这个八路军咱们几把老骨头还真是当定了，不信你走着瞧！

十四

第107师请调干部团，第111师派人接家眷，停战前期，两拨人马从东西两线回到了渤海湾。

宋瑜把郑亦雄的意思向父亲禀报了，宋剑雨并不感到意外，沉思良久才说，亦雄这孩子和你青梅竹马，聪慧好学，人品正直。为父对他的感情你也是体谅的，幼年他要参加革命打倒军阀，投靠黄埔军校，我是支持的。抗战中他在徐州，出类拔萃，真是血性男儿，作父亲的，我高兴啊，要不是你母亲阻拦，我就带着你去徐州了。在渤海地区，亦雄虽然官当大了，那颗救国救民的心没变，这一点，很像他的父亲。我是一直把他看成是自己的孩子，也希望你们能够永远在一起，即使你们没有把话挑明，我也知道，你们在心里已经难舍难分了。

宋瑜说，洗马堰那次，要不是父亲，他就命丧黄泉了，父亲早就是他的父亲了。

宋剑雨说，可是，眼下东北大军云集战云密布，以我的政治经验，所谓停战，只不过是一个过渡，但凡江山变换，停战之后，必有恶战。这个时候，你千里迢迢去东北，父亲怎么能放心呢？

宋瑜说，我也矛盾得很，我知道，亦雄这个时候提出来要我去东北，一定是苦思冥想的，从字迹上都能看得出来，他的情绪很不稳定。可是，我一走，这家里只有爸爸一个人，孤苦伶仃……

宋剑雨说，我，你不用担心，家里大大小小还有十几口人，虽然都是佣人，但我们一直像一家人。我在考虑，是不是太仓促了，时机是不是合适？能不能缓两天，让为父再想想？

宋瑜说，好，爸爸，我听你的。

当天下午，田齐鲁带着郑亦雄的礼物，来拜会宋剑雨，宋剑雨说，事情到了这一步，我不能再坚持了。只是，路途遥远，兵荒马乱的，我实在放心不下啊！

田齐鲁说，宋老伯请放心，现在是停战和谈时期，短时期内打不起来。再说，我带了一个排的兵力，都是特勤连能征善战的，对付小股土匪是没有问题的。再说，沿途也都有政府的军队。

宋剑雨对宋瑜说，你的决心下了？

宋瑜说，爸爸，我很犹豫，我不是担心安全问题，我只是觉得把爸爸一个人留在家里……

宋剑雨摆摆手说，我明白了孩子。既然如此，那么爸爸就不再阻拦了。不过，这婚姻大事，也不能太潦草了，爸爸总得给你准备点嫁妆吧？你们三天后启程。

宋瑜说，我不要嫁妆。

宋剑雨说，那怎么行？我宋家不是豪门，也是墨镇名门望族，我的女儿出嫁，不能太寒碜了你说是不是？

田齐鲁说，宋老伯，嫁妆应该有，但没有必要太铺张，毕竟还是在战争间隙的婚礼，一切从简为好。

宋剑雨说，我也是这么想，从简应该，简单不行。孩子你说，这个嫁妆该办些什么？实用的，贵重的，只要你提出来，爸爸会尽力去办。

宋瑜说，爸爸，你要真的给我嫁妆，那么……宋瑜欲言又止。

宋剑雨说，怎么？怕爸爸办不起？

宋瑜说，爸爸，你曾经说过，爷爷给我留了一个花瓶，我想……

宋剑雨抬头，看着宋瑜说，啊，孩子，你惦记上这个了？这可是光绪皇帝赏赐给你爷爷的，价值连城。它是你的，可是现在不能给你。

宋瑜说，爸爸，如果不需要，我永远不会要它，可是现在我需要它。

宋剑雨说，这时候，你带上这东西，那为父就更不放心了。

宋瑜说，我不带它，我想请爸爸把它卖了，给我买一些药品带上。

宋剑雨说，药品？你是说卖了这个传家宝，买药品当嫁妆？

宋瑜说，是的。

宋剑雨沉默了一会儿，哦，我明白了。药品，药品，用药品当嫁妆，你爸爸还是头一次听说。

十五

三个老人给李其仁带来的麻烦还是小麻烦，大麻烦是东西太多。刘华英打着算盘向李其仁报告，要带去东北的，共有煎饼一百二十麻袋，大葱三十麻袋，小米十六万斤，花生一万斤，黄豆两万斤。另外，还有日用品，手套棉裤帽子酱油白酒……运送这些物资需要两个小火轮，二十辆马车，四辆汽车……从哪里搞这么多车啊！

李其仁挥手打断刘华英说，除了粮食和药品，其余一律不带。

孙迎风说，不带，那怎么办？老百姓指名道姓是送给第107师的，要是给了别的部队，是要挨骂的。

李其仁说，小刘，你记一下，分批。第一批，煎饼、黄豆、小米，啊，还有大葱，大葱既能当蔬菜又能防病；第二批，棉衣棉帽药品白酒……

刘华英说，那么多东西都不带了，还带白酒啊？

李其仁说，白酒可以带一点，那是杨司令酒啊，部队出征之前，喝壮行酒，这个牌子最响亮！粮食衣服装上马车，其他的，按刘团长的办法，交给民工团，化整为零，分头上路。

孙迎风说，汽车一辆都搞不到？

李其仁说，从哪里搞啊，我都恨不得变成汽车轮子。

第二天早晨，孙迎风给李其仁送来了六方城的电报，杨师长回电，一共有七条意见。

李其仁说，这么多，他又给我念什么紧箍咒？

孙迎风说，第一，同意第一批运送粮食药品；第二，同意干部团从海路北上；第三，同意朱茂煊等三位老人参加八路军，军龄从……

李其仁好像屁股被谁踢了一脚，什么，你说什么，你疯了？

孙迎风说，不是我疯了，电报上就是这么说的。

李其仁从孙迎风手里一把扯过电报，匆匆看了一眼，同意朱茂煊等三位老人参加八路军……

李其仁仰起脑袋，喃喃自语，同意？这个他也同意？旷世奇闻，绝无仅有。这个老杨，他到底怎么想的？

孙迎风说，杨师长既然有这个意见，想必是有道理的。

李其仁说，是谁向杨师长报告三位老人要参加八路军的？

孙迎风说，这个我也不清楚。但是，朱大爷是杨师长的忘年交，韩二嫂老两口是杨师长的房东，他们总有办法向杨师长求情。

李其仁说，办法？他们有电台吗？一定是你暗中做了手脚。

孙迎风说，司令员，你听我说，这三位老人，不是一般的老人，杨师长同意他们参军，也不是头脑发热，说不定这里面有什么讲究。

李其仁瞪着孙迎风说，还有什么？

孙迎风从李其仁手里接过电报，第四，同意民工团化整为零北上方案，但必须严密组织；第五，不同意退回篮球、牙膏等日用品；第六，不同意国立中学学生参军；第七，同意将原清河支队全部经费拿出一半，购买八万双军鞋，三百坛杨司令酒，均作为第二批运送物资……

李其仁怔怔地看着孙迎风说，这个老杨啊，真是狮子大开口，他把我当成军阀了！我们有这些东西吗？

孙迎风说，原先你还嫌多！不过，军鞋已经筹集了不少，有五千多双。

李其仁说，那还差得远！可是还有酒呢，春满楼送来的，只有十六坛。

孙迎风说，他要那么多酒干什么？难道他们在东北天天喝酒？

李其仁说，天知道他要干什么？你知道清河支队还有多少经费吗？

孙迎风说，不知道。

李其仁说，那我就告诉你，连三十坛酒都买不起。他张口就是三百坛，三百坛？光酿造就要一个多月。

孙迎风说，那怎么办？

李其仁说，怎么办？能办的办，不能办的，先不理他。这么多东西，别说没有，就是有，我也没有办法运送过去。我就算能搞到马车，这么多的马车队伍，国民党的飞机大炮还不来轰炸啊？

孙迎风说，司令员，有一个重要情况，不知道有没有用。

李其仁说，什么情况？

孙迎风说，郑亦雄派田齐鲁回到墨镇，说是要接宋瑜到东北和郑亦雄结婚，还有两辆汽车。

李其仁说，啊，还有这事？为什么不早说？

孙迎风说，我也是刚刚才听刘华英说的。

十六

过渡时期，部队整编为东北民主联军，景晓纯升任纵队副政委，任冰雪升任纵队政治部副主任，前后脚离开了第107师。

这段时间没有仗打，杨蓼夫很着急，老想做点事。这个事很快就找到了。

六方城外西南二十里，有个地方叫三道林子，山高林密，具有一夫当关万夫莫开之险，据说隋唐以来就是绿林啸聚的所在。两年前发生在琅琊州的叛乱，琅琊独立旅的团长马边锋和王可范将郑亦雄抓获，作为人质准备向“皇协军”师长张云杰献礼，关键时刻，杨蓼夫利用朱茂煊之口，喊出了“兄弟阋于墙，他们也是抗日部队，清河支队帮帮小弟弟”的呼吁，神速出兵，打了叛军一个出其不意。

孙大竹救下郑亦雄，郑亦雄重掌部队，复仇心切，将最后的叛匪包围在芽子谷的一个狭长地带，集中全部火力打了一个多小时。但是，后来打扫战场的时候，没有找到马边锋和王可范的尸体。原来，这两个叛匪首领早在郑亦雄被解救成功之后就料到哗变破产，郑亦雄一定会采取极端措施，当机立断，化装成士兵抄小路溜之大吉。

按照事前约定的方案，他们在渤海湾收罗了四十多个铁杆兄弟，挖出埋藏的财富，抢了一条破船“闯关东”来了。三道林子在铁城岭和六方城东侧，深山老林里有三道险峻的峡谷，抗战时期聚集着大小十几股草寇，因为枪多人多，王可范又有“军师”的谋略，善打游击战，逐一消灭收编股匪，很快就成了一统天下，笼络了五百多人，号称“琅琊抗日独立师”，马边锋和王可范分任师长和总指挥，自己给自己封了个中将军衔，模仿苏联军服做了两套中将呢制服，穿在身上，心里好受多了。黄埔出身、徐州会战中的敢死队长郑亦雄才是个少将，他们就是要比郑亦雄高出一头。二人手下三个团长一律是少将，以此类推，连长皆在少校以上，哪怕手下只有四个人。五百多人分守七个关隘，鬼子来了他打，国民政府的军队来了他打，抗日联军来了他也打，保持着很强的独立性。

江山稳固之后，王可范觉得这种半兵半匪的日子不伦不类，又扯起了一块“劳工保护总会”的牌子，笼罩着方圆百十里的劳工，既做生意，也武装走私，既保护劳工，也盘剥劳工，如此一来，这股特殊的武装就具有了兵、匪、政、商多重性质，三道林子俨然一个独立王国。

国共双方都处在停战的过渡时期，都在找仗打，自然，这一带目前最有可打性的就是三道林子。郑亦雄听说马边锋和王可范没死，又到东北来拉上了山头，而且都当上了“中将”，哈哈大笑半分钟，说，真是老天有眼，当年芽子谷平叛，没有看到这两个败类的尸体，这两年我一直如鲠在喉，这下好了，转来转去又转到我的眼皮底下了，早晚我会把他们抓来，放在火上慢慢烤。

但是，眼下郑亦雄还顾不上这两个败类，当务之急是要赶在停战令生效期间把杨屯军火库搞到手，为此，他不惜默许韩博涛向苏联人施展美人计，并终于获得了成功。

十七

孙大竹得到苏联人向郑亦雄移交军火库的情报，同时意外地得知，王可范和马边锋也计划在移交军火库那天，半道截取这批军火。杨蓼夫听了孙大竹的汇报，喜出望外，杨蓼夫对参谋长说，我们不管国民党是不是真动作，只要土匪是真动作就行了。

贺荣海说，可是，杨屯军火库目前还在苏联人的手里，就算国民党今夜真的偷运，我们一旦交火，那就是先开枪啊。那不是给和谈找麻烦吗？

杨蓼夫说，土匪一动，我们立即跟进。你想想，当初在清河，凤岗和南李庄我们怎么争取的？

贺荣海怔怔地，突然明白过来：螳螂捕蝉，黄雀在后……师长，还是借鸡下蛋，真是一而再，再而三啊！

杨蓼夫说，明白了吧，当初我为什么要把这股土匪留着，这就是我们的药引子。

王可范和马边锋的计划是，截了杨屯军火库，立即跟着走，把部队拉到吉林，在那里接受国军的改编。

为了接收杨屯军火库的行动，郑亦雄下了血本，命叶乃伍亲率一个团的兵力从杨屯搬运出军火，同时部署一个团监视六方城方向，这一切做得神不知鬼不觉，连副师长冯德山和副长官韩博涛都不太明白叶乃伍和田齐鲁的秘密使命。

部队到达集结位置，郑亦雄接到电报，一切都在预料之中。离移交还有一个小时的时候，郑亦雄不放心，把电话打到监视六方城的刘德福那里，刘德福报告说，杨蓼夫的部队一如既往在休整，没有行动迹象，只有少量部队在三道林子一带打猎。郑亦雄在图上琢磨了一阵，三道林子离杨屯二十多里地，山高林密，即便从现在开始启程，到达杨屯也有两个多小时。如此说来，这次行动万无一失了。

当天晚上，在师部长官小灶就餐的时候，郑亦雄兴致很高，喝了两碗稀饭。

冯德山说，师座，怎么又调了两个团？是不是有行动啊？

郑亦雄笑笑，王顾左右而言他，这东北小菜味道啊，越吃越有味道。

韩博涛说，参谋长和副参谋长都不在家，能有什么行动啊？再说，现在是停战时期。

郑亦雄说，老冯，吃了饭，到作战室，我告诉你。

冯德山说，好，师座派人回琅琊州接家眷，我也有点动心了，正想向师座禀报呢。

韩博涛说，啊，你也想当接收大员？你准备接收谁啊？

冯德山说，哪里啊，糟糠之妻，我想把她接过来，趁停战这几天，让她到东北来见识见识。

郑亦雄抬头看看冯德山说，好啊，一会儿谈。

郑亦雄说完，又埋头吃饭，韩博涛和冯德山相视一笑，无言，吃饭。

郑亦雄吃着，突然停住，怔怔地看着对面，目光空洞，嘴里念念有词，三道林子，三道林子，这个地方……打猎？逼虎下山？

冯德山和韩博涛愣住了，不知道郑亦雄嘟囔什么。郑亦雄发了一会儿怔，突然放下碗，大踏步走出食堂，直奔作战室。等冯德山和韩博涛跟进作战室，被眼前的景象惊呆了——郑亦雄几乎扑在地图上嘟囔：三道林子，凤岗，南李庄……天哪，一而再，再而三，杨蓼夫这个老狐狸，他真的又给我搞了一个借鸡下蛋。悲剧重演了！

冯德山说，师座，到底是怎么回事？

郑亦雄把手指戳在三道林子的位置上，目光空洞地看着冯德山说，还记得在渤海的时候，凤岗和南李庄都是怎么丢的吗？那时候是国共合作，是联合作战。可是，杨蓼夫利用日军和汉奸进攻的机会，又从汉奸和鬼子的手里把凤岗和南李庄抢走了，搞得我们有苦难言。

冯德山沉思片刻，明白了，师座，你是说，这一次他是打草惊蛇，故意让土匪半道截我军火，然后跟进，打的是杨屯军火库的主意？

郑亦雄说，我相信我的判断。

冯德山说，可是，他出现在三道林子……

郑亦雄说，他把土匪的退路封死了，土匪只有一条路，就是不想到杨屯，也没有其他退路了。杨蓼夫这个老奸巨猾的家伙，比土匪还土匪！

韩博涛说，那怎么办，得赶快采取措施啊！

郑亦雄说，立即发电报给叶参谋长，杨屯军火库停止搬运，部队就地警备！一切都等明天行动！

付媛贞在门外报告，长官，叶参谋长急电。

郑亦雄看着付媛贞发愣。韩博涛问，什么内容？

付媛贞念电报，杨屯军火库装运完毕，按计划正向铁城岭开进，目前未发现异常。

郑亦雄脸色骤变，啊，这么快？

韩博涛说，这个时候，停战期间，杨蓼夫真敢下手？

冯德山说，师座，八路军借鸡下蛋，目前只是猜测，还没有准确情报，或许虚惊一场。

郑亦雄说，虚惊一场？你太不了解杨蓼夫了。调四团五团，以最快的速度，沿青麻路进入杨屯。

冯德山说，可是，这样兴师动众，万一没有情况……

郑亦雄暴怒，没有情况，那就算我疑神疑鬼！我郑亦雄是神经病！

十八

后来的事实证明，郑亦雄没有神经病，他的敏感是正确的。叶乃伍指挥郭保成团从杨屯装运军火之后，沿青麻公路行至靠山屯，果然遭到伏击，起先是王可范和马边锋指挥的土匪，叶乃伍还不放在眼里，指挥部队快速突击，打着打着，路边的树林里传来王可范的喊话：老郭，老郭，我是老王，我是老王，多谢手下留情了，老马让我给你带话，以后见面，还是好兄弟！

郭保成面如死灰，对着树林喊，老王，三哥，你可不能害我啊，我在国军里好不容易才混碗饭吃，你们弄点军火滚蛋吧，你不能置我于死地啊！

王可范说，国民党就要完蛋了，你可得给自己留条后路啊！你什么时候回来，我和老马都给你摆酒接风。

郭保成说，老马，我知道你们得手了，带上东西赶快滚蛋，不然别怪我不认兄弟。

叶乃伍刷地掏出手枪，对准了郭保成，好啊，你这个汉奸，原来是你吃里扒外啊！

叶乃伍对身边的侯魁说，把他的枪给我下了！

侯魁二话不说，上前把郭保成的枪下了。几个士兵一拥而上，把郭保成捆了起来。

郭保成挣扎着嚷嚷，参座，我冤枉啊，他们是反间计啊！

叶乃伍说，我就是猪脑子我也知道他们在搞反间计，可是，就这么一股土匪，你居然无可奈何，我看你确实是给自己留了后路，狗改不了吃屎啊！侯魁，先把他捆起来，部队听我指挥！

叶乃伍组织火力把土匪压了下去，报务员慌里慌张跑过来报告，参座，师座命令，停止一切行动，退回杨屯，明天再说。

叶乃伍趾高气扬地说，退回杨屯？干什么？回电师座，小股土匪袭扰，不足为虑！整顿部队，继续前进！

按照王可范的计划，他带领土匪一部在靠山屯截击军火，马边锋向西接应，可是没想到西边的路被一股来路不明的部队堵死，王可范和马边锋两支土匪都被驱赶到靠山屯一带。

十九

杨蓼夫并没有达到目的。参谋于建兴报告，国军郭保成团由叶乃伍亲自率领，已经突破靠山屯，正在向铁城岭前进。

杨蓼夫深感失望，掏出怀表看了看，对龙捷三说，这股土匪，也太不经打了，这么快就被突破了？从战斗发起，到现在，一个小时不到，土匪截击军火，能截击多少？充其量二成。叶乃伍敢于带着部队继续前进，说明军火损失不大。我们现在能够得到的，只是杨屯，而杨屯是空的。老龙，如果我们追击叶乃伍，把那批军火再截下来，你觉得如何？

龙捷三考虑了一会儿说，老杨，不能这么做，毕竟是停战时期啊！

杨蓼夫说，你带四团，从屁股后面再追击他一下，让他惊惶失措，没准能丢掉一些东西。用东北话说，他得大头，我们也拣个洋落吧。

龙捷三态度坚决地说，不，杨师长，老杨，这次我坚决不同意，我们不能因小失大，给国民党我们破坏停战协定的把柄。

杨蓼夫说，可是，那么多军火啊，你就舍得让郑亦雄搞走？

龙捷三说，我们占领了杨屯，多少还可以搞一点军火，我们不能把纰漏捅大。

杨蓼夫说，啊，老龙啊，你比我强，你政策观念强，我呢，就是罗政委说的，草莽英雄，赤膊上阵。我看我这个师长不能当了。打完这一仗，我就向纵队提出来，还是你来当这个师长，我还是回到二团当副团长算了。

龙捷三说，你再讽刺挖苦，我也不上你的当。占领杨屯，我负责任；追击叶乃伍，这个纰漏，我坚决不捅。

杨蓼夫看着龙捷三，突然笑了，哈哈，老龙，你学狡猾了，你狡猾，我也不能太愚蠢了。你当缩头乌龟，我也当缩头乌龟。

龙捷三说，为了大局，我宁愿当缩头乌龟。

杨蓼夫说，好，听你的。于建兴，传我命令，一团二团，收拢压缩，占领杨屯。

于建兴说，请师长明示，这股土匪，是否消灭？

杨蓼夫说，告诉黄格选，马边锋可以打死，王可范我要活的！

龙捷三说，王可范阴险毒辣，留下他干什么？

杨蓼夫说，我要这个狗头军师给我当团长，没准是个好材料呢！

龙捷三说，我的个天，老杨你真是奇思妙想。

二十

丢了杨屯，损失了一批军火，叶乃伍痛心疾首，回去就向郑亦雄检讨。郑亦雄背着手，还在地图前发呆。

韩博涛说，叶参谋长，用不着过于自责，杨屯虽然易手，但是杨蓼夫他搞了个烫红薯，吃不下，扔不掉，他很难办。

韩博涛的地位显然上升了，说话的口气有点居高临下的味道。

叶乃伍惶惶地看着郑亦雄。郑亦雄说，好在军火损失不大，两千多支枪，还有十几门迫击炮，要是都被他截去了，那就完了，那可以装备一个师。

叶乃伍说，可是，卑职确实掉以轻心了，那个郭保成，汉奸出身，靠不住啊，他和土匪之间一定有某种联系。我甚至怀疑是他把运送军火的消息传递给土匪的，他们里应外合。

郑亦雄说，算了，郭保成当然不可靠，但是这一次，他确实不是和土匪里应外合。人呢？

叶乃伍说，被我关在政训队了。

郑亦雄沉吟道，放了。

叶乃伍说，啊，就这么放了？我就是受处分，我也要拉一个垫背的。

郑亦雄生硬地说，谁给你垫背，郭保成他能垫得起吗？我来给你垫背。

叶乃伍说，师座……

郑亦雄说，进入东北，我师同第107师连续交手，屡战屡败。如今，逃兵每天都以百计，汉奸反正过来的队伍，更是人心惶惶，厌战情绪普遍。这个时候，再把郭保成处置了，队伍就更乱了。

叶乃伍说，杨屯是我丢的，我请求让我以戴罪之身，再把它夺回来。

郑亦雄说，夺回来？怎么夺回来？派兵去打？

叶乃伍说，他们采取非常手段，我们也不能任人宰割。

韩博涛说，叶参谋长，关于杨屯，长官部已采取紧急措施，呼吁成立杨屯特别执行小组，此方案业经军事调处委员会同意，美军哈里森上校不日即赶到铁城岭，主持谈判，明辨是非。从政治意义上讲，杨蓼夫弄了一座空城，并非好事。

叶乃伍说，哦，是这样啊！如此，卑职略感安慰。

二十一

拿下杨屯的时候，杨蓼夫想到了麻烦，但是他没有想到麻烦会有那么大。纵队派出副政委景晓纯已经在前往六方城的路上了，杨蓼夫也在返回六方城的路上，骑着高头大马，和参谋长谈笑风生。

贺荣海说，师长，景副政委刚刚离开几天又匆匆回来，紧急召见师长，是好事还是坏事啊？

杨蓼夫说，管他好事还是坏事，景政委回来，我给他一个惊喜，惊也好，喜也好，反正生米做成熟饭了，多大个事啊！

贺荣海说，遗憾的是，让马边锋和王可范逃掉了。

杨蓼夫说，未来三天，要把抓捕马边锋和王可范当作作战重点。司令部要派出得力人员，扩大剿匪战果。

贺荣海说，回到六方城我就布置。

杨蓼夫说，那些匪兵怎么处置了？

贺荣海说，留在杨屯，就地训练，准备挑选一部分，补充到部队。

杨蓼夫说，很好！

他们身后是凯旋的部队。马大海扛着迫击炮，神采飞扬地唱：没有吃，没有穿，自有那敌人送上前；没有枪，没有炮，敌人给我们造。我们生长在这里，每一寸土地都是我们自己的，无论谁要强占去，我们就和他拼到底！

殷福塘追上来说，营长，迫击炮都归我管，你扛着干啥，你又不会打！

马大海说，不会打？我打迫击炮的时候，你连手榴弹都没有见过。

殷福塘说，这鬼子的迫击炮跟咱们的不一样啊，它是不是从屁股后面发火？

马大海把迫击炮筒从肩膀上抖下来，哈哈，你这个土包子，过来，让我教教你。

殷福塘说，不稀罕，我还得去抢炮弹呢！

马大海说，嗬，这小子，当了炮连连长，这么不谦虚啊！

马大海的后面，是孙大竹。孙大竹眉飞色舞地向龙捷三说，龙副师长，这下我们发财了，轻重武器共两千多支，其中重机枪三十挺，轻机枪九十二挺，装备一个日式甲种团绰绰有余。

龙捷三说，要不是你们动作太快，让土匪再多抢一点，我们缴获更大。

孙大竹说，龙副师长，你怎么也跟杨师长一样不讲良心啊！土匪就是速战速决，他压根儿没打算多抢，我有什么办法？

龙捷三说，好了，不要叫屈了。依我看，已经很好了，再多，就有麻烦了。

孙大竹说，要不是从土匪手里抢回来这些东西，那我们两天一夜就算白忙乎了。这个军火库，基本上被搬空了。

黄格选跑过来说，龙副师长，情况不好啊。

龙捷三惊问，怎么啦？

黄格选说，咱们打杨屯，可能打出麻烦了。纵队景副政委带领政治部的同志，昨夜紧急出动，已经到六方城了，听说要处理杨师长。

龙捷三说，啊，为什么？

黄格选说，详细情况还不知道。

龙捷三背着手，看看天说，啊，烧香引出个鬼来。还有什么情况？

黄格选说，老大哥走了。

龙捷三说，怎么走了？粮食交出来了吗？

黄格选说，我们反复向苏联人做工作，那个中校不仅一口咬定没有粮食，还不断地抗议我们非法占领杨屯。

龙捷三说，这个老大哥，怎么胳膊肘老向外拐？

孙大竹说，什么老大哥，狗屎！这个老毛子既好色又贪财，听说郑亦雄手下的那个副官长韩博涛，给了老毛子不少好处，美人计都用上了。老毛子坚持说，国军才是政府军队，我们无权接收杨屯。昨晚杨师长让我安排了一桌饭，老毛子还不识抬举，口口声声拒绝咱们的鸿门宴。杨师长一气之下，让他滚蛋了。

龙捷三吃了一惊，滚蛋了？滚到哪里去了？

黄格选说，带着他那几个骚乎乎的兵，开着他的大嘎斯，到铁城岭找郑亦雄去了。

龙捷三说，哦，问题可能就出在这里。

二十二

杨蓼夫带领部队回到六方城，果然就见到景晓纯，连个亲热的招呼都没打，景晓纯就说，老杨，准备写检查吧。杨蓼夫说，怎么，老景，你上任纵队副政委，第一件事就是回来处理我？

景晓纯说，老杨，话不要说得这么难听。关于杨屯的问题，你这次确实不高明。

杨蓼夫说，怎么啦，土匪打他，我打土匪，顺藤摸瓜，借鸡下蛋，顺理成章，天经地义，有什么问题吗？

景晓纯说，当然有问题，一是时机不对，现在是和谈停战时期，双方都在克制，你这个时候一下子把杨屯拿下，造成了很大的影响，给国民党以口实……

杨蓼夫说，可是，杨屯的军火，本来可以装备一个师的，明里暗里，已经被国民党搞走了八成，我再不下手，就没有机会了。我真不甘心啊！

景晓纯说，这就是你犯的第二个错误。

杨蓼夫说，什么意思？

景晓纯说，杨屯军火当然可以搞，但是你的手段并不高明，什么借鸡下蛋，什么一而再，再而三，还自以为是屡试不爽。事实上呢，东西没有搞到多少，还惹了一身腥。

杨蓼夫说，我没有更好的办法，次好的办法就是最好的办法。

景晓纯说，怎么没有更好的办法？郑亦雄的部队，目前士气十分低落，郑亦雄本人也很颓废。我们正在做工作，从他内部打开缺口。将来真的发生大规模内战，我们首先就要解决他上层的问题。那批军火，只不过是他替我们保管而已。

杨蓼夫怔怔地说，啊，这么说，我真错了？

景晓纯说，智者千虑，必有一失啊！

杨蓼夫说，那怎么办？让我去向国民党道歉？我再把那两千条枪给他送回去？那我还不如上吊自杀。

景晓纯说，好在有个军事调处。国民党提出来要谈判，四平第二十八执行小组成立了杨屯特别小组，由美军哈里森上校主持，近日就要举行谈判。

杨蓼夫说，好，我去跟他们谈判，好汉做事好汉当，杨屯是我杨蓼夫拿下的，要杀要剐，冲我杨蓼夫来吧！

景晓纯说，老杨，你不能去谈判，纵队党委已有决议，免去你第 107 师师长的职务，暂由龙捷三同志代理。肖菏泽同志任政治委员，他们两人参加谈判。

杨蓼夫怔住了，什么？免去我的师长职务？那我干什么，我喝西北风啊！

景晓纯说，你调到纵队，担任副参谋长。王司令近日就要到第 107 师来宣布。

杨蓼夫愣了半晌，突然咆哮起来：我当纵队副参谋长？你开什么玩笑！给王司令发报，老子不去！

二十三

远在千里之外的渤海湾，此时还不知道第107师遇上了麻烦。朱茂煊等人终于如愿以偿，居然真的参加了八路军，正从墨镇码头登船，准备开往东北六方城。

宋家大院里堆满了物质，张豹指挥家丁把写有“盘尼西林”“酒精”“手术器械”“康平药店”等字样的箱子往车上码。

汽车边上，宋剑雨对宋瑜说，孩子，传家宝爸爸没有卖，乱世也卖不出好价钱。这都是墨镇工商界筹集的。只是，我们家给了国军这么多药品，是不是厚此薄彼啊？

宋瑜说，悬壶济世，解脱苦难，是不分彼此的。

宋剑雨说，既然如此，你也替爸爸带个口信给亦雄。

宋瑜说，爸爸您说吧。

宋剑雨说，抗战胜利，举国欢腾，然而好景不长，国共两党，大军云集东北，内战一触即发，人民重新生灵涂炭。我们中国，毁就毁在战争上，积弱积贫。这个仗还能打下去吗？

宋瑜说，我知道爸爸的愿望，人心思和，大势所趋，可是，亦雄他也是不得已而为之。

宋剑雨说，我听说在东北，亦雄的部队又是同杨蓼夫对阵。杨蓼夫是什么人，八路军是什么人，不用我说你也清楚，抗战中人家中流砥柱，哪一次不是打头阵立大功？他们那个活报剧《抗战裤》爸爸看了几遍，每次都有感触，人家说得对啊，兄弟阋于墙，这样兄弟残杀，何时是个了啊？

宋瑜说，爸爸，我会为和平奔走的。

宋剑雨说，劝诫亦雄，激流勇退，虽不能扼制战争于疆场，但早日解甲归田，也不失为明智之举。这也是爸爸最终同意你到东北完婚的原因。

宋瑜说，我理解爸爸的愿望，爸爸的愿望，也是我的愿望。

宋剑雨说，爸爸的愿望，你的愿望，也是我山东百姓的愿望，也是全国老百姓的愿望。

宋瑜说，爸爸，我都记住了。

宋剑雨说，我有两件礼物，你带着，一是送给郑亦雄的，一是送给杨蓼夫的，我相信，他们都是明白人，能够理解老夫的一片苦心。

二十四

宋氏父女依依惜别的当口，有两个特殊的人物出现在墨镇春满楼，田齐鲁和李其仁相对而坐。田齐鲁说，时隔半年，我们又在这里见面，真是耐人寻味。

李其仁说，是啊，我们今天仍然能够见面，这说明什么？这就说明，我们这些军人并不都是政治工具，并不都是牲口。我感谢你能接受我的邀请。

田齐鲁说，李司令，你们提出来的同赴东北的计划，确实让在下千难万难。想想吧，你我两个阵营，军队在前方对峙，随时绞杀，我们两个却在这里商量，要我把你的物资带给你的部队，这简直就是天方夜谭。

李其仁说，还记得杨司令那句话吗，战场上我们靠枪炮说话，谈判桌上，我们靠良心说话。田副参谋长，又是一个元宵节过去了，去年的元宵节，我们还是兄弟啊！

田齐鲁说，李司令，元宵战役，贵军在清河西与鬼子血战，惊天地、泣鬼神。元宵战役后，为我军平叛，贵军不遗余力。对此，我本人，也包括郑亦雄将军，没齿不忘。可是，如今情况变了，此一时，彼一时啊！

李其仁说，什么此一时，彼一时？天可以变，地可以变，牛羊可以变老，江河可以变小，可是我们这些人没有变，我们这些人还在活着。

田齐鲁说，可是战争性质变了。我们毕竟是交战双方啊！

李其仁说，反目成仇？我们之间有仇吗？我们只有恩怨，我们没有仇恨。我们这些在清河并肩抗战的活生生的人，为什么不能为和平做一点事情？

田齐鲁说，可是，你让我带这么多东西，还有军用物资，给我的敌人，我怎么能做到？

李其仁说，我们为什么是敌人？难道你不希望和平？

田齐鲁说，我当然希望和平，可是现实吗？

李其仁说，我认为很现实，我们对和平充满了希望。我们运送到东北的，全是食物和生活用品，那是用来活命的，不是用来打仗的。第 107 师，也是清河支队，也是你们新编第 111 师的弟兄，他们在东北，饥寒交迫，你作为一个有良知的中国人，你忍心看着你的兄弟冻死在冰天雪地，饿死在弹尽粮绝之中？据我们了解，你田齐鲁不是这样的人。就是郑亦雄，他也总有一天会幡然醒悟。

田齐鲁举棋不定，哎呀，李司令啊，我就知道，你这个鸿门宴，我是一定会败下阵来，可是，我还是来了。

李其仁说，来了，就说明我们之间一定会坦诚相待。

田齐鲁说，关于共同运送的问题，我想过八百遍了。要说利嘛，也有，那就是增加兵力，保护宋瑜的安全。

李其仁说，有百利而无一害。沿途，既有国军的哨卡，也有我们八路军的哨卡。过你们的哨卡，你们出面；过我们的哨卡，我们出面，这样会省去很多麻烦。也许和平最终会破灭，但是你我有了此行，就算我们之间真正实现了十天半月的和平，我们也就问心无愧了。

田齐鲁说，李司令，我不答应行吗？

李其仁说，你的良心告诉我，你已经答应了，我们两个要做的，就是怎样更周密一点，把方案做得再谨慎一点。

田齐鲁说，李司令，你请我吃饭，就算鸿门宴，也得有一杯酒吧，我的肚子饿得咕咕叫。我们能不能吃完饭再谈？

李其仁大喜，掌柜的，上菜！

二十五

停职反省的日子，杨蓼夫终于可以静下心来，回顾十字岭战役的细节。这天上午，他把孙大竹和余河沿、王虎等人召集过来，在球场边上堆了一个沙盘，问王虎说，你再仔细回忆一下，你在点火之前，是不是看见山下有汽车向八道门行驶？

王虎说，确实看见了。

余河沿说，这个没错，我也看见了，有车灯。

孙大竹说，师长，这个战例还用研究吗？我有阵中日记，要不要拿来？

杨蓼夫说，哦，不用了。你们都在现场，你们说就行了。汽车在什么地方消失的？

余河沿在沙盘前比画，在山下，这个位置，那个公路就是通向我步兵进攻前沿的。我当时还奇怪，这时候怎么会有汽车到我前沿去，难道是坦克直接冲击？听说遭殃军的坦克铁皮很厚，炮弹都打不透……

杨蓼夫打断余河沿说，通向步兵前沿？那辆汽车要干什么？难道他们想把人送回来？奇怪啊！

孙大竹说，也许，那个传说是真的？我们的内线同志难道没有掌握情报？

杨蓼夫说，要是有确切的情报，我还会找你们吗？

余河沿莫名其妙，师长，营长，什么传说？

孙大竹说，传说章慧同志还活着，被反动派秘密关押。八道门战斗中，敌人的汽车拉着章慧，要到我前沿阵地去，阻止我们的进攻。

余河沿说，啊，还有这么回事？那后来呢？

杨蓼夫说，就是个传说，也许是个愿望吧。可是，我多么希望这是真的啊！拿下杨屯那天夜里，我做了一个梦，梦中有一座山，山上面有很大很大的月亮。月亮下面，有一匹战马，风驰电掣。马背上有一个人，那个人好像还有点面熟……我抱起章慧，那马四蹄腾空，飞啊飞啊，飞到一个很远很远的地方。

孙大竹等人无语，面面相觑。

杨蓼夫沉浸在遐想当中，后来啊，月亮落了，太阳升起了。在那个很远的地方，鲜花盛开，章慧就站在一棵桂花树边向我招手。她说，老杨啊，我没有死，我在等你，你说过，我们要一起回到清河，把抗日沟里的盐碱地再埋下去，然后我们就一起到国立中学，我还是当我的老师，你给我当门房，放学后，你负责把那些路途遥远的孩子送回家……多好啊！

杨蓼夫说着，看着远处晴朗的天空和雪后的山脊线，无限神往。

孙大竹说，师长，你是思念太深了。

杨蓼夫说，是啊，日有所思，夜有所梦。自从龙海关战役之后，章慧就一直杳无音信，她怎么会出现在八道门呢？如果真的像传说的那样，敌人要利用章慧阻止我们进攻，可是后来为什么一点音讯都没有了呢？想不明白啊。

王虎突然插话，师长，你说你梦见一匹马，我突然想起来了，那天晚上，我真的看见过一匹马。

杨蓼夫惊讶地说，啊，真看见了？说说看。

王虎说，八道门爆炸前，大约有十分钟，突然从南山飞上来一匹骏马，像东洋马，个头很大，在山下碎石路上像闪电一样，马背上有一个人，好像还朝谁开了一枪，抱起章慧，那马就长嘶一声，腾空而起。

杨蓼夫脸色大变，抱起章慧？你看见章慧了？

王虎紧张地说，啊，我说错了，我没有看见章慧，但是我看见那马背上的人，又从汽车里抱走一个人。

杨蓼夫说，我的老天爷，我的梦，我的梦就是这样啊，难道这不是梦？

孙大竹说，王虎，你胡说什么，当时，我们就在南边，怎么会从南山上去一匹马？

王虎困惑地说，我们当时在南山吗？我怎么感觉像在西边？

孙大竹指着沙盘说，你看，我们当时的位置在这里，八道门南坡，我们点燃导火索，退下来在这里，八道门以南三百米处。难道是你的魂驾了一匹马上去了？

王虎惶惑地说，那可能是我记错了，也许是从东边上去的。

孙大竹说，东边更不可能了，东边是悬崖。

杨蓼夫怔怔地看着王虎说，孙大竹，你不要打断他。王虎，你接着说，那是一匹什么样的马？

王虎说，好像是黑色的，不，有点像枣红色的，就像师长你经常骑的那匹马。

孙大竹说，更是胡说。你看，我们当时的位置在这里，是八道门南侧死角，根本看不到山下。

王虎说，我不在死角上，我在掩护你们，从我这个位置，可以看到山顶。

孙大竹说，就算你能看到山顶，相隔五十米的距离，那天的月亮又不是很亮，你能看见是枣红马还是黑马？

王虎说，我仿佛记得是黑马，不也许是枣红马，我，我也说不清楚。

王虎急出了一头冷汗。

杨蓼夫想了想说，王虎你不要急，慢慢想吧。早晚有一天，我们会找到的。

杨蓼夫离开之后，孙大竹说，王虎，师长走了，你现在给我讲实话，那天晚上你到底有没有看见一匹马？

王虎说，我刚才说看见了，确实看见了，可是你们左说右说，我又糊涂了，好像没有看见。也许是做梦吧。

孙大竹说，胡扯！杨师长朝思暮想，那是因为他想章慧，你做梦干什么？

余河沿说，我刚才细细回忆了一下，好像在关键的时候……营长，那句话怎么说？

孙大竹说，说时迟，那时快。

余河沿说，对，说时迟，那时快，只见一匹白马四蹄翻花，腾云驾雾一般，跑到章慧面前。章慧一个鲤鱼打挺，跃上马背，那马驮着章慧，唰，一下子就飞出了十万八千里。

孙大竹说，嗨，孙悟空啊？看你越说越离谱，本来有希望的事情，叫你这么一说，又没有影子了。

余河沿说，老孙你这是什么话，怎么叫我一说就没有希望了？我不也是盼望章慧同志她还活着吗？

孙大竹直起腰，看着远处说，杨师长啊杨师长，我孙大竹对不起你啊，没有帮你保护好章慧。杨屯军火库那一仗，也是我出的馊主意，害得你连师长也当不成了。

余河沿吃了一惊，啊，师长当不成了，怎么回事？

孙大竹说，是啊，你们刚才没有看见师长那张脸，拉得比驴脸还长。师长被撤职了，说不定又要坐牢。

余河沿和王虎一起惊呼，这么严重？

孙大竹说，你们还是没有觉悟啊，你们没有看见纵队王司令也来了吗？师长这回要栽大跟头了。天哪，我恨不得变成师长。

余河沿说，你变成师长？你想当大官？

孙大竹一本正经地说，当什么大官啊，我变成师长，去替杨师长坐牢啊！

二十六

孙大竹说师长的脸拉得比驴脸还长，有点夸张，但是这段日子，杨蓼夫的脸确实拉得不短。

离开球场后，杨蓼夫回到师部作战室，看见纵队司令员王积安和副政委景晓纯等人已经坐在那里等他了。杨蓼夫搬了一条凳子，坐在门口，摸出报纸和烟丝，旁若无人地卷烟，手有些抖。

王积安连忙站起来说，老杨，来，就等你了。

杨蓼夫纹丝不动，冷冷地说，等我干什么？纵队副政委打前站，司令员亲自压阵，这架势，是不是要打锦州啊？

王积安说，锦州早晚是要打的，那要等你到纵队司令部上任以后。

杨蓼夫说，有话就直说吧，我告诉你王司令，我老杨可以不当第107师的师长，但是，要我去纵队当什么副参谋长，打死也不去。我就留在第107师，给我一个团，我当团长；给我一个连，我当连长；一个兵不给，老子当战士，我杨蓼夫绝不离开第107师。

景晓纯制止道，老杨，你怎么这么说话？王司令星夜兼程赶来，是为了解决问题的。

杨蓼夫说，解决什么问题？我杨蓼夫从什么时候开始变成问题了？我打了半辈子仗，对革命事业忠心耿耿，我身上的枪伤刀伤，已经数不清了。杨屯军火库，上级并没有明确不让打，你们在观望，我打了，怎么啦，多大个事啊！

王积安说，老杨，现在斗争很复杂，也很微妙。调整一下你的工作，是为了缓和我们和国民党的关系，还有和美军顾问、苏联红军的关系。老杨，你坐下来，我们冷静地谈。

杨蓼夫说，我没法冷静。你们考虑要缓和同国民党的关系，你们怕得罪美国佬、怕得罪苏联人、怕得罪国民党，就不怕得罪我？我杨蓼夫就是革命的绊脚石，就是胜利的拦路虎？

王积安说，我来的时候和罗政委通话，罗政委告诉我，关于杨蓼夫同志的处理，就看杨蓼夫同志能不能将功补过了。

杨蓼夫刷地一下站了起来，生硬地说，在杨屯军火库问题上，我只有功，没有过。

杨蓼夫坚决不认错，王积安只好先向罗政委报告，罗政委左右权衡，最后还是妥协了，暂缓处分杨蓼夫。

第九章 谈 判

一

大雪化了，又下小雪。三个人走了十多天，据说还有五十多里地才到锦州。按照分工，黄津弗在前探路，章慧和老千同黄津弗拉开五十步距离，顶着寒风，艰难而又不停地跋涉。

走到一条小河边，老千追上章慧说，我总觉得不对劲，走了半个月，钱都花光了，也没有找到部队。章慧你说，老黄这个反动派会不会把我们诱骗到他的部队？

章慧停下步子说，当然有可能，可是就算到他的部队也比现在好啊，我实在走不动了。

老千说，你看那个反动派，精神多好啊，大步流星的，我猜，要饭要到一点好东西，肯定是他先吃了肚儿圆，剩下的才给我们。

章慧说，别瞎猜。让你去要饭你又不去。

老千说，我得保护你啊！

章慧说，再遇到村庄，我也去要饭。女人家，要饭方便。

老千说，那哪儿行啊，你是杨司令的夫人，哪能让你要饭啊，杨司令要是知道了，那不得枪毙我啊！

章慧说，老千，再也不要提杨司令了，我不是跟你说过吗，我和杨司令就是同志关系，上下级关系。

老千说，啊，是了，我又忘记了。可是，难道你和杨司令真的就……

章慧说，杨司令是有妻室的人。

老千说，啊，那他当初为什么要……哦，也是，我听说有些老革命，官当大了，就嫌贫爱富，当了陈世美。可是话又说回来了，谁不喜欢模样俊俏的女学生呢！

章慧气愤地说，老千，你胡说什么？

老千一惊，回过神来给了自己一耳光说，哎呀，真可惜啊，我替杨司令可惜死了，这么好的识字班，眼睁睁地就错过了。

章慧说，以后你可不要乱说了，再乱说我就生气了。

老千说，好好好，我不乱说。老黄，老黄，你走那么快干什么，你想累死我们啊？

黄津弗转身说，眼看就要天黑了，总得找个地方歇歇吧，前面有个镇子。

老千说，你等等，章慧走不动了。

黄津弗只好站住，放下要饭的包袱。走近了，老千说，这样走下去不行。

黄津弗说，那你说怎么走？

老千说，大路不走走小路，村庄不住住城镇，你到底安的是什么心？

黄津弗说，自从选举之后，哪一次行军路线，我不是请示了章慧？不走大路，是怕大路上撞见身份不明的队伍，村庄不住，是因为村庄里可能有土匪。在满堂灌我听人说，鬼子投降后，东北到处都是队伍，司令多如牛毛，师长旅长遍地开花，所以我们行军要谨慎。

老千说，但是，你不能把我们往你的部队带。

黄津弗说，别说我找不到我的部队，就是找到了，我也得请示章慧。退一步说，就算是到了我的部队，那也是正经八百的国军，现在是停战和谈时期，至少你们的人生安全是有保证的。

老千说，你胡说，什么停战和谈，你们国民党反动派从来都是搞欺骗。

黄津弗说，老千，你这个人真是难伺候，让你带路，你不带；让你要饭，你不去。还老是攻击我！

老千说，我不能离开章慧，我得保护同志。再说，我也看不懂你画的那个鬼地图。

黄津弗说，既然你不肯带路，那还是听我的，走吧，到前面赤桑镇，找家小旅馆，住下再说。

老千说，你还有钱？

黄津弗说，我是国军中校团副，我身上有通行证，我可以去找当地政府借钱。

老千说，啊，说来说去，你还是要找伪政府啊？

黄津弗说，老千，这一路上你没听说吗？现在是停战和谈期间，原先的满洲政权，八路军和国军，谁接收就是谁的。到了赤桑镇，你也可以以八路军的身份去找他们借钱。

老千疑惑地问章慧说，他说的是真的？

章慧点点头说，是真的。

老千说，啊，这个反动派嘴里也有真话？

黄津弗不吭气，抱着膀子看老千。

老千说，那你也不能老是带我们钻山沟走小路，我这两条腿，就像石头一样重。

黄津弗说，老千你怎么回事，你是八路军的情报员，号称神枪手飞毛腿，这才走多长时间，前半个月都是雇马车的，徒步才走六天，你就尿了？

老千说，还不是你害的，我坐了你们反动派五个月的牢啊，我的腿当时就是被你的枪托子打坏的。

黄津弗说，那都是过去的事情。我要是知道有一天我和你结伴同行，我怎么会打你呢？

章慧说，老千，我觉得老黄说的在理。到了赤桑镇，侦察一下那里是什么形势。如果是国民党军队占领了，老黄出面借钱。如果是我们的队伍占领了，我们出面。如果八路军和国民党军队都没有接收，我们一起出面。

老千说，可是，我们这个叫花子样子，人家相信吗？

章慧说，那就看我们会不会做群众工作了。

二

这天晚上，在赤桑镇西头，黄津弗找到一个破庙，交代老千保护好章慧，然后出去要饭，没想到，饭没有要多少，却带回来一个振奋人心的消息，前面十多里路，就是三道林子，八路军第 107 师和国民党军队第 111 师就在三道林子东西两边。

当天夜里，这支三人队伍召开了紧急会议，老千一如既往地骂黄津弗，要黄津弗跟他和章慧一起到西边找杨司令。老千这时候还不知道，章慧和黄津弗早有密谋，章慧说，还是各走各的吧，将来在战场上，我们互相不开枪。

黄津弗用最后的一点钱买了几块烧饼，三个人就着凉水吃了，到天亮也没有睡着。天蒙蒙亮就动身了，分手的时候，黄津弗动情地说，章慧，我真的想和你们一道参加八路军，但是……

章慧说，路遥知马力，日久见人心，殊途同归啊！也许，你回到新编第 111 师，更能发挥你的作用。

黄津弗说，我记住了你说的话，你永远也不知道这个世界到底有多大，同样，你也永远不知道这个世界有多小，所以，你没有见过的东西，你就不能轻易结论说没有。什么事情都有可能发生啊！

老千不悦地说，老黄你说的是什么啊，像天书一样。

章慧说，他说的是信仰。

老千说，信仰？他们的信仰还是我们的信仰？

章慧说，我们共同的。

老千说，老黄啊，这一路上，我老千发现你还真是一条汉子，就像我一样。真舍不得你啊！你要是愿意弃暗投明，跟咱们一起到第107师去，我和章慧可以当你的介绍人。

黄津弗说，你没有听章慧说吗，殊途同归。

老千说，我不明白什么意思。这一路上，你们有很多话我都听不明白。你们读书人啊！

章慧说，老千，人各有志，每个人有每个人的道路。不要勉强。

黄津弗说，章慧，我相信，我们一定还会再见面，我们的心里，有一种默契。

章慧说，我们也期待。

黄津弗说，来日方长，后会有期，就此一别，请多保重！

黄津弗向章慧和老千弯腰鞠了一躬，转身走了。

老千突然喊了一声，老黄，你等等。

黄津弗头也不回，大步流星。

章慧担心老千刁难黄津弗，厉声问，老千，你要干什么？

老千说，他把钱和粮食都留给咱们了。

章慧松了一口气说，随他去吧，他有办法。

黄津弗不知道后面发生了什么，只是迈开大步向前走，走着走着，泪流满面，章慧的声音不断在耳边响起，那是在一个客栈的炉火边上，章慧的脸被映出一片玫瑰的颜色，此刻，黄津弗似乎又看见了那片颜色——

炉火边，章慧充满深情地说，一个没有硝烟，没有流血，没有战争的世界，只有白云、鲜花和牧歌的世界，该是多么美好！我做梦都想拥有一个花园，一个属于自己的……

黄津弗说，可是战争……

章慧说，和平的种子埋藏在我们每个人的心里，不管他是国民党还是共产党，更多的时候，我们挥舞着刀枪，我们忘记了那颗种子，可是，只要有阳光，只要有雨水，它总有一天会开花结果。

黄津弗说，这阳光和雨水是什么？

章慧说，是良知。

黄津弗说，哦，良知。

章慧说，冰雪消融，杨树就要发芽了。

……

黄津弗挥手抹去脸上的泪，转过身，他看见分手的那个路口上，老千和章慧正在向他挥手。

三

从墨镇通往六方城，要到葫芦岛登岸。刘华英带着几个老人和周世登乘坐小火轮，路上也是惊险不断。傅菊珍挺着大肚子，在海浪中恨不得把胆汁都吐出来了。更惊险的是，不断遇到国民党的军舰。在菱形岛附近，一艘军舰发现了小火轮，要上来搜查，关键时刻，刘华英已经指挥大伙准备枪战了，朱茂煊挺身而出，声称是到东北贩萝卜的，听说那里打仗，生意好做，这才把国民党军队糊弄过去。

事后，刘华英感慨地对朱茂煊说，几次遇到反动派的军舰，都幸亏你老人家对答如流。他们要是上船搜身，还真麻烦。

朱茂煊得意地说，怎么样，我说家有一老是个宝，你们看，他们做梦也想不到，我这么大岁数，还是个八路军。

刘华英说，说不定杨司令就是因为这个原因，才批准你们几位老人参加八路军的。

朱茂煊说，闺女，这个你说错了，杨司令把俺们接去，那是有大用处的，杨司令的眼光多远啊！

韩二婶说，嘿，他大爷，你还真把自己当成杨司令的军师了。

两天后，这艘特殊的小火轮抵达葫芦岛，由当地的地下组织护送到六方城。

比较而言，从陆路北上的田齐鲁车队，行程就要顺利得多。路上，宋瑜向田齐鲁打听章慧的情况，田齐鲁告诉宋瑜，在八道门战斗中，郑亦雄下令黄津弗亲自到八道门解救章慧。后来的情况，他也不清楚，十字岭战役之后，黄津弗和章慧一起失踪。

宋瑜说，看你们干的好事！

李其仁说，罪恶滔天！

田齐鲁说，你们一定要谅解，郑师长最后是下了决心要救章慧的。可是，枪林弹雨中，什么情况都有可能发生。

李其仁说，老田，你说这算不算血债？

田齐鲁说，是的，只要战争仍然继续，血债就必然延续，这是你我不能左右的。

李其仁说，你我不能左右大局，但是你我能够左右小局。像章慧事件，你们，尤其是郑亦雄，如果早下决心，也不会是这个结果。

田齐鲁说，是的，但是两军交战，伤亡总是难免。

李其仁说，老田，老杨过去就经常说，我们和你们，不打不成交，越打越相知，过去就有默契。在我们清河支队官兵的心目中，郑亦雄和你都是有良知的人。这次我们同赴东北，我希望看到过去的那种默契，我们尽量地为和平和这个国家做一点有益的事情。

田齐鲁说，你的意思我明白。

路途中，果然不断经过八路军和国民党军队的防地，好在两边都有长官和证件，还算顺利。到了第五天的上午，就进入三道林子的西侧，这里的八路军营长认识李其仁，当即通报到师部。分手的时候，宋瑜下车说，李司令，我带来两车药品和战地救护用品，请你让你的部队，把后面那辆车的卸下，那是送给你们八路军的。

李其仁意外地说，啊，这么贵重的礼物？宋校长，你这可是到国民党军队当新娘子，这，郑亦雄他怎么想？

宋瑜说，我说过，悬壶济世，救死扶伤，是不分政党的。

李其仁大喜，宋校长，那我就代表杨师长，代表第 107 师全体官兵，向你致谢了！

四

这天是个好日子，纵队转来东总的电报，同意杨蓼夫仍然作为第 107 师的师长，担任军调小组的共方代表，参加杨屯问题的军调谈判。从作战室开会回来，杨蓼夫就换上呢制服国民党军军装，对着镜子端详自己。

于建兴说，师长，你穿这一套，不像师长。

杨蓼夫说，啊，那我像什么？

于建兴说，你像国民党大官，蒋委员长也没有你气派。

杨蓼夫说，蒋委员长，蒋委员长三颗豆花，我能跟他比吗？啊，国民党有些整编师的师长都是中将，可是那个军调部，他才给我一颗豆花。不过，咱不眼气蒋委员长，他早晚是咱手下败将，咱们是胜利之师。知道什么叫胜利之师吗？

于建兴说，就是常胜将军，老打胜仗。

杨蓼夫说，说对了一半。常胜将军，就是你领口上比他少两颗豆花，但是你的心里，永远要比他多两颗豆花。去，把我的牙刷拿来。

于建兴找到牙具，从盆里舀上水，又把牙膏挤好，递了过来说，大中午的，你还刷牙啊，咱牙膏快用完了。

杨蓼夫接过牙具问说，你知道什么，我们的清河民工团，又给咱们送了几箱子牙膏。

杨蓼夫拿着牙刷，举到嘴边，又停下来了，舌头舔着嘴唇。

于建兴不解地问，师长，你在干什么？

杨蓼夫说，我在磨我的嘴皮子。

于建兴还是不明白，磨嘴皮子干什么？

杨蓼夫说，打官司啊，跟国民党谈判，我得把我的嘴皮子磨厚一点，我看咱们谁说得过谁。

门外，孙大竹健步如飞，向杨蓼夫驻地跑来，迎头撞上于建兴。于建兴手中的水盆泼了一地。于建兴恼火地说，老孙你干什么，火烧屁股似的。

孙大竹说，不好啦，不好啦，特大喜讯！

杨蓼夫在院子里喝道，孙大竹，你出什么洋相，什么叫不好啦不好啦特大喜讯。喜讯就是喜讯，怎么叫不好啦？

孙大竹气喘吁吁地冲进院子，上气不接下气地说，师长，特大喜讯啊！

杨蓼夫说，到底怎么回事？

孙大竹说，肖副政委请你快到作战室去。

杨蓼夫说，啊，要打仗了？

孙大竹说，比打仗还要重要！

杨蓼夫快速漱口，嘴边还残留着牙膏泡沫，把茶缸一扔，对孙大竹说，走！他一边走还一边想好事，问，什么特大喜讯啊，是不是国民党认输了？杨屯问题他……啊……回头一看，孙大竹早已不知去向。

到了作战室，杨蓼夫放慢步子，侧耳细听，好像没有什么大不了的喜事，反而静悄悄的，推门进去，突然眼睛就直了，他看见了朝思暮想的那个人，章慧？我的天啦，章慧，是你吗？我不是做梦吧？

杨蓼夫揉揉眼睛，伸手在自己的大腿上掐了一把，不是做梦啊，疼！

从杨蓼夫进门那一刻起，章慧的表情急剧地变化着，她咬着嘴唇，终于，大颗大颗的泪珠滚了下来，师长，杨师长，老杨，不是做梦，是我啊，我是章慧啊，我归队了！

杨蓼夫展开双臂，猛地把章慧拥在怀里，章慧，章慧，这么多天了，你到底在哪里，我的心都快碎了，我差点儿又犯错误了你知道不知道？不，我已经犯错误了你知道不知道？你再不回来，也许我还会犯更大的错误。

章慧扑在杨蓼夫的怀里号啕大哭。杨蓼夫拍打章慧的肩膀，哭吧，哭吧，活着就好，回来就好，哭吧，尽情地哭吧，我知道，这些天，你吃了太多的苦，受了太多的委屈……

章慧哭着哭着，突然停住了，慢慢地离开杨蓼夫的怀抱，整理了破旧的衣服，站好，向杨蓼夫敬了个礼。

杨蓼夫傻眼了，章慧，你这是干什么？

章慧郑重其事地报告，杨师长，第107师民运科科长章慧归队，接受组织审查。

杨蓼夫的眼睛瞪得溜圆，审查？什么审查？杨蓼夫看着肖菏泽，肖菏泽的表情很不自然。你们是不是怀疑章慧有变节行为，难道我们的同志被敌人抓去，就必然变节？

肖菏泽说，按照组织程序，凡是被俘的人员，归队后要有一个接受审查的过程。我们相信章慧同志，但是，这是纪律。

杨蓼夫说，什么纪律？要审查，那就干脆连我一起审查！

肖菏泽说，杨蓼夫同志，你是师长，你应该维护纪律。

章慧说，师长，您别争了，我接受审查，我会证明我的清白。

五

一河之隔的铁城岭，此时却是一片欢天喜地。士兵们兴高采烈地卸运物资。冯德山、叶乃伍、韩博涛、田齐鲁等高级军官簇拥着郑亦雄和宋瑜，谈笑风生，走向郑亦雄官邸。

突然一群记者蜂拥而至，对准郑亦雄和宋瑜，镁光灯闪烁不停。郑亦雄的脸色变得十分难看，回首问，怎么回事，消息这么快？

韩博涛说，师座，这都是随军记者，情报比我们的还准确。

一男记者抢在前面说，郑亦雄将军，值此停战和谈期间，您将宋瑜小姐接到东北，举行战地婚礼，这意味着什么？

郑亦雄不悦地说，我的婚礼还在筹备期间，何时举行，尚未确定，目前不宜披露。再说，男婚女嫁，纯属个人行为，无须小题大做。

男记者说，非常时期，非常婚礼，虽属个人行为，但有政治含义。国军保安司令部范汉杰将军将夫人、也就是著名的林则徐的孙女接到行辕，已在社会传为美谈。业界普遍认为，上有范汉杰将军，下有郑亦雄将军，在举国和谈舆论中，有此举动，是否为了表达对和平的诚意？

郑亦雄盯着记者，一言不发，脸色铁青。宋瑜在旁边提醒，亦雄，风度。郑亦雄一怔，略一沉吟道，和平是我的梦想，但不是我的事业。

一女记者饶有兴趣，挤到前面问，郑将军，你这句话非常精辟，能不能再具体阐述一下？

郑亦雄稳定了情绪说，作为一个中国人，我希望我的国家能够早日摆脱战争的梦魇，恢复建设，重整家园，让我们的人民安家立业。然而战争是政治的产物，也是双方军人的舞台，是不以个人意志为转移的。我是党国军人，我的使命是服从命令，为国家的统一而战。

女记者不依不饶地说，我们是不是可以这样理解，即便是将军有和平的梦想，但是为了党国的利益，将军还是要随时奔赴疆场？

郑亦雄说，你的理解没有错误。

又一男记者挤上来说，听说将军未来的夫人宋瑜小姐，在奔赴东北的途中，带来一批药品和器械，将其中一半分送给八路军杨蓼夫的部队。这个举动该怎么理解？

郑亦雄的表情又僵硬起来，探询似的看着宋瑜。宋瑜说，这个问题与郑将军无关，是在他完全不知情的情况下由我做出的决定，我的回答是，悬壶济世，解脱苦难，实行人道，不分立场。

男记者说，宋瑜小姐，我们能否将你的回答见诸报端？

宋瑜说，当然可以，我希望你们把我的回答广为宣传。

这是一幢二层洋楼，名曰燕铭公馆。进门之后，宋瑜四下打量，不安地说，战争时期，住这样的房子，是不是太奢侈了？

郑亦雄说，这是从日伪手中接收的财产，杜长官特意批准给我们的新房。

宋瑜说，我不想住在这里，这里有一股腐朽的味道。

郑亦雄说，你放心，除了佣人和警卫，杜长官还特意给我们调来两名日本侍女。那些日本女人啊，真是太会照顾人了。

宋瑜说，啊，那就更不能住了，我不需要日本侍女。

郑亦雄说，我们都有很多不习惯。不过，慢慢就会好的。

宋瑜说，你实话对我讲，你这次催我来完婚，有没有政治企图？

郑亦雄说，政治企图？什么政治企图？我已经三十三岁了，难道，我们还不该有一个家吗？

宋瑜说，我是说，你和你的长官，是不是利用我们的婚礼，放一次和平的烟幕弹？

郑亦雄说，小瑜，不瞒你说，我的上峰可能有这种企图，但是，我的初衷绝对不是。我需要你，在我迷茫的时候，在我举步维艰的时候，我希望你在我的身边。看着我的眼睛，这里面没有欺骗。

宋瑜说，那好，那个黄津弗回来了，听说章慧还活着，又回到了杨蓼夫的部队。举行婚礼的时候，我希望是章慧给我做伴娘。

郑亦雄看着宋瑜说，这是再好不过的安排，不过，目前，它是个天大的难题。小瑜，这件事情，我们从长计议。

六

章慧归队，杨蓼夫悲喜交集。他没想到的是，章慧还要接受审查。早晨出操，杨蓼夫站在操场外面，没有看见章慧，心里很不是滋味。喝稀饭的时候，杨蓼夫问肖菏泽，到底是个什么情况，有结论没有？

肖菏泽说，基于我们对章慧同志的理解，和初步掌握的情况，章慧和老千同志在脱离队伍期间，没有变节行为，没有消极情绪。所以，尽管是审查，但没有隔离。老千同志在警卫营暂时帮助训练。章慧同志暂时安排在前卫剧社，没有明确职务，帮助开展文化宣传工作，有待于进一步核实情况之后，再分配工作。

杨蓼夫点点头问，章慧情绪怎么样？

肖菏泽说，章慧是经过考验的人，很成熟了，情绪稳定，现在帮助林沂她们修改活报剧，准备到周围区县做发动工作。

杨蓼夫放下饭碗说，很好！走，看看去。

只经过短暂的心灵风暴，章慧就平静下来了，愉快地接受政治部的安排，住进了前卫剧社。这天早晨她没有出操，正和林沂等人研究修改剧本。

林沂对章慧说，任副政委临走前说过，要跟上当前的形势。可是我们把握不住，当前的形势，究竟是什么形势。前面我们写了两家抗战，在墨镇演出的时候，反响很大，国民党的官兵说，啊，都说八路军游而不击，共产党青面獠牙，现在我们看到活人，跟咱们一样。咱们的官兵也说，过去老是宣传国民党是反动派，都是投降派，噢，原来他们也抗战，他们的队伍和咱们是兄弟。现在在东北，目前是停战和谈，可我们演出的指导思想是针对战争，所以我们迟迟找不到戏剧的灵魂。

章慧说，在抗日战争中，国民党的军队，尤其是中下级军官和士兵，是爱国的，是积极抗战的，这一点是不能抹杀的。我们既不能美化，也不能丑化。艺术的力量，还是在于真实，要仍然口服心服，一味地美化一方，或者丑化一方，引起观众反感，那就弄巧成拙了。所以，我认为，要让这个作品有更长久的生命力，它的灵魂就是真实。

林沂说，真实？我们是不是要写一些真实的故事？

章慧说，我说的是艺术的真实。我们的《抗战裤》取材于真实的故事，又将其扩展升华，虽然虚构了一些人物情节，但是并没有违背生活的真实……

林沂说，章慧，你真是个老革命，你看得太高了。

章慧说，眼下正在停战谈判，我们可以配合这个形势。国民党说我们没有权力收复失地，我们为什么没有？

林沂说，因为我们不是政府的军队啊！

章慧说，我们为什么不是政府的军队？林沂，你知道我们八路军的来历吗？

林沂说，不知道，我只知道我们过去叫中国工农红军。

章慧说，了解我军的历史，是很重要的。1937 年抗日战争全面发动后，红军将领发出通电，请缨杀敌。国民党政府正式宣布红军主力部队改编为国民革命军第八路军，以后又改为国民革命军第十八集团军，但是人们仍然习惯地称它为八路军。哦，抗日的时候我们是政府的军队，抗日胜利了，分享胜利果实了，我们就不是政府的军队了，这不是强盗逻辑吗？如果要配合形势，就可以加上谈判的内容，弟兄两个，把道理摆在桌面上，是非昭然若揭。

林沂说，章科长，听你这么一说，我明白了好多道理，还不仅是戏里的，也包括戏外的。

章慧说，他们过去称我们为赤匪，现在又称我们为奸匪，可是，整个抗战时期，国共是合作的，我们不禁要问，堂堂的国民政府，难道竟然同匪合作了八年？真是滑天下之大稽。

杨蓼夫和肖菏泽一直站在门外，听到这里，杨蓼夫不禁击掌叫好，政府军队，强盗逻辑，滑天下之大稽……啊，到底是读书人啊，咱们想到的，她想到了，咱们说不清楚的，她说清楚了。

肖菏泽说，章慧同志过去做过地下工作，又有墨镇和龙海关两次政治和军事斗争经验，看问题确实深刻。我个人认为，在审查结束后，可以派她独当一面，做地方政权工作。

杨蓼夫说，这是你们政工首长和政治部考虑的问题。我考虑的，要是能和我一起参加谈判就好了。

肖菏泽说，如果杨师长觉得章慧同志参加谈判有利于解决问题，我可以以政治部的名义向纵队报告，提前结束对章慧同志的审查。

杨蓼夫沉默了片刻说，不，不要破坏规矩，按组织程序来。

七

李其仁和干部团的到来，给六方城带来空前的欢愉，部队杀猪宰羊，欢迎来自故土的亲人。杨蓼夫说，我是皖西人，我们家乡，但凡有了喜事，就要吃大席。今天晚上，把部队和干部团集合起来，吃大席！

晚上果然就组织了个大席。师部的一间大房子里，参差不齐地挤满了第107师和新清河支队干部、干部团干部、民工团骨干，包括朱茂煊等三位老人，刘华英、刘金山、易红英和周世登，共有几十人。

开席前，杨蓼夫站在人群中间发表讲话，同志们，乡亲们，你们送来的，不仅是吃的穿的，你们给我们第107师送来的是高级补品啊，大补。

韩二婶低声问刘华英说，听说章慧找到了，咋没见着啊？

刘华英说，我也不知道，兴许执行任务去了。

人群中间，杨蓼夫挥舞着手臂说，干部团的同志，你们辛苦了，可是你们还要接着辛苦，形势不等人啊。我不管你们采取什么方式，四天后我们组织一个八路军物资贸易集市，你们要把附近方圆三十里的群众给我动员来，看看八路军的集市。老李，纵队已经明确你为六方城地区行署专员，这项工作由你全面负责，有问题没有？

李其仁说，你已经下命令了，我说有问题行吗？

杨蓼夫说，老龙，家乡带来的东西，今天晚上让部队解馋，明天一律恢复以往的标准。东西全给我留着，我要派上大用场。

龙捷三说，只发了一顿，其余的都在供给部控制着。

杨蓼夫说，明天就给朱大爷、韩二婶、韩二叔发军装，由特务营对他们进行简单的训练。

李其仁说，还真让他们参军啊，我还以为你是闹着玩的呢！

杨蓼夫说，岂有此理，军中无戏言啊。

龙捷三说，就算真的参军，还用得着训练吗？训练什么啊？

杨蓼夫说，训练走路，说话，立正。

龙捷三看着三位老人发笑，还用给他们训练三大技术吗，射击、刺杀、投弹？

杨蓼夫说，三大技术不用了，但是，要学会敬礼！

龙捷三真的吃惊了，啊，还要他们学敬礼？

傅菊珍挺着明显凸起的肚子站了起来说，还有俺，凭啥不给俺发军装？

杨蓼夫揉揉眼睛，看清是傅菊珍，你这个识字班怎么来了？没有批准你参加八路军啊！

傅菊珍说，那不公平，论年龄，俺总比他们年轻吧？论识字，俺没有朱大爷识字多，可是俺总比韩二婶韩二叔识字多吧？

杨蓼夫假装恍然大悟，哦，你这么说还真是。可是你隐瞒了身怀六甲的事实，给队伍带来多少麻烦啊！

傅菊珍怔怔地看着杨蓼夫说，麻烦？俺给队伍带来啥麻烦了，俺一路上，俺也是自己走来的啊……俺，俺是真心想当八路军，可是杨司令你说俺给队伍带来麻烦……傅菊珍突然哭了起来。

杨蓼夫顿时手足无措，哎呀，傅菊珍同志，我也是看你身子重了，你别哭了，咱们再商量……

傅菊珍哭得更狠了，商量啥啊，俺怀着金功言的孩子参加八路军，一人报名，二人参军……

杨蓼夫说，一人报名，二人参军？哎呀，这个识字班不得了，章慧的学生，像章慧一样有见识啊。好，就凭你这一句话，好，我批准了，傅菊珍参加八路军，分配在第 107 师司令部大灶，帮助朱大爷和韩二婶看火。不过，军装暂时只能发一套，小孩的军装，生下来再说。

八

喜上加喜的是，六方城吃大席的当口，特务营正在饿着肚子潜伏，根据内线提供的情报，他们在黄龙的一个客栈里抓住了在逃的马边锋和王可范。一路拳打脚踢推推搡搡，此刻正在返回六方城的路上。

马边锋边走边求饶，八路兄弟，能不能慢点走，咱年龄大了，腿脚不便啊！

孙大竹故意唉声叹气地说，真倒霉啊，早不来，晚不来，你们怎么偏偏今晚来。要不是杨师长下了死命令，哪个龟孙想在今晚抓你们！

王可范说，这回可以邀功讨赏了，你还叫什么屈？

孙大竹说，知道不，咱们清河民工团带来了很多好吃的，被你们这两个家伙一耽搁，说不定好东西都被他们抢光了。

王可范一愣，民工团？你是说从清河来的？

孙大竹说，这是军事秘密，你无权打听，快走吧！

孙大竹说着，朝王可范的屁股上踢了一脚。

王可范嚷嚷，八路军不打俘虏！再说，我们也不是什么俘虏，我们是抗日英雄！

马边锋，就是，我们是曲线救国！

孙大竹说，嘿嘿，四条腿的驴见过，三条腿的蛤蟆没有见过，你们也算英雄，还曲线救国？国家要是能搬得动，你们早就把它运到日本去了。

王可范说，我们当然是抗日英雄，不信，等一会，你把我们交给杨司令，没准杨司令亲自给咱们松绑。

孙大竹说，做梦吧！

孙大竹又朝王可范的屁股上踹了一脚，快走吧，俺们还等着回去吃香喝辣的呢！

六方城的大席眼看就要进入尾声了，孙大竹喊了一声报告，把马边锋和王可范推进会场。龙捷三上前观察，啊，是你们这两个家伙啊，老熟人了。

杨蓼夫说，今天真是双喜临门，家乡亲人来了，带来那么多好吃的，我正愁没法报答呢，没想到又抓住两个牲口。好，孙大竹，去，把他们两个给我杀了，记住，用杀猪刀杀，把血放干净。

孙大竹说，啊，当猪杀？

杨蓼夫说，是啊，你不是抱怨特务营分的东西少了吗？这三百斤活肉归你们了，今晚特务营有肉吃了。

孙大竹痛苦地弯下腰，做呕吐状。孙大竹没有呕吐，傅菊珍却当真呕吐了。

杨蓼夫说，看看，马边锋，王可范，你们这两个败类，顶风臭十里。你们一进门，把咱们的识字班都熏吐了。傅菊珍，你出去透透风。

马边锋两腿发抖，低头偷看傅菊珍说，咱们，真的这么臭？

王可范挺挺腰杆说，老马，抖什么抖，抬起头来，让杨司令看看，我们到底是什么人？

杨蓼夫说，嘿，王可范，你还有点骨气啊！我真得好好看看你了。你王可范，前脚是汉奸，后脚是土匪，我没看错啊！

龙捷三一竿子插进来说，是不是可以散会了，我们单独审问这两个家伙。

杨蓼夫说，不，择日不如撞日，今天是个好日子，有我们清河的部队，还有清河的乡亲，又有清河的败类。正好啊，三堂会审！

王可范猛地昂起脑袋，杨司令，士可杀不可辱，你可以杀我们，可是在你开杀之前，你得搞清楚，我们到底是什么人！

杨蓼夫说，你说你是什么人？

王可范说，第一，我们不是汉奸；第二，我们确实当过土匪，但是我们当土匪，也是杀富济贫，和你们八路军干的是一样的活计。

孙大竹跳起来，瞄准王可范的屁股，一脚踢在空中，被杨蓼夫制止了。杨蓼夫说，让他把话说完。王可范，给你三分钟时间，你要是说出几句人话，我还真要考虑刀下留人呢。

王可范说，杀不杀是你的事，说不说人话是我的事。

杨蓼夫说，那就说吧。

王可范看看杨蓼夫，又看看四周，慢慢地站起来，走到人群中间，咳嗽一声，稳住神，开始陈述，是的，我们是曾经有过投奔汉奸的行为，但那是被逼的。杨司令，请你睁开眼睛看一看，那些当汉奸的，有几个是心甘情愿的？军阀，政府，国民政府，国民党，把这个国家搞成这个样子，百姓流离失所，你让老百姓还能怎么样，任人宰割？抗日，那应该是政府的事情，可是我们中国，得由老百姓扛大头，连饭都吃不上，还要打仗，打了胜仗功劳是当官的，打了败仗，鬼子屠杀，政府枪毙。这样的政府，还要它干什么？

杨蓼夫说，这就是你当汉奸的理由？

王可范说，我没有当汉奸。当初，我们也是想借汉奸这块跳板，离开琅琊独立旅，闯关东，我们只想当土匪。而且，我们当土匪的时候，并没有杀人越货，我们只是杀富济贫，我们照样打鬼子，我们几百号人杀的鬼子，比起国军有些同样数量的正规部队，要多得多！我们就算有错，也不是死罪。看看吧，国军收编的那些部队，汉奸多如牛毛，真正罪大恶极的土匪比比皆是。如果我们该杀，国军部队里有一大半人都该杀！

杨蓼夫说，哦，我真的被你说糊涂了。我现在想问你一件事情。当初，你们为什么要发动叛乱，要投奔汉奸？

王可范说，非常简单，是因为在国军部队里，我们得不到起码的人格尊重。说句良心话，那时候，如果你杨司令能够接纳我们，我们宁肯参加八路军。

杨蓼夫做惊讶状，啊，你还看得起我们土八路？

王可范说，八路军虽然土，但是把人当人。在我王可范的心目中，你杨司令墨水不多，但你是个儒将，你有大将风度。郑亦雄虽然是黄埔军校的高才生，但他是个真正的草莽英雄。

杨蓼夫怔怔地看着王可范说，王可范，你真是这么看的？

王可范说，杨司令，我们是阶下囚，但是我不会求饶，更不会为了活命阿谀奉承。我王可范心里有一杆秤，抗战胜利之后，我给国民党把了脉，贪污腐败，以强凌弱，专制独裁，国民党的脸上已经出现了死相，气数已尽，而你们八路军一天一个气象，用不了多久，这个国家就是你们的。你们现在的番号是东北民主联军。我研究了一下，谁给老百姓真正的民主，这个国家就听谁的。

王可范说完了，闭上了眼睛。

杨蓼夫说，王可范，说下去。

王可范说，说完了。

杨蓼夫说，为什么闭上眼睛？

王可范说，等死。

杨蓼夫意外地说，哦，王可范啊王可范，听君一席话，胜读十年书啊，长见识啊。听说你当过教书先生？

王可范说，惭愧，辱没斯文。

杨蓼夫踱步。在场的干部群众表情复杂，多数紧张地看着杨蓼夫。杨蓼夫说，本来嘛，我们的决心是，对你和马边锋，一旦抓获，立即枪决，在哪里抓获，在哪里枪决。可是孙大竹犯了一个错误，他把你们又带回来了。我观察我们的同志，我们的乡亲，我看他们好像对你的讲话有点同情哦。这就不好办了，我是杀你呢，还是不杀呢？又来了一个难题。

王可范说，你杨司令不必为难。我们死不足惜。问题是，你把我们杀了，有什么好处没有？

杨蓼夫说，好处，当然有了，惩治汉奸土匪，百姓拍手称快，杀一儆百，以儆效尤。

王可范说，可是，你杀了我们，百姓真的拍手称快？

杨蓼夫说，这还用问，我听说清河的老百姓对你们这样的败类，恨不得食肉寝皮。

王可范说，未必。我倒是想问问在座的乡亲，比起那些真正罪大恶极的汉奸土匪，我们算什么，有没有人向我们讨还血债？

杨蓼夫停住踱步，突然一拍手说，好，王可范，好主意。举头三尺有神明，人民就是我们的神。还是老办法。

王可范平静地看着杨蓼夫。杨蓼夫说，朱大爷！

朱茂煊惶惶地站了起来，啊，我就知道，杨司令，你又要为难老夫，老夫，委实不能做主啊！

杨蓼夫严厉地说，朱大爷，你现在已经是八路军战士了，你要执行命令！

朱茂煊懵懂地看着杨蓼夫说，命令？

杨蓼夫说，是的，我们八路军有三大纪律，八项注意，第一条就是，一切行动听指挥。

朱茂煊说，那要不听指挥，什么下场？

杨蓼夫说，哈哈，不听指挥？不听指挥，你的八路军还没有当上，就被开除了。

朱茂煊说，啊，刑法这么重，那杨司令你下命令吧，老夫该怎么做？

杨蓼夫说，朱大爷，你说，这两个败类杀不杀？

朱茂煊愁眉苦脸，东瞅西瞅，这个案子，真要老夫来断？老夫说了，算数不算数？

龙捷三笑道，朱大爷，过去的事情，哪一次不是你说了算？一言九鼎啊！

朱茂煊挺挺腰板，好，那老夫就说了。王先生，你可别怪老夫啊，老夫参加了八路军，无奈只能执行命令。

众人紧张起来，杨蓼夫惊愕地看着朱茂煊。

朱茂煊说，要说，落草为寇，还有汉奸嫌疑，那还留着干什么？

马边锋大叫，朱大爷，高抬贵手，救人一命，胜造七级浮屠啊！

王可范说，老马，不要求饶。

朱茂煊说，可是，刚才听王先生一席话，百般狡辩，七分歪理，倒也还有三分值得商榷之处。依老夫愚见，此人颇有文墨，骨气尚可，老夫斗胆进言，可否暂发一张免死牌，令其与老夫等人一道给队伍烧火做饭，或可将功补过。

杨蓼夫说，朱大爷，你真的这么决定了？

朱茂煊说，这只是老夫愚见，还请杨司令定夺。

杨蓼夫说，好，既然你老人家说了，那就这样，王可范暂时免死，留在伙房，以观后效。可是，朱大爷，你刚才只说可以饶王可范一命，并没有说马边锋啊！

朱茂煊认真起来了，啊，老夫老眼昏花，把这个人忘了。好，马先生，你抬起头来，让老夫仔细看看。

马边锋抬头哀求道，朱大爷，你老人家就是活神仙，饶命啊，我马边锋来生做马做牛，也要报答你啊！

朱茂煊擦擦眼睛，看清楚了，站了起来，出乎意料地坚决：这个人啊，贼眉鼠眼，卑躬屈膝，留着无益。老夫愚见，杀了算了。

整个会场都感到意外，一起惊呼。马边锋惨叫一声，咕咚一下倒在地上。只有王可范昂首挺立，既然如此，我王可范就不领情了，我和老马，要活一起活，要死一起死。来吧，王可范引颈受戮！

九

这个一波三折的夜晚，最不平静的还是章慧。前卫剧社的宿营地是六方城一家工厂的旧址，墙壁四处漏风。昏黄的马灯在风中摇曳，一张木桌上，铺着几张白纸。当天的大席章慧没有参加，林沂和杜彦凝、任小町回来后，眉飞色舞地向章慧描述了大席的盛况，还带回了清河的花生大枣，章慧只能报以微笑，微笑掩藏着忧郁。

今天是个欢乐的日子，清河的父老乡亲，千里跋涉，风尘仆仆，来参加八路军，来慰问子弟兵。可是在这慰问的人群里，没有她。尽管没有人说她应该回避，可是，章慧自己掂量，她以一个接受审查者的身份，怎么能出现在那样的场合呢？她看得出来，组织上并没有怀疑她变节，可是，就凭这审查的程序，就够让人屈辱的了。在这个时候，她真的希望他能出现在她的身边，她希望他说一句：不要紧，要理解组织，一切都会真相大白的……如果有这一句话，哪怕再审查半年，她也无怨无悔。可是，他在哪里呢？他的师长身份决定了他必须沉默，爱情，在残酷的战争面前，爱情的力量是多么的苍白！

章慧奋笔疾书，写了一篇《在脱离组织的日子里》。

炕上，任小町翻了个身，冒出一句梦话，我不吃大葱！

章慧站起来，给三个女孩掖掖被角，回到桌前坐下，想了想，重新站起来，开门，走到院里。仰望星空，繁星满天。章慧的心里充满了惆怅。我的童年提前结束了，她们的童年也提前结束了。一个孩子，他的童年，究竟应该是个什么样子？我不能想象。但是，孩子的童年，绝不应该在战争中度过。老杨他说过，要是有可能，我们什么也不做，就在夜里搬个小凳，坐在院子，看萤火虫飞舞，数天上的星星。那应该是火热的夏天，田野里弥漫着庄稼的芬芳……可是，我们还会有这样的夏天的夜晚吗？

一阵脚步，惊醒了章慧的遐想。黑暗中，王虎向这边走来，边走边问，章慧同志，还没有休息啊？

章慧说，王连长，我只是想看看天上的星星。

王虎抬头说，今天夜里，星星可真多啊！

章慧说，参加革命几年了，我这是第一次看星星。

王虎欲言又止。章慧明白了自己的处境，黯然道，放心吧，我不会有事的，我进去了。

王虎说，好，深更半夜的，夜风太凉。

章慧进屋，坐在小桌前，摘下笔帽，继续修改《在脱离组织的日子里》。

第二天早晨，肖菏泽向章慧宣布一个情况，根据东总决定，在停战期间，部队抽调大批北上干部，组织政权进行土改。李其仁担任六方城行署专员，刘华英等人分别到下面担任民主政府县长或区长。部队分散到各地动员扩军，暂时安排章慧随李其仁到农村去参加土改工作。

章慧听了，半天没做声。

肖菏泽说，章慧同志，请你不要误会，中断对你的审查，既不是老杨提出来的，也不是照顾。我们相信你，根据目前掌握的情况，你在被国民党羁押期间，以及你在后来的归队途中，表现都是值得敬佩的。让你出来工作，是因为工作需要。

章慧说，我服从分配，也接受进一步的调查。

肖菏泽说，通过墨镇和龙海关两次磨炼，你既有地下工作的经验，也有一个革命者应该具备的品质。我们在东北，目前还处在无根据地、无后方的状况，迫切需要一大批你这样的干部，用罗政委的话说，脱掉皮鞋，摘掉手表，走进乡村，关注城市。

章慧说，请组织上放心，我会尽力完成任务。

肖菏泽说，那就好。要不要向杨师长告个别？

章慧迟疑了一下，又坚决地说，不用了，他对我已经有交代了。

肖菏泽意外地说，有交代了，我怎么不知道？

章慧说，我记住了他的那句话，敢作敢为，能屈能伸，丢掉包袱，向着光明！

十

这段时间没有仗打，韩博涛的主要精力都放在内部整肃上，他掌握的情况非常严重，新编第111师不仅有大量的亲共分子，还有共产党的地下组织。目前，在上层，通共亲共的现象也越来越普遍了。

私下里，韩博涛向叶乃伍流露，郑师长在这个时候把宋瑜接来，美其名曰完婚，我看大有文章。

叶乃伍说，老韩，话不能这么说，郑师长要求举行战地婚礼，是经过长官部批准的。长官部还有一层深意，就是借郑师长举行婚礼，向美国人显示我们和谈的诚意，同时也麻痹当面之敌杨蓼夫部。

韩博涛说，长官部的意图我知道，问题是郑师长的真实想法，可能同长官部的意图大相径庭。且不说在十字岭战役中救下章慧，黄津弗归队后丝毫未作任何甄别，就恢复职务。

叶乃伍说，救章慧，那是因为我部过去在山东清河同杨蓼夫部的关系盘根错节，恩恩怨怨说不清楚。黄津弗过去就是师座身边的人，为人敦厚仗义，作战勇猛，师座比较了解。至于……

韩博涛说，叶参谋长，我知道，你和郑师长的关系一直相濡以沫，但是，时值江山板荡，社稷飘摇，党国利益受到严重挑战的时刻，中条街7号毛长官要我转告你，要睁大眼睛，为党国看好大门。

叶乃伍一头冷汗，中条街7号？你为什么要告诉我这些？

韩博涛说，你是个老实人，我们不想看到你糊里糊涂跟着他们一起走上歧途。

叶乃伍茫然地看着韩博涛，这时候他才知道，韩博涛同军统有着密切联系，甚至可能就是军统的人。

韩博涛说，我们已经掌握初步证据，三团团长曾兴隆是共产党安在我们内部的地下工作者，田齐鲁有严重的亲共现象。

叶乃伍诚惶诚恐地说，老田同八路军过从甚密，这我知道，可是曾兴隆，他是汉奸反正过来的，怎么可能是共产党。如果他是共产党，那不早就把队伍拉走了？

韩博涛说，在十字岭战役中，就差一点点。由于郑师长优柔寡断，妇人之心，曾兴隆得以蒙混过关。

叶乃伍说，既然韩长官已经掌握证据了，何不索性将曾兴隆抓起来，撕开他的面皮？

韩博涛说，他们的策略是放长线钓大鱼，我们的策略是放大鱼钓长线。奉中条街7号毛长官之命，监视田齐鲁，控制曾兴隆。对于郑师长该采取什么措施，你叶参谋长酌情处理。

叶乃伍说，天哪，照你这么一说，我新编第111师岂不是千疮百孔，这仗还怎么打？

韩博涛说，我们这些老国民党员，个人身家性命荣辱得失，是同党国利益联系在一起的。忠心耿耿报效党国，中条街7号毛长官那里有你一笔。随波逐流，为虎作伥，毛长官那里，也有你一笔。

叶乃伍说，韩长官，听你一席话，在下毛骨悚然。这是非之地，叶某真是如履薄冰啊！

十一

韩博涛的动作，郑亦雄虽然有所觉察，但是不以为然，他不知道，韩博涛的矛头，已经悄悄地向他逼近了。倒是宋瑜，觉得有些情况有些蹊跷。

为了宋瑜的安全，郑亦雄把黄津弗的部队安排在燕铭公馆附近，一次，聊起章慧的情况，黄津弗说，章慧是师座亲自下令，要我亲自去救，又是我和一个叫老千的八路军情报员，护送章慧绕道锦州，走了千把里路，送回杨蓼夫部队的。亲手所为，句句是实，请宋小姐相信我。

宋瑜说，可是你还没有告诉我，章慧是谁抓的，是怎么被抓的？

黄津弗说，章慧是怎么被抓的，我不知道，是谁抓的，我也不知道。听说是在龙海关战役中间，应该是政训处那帮特务干的。

宋瑜说，我一直愧疚，我就怀疑是那次同我分手之后。想想真是后怕，倘若章慧是同我分手之后遭遇不测，我这一辈子都要做噩梦。

黄津弗说，其实，那次在秦王岛，我就发现有身份不明的人盯梢。

宋瑜说，为什么不一查到底？

黄津弗说，师座不让追查，也没办法追查，大家都装聋作哑。有些问题，装聋作哑是最好的办法。

宋瑜说，你们郑师长知道这些情况吗？

黄津弗说，是的。宋小姐和章慧是闺中密友，至爱同学。郑师长对这件事情非常重视。

黄津弗离开之后，宋瑜左思右想，觉得很有必要提醒郑亦雄，防止内部的暗箭。但是自从开过记者招待会后，郑亦雄就被军务缠身，很少到燕铭公馆来，这里只有一个排的警卫和附近的黄津弗部队就近保卫。

本来，郑亦雄选择的谈判地点是铁城岭，但是杜长官批示，谈判地点在六方城。田齐鲁拿着电报向郑亦雄禀报，郑亦雄一听就发牢骚，什么，到六方城？那个穷山恶水的地方，连点干净的水都没有。宋瑜还在四平，我一去就是三天，合适吗？

田齐鲁说，时间也改了，就一天，早出晚归。

郑亦雄说，一天？光路上就要走半天，去半天，回半天，我还谈什么谈啊！

田齐鲁说，我也觉得蹊跷。

郑亦雄说，蹊跷什么？我明白了，唇枪舌剑，面红耳赤，各不相让，然后不了了之。我们和八路军谈判，从来就是对牛弹琴，永远不可能在谈判桌上解决问题。还有什么？

田齐鲁说，美军哈里森上校因故不能到场，由我们和老对手直接谈判。长官部特意提出，可以带上宋瑜。

郑亦雄半天没吭气。田齐鲁说，怎么啦师座？

郑亦雄突然说，饭呢？一大早就是这么一堆破事，不吃饭了？

田齐鲁说，我接到电报就向你禀报，不知道你还没有吃饭。

郑亦雄站了起来说，先吃饭，天塌下来，也得把饭吃完。多大个事啊！

田齐鲁说，啊，老杨的话，你也学会了！

十二

谈判那天，郑亦雄和随行人员如约前往。三辆卡车之间有两辆福特汽车和两辆美式吉普车，每辆车的保险杠上，都插着一面象征军事调处的蓝色三环小旗子。

第二辆福特汽车上，田齐鲁坐在副驾驶位置上，郑亦雄坐在后排闭目养神。宋瑜说，亦雄，是不是太疲惫了？

郑亦雄说，不是，我在分析这次谈判的结果。

宋瑜说，你估计会有什么结果？

郑亦雄说，不敢想起，不能忘记。去年大约也就是这个季节，平叛之后，我们去慰问杨蓼夫的清河支队，结果是，兴致勃勃而去，垂头丧气而归。

宋瑜说，哦，我听说过，那次又丢了个南李庄。

郑亦雄说，我不怕和他们打仗，就怕和他们谈判。那个老杨，还真不是土包子，老奸巨猾。凤岗，南李庄，包括墨镇，那不是被他打下去的，是被他算计去的。

宋瑜说，你们这些兵汉们，地盘子今天拿下，明天丢掉，你争我夺，血流成河，到底图个什么？

郑亦雄说，是啊，你不懂。所谓地盘，只是在战争中起作用。一定的时间，一定的空间，一定的位置，决定着很多人的生死。有些地盘，三分钟之内是宝，是必争之地，三分钟之后，一文不值。老田，这次是不是由你来唱主角啊？

田齐鲁说，谁唱主角，恐怕也弄不回杨屯。

郑亦雄说，我就没打算弄回杨屯，但是我们不能不争。态度要强硬一点，不然的话，他今天弄我一个杨屯，明天还想要四平呢。

宋瑜说，亦雄，你们打了多少年的交道了，恩恩怨怨，扯不断，理还乱，毕竟在抗战时期同舟共济，不打不成交啊！

郑亦雄说，是啊，所以说，很尴尬。

前面一辆福特汽车上，坐着叶乃伍、韩博涛和刘德福。叶乃伍说，老韩我跟你说，我最怕的不是跟杨蓼夫打交道，我最怕那个女匪，吵你不能跟她吵，打你不能跟她打，一句话说不好，她能把你骂得狗血淋头，一点办法也没有。

韩博涛说，什么叫一句话说不好，你就是句句都是好话，她也照样骂你。那阵势我见过。

叶乃伍说，去年那一次，听说杨蓼夫都被她搞急了，拿她没办法，派人到她的马棚放了一把火，才把她支走。

刘德福从前面回过头来，献媚一笑说，二位长官这一次不用担心，那个匪婆子，她如今不在第 107 师了。

叶乃伍说，哦，那她到哪里去了？

刘德福说，升官了，到他们那个纵队当政治部副主任。

叶乃伍夸张地松了一口气，哎呀，那我这一块石头就落地了。

韩博涛说，叶参谋长，你可不要掉以轻心。任冰雪其实只是个大炮，真正难对付的还是杨蓼夫，老奸巨猾，笑里藏刀。

叶乃伍说，是啊，把舵的当然是杨蓼夫。可是杨蓼夫再厉害，他也有分寸，场面上还给个面子，打人不打脸啊！

从铁城岭到六方城，三十多里的路程，不到一个小时就到了。在第 107 师前哨关口，车队停下之后，郑亦雄向车外看了看，没有见到杨蓼夫，只见到龙捷三老远向这边匆匆走来。郑亦雄脸皮一紧，端坐不动。

田齐鲁说，师座，龙捷三在此迎接，下车见个面吧。

郑亦雄还是不动，啊，沐猴而冠，土八路如今也会搞这套繁文缛节了。记得当年在清河，他只派了一个副团长，如今派了个副师长，很有面子啊！他给我这个面子，我不要。老田，你下去跟他们说，在下偶染风寒，我就不下去了，让他们也骑上马，跟着走！

田齐鲁愕然道，师座，这，这不妥吧？宋瑜也说，亦雄，你是将军，注意风度！

郑亦雄一怔，无奈地说，好吧，下车！司机打开车门，郑亦雄下车，接下宋瑜。

龙捷三大步上前，敬礼道，郑将军，一路辛苦！

郑亦雄两手放在胸前，看着远处，慢吞吞地说，大家不是第一次见面了，不必客气。

龙捷三说，我部杨蓼夫师长在师部恭候，特派本人在此迎接。

郑亦雄淡淡地说，那就走吧。

十三

第 107 师临时布置了一个谈判会场，还准备了饭菜，现在师里首长除了龙捷三，只剩下杨蓼夫和肖菏泽了。两个人坐在临时会场里，一人面前一个茶碗。杨蓼夫喝着茶，快活地说，啊，大碗喝茶，来得实惠。肖菏泽以为杨蓼夫是挖苦他，解释说，没有办法，找不到茶杯。

杨蓼夫说，嗨，那么多穷讲究干什么？瓦罐都行。

肖菏泽说，部队都撤出去了，干部也撤出去了，这次谈判，就是你一个人唱独角戏，我怎么觉得不踏实。

杨蓼夫说，咱们一贯是虚虚实实真真假假，他郑亦雄摸不着底。没准他心里也在打鼓……要是任大姐在这里就好了。

肖菏泽说，她在也不能让她参加啊，你是执行小组指定的谈判代表，不过我看你这一身马裤呢军装，套在你身上，怎么不像那回事啊！

杨蓼夫站起来，不高兴地问，怎么不像那回事？

肖菏泽说，这就像把马鞍子套在驴背上，不伦不类的。

杨蓼夫说，哈哈，你老肖挖苦我！

杨蓼夫走了几步说，我也觉得不对劲，这鬼皮鞋，它像人穿的吗？就像马掌。我这脚都快打泡了。算了，我还是换布鞋吧。于建兴，于建兴！

肖菏泽连忙阻止道，不能啊，你都练了几天了，哪有穿马裤呢军装配布鞋的？

杨蓼夫说，我偏要这么配，我杨蓼夫就给他来个土洋结合。

于建兴进门后，杨蓼夫说，去把老蔡的布鞋给我换来。

于建兴惊讶地问，啊，又借老蔡的鞋子？那老蔡穿什么，老蔡还在忙着做饭呢。

杨蓼夫脱下皮鞋扔给于建兴说，这个归老蔡了，给他占个大便宜。

于建兴懵懂地说，这……

肖菏泽说，于建兴，别听他的，胡闹！

十四

在前不久的军民大席上，王可范被赦免一死，王可范坚持和马边锋同生同死，反而让杨蓼夫下不了决心，后来决定把二人暂且关押起来，以观后效。这个时候，还没有人能够揣摩出杨蓼夫的真正用心，王可范和马边锋将会被派上大用场。

自从过上了监狱生活，王可范反倒平静下来，不知道从哪里弄来一本小册子，只要有光线，他就不厌其烦地看这本书。书名叫《中国社会各阶级的分析》，作者署名是毛泽东。

这天马边锋实在看不下去了，忍不住说，老三，你天天看这个东西，这是什么玩意儿，天书啊？

王可范说，跟天书差不多。

马边锋说，这玩意儿能救咱们吗？

王可范说，我们就是被它救下的。

马边锋说，你们这些读书人啊，咱们都成这个样子了，你还有心思喝墨水。

王可范说，没有墨水，你我早就成了刀下鬼了。

马边锋看看窗外说，怎么一点动静都没有，杨蓼夫的部队不会是开出去打仗了吧？

工可范说，好好蹲你的牢，你管那么多闲事干什么？

马边锋说，你听到看守说什么没有？

王可范说，我当然听到了。

马边锋说，他们到底在忙乎什么？

王可范说，郑亦雄要来谈判，要收回杨屯。

马边锋惊讶地叫了起来，啊，郑亦雄要来？

王可范淡淡地说，郑亦雄要来，关你什么事？

马边锋怔怔地看着小窗户，突然使劲地攥了一下拳头，龇牙咧嘴，激动地说，老三，老王，我们的机会来了，我们要走运了。

王可范放下小册子问，怎么了？

马边锋说，我明白了，他们现在不是又在搞停战谈判吗？郑亦雄又是来谈判的。

他来谈判，两军交战，不斩来使，杨蓼夫他就是把郑亦雄恨得咬牙切齿，他也不好下手是不是？他不好下手，咱们好下手啊！

王可范说，老马，你想干什么？

马边锋说，这不明摆着的吗？杨蓼夫没有杀你，对你有知遇之恩是不是？你行侠仗义，把我的命也保下来了，我得报答你是不是？可是我拿什么报答你呢？我把郑亦雄杀了，我高兴，你高兴，杨蓼夫他也高兴啊，咱们的账全算清了。

马边锋说到激动处，横起手掌，在脖颈子比画了一下，咔嚓！

王可范怔怔地看着马边锋说，哎呀我的兄弟啊，我的二哥，你可真是活神仙，你这个主意还真是好主意。可是，咱们怎么出去呢？

马边锋还沉浸在兴奋中，这个好办。你写个条子，让哨兵送给杨司令，把咱们的计划告诉他，杨蓼夫八成乐意，有人帮他除害，还有人帮他背黑锅，他是傻子他才不乐意呢！

王可范抬头看看马边锋，又低头看手里的小册子。王可范说，主意是个好主意，真用起来就是屁。

马边锋说，啊，你怎么这么说？

王可范说，第一，杨蓼夫跟你我不一样，他不是傻子，他不会像你想得那么简单；第二，就算杨蓼夫这会儿突然得了神经病，把你放出去杀了郑亦雄，可是，杀了之后怎么办？军事调处执行小组是一定要追查凶手的，郑亦雄是在第107师被杀的，要么就是第107师认这个账，要么就是把你交出去。你想，杨蓼夫会为你背黑锅吗？

马边锋怔怔地说，这个，我还真的没想到。

王可范说，就算杨蓼夫真的患了神经病，让你杀郑亦雄，杀了之后，他也一定会杀人灭口。况且杨蓼夫并没有得神经病。我们做事情，不能把成功的希望寄托在别人患神经病上。

马边锋一屁股坐在草堆上，泄气地说，那，这个机会，就眼睁睁地看着，郑亦雄他又来吃香喝辣的？

十五

晌午时分，贺荣海从前哨关口回到师部，向杨蓼夫报告说，郑亦雄到了。杨蓼夫说，到了？把他带过来。贺荣海愕然，带过来？他是囚犯啊！

肖菏泽站了起来，老杨，我们迎一迎。

杨蓼夫说，我对龙副师长说过了，我在此恭候，请他们过来。

肖菏泽说，杨师长，这样好吗，还是应该迎一下。

杨蓼夫说，我偏不迎，我就在这里等！

贺荣海没有办法，只好去请郑亦雄。郑亦雄发现到了第 107 师指挥部，还没有见到杨蓼夫，心里更不痛快了，又不好发作，王顾左右而言他，哦，你们第 107 师选的指挥所不错嘛，这好像是个大户人家，是不是接收日伪的浮财啊？

龙捷三在一边说，根本不用接收，这家人跑了。

郑亦雄东张西望，他知道杨蓼夫是故意冷落他，暗暗也下了决心，你不出来迎接我，老子就不进去！郑亦雄说，哈哈，真是踏破铁鞋无觅处，得来全不费工夫。啊，我们看看。

郑亦雄说着，拉起宋瑜，转身就往西边走去，走，小瑜，难得出来一趟，我们先领略一下东北的田园风光。宋瑜说，亦雄，杨司令在等我们……

郑亦雄笑笑说，杨司令，杨司令如今是杨师长了，杨师长在哪里啊？

郑亦雄说着，往院墙一侧走去。

贺荣海赶紧跟上去说，郑将军，杨师长已经在会场了，亲自检查安全防范措施。

郑亦雄说，哦，亲自检查？那好，请他好好检查，看看有没有耗子蟑螂，有没有跳蚤。

龙捷三说，郑将军，外面风寒，还是请郑师长进去歇息吧。

郑亦雄说，你们都不怕风寒，我们也不怕风寒。

龙捷三看看贺荣海说，参谋长，向杨师长报告，郑将军要看看田园风光。

贺荣海万般无奈，心里暗暗地骂，既骂郑亦雄是反动派，也骂杨蓼夫是土财主。二人暗中僵持不下，可是难坏了这个参谋长，只好又进门去向杨蓼夫报告，郑亦雄死活不进这个门。到了这个分上，杨蓼夫也觉得不合适了，啊，他不进来？哈哈，这个反动派，还给老子摆谱。那怎么办？

肖菏泽说，杨师长，这件事情，我要批评你了，是你失礼在先。人家来了，你总得迎出大门，这是正式谈判啊！

杨蓼夫说，我派了一个副师长，跑到三十里铺，天寒地冻站了几个小时，还不够礼遇吗，还要我接出门口？我偏不接他，我就在这里恭候。

肖菏泽说，看看，谈判还没有开始，就较上劲了，这谈判还有个好结果吗？

杨蓼夫说，这个谈判，是他们鼓捣出来的，我根本就不想谈判，我是被动接受，所以啊，我不能太热情了，太热情了，他们还以为我们心虚呢。

贺荣海说，可是，人已经来了，他死活不进院子，这也不是个事啊！

杨蓼夫说，让他们冻三个小时，看他进来不进来！

肖菏泽严肃地说，老杨，你是个胸怀大度的人，你不应该在这个小问题上计较。

杨蓼夫说，小问题？小中看大。谈判还没有开始，我不能从一开始就让步。

肖菏泽说，你不一贯是以退为进，后发制人吗？

杨蓼夫说，那是打仗，谈判的时候，我是反攻为守，先发制人。我非等他进来，他要是不进来，那就干脆请他们滚蛋！

十六

这边杨蓼夫坚持不出门，那边郑亦雄坚持不进门，着急的不光是贺荣海，龙捷三和宋瑜也暗暗着急。郑亦雄挽着宋瑜在前，龙捷三和叶乃伍分别陪伴在后边两侧。其余人员稀稀拉拉地跟着，东张西望。

郑亦雄说，老龙，我这样东走西走，你们不介意吧？

龙捷三说，郑将军随便走，我部对郑将军没有秘密。

郑亦雄说，啊，你是说，我在贵部安插的有情报人员？

龙捷三连忙辩解说，我不是这个意思。我是说，我们这两支部队，本来就是兄弟。

郑亦雄说，兄弟？兄弟之间也打架啊，为分家产闹得不可开交。啊，老龙你说是不是，我们中国人很奇怪，一个家庭，骨肉至亲，那是牢不可破。可是，反目成仇也是经常的事情。听说鲁迅先生临死的时候说过一句话，大概是说亲人和仇人就差一个字。

龙捷三说，鲁迅先生这么说过吗？我没听说过。宋校长，你是文化人，你听说了吗？

宋瑜说，我也没有听说。亦雄，咱们进去吧，天都中午了，谈了正事，下午不是还要返程吗？

田齐鲁也凑上来说，师座，何必？

郑亦雄装糊涂，什么何必？老杨他还在检查会场安全，我们进去干什么，不是影响他检查吗？啊，已经是谷雨了，这要是在渤海地区，杨树都快开花了。看看，今天的太阳多好，难得啊！

宋瑜说，亦雄，不要过分了，别忘记身份。

郑亦雄说，身份？我这个身份，难道就要向杨蓼夫低头？他不出来迎接，我就打道回府。

眼看事情要搞僵，贺荣海只得向龙捷三求援。龙捷三说，这两个家伙都不是省油的灯。还是应该请师长先让一步，尽地主之谊啊！

贺荣海说，可是他，他是铁了心要把事情搞僵。

龙捷三苦思冥想，往前面看了看，目光落在宋瑜的背影上，眉头一皱，计上心来，老贺，你去向杨师长报告，宋瑜的脚被蛇咬了。

贺荣海怔怔地看着龙捷三，突然明白过来了，大喜道，好主意！

贺荣海转身就向会场奔去。郑亦雄见贺荣海跑得蹊跷，看看手表说，已经是吃午饭的时间了，就是见面，也谈不成了。来而不往非礼也，他让我喝西北风，我让他人走茶凉。

宋瑜急忙阻止道，亦雄，你干什么，你不能意气用事。

郑亦雄说，嗨，什么意气用事？他那顿饭我们不吃了，把车开到六方城街上，我们先来一顿乡村野味，我吃饱喝足了，再回来跟他磨嘴皮子。

郑亦雄说着，拉着宋瑜往回走。

宋瑜惊喜地说，亦雄，你看！

顺着宋瑜手指的方向，郑亦雄看见对面的田野出现了几个人，杨蓼夫、贺荣海、肖菏泽大步流星，正在往这边飞奔。

杨蓼夫一边走一边嘀咕，怎么搞的，大冬天的，哪里有蛇啊！

贺荣海说，龙副师长说，东北的蛇，冬天它也咬人，享受抗战胜利果实啊。

转眼之间，一行人就奔到了郑亦雄和宋瑜的面前，杨蓼夫喘着粗气说，啊，宋校长，你没事吧？

宋瑜奇怪地说，杨司令，我没事。见到你好难啊！

杨蓼夫怔住了，很快就明白上当了，可是事已至此，也不好发作，只好顺坡下驴，夸张地展开两臂，哎呀，怎么搞的，参谋长跟我说，郑将军要单独看看田园风光，我还以为你们要多转一会儿，没想到已经到门口了，失礼啊失礼啊，好在咱们都不是外人……

杨蓼夫说着，满面春风走到郑亦雄面前，伸出手来说，郑将军，欢迎欢迎啊，我们在东北又见面了，真是不打不相识啊！

郑亦雄抱起膀子，丝毫没有同杨蓼夫握手的意思，老杨，你少来这一套！

空气骤然紧张，所有人的脸上都出现复杂的表情。

宋瑜急中生智，上前一步握住杨蓼夫的手说，杨师长，在这里见到你，真让人高兴。

杨蓼夫的脸色铁青，另一只手推开了宋瑜，右手仍然伸到郑亦雄的面前。

郑亦雄说，老杨，我听说握手是西方礼节，最初的含义是，敌对双方，和谈成功，双方为了表示诚意，放下武器，握手证明。如今，你没有放下武器，我也没有放下武器，这个手咱们就不握了吧。

杨蓼夫的手仍然伸着，如同僵硬的钢铁，杨蓼夫一字一顿地说，我在向你证明，此时此刻，我的武器放下了。

郑亦雄抬起胳膊，双手抱拳，这里也没有武器。

杨蓼夫咬牙切齿地说，我没有摸到你的手，我不知道那里面有没有暗器。

郑亦雄摊开手心说，朗朗乾坤，光明磊落。

突然，杨蓼夫猛地抓起郑亦雄的右手，郑亦雄呻吟一声，立即弯下了腰，表情异常痛苦。

宋瑜惊叫道，说，杨师长，杨蓼夫，你怎么能这样？你不能进行人身伤害！

杨蓼夫松开手，摸摸手腕，哈哈大笑说，哈哈，郑将军，果然没有暗器，好，我们都取得了谈判的资格。

宋瑜关切地问郑亦雄，亦雄，你没事吧？

郑亦雄仍然龇牙咧嘴，嘴里哈着气说，没事，我和老杨好久没见了，开个玩笑！老杨，走吧，到你的官邸，我们谈判。

杨蓼夫说，好，已经中午了，我们还是先吃饭，后谈判。宋校长，你觉得如何？

宋瑜表情冷漠地说，客随主便。

十七

本来这天第107师准备了八个碟子八大碗，总共十六道菜，这是大红喜事谢媒的礼数。但是，杨蓼夫心里不痛快，临时让于建兴通知伙房，八个碟子八大碗不上，先上稀饭咸菜。

饭菜很快就上来了，一桌子煎饼、菜叶、大葱、土豆和小米稀饭。

田齐鲁说，杨师长，你就给我们吃这？

杨蓼夫说，啊，是啊，你们不要担心破费，咱们第107师，虽然没有美国罐头牛奶，但是粮食还是有的。吃吧，咱们清河的乡亲千里迢迢，又给咱们送来了几车粮食，你们就放开肚皮吃吧。

郑亦雄冷眼相观，突然一屁股坐下，撕了一块煎饼，大嚼大咽，好，好，家乡饭，吃起来香！

杨蓼夫招呼大家，都入座，家常便饭，也没个座次讲究，随便坐，吃饱就行。

大家无奈，只好坐下。宋瑜端起一碗小米稀饭，喝了一口，嘴巴立即停止嚅动。

郑亦雄说，怎么啦？

宋瑜说，这稀饭里，是不是有什么东西啊？

杨蓼夫说，啊，是啊，好像有点沙子。不过，不碍事，不用咀嚼，直接咽下去就行。说清楚啊，这不是咱们清河乡亲送来的，这是当地老百姓送来的。人家说了，好粮食都让遭殃军抢走了，没办法，我们不讲究，你们也不讲究吧。咱们八路军穷啊！

郑亦雄端起稀饭碗，像喝酒一样，咕咚咕咚喝了下去，把碗一伸说，好，再来一碗。

宋瑜把自己面前的稀饭推到郑亦雄的面前说，亦雄，你注意一点，沙子多了，肠胃……

郑亦雄说，没关系小瑜，你看老杨他们，就是喝这个稀饭，也是红光满面！

杨蓼夫说，宋校长，你嗓子细，你就别喝了。于建兴，告诉伙房，找两碗没有沙子的稀饭送来！

郑亦雄端起稀饭碗，站了起来，老杨，虽然我们曾经有很多不愉快，但是毕竟在渤海我们是共同抗日的。你今天安排这个局面，我能理解。我为我的失礼向你表示道歉，没有酒，怎么办，咱们以稀饭代酒，我敬你一杯，让我们真诚地握个手吧。

杨蓼夫愣住了，反而有点不好意思，啊，老郑，你这么说，老杨就惭愧了。

杨蓼夫也端起稀饭碗，站了起来，同郑亦雄碰了一下。

郑亦雄喝了稀饭，伸出了手。

杨蓼夫也喝了稀饭，伸出了手。

突然，郑亦雄扔掉稀饭碗，抓住杨蓼夫的手，使劲地钳制。杨蓼夫疼得大叫，啊，老郑，老郑，你也给我来这一套，偷袭啊！

郑亦雄松开手，拍打着手掌，若无其事地回到坐位上，慢吞吞地说，老杨，怎么样，不要以为你力气大，如果不是偷袭，扳手腕，你不一定是我的对手，老子也是从死人堆里爬出来的！

杨蓼夫揉着手指，突然高声喊道，痛快，老郑，痛快！于建兴，撤掉稀饭，上菜！

伙房里，另外十几个战士端着盘子，向会场走去。

转眼之间，一桌丰盛的酒菜摆上了桌子。

杨蓼夫和郑亦雄握手，真正地握手，两个人的眼睛都有些潮湿。杨蓼夫说，老郑，战场上我们靠枪炮说话，谈判桌上我们靠良心说话。

郑亦雄动情地说，老杨，酒桌上，我们靠酒说话，喝了这顿酒，我们开怀畅饮，开怀大吵！

十八

三十里铺冬日的阳光格外明媚，李其仁和章慧并行在杨树林间小道上，李其仁说，听说了吗，今天谈判，宋瑜也来了，到处打听你。

章慧黯淡地说，听说了。

李其仁问，你想见宋瑜吗？

章慧迟疑地说，可是我现在还是留用审查阶段，我还是回避吧。

李其仁点点头，昨天我到纵队开会，反映了你的问题。任冰雪同志告诉我，纵队通过几个途径，对你脱离部队和归队期间的表现，进行了全面的调查，结果证明，你是完全清白的，而且对于我们的统战工作，做了很多贡献。你的审查结束了。

章慧怔怔地看着李其仁说，哦，这么快！

李其仁说，意外吗？其实，这也是应该的。

章慧的眼睛里闪烁泪花，不语。

李其仁说，章慧，你受委屈了。可是，在这个特殊时期，你要理解。

章慧说，我个人受点委屈无所谓，我相信组织……这么说，是不是可以回师部一趟，我是很想见见宋瑜。

李其仁说，你暂时还不能见她。纵队政治部决定，恢复你的第107师民运科科长职务，同时兼任辽西行署妇女部长，当前的首要任务是抓识字班。

章慧说，那老千同志呢？

李其仁说，你的问题解决了，老千的问题也迎刃而解了。老千已经到部队，担任警卫营的副营长。

章慧说，哦，我们总算可以名正言顺地工作了，我什么时候到任？

李其仁说，民运科长和妇女部长都是公开职务，一旦情况发生变化，你可能还要担负秘密工作。

章慧说，秘密使命？难道……我再也不想离开部队了。

李其仁说，这个我们都想到了。现在，纵队方面掌握一个重要情况，郑亦雄和宋瑜将在农历二月二举行婚礼，国民党保安司令部要派要员参加。你想，男婚女嫁，这是个人的事情，为什么会惊动保安司令部？

章慧说，郑亦雄的婚礼也有阴谋？

李其仁说，是的，他们可能借这个事情施放烟幕弹，营造和平氛围，调动部队，向我根据地发起进攻。

章慧说，郑亦雄知道这个情况吗？

李其仁说，郑亦雄暂时还不知道。郑亦雄的部队，在东北是不被信任的。

章慧说，哦，郑亦雄选择和谈停战期间完婚，说明他对于停战是持积极态度的。

李其仁说，是的，新编第111师是从山东过来的，过去和我们之间有斗争，但是团结抗日的历史也是不能抹杀的。部队的官兵普遍厌战，上层冯德山、田齐鲁同我们的关系一直很好，叶乃伍属于观望派。我们在新编第111师内部的“老艄公”、“八角鱼”等同志都做了很多努力。郑亦雄部队已经成为东总重点策反对象。但是国民党内部对这支部队的倾向也非常警惕。最近一个时期，新编第111师内部的特务头子韩博涛活动很频繁，对郑亦雄采取了严密的监视。所以，纵队决定，加快对郑亦雄部队的策反工作。

章慧说，我明白了，一定是宋瑜提出来要我给她当伴娘，我们两个人曾经有约，谁先结婚，另外一个当伴娘，我可以借这个机会接近她。

李其仁说，事实确实如此。但是，国民党方面，能不能接受这个安排，现在还不知道。也许，这是一件危险的工作。

章慧说，危险我不怕，我担心的是，宋瑜对郑亦雄的影响力有多大。

李其仁说，这个我可以告诉你，宋瑜对郑亦雄的影响力巨大。除了宋瑜，郑亦雄本人对内战已经发生了严重的动摇，这对我们的统战工作来说，是一个十分有利的条件，纵队正在制定详细的方案。所以在这个时候，你暂时不见宋瑜，以免刺激国民党特务。

章慧说，我明白了，我随时准备着。

十九

六方城里的宴会结束了，国共双方谈判进入到实质性阶段，对面而坐，表情严肃。

杨蓼夫喝了一点酒，但是一点也不影响思路，他正襟危坐，侃侃而谈，杨屯是东北的，东北是中国的，我们第107师是中国的军队，作为战胜国战胜的军队，我们为什么无权接收杨屯？

郑亦雄说，我承认，清河支队在渤海地区是战胜的部队，可是东北不是你的战场，你们为什么要接收？

杨蓼夫说，不是我的战场，也不是你的战场啊，难道抗日期间，你在东北抗日了吗？

郑亦雄说，我们不一样啊，我们是国军，国民政府的军队，我们接收杨屯是合法的。

杨蓼夫说，好，说得好！我们是八路军。郑将军，我想问你一个常识问题。

郑亦雄警惕地看着杨蓼夫说，杨师长，在下洗耳恭听。

杨蓼夫说，郑将军，你知道八路军的来历吗？

郑亦雄怔住了，这个问题，在下没有思想准备。

叶乃伍说，杨师长，我们不谈与杨屯无关的问题。

杨蓼夫说，我谈的就是杨屯的问题。郑将军，也许你在回避，我告诉你，我们八路军的来历——1937年抗日战争全面发动后，我军请缨杀敌，国民党政府正式宣布红军主力部队改编为国民革命军第八路军。以后，国民政府军事委员会命令八路军改编为国民革命军第十八集团军，由于我军抗日有功，八路军这个名称深入人心，所以仍然沿用“八路军”这个称呼，它的实质仍然是国民革命军第十八集团军。

郑亦雄说，这个情况我略知一二。但是抗战胜利之后，军事委员会发布命令，你们八路军就地接受日伪投降。

杨蓼夫说，这个情况我也略知一二，但是我们不能接受这个命令。哦，抗战的时候，我们八路军是国民革命军第十八集团军，首当其冲，与日寇血战，多少人浴血疆场。可是胜利了，我们就成了奸匪，成了叛军，这是什么道理，这不是强盗逻辑吗？良心何在，天理难容！

郑亦雄说，杨师长，老杨！

杨蓼夫拍案而起，请你注意你的称呼，请你看看，我头上戴的是青天白日帽徽，我是国民政府的少将，我的军队有权接受一切日伪占领的地域、物资，改编汉奸部队！

郑亦雄说，杨将军，我承认，东北抗战，你我都是外来户，但是，按照国共两党协议，一方收复的地方，另一方不得染指，而杨屯已经在我新编第111师控制之中，贵军拦截军火，强占杨屯，此乃违规之举啊！

杨蓼夫说，杨屯和杨屯军火库，应该由政府军队接收，我们就是政府军队，我们同样有权接收。

郑亦雄说，可是你的部队半途截击，是何道理？

杨蓼夫说，什么叫半途截击？贵部暗中做手脚收买洋人，偷运军火被土匪袭击，我部是剿匪跟进，顺理成章。

郑亦雄说，老杨，杨将军，你们口口声声说是剿匪跟进，可是匪在哪里？我们怀疑是贵部制造的一场闹剧。

杨蓼夫说，闹剧？铁证如山，带王可范！

几分钟后，王可范被五花大绑着出现了。

田齐鲁惊呼，这个败类，他还活着啊！

郑亦雄冷冷地看着王可范。

杨蓼夫说，郑将军，你说我们剿匪跟进，是我们制造的一场闹剧。那么，就听听这个土匪是什么看法。

郑亦雄拍案而起，我不跟汉奸对话，杨将军，请你让他立即滚出去！

杨蓼夫说，他会滚出去的，但是，最好让他把话说完，我们都听听。

王可范昂首挺胸，怒视郑亦雄，郑将军，请你看清楚，我王可范不是汉奸，我是土匪。

郑亦雄说，不是汉奸，为何投敌？

王可范说，当初投敌，是为了逃脱你的魔掌。你们国军不把我们当人，我们只好去当牲口。我们闯关东，占山为王，但是并没有做一点卖国的事情。倒是你们这些国军，贪生怕死，明哲保身，互相推诿，把这个国家搞得一塌糊涂。

田齐鲁站了起来说，我抗议，杨师长，你不能让一个土匪来侮辱我们，我们是来谈判的，不是来受辱的。

杨蓼夫说，抗议有理。王可范，不要东拉西扯，你把你们袭击杨屯军火车队的情况如实禀报，如有半点虚假，当场枪毙。

王可范说，当场枪毙我不怕，如实禀报我可以做到。抗战胜利，鬼子投降，杨屯这个地方，如果说还有中国军队，那就是我们“琅琊独立师”，我们虽然不是政府军队，但是我们是中国军队，我们同样有权收复失地。

郑亦雄说，老杨，你到底想干什么？

杨蓼夫对王可范说，不要绕圈子了，只说农历正月十七那一个夜晚的事情。

王可范说，那天夜晚的事情很简单，我和老马得到情报，国军偷运军火，我们决定，首先半途截击，然后回马一枪占领杨屯。可是，八路军剿匪部队打过来了，我们就完蛋了。情况就是这些。

杨蓼夫说，怎么样郑将军，就是这么简单。

郑亦雄说，杨将军，土匪偷袭，你们剿匪，你不觉得太巧合了吗？

杨蓼夫说，实不相瞒，我部自从进驻六方城，一直部署剿匪，为民除害，我们监视这股土匪已经有些日子了，他们的一举一动，都在本部掌握之中。

龙捷三说，郑将军，我们现在是不是可以做个结论，第一，我们第107师是八路军，同样是政府军队，我们同样有权收复失地；第二，关于杨屯问题，本部剿匪跟进，协助贵部维护治安，保护抗战胜利果实。杨屯既为我军占领，仍由我军维护。

郑亦雄说，我们来谈判，你就给我这个结果？

杨蓼夫说，你还想要什么样的结果？难道你想说，你宁可看见土匪抢劫，也不让我八路军剿匪？

二十

李其仁和章慧来到三十里铺，这里的群众工作已经转变过来，踊跃支持八路军。刘华英兴致勃勃地向李其仁和章慧汇报，一是闯关东的山东人多，二是穷人多，一说要分田地，穷人当家，大家都很盼望，道理一讲就明白。

章慧说，我有个体会，在一个新的地区开展工作，妇女工作很重要。农民很封建，也很胆小，乍一听八路军要建立政权，男人不敢出面，多数都让女人出面，试探风头。我们仅用两天的工夫，就办了二十七个识字班，三百多人参加，我们把道理讲给妇女们，她们再回家宣讲，效果十分明显。我建议，可能的话，再调一批妇女干部来。

李其仁说，这个上级已有考虑，听说老袁在渤海地区组建了第三个清河支队，并准备护送大量的妇女干部，第三次北上。

章慧说，那太好了，我们通过识字班启发妇女的觉悟，妇女启发男人的觉悟，男人们互相启发，很快就能形成星火燎原的态势。

李其仁说，是啊，妇女不是作战的主力，但她们是发动群众的主力。当年我们在山东办识字班，是一个很有远见的战略行动。纵队要求我们，要做好连续转战的准备，每走到一个地方，我们的识字班要首先在那个地方生根开花。

刘华英说，仅仅两天，我们就建立了六个区政权，二十一个村政权，多数都是以闯关东的劳工和农民为骨干，目前已进入工作状态。

李其仁说，好，明天就是我们第107师的物资交流大会，杨师长要求我们，至少要发动两千个青壮年参加，大家要把数字落实下去。

刘华英说，发动青壮年参加物资交流大会干什么？

李其仁说，哈哈，这个你就不知道了，老杨做事，走一步看三步啊，一定又有新的招数。章慧，还有一个重要任务，杨师长要在十天内征集两万双军鞋，这可不是个小数字。

章慧说，已经发动了，识字班的一个妇女，每人发动十个人，每个人做十双军鞋，应该问题不大。

刘华英说，两万双军鞋？这是做打大仗的准备啊。

二十一

物资交流大会的会场设在六方城西南的一片空地上，几个战士挖土装进麻袋，扎好，抬到露天会场。

王虎说，营长，物资交流大会，咱们搞这些麻包干什么？

孙大竹说，当粮食啊！

王虎说，当粮食？用泥巴熬稀饭？

孙大竹说，嘿嘿，这个你就不懂了，知道什么叫滥竽充数吗？咱们的粮食没那么多，可是杨师长想让老百姓看见我们八路军的粮食吃不完，粮食堆成山。

王虎说，哦，我明白了，下面堆放麻包，上面放真粮食。可是，听说凡是参加大会的，每家发两斤小米，这发光了，咱们吃什么啊？

孙大竹说，就知道吃，发光了咱们喝西北风呗。

王虎说，啊，真的啊！

孙大竹说，你那猪脑子也不想一想，杨师长多会算账啊，他能把咱们的粮食发光吗？

杨蓼夫带人从会场转了一圈，来到干部团的伙房，没想到遇到一个前所未有的礼节，正忙乎着的朱茂煊和几个老人见杨蓼夫进来，慌不迭地起立，朱茂煊试着抬起胳膊，给杨蓼夫敬礼，但是动作不利落，朱茂煊干脆给杨蓼夫鞠了一躬。

杨蓼夫赶紧扶住说，朱大爷，你老人家这是干什么？

朱茂煊说，敬礼啊，孙营长说，八路军战士见到首长要敬礼，如今我不是朱大爷了，我是八路军战士了。

杨蓼夫说，嗨，敬什么礼啊，本来我是想让你们简单训练一下，有个八路军的样子。其实用不着，到时候，你们几位老人家往台上一站，那戏就热闹了。

韩二婶说，啊，还让俺们演戏？老杨，你看你二叔，那一上台，石磙都压不出个屁来，那戏咋演？

杨蓼夫说，没关系二婶，你们老两口往台上一站，啥也不用说，朱大爷一个人发言。朱大爷，你想好了吗，都说些什么？

朱茂煊说，嗨，我是私塾先生，我还不会说话？我就给大伙儿说实话呗。

正月二十三，第107师物资交流大会如期召开。

师部门前一个平整的场地上，各类物资堆积如山。摆在上面的，有成捆的大葱、煎饼、烟草，还有牙膏、雪花膏、盐巴、篮球、书本等。前排醒目地摆放了几十坛“杨司令酒”。

场地外面，人头攒动，情景类似当年在墨镇南李庄扩军。

方圆几十里的老百姓成群结队赶来，很快就把几个篮球场大的场地挤满了，惊叹第107师从山东运来这么多东西。章慧站在会场中央发表演讲，然后又让朱茂煊、韩二婶等人讲话，当朱茂煊和韩二婶等人穿着八路军服装亮相的时候，引起一片惊呼。朱茂煊等几个老人讲到了第107师清河抗战的历史，台下更是赞叹不已。

当地的群众也有人自发地上台演讲，一个主要的话题就是，能不能把国民党军队夺去的牛羊和土地还给老百姓。

章慧说，乡亲们，你们说的，一件件，一桩桩，我们都记在心里，我们会为乡亲们做主。可是，我们八路军要做的，远远不是一头牛、一块地、一袋粮食。我们要做的，最根本的，就是建立人民的民主政权。国民党提倡一个主义，一个政党，一个领袖，那就是军阀皇帝，军阀皇帝就是专制，一个人说了算，老百姓全遭殃。我们就是要打倒专制，消灭独裁。保证耕者有其田，居者有其屋。

章慧的演讲获得空前的成功，物资交流大会变成了参加八路军的动员大会。

章慧说，乡亲们，好日子就在我们自己的手里。只要我们跟着共产党，跟着八路军，建立我们自己的政权，好日子就会像春风一样，扑面而来，就像江河一样，源源不断！

孙大竹在一旁鼓动说，伙计们，到那边去，报名参加八路军，喝杨司令酒，刀枪不入，当八路军，穿革命鞋，走胜利路！

六方城的群众被一股激情燃烧起来了，“杨司令酒”被成坛子抱出去，倒满了几百个大碗。年轻人们大碗喝酒，高喊，喝杨司令酒，刀枪不入！穿革命鞋，走胜利路！

一个上午，就有三百多人报名参加八路军。

第107师几个首长站在会场外面，冷静地观察会场情况。杨蓼夫看着越来越多的人流，乐呵呵地说，哎呀，说喝杨司令酒当八路军，这可以。怎么搞出个刀枪不入来，这不是封建迷信吗？又是孙大竹，他还挺会编词的。

龙捷三说，你不是说举头三尺有神明吗？这不是迷信，是信仰。

杨蓼夫说，我说的神明是老百姓，不能把我杨蓼夫搞成神仙啊！

龙捷三说，嗨，你管他那么多！在清河的时候，孙大竹对新兵说，多杀鬼子，消灾发财，杀三个以上鬼子，延年益寿。你别说，还真有人相信。口号也出战斗力啊！

李其仁说，老杨，看见了吧，你搭台，章慧唱戏，这场戏还真有看头。

杨蓼夫说，是啊，章慧经历了考验，更成熟了。

龙捷三说，停战期间，郑亦雄千里迢迢把宋瑜接来结婚，我看，你那半截子婚事，可以补办一下了，好歹咱们现在还有煎饼大葱。

杨蓼夫说，你以为我不想吗？可是，章慧她老是回避我，不知道是怎么回事？莫不是老任……可是老任她调走了啊！

李其仁说，可能有些误会，抽空你们还得聊聊。

二十二

物资交流大会喧嚣声传到东南角关押王可范和马边锋的小屋里，马边锋惶惶不安，不断地趴在窗户上观看，不知道外面发生了什么事情。王可范却平心静气地趴在小凳上，认真地写着什么。

马边锋说，老三，你天天鬼画符，到底在写什么？

王可范说，我在写我们的罪行。

马边锋说，我们的罪行，都交代八百遍了，还有什么写头？

王可范说，我们的罪行罄竹难书。

马边锋说，怎么啦？

王可范说，国难当头，我们不思报国，萌生卖国当汉奸的念头，比起八路军，羞愧难当。人家过的是什么日子，吃的是小米稀饭，连鞋子都没有，照样抗日，可是我们差点儿就当了汉奸，猪狗不如啊！

马边锋说，老王，你是不是被八路军灌蒙汗药了？

王可范说，不是，我是被国民党灌砒霜了。过去不认识八路军，有眼不识泰山，跟他们作对。这段日子，我看毛泽东先生的《中国社会各阶级的分析》，我懂了，八路军为什么走到哪里都有老百姓支持。八路军是真为老百姓着想。

马边锋说，啊，你真的认为八路军会坐天下？

王可范说，大势所趋，别看国民党在东北耀武扬威，大军云集，他打不过八路军。

马边锋说，依我看，八路军还是成不了大气候。国军有美国人支持，兵强马壮。

王可范说，那没用。有一样东西国民党得不到，他就注定要完蛋。

马边锋说，什么东西？

王可范说，人心。

马边锋说，人心？人心是什么？

王可范说，杨蓼夫常说，举头三尺有神明，过去在清河，他们是鱼，老百姓是水，而在东北，他们是龙，老百姓就是大海，龙入大海，国民党就拿他没有办法。我料定，东北战场，八路军很快就能扭转局势。东北一完蛋，国民党就全完了。

马边锋说，你打算怎么办？

王可范说，我要给杨司令写信。

马边锋说，干什么？

王可范说，我要参加八路军。

马边锋瞠目结舌，你？你要参加八路军？可是，老杨他会要你吗？

王可范说，要不要是他的事，参加不参加，是我的事。

第十章　回马枪

一

关于杨屯的谈判无疾而终，郑亦雄的婚礼再次推迟了。

从四平开会回来，郑亦雄到燕铭公馆看望宋瑜，愧疚地说，小瑜，我一再推迟完婚时间，真是委屈你了。

宋瑜说，眼下这个状况，我也觉得举行婚礼不是时候，我来就是陪伴你。只是，我也不会有太大的帮助。

郑亦雄说，别这样说，这个时候，你能来到我身边，天高地厚。

宋瑜说，亦雄，你是不是心里很不平静，从六方城回来之后，这两天一直很消沉。是不是很受刺激？

郑亦雄说，不，我在思考。小瑜，对杨蓼夫这个人，你怎么看？

宋瑜说，杨蓼夫这个人我不喜欢，他的身上有很严重的农民习气，粗鲁，狡诈。这也许是我们这样家庭出身的人不能接受的。但是，撇开个人好恶，我觉得，这个人倒不失为一个男人，有力量，也有感染力。

郑亦雄说，是啊，我对这个人的认识也有个过程，最初我压根儿没把他当回事，根本看不起。可是打了几次交道，首先是我发现他不简单，有见识。后来我又不得不承认，打仗，你说他不按章程也好，你说他土法上马也好，他东一榔头西一棒子，他能打胜仗。作为一个军人，我不能把清高当成资本，我不能把矜持当作理由，成则为王，败则为寇，打仗是要拿战果说话的。渐渐地，我发现这个人也是有人格魅力的，敢作敢为，敢打能拼，是一条硬汉子。

宋瑜说，亦雄，你有这样的想法，还怎么能跟人家对阵呢？爸爸让我劝劝你，找个机会，急流勇退，咱们还是回到墨镇，当一个老百姓。

郑亦雄说，小瑜，我何尝不想如此，可是，我已经骑在虎背上了，骑虎难下啊。这个时候，我没办法急流勇退。杨屯谈判失利，在上峰那里，我的信任度再次下降。

宋瑜说，人家也有道理，是啊，抗战的时候，大家都是兄弟，就唇齿相依。哦，胜利了，人家就成了奸匪，就成了叛逆，人家就不能分一杯羹？说不过去啊！

郑亦雄说，这里面很复杂，杨蓼夫他是强词夺理，可是，强词夺理他也有理。国共两党的问题，那是深层次的问题，国民党从来就没有把他们看成是盟友。只不过，有一个统一战线的旗帜，大家心照不宣。杨蓼夫他借这个理由，说他是政府的军队，摆在桌面上，你还真不好反驳。

宋瑜说，亦雄，从六方城回来，我突然产生一个想法，不知道你能不能接受。

郑亦雄说，小瑜，我们之间，还用得着吞吞吐吐吗？

宋瑜说，那我就直说了。杨屯谈判失利，我认为并不是坏事，对你本人，甚至是一个机会。

郑亦雄站住了，你是说……？

宋瑜说，引咎辞职，这是最好的理由。

郑亦雄愕然地说，啊，这个……

宋瑜说，你先不要回答，我们都再想想。

这一夜，郑亦雄辗转反侧，想了很多，千头万绪，真是剪不断理还乱。

第二天还没有起床，叶乃伍就慌里慌张地送来了杜长官的电报，郑亦雄匆匆一看，两眼望着天花板发呆，半天才问，远征军六个师西进？他们要干什么？

叶乃伍说，前天双庙子国军阵地被袭击，长官部决定向东北民主联军发起进攻，拿下四平。

郑亦雄从床上一骨碌翻下来，这么大的行动，为什么撇开我们新编第111师？

叶乃伍说，这个我已经打听了，此次战役，必然山东纵队首当其冲，长官部考虑我们同第107师瓜葛太多，部队基层联系盘根错节，因此避开我们。

郑亦雄沉吟了半晌说，如此重大行动，我作为一个少将师长，竟然蒙在鼓里，岂有此理！

叶乃伍说，师座息怒，师座，这未必是坏事，长官部对我们不信任，我们正好可以避开同杨蓼夫正面交锋。

郑亦雄说，我把宋瑜接来完婚，是为了体现和平，可是，这样背信弃义，和平前途渺茫，我怎么完婚。真让我举行战地婚礼吗？

叶乃伍说，长官部的意思，师座的婚礼按部就班，照常举行，长官部并且同意，请杨蓼夫参加婚礼，请章慧为宋瑜当伴娘。

郑亦雄愣住了，惊问，这是什么意思？

叶乃伍说，可能是为了麻痹共军。

郑亦雄暴怒，卑鄙，制造假象，散布烟幕，让我郑亦雄充当千古罪人，休想，这个婚我不结了。

叶乃伍说，师座，我们新编第111师已经不被信任了，师座，你得为部队考虑考虑啊！

郑亦雄说，考虑什么？战场上靠枪炮说话，谈判桌上靠良心说话。我们同杨蓼夫是有默契的，长官部的命令我可以执行，到了战场我们可以同杨蓼夫决一雌雄，可是让我做那种鸡鸣狗盗的事情，办不到！

叶乃伍说，师座，那我们持什么态度？

郑亦雄说，命令部队，严阵以待，有仗就打，没仗就歇着！

二

郑亦雄在官邸大发脾气的当口，金莉莉和付媛贞正在电台室有一搭无一搭地聊天。付媛贞说，莉莉，你说，刘德福这个人怎么样？

金莉莉一边译着电报一边说，怎么，跟那个特务头子搞上了？他可是有老婆的人。

付媛贞说，唉，没办法，我那个表哥开小差，被他们抓住了，韩长官要枪毙他，刘德福还真帮忙，把他放了。我那个舅舅，还有我妈妈，从沈阳跑到四平，一把眼泪一把鼻涕，千恩万谢！我一想啊，没有刘德福还真不行。

金莉莉说，那你现在还是处女吗？

付媛贞脸一红说，你问这个干什么？

金莉莉正要取笑付媛贞，突然变脸，目光落在刚刚翻译的报文上，惊呼一声，天哪！

付媛贞说，怎么回事？

金莉莉说，共军挑衅，偷袭双庙子，杀害国军官兵一百余人……

付媛贞说，不对啊，昨天刘德福还对我说，双庙子事件是汉奸残余部队制造的，跟共军有什么关系？

金莉莉没有理睬付媛贞，继续诵读报文：为粉碎共军阴谋，拟启动三号作战计划，新编第111师原地固守，防敌北窜西进。

金莉莉失神地看着窗外，我的天哪，和谈破裂了，战争，新的战争又开始了……

三

杨蓼夫一直期待有一个好天气，在一个好地方，同章慧一起走在田埂上，就像当初在清河走在韩二婶房子外面的抗日沟里，就像当初在宁家河坐在房东家门口的河岸上。这一天终于来到了。

六方城谈判之后，第107师队伍大大扩充，章慧也从专署调回师部，继续负责兵运工作。当天下午，杨蓼夫从一团回来，让警卫员把章慧约到六方城东南的油菜地里，可是面对面了，两个人都拘谨起来了，自然还是杨蓼夫首先打破僵局。

杨蓼夫说，章慧，短短一年时间，你进步太快了，出乎意料。战争啊，能把羔羊变成狼……啊，我这个比喻不恰当。

章慧笑笑。

杨蓼夫说，章慧，我们两个的事情……我感觉到，北上之后，你一直回避我，在龙海关，我就发现苗头了，后来，我一直想找你问个清楚，可是，你失踪了。你归队后，本来可以坐下来谈谈，可是又搞了一个节外生枝的审查。我表面若无其事，可是你知道吗，我的心里，一直放心不下啊……

章慧说，杨师长，你还记得雪莱的诗吗？

杨蓼夫说，就是关于冬天和春天的？

章慧说，那一次在宁家河我们一起朗诵的。

杨蓼夫说，记得啊，冬天来了，春天还会远吗？

章慧说，对，你看这田野，黑土地上的田野，冰雪正在融化，冰雪覆盖的下面，种子在发芽，破土而出，用不了多久，这里就是一片昂然生机。

杨蓼夫说，章慧，我是个大老粗，你不要给我绕弯子，你实话跟我说，我杨蓼夫到底怎么了，出了什么问题？

章慧看了杨蓼夫一眼，看得很认真，章慧心里想，从这个人的脸上，看不出虚伪，他的目光里写着真诚。一个撒谎的人，不会有这样清澈的目光，一个有妇之夫，追求新的爱情，不会这样坦然。也许，那件事情是个误会？

杨蓼夫说，章慧，你在想什么，为什么不回答我？

章慧还是不作声，心里正在翻江倒海。爱情是个魔鬼，挥之不去，忘之不却，我真想把这层窗户纸捅破，可是我又担心，如果是真的，我能承受那巨大的打击吗？何况，我也不想伤害他的自尊。如果不把这层窗户纸捅破，我如何回答？老杨，你常说，举头三尺有神明，老天爷啊，你在哪里，你告诉我该怎么办？

杨蓼夫说，章慧，我把脑袋想破，也想不明白，我是怎么得罪你的。至于老任说的那件事情，上次在宁家河我们举行婚礼的时候，我曾经告诉过你，那完全是一场误会？难道你是对这件事情耿耿于怀？

章慧惊讶地说，你说什么，误会，可是，你什么也没有告诉我啊！

杨蓼夫说，怎么没有告诉你，我告诉你我……嗨，这件事情一时半会说不清楚，走，到前面那个台子上，坐下来我跟你慢慢说。

章慧说，可是……

杨蓼夫说，难道你不相信我？

章慧说，我……

章慧吞吞吐吐，杨蓼夫着急了，几步跨到石台上，一屁股坐下，把上装脱下来铺在石板上，喊章慧，来，坐在这里，今天我们把所有的误会全部解除。

章慧看了看石台，正要举步，抬头突然看见飞奔而来的于建兴，连忙闪开一步。

杨蓼夫也怔住了，问于建兴，干什么这么慌里慌张的，多大个事啊！

于建兴一头冷汗，上气不接下气地说，师长，紧急情报，国民党，国民党……

杨蓼夫说，怎么啦，别火烧屁股，慢慢说。

于建兴稳住神说，国民党向四平发起进攻，纵队王司令在电话里等你接受命令！

杨蓼夫说，啊，反动派动手了？走！

杨蓼夫二话不说，撇下章慧，大步流星走向作战室。

章慧惆怅地看着杨蓼夫的背影。

杨蓼夫突然回身，章慧，立即回到行署，通知老李到作战室！

四

王积安在电话里告诉杨蓼夫，现在形势已经明朗了，国民党玩弄惯用的两面派伎俩，以和谈为烟幕，将最精锐的新一军、新六军、七十一军，由杜聿明指挥，沿中长路向北进犯，大肆叫嚣：不拿下四平就不停止战争，不打到长春就不商谈和平。东总命令第107师，阻击敌军于四平西北郊外，给敌人沉重打击，继续争取和谈条件。老杨，你听明白了没有？

杨蓼夫说，王司令，我听明白了，阻击敌军于四平西北郊外，给敌人以沉重打击！

杨蓼夫放下电话，贺荣海和于建兴已经将一幅铁城岭地图取下，挂上了《四平外围防御作战图》，除了标题以外，下面是空白。杨蓼夫走到地图前面，接过于建兴递过来的红蓝铅笔，画上了一个个圆圈：一团二团，立即向杨木林子地区开进，接替三不管、三道林子、莫扎铺阵地。三团、特务营、炮营，占领太平沟。部队边行军边动员。

龙捷三说，杨师长，新兵怎么办，有的连枪都还不会放。

杨蓼夫说，新兵编成营连，跟着走。但是记住，首战不要用新兵，让他们看看老八路是怎么打仗的。老李，清河支队暂不出动，在后方做好应急训练，保护地方政权。

李其仁说，好，我们做好后方补充准备。

杨蓼夫看表说，二十分钟后，第一梯队出发。

肖菏泽说，杨师长，还有你一封信。

杨蓼夫说，啊，这个时候，谁给我写信？

肖菏泽说，王可范，要求释放他，参加八路军。

杨蓼夫脸上的表情急剧变化，似笑非笑地说，啊，参加八路军？他可真会开玩笑！不过，这个人可以用一下，把王可范和马边锋放出来，跟师部警卫营走！

肖菏泽吃了一惊，啊，真的啊，合适吗？

杨蓼夫说，没上战场，你怎么知道不合适？带上！

五

几乎就在同时，郑亦雄也接到了上峰的电令，叶乃伍拿着电报夹报告，师座，看看，杜长官发出通电，要求4月2日攻占四平，4月5日打到长春。

郑亦雄抬起眼皮，淡淡一笑，是吗，啊，没有生过孩子，不知道肚子疼，他们以为八路军是鸡蛋，一捏就碎。

叶乃伍说，不过，杜长官指挥的是三个军，大部分都是远征军过来的，全部美式装备，泰山压顶，这次恐怕八路军很难守住四平。

郑亦雄说，别说全部美式装备，他就是每个人扛一颗原子弹，也无济于事。土八路土办法多得很，你想都想不到。杨蓼夫的部队在哪里？

叶乃伍说，正在向杨木林子地区挺进，前锋已经到达双河。共军也提出了口号，要与四平共存亡。

田齐鲁说，杜长官2月4日要到四平吃晚餐，我看那顿饭他不一定吃得上，共军要与四平共存亡，倒是很有可能。

叶乃伍说，师座，杨蓼夫部从我防区擦肩而过，我们是不是向长官部做个姿态……

郑亦雄说，姿态？什么姿态？这时候，我倒是想起了王可范的那句话，他们是天之骄子，全副美式装备，有坦克飞机大炮，我们呢，乙种师，后娘养的。我为什么要主动请缨？我主动请缨了，说不定他们还认为我们是抢功呢。那就让他们打吧，我们守好大后方。

叶乃伍向田齐鲁说，这，师座考虑也是对的。

田齐鲁说，师座已经不是当年那个师座了。

郑亦雄说，当年我是什么样子？

田齐鲁说，万丈雄心，永不消失。

郑亦雄说，万丈雄心？哈哈，万丈雄心只剩下三尺，不，只剩下二尺半。

六

战斗最先在杨木林子打响，鏖战数日，驻守在这里的兄弟部队一个团，团级指挥员多数阵亡，只剩下一个团副政委带领不到两个连的兵力，从拂晓坚持到黄昏，直到第107师杀开一条血路冲上来。

马大海率领的连队赶到时，兄弟部队那位团副政委捂着肚子向马大海介绍情况，右翼是个薄弱环节，我们一个团打得差不多了。

马大海说，首长，阵地交给我们，你们下去休整吧！

那位团副政委说，那好，这里就交给你们了！

说完，手一松，一堆肠子从肚子里稀里哗啦流了出来，那位团副政委当场气绝。

莫扎铺二团前沿阵地上，一阵子弹扫过来，几个新战士乱成一团，妈呀娘啊乱叫。周世登脸色煞白，一个劲地嚷嚷，连长，连长，敌人上来了！

王进阶说，周世登，你现在是排长了，不要哆嗦！

周世登说，我也不想哆嗦，可是我这腿……

王进阶说，你组织掩护，看我的！同志们，都拿起枪，只要射击，就是战斗！

周世登战战兢兢地举枪，刚要射击，一块弹片飞来，击中周世登的胳膊。周世登大叫：医生，医生！

一老兵怒吼道，哪里有医生，自己包扎！还排长呢，什么熊玩意儿！周世登说，你，你，你太野蛮了，你骂谁？

老兵说，我就骂你，草鸡一个！

周世登恨恨地看着老兵，老兵再也不理周世登，从容射击。王进阶说，周世登，你手里是烧火棍啊，快给我打！

周世登瞪着眼睛东张西望，突然拣起地上的步枪，站了起来，一边打一边喊，我让你看看，谁是熊玩意儿，我让你看看，谁是熊玩意儿！说着就要往对面冲。老兵一把扯住周世登说，好，你不是熊玩意儿，我是，求求你蹲下来打！

一团在杨木林子，特务营在三道林子，这里地形宽敞，国民党军队居然开来了坦克。孙大竹兴奋得大叫，哈哈，谁没见过坦克，过来看看，那个铁家伙就是，看，它不敢动了。

一阵迫击炮火飞过去，三辆坦克被陷进沟里。

王虎说，营长，我带一排去把它搞回来！

孙大竹说，扯淡，搞它干什么？

王虎说，你不是要看看吗？我把它搞回来给你当车坐。

孙大竹说，你搞不动它，这一次不要搞了，把它炸掉，当工事用。

余河沿跑过来说，营长，师长命令，让你带两个连，夜袭三不管。

孙大竹说，那我这个阵地怎么办，我还想坐坐坦克呢。

余河沿说，这里有我，你搞不动坦克，我有办法。

孙大竹说，你有什么办法？

余河沿说，我把它大卸八块，扛回来！

七

叶乃伍站在地图前向郑亦雄报告战况，莫扎铺已经被共军占领了，凤凰山也失守了。

郑亦雄笑了，哈哈，打了两夜一天，国军寸功未立，倒是让杨蓼夫连克两个要地。已经是2月6日了，不知道杜长官今天晚餐在哪里吃。

叶乃伍察言观色道，三道林子离我们最近，我分析，长官部很有可能让我们出击三道林子。

郑亦雄冷笑，到那个时候，应该是在明年八月十五。

叶乃伍茫然地看着郑亦雄。

郑亦雄说，此次战役我料定，新编第111师不会出击，为什么？第一，如果进攻四平顺手，无须我们这个后娘养的插手。第二，如果进攻失利，好歹还有我这个后娘养的兄弟给他们守住大门。第三，如果长官部命令我出击三道林子，那就说明共军大规模反扑，我军做战略后撤。不过，依我分析，目前共军也没有这么大的气魄，无论是打锦州还是打长春，那都应该是明年的事了。

叶乃伍说，哦，师座对于战局了如指掌。

郑亦雄说，隔岸观火，旁观者清啊！不过，我们也不能掉以轻心，也有可能随时被调到哪里去擦屁股，长官部里，能人不多，蠢猪不少，什么事情都有可能发生。至少要准备一个团，随时机动。

这天晚上郑亦雄心情并不差，回到燕铭公馆陪宋瑜吃饭，饭菜很简朴，郑亦雄吃得很香。

宋瑜说，又打起来了，亦雄，军务在身，这几天，你就不用来陪我了。

郑亦雄说，看来我们的婚礼又要推迟，多事之秋，何以为家啊？

宋瑜说，我觉得我还是应该先回墨镇，或者，我们到教堂做个简单的仪式，我就是你的妻子了。

郑亦雄说，小瑜，把你接来，是个错误，我不能再犯第二个错误了。

宋瑜说，怎么？

郑亦雄说，我是个军人，不是个政治家，我对政治太幼稚了。本来，虽然我有预感和谈是逢场作戏，双方借此机会调兵遣将，可是，我还是有一丝侥幸心理。我真的满腔热忱希望和谈能够成功，我把这种成功寄希望于国际社会。可是，渐渐地我明白了，国际社会左右不了中国的局势。

宋瑜说，亦雄，国家大事，个人无能为力，你对和平充满渴望，这并没有错。

郑亦雄说，东北这个地方太重要了，重要到双方都调集了几乎一半的兵力和指挥力量，东北是个重工业基地，也是粮食基地，谁拿下它，就等于拿下了一半中国江山，我们那些政治家，要进行政权更替，怎么会善罢甘休？和谈完全绝望，这个时候，我们草草结婚，要是我有个三长两短，我怎么对得起爱我疼我知我的你，九泉之下，我又怎么向养育我教导我的世叔交代呢？你提出暂回墨镇，我惭愧之至，可是，我也只好同意。

宋瑜说，亦雄，我也是考虑大局，我在这里，你伸不开手脚啊。

郑亦雄说，只是，眼下已不是半年前，和谈既然绝望，沿途都是双方部队，警察特务遍布，你要是有个闪失，我郑亦雄又有何颜面于世！

郑亦雄说着，放下碗筷，掩面而泣。

宋瑜长叹一声，亦雄，走和留，都在商议之中，你何必如此伤感？

郑亦雄说，我的眼泪，一半为你我，一半为这个国家啊。积弱积贫，还在打，长此以往，国将不国，民不聊生啊！

八

战斗打响后，郑亦雄一直没有动静，韩博涛如坐针毡，他把刘德福和侯魁叫来，交代密切关注第 111 师内部情况。韩博涛对刘德福和侯魁说，四平战役久攻不克，我新编第 111 师按兵不动，“熊掌”隔岸观火，大有幸灾乐祸之心，曾兴隆、黄津弗等人活动频繁，内部危机四伏，随时都有可能上演悲剧。

刘德福说，韩长官，毛长官那边为什么迟迟不下手？

韩博涛说，投鼠忌器。再说，“熊掌”是抗战英雄，当年声名大振，在杜长官那里很有市场，其父乃早期同盟会员，与委员长身边诸多元老都有交情，一旦下手，舆论大哗，将引爆无数隐患。倘若查无实据，那就是引火烧身了。

刘德福不吭声了，他知道，韩博涛说的“熊掌”，就是郑亦雄。

韩博涛说，目前看来，“熊掌”虽然态度消极，同共军眉来眼去，作战消极，但是尚无实质性动作，不能刺激。对于曾兴隆、黄津弗要严密监视。还有田齐鲁，只要田齐鲁有什么动作，那一定是“熊掌”出击了。把田齐鲁盯死，就能顺藤摸瓜找到“熊掌”的蛛丝马迹。

刘德福说，有“熊掌”庇护，曾兴隆、黄津弗身边，铁板一块，很难渗透。田副参谋长那里，更是针插不进。

韩博涛说，等着吧，四平战役到了白热化，他们一定会有动作，到那时候抓个正着。

九

田齐鲁到火连寨阵地视察工事，发现阵地上井然有序，官兵礼节礼貌相当好，士兵的精神状态也很好。田齐鲁没说好，也没说不好，望着平静的山峦对团长曾兴隆说，四平战事已经六天了，我军仍未得手，曾团长这里倒是世外桃源。

曾兴隆说，奉帅座之命，本团严阵以待，固守铁城岭之犄角火连寨。田长官前来视察，是否有新的任务？

田齐鲁说，老曾，我听说，抗战胜利之初，十字岭战役中，贵团一个连掉转枪口，掩护共军孙大竹安放炸药，然后集体逃亡，有没有这件事情啊？

曾兴隆说，后来调查的结果是，这个连队在营长的率领下临阵脱逃，并非反戈一击。田长官这么说，在下真是诚惶诚恐。

田齐鲁看着曾兴隆说，诚惶诚恐？我在你的脸上看不出一丝惊慌。你曾胖子肚子里有牙。

曾兴隆苦笑，田副参谋长，在下真不知道如何作答。本团，你是知道的，是汉奸部队收编过来的，乌合之众，兵痞流氓占了多数，一打即溃。你说我那一个连反戈一击，证据何在？

田齐鲁突然变脸道，没有证据，就是证据。是啊，死无对证，可是连一个死的都找不到了，真是滴水不漏啊！

曾兴隆说，如此说来，田副参谋长怀疑我是故意安排……

田齐鲁说，开玩笑，一个连，集体逃亡，一个不留，干净利索，天下哪有这样的好事，就算你专门训练他半年，在战场之上，乱军丛中，也不可能不露一点痕迹，除非是长官网开一面，严密组织。

曾兴隆说，这件事情，确实是个疑案。田副参谋长如果怀疑在下，那就干脆重新调查好了。

田齐鲁说，在二号阵地上虚晃一枪，不仅没有保障我增援部队，反而有助于共军爆破，不用审问，结论清清楚楚。老曾，你我都是军人，也都是聪明人，你瞒得过别人，瞒不过我田齐鲁，你更瞒不过郑亦雄。

曾兴隆说，那我就不明白了，如此重大叛逆事件，长官又是明察秋毫，为什么还要让我老曾活到今天？

田齐鲁说，打开天窗说亮话吧，你的共党奸细身份已经暴露了。看看这个吧。

田齐鲁从口袋里掏出一份材料，扔给曾兴隆。

曾兴隆匆匆浏览，脸上露出惊恐神色，田副参谋长，这完全是诬陷啊，郭保成那个汉奸的话，你们也相信？我曾兴隆自从反正，痛改前非，没想到遭小人算计，田副参谋长，你是师座的股肱，你，你要救救我啊！

田齐鲁说，冷笑道，你装什么装？你曾兴隆还知道害怕？我看你的眼睛里，没有一点害怕的样子，你在讥讽我，你在窃笑。

曾兴隆点头哈腰，差不多要流泪了，田副参谋长，我真的冤枉啊，我跳到黄河也洗不清啊！

田齐鲁突然对身后的黄津弗说，老黄，下掉他的枪。

黄津弗出其不意地上前，将曾兴隆的枪下了。

田齐鲁接过黄津弗递来的手枪，对准曾兴隆说，我奉郑师长命令，对共党奸细就地处决，说吧，还有什么话说？

曾兴隆的腰立马站直了。

田齐鲁拉开保险，咔嚓一声，子弹上膛了。

曾兴隆脸上惊恐的表情一扫而光，冷冷地看着田齐鲁和黄津弗说，哦，原来是这样。你们，你们到本部来，是来对付我老曾的？

田齐鲁说，党国叛逆，死到临头了，还装糊涂？

曾兴隆怔怔地看着田齐鲁，突然伸手，拨开了田齐鲁的手枪。

田齐鲁说，你要干什么？

曾兴隆说，我要死个清白。

田齐鲁说，清白？

曾兴隆脱掉了军装，既然你们已经掌握了确凿证据，那我老曾也就用不着穿这身黄皮了。

田齐鲁说，你伪装得再隐蔽，百密一疏，还是露了马脚。

曾兴隆说，我老曾，不是共党奸细，我老曾是个中国人，我老曾就是不想看到中国人自相残杀。十字岭战役，二号高地哗变，就是我老曾精心安排的。来吧，冲这儿来，让我的鲜血染红这块土地，让我的兄弟看看，是谁在破坏和平！

田齐鲁看着曾兴隆说，你说完了？

曾兴隆说，我的话太多太多，可是千言万语，也挡不住刽子手的枪弹。跟你们这些反动派，我没有废话了。

田齐鲁突然笑了，哈哈大笑，笑得眼泪都出来了，老曾啊老曾，智者千虑，必有一失啊，你老曾到底还是沉不住气了，不打自招啊！

曾兴隆困惑地看着田齐鲁。田齐鲁把手枪扔给曾兴隆说，老曾，不要把别人都看成傻子，识时务者为俊杰，我们国军，比你聪明的人多得是！

田齐鲁说完，向黄津弗一挥手，我们走！

曾兴隆看着田齐鲁的背影，久久凝望，突然抬起臂膀，动情地喊了一声，老田！

十

杨木林子战场，阵地反复易手。殷福塘的手榴弹排大显神威，虽然兵力少火力差，但是战术灵活，忽近忽远，忽左忽右，打了一天一夜，国民党军队还是没有拿下。

莫扎铺战场是孙大竹的地盘，采取的是蚕食的办法，不仅阵地始终在手，地盘反而越打越大。收复了一道防线之后，孙大竹一不做二不休，带着王虎的连队端着机枪，一边扫射一边往前冲。

余河沿一看这架势吓坏了，跟在后面大喊，老孙，老孙，你干什么，你给我回来！

对方火力压了过来，孙大竹等人跳到沟里。余河沿还在后面喊，你们干什么，为什么往敌人阵地跑，想投敌啊！

孙大竹上气不接下气地对王虎说，别理他，老子非要搞个坦克回来看看。

王虎说，营长，你这一招厉害，反守为攻，咱们一出击，国军就孬种了，他反而不知道怎么回事。

孙大竹说，对，杨师长说的，狭路相逢勇者胜！

王虎说，杨师长还说，不能死守，要以攻为守，把仗打活！

孙大竹说，好，你这水平，相当于副师长！

王虎说，哎呀，那我哪敢，你才是营长，我哪敢当副师长？

孙大竹说，你是副师长，我就是师长，我就是杨蓼夫。现在我命令你，王副师长，夺取独立崖，把那几辆坦克给我封死，防御阵地向前推进一百米！

王虎来了精神，胸脯一挺应了一声是，跳起来，率领部队冲了上去。

打到下午，国民党军队退了下去，丢下一辆坦克瘫痪在阵地前沿。战士们就在坦克旁边打火造饭，孙大竹钻到坦克肚子里鼓捣，王虎带人在下面推，推了半天纹丝不动，王虎揭开坦克的盖子冲里面喊，这东西全是铁疙瘩，推不动啊！

孙大竹钻出脑袋说，使劲啊，把吃奶的力气都给我用上。

王虎说，吃奶也用不着这么大劲啊，你当这是马车啊！

余河沿在旁边烫脚，快活得直吸冷气，对坦克嚷嚷，同志们都听着，师长命令，每到一地，第一是吃饭，第二是洗脚，今天夜里，要做好一百八十里奔袭的准备。

孙大竹说，你好好洗吧，我老孙那双新鞋也归你了。

余河沿说，你飞过去啊！

孙大竹说，我开坦克去。

余河沿说，老孙，你不要鼓捣了，这个破坦克，你搞不走。

孙大竹继续鼓捣，突然从坦克后面冒出一股，坦克吼了起来。孙大竹大叫钻出脑袋手舞足蹈，哈哈，我成功了，王虎，你们散开，别让咱自己的坦克碾死了！

余河沿一跳老高，端起盆子就跑，远远地看着，嘟囔，啊，狗东西真把火点着了？

坦克的吼声震耳欲聋，往前拱了两步，再也不动了。

十一

李其仁在六方城接到杨蓼夫的命令，马上派人把章慧叫来，给她增加了一个职务，支前指挥部军鞋司令！

章慧说，啊，军鞋司令，这是个什么职务啊？

李其仁说，识字班的总教练，桃李满天下，你搞军鞋最合适。把妇女们都给我动员起来，今天一夜，要给我搞三万双军鞋送上去。

章慧说，这么多啊，当饭吃啊！

李其仁说，没办法，你那个老杨啊，给我下了死命令，一是粮食，二是军鞋。

章慧受领了任务，转身就去伙房找朱大爷和韩二婶，没想到一进门，韩二婶迎上来就说，哎呀我的闺女，你可来了，你再不来，就要出人命啦！

章慧吃了一惊，怎么啦？

韩二婶指着房梁的半截草绳，你看，你朱大爷正寻思上吊呢。

章慧更紧张了，伸手一拉，绳子断了。章慧疑惑地说，这绳子也能上吊？这是人家拴苞米的吧。

朱茂煊说，闺女，别听你二婶的，越老越不正经。

章慧明白了，哈，我看你们几个，那是越活越年轻，这气色，比在清河还好啊！

韩二婶说，那是啊，俺们如今是八路军战士了，这心里滋润，脸上就放光。

朱茂煊说，别的都好，可是部队打仗去了，把咱几个撇在家里，无所事事，英雄无用武之地啊！

章慧高兴地说，家有一老是个宝，这回我的识字班有了三个宝。你们收拾收拾跟我走！

韩二婶说，啊，那敢情好，哪里去啊？

章慧说，现在我宣布，双城地区老年工作组成立，任命韩二婶为战斗小组组长，朱大爷为军师，韩二叔为副组长。

韩二婶说，啊，还有官衔？

十二

郑亦雄终于接到参战命令，以两个团的兵力，从共军侧翼出击，袭击杨木林子，配合三十八师进行四平外围作战。

但是这个作战命令有点诡异，奔袭任务由参谋长叶乃伍指挥，郑亦雄和副师长冯德山率领主力坐镇铁城岭。

听叶乃伍传达完命令，郑亦雄沉吟半晌才说，哦，长官部直接指挥到师一级参谋长了，我这个师长可有可无啊。

叶乃伍尴尬地说，师座，这个情况……

郑亦雄摆手，老叶，不解释了，说说具体部署。

叶乃伍擦着冷汗，恢复正常，指点作战地图说，师座，我们的任务是，以两个团的兵力，从三十里铺迂回，至三道林子，侧击第107师后方，策应正面新一军三十八师进攻。

郑亦雄说，不是说，不让我们同第107师正面交手吗？不怕我临阵倒戈？

叶乃伍说，四平战役旷日持久，国军几大精锐久攻不下，长官部动用铁城岭守军，可能出于无奈。

郑亦雄说，哈哈，无奈？我看是孤注一掷。不过，确实也到了鱼死网破的时候了。怕的是，网没破，鱼死了。

叶乃伍说，如果师座对这个任务有所保留，我们是不是再向长官部……

郑亦雄举起一只手，不，既然看得起我们，那没有二话，我要让那些大娘养的大老爷们看看，我新编第111师不比他们那些美国人训练出来的部队差。叶参谋长，拿个方案，下午出发，夜间机动，明天拂晓打响，在杨蓼夫的屁股后面，打他个天翻地覆！战斗胜利，我和老冯出城欢迎你凯旋。

叶乃伍说，郭保成主动请缨，担任前锋。

郑亦雄说，郭保成？这个汉奸可靠吗？

叶乃伍低声说，师座，我们同第107师关系太深，此一仗，长官部高度重视，事关我部未来之命运，必须高度保密。

郑亦雄一怔说，怎么？参谋长有何良策？

叶乃伍说，兵分两路，一明一暗。

郑亦雄说，哦，虚虚实实？

叶乃伍说，左路让曾兴隆去。右路我来压阵。两支汉奸部队，各有嫌疑，先明后暗。

郑亦雄说，如此，已经很周密了。那就按参谋长的计划实施。

十三

四平战役打了七天，外围的杨木林子和三道林子仍然在第107师的控制中。杨蓼夫决定，指挥部继续往前推进，在莫扎铺北侧洪家屯扎营。

贺荣海提出不同意见，说，这么近？莫扎铺还在对峙，反复争夺。指挥所设在洪家屯，离前沿纵深五百米处，那太危险了。

杨蓼夫说，有什么危险？你把前沿再给我往前推三千米，不就万事大吉了吗？

贺荣海说，往前三千米，那就快到敌三十八师大本营了。

杨蓼夫说，那我不管，我今夜就要在洪家屯，我老家叫洪家集，这个场子叫洪家屯，它跟我有缘，今天夜里，我要在洪家屯烫脚。

贺荣海愕然，师长，就因为这个地方跟你老家的名字有点相似，你就让我们指挥所冒这个险？

杨蓼夫不高兴了，冒什么险。今天夜里，要拿下两个要点，一是双河，二是城子街。这两个点拿下了，洪家屯不就不在最前沿了吗？

贺荣海说，那是自然，可是，拿下这两个点需要多少兵力啊？

杨蓼夫说，防线不是全面推进吗？四个团打他一个点还不够？

贺荣海说，那需要八个团。可是我们第107师，加上直属部队，全部算上也不过五个团，而且我还必须留下守阵地的！

杨蓼夫暴怒，老贺，你这个参谋长是怎么当的，就是跟我这个一号作对吗？

贺荣海说，我给你当参谋长快十年了，基本上没有跟你唱过对台戏。八个团的兵力，我从哪里来？

杨蓼夫说，一个团当两个团，我就有十个团！这个账你都不会算，干脆辞职，我兼参谋长算了！

贺荣海说，这个账我一算就明白，可是我没办法把五个团变成十个团。

杨蓼夫怔住了，看着贺荣海，突然笑了，老贺，不怪你，怪我没有把话说清楚。现在我来告诉你，怎么把五个团变成十个团。

贺荣海抵触地说，请师长教诲，我洗耳恭听。

杨蓼夫说，我们说，战略上以少胜多，战术上以多胜少，集中绝对优势兵力，攻其不备。我们五个团，不，只需要拿出三个团，上半夜打双河，下半夜打城子街，明天我打防御。同志们的双脚，就是我们的绝对优势兵力！

杨蓼夫又让于建兴把龙捷三叫来，讲了奔袭的意图，龙捷三说，这样，整个防线就活了。敌人他想不到。

杨蓼夫说，是啊，只是苦了部队，可是，我只能这样，兵力不够，双脚来凑，不是一个人变成两个人，是一双脚变成三双脚。部队连续作战，来回奔波，一是要保障吃上稀饭，二是每个人至少应该有鞋穿，这个时候，稀饭和鞋子就是战斗力。

龙捷三说，稀饭问题不大，鞋子是个大问题，打草鞋都来不及了。

正在发愁，警卫营副营长老千跑过来报告，师长，你们看！

杨蓼夫定睛看去，山坡上一群扛着包袱的花花绿绿的妇女，章慧走在最前面。杨蓼夫惊喜地应了上去，章慧，是给我们送军鞋的吗？

章慧放下包袱，立正报告，师长，第一批军鞋，八百双。李司令率民工团和独立团，押送粮食和第二批军鞋两千双，正在前往，预计天黑前到达！

杨蓼夫怔怔地看着章慧，又看着大着肚子的傅菊珍，接着，又看见了朱茂煊和韩二婶等人。

龙捷三说，老杨啊，我看那个洪家屯，你今晚是住定了。你说缘分，我看真是缘分。

杨蓼大眼睛有些湿润，老龙，你知道我现在想什么吗？我真是相信神仙了，举头三尺有神明。我告诉你老龙，我告诉你老贺，我杨蓼夫打仗，是相信缘分的。看看吧，朱大爷，二叔二婶，还有我们的识字班，我们清河的识字班，我们东北的识字班，只要看到他们，我就知道，我老杨又要打胜仗了！

龙捷三说，老杨，行动吧！

杨蓼夫说，好，参谋长，命令部队，打火造饭。每个连队准备一口大锅，急行军三个小时以上，烫一次脚。

十四

杨蓼夫还没有离开莫扎铺，“老艄公”派人送来紧急情况，新编第111师两个团加上特勤营，在叶乃伍的指挥下，从东南迂回南下，企图从背后偷袭我杨木林子。贺荣海建议，回首对付叶乃伍，现在还来得及。

杨蓼夫说，回首？怎么回首？部队动员起来了，再来回奔波，我这个师长，还真把同志们当牲口了？不行！

贺荣海说，可是，这股敌人不能忽视。今天一个下午杨木林子当面之敌进攻态势锐减，一定是调整部署，三十八师同新编第111师的偷袭部队前后夹击。

杨蓼夫在路边展开地图，研究了半天，突然提出一个大胆的设想，绕道东南，迂回侧后，如果我放弃杨木林子呢？

贺荣海一听吓坏了，忙说，师长，那不行啊，这一块死守，国民党三十八师乘虚而入，那，四平……

杨蓼夫在一瞬间下了决心，向纵队发报，通报敌情，表明我们的态度，进攻双城和城子街战斗行动不变，我杨木林子守军连夜撤出，在三十里铺休整。

纵队的电话接通了，贺荣海向纵队作战部长说了半天，对方就是不同意，杨蓼夫急了，一把夺过话筒，大声吼了起来，我当然知道冒险，不冒险我来打仗干什么？

杨蓼夫正说着，话筒里传来王积安的声音。王积安说，设想大胆，风险太大。万一敌人占领了杨木林子，固守待援，不仅四平东北打开一角，你老杨裹在中间，也就成了肉馅。

杨蓼夫说，王司令，十万火急了，我们必须当机立断。

王积安说，这关系到四平防线，牵一发而动全身，这个板我不能拍！

杨蓼大说，那就请你向东总报告，如果你不报告，我要越级了。

王积安说，老杨，你冷静一点！

杨蓼夫说，老王，我跟你讲，你要拿出打大仗的气魄，化腐朽为神奇，把防御变成进攻。我向你保证，一仗下来，将彻底扭转死守四平的态势，至少可以让四平多守十天！

王积安说，老杨，我妥协，可是你必须回答，丢了杨木林子怎么办？

杨蓼夫说，丢了杨木林子，砍我脑袋，碎尸万段！

电话那边没有声音了。杨蓼夫一连声喊，老王，王司令，老王，你说话啊……电话兵，赶快接上，是谁把线搞断了，枪毙！

王积安的声音又出现了，好吧，老杨，我这就向东总报告。你等着。

十五

按照杨蓼夫的计划，放弃杨木林子是假的，第 107 师以主力奔袭，上半夜打双城，下半夜打城子街，部队并没有增加，只是发扬连续作战精神，给敌人以重兵移动的假象。

部队一路夺关抢隘，师部随后跟进，这天夜里，杨蓼夫当真在洪家屯喝了稀饭烫了脚。

贺荣海在双城战斗中抵近指挥，遭到炮击，左脸负伤，等他回到指挥部，杨蓼夫已经伏在地图上睡着了。贺荣海虽然负伤了，但是精神很好，喜滋滋地向杨蓼夫报告，敌人想不到我们大胆放弃杨木林子，远道奔袭，仓促应战，第一轮气焰打下去之后，进展十分顺利。

杨蓼夫说，这就是所谓兵败如山倒。现在什么时间？

贺荣海说，零时十分。友邻部队配合得非常好，东总又调来六纵二十旅，在西线钳制敌新六军。

杨蓼夫说，命令部队，不要追了，按原计划，三团二营留守双城，其余部队迅速收拢，发扬连续作战精神，进攻城子街。

贺荣海说，师长，城子街守备薄弱，已经成了惊弓之鸟，是不是我来指挥？

杨蓼夫说，干什么？

贺荣海说，师长，你不是要在洪家屯住一晚上吗？我把特务营留下，打下城子街，我向你报告，我们分头向杨木林子杀回马枪！

杨蓼夫说，嗨，还真住啊，我刚才迷糊了一会儿，十分钟还做了个梦，还真的梦到了家乡，那遍地桂花啊……算了，赶快行动！

十六

前线打得正欢，国民党军队第111师两个主要长官却在后方指挥部里枯坐，面对一张过时的作战地图，还有愁眉苦脸的田齐鲁。

冯德山说，这次行动，荒唐之处甚多。我新编第111师两个团，还有一个加强营出动，师部主要长官无所事事，主管作战的副参谋长没有电台。这不是把我们挂起来了吗？杯酒释兵权，那也得有一杯酒啊！

田齐鲁说，副座，在下建议你不要再发牢骚了，免得别人说你得了便宜卖乖。

冯德山说，老田，你这是什么意思？

田齐鲁说，什么叫无所事事？昨夜那个行动，你愿意有所作为吗，你能够有所作为吗？

冯德山说，太奇怪了，杨蓼夫用两个团打双城，用两个团打城子街，用两个团守备，还有两个团退守三十里铺，他那个第107师，总共才四个建制团，怎么一下子多出一倍？师座，你有何高见？

郑亦雄说，哦，我在想，我怎么才能把宋瑜送回清河，我是送她回去呢，还是把她留在这里？

冯德山和田齐鲁面面相觑。

田齐鲁说，这个时候了，师座，你在想这个问题？

郑亦雄说，这个时候？这个时候是什么时候？我把她接来，是因为我希望停战，而现在停战无望，我把她留在这里，我牵肠挂肚，担惊受怕，一事无成。

田齐鲁说，师座，你是不是担心叶参谋长？

郑亦雄说，我当然担心，简直心惊肉跳。我的部队三分之一被穿插分割了，就像我的肠子露在肚子外面，随时都有可能被掐断。而你们，还在这里高谈阔论，幸灾乐祸。

田齐鲁说，掐断？叶参谋长的电报不是报捷了，已经占领了杨木林子吗，长官部也通报嘉奖了啊！

郑亦雄说，你以为这是好事吗？

田齐鲁说，怎么？

郑亦雄说，老冯，我回答你刚才的问题，你说杨蓼夫为什么把四个团变成了八个团，我告诉你，他的兵还是那么多，他一个当两个，他是用快速机动集中优势兵力。一个人三天不睡觉干一件事情，和一个人睡两天干一天，效果是不一样的。

冯德山说，可是，他们也不是铁打的，连续作战，师劳兵疲，长此以往……

郑亦雄说，老冯，你没有当过红军，你不知道。杨蓼夫他是从雪山草地爬出来的，是在祁连山的死人堆里爬出来的，他什么事情都能干得出来。他打了双城，打了城子街，接下来他该干什么？回师杨木林子，聚歼我的那一截肠子。

田齐鲁说，师座，你恐怕是过于焦虑了，我新一军、新六军的部队猛攻四平，这个时候，他们还能……天哪，真有可能。

郑亦雄说，不是可能，是即将发生的悲剧！他几个团行动，仓促决策，稳健行动，他们的东总居然批准了，这是为什么？就是因为杨蓼夫要引火烧身，要把四平的战火，引到杨木林子。

冯德山说，师座，你这么一说，在下醍醐灌顶，想想后背都是凉的。我们怎么办？

郑亦雄说，老田，立即致电长官部，命叶乃伍放弃杨木林子，火速后撤！老冯，让黄津弗做好前出的准备，接应叶参谋长。我要救我的部队！

冯德山说，师座，长官部不会批准这个行动的，万一铁城岭有个闪失，那四平就彻底成了孤岛。

郑亦雄说，那也发报，据理力争。我是党国军官，我不能见死不救！

后来的事实证明，郑亦雄的判断是对的。杨蓼夫第107师的几个团，出击双城子和城子街，打得异常顽强，龙捷三、肖菏泽和黄格选都是身先士卒，虽然艰难备至，但是完成了杨蓼夫的战役计划。黎明时分，杨蓼夫主力挥戈杀了一个回马枪，在杨木林子侧翼的花果山同叶乃伍的部队交上火。叶乃伍站在临时指挥所里，举着望远镜，简直不敢相信自己的眼睛，对韩博涛说，一个小小的花果山，两个团，加上一个特勤营，居然久攻不下。

韩博涛说，而龙捷三手下能调动的不过两个营。花果山不拿下来，杨木林子就是一个孤岛，没有用啊！

叶乃伍说，搞清楚没有，共军的一个营是从哪里来的？

侯魁匆匆跑来报告，参座，赵大脚谎报军情，花果山共军的援兵，不过一个排，是龙捷三手下的警卫人员，由他那个副政委肖菏泽指挥。

叶乃伍说，这个赵大脚，狗改不了吃屎！

韩博涛说，龙捷三的警卫都上去了，说明他已经山穷水尽了，命令郭保成，再组织一次进攻。

叶乃伍说，是的，胜利在望。把郭保成给我呼叫出来！

侯魁说，参座，郭保成方向遭到共军地方部队袭击，连识字班都上来了。

叶乃伍说，是李其仁吗？

侯魁说，是的，有一个团的兵力。

叶乃伍说，又是谎报军情，李其仁初来乍到，他手下哪有一个团啊？报告长官部，请三十八师加紧攻势。再拖上两个小时，煮熟的鸭子就飞了。

韩博涛说，是不是命令曾兴隆过来增援？

叶乃伍说，此次行动，压根儿就没打算让曾兴隆上阵，他的部队在三十里铺佯动，现在回援，鞭长莫及啊！

韩博涛说，那也不能让他袖手旁观，必须把他调过来，以防万一。

叶乃伍说，好，发报曾兴隆，立即回援杨木林子。

十七

仗打到这个份上，叶乃伍渐渐就清楚了，花果山阵地没有一个团，只有李其仁指挥的一个营。郭保成的部队孤注一掷，反复冲击，李其仁对孙迎风说，不管他怎么进攻，我们要守住最后的防线，减轻老龙的压力。再过两个小时，也许一个小时，杨师长的主力就能赶到。现在不要硬拼，跟他打运动战，消耗他，拖住他！

章慧和刘华英率领的地方部队一边抢运伤员，一边参战，用李其仁的话说，婆娘娃娃一起上。正打得激烈，一个妇女干部跑过来向章慧报告，右边山下发现国民党。刘县长和周世登他们正在阻击，可是，我们没有战斗经验，工作队被打散了，刘县长让我报告黄团长。

章慧拎起卡宾枪就走。

右翼果然打到了白热化程度，刘华英和周世登指挥民工在阻击敌人，一个民工浑身披挂子弹带，模仿当初金功言的动作，在划拉一挺机关枪。章慧指挥目标，让民工射击，可是这个民工不会用机枪，急得直往地上摔。

正在这时，后面传来一个声音，我来试试。

章慧回头一看，倒吸一口冷气，原来是王可范和马边锋背着大锅出现了。

民工惊骇得一跳老高，咋咋呼呼，啊，汉奸，汉奸怎么跑出来了！

王可范解下背上的黑锅，不动声色地说，不是汉奸，是土匪，现在是八路军的民工。

章慧回过神来，冷冷地打量着王可范。

王可范说，章科长，相信我吧，把你那个卡宾枪给老马。玩这个，我们是老手。

章慧迟疑着，突然决定，好，王可范，马边锋，给你们一次机会，你们要是敢对我们下毒手，后果你们知道。

王可范不理章慧，从民工的手里接过机枪，熟练地打开一个零件，瞄准对面，一阵弹雨扫了过去。一边打，一边对民工说，把子弹带解下来，给我当装填手，听我的命令。

民工乖乖地从身上解下子弹带，按王可范的吩咐装填。

章慧把卡宾枪交给马边锋。马边锋也开始射击，效果果然大不一样。

马边锋说，章科长，咱们要是立功，你可得在杨师长面前美言啊！

王可范扭头冷冷地看了马边锋一眼说，老马，啰唆什么，快打！

两支枪口吐着火舌，对方阵脚大乱。

杨蓼夫的主力从洪家屯杀了回马枪，杨木林子战场的形势大变，黄格选和祁友敬指挥部队顽强阻击最后一道防线，郭保成的部队拼命进攻，眼看阵地岌岌可危，突然从郭保成的后方冲来一支队伍，前面的马大海抱着机枪大踏步前进，身后是殷福塘的手榴弹队伍，二十多个战士像舞蹈一样，正手反手，从上到下，从左到右，不到一分钟的时间就把一百多枚手榴弹投到郭保成的队伍里。

马大海和殷福塘的侧翼是特务营，孙大竹快活得直吸冷气，一边射击一边嚷嚷，老余，你不能乱打，你得把叶乃伍给我抓活的！

余河沿说，干什么？

孙大竹说，我要他的裤子。

余河沿说，哦，我明白了，他比田齐鲁官大，他的裤子比田齐鲁的裤子值钱。

余河沿向部队大喊，活捉叶乃伍，不要打死了，孙营长要叶乃伍的裤子，死人的裤子穿在身上不吉利！

孙大竹说，你瞎喊什么，你想让杨师长关你禁闭啊！

孙大竹抬手又是一梭子。

花果山上争夺最激烈的是七号高地，守在这里的是王进阶和周世登带领的连队，王进阶多处负伤，浑身血污，身边只有六个战士。王进阶交代战士，每人把一个口子，争取再阻挡一次敌人进攻，为主力回援争取时间。

周世登一边归拢着手榴弹说，好，做好同归于尽的准备，把手榴弹集中起来……

王进阶说，周世登，你不能上，你把大家的名字记下来，以后交给组织。

周世登红着眼睛问王进阶说，连长，你什么意思，你也认为我是草鸡？

王进阶说，不是。师长交代团长，团长交代我，一定要保护好你。可是，咱们没有办法，没想到会打成这样……

周世登说，保护好我？那我来干什么？

王进阶说，师长说，死了一个王进阶，就是死了一个种田的，死了一个周世登，比死一百个种田的还重要。

周世登说，岂有此理，我现在是战士，只讲战士的话，要死大家一起死！

那个曾经训斥过周世登的老兵说，排长，你别怪俺，俺是粗人，俺们拼光了没啥，你们学问人，那是要给国家派上大用场的啊！

周世登火了，在其位，谋其政，我是排长，连长的代理人，我们一起冲……周世登正说着，突然停住，眼睛向对面看去。

连长，你看！

王进阶也听到了对面的喊杀声，拄着枪艰难地站起来，但见对面阵营大乱，马大海等人如入无人之境，敌人纷纷后撤。

老兵惊喜地说，主力回来了！王进阶腿一软，倒下了。

十八

这次由不得叶乃伍不相信了，杨蓼夫真的杀了回马枪。叶乃伍像是还在梦里，神情恍惚地嘟囔，天哪，二百里路啊，怎么可能？

韩博涛说，叶参谋长，全完了，全完了，全线崩溃？

叶乃伍说，杨木林子我只占了三个小时不到啊！

赵大脚慌张地奔过来，拖着哭腔说，参座，韩长官，快走吧，他们冲上来了，再不走就晚了。

叶乃伍侧耳听听，缴枪不杀的喊声好像就在附近。叶乃伍说，啊，怎么打到眼前来了，怎么办？

韩博涛说，叶参谋长，完全垮了，赶紧撤吧？再不走就来不及了。

叶乃伍苦笑，又是无功而返，不过，我们好歹也把共军搅得鸡犬不宁。走！

然而为时已晚。不到一百米的前方，就有两拨人马在等着他，一拨是孙大竹的特务营一部，一拨是王可范和马边锋。马边锋被王可范拖着从一个阵地打到另一个阵地，此时已是精疲力竭，潜伏在路边的树林里。看着王可范认真的架势，马边锋不高兴地说，老王，你还真替共军卖命啊？简直就像他们的战斗英雄！

王可范一本正经地说，我们要杀敌立功，将功赎罪。

马边锋说，你以为杨蓼夫真会让我们参加八路？

王可范说，让我参加我打，不让我参加我也打，反正国民党也不是什么好东西！

马边锋悻悻地说，有道理，没准咱俩把郑亦雄抓住了，那就是英雄了！

说话之间，就看见一队国军官兵从山坡上慌不择路地向这边拥来，近了，看清前面的是赵大脚，后面有叶乃伍等人。王可范向马边锋做了个手势，正要射击，突然看见尾随国民党军队后面的八路军小分队，出现了特务营的王虎和几个战士，他们正尾随着叶乃伍的溃逃队伍，好像螳螂捕蝉一般。

王可范犹豫了一下，马边锋着急地问，还打不打？王可范略一沉吟，回答说，打，打前面的。

王可范说完，重新瞄准，刚要射击，身后孙大竹从天而降，踢翻了王可范的机枪。孙大竹凶狠地说，你们朝谁开枪？

王可范说，我在打赵大脚！

孙大竹说，你打赵大脚？我看你想在背后下毒手！

王可范说，天地良心，我的枪口是瞄准敌人的！

孙大竹二话不说，上前就是一拳，二人转眼就扭打在一起。谁也没有想到，就在二人打架的这会工夫，叶乃伍跑了。

正在附近组织民工转移的章慧听到这边有动静，匆匆赶过来，费了好大力气才把王可范和孙大竹撕开。

王可范怒不可遏，指着孙大竹说，姓孙的，为什么不让我消灭国民党反动派？

孙大竹说，谁的裤裆破了，把你这个土匪放出来了！

王可范说，老子现在不是土匪了，老子是民工！

孙大竹说，民工也没有权力开枪啊，还搞了一挺机关枪！

孙大竹对章慧说，多危险啊，他要是掉转枪口，咱们都完了。

章慧说，可是他没有掉转枪口。

孙大竹说，那是伪装，他在寻找机会。

孙大竹对随后而来的战士说，把机枪拿走！

王可范看着章慧，章慧犹豫了一下，还是说了句，把机枪给特务营，你们还是履行民工的义务。

两个战士试探着上前，王可范两手一松，机枪掉在地上。王可范转过脸去，看着远处。马边锋没有说话，只是朝地上啐了一口。

孙大竹瞪了王可范和马边锋一眼，吼道，看什么看，背你们的大锅去！

十九

王可范和马边锋把黑锅背到山上，正好派上用场，于建兴指挥二人赶紧到山下抬一锅水，就在杨木林子指挥所，烧了一盆热水，说是给转战洪家屯的将士洗脚，其实就是杨蓼夫一个人在洗。

杨蓼夫泡得正舒服，一睁眼看见朱茂煊和韩二婶站在眼前，面前还放着送饭的担子。杨蓼夫恍然如梦，奇怪地问，朱大爷，你怎么还在这里啊？

朱茂煊莫名其妙，一本正经地说，老夫不在这里，老夫能在哪里？老夫是八路军战士了，八路军打仗，老夫有力出力啊！

杨蓼夫回头找李其仁，嗨，老李，我不是跟你说过吗，让几个老人到各乡村走一趟，做一次宣传，然后就让他们复员，怎么还在这里啊！

李其仁说，这不还没有来得及安排吗？

朱茂煊说，复员，复员是个什么意思？

李其仁说，复员就是解甲归田的意思。老袁很快要带第三个清河支队过来，你们几个老人，就跟民工团一起回去吧。

朱茂煊怔了一会儿说，岂有此理，我等老人参加八路军还不到一个月，还没有驰骋疆场，杀敌立功，怎么能解甲归田呢？你们这不是卸磨杀驴吗？

杨蓼夫说，哎呀我的朱大爷，批准你们参军，那是特殊情况下的特殊行为。我们第107师是要打仗的，枪林弹雨，你们几个老人的安危，我杨蓼夫负不起这个责啊！

韩二婶说，老杨，你二婶说两句。俺看你老杨变了，不像在清河，跟俺们一家子亲。俺们把牛都卖了，家里铁匠把门，就是把队伍当成俺们的家了，你们莫非嫌俺们不会打仗白吃粮食？那好，往后俺们少吃粮多训练，俺们也练瞄准刺杀摔手榴弹。

杨蓼夫哭笑不得，二婶啦，你老人家可真会找词啊！老李，你看这件事情怎么办？

李其仁笑笑说，从长计议。

龙捷三过来说，战斗基本结束了，各部队正在打扫战场。杨师长鞍马劳顿，可以休息一会儿了。

到了傍晚，一辆吉普车和一辆卡车沿平沈公路驶向杨木林子。

吉普车上，景晓纯对任冰雪说，老杨这一手厉害，在四平外围打得轰轰烈烈，整个战场，都被牵动了。

任冰雪说，老杨这个家伙，有时候很小气，抠得要死，有时候又很大胆，东总都调动了。四个纵队昨天夜里同时行动，听说杜聿明一夜没有合眼。

景晓纯说，我听王司令说，东总一号和罗政委，昨夜也是一夜未眠。

任冰雪说，牵一发而动全身，老杨真能折腾啊！

景晓纯说，如果不能把杨木林子拿回来，我们这次就不是向他宣布嘉奖命令的，而是来参加追悼会的。

任冰雪惊讶地说，啊，追悼会？

景晓纯说，你忘了，他立了军令状，砍脑壳，脑壳都砍了，还受什么奖啊！

二十

晚饭前，在杨木林子见到了章慧，任冰雪喜出望外，拉着章慧的手说，章慧，你归队后我还是第一次见到你，我有一肚子话要对你讲。

章慧意外地说，任大姐，一肚子话？

任冰雪把章慧拉出指挥所，走到一块平坦的地方说，我这个人有话存不住，我拣重要的说。关于你和老杨的婚恋情况，我过去起了很不好的作用，主要是我要维护领导干部的形象，保护年轻的女同志。你失踪那段日子，我天天都在想，我对不起你，也对不起老杨。我没有成人之美，还棒打鸳鸯，真是缺德。

章慧说，任大姐，你这话太重了，再说，你也是为了我好。

任冰雪说，是啊，我是为你好，你是个好姑娘。当然，我也是为了老杨好。老杨啊，在清河开辟根据地，干得红红火火，来到东北，条件那么艰苦，硬是把部队带得嗷嗷叫，浴血龙海关，鏖战十字岭，辗转秀水河，还有这次四平保卫战……每一仗，都是惊天地、泣鬼神，什么叫男人，这就叫男人！什么叫大丈夫？这就叫大丈夫！你说，这样的男人，他应该不应该得到爱情？这样的男人，他应该不应该得到幸福？都是应该的！

章慧怔怔地看着慷慨激昂的任冰雪说，杨师长他，他的确是个人中豪杰，他应该得到！

任冰雪说，说真的，在你离开队伍的那段时间，我是越想越后悔，越想越痛苦，我任冰雪怎么啦，我怎么变成了一个冷酷无情的人，怎么变成了一个专门拆散别人爱情的法海呢？我太对不起你们了。得知你归队的消息，我高兴啊！章慧，你还是给了我一个机会，让我向你们弥补。我作为一个老大姐，作为纵队的政治部副主任，我有这个责任，有这个义务，也有这个能力，把你们的婚礼办得排排场场，热热闹闹！我要让郑亦雄看到，我们土八路的婚礼，比他们反动派的婚礼，还要体面！

章慧愕然说，婚礼？任大姐，我暂时还没有考虑，我……

任冰雪说，怎么，你反悔了，你为什么要反悔？我告诉你，老杨这个人，现在是抢手货，你过了这个村就没有这个店了啊……

于建兴正在四处寻找任冰雪，看见在这里，就过来报告，任副主任，首长们都来了，景副政委请你过去。

任冰雪说，啊，是小于啊，辛苦了，别打岔，让他们等一会儿！

于建兴站着没动，为难地看着章慧。

任冰雪仍然沉浸在激动中，我告诉你，到你结婚那天，我调十门迫击炮放礼花，集合一个连给你们吹喇叭……

章慧看看于建兴，于建兴看看任冰雪。章慧面红耳赤说，任大姐，今天不说这个了。

任冰雪正说得起劲，顺着章慧的眼神一眼瞅见于建兴，顿时觉得扫兴，拉下脸说，啊，你怎么还没走，你没看见我们女人家说悄悄话吗？

于建兴说，我得给首长带路，那边首长们都在等着！

任冰雪隐忍了一下，不情愿地对章慧说，好吧，就给你说这么多，做好思想准备，咱们抽空就办。

二十一

仗打胜了，部队沉浸在一片喜悦之中。参加杨木林子保卫战和洪家屯转战的各路人马，渐渐都集中在杨木林子的五更坝上，因为是老熟人，杨蓼夫陪同景晓纯前往指挥所的路上，不停地同两边的人打招呼，让景晓纯惊喜的是，竟然在这里见到了朱茂煊和韩二婶。

景晓纯握着朱茂煊的手，回首对杨蓼夫说，你这家伙，把一个年近七十的老人都弄来给你当战士，你也太神仙了！韩二婶好，韩二叔好，哎呀，刘华英同志现在当县长了。我的天哪，墨镇国立中学的老师和学生都来了，我们清河根据地，人走家搬啊！

韩二婶说，清河支队在哪里，俺们就把家搬到哪里。

再往前走，眼前的空地上，一溜摆着十几副担架，有的还在做手术。杨蓼夫走到黄格选的担架面前，看了看输液瓶，黄格选睁开血肉模糊的眼睛，向杨蓼夫和景晓纯龇牙一笑说，师长，又没死掉，我还可以帮你一次。政委，你得感谢我，我还是让你看到我了，活的。

景晓纯说，好好养着吧，战争很快就要结束了。

走到指挥所的门口，景晓纯对杨蓼夫说，老杨，你知道吗，我的口袋里，装着两份命令。

杨蓼夫笑道，我知道，其中一份是砍我脑壳的。

景晓纯说，哈哈，那倒不是，我暂时不告诉你，我现在给你宣布另外一份命令。

景晓纯从口袋里掏出电报，大声朗读，杨木林子战役，第 107 师以攻为守，昼夜奔袭，集中绝对优势兵力，连下两城，阻敌偷袭，牵动战局，使四平防御变被动为主动，为我四平外围数万兵力调整争取了时间，第 107 师战绩辉煌，杨蓼夫功不可没，东北民主联军予以通令嘉奖！

山头一片骚动，一片胜利的欢呼从山坳腾空而起。

景晓纯向下挥手说，同志们安静，还有一份电报，不是纵队的，不是东总的，是党中央毛主席发来的。

五更坝上霎时安静下来。

景晓纯庄严地说，坚守四平的指战员、工作人员，同志们！四平守军，甚为英勇，望传令嘉奖；请考虑增加部分守军，化四平为马德里！

景晓纯读完了，肃立。杨蓼夫怔怔地看着远处，泪水夺眶而出。

史料记载：

1946年上中旬，东北民主联军第107师奉命固守东北战略要地四平之外围杨木林子防线，在兄弟部队的配合下，以攻为守，化腐朽为神奇，使得四平东北防线固若金汤，真正成为马德里防线，保证百万大军顺利集结。之后，第107师马不停蹄，挥师转战，三下江南，四保临江，再下四平，攻克辽阳，围困长春，直逼锦州！

杨木林子战斗结束后，李其仁率领清河干部团和民工团先期南下，杨蓼夫亲自到驻地送行，朱茂煊说，杨司令啊，虽然俺们还是舍不得部队，可是……可是俺们也确实岁数大了一点，俺们还是回去吧，省得给队伍添累赘。

杨蓼夫说，朱大爷说这话见外了，你们从来没有给队伍上添累赘，没有你们，清河支队就不会成为第107师，就没有今天。但是，我们的家乡也需要建设，我相信，用不了多久，我们还会在清河见面。

朱茂煊说，知道，知道，杨司令，你们放心地去打反动派，咱们跟李司令回去，把家给你看好。等你们回去。

韩二婶说，老杨啊，明年这个时候，该回去了吧？二婶给你打床新被套，你和章慧那闺女啊，就在俺家把房圆了，俺要请全村都到俺家喝喜酒。

杨蓼夫说，一定，一定。老李，你回到清河要做一件事情。朱大爷，还有二叔二婶，虽然年纪大了，但他们确实参加八路军了。你那个政府，要给他们发复员证，证明他们是八路军。相关手续，等我们回去补办。

李其仁说，好，放心吧老杨。

傅菊珍的肚子明显大了，拉着章慧说，俺回去可以，就一个心愿没了，章慧姐，你能不能跟杨司令说一声，请他给孩子取个名字。

章慧二话没说就去找杨蓼夫，把傅菊珍的心愿说了，杨蓼夫欣然允诺，对章慧说，生于北上，长在北上，我看就叫北上吧，金北上。

章慧说，好，金色的北上，胜利之路！我们的北上之路，每一个脚印都像金子一样珍贵，胜利的道路就是这些脚印铺出来的。

第十一章 起 义

一

杨木林子一仗下来，郑亦雄老了十岁，不是因为失败，而是因为连失败的资格都没有了。长官部调兵遣将的日子里，他在住院。他的病很奇怪，忽冷忽热，往往会在半夜里惊醒。有一次睡得迷迷糊糊，看到了一个奇怪的场景，天上挂着的说不清是太阳还是月亮，头顶飘着的说不清是雨水还是雪花，工事里蜷缩着几个士兵，瑟瑟发抖。一个军官拎着手枪，从堑壕的尽头走来，一路走一路开枪，一个士兵嗷的一声跳了起来。军官说，想活命吗？士兵说，想活命，做梦都想。军官说，想活命还不去打鬼子？这个士兵转眼就扑到工事前，拉开了枪栓。军官又把枪口指向另一个士兵，想活命吗？那个士兵举起双手说，不想活了，太吓人了。军官向这个士兵的脚下开了一枪说，不想活了还不去打鬼子，好歹死了还赚一个！这个士兵嗷的一声也上去了。那军官高视阔步，皮靴锃亮，手套雪白，迎着对面的弹雨，就那么一路开着枪，一路问着话，从阵地上走了一遭，所有的士兵都举起了枪……

郑亦雄醒来的时候，天还没亮。外面隐隐传来风声，很轻，很长，似乎是从遥远土地上传来的一声叹息。他当然知道，那不全是梦，梦非梦，那个军官呢，是他又不是他，那是九年前的他，在徐州会战中，他就是凭借马革裹尸的信念率领敢死队突入敌阵的。那是三年前的他，在清河平原的元宵战役中，他就是凭借身先士卒行为稳住了一支乌合之众的阵脚。清河平原上，洒过他的血，洒过他的汗，那是抗日的血，也是抗日的汗。

可是今日呢？

龙海关前杨蓼夫的牛皮阵让他的数千铁骑陷入泥泞，十字岭下第107师声东击西只用了半夜就越过了鲁河防线，杨木林子穿插分割回马一枪让他尽失屏障。他可以承认杨蓼夫用兵神速神奇，但是如果让他承认是因为他的无能导致的屡战屡败，那是他无论如何不能接受的。根子不在他这里，大厦将倾，独木难支，这就是根子。但是，长官部还是把这些账算到了他的头上。尽管他多次流露要解甲归田，也确实发自内心生出过厌恶的情绪，可是，当真的一纸委任下来，让他交出兵符的时候，他的心还是疼痛地抽搐了一下。他是军人，他不知道离开战场他将怎样过日子，他甚至连酒都不会喝。

那么，剩下的事情，只能是完婚了。他安慰自己，也许，娶了宋瑜之后，他就可以像一个寻常百姓那样，种花养鸟吃大葱蘸大酱了。

可是真的完婚了，他才惊骇地发现，他不配做宋瑜的男人，不配当一个寻常百姓，他不仅不具备寻常百姓过日子的能力和耐心，他更缺乏寻常百姓随遇而安的寻常心。以往的岁月里，他永远是参座、旅座、师座，电台室那几个女军官必须给他敬礼，敬礼的时候脚后跟必须靠拢，脚后跟靠拢的时候两条小腿之间必须没有缝隙。他习惯那样的礼仪，在那样的礼仪面前他觉得他身上的每一块肉都像金属一样坚硬，在那样的礼仪面前他觉得他脑子里的每一个念头都像湖水那样清澈。

去年秋天，杨蓼夫的部队在四平外围连续打了几个漂亮仗，但是并没有长驱直入，而是放弃四平，到松花江以北开辟根据地去了，又是整军，又是招兵买马。国民党军队第 111 师也转道沈阳，在国民党军队嫡系的夹缝里，在沈阳以西的一个小镇上过着苟且的日子。

不打仗的日子那叫什么日子？不打仗的日子就是喝稀饭的日子。本来没有病，住进陆军医院里，真的住出了很多病。他好像在另外一个世界待了很久，睁开眼睛，发现全是陌生的东西陌生的人。东北这地界，双方大军云集，吃饭的嘴骤然增多，油盐柴米布，猪狗牛羊驴，不知不觉中，物价一天一个样。有一次他在散步时晕厥，被庸医误诊，以为是心脏停跳，送到急救室，一个男医生和一个女护士给他做人工呼吸，男医生一边按着他的肋骨，一边跟女护士商量，晚上到哪里快活一回。女护士说，猪肉都卖三块大洋一斤了，老娘也涨价了，你得带上十斤小米。这时候郑亦雄的眼睛睁开了，看着头顶的灯说，不许掺沙子，杨蓼夫的队伍往小米里掺沙子，硌牙。

那一次，他差点没把那两个人吓个半死。

住进医院的第七天下午，宋瑜给他送参汤，他问宋瑜，你想生孩子？宋瑜说，我当然想生孩子，在渤海湾，像我这么大岁数的人，早就儿女成群了。他点点头说噢。过了一会他又问，你生孩子，我能做什么？宋瑜说，我生孩子，你就为人父了，你要做的太多了。他又点点头，想想才说，我能做得到吗？我只会看地图。宋瑜的脸色暗淡下来了，眼睛里蒙上一层亮晶晶的东西。宋瑜说，亦雄，忘了吧，忘了你的龙海关，忘了你的十字岭，忘了你的杨木林子，忘了你的金戈铁马，忘了你的地图，忘了你的电报，好好地跟我过日子吧！

宋瑜说着，禁不住捂住了脸，泪水从指缝里清泉一般向外涌。

郑亦雄愣住了，过日子，我们不正在过日子吗，你哭什么？

宋瑜把手从脸上拿开，泪眼婆娑地看着郑亦雄，突然爆发地喊了起来，郑亦雄，你醒醒吧，你回到人间吧，你回到我的身边吧，你这个样子，我真害怕啊！郑亦雄说，我就在你的身边啊，你有什么害怕的，难道我变成鬼了？宋瑜泣不成声地说，可是，你还是郑亦雄吗，你怎么就变成行尸走肉了呢？

直到半个月后，宋剑雨匆匆赶到沈阳，情况才发生了变化。

二

田齐鲁到车站迎接宋剑雨，返回陆军医院的路上，向宋剑雨详细地介绍了郑亦雄和第111师的情况，根据他掌握的情况，自从杨屯军火库失利以后，郑师长就不再受到长官部信任了，只是碍于郑师长当年在徐州会战中立了大功，在军事委员会里名头很大，这才没有马上动手。前不久偷袭杨木林子，郑师长有明显的抵触情绪，叶乃伍失利而归，长官部下决心换将了。听说下一步是冯德山代理师长。郑师长很有可能挂个长官部高参的虚衔。

宋剑雨沉吟半天才说，塞翁失马焉知非福。打打杀杀这么多年，也该歇歇手了。好事。

田齐鲁说，好在老冯这个人憨厚，同郑师长多年相知，他上台后可能会采取稳妥过渡。下一步部队要调到另外的战场，可能有一个相对稳定的时期。

宋剑雨说，高参低参倒是无所谓，只是亦雄的身体，令人堪忧啊！

田齐鲁说，据在下观察，郑师长主要是精神受了刺激，暂时有点转不过弯。尤其是在医院那个环境，天天看伤兵看死人，于精神治疗有害无益。宋先生这次来，我建议把郑师长接回燕铭公馆，过一段远离战争的日子，情况或许会好一些。

宋剑雨点点头说，好，这是个思路，让他过过寻常百姓的日子，安心过日子，就是一剂良药。

当天中午赶到陆军医院，郑亦雄一见到宋剑雨，倒是清醒过来，喊了一声父亲，坐在床边默默流泪。宋剑雨抚着郑亦雄的肩膀说，孩子，都知道当将军八面威风，哪里知道将军也有将军的苦楚。也好，这个仗咱们不打了，这个院咱们也不住了。

下午冯德山过来看望，宋剑雨提出来让郑亦雄回家休养，冯德山不敢做主，把医院的院长叫过来，院长说，郑师长的病，按照中医的说法是积郁导致气血凝滞，西医的说法是精神功能紊乱，眼下中西医都没有好办法，其实最好的办法就是修身养性。我也觉得与其住院，不如回家调养。

冯德山征求郑亦雄本人的意见，郑亦雄说，老子不打仗了，回家，放羊种地熬稀饭。

冯德山同宋剑雨和宋瑜交换了意见，以第111师部的名义，向长官部报告。长官部很快来了批复，亦雄将军功高劳苦，积劳成疾，准予休养，所享待遇提高一等。着第111师冯德山师长，就近择馆，做好防务及物力保障。

冯德山给郑亦雄在沈阳西南的鹿港选了一幢住处，师部特勤营就驻扎在山下，可以就近服务。提前请宋瑜过去看了，宋瑜很满意。这就定下来了。

出院那天是个好日子，上车之前，迎着初升的太阳，郑亦雄看了半天，响亮地打了几个喷嚏。

鹿港确实是一个闹中取静的所在，一个相对独立的山坡上的一幢欧式建筑，二层小楼，下面还有半明半暗的地下室，据说是民国初年一位俄国商人所建，客厅宽大，三面都有阳台。站在阳台上，可以俯瞰沈阳半城，甚至可以看到六方城一带的山川河流。郑亦雄是第一次站在阳台上细细打量他的战地居处，秋风扑面，恍若隔世，突然感觉到他和天地很近，离人间很远。连续几天，多数时间都是在阳台上度过的。傍晚时分，夕阳的余晖直接落在山坡的树林里，扑朔迷离，让人遐想无限。

山坡上，当年俄国人栽的苹果树，如今已经果实累累。住了几天，见郑亦雄平静下来，宋瑜给他买回来一套休闲便衣，拉着他一起摘苹果。郑亦雄站在梯子上摘，宋瑜抱着竹筐在下面接，摘着摘着，郑亦雄玩起了心计，嘴里叫着看好，手里的苹果却并没有往下扔，害得宋瑜东奔西跑。

宋剑雨在一旁抽着烟斗，乐呵呵地看着小两口，心里踏实了许多。

摘来的苹果码放在客厅的书架上，满屋清香。宋瑜说，让田齐鲁派人来运回去给弟兄们吧。郑亦雄说，不，拿到街上卖钱，买小米熬稀饭。

这样的日子过了一个礼拜，没有大的波折，郑亦雄还让手下的弟兄上街买了戏票，陪岳丈去看《定军山》。

宋剑雨私下里对宋瑜说，我看眼下这光景，亦雄也算死了心了，识时务者为俊杰啊，以后就老老实实地过老百姓的日子吧。

可是宋瑜仍然不踏实。郑亦雄的平静是真实的，但是，夜深人静的时候，她会偶尔听到一声叹息。有一次她好像听到郑亦雄在梦里嘀嘀咕咕，好像是在下达作战命令。郑亦雄的梦，是一个不可知的斑斓世界。

一个秋高气爽的中午，郑亦雄陪宋剑雨喝了一杯洋酒，那天没有回卧室午休。宋瑜悄悄走到书房门口，看见郑亦雄躺在摇椅上看报纸，一页一页地快速翻阅。翻到一篇文章，看了一会儿，眉头倏然皱起，走到墙下，刷地一下拉开了帷幔，大幅作战地图赫然出现。

宋瑜心里一紧，想进门，又停住步子，就在门外观察。

郑亦雄拿着放大镜，凑近地图，一边看一边自言自语，九十三军、新八军，小凌河、女儿河，共军东总在阜新，二纵三纵，林彪的部队从北宁路南下，兵锋所向，应该是在锦州城北。

郑亦雄抬起头来，脸上呈现惊愕的表情，像是对某一个人说话，这个态势，是首取锦州啊！

郑亦雄背起手，在屋里踱了几圈，回到地图前面，对着幻觉中的人说，九十三军，你部任务，凭借烟台山、紫金山、亮子山等高地，依托小凌河、女儿河和城墙，构成主阵地；新八军，你部迅速摆脱共军阻击，占领双字西山、韩王店南山，构筑若干支撑点，作为外围防御据点，同九十三军相互成为犄角之势，大纵深配置，以防止共军穿插分割。非如此，锦州不保矣。

郑亦雄的声音越来越大，并且挥舞起胳膊，信誓旦旦，不容置疑，好像面对面和一个人吵架，表情也变得激愤起来，你们的判断是错误的，是要贻误战机的。必须当机立断，集中主要兵力于锦州，他攻我防，以逸待劳。我敢断定，共军久攻不下，反而陷我于重围之中，以攻为守，以其人之道，治其人之身，胜利唾手可得啊……

宋瑜终于忍不住了，敲敲门，走了进去，一言不发，长时间地看着郑亦雄。

郑亦雄回过神来，颓然松弛下来，两手一摊说，小瑜，你看，我真是闲得无聊，只能纸上谈兵了。

宋瑜说，亦雄，这段时间，你心事重重，是不是不甘心，还想回到战场，一展雄才？

郑亦雄拉上地图的帷幕，尴尬地笑笑说，小瑜，你都看见了，对你我知无不言。我是不甘心，军人啦，就像骑手，哪怕从马背上摔下来，也要往前滚几滚，何况，前十余年，我的马又是那么快，惯性大啊！

宋瑜说，亦雄，忘了这一切吧，忘记战争，忘记流血，答应我，跟我过一个正常老百姓的日子吧。

宋瑜的眼里泪光闪闪，郑亦雄迎着宋瑜的目光，终于低下头说，小瑜，你不要担心，我答应你，跟你一起好好过日子。

三

这段时间，第107师情况发生了很大的变化。去年秋天杨木林子战役之后，东北民主联军放弃四平，第107师奉命在松花江北岸休整，进行大兵团作战训练，同时扩充兵员。杨蓼夫和景晓纯算了一笔账，前年出关，连续作战，第107师八千人，打了十字岭之后，只剩下四千人不到。后来又经过四平周边几次战斗，虽然取得了胜利，但是兵员损耗更大，几乎形同长征时期的西路军，幸亏调整战略，建立江北根据地，一年多的时间，又是兵肥马壮了。

当年夏天，第107师从松花江北南下，又回到了六方城，动静很大。夏秋两季虽然没有大的战事，但是从上层传出来的消息却是一天一个样。一会儿打长春，一会儿打锦州，东北民主联军的双脚来回奔跑，国军的神经也是两边绷着。

为了控制郑亦雄了解战事，宋瑜采取了封锁措施，裁剪报纸的数量，减少第111师旧部探访的次数，除了田齐鲁和黄津弗等嫡系，其他军官一律不见。

电台室也在鹿港附近。自从郑亦雄被罢官赋闲，金莉莉就感觉第111师的日子昏天黑地，虽然过去郑亦雄并不怎么拿正眼看她，好歹不再喊她林小姐了，当然也没有再喊她金小姐。那次兵乱之后，郑亦雄就没有和她说过话，后来在师部搞了一个隆重的婚礼，再然后，用金莉莉的话说，郑亦雄滚蛋了，从第111师销声匿迹了。

可是，在金莉莉的心目中，没有了郑亦雄的第111师，委实不像个军队，头上少了一股凛然正气，军官的精神面貌每况愈下。在东北的土地上，跟杨蓼夫的部队打了几仗，败多胜少自是难免，尤其是官无斗志，人心思变，而师部没有郑亦雄，就没有了主心骨，让金莉莉每时每刻都感觉是坐在火山口上，不知道哪一天又会出现兵变，想想后背都发凉。

付媛贞向金莉莉透露，一旦有了机会，她就离开第111师，到沈阳投靠亲戚。付媛贞问金莉莉有什么打算，金莉莉发癔症似的说，一寸山河一寸血，十万青年十万军，万丈雄心，永不消沉。

付媛贞讥讽地说，鬼子跑了，郑亦雄也跑了，郑亦雄在宋瑜的温柔乡里做着美梦，你还在这前不着村后不着店的兵营里抱着他的衣钵，你可真是个林黛玉。

金莉莉笑笑说，我是拿枪的林黛玉。

有一次到作战室送电报回来，付媛贞神秘兮兮地说，莉莉，想不想知道一个重要情报？

那当口，金莉莉正对着镜子挤着脸上的粉刺，淡淡地说，再重要的情报，关我什么事？

付媛贞说，跟你关系重大哦。

金莉莉说，除了我娘死了，其他事跟我都没有关系。就是我娘改嫁，我也不管她。

付媛贞扫兴地说，你这个人，怎么这样啊，像个活死人。

金莉莉说，我就是个死人。没有爱情，没有自由，天天都在收报发报，今天大捷，明天失利，打不知道该不该打的仗，做不知道该不该做的事，不就是行尸走肉吗？

付媛贞说，那算了，我还跟一个死人说什么话啊？

金莉莉放下镜子，打量付媛贞说，是不是刘德福给你的情报？你那个情报科长的情报，比真实的情报永远要晚十天。

付媛贞说，说什么啊，刘德福执行任务刚刚回来，我这情报比他的可靠。你有没有兴趣啊？

金莉莉说，我没有兴趣，可是不说，你憋得住吗？

付媛贞说，嘿嘿，真是，我这个人就是嘴贱，肚子里憋不住话。我跟你讲了，你可不能对别人说啊！

金莉莉说，我对谁说啊，除了你，我还有说话的人吗？

付媛贞说，那我就告诉你，郑师长可能要东山再起，东北剿总新任长官卫长官一到任就打听郑亦雄，听说郑亦雄罢官赋闲，卫长官大发脾气。听说这老头在抗战初期就想让郑亦雄到他部队里当团长，对老郑特别欣赏。

金莉莉愣住了，看着付媛贞，看了好一会，又回到镜子面前说，哈哈，你这情报算什么？你没看我正在修脸吗？我打算今晚去跟美国顾问跳舞呢，没准找个洋男人。

付媛贞说，啊，又办舞会啊，怎么没有邀请我啊！

金莉莉说，瞧你那个样子，肚子都快凸起来了，请你去参加，那不掉价啊！你好好值班吧。

付媛贞惨叫，你说什么啊，我还是处女呢！

金莉莉说，你要是处女，这个世界就没有女人不是处女了。我不跟你啰唆了，我得把脸好好修理一下。

付媛贞恶狠狠地说，看看你那个南瓜脸，你再修，你也比不上宋瑜。

金莉莉说，那我也得修，我比不上宋瑜，我总得把你比下去吧。

付媛贞说，郑亦雄要是回到第111师，你真的不在意？

金莉莉说，我当然在意，他要是再喊我一声林小姐，我就给他一枪。金莉莉说着，刷地打开抽屉，取出手枪，对着镜子里的付媛贞，比画了一下。

付媛贞惊叫，你干什么瞄我啊，你真的疯了。

金莉莉哈哈大笑，你说对了，我是疯了，看看第111师，还有几个人没疯？

四

10月中旬，第107师终于接到命令，从六方城拔营，向长春方向运动。路上龙捷三对杨蓼夫说，关于先打长春还是先打锦州，听说东总和中央的意见不统一。

杨蓼夫说，仗打到这个程度，怎么打怎么有理。不过，从东北战场的态势看，先打长春更符合战场实际。长春拿下，东北方向无敌可打，回首打锦州，打沈阳，一路往南压，部队不走弯路，不打回头仗。如果我是东总一号，我肯定倾向先打长春。

龙捷三说，这是明摆着的事情，中央为什么几次反复？

杨蓼夫说，这个情况，我原来也不是很明白，但是随着战局发展，我好像有点明白了，党中央和毛主席还是站得更高。

龙捷三说，这话怎么说？

杨蓼夫说，也是明摆着的。你看，长春在这里，一旦打下，国民党在东北就彻底绝望了，沈阳和锦州的敌军就会收拢，甚至有可能破罐子破摔，干脆放弃东北，退守平津，一方面我平津压力增大，一方面我歼敌机会减少。党中央和毛主席盯的是全国一盘棋。

龙捷三怔怔地看着杨蓼夫说，哦，原来是这样，就是说，先打锦州，就是为了把敌人拖在东北，长春这个破罐子，一时半会还不让他摔掉，吸引他渐次投入兵力，完成平津防御。

杨蓼夫说，应该是吧。党中央毛主席，那是高瞻远瞩啊！

龙捷三说，那我们为什么先打长春？

杨蓼夫说，先打长春，也不是下策。无非就是部队来回多跑两趟，打了长春，回师再战锦州沈阳，同样可以钳制敌人。这不是你我考虑的事情，我们服从命令。

可是刚刚到了蔡岗，情况发生变化，王积安乘坐吉普车追了上来，跳下车就嚷嚷，哎呀，你们这两个家伙，拼命地跑，让我追了半个小时，屁股都快颠成两瓣了。

杨蓼夫说，还不是执行你王司令的命令，我得去跟老大哥抢任务啊。

王积安说，老杨，立即命令，部队停下。短暂休息，回头！

杨蓼夫说，回头？什么意思？

王积安说，还是先打锦州。

杨蓼夫问，这是谁的命令？

王积安说，怎么，你不服从？这是党中央毛主席的命令。

龙捷三说，部队眼看都快到长春了，这个时候再回头，我们怎么向部队作动员？

王积安说，那是你们的事，老杨，你快下命令吧！

杨蓼夫怔怔地看着王积安，突然大笑说，哈哈，王司令，先打锦州，这太好了，这太好了啊！

王积安惊讶地说，老杨，先打哪里，是上级决定，你得意什么？

杨蓼夫说，我当然得意，党中央毛主席，和我老杨想到一起了，啊，不，我老杨和党中央毛主席想到一起了。老龙，命令部队，就地休息一小时，打火造饭，烧水烫脚，一小时后，回师锦州。

五

王积安在蔡岗向杨蓼夫交代回师锦州的时候，任冰雪受敌工部指令，也在跟章慧进行一次特殊的谈话。任冰雪告诉章慧，本来，由于郑亦雄被贬，第111师内部反战情绪非常高涨，地下组织策动起义眼看就成熟了，这个时候，郑亦雄可能被重新起用，情况变得非常复杂。

章慧明白了，她很有可能被派到郑亦雄的部队做兵运工作。

任冰雪说，根据我们掌握的情况，郑亦雄对于重新出山目前还在犹豫，而且宋剑雨老先生也在沈阳鹿港，他和宋瑜都是反对派。这个时候，组织上派你进入郑公馆，只做一件事情，促成宋氏父女劝说郑亦雄，接受这个任命。

章慧惊讶地说，接受？第111师没有郑亦雄，就是一盘散沙，有了郑亦雄，又能一呼百应，一旦郑亦雄铁下心来反共，就成了我们最大的绊脚石。

任冰雪说，郑亦雄铁心反共的可能性不是没有，但是他的内部已经不是铁板一块了，你进去之后首要的任务就是促成郑亦雄接受任命，同时，我们对郑亦雄也有两手准备，必要时会起用第二套方案……组织上希望你放下一切包袱，轻装上阵，完成这个重要的任务。

章慧明白了，不高兴地说，我没有包袱。

临别的时候，任冰雪说，去年春天，我跟你说过，要为你和老杨举办一个战地婚礼，可是，后来情况发生变化，我们守住了四平，又进行了战略放弃，部队进入江北，一直在动荡。双城土改倒是有一段时间，老杨又被调到东总上干队当了半年大队长，任大姐的这个承诺还是没有兑现。这一次，完成了锦州战役，还是由老大姐出面，让你和老杨，风风光光地补办一个婚礼，从此以后啊，你们也不用牵肠挂肚了。

章慧问，任大姐，我和老杨，有条件结婚吗？

任冰雪说，怎么啦？你们不是情投意合，当初冲破了我的重重阻力，要死要活地爱呀情呀，怎么，现在我这个阻力变成了动力，你倒犹豫起来了。

章慧犹犹豫豫，最后还是说了，任大姐，你说老杨他是有妻室的人，我怎么跟他结婚啊？

任冰雪恍然大悟，挥着大手说，是啊，我是说过，老杨他确实有妻室。可是，这一年多，我想明白了。我们的干部，很多老革命，都是有妻室的人。但是，战争年代，天各一方，很多夫妻的婚姻名存实亡。我们部队，有一个约定俗成的规定，夫妻长期失散，可以看成自动解除婚姻。本来嘛，我是反对这个作法的，但是，结合实际，老杨这个人，确实是个大功臣，为抗战和自卫战争，做出很大的贡献，既然他有情你有意，我觉得这件事情水到渠成，我不能再当绊脚石了。

任冰雪说得理直气壮，可是章慧反而觉得，她更不能和杨蓼夫结婚了。

当天下午，在地下同志的掩护下，章慧就混进了沈阳城西南。

六

冯德山到鹿港向郑亦雄传达了卫长官的密令，要郑亦雄出山，还是担任新编第111师师长，并将该师整编为甲种师，辖三个旅，差不多就是一个军的兵力。

诚如底层传说的那样，抗战初期，郑亦雄徐州一战声名大振，作为抗日将领的卫长官对这个青年俊才异常喜爱，要不是何长官暗中动作，卫长官就把郑亦雄调到自己的麾下了。这么多年来，卫长官并没有忘记郑亦雄，郑亦雄在渤海湾抗战的经历，他是一直关注的，对于第111师的情况，也是了如指掌，所以这次到东北履新，他首先就想到了郑亦雄。

郑亦雄和冯德山谈话的时候，宋瑜回避了，在楼下心不在焉地看报纸。两个人谈了也就半个小时，冯德山告辞，郑亦雄送到楼下，临别的时候，只说了一句话，我得考虑三天。

冯德山说，三天恐怕不行，卫长官立等我回话。

郑亦雄不高兴地说，那就回话，郑亦雄身体欠佳，无法担当重任。

冯德山苦笑说，老长官，您也得体谅我这个老袍泽，我不能跟卫长官这么说话啊！

郑亦雄想了想说，好吧，看在你的份上，明天回话。

冯德山离开之后，郑亦雄没有回到书房，而是到院子里看落叶。树叶挂在枝头上，一片两片往下落。郑亦雄踩着落叶走了很多圈，步伐时快时慢，眼神时远时近。宋瑜站在窗帘后面看，感觉郑亦雄的内心正在受着煎熬。这个时候，她也乱了方寸。

没想到郑亦雄还有心思玩扑克。郑亦雄散了一会步之后，兴冲冲地回到客厅，拿出扑克要宋瑜和他玩红黑，玩第一把的时候，郑亦雄十分紧张，翻牌的手有些抖，结果赢了。郑亦雄怔怔地看着手里的牌，又看看宋瑜手里的牌，两眼突然放光，拳头也在不知不觉中攥了起来，嘴唇嚅动几下，话未出口，热泪双流，小瑜……

宋瑜没有作声，她知道，郑亦雄的心里已经做出了决定，一个声音告诉她，不，不能，你必须阻止他。可是，紧接着又有另一个声音在她的心里响起，不，你不能阻止他，你无法阻止他，你不知道这是宿命还是偶然，你不知道你的选择是对的还是错的……

良久，宋瑜才问，亦雄，你决定了？

郑亦雄看看手中的牌，轻轻地点点头，又坚决地点点头，看着宋瑜，突然把牌往茶几上一扔说，不，不算，这一把不算，重来。

宋瑜无语，把牌洗好，自己翻了一张，是红牌，郑亦雄翻了一张，是黑牌。郑亦雄说，还是不算，必须是两个人四张牌都是一个颜色的才算。

没想到，就这么一个简单的目标，玩到晚上开饭还没有结果。

这天下午宋剑雨没有在家，他被当地的一个老朋友接到沈阳城里吃中饭，饭后由张豹陪同去看貂皮市场。从市场出来，突然被一个叫花子拦住了去路，他给了叫花子两张法币，可那叫花子还是不走，一直跟到他的车边，并且喊了一声，宋伯伯。宋剑雨愣住了，听出来是章慧的声音，宋剑雨低头告诉了章慧一个地方，让章慧在那里等。

到了约定的时间和地方，章慧已经换成城市知识分子装扮，把一封绝密的信件交给了宋剑雨。

晚上吃饭前，宋剑雨回来了，听宋瑜说了情况，沉思好久才说，小瑜，这件事情太大了，不仅是个人的事情，也是国家和民族的事情，为父左右权衡，反复掂量，还是不能定夺。我和亦雄谈谈吧，看看他的想法。

这天夜里，宋剑雨和郑亦雄谈了很久。第二天上午，郑亦雄打电话给冯德山，让他回复卫长官，郑亦雄遵命。

七

宣布任命那天，郑亦雄看着窗外滂沱大雨，心里生出许多感慨。不知道从什么时候开始，他对天气变得格外敏感，三年前元宵战役中的雪天，对詹家店日寇最后一战后的洗马堰雨地，还有龙海关冬天里的秋雨，再有就是杨屯军火库的雪地，似乎每一次战争都被老天爷用雨雪记录下来了。那些记录，屈辱多于荣耀。

新编第111师整编为甲种师，辖三旅三团，郑亦雄任中将师长，冯德山任少将副师长兼一旅旅长，韩博涛为副师长兼督察主任，叶乃伍为副师长兼参谋长，田齐鲁为副参谋长兼二旅旅长，曾兴隆为三旅旅长……着该部就地招募兵员，武器装备由长官部统一划拨……

叶乃伍宣布完毕，郑亦雄仍然一言不发。

叶乃伍说，师座重新执掌部队，是我新编第111师之大幸。请师座训示。

郑亦雄说，我无话可说！

众人面面相觑。叶乃伍谦恭地说，师座，您回到部队，第一次和部属见面，总得说几句吧？

郑亦雄说，叶参谋长，我脱离部队一年多，深居简出，耳目闭塞，敌情我情一概不知，叫我从何说起啊？

冯德山说，老叶，你把当前局势向师座禀报一下。

叶乃伍擦擦脑门，好，师座，我把当前我部布防情况和当面之敌情向师座简要禀报。目前，我新编第111师奉命驻防沈阳以东，任务是拱卫沈阳之战略要地，同时准备驰援锦州。当面之敌乃共军之三纵、二纵、六纵、十八纵，我军守城部队为七十六军、七十三军、暂二十二师、八十八师……

郑亦雄说，好了，不要说了，这些情况我比你清楚。还是我来说吧。诸位，众所周知，当前局势，十分严峻。我回到部队，当这个师长，卫长官说我是临危受命，临危是真的，可是受命，在下承担不起啊。两年前我们跟着共军屁股后面北上，那时候我精兵强将，共军衣衫褴褛，十字岭一战，共军突破我防线，直入东北腹地，虽有四平反复争夺，但共军依托松花江，又是土改，又是分田分地，转眼之间，又迅速坐大。两年下来，我军在东北丧失大部分地区，而共军已成百万，陷我军于沈阳、长春、锦州三座孤岛。这个时候，要我拿出必胜信心，实在为难之至。眼下之际，也只能恪尽职守，走一步看一步，诸位好自为之。

韩博涛说，师座，目前我三座城市，防御体系皆坚固完备。此时此刻，前途并非一片渺茫。我等尚有信心，在师座英明之麾下，同共军决战，仍大有可为。请师座审时度势，尽快恢复万丈雄心，率领我等走向坦途。

郑亦雄抬起眼皮，坦途？老韩你指给我看看，坦途在哪里？

韩博涛尴尬起来，讪讪地说，师座，虽然您离开新编第 111 师一年多，但在这段日子里，师座你并没有超然其外，你卧薪尝胆，你审时度势，你……

郑亦雄冷笑，老韩，你就差没说我磨刀霍霍了。我告诉你，这一年多，我什么事情也没有做，我就在等着一纸命令，解甲归田。

八

雨落半山，遍地氤氲，宋瑜凭栏眺望，心里充满惆怅。

郑亦雄走了，临走的时候说，小瑜，我知道你担心什么。你放心，打打杀杀这么多年，我郑亦雄再也不是那个脑子一热挥枪就上的热血青年了，我现在是有家有室的人了，为了你，我会掂量的。

话是这么说了，可是宋瑜的心却再也回不到肚子里了。郑亦雄是什么人，她最清楚。战争啊，这样一场说不清道不明的战争，她真想钻进雨地里，再把郑亦雄的车子拽回来。可是她知道，她拽不回来他。

张妈蹑手蹑脚地上楼说，小姐，新来的佣人来了，是让她帮厨呢，还是让她拾掇花园？

宋瑜说，都什么时候了，还要佣人干什么？

张妈说，是老爷在街上领回来的，清河人，老爷说赏她一口饭吃。

宋瑜惊讶地说，清河人？让她上楼我见见。

新来的女佣跟着张妈上楼，一言不发。宋瑜感到有些怪异，等张妈离开，新来的女佣摘下头巾，宋瑜失声叫道，章慧？

章慧说，是我，郑太太，别来无恙！

宋瑜的嗓音都抖了，颤颤地说，你怎么来了，你知道这是什么地方吗？

章慧一笑说，我当然知道，秋风秋雨愁煞人，我这个闺中密友，就是来为你解愁的啊！

宋瑜说，你开玩笑，你……是不是又来当说客的？

章慧说，怎么，你还真把我当佣人了，连座也不赐一个？

宋瑜苦笑，章慧啊章慧，你可真是我的克星，我走到哪里，你就跟到哪里，这是国军的官邸啊，到处都是眼线，你到这里来，亦雄他……你这不是火上浇油吗？

章慧往椅子上一坐，看在你的面子上，我就是来给郑亦雄灭火的。宋瑜，赶紧让人给我弄点吃的，为了帮助你和郑亦雄脱离苦海，我一路要饭进城，真是斯文扫地啊！

九

10月24日，任务下达了，纵队命令第107师于当天夜里全部进入城北蔡家楼，位于二、三纵之间，准备发起总攻。

部队这才明白，转了一圈，又回到了原先的出发地。于二柱跟在殷福塘身后嘀咕，不是说打长春吗，怎么又回过头来打锦州？来回跑了几天几夜，都快累死了。

殷福塘说，打锦州打长春，关你什么事？

于二柱说，怎么不关我事？长春那是满洲国的皇宫啊，比锦州气派，俺想到皇宫去看看。

殷福塘说，皇宫有什么好看的，不也是城墙吗？

于二柱说，俺想去看看皇帝家里的人都在哪里上茅坑，听说皇帝家里人在屋里上茅坑。

殷福塘说，你听谁说的，皇帝家里的人都不上茅坑。

于二柱信以为真，啊，不上茅坑，那他咋拉屎？

殷福塘说，皇帝家的人不拉屎，都没屁眼儿！

于二柱说，啊，连长你骗人……

殷福塘说，别嚷，看，那是什么？

于二柱定睛远望，天空出现五彩缤纷信号弹。

于二柱情不自禁地叫了起来，啊，总攻了！

殷福塘一把捂住于二柱的嘴说，你嚷什么？听！

天边出现滚雷的声音，从头顶呼啸而过！

殷福塘说，俺的娘哎，这多少炮啊，这恐怕一千门大炮吧，锦州城恐怕要炸平了。炮兵老大哥，你少打一点吧，你要是把锦州城炸平了，俺们上去还打谁呢！

对面城池出现惊天动地的爆炸声。马大海和殷福塘跳出战壕，指挥部队，仅用了一个多小时，就占领了发电厂。

另外一个方向，孙大竹和王虎、余河沿各率一个连，也向蔡家楼迂回。两个小时以后，锦州东北角的守敌只剩下铁路局一处据点了。杨蓼夫的指挥所跟着一线部队一再推进，在铁路对面不到六百米的地方，杨蓼夫调来了迫击炮连，亲自指示目标，连续打掉了守敌的两个火力点，杨蓼夫得意地对于建兴说，看见没有，做人要做这样的人，打炮要打这样的炮！

于建兴焦急地说，老将出马，一个顶俩啊！不过师长你赶快离开，敌人要是知道咱们的师长在这里赤膊上阵，那还不拼命地炸我啊！

杨蓼夫说，多大个事啊，没听说吗，十二师的师长政委都亲自上阵了，塔山那边每天都是上千人牺牲！我们尽快打进城里，减轻塔山的压力！看见那个大房子没有？

于建兴说，看见了，那是铁路局大楼，敌人在前面构筑了坚固的防御体系。

杨蓼夫说，我不管他是什么体系，两个小时以后，我们第107师的指挥所就设在那里。告诉谭何亮，他打不下来，我亲自去打！

十

锦州方向虽然拉开了战幕，但是第111师仍然按兵不动，长官部此时仍然在观望，不能确定东北民主联军的真正意图，到底是长春还是锦州。郑亦雄在指挥部守到夜里十一点，接到卫长官亲自打来的电话，要他调整部署，无论是长春还是锦州吃紧，沈阳方向，其他部队可以动，第111师不能动。

郑亦雄于是悟出来了，卫长官对他的使用还有更深层次的考虑，很有可能把他作为战略预备队。

回到鹿港家里，老远望去，客厅的灯还在亮着。郑亦雄知道，从这个夜晚开始，每个夜晚都是宋瑜的不眠之夜了。

在二楼客厅门口，郑亦雄刚刚脱下军装，还没有交到宋瑜的手里，看见客厅中央站着章慧，顿时愣住了，回过头来问宋瑜，这是怎么回事？

章慧落落大方，笑容可掬，郑将军，怎么，不欢迎？我可是你派人救下来的，我是来谢恩的。

郑亦雄惊愕地看着章慧，苦笑，老杨啊，一而再，再而三，你这是陷我于何地啊！

宋瑜说，亦雄，不要紧张，你打你的仗，我会我的客。你已经三天没有回家了，先洗澡，我们慢慢聊一会儿。大家毕竟是老朋友了嘛！

郑亦雄脸色铁青，隐忍了一下说，小瑜，你知道这是什么时候？你听听东南方向，炮声隆隆，共军已经向锦州发起总攻，我部随时有可能出击增援友邻。我是回来向你告别的。既然你有客人，我马上离开。

章慧说，郑将军，何必如此匆忙？我军向锦州发起总攻，收复锦州指日可待。贵部并非嫡系，一直处在控制使用状态，危难关头，贵部一万余齐鲁子弟的身家性命，都在郑将军手里，你不能带着这些曾经的抗日精英，为国民党反动派充当炮灰了。

郑亦雄郑重地说，我是党国军官，我有我的职责。章小姐，我承认我们之间有太多的恩怨，念在过去并肩抗日的情分上，我给你一条路，马上离开，我可以派人保护你出城，如果明天早晨你还在我的官邸，那我就无能为力了。

章慧说，我既然来了，就做好了随时被抓被杀的准备，如果郑将军执迷不悟，你完全可以把我抓起来交给你的上峰邀功请赏。

郑亦雄沉默半天，颓然坐了下来，叹道，我要是能够下得了手，那就好了！你们就是抓住了我的弱点。小瑜，你这是做什么，这不是把我放在火上烤吗？

宋瑜说，这两天，我和章慧谈了很多，我觉得，有些话，不妨听听。我们被日本鬼子祸害得还不够吗？为什么鬼子投降了，我们中国人还要自相残杀？

郑亦雄说，小瑜，他们的攻心战术是很厉害的，我看你已经被俘虏了，不行，我得马上走，我的部队随时都有可能投入到战争当中，我不能被我的敌人牵着鼻子走。

章慧说，郑将军，我劝你还是斟酌一下，就算你暂时不能接受我党主张，至少可以避免充当反共内战的急先锋。国民党在东北大势已去，侯镜如兵团西进，在塔山遭到我顽强阻击，数日寸步不前，锦州岌岌可危，你区区万人，杯水车薪，有去无回，何必去送死？

郑亦雄暴怒，喝道，章慧，你不要在这危言耸听，吓唬宋瑜。我告诉你章慧，也请你转告杨蓼夫，我郑亦雄是党国军人，我为党国而战，直到最后一息。

宋瑜说，亦雄，为抗日而战，中国人杀中国人，你就是把勋章挂满衣襟，那也是自己同胞的献血。亦雄，不要激动，坐下来，听听章慧把话说完，说完了，你若坚持，我不勉强。你若有所觉醒，我们从长计议。

郑亦雄看着窗外偶尔划过的流星，无奈地说，看来，这个赤化宣传，我接受得接受，不接受也得接受了。我三天没有回家，家里已经成了共军的根据地了。

宋瑜说，这个家，就是你的避风港，它在保护你。

此时郑亦雄还不知道，鹿港已经被韩博涛派来的特务监视了。韩博涛得到章慧潜入鹿港的情报，交代刘德福，不要打草惊蛇，待发现郑亦雄“老熊”有异动的时候，一举包围鹿港，抓获章慧作为郑亦雄背叛党国的证据。

十一

第 107 师在锦州东北角铁路局遇到了最顽强的抵抗，谭何亮指挥部队久攻不下，这时候又传来了师部的命令，两个小时后师长就要在铁路局大楼开设指挥所。谭何亮仰天长叹，天哪，真是杀人啊！

谭何亮交代马大海，把机枪连和迫击炮连调来，带领殷福塘的连队从右翼迂回，打到一片开阔地前，没有了遮蔽物，冲锋的分队暴露在敌人的火力下，几个负伤的战士主动围成一圈，让殷福塘把他们的身体当作掩体，架起机枪扫射。殷福塘被负伤战友的举动惊呆了，热泪滚滚，指挥几个战士伏在人墙构成的掩体前面，拼命地向对方射击。

连续数发迫击炮弹中，人墙构筑的机枪阵地瓦解，五六个战士倒在血泊之中。

殷福塘率队冲锋，终于打开一个口子。

另外一个方向，龙捷三率领团参谋长祁友敬，从左翼向三号据点运动，被敌人的探照灯发现，一阵排炮下来，龙捷三趔趄一下，再站起来，发现一只胳膊被炸断了。龙捷三单臂挥舞驳壳枪指挥部队前进，终于又向前推进了一百多米。

在沈阳鹿港，章慧向郑亦雄出示了军统特务韩博涛拉下的黑名单，郑亦雄赫然排在第一的位置，郑亦雄并不感到意外，但是还是下不了决心。

章慧说，郑将军，当断不断，反为其乱。听听远处的炮声，我军很快将拿下锦州，到那时候，国民党紧缩沈阳，再行动就困难了。今夜是最后的也是最佳的时机，我部孙大竹的特务营就在月亮坨待命。

郑亦雄看着宋剑雨，宋瑜也说，我和爸爸已经商量了，我们希望你弃暗投明，我们一家子一起寻找光明。

章慧说，关于宋伯伯和宋瑜的安全，由我沈阳地下组织负责，你的门外，就有我们的同志在暗中保护。

郑亦雄说，这么说，这一切，你们都安排好了？

章慧说，如果我们不安排，国民党特务随时可能会对你下手。

郑亦雄说，可是，我的部队怎么办？

章慧说，景副政委让我转告你，起义之后，你的部队建制不动，确保军官人身安全和自由。愿意留在我军阵营的，我们欢迎。愿意回家，经你批准，我们发给路费。

郑亦雄凝望夜空，终于下了决心，好，顺乎天意，迎合民心，我郑亦雄就当一次党国的叛徒。我马上安排送你出城，同贵军接应部队接洽。

回到师部后，郑亦雄听取叶乃伍介绍战况，方方面面情况都不是很妙。郑亦雄问，长官部对我们新编第111师没有赋予增援任务？

叶乃伍说，目前没有接到新的任务。在下寻思，锦州有可能放弃，下一步的重点还是力保沈阳。

郑亦雄说，哦，如此甚好，采取收拢战术，早就应该这样了。

凌晨一时左右，郑亦雄秘密召见田齐鲁和黄津弗，交代田齐鲁准备通电起义，部队能拉走多少就拉走多少。要田齐鲁通知曾兴隆，向北防御沈阳国军追击，向南保证起义行动路线。同时控制韩博涛和叶乃伍。

郑亦雄的车子载着章慧秘密离开鹿港，转道黄津弗的二团，准备到月亮坨同孙大竹接头。

十二

锦州铁路局方向，打到天将黎明，仍然难解难分。贺荣海向杨蓼夫报告，铁路局工事守敌十分顽强，我一团二团进攻均为奏效，龙副师长身负重伤，谭何亮和团以下干部伤亡三分之二。

杨蓼夫说，哦，我已经快成光杆司令了，看来我真的要赤膊上阵了，让警卫营做好战斗准备！

就在杨蓼夫准备破釜沉舟之际，王可范和马边锋背着大锅，气喘吁吁地向指挥所方向跋涉。老千跟在后面一边追一边拉枪栓，王可范，你给我回来，再不回来，我就开枪了。

王可范说，你可以开枪，但我不会回去，我要见杨司令。

老千说，把你的锅放下！

王可范向马边锋说，不理他，走！

王可范和马边锋突然出现在指挥所，让在场的人大吃一惊。杨蓼夫意外地说，王可范，马边锋，你们要干什么？

王可范说，杨师长，该我们报答不杀之恩了。

杨蓼夫冷冷地看着这两个人。王可范和马边锋解下大锅，里面是满满的炸药包。

老千追了上来，举枪对着王可范和马边锋说，住手，再动一下我就开枪。

杨蓼夫明白过来了，对老千说，把枪放下，他们不是来炸我的。

王可范说，杨司令，请你相信我，给我一个排，不管新兵老兵，只要是人，听我指挥就行！

贺荣海说，你，听你指挥？

王可范说，是的，我们这些当土匪出身的，搞爆破有经验。

杨蓼夫问，你打算怎么做？

王可范说，杨司令请看，敌人的坚固工事，莫过于左翼那几节车皮。给我一个排，我带着从左翼迂回，爬到左翼那幢三层楼上往下炸，我们的部队，有一个连，就能攻上去。

杨蓼夫沉吟道，是个好办法，可是你们近距离爆破，怎么脱身呢？

王可范说，那就看我们的造化了。打仗没有不死人的。

杨蓼夫终于下了决心，好，老千，集中你的队伍，全部装备手榴弹，听王可范指挥。王可范，你有什么要交代的？

王可范说，我，还有老马，我们要是死了，请你帮我们证明，我们不是土匪了，我们是死在反对内战的战场上。

杨蓼夫说，我现在就可以答复你，你们不再是土匪了，你们是我第 107 师的民工，是我们的后备力量。

杨蓼夫说着，摘下军帽，扣在王可范的脑袋上。又把贺荣海的军帽摘下，扣在马边锋的脑袋上。

王可范激动得热泪盈眶，杨司令，你就等着我们的消息吧，如果有来生，请批准我们参加八路军！

杨蓼夫眼睛潮湿，拍拍王可范的肩膀，突然回首对老千说，调警卫营三连，马上跟进！

王可范头上戴着杨蓼夫的军帽，感觉像中了咒符，吆喝马边锋，带着一个排的兵力，冲出开阔地，向左翼三层楼上接近。眼看就要接近铁路局大楼，暗处一个火力点突然出现，迎着王可范打了一梭子，王可范摇晃了两下，对马边锋说，老马，我不行了，到这里来，这是最佳投掷距离！

密集的子弹飞过来，像苍蝇叮在牛皮上，对于王可范来说已经没有用了。此时他已经是一个死人了，没有了疼痛，没有了恐惧，没有了思想。他最后的思维定格在如何把炸药包投掷在铁路局大楼一层下面那个涵洞里，只有那里可以发挥炸药的最大效能。等他爬到豁口的时候，他的脑袋也只剩下了半个，一个眼珠子率先飞了出去，落在涵洞里，接着他拉开导火索，抱着炸药包，纵身跳了下去。

马边锋扑过来，脚没站稳，晃了几晃，也拉开导火索跳了下去。

霎时，一连串的爆炸声传来，敌人据点铁路局大楼被淹没在浓烟之中。老千指挥战士们趁势冲了上去。

十三

沈阳方向打得不可开交，第 111 师仍在沈阳西南角待命。刘德福事先得到韩博涛的指令，这个晚上不会有行动，忙里偷闲，把刚下夜班的付媛贞叫到住处吃宵夜。几杯酒下肚，就动手动脚，美其名曰今朝有酒今朝醉。付媛贞胡乱地填饱肚子就要走，刘德福的酒劲上来了，抱住付媛贞不放。付媛贞急了，一边挣扎一边嚷嚷，都什么时候了，老想偷鸡摸狗，也不怕外面打黑枪！

刘德福说，什么时候？你说什么时候了？现在是锦州大战，长春大旱，沈阳干看。什么时候也不耽误……

正说着，电话铃声骤然响起。

特务在电话里向刘德福报告，郑亦雄的福特汽车出现在二团，他影影绰绰看见有个人下车进入二团参谋室，从背影看很像章慧。

这时候刘德福就顾不上付媛贞了，分析一定是郑亦雄派黄津弗保护章慧出城，同接应部队会合，交代侯魁，一不做二不休，迅速赶到二团，在黄津弗的车子上安装炸弹，在接应共军眼皮底下引爆，离间郑亦雄和接应部队。为了万无一失，刘德福同时要求侯魁带上特勤车，跟上黄津弗，万一炸弹不灵，实行火力阻击……

不知道电话那边侯魁说了些什么，刘德福对着话筒火气很大地说，老侯，这个时候，你还讲什么价钱啊，这次任务完成得好，你就是戡乱的头号功臣，好，你马上行动，我向韩长官报告。

刘德福打电话的时候，付媛贞正手忙脚乱地系扣子，听了只言半语，马上就明白发生了什么事情，吓得手都抖了。刘德福打完电话，猛抬头看见付媛贞还在这里，惊问，你怎么还没走，你听见什么了？

付媛贞吓得脸色惨白，结结巴巴地说，我，我什么也没有听见。

刘德福说，还不赶快值班去！

侯魁故意放了一个破绽，让黄津弗有足够的时间将章慧带上汽车，同时在这个时间段里，侯魁的手下也顺利地将一枚双功能炸弹嵌进汽车的底盘，接上了引擎连线。半个小时后，黄津弗的车子在门口接受检查，侯魁从检查站出来，声称奉叶参谋长的命令，跟随黄团长一起检查防务。

黄津弗明白了，他被这个特务跟上了。黄津弗话里有话地说，我要去的地方，那可是前沿阵地，我不能保证侯队长的安全啊。

侯魁说，我的安全不用黄团长负责，我是下级军官，倒是对黄团长的安全要负责任。

黄津弗已经做好了搏斗的准备，笑笑说，那好，请侯队长上车吧。

侯魁慌乱地说，上车？不，不，我乘特勤车。

黄津弗松了一口气说，那就请自便吧。

刘德福穿戴整齐地出现在师部，向韩博涛报告说，黄津弗亲自率领一个排的警卫，向月亮坨地区开进。我接到密报，当机立断，命令侯魁在章慧乘坐的吉普车上安装了炸弹，汽车启动一小时后，自动爆炸。

韩博涛怔怔地说，我的天哪，真的出事了。赶快向毛长官报告，对“老熊”采取果断措施！

十四

深夜的空气似乎弥漫着阴谋的气息。自从付媛贞被人叫走，这个夜晚的电台室就只剩下金莉莉一个人。出奇地平静，没有多少电报来往，自然也很少有人光顾电台室。

金莉莉配发的手枪还没有用过，但是这个夜晚手枪的保险被她无数次打开，外面一有风吹草动，金莉莉就把子弹推上膛。远处传来脚步声，金莉莉立即躲在门后，似乎随时都要开枪。

这天晚上付媛贞本来就是心惊肉跳的，进门看见金莉莉举着手枪对着她，哇地一声尖叫，差点儿没有晕过去。金莉莉看见是付媛贞，这才收起手枪，抱怨道，你干什么去了，这么晚才来接班？

付媛贞说，我有点事……你拿着枪干吗，难道又有人想强奸你？

金莉莉说，我不怕强奸，就怕鬼。今夜怎么阴森森地，是不是要发生什么事啊！

付媛贞夸张地说，莉莉，你可真是神仙，今天夜里，要发生大事了！

金莉莉说，真的？什么事啊？

付媛贞惊魂未定地说，我跟你说了，你可不能告诉别人啊！

金莉莉说，我想告诉别人，可是现在还有人理我吗？

付媛贞说，那我就告诉你，郑师长要叛变，韩长官要对他采取措施。

金莉莉惊叫一声，刷地掏出手枪指着付媛贞说，什么？你再说一遍。

付媛贞说，你干吗啊，大惊小怪的。郑师长早就有叛逆嫌疑，你又不是不知道。还有，那个章慧，已经被郑师长安排，到月亮坨同共军接洽，准备接应。不过，她活不过今晚了，有人在她的车上安装了炸弹，车子发动一个小时就爆炸。

金莉莉“啊”了一声，差点儿呕吐。

付媛贞奇怪地看着金莉莉问，你怎么啦？是不是怀孕啦？

金莉莉镇定下来说，你以为我是你啊，我才是真正的处女呢。好了，你接班，我得回去迷糊一会儿。

匆匆交班之后，金莉莉拎着手枪回到宿舍，关上门窗，找出一张电报纸，匆匆写了几句话，揣好后径直奔师部作战室，从门缝里看见田齐鲁正和郑亦雄说着什么。听见外面有动静，田齐鲁擎枪在手，悄悄地走到门后，猛地把门拉开，金莉莉急中生智，立正喊了一声，报告长官，电报！

田齐鲁站住，怀疑地看着金莉莉说，电报？拿过来！

金莉莉进门，越过田齐鲁，直接走向郑亦雄说，这是郑师长的私人电报。

郑亦雄说，哦，私人电报，怎么会有私人电报，我看看。

金莉莉注视着郑亦雄，从怀里掏出纸条递了过去。郑亦雄看了金莉莉一眼，发现这个女军官的神情不太正常，展开手中的电报纸，看了两眼，脸色大变。电报纸上写着：韩博涛要对郑师长下手，刘德福在章慧的车上安装了炸弹。

郑亦雄抬头看着金莉莉，探询地问，你，林小姐，你这是？

金莉莉咬牙切齿地说，我不是林小姐，我是金莉莉。郑亦雄你这个混蛋，你快跑吧！

金莉莉离开之后，郑亦雄顾不上多想，部署田齐鲁，马上通知曾兴隆，就近拦截黄津弗的车子，阻击侯魁，同时调动冯德山的警卫连过来保卫师部。刚刚安排就绪，就听到外面传来呼喊声，有人刺杀师长，快来人啊！

郑亦雄心里一紧，金莉莉。正要夺门而出，田齐鲁一把拉住说，韩博涛来了，师部已经被包围了。郑亦雄说，被包围了我们还躲在里面干什么，出去拼了算了。

韩博涛指挥刘德福的特勤连已经冲到门口，哨兵阻挡不住，被缴了械，特勤连的士兵十几支枪口对准了郑亦雄和田齐鲁。韩博涛拎着手枪进门，一声冷笑，郑亦雄，你背叛党国的罪行已经暴露，抵抗是徒劳的。放下武器！

郑亦雄扔掉手枪说，停止内战，追求和平，我问心无愧。

韩博涛说，我们已经在章慧的车上安装了炸弹，将在共军的眼皮底下爆炸，共军不会饶过你这个刽子手的。

田齐鲁说，你这下流手段，共军会识破的！

郑亦雄说，识时务者为俊杰，你们已经被老冯包围了，缴械吧，跟我一起弃暗投明！

韩博涛说，别做梦了，老冯是不会跟你一起走的，你就等着老冯来给你收尸吧。

韩博涛话音刚落，背后闪出一个人来，喝道，韩博涛要挟师长，欲行不轨，拿下！

几个士兵一拥而上，将韩博涛和刘德福扭住了。

形势急转直下，这时候冯德山也带人冲了过来，惊魂未定地看着郑亦雄说，师座，你没事吧？

郑亦雄说，我没事，林小姐，不，金小姐呢？

几个人出门寻找，在电台室门前的树下发现金莉莉，已经断气了。

十五

黄津弗的吉普车在前，侯魁的特勤车在后，沿沈平公路向月亮坨行驶。越往前走黄津弗越觉得不对劲，对章慧说，侯魁的车始终同我们保持一定的距离，是不是特务在前面布置了伏击？

章慧说，老黄，不要太紧张了，黎明前的黑暗，就是这样。

黄津弗说，不，我总感觉到哪里有问题。出发之前，侯魁突然出现，说明我们的行动已经被特务掌握了。他跟着我的车子，不远不近，这是干什么？

章慧也觉得蹊跷，但又不知道侯魁到底想干什么。还是黄津弗有点明白了，他不袭击我，是要放我的车子同你们的部队接头；他不离开我，是怕我半途改道。刚才车子停在团部，侯魁很有可能在我的车上做了文章，这辆车上有危险。

章慧还是不明白，老黄你不要疑神疑鬼，我想不出来车上有什么危险。

黄津弗说，我怀疑侯魁在车上安装了炸弹，等我们和第 107 师接头成功，起爆炸弹，嫁祸郑师长，破坏起义。

章慧这才觉得黄津弗的分析有道理。

车子拐了一个弯，黄津弗放慢车速说，章慧，看见那个桥了吗？你先下去，躲在那个桥孔里。我单独接头，然后回来接你。

章慧说，老黄，没有这个必要，你看，对面山上那个大石坎，就是我们的接头地点。

黄津弗严肃地说，章慧，为了大局，我们还是谨慎一点，你先下去，等我回来！

章慧还想争辩，黄津弗一脚刹车，顺势将章慧推下车去，章慧立足未稳，只好眼睁睁地看着黄津弗驾车远去。

章慧下车了，黄津弗就轻松了，又往前开了五百多米，把车停下不走了，下车后点了一支烟。

黄津弗的车子停下，侯魁的车子也停下来。黄津弗掏出手枪，压上子弹，等侯魁上来，但是侯魁就是不上来。只是在后面喊，黄团长，为什么不走了，不是要到麻阳河检查防务吗？

黄津弗说，你过来，吸支烟再说。

侯魁隔着老远说，还是快走吧，这里前不着村，后不着店，可别遇上鬼啊！

黄津弗更加证实了自己的判断，他的车子确实被做了手脚，想了想，上车点火，在一个稍微宽敞的地方掉头，突然迎着侯魁的特勤车开了过去。侯魁起先不知道发生了什么事，回过神来，突然大喊，不，不！

黄津弗把车停下，下车不紧不慢地说，怎么，侯队长，我这车上真有鬼啊，你怕什么，下来上我的车子。

侯魁乱了方寸，指挥士兵赶快下车，慌乱中触到引爆器，一声巨响，吉普车爆炸了，沿着山坡，滚了几滚，翻下山坡，落入悬崖。

对面山上大石坎一带，埋伏着孙大竹的特务营，孙大竹老远看见两辆汽车一前一后在对面山腰盘旋，判断是郑亦雄派来的接头人员，指示王虎密切观察。可是等了十多分钟，发现那两辆车子停了下来，停了好长时间没有动静。孙大竹觉得蹊跷，正要带队下山看个究竟，猛地发现对面山腰火光冲天，并传来激烈的枪声。等孙大竹的队伍赶到，这里只留下几具烧焦的尸体。

十六

铁路局大楼攻占后，在锦州东北角打开了一个缺口，各个部队进展顺利，锦州战役很快就结束了。东总给杨蓼夫下达命令，向国民党第六兵团指挥部发起攻击。

贺荣海向杨蓼夫报告，郑亦雄的部队起义成功，三分之二兵力由东总集中整训。但是由于特务破坏，章慧未能脱险，和黄津弗一起牺牲了。

杨蓼夫问，找到尸体没有？

贺荣海回答，没有，据孙大竹报告，连车带人，滚下悬崖，特务营派人搜山，至今还没有消息。那个地方是悬崖，挂在坡上，无法通过。

杨蓼夫说，通知特务营，不要再找了。等不打仗了，我自己来找。

说完，两行热泪滚滚而下。杨蓼夫说，通知政治部，所有的烈士，包括王可范和马边锋，能找到尸体的，都要找到。打完锦州，我要把所有的烈士遗骸运回渤海，我带他们回家。

东北全境解放后，第107师改编为解放军第四野战军118师，此后集结于黑山地区，转入战后休整，调整组织，进行军事训练，做好入关准备。

整训期间，龙捷三和肖菏泽同路回到部队，龙捷三断了一只胳膊，肖菏泽瞎了一只眼睛。第107师首长开会的时候，杨蓼夫感慨地说，四平战役，锦州战役，长春战役，我们在九十天内平均每天牺牲五百人。昨天老景打电话问我，出关的时候我们清河支队是八千三百二十一人，现在还有多少人？我回答，现在的兵员是一万一千二百二十人。老景惊讶，怎么越打越多？我告诉他，我们在战斗中补充，现在的兵员，多数都是东北扩军和解放战士，我们的老底子，剩下一千人不到。

龙捷三说，是啊，团以下干部，牺牲了十分之七，一团，从周杰宁开始，牺牲五任团长，三任政委。

杨蓼夫说，上个月，一批伤员回清河，我让他们带信给老李，请他给我做一块墓碑，一面山墙大，把我们清河支队八千三百二十一人的名字都刻在上面，牺牲了的，抹黑，活着的，先涂红漆，死一个抹一个。

龙捷三说，这个想法好，死在战场，回到清河。可惜啊，我现在当木匠困难了。

黑山整训后期，以第107师为主体，辽西纵队和独立旅合编为17纵队，别称清河纵队，杨蓼夫任司令员兼政治委员，龙捷三任纵队副司令员兼第107师师长，肖菏泽任纵队副政治委员兼第107师政治委员，任冰雪同志任纵队供给部政委，孙大竹任 29 旅旅长……

东总命令，部队即日做好交接工作，准备南下，挥师入关。

十七

解放后的沈阳鹿港，如今是十八纵队的指挥部。一间明亮的办公室里，一位中年女干部坐在办公桌前，温和地看着章慧，旁边有人做笔录。章慧在锦州战役之后，随十八纵队辗转于东北，已经三个多月了，直到沈阳解放。

女干部说，章女士，我们对你在月亮坨的情况做了详细地调查，郑亦雄的部队确实是在锦州战役第二天夜里发动起义，但是，你怎么会裹进国民党三十八师的部队，这个情况你还得详细地回忆一下，以帮助组织上甄别。希望你不要有误解。

章慧说，没有问题。当时的情况是这样的，国民党的团长，也是我们早就争取过来的对象黄津弗，奉郑亦雄之命，亲自驾车送我到月亮坨同我们接应部队接洽，临行时有特务侯魁坚持随行，黄津弗勉强同意，我分析黄团长是打算随机应变。但是特务没有上我们的车，而是上了自己的特勤车，那辆车始终和我们保持一段距离，这个情况引起黄津弗警觉。他分析特务可能要在我们同接应部队接头的时候发动袭击，所以他坚持要我下车。我最后看到的，不是伏击，是爆炸，我和黄津弗同坐的那辆吉普车被炸翻了。

女干部说，也就是说，车子爆炸之前，你已经下车了？

章慧说，是的，黄津弗提前把我推下车，让我在山下的桥洞里等待。车子爆炸后，山上发生枪战，我钻出桥洞，准备到山上找自己的部队，不料遇到一伙人，我还没有搞清楚是什么人，就被抓住了，后来才知道，是国民党三十八师的一股逃兵。再后来，我们的部队追上来，我又成了俘虏。章慧苦笑，成了我军的俘虏。

女干部说，哦，原来是这样，可是，那个黄津弗已经死了，死无对证。这样吧，关于你策反郑亦雄部队起义的经过，我们可以向第 107 师调查，不过要等一段时间，他们现在黑山整训，千里之外。沈阳刚解放，我们有很多工作要做，希望你耐心等待。

章慧说，只要回到队伍里，等多长时间都没关系。

在等待时期，章慧被分配在民运科里打杂，负责物资登记发放工作。不久，结果出来了，女干部对章慧说，经过一个多月的调查，我们已经完全证实，你在锦州战役中所做的一切，都是组织分配的工作，你的工作卓有成效。目前，郑亦雄部队已经接受改编，郑亦雄本人提出退出军界，兵团已经批准。至于你的工作，纵队首长考虑，你有丰富的统战工作经验，能不能留在十八纵敌工部工作。我想征求你本人的意见。

章慧略一思考，欣然同意。章慧说，只要是革命，在哪里都一样。

女干部对章慧的态度有点意外，哦？这么痛快？你原部队第107师已经整编为17纵队，即将由黑山出发南下，参加平津战役。因为跨兵团，我们一时还联系不上。你要想回原部队也行，不过，那要等到南下之后，目前你只能随十八纵行动。

章慧说，方便的话，我想见见我的战友。但是，一切服从大局。

女干部说，还有一件事情，我想跟你打听一下。你是什么时候参军到第107师的？

章慧说，四年前吧，那时候第107师还在山东清河，番号是清河支队。当时我是从清河墨镇地下特支转到部队的。

女干部说，那你对第107师的首长一定不会陌生啰？

章慧说，差不多都认识。

女干部说，第107师的师长……哦，他现在是纵队司令员了，杨蓼夫，是不是一个大个子，皖西人，原四方面军的干部，说话爱带个口头禅，多大个事啊！

章慧惊讶地说，是啊，你认识杨司令？

女干部笑笑说，岂止认识？当年，西路军兵败祁连山，为了营救被敌人俘虏的同志，援西军准备派遣一批军事过硬的同志，打入马家军内部，因为外地口音，需要掩护，就从当地女干部中，选了六个同志，让我们假扮夫妻。给了三天时间，让我们白天在一起统一口径，晚上各回各的部队。

章慧神情专注，呼吸渐渐急促。

女干部说，我的那个假丈夫，就是杨蓼夫，那是一个很有能力的军事指挥员。要不是后来任务取消了，没准就弄假成真了。那时候有好几对发展成真的了，分手的时候还死去活来的。

章慧的表情急剧变化着，目不转睛地看着女干部，手指下意识地捏着纽扣。

女干部说，不过，我和杨蓼夫同志都没有那个意思，我比他还大三岁，而且那时候我已经和现在的丈夫，就是咱们纵队刘副司令恋爱上了，快到谈婚论嫁的地步了。一晃，十几年过去了，也不知道老杨还记得不记得这件事情了。

章慧惊呼，啊，原来是这样，您是……

女干部说，我姓谢，你喊我谢大姐好了。有朝一日见到老杨，代我问个好！

章慧激动地说，谢大姐，谢谢你，谢谢谢大姐！

章慧的激动近乎失态。

女干部莫名其妙地看着章慧说，啊，你激动什么？这有什么好谢的。

十八

第107师启程离开黑山那天，杨蓼夫站在山坡一堵断墙上，向远处看了很久。

然后问警卫连长王进阶，小王，你往那边看。你看那是什么？

王进阶说，那是天边。

杨蓼夫说，天边下面呢？

王进阶说，应该是大海了。

杨蓼夫说，是啊，是大海。在海岸上，有河流山川，有田野森林，有村庄果园。也许，就在那里，还有一个人，也许她还活在人间。

王进阶说，我知道了，你说的是章慧。

杨蓼夫说，我们这次南下，落脚点在哪里，不知道；转战哪里，不知道；战斗多长时间，不知道。我不能在这里寻找章慧了，我只能拜托你了。你随前指乘坐火车，可能在沈阳会有停留，如果有机会，到兄弟部队跑跑。万一能找到章慧，照顾好她，也许，全国解放不远了，那时候，我再来找你们。

王进阶哽咽着说，师长，我明白了。我一定尽力查找。

杨蓼夫说，你是我的老警卫员，这也算帮我个人一个忙吧。

王进阶的寻找之旅从此就开始了。前指到达沈阳，等待车皮，王进阶顺藤摸瓜，师一级驻军单位几乎跑遍了，也没有查到章慧的下落。然后又跑到解放干部学校，去找原国民党军队第 111 师的军官，倒是找到了正在那里受训的赵大脚，赵大脚说，他好像听师部一个参谋说，其实车子在月亮坨爆炸之前，黄津弗已经把章慧推下车子，所以，章慧很有可能没死。这件事情最清楚的，只有刘德福和侯魁。

王进阶吃干粮喝凉水，走遍了沈阳的大街小巷，最后在监狱里找到了刘德福。刘德福说，当时，我派侯魁以特勤队的名义监视黄津弗，黄津弗护送章慧出城之前，侯魁在汽车上安放了炸弹，目的是在你们的眼皮底下爆炸，切断郑亦雄和你们的联系，也有嫁祸于郑亦雄的意思。后来的情况你都知道了，侯魁亲眼看见车子爆炸后滚下悬崖……

王进阶在沈阳找了十多天，再回到兵站，17 纵队前指的车皮已经离开了沈阳，他只好混上了一辆运载伤病员的火车，辗转回到了山东。

十九

翌年春天，部队南下，杨蓼夫向东总提出请求，17 纵队由龙海关入关，担负左翼任务，并在清河休整一个月。

王进阶返回队伍，向杨蓼夫报告寻找章慧的结果，杨蓼夫半天不语，突然恨恨地说，这件事情，都是任冰雪一手造成的，任冰雪比郑亦雄还要反动。王进阶吓了一跳，赶紧说，司令员，你可得小心说话，任副政委她就在隔壁啊！

杨蓼夫一声长叹，再也不说话了。

王进阶说，司令员，章慧同志她也是为了革命，您不要太伤心了。

杨蓼夫说，不能忘记，不敢想起。举头三尺有神明，我不相信章慧就这么走了。

王进阶说，如果章慧同志还活着，宋瑜那里应该有线索，清河韩二婶那里也可能会有线索，可是，我们到哈尔滨干部学校外调，郑亦雄和宋瑜也不知道。他们也在到处打听黄津弗和章慧的消息。听说郑亦雄和田齐鲁，还为黄津弗组织了个追思会。

杨蓼夫说，郑亦雄还活着，他还有脸活着？

按照事先商定的，这年清明节在洗马堰安排了一个盛大的公祭活动，安葬自清河支队成立以来在抗日战争和解放战争中牺牲的清河子弟。当地行署专员李其仁和纵队副司令兼第 107 师师长龙捷三负责筹备。

李其仁告诉龙捷三，第 111 师在沈阳起义之后，郑亦雄本人不愿意参加解放军，被送到哈尔滨干部学校学习。前段时间，他提出来，要回到渤海地区工作，说是要到墨镇国立中学，当一名教师。这件事情搞得我还很麻烦。

龙捷三说，怎么啦？

李其仁说，省里安排他当副专员，可他死活不干，坚决要求当老师。听说这几天就要回到墨镇，省委要求我务必把他工作做通。你看，这不麻烦吗？

龙捷三沉吟一会说，老李，万一他回来了，部队还没有离开的话，最好让他避开我们。

李其仁说，怎么，已经化干戈为玉帛，一笑泯恩仇啊，还记恨？

龙捷三说，不是我，是杨司令。杨司令心里那个坎，恐怕过不去。章慧遇难，最终还是因为他！

肖菏泽和任冰雪到兵团开会，回来的路上，肖菏泽也问起章慧的最后情况，任冰雪说，章慧去沈阳，是东总敌工部的安排，我只不过奉命跟她谈话。后来在同部队接洽的时候出了问题，现在我们掌握的情况是，敌人在他们的车上安装了炸弹，就在月亮坨山坡，快要同孙大竹他们接上头的时候，炸弹突然爆炸，车毁人亡。

肖菏泽说，这个情况我知道，有没有人亲眼看见章慧同志牺牲了？她会不会还活着？

任冰雪说，孙大竹告诉我，他亲眼看见车子炸飞了，特务侯魁得意地宣布是他们干的，把章慧和黄津弗炸死了。以后部队上山去找尸体，没有找到，因为当天夜里十八纵和国民党三十八师又在月亮坨打了一仗，战场被打乱了。

坐在前面的孙迎风回过头来说，我们在清河都听说了，第 111 师在起义的前夕，军统特务奉命暗杀郑亦雄，有一个神奇的女子，用自己的身体挡住了子弹，救下了郑亦雄，这才使得起义成功。我听说这个女子是我们的人。

任冰雪说，嗨，你想到哪里去了？我也听说了，那个女子是有的，但不是我们的人，而是新编第 111 师一个姓金的报务员，郑亦雄的追随者。

孙迎风说，哦，原来是这样。我们一直怀念章慧同志，所以老是抱有幻想。

二十

公祭大会如期召开，上午的阳光洒在洗马堰树林里，墨镇和清河的群众扶老携幼，带着纸钱香火，陆续来了两千多人。朱茂煊和韩二婶、傅菊珍等人一大早就来了，在山坡上烧了一堆纸钱。

周杰宁墓旁，增加了一些新坟，按牺牲时间，依次写着“金功言烈士之墓”“殷福塘烈士之墓”“朱杰桑烈士之墓”“马大海烈士之墓”“谭何亮烈士之墓”“黄格选烈士之墓”“章慧烈士之墓”……

尤其醒目的说，在章慧的墓边，竖立一面山墙大的墓碑，上面从杨蓼夫、景晓纯、龙捷三、李其仁等人开始，刻着八千三百二十一个姓名，除了前面和中间零星名字用红漆书写，表示这些人尚且活着以外，绝大多数名字都是黑色的。

上山之后，龙捷三检查墓穴，发现在烈士墓地一边，还有两个墓穴，里面放着米柜，柜子里面各放一口大锅和一顶东北民主联军军帽，那是在杨木锦州铁路局战斗中，杨蓼夫给他们戴在头上的，墓碑上写着“王可范先生之墓”“马边锋先生之墓”。七千多烈士，有九成没有遗骸，都是衣冠冢。

在章慧的墓穴前，龙捷三只看见一个篮球和一封信。任冰雪说，篮球是当年进驻墨镇之后，章慧送给老杨的。信是章慧在前往沈阳之前写给老杨的。老杨已经答应，用这封信和篮球，为章慧建一座衣冠冢。

一切准备就绪之后，杨蓼夫在前，纵队其他首长依次，臂戴黑纱，缓缓走向墓地。杨蓼夫走到那个巨大的墓碑前，杨蓼夫说，好，好，提气！老李，把那个名字改一下，叫作“清河支队北上将士名谱”，大家看看，现在还有多少是红的？包括在场的，九百二十六个。以后，死了一个，抹黑一个。总有一天，这块牌子上名字会全部变黑，到了那个时候，我们这个国家，就应该是一个红彤彤的世界。

李其仁说，是啊，我以我血荐轩辕啊！

杨蓼夫的目光落在大墓碑上，停留在大墓碑上面“章慧”两个字上。那一瞬间，杨蓼夫觉得眼前发生了奇怪的变化，“章慧”两个字的颜色就像天上的云彩一样，翻滚着变化着，由黑变红。

杨蓼夫自言自语地说，这是红色的，章慧她还活着啊！

任冰雪在一旁说，老杨，你看错了。

杨蓼夫怔怔地说，谁错了，我明明看见这两个字是红色的，谁又把它涂黑了？

任冰雪厉声说，老杨，你冷静一点！

杨蓼夫警醒，擦擦眼睛。“章慧”又变成黑色。

任冰雪说，老杨，往下进行吧。

往下就是告别，由杨蓼夫致告别辞。杨蓼夫在周杰宁的墓前站定，语调缓缓地说，老周，分别两年多了，我们的部队打到东北，又南下了，几个老战友途经我们的根据地，来看看你，我们把胜利的消息告诉你，你一定听到捷报了吧？

向周杰宁墓碑三鞠躬之后，往左就是金功言的墓地了。杨蓼夫说，金功言同志，你是好样的，我都知道了，在八道门战斗中，你们几个民工抵挡了敌人达十多分钟，为我们赢得了宝贵的时间。我还听说了，你牺牲的时候，告诉了同志们，子弹是从前面打进去的。

杨蓼夫正在向金功言三鞠躬的时候，傅菊珍突然从树林里奔出来，扑通跪在金功言的坟前，泣不成声。

杨蓼夫泪眼看着傅菊珍说，好，我们的识字班，我们今天取得的胜利，渤海地区的识字班功不可没。谢谢你啊识字班！

傅菊珍说，首长，章慧是我们识字班的领路人啊，可是她……

杨蓼夫说，哦，是啊……章慧她在哪里？章慧她在那里，你们看，天上那个女八路，正在向我们走来，那是不是章慧？

大家纷纷举头向天上看，天上云卷云舒。

任冰雪感觉杨蓼夫的情绪出了问题，拉了他一把说，杨司令，注意不要失态。

杨蓼夫回过神来，低头向墓坑看了一眼，问道，这就是章慧同志安息的地方？

任冰雪说，是的。

杨蓼夫看了看棺材又问，这是从哪里弄来的？

任冰雪说，是朱大爷送来的，他的那口薄棺材。

杨蓼夫说，朱大爷？

杨蓼夫四处张望，看见了朱茂煊和韩二婶正在远处缓缓地向这边走来。

杨蓼夫迎了上去，泪眼朦胧，朱大爷、韩二婶，你们也来了！

朱茂煊老泪纵横，杨司令，白发人送黑发人，你说，这老天爷……

韩二婶说，老杨啊，你们这么多人，怎么就把一个闺女……

杨蓼夫说，对不起朱大爷，对不起二婶，这全怪我，我……

任冰雪赶紧过来阻止道，司令员，都准备好了，你讲几句话，我们就开始。

杨蓼夫泪眼婆娑，点点头，好。

二十一

杨蓼夫搀扶着朱茂煊和韩二婶，走到墓坑前，松开两个老人，颤巍巍地从衣兜里掏出一封信，展开，泪水扑扑嗒嗒落在地上。

章慧，你知道吗，自从你从我身边离开，我一直不相信你会死，我想，我们很多人都可以死，但是你没有理由死，因为，我有那么多的话要对你说，我有那么多的问题想问你。我想知道，是谁让你我天各一方，让我们阴阳两隔，可是，如今……

任冰雪不满地说，老杨，杨司令，这是正式仪式，你不要太离题了。

龙捷三扯了扯任冰雪的衣袖说，没有什么仪式，老杨想怎么说就让他怎么说。

杨蓼夫说，章慧，你牺牲了，我们很多人都悲痛，可是只有我，除了悲痛，还有歉疚。我哪里知道，你是带着满腔委屈和对我的误解离去的。你是我的妻子，你是我唯一的妻子，除了北上途中我们举行的婚礼，我从来没有结过婚。可是，可是，我们的同志，我们的一位德高望重的领导同志，她误解了，元宵战役之前，她就告诉你我这个司令员逼婚，她要为你做主，可是，我逼婚了吗？墨镇我被隔离审查期间，我知道你的篮球是送给我的，可是被她拦截了，你在她的住处待了二十分钟，我分明看见你是眼含热泪离开的。我听着隔壁传来噼里啪啦的拍球声，我就知道，她在幸灾乐祸，她一定又一次挑拨离间成功了。在宁家河，我们两个已经结婚了，就因为我被突然任命为师长，离开了你，在北上的途中，不知道她又跟你说了什么，你再一次离开了我，直到永远……

她把她的误解传达给你，让你带着疑问，带着委屈，带着对我的不满离去，我再也没有办法向你解释了……

任冰雪听出杨蓼夫话里的意思了，不高兴地问，老杨，你这是什么意思？你是不是说，章慧对你的误解是由于我造成的？

杨蓼夫毫不含糊地回答，是的。

任冰雪严肃起来了，哎，老杨，你怎么现在还对这件事情耿耿于怀？

杨蓼夫说，因为这件事情对我、对章慧的伤害最大。

任冰雪一下子站到了杨蓼夫的对面，并且把手卡在腰上，老杨，这件事情我本来不想提了。可是你这样说，我们还是得把问题说清楚。

龙捷三严厉地说，老任，你干什么，今天是北上烈士遗骸安放仪式，我们在悼念章慧……

任冰雪粗暴地推开龙捷三说，悼念章慧同志怎么啦，又不是悼念他杨蓼夫，你走开，别老是堵我的嘴！

李其仁瞪着任冰雪说，任冰雪同志，你想说什么？

任冰雪说，老杨他恨我，恨我不该跟章慧说，他结过婚，有妻子。可是事实呢，他确实结过婚，有妻子。我们都是领导干部，要对同志负责。

杨蓼夫说，你说清楚，我什么时候结过婚？

任冰雪说，哎，这件事情你怎么能忘记！在延安啊。你忘了？我们从祁连山逃回来，听说你在直属部工作，我和老郭去找你，在你的窑洞里，你和一个女同志热情地款待我们，还拿出红枣和鸡蛋招待我们。

杨蓼夫惊愕地看着任冰雪，表情逐渐变成苦笑，任副政委，你说我结过婚，指的就是这个？

任冰雪说，这还不够吗？

杨蓼夫苦笑着说，老任啦老任，我的任大姐，你可是把我害苦了。你知道在你们西路军打散之后，发生了什么吗？

任冰雪说，什么？

杨蓼夫说，红军成立了援西军，刘伯承同志担任司令员。为了营救被敌人俘虏的同志，刘司令挑选了二十个富有军事斗争经验的同志，准备打入马家军内部，因为外地口音，需要掩护，就从当地女干部中，选了六个同志，让我们假扮夫妻。为了不露马脚，给了三天培训时间，让我们统一口径。白天待在一个窑洞里，晚上各回各的部队。你去的时候，正好赶上这件事情，而这项工作又是高度机密，我们也不好点破，只能以假乱真。

任冰雪惊呆了，眨着眼睛说，啊，还有这样的事？你说的是真的？

杨蓼夫说，这还能有假吗？你问老龙，老龙当时也在这批干部之列。

龙捷三说，是的，这件事情我从头至尾都清楚。

任冰雪说，你也有个假妻子？

龙捷三说，我那个不是假的，后来发展成为真妻子。她现在在兵团部工作。老杨那个确实是假的，因为后来任务取消了，那个同志好像回到地方工作了。

杨蓼夫说，我现在连名字都不知道，那时候只是喊她谢大姐。

任冰雪说，既然是这样，你为什么不早点告诉我？

杨蓼夫说，你从来没有问过我，我为什么要告诉你？

任冰雪脸色苍白，喃喃自语，这么说，是我搞错了？

杨蓼夫说，在这件事情上，我们两个人，只有一个人是对的。

任冰雪怔怔地看着杨蓼夫，突然爆发地说，章慧，章慧，我对不起你啊，我跟你说，我一定要对你负责到底，可是，可是，我搞错了，不该对你说那些，让你委屈，让你伤心，让你带着怨恨离开，可是我后来告诉你了我要成全你啊……

突然，一个战士喊了一声，首长，你们看！

就像一道无声的口令，洗马堰山上顿时安静下来了。清晨的阳光落在树林里，溅起一地斑驳。似乎有无数道光线编织成一个透明的梦境，章慧穿着崭新的军装，踩着松软的泥土和落叶，向这边款款飘来。章慧的身后，出现了身穿中山装郑亦雄和西裙宋瑜，再往后是身穿解放军军装的田齐鲁。

杨蓼夫揉揉眼睛，轻轻地，像是担心惊吓了章慧，章慧，章慧，真是你吗，真是你吗？你不会骗我吧？

杨司令，杨师长，老杨，老杨，老杨，我是章慧，我是章慧啊，我就是啊……

杨蓼夫展开臂膀，迎着章慧。

所有的人都下意识地张开两臂。洗马堰的山坡，一群蝴蝶慢慢地扇动翅膀。